투 파라다이스 2

투 파라다이스 2

한야 야나기하라 장편소설 | 권진아 옮김

To Paradise

HANYA
YANAGIHARA

시공사

내 마음속을 꿰뚫어 보는
대니얼 로즈버리와
재리드 홀트에게
언제나

차례

✧

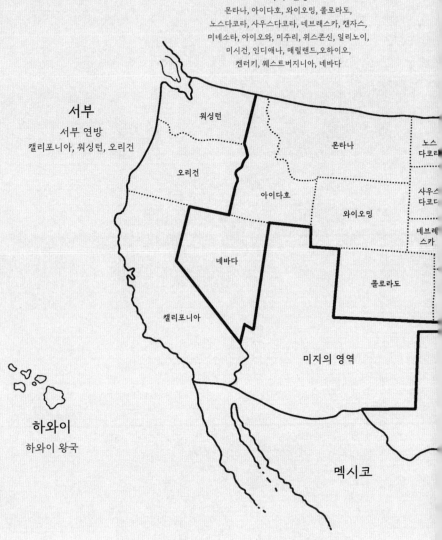

1부
1893년

캐나다

메인

북부
메인 공화국
메인

미네소타

위스콘신

미시건

뉴욕

버몬트

뉴햄프셔

메사추세츠

코네티컷

로드아일랜드

펜실베이니아

자유주
펜실베이니아, 뉴저지,
뉴욕, 뉴햄프셔,
메사추세츠, 버몬트,
로드아일랜드,
델라웨어, 코네티컷

아이오와

일리노이

인디애나

오하이오

웨스트
버지니아

뉴저지

델라웨어

메릴랜드

버지니아

캔자스

미주리

켄터키

테네시

노스캐롤라이나

사우스
캐롤라이나

아칸서스

미시시피

앨라배마

조지아

텍사스

루이지애나

플로리다

식민지
식민지 연합
조지아, 사우스캐롤라이나, 버지니아,
노스캐롤라이나, 테네시, 루이지애나, 미시시피,
앨라배마, 텍사스, 아칸서스, 플로리다

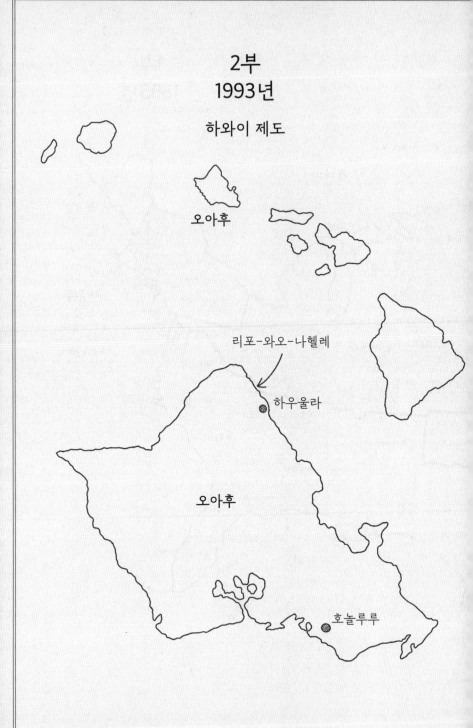

2부
1993년

하와이 제도

오아후

리포-와오-나헬레

하우울라

오아후

호놀루루

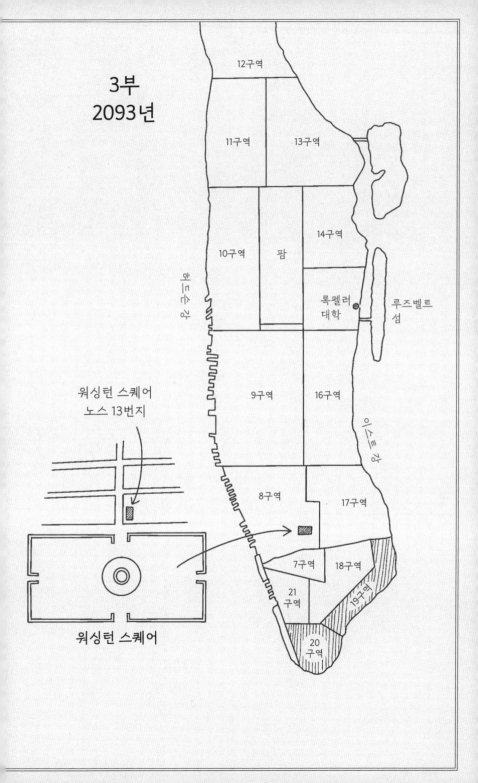

3부
2093년

12구역

11구역   13구역

10구역   팜   14구역

허드슨 강

록펠러
대학   루즈벨트
섬

워싱턴 스퀘어
노스 13번지

9구역   16구역

이스트 강

8구역   17구역

7구역   18구역

21
구역   19구역

워싱턴 스퀘어

20
구역

8구역

#1

2093년 가을

보통 나는 집으로 18시 셔틀을 타고 가서 교통 상황에 따라 18시 30분에서 40분 사이에 8번 스트리트와 5번가 교차 지점에 내리지만, 오늘은 의식이 있는 날이라서 모건 박사에게 일찍 퇴근해도 될지 물었다. 셔틀이 42번 스트리트 부근에서 막히면 얼마나 늦어질지 알 수 없으니 남편의 저녁거리를 못 살까 봐 걱정됐다. 모건 박사에게 이 모든 상황을 설명하는데, 박사가 말을 막았다. "자세한 이야기 다 안 해도 돼요." 박사가 말했다. "물론 됩니다. 17시 셔틀을 타세요." 그래서 나는 고맙다고 인사하고 그 셔틀을 탔다.

17시 셔틀의 승객은 18시 셔틀 승객과 달랐다. 18시 승객은 다른 연구소 기술자와 과학자, 심지어 연구 책임자들도 있었지만, 17시 셔틀에서 내가 아는 사람은 청소부 한 명뿐이었다. 심지어 나는 그 여자가 나를 지나친 직후 손을 흔들어 인사해야 한다는 사실을 기억하고 앉은 자리에서 몸을 돌려 인사했지만, 손을 마주 흔들지 않는 걸 보니 나를 못 본 모양이었다.

내 예상대로 셔틀은 속도를 늦추더니 42번 스트리트 바로 앞에서 멈췄다. 셔틀의 창문은 가로대로 막아놓았지만, 그래도 바깥의 모든 것이 잘 보인다. 나는 오른쪽 자리에 앉아 있어서 구도서관이 보였고, 정말로 의자 여섯 개가 거리를 향해 놓여 있었지만, 의자에는 아무도 앉아 있지 않았고 밧줄도 아직 풀려 있지 않았다. 의식은 두 시간 뒤에야 시작될 터였지만, 검은색 긴 코트를 입은 라디오 기술자들이 이미 돌아다니고 있었고 두 사람이 대형 트럭에서 돌들을 내려 철망 쓰레기통에 채우고 있었다. 그 트럭 때문에 교통 흐름이 막혔지만, 그들이 쓰레기통을 전부 채우고 트럭에 다시 올라타 길을 비켜줄 때까지 기다리는 수밖에 없었고, 거기서부터는 검문소가 있는데도 아주 빨리 달렸다.

우리 정류장에 도착한 때는 17시 50분이었다. 셔틀을 탄 시간은 평소보다 길었지만, 보통 때보다 훨씬 일찍 집에 도착했다. 그래도 퇴근 후에 늘 하는 일을 했다. 곧바로 장을 보러 가는 것이다. 오늘은 고기를 파는 날이고 세 번째 목요일이었으므로 월별로 배급되는 비누와 화장지도 받을 수 있었다. 지난주에 야채 쿠폰을 아껴두었기 때문에 감자와 당근과 함께 완두콩 한 캔도 구할수 있었다. 그날은 늘 있는, 향이 가미된 단백질 덩어리와 콩 패티, 인공육뿐만 아니라 진짜 말고기와 개고기, 사슴고기, 뉴트리아고기도 있었다. 뉴트리아고기가 가장 싸긴 하지만 남편은 너무 기름지다고 해서 말고기 반 킬로와 다 떨어져가는 콘밀을 샀다. 우유도 필요했지만 한 주 배급량을 더 모으면 푸딩 한 파인트를 살 수 있으니까 그 대신 분유를 샀다. 남편과 나 모두 분유를 싫어하지만, 그걸로 견뎌야 했다.

그리고 네 블록을 걸어 집으로 와 안전한 내 아파트 안에서 식물성 기름에 말고기를 굽던 도중, 그제야 그날 밤이 남편의 자유 시간이라 저녁 먹으러 오지 않는다는 게 생각났다. 하지만 그때는 요리를 그만두기에 이미 너무 늦어서 고기를 마저 구운 뒤 완두콩과 먹었다. 위에서 웅웅대는 고함 소리가 들리는 걸 보니 이웃들이 라디오 의식 중계를 듣고 있구나 싶었지만, 나는 그러고 싶지 않았다. 그래서 설거지를 하고, 남편이 돌아오려면 아직 멀었다는 걸 알면서도 한동안 소파에 앉아 남편을 기다리다가 잠자리에 들었다.

—

이튿날, 모든 것은 평소와 다름없었고, 나는 18시 셔틀을 타고 귀가했다. 구도서관을 지나칠 때, 의식이 남긴 흔적을 찾았지만, 아무것도 없었다. 돌들도 없고 의자도 없고 현수막도 없고 계단은 평소와 다름없이 깨끗한 회색에 텅 비어 있었다.

집에 돌아와 고기를 좀 더 구우려고 기름을 데우는데 남편이 똑—똑—쿵—쿵—쿵 문을 두드리고 "코브라"라고 불렀고 나는 "몽구스"라고 대답하고 빗장을 찰칵 열었다. 하나, 둘, 셋, 넷. 문이 열리자, 내 남편, 내 몽구스가 서 있었다.

"저녁 거의 다 됐어." 내가 말했다.

"바로 나올게." 남편이 말하고 옷을 갈아입으러 우리 방으로 들어갔다.

나는 남편의 접시와 내 접시에 고기와 완두콩, 감자 절반씩을 놓았다. 감자는 아침에 남편이 출근한 뒤 구워두었다가 데웠다. 그리고 앉아서 남편이 나와 앞에 앉기를 기다렸다.

한동안 우리는 말없이 먹었다. "말인가?" 남편이 물었다.

"응." 내가 말했다.

"흠." 남편이 말했다.

남편과 결혼한 지 5년이 넘었지만, 아직도 이 사람에게 무슨 말을 할지 모르겠다. 처음 만났던 때도 그랬다. 결혼 중개인 사무실을 나올 때 할아버지는 내게 팔을 둘러 바싹 끌어당기기는 했지만, 집에 돌아오기 전까지는 아무 말도 하지 않았다. "어떻게 생각해?" 할아버지가 물었다.

"잘 모르겠어요." 내가 말했다. 잘 모르겠어요—이 말을 너무 많이 한다는 주의를 들었다—라고 말해서는 안 됐지만, 이때만큼은 정말 알 수 없었다. "그 사람 질문에 대답할 때 말고는 무슨 말을 해야 할지 모르겠어요." 내가 말했다.

"그건 정상이야." 할아버지가 말했다. "하지만 나아질 거다. 시간이 지나면." 할아버지가 나직이 말했다. "받은 수업을 기억하면 돼. 우리가 이야기한 것이랑. 기억하지?"

"네, 그럼요." 내가 말했다. "'오늘 하루 어땠어?' '라디오에서 그 이야기 들었어?' '오늘 재미있는 일 있었어?'" 할아버지와 나는 상대에게 할 수 있는 질문을 전부 모아 함께 목록을 만들었다. 가끔, 심지어 지금도, 난 잠자리에 들기 전 그 목록을 다시 살펴보며 다음 날 남편이나 동료에게 그중 하나를 물어볼까 생각했다. 문제는, 그 질문 가운데 몇 가지—오늘밤에는 뭘 먹고 싶어? 무슨 책을 읽고 있어? 다음 휴가는 어디서 보낼 거야? 날씨가 굉장하네/끔찍하네, 안 그래? 기분이 어때?—는 관련 없거나 안전하지 않은 질문이 되었다는 것이다. 그 목록을 보면 할아버지와 연습 대화를 나눈 것은 기억나지만, 할아버지의 대답은 기억나지 않았다.

그래서 남편에게 말했다. "고기는 어때?"

"좋네."

"너무 질기지 않아?"

"아냐, 괜찮아." 남편은 한 입 더 먹었다. "맛있어."

그 말에 나는 기분이 좋아지고 긴장이 풀렸다. 할아버지는 내게 불안해지면 머릿속으로 덧셈을 하며 마음을 가라앉히라고 했고, 남편이 안심시켜주기 전까지 나는 그렇게 하고 있었다. 그 후로는 긴장이 풀려 다른 이야기를 할 수 있었다. "자유 시간은 어땠어?" 내가 물었다.

남편은 고개를 들지 않았다. "괜찮았어." 남편이 말했다. "좋았어."

또 뭐라고 해야 할지 알 수 없었다. 그러다가 기억이 났다. "어젯밤에 의식이 있었잖아. 집에 오다가 거길 지나왔어."

그제야 남편이 나를 봤다. "중계 들었어?"

"아니." 내가 말했다. "들었어?"

"아니." 남편이 말했다.

"누구였는지 알아?" 그 질문은 하면 안 되는 것을 알면서도 물었다.

남편과 대화를 하려고 물어본 것뿐이었는데, 놀랍게도 남편이 다시 나를 똑바로 보더니 몇 초간 아무 말도 하지 않았고, 나도 아무 말 하지 않았다. 그리고 남편이 대답했다. "아니." 그는 뭔가 다른 말을 하고 싶은 것 같았지만 하지 않았고, 우리는 말없이 식사를 마쳤다.

—

이틀 뒤 밤, 문 두드리는 소리와 남자들 목소리에 자다가 깼다. 남편이 침대에서 튀어 나갔고 나는 몸을 일으켜 스탠드를 켰다. "여기 있어." 남편이 말했지만 나는 이미 그를 따라 현관으로 가고 있었다.

"누굽니까?" 남편이 닫힌 문을 향해 물었고 이런 경우 항상 그렇듯이 나는 남편의 용기에, 두려움 없는 모습에 감동을 받았다.

"제3자치체 546수사대, 5528, 7879, 4578번 수사관입니다." 문 밖에서 대답이 들려왔다. 개 짖는 소리가 들렸다. "122번, 135번, 229번, 333번 조항을 위반한 용의자를 찾습니다." 1로 시작하는 조항은 반국가적 범죄다. 2로 시작하는 조항은 밀거래 범죄다. 3으로 시작하는 조항은 정보 범죄, 즉 피의자가 인터넷에 접속하거나 불법 서적을 소유했다는 뜻이다. "수색 허가 요청합니다."

허가를 요청하는 것이 아니지만, 어쨌든 허가해야 했다. "허가

합니다." 남편이 말하고 자물쇠를 열자 세 사람과 키가 크고 두상이 쐐기꼴인 늘씬한 개가 우리 유닛에 들어왔다. 체격이 제일 큰 남자는 문에 서서 우리를 향해 총을 겨눴고, 우리는 반대편 벽에 기대서서 팔꿈치를 직각으로 구부린 채 손을 들고 그를 마주봤다. 그 사이 다른 두 명이 옷장을 열고 욕실과 침실을 뒤졌다. 이런 일은 조용히 해야 했지만, 침실에 들어간 사람들이 매트리스를 하나씩 들어 올리자 매트리스가 침대 프레임에 쿵 떨어지는 소리가 들렸다. 문 앞에 선 남자 덩치가 크긴 했지만, 그 뒤로 다른 경찰 부대도 보였다. 하나는 왼쪽 아파트로 들어갔고, 다른 부대는 계단을 달려 올라가고 있었다.

수색이 끝나자 두 사람과 개가 침실에서 나왔고, 한 명이 문에 선 남자에게는 "완료"라고, 우리에게는 "서명"이라고 말하자, 우리는 둘 다 그가 내민 화면에 오른손 엄지 지문을 대고 스캐너의 마이크에 이름과 신원 확인 번호를 말했다. 그러자 그들은 나갔고 우리는 문을 잠갔다.

수색이 끝나면 늘 집은 엉망진창이 됐다. 옷가지와 신발은 전부 옷장에서 마구잡이로 끄집어내져 있고, 매트리스는 틀 위에 삐딱하게 얹혀 있었고, 창문은 1년 전 있었던 일처럼 누가 창틀에 매달려 있거나 나무에 숨어 있는지 확인하느라 다 열려 있었다. 남편은 창밖의 접이식 철창이 단단히 잠겨 있는지 확인한 뒤 창문을 닫고 검은 커튼을 치고 나를 도와 우선 내 매트리스를, 다음에는 자기 매트리스를 바로 놓았다. 옷장을 적어도 조금이라도 정리하려는데 남편이 말렸다. "놔둬." 남편이 말했다. "내일도 안 없

21

어져." 그리고 남편은 자기 침대에, 나는 내 침대에 누웠고 남편이 스탠드를 끄자 다시 어두워졌다.

그러고 나자 조용하기도 하고 그다지 조용하지 않기도 했다. 수사관들이 위층 아파트를 돌아다니는 소리가 들렸다—무거운 것이 떨어지자 천장 전등이 덜컥거렸다. 고함 소리가 작게 들렸고, 개 짖는 소리도 들렸다. 그리고 수사관들이 내려오는 발자국 소리가 다시 들리더니 경찰차 위에 설치한 스피커가 "전체 완료"를 선언했다. "8구역, 워싱턴 스퀘어 노스 13, 8개 유닛과 지하, 확인 완료." 그다음 경찰 헬리콥터 날개 소리가 획-획-획 들리더니, 사방이 다시 쥐 죽은 듯이 고요해졌다. 너무 조용해서 여자인 듯한 누군가가 위인지 옆에서 우는 소리가 들릴 정도였다. 하지만 그것도 그치고 한참 동안 진짜 고요가 내려앉았고, 나는 남편 등을 바라보고 누워서 섬광등이 그 등을 지나 벽을 타고 올리기 다시 창밖으로 사라지는 것을 지켜봤다. 커튼은 섬광등을 차단하려고 쳤지만 완전히 막지 못했다. 그래도 좀 지나면 불빛의 존재를 잊게 된다.

문득 겁이 나서 머리를 베개 밑에 처박고 어릴 때처럼 담요를 뒤집어썼다. 첫 수색을 겪은 것은 아직 할아버지와 살던 시절이었는데, 그날 밤 수색이 끝난 뒤 난 너무 놀라서 끙끙거리며 몸을 흔들기 시작했고, 내가 다치지 않도록 할아버지가 안고 있어야 했다. "괜찮다, 괜찮아." 할아버지는 계속 되풀이해 달래주었다. 이튿날 아침 눈을 뜨고도 겁이 났지만 좀 나아졌고, 할아버지는 겁나는 게 정상이라고, 시간이 지나면 수색에도 익숙해질 것이라고, 나는 착하고 용감하며 그것을 잊어서는 안 된다고 했다.

하지만—남편에게 말을 거는 것과 마찬가지로—수색당하는 일은 전혀 쉬워지지 않았지만, 첫 수색 이후로 세월이 흐르면서 끝난 뒤에 진정하는 법은 익혔다. 담요를 뒤집어쓰고 내쉰 공기를 들이마시며 내가 만든 공간을 내가 내쉰 뜨겁고 익숙한 숨으로 채우면, 결국 여기는 다른 곳이라고, 우주를 떠가는 1인용 플라스틱 선실 안이라고 믿을 수 있게 된다.

그러나 그날 밤에는 진짜 플라스틱 선실 같은 느낌이 들지 않았다. 그러자 무엇인가 끌어안을 것, 따스하고 탄탄하고 그 자체의 호흡으로 가득한 게 필요하다는 사실을 깨달았지만, 그게 무엇일지 생각나지 않았다. 할아버지가 있다면 뭐라고 할지 생각해봤지만, 그 역시 상상할 수 없었다. 그래서 대신 머릿속으로 덧셈을 하며 시트에 대고 중얼거렸고 결국 진정하고 잠들 수 있었다.

—

수색 다음 날 아침, 난 평소보다 늦게 일어났지만 지각할 정도는 아니었다. 보통은 일어나서 남편을 배웅하는데, 그날은 보지 못했다.

남편 직장은 나보다 보안 등급이 높은 지역이라 입장 전 모든 직원이 검사와 확인을 받아야 하기 때문에 나보다 셔틀을 일찍 타야 한다. 그는 매일 출근 전 우리 두 사람의 아침 식사를 만드는데, 그날 내 식사는 오븐 안에 넣어두고 갔다. 마지막 남은 아몬드를 팬에 구워 부순 뒤 오트밀에 곁들여 그릇에 담아두었다. 나는 거실에서 아침을 먹으면서 쇠창살 사이로 창밖을 내다봤다. 오

23

른쪽으로는 우리 옆 건물 유닛에 달린 목재 테라스가 부서지고 남은 부분이 보였다. 그 테라스에 놓인 화분에서 허브와 토마토가 점점 높이, 굵고 푸르게 자라는 모습을 지켜보는 게 좋았는데, 사적으로 식량을 키우는 게 불법이 된 뒤로 그곳 사람들은 플라스틱과 녹색 칠한 종이로 만든 가짜 식물로 테라스를 장식했다. 그걸 보면 상황이 어려워진 뒤에도 할아버지가 우리를 위해 종이를 구해 여러 가지 모양—꽃과 눈송이, 어릴 적 본 동물—으로 오린 다음 죽을 조금 묻혀 창문에 붙여놓았던 일이 떠올랐다. 옆 건물 사람들은 결국 어딘가에서 구한 파란 방수포로 식물을 덮어놓았고, 창가에 서서 아침을 먹을 때 그 방수포를 보며 가짜 식물을 상상하면 마음이 차분해졌다.

그러나 그 후 불시 단속이 있었고 옆 건물 사람들이 적을 숨겨주었다는 죄로 끌려가던 날 테라스도 망가졌다. 5개월 전 그것이 마지막 수색이었다. 그들이 누군지는 나는 결코 알지 못했다. 남편은 출근 전에 물건을 옷장에 도로 넣기 시작했지만, 나는 청소를 조금밖에 하지 못했는데 8시 30분 셔틀을 타러 나갈 시간이 되었다. 우리 셔틀 정류장은 세 블록 떨어진 6번가와 9번 스트리트 교차점이다. 매일 아침 8구역에서 떠나는 셔틀은 여덟 대, 6시부터 30분 간격으로 있다. 그 셔틀은 8구역 안에서 네 번, 9구역에서 세 번 선 뒤 남편이 일하는 10구역에 서고, 내가 일하는 15구역, 그리고 16구역에 선다. 그리고 매일 저녁 16시부터 20시까지 거꾸로 16구역에서 15구역, 10구역, 9구역과 8구역에 선 뒤 동쪽 17구역으로 간다.

처음 셔틀을 타기 시작했을 때, 난 다른 승객들을 보며 그들이 하는 일과 내리는 위치를 짐작하는 게 좋았다. 남편처럼 마르고 다리가 긴 키 큰 남자는 어류학자이고 10구역 폰드(Pond)에서 일한다고 상상했다. 눈이 씨앗처럼 작고 검은 심술궂게 생긴 여자는 15구역에서 일하는 유전병 학자 같았다. 모두 과학자나 기술자란 것만 알지, 그 이상은 알 길이 없다.

출근길에 새로운 볼거리는 없었지만, 그래도 난 바깥 구경이 좋아서 항상 창가 자리에 앉는다. 어릴 적 우리 집에는 고양이가 있었는데, 그 고양이는 자동차 타는 걸 좋아했다—고양이는 내 다리 사이에 앉아 앞발을 차창 밑에 대고 나와 함께 밖을 내다봤고, 내가 넓은 자리를 원할 때면 가끔 운전사와 함께 앞에 앉았던 할아버지는 우리를 돌아보고 웃곤 했다. "내 귀여운 고양이들." 할아버지는 말하곤 했다. "세상이 지나가는 걸 구경하는구나. 뭐가 보이니, 고양이들아?" 그러면 내가 대답—자동차, 사람, 나무—했고, 할아버지는 묻곤 했다. "차가 어디로 가는 것 같아? 그 사람은 오늘 아침에 뭘 먹었을까? 그 나무에 핀 꽃을 먹을 수 있으면 무슨 맛이 날 것 같아?" 선생님들이 내가 이야기 짓기를 잘 못한다고 해서, 할아버지는 내가 이야기 짓는 것을 늘 도와줬기 때문이다. 난 출근길에 보이는 것을 머릿속에서 할아버지에게 말하기도 했다. 갈색 벽돌 건물의 4층 창문에 두 개의 검은 테이프가 X자로 붙어 있었고, 그 틈으로 작은 남자아이의 작은 얼굴이 잠시 윙크하듯 나타났다. 검은 경찰차의 뒷문이 조금 열려 길고 흰 발이 나온 것이 보였다. 진청색 교복을 입은 스무 명의 아이들이 긴 회색 밧줄을 연결한 매듭 부분을 하나씩 잡고 명문 학교가 있는 9구역으로 건너가기 위해서 23번 스트리트 검문소에 줄을 서 있었다. 그러면 할아버지가 생각났고 할아버지에게 할 말이 더 있었으면 싶었지만, 사실 8구역에는 변한 게 거의 없고 그게 바로 거기 사는 게 운이 좋은 이유였다. 다른 구역에는 구경거리가 더 많았지만, 8구역에는 그런 볼거리가 없었고, 그것 역시 우리가 운이 좋은 이유였다.

1년 전쯤 어느 날, 셔틀을 타고 출근하다가 8구역에서 처음 보는 광경을 봤다. 평소처럼 6번 가를 따라 올라가 14번 스트리트를 지나는데, 한 남자가 갑자기 교차로로 달려갔다. 나는 셔틀 중간, 왼쪽에 앉아 있어서 그 남자가 어디서 왔는지 보지 못했지만, 남자는 상의를 입지 않고 재배치 센터로 가기 전 수용 센터 사람들이 입는 얇은 흰 바지를 입고 있었다. 그 남자는 분명 뭐라고 말했지만, 셔틀 창문은 방탄유리일 뿐 아니라 방음유리라서 말소리는 들리지 않았지만 그래도 고함치는 모습은 보였다. 남자는 양팔을 앞으로 뻗고 있었고, 목 근육이 너무 뻣뻣하고 단단해서 한순간 돌 조각처럼 보였다. 가슴 열두어 군데에는 병의 흔적을 감추려고 병변을 성냥불로 태워 거머리처럼 생긴 흐릿한 검은 흉터가 남아 있었다. 사람들이 흔히 하는 짓이다. 나는 사람들이 왜 그러는지 도무지 이해가 안 됐다. 그 병변의 의미를 다들 알고 있지만 흉터의 의미 또한 다들 알고 있으니, 결국 하나의 자국을 다른 자국으로 바꾸는 데 불과하지 않나. 그 남자는 20대 정도쯤 되는 젊은 백인이었는데, 비록 그 병 2단계의 증상으로 머리카락이 거의 사라지고 없는 데다 수척했지만, 예전에는 잘생겼을 것 같았다. 그런 사람이 지금은 맨발로 거리에 서서 고함을 지르고 또 지르고 있었다. 그 순간 간병인 둘이 얼굴에 반사 스크린이 달린 은색 생물 재해 방호복을 입고 달려왔다. 그 스크린 때문에 간병인 얼굴을 봐도 보는 사람 얼굴만 보였다. 달려온 간병인 하나가 그 남자에게 달려들어 땅에 쓰러뜨리려고 했다.

그러나 남자는 놀랍게 재빨라 간병인에게서 벗어나더니 대신 우리 셔틀을 향해 달려왔고, 셔틀 안에서 소리 없이 지켜보던 사람들은 모두 놀라서 동시에 숨을 헉 들이쉬었다. 간병인을 치지 않기 위해 셔틀을 멈춰야 했던 기사는 남자를 겁주어 쫓아내려는 듯 경적을 울렸다. 그러자 남자는 내 창 쪽으로 뛰어올랐고, 짧은 순간 그의 눈이 보였다. 홍채가 너무 크고 파란빛으로 번득여 나는 몹시 겁을 먹었고, 그제야 창문을 통해서도 그가 외치는 소리가 들렸다. 도와줘. 그리고 딱 소리와 함께 남자의 머리가 뒤로 젖혀지며 내 시야에서 사라졌고, 간병인들이 그에게로 달려가는 모습이 보였다. 그중 하나는 여전히 무기를 높이 쳐들고 있었다.

그런 뒤 셔틀은 다시, 꽤 빠른 속도로, 마치 빨리 달리면 그 일을 지울 수 있다는 듯 움직이기 시작했고, 모두 다시 말이 없어졌다. 난 모두가 나를 쳐다보는 것만 같았고, 내 탓이라고 생각하는 것 같았고, 내가 그 남자에게 내게 말해보라고 청하기라도 한 것 같은 기분이 들었다. 셔틀에서 말하는 경우는 드물었지만, 한 남자가 낮은 목소리로 이렇게 말했다. "저런 사람이 여태 이 섬에 있으면 안 되지." 아무도 반응하지는 않았지만 사람들이 그에게 동의하는 게 느껴졌다. 심지어 나도 사람들이 겁에 질린 걸, 혼란스럽기 때문에 겁에 질렸다는 것을 감지할 수 있었다. 사람들은 이해할 수 없는 것을 두려워하기도 하지만, 이번에는 나도 그들에게 동의했다—그렇게 아픈 사람은 지금쯤은 저 멀리 보내졌어야 한다고.

그날 직장에서는 할 일이 별로 없었고, 그러니 자꾸만 그 일이 떠올라서 좋지 않았다. 가장 많이 생각나는 것은 그 사람 자체나 그의 번득이는 눈이 아니라, 그가 거의 소리도 내지 않고 그렇게 가볍고 부드럽게 나가떨어진 것이었다.

그 후 몇 달 뒤, 8구역과 9구역 수용 센터를 옮긴다는 발표가 있었고, 그 의미에 대해서 여러 설이 있긴 했지만 물론 우린 확실한 것은 알지 못했다.

그날 이후, 8구역에서는 더 이상한 일이 없었고, 그날 아침 창밖을 내다보니 모든 깃이 똑같고 니무나 빠해시, 가끔 그리듯이 우리가 그곳을 지나가는 게 아니라 일련의 세트장과 배우로 이뤄진 도시가 트랙 위에서 우리를 스쳐 지나가는 것 같은 느낌이 들었다. 사람들이 사는 건물이 지나가고, 서로 손을 맞잡은 아이들의 줄이 지나가고, 그 다음 9구역이 지나가면 텅 빈 병원 두 곳, 다음에는 진료소, 그리고 팜(Farm) 직전에 정부 부처들이 지나갔다.

그러면 10구역, 가장 중요한 구역을 지나친다는 뜻이었다. 10구역에는 아무도 살지 않았다. 정부 부처 몇 곳을 제외하면 그 지역은 온통 팜이었다. 과거에는 섬을 반으로 나누었던 거대한 공원이다. 그 공원은 너무 커서 섬 전체 땅에서 엄청난 면적을 차지했다. 내겐 그곳이 공원이던 시절의 기억이 없지만, 할아버지는 기억했다. 여기저기 시멘트 길과 흙길이 가로지르고, 사람들이 달리고, 자전거를 타고, 산책하며, 피크닉을 했다는 이야기를 들었다. 앉아서 갖다주는 먹이를 먹기만 하는 신기하고 낯선 동물을 보러 사람들이 돈을 내고 가는 동물원도 있었고, 사람들이 작은 배를 타고 노를 젓거나 봄이면 적도 밑에서 날아온 색색의 새를 보러 모이고 버섯을 찾거나 꽃구경을 하는 호수도 있었다. 아이들을 즐겁게 해주려고 엉뚱한 모양으로 만든 철 조각상도 여기저기 있었다. 오래전에는 심지어 눈이 왔었고, 사람들은 공원에 와서 발에 길고 얇은 나무판을 붙이고서 얼음이 언 야트막한 언덕을 지치고 다녔고, 미끄러워 넘어질 수도 있었지만 나쁘지 않았다고—사람들이 자꾸만 다시 하고 싶어 했다고—할아버지는 말했다. 그 공원이 무슨 용도인지 지금은 이해하기 어렵지만, 할아버지는 거기 어떤 용도도 없었다고 했다. 그저 사람들이 시간을 보내며 즐기기 위한 곳이었다는 것이다. 호수도 오로지 즐거움을 위한 곳이었다—종이배를 띄우거나 주위를 걷거나 그저 앉아서 바라보기 위한 곳이었다.

셔틀이 팜 중앙 입구에서 멈췄고 사람들이 내리더니 입장을 위해 줄을 서기 시작했다. 그곳은 팜 직원 인증을 받은 2천 명 정도만 들어갈 수 있고, 줄도 서기 전부터 망막 스캔으로 들어갈 권리가 있는지 확인받아야 하며, 이따금 무작정 달려 들어가려는 사람들이 있기 때문에 늘 무기를 든 경비원이 대기하고 있었다. 팜에 대해서는 이런저런 소문이 들렸다. 그곳에서 신종 동물을 교배하고 있다는 소문—우유를 두 배로 짜기 위해 젖통이 두 쌍인 소,

큼지막한 정육면체 모양으로 만들어 우리에 담고 관으로 먹이를 줄 수 있는, 머리도, 다리도 없는 닭, 풀을 키울 땅과 자원이 필요 없도록 폐기물만 먹도록 변형한 양. 그러나 이런 소문이 사실로 확인된 적은 없었고, 실제로 새 동물을 만들고 있다 해도 본 적은 없었다.

팜에서는 그 밖에도 여러 가지 프로젝트가 진행되고 있었다. 온실에서는 온갖 새로운 식용 및 약용 식물을 재배했고, 새로운 나무를 키우는 숲, 과학자들이 새로운 바이오 연료를 만드는 연구실, 남편이 일하는 폰드가 있었다. 폰드는 두 부분으로 나눠진다. 절반은 동물을 사육하고 절반은 식물을 재배하는 곳이다. 동물 쪽에서는 어류학자와 유전학자들이, 식물 쪽에서는 식물학자와 화학자들이 일한다. 남편은 학위가 없어서 과학자는 아니지만, 식물 재배하는 곳에서 일한다. 남편은 수중 정원사여서, 식물학자들이 승인하거나 조작한 표본—대체로 여러 가지 수초다—을 심고 그 성장과 수확을 감독한다. 그 식물 중에는 약품으로 개발되는 것도 있고, 식량으로 만드는 것도 있다. 아무 데도 쓰지 못하는 식물은 퇴비가 된다.

이렇게 말하고는 있지만, 사실 난 남편이 하는 일을 제대로 모른다. 이게 남편의 일—심고 가꾸고 수확하는 것—이라고 *생각*은 하지만, 남편도 내 일을 정확히 모르듯이 나도 정확히는 모른다.

그날 아침, 나는 언제나 그렇듯이 셔틀 창밖을 아주 열심히 봤고, 언제나 그렇듯이 볼 것은 없었다. 팜 전체가 21피트 높이의 벽으로 에워싸여 있었고, 그 벽 위에는 1피트 간격으로 센서가 설치되어 있어서 벽을 기어오를 수 있다 해도 곧바로 감지되어 붙잡힌다. 팜 대부분은 거대한 바이오 돔이 덮고 있지만, 남쪽 벽 근처 몇 피트는 드러나 있고, 그 벽 바로 너머에는 팜 애비뉴 웨스트에서 5번가까지 경계 전체를 따라 두 줄의 아카시아 나무가 서 있다. 물론 도시 전체에 나무가 있긴 하지만, 나뭇잎이 나자마자 사람들이—차나 국을 끓이려고—따버리기 때문에 나뭇잎을 보는 일은 거의 없다. 나뭇잎을 따는 것은 당연히 불법이었지만, 어쨌든 모두 다 땄다. 하지만 팜 안이나 주위 나뭇잎은 아무도 감히 건드리지 못했기 때문에, 셔틀이 그 모퉁이를 돌아 동쪽, 팜 애비뉴 사우스로 접어들 때마다 그 광경이 놀라웠다. 일주일에 닷새는 보는데도 말이다.

팜에서 멈춘 뒤, 셔틀은 계속해서 매디슨가로 가서 북쪽으로 방향을 틀었다가 68번 스트리트에서 우회전해서 요크가를 따라 남쪽으로 내려와서 65번 스트리트에 있는 록펠러 대학교에 섰다. 그곳이나, 그리고 록펠러나 한 블록 떨어져 있는 슬로언 케터링 연구소에서 일하는 사람들이 내리는 정류장이다. 록펠러 대학교로 들어가는 사람은 모두 두 줄로 나눠섰다. 한 줄에는 과학자가, 다른 줄에는 기술자와 지원 직원이 섰다. 우리는 지문을 확인하고 가방을 검사하고 전신 스캔을 한 뒤에 캠퍼스에 들어갔고, 건물에 들어가기 전에도 그 과정을 다시 한 번 반복했다. 지난주 우리 관리자는 사고 때문에 망막 검사도 시작될 것이라고 했다. 그 소식을 듣고 다들 걱정하기 시작했다. 거긴 팜처럼 비가 올 때 막아줄 지붕도 없고, 캠퍼스 자체에는 바이오 돔이 덮여 있어도 보안 구역은 아니라서 더위 속에서 30분씩 기다려야 할 수 있었기 때문이다. 관리자는 오래 기다려야 할 경우 냉방 장치를 설치할 거라고 했지만, 아직 장치는 오지 않았다. 그래도 사람들이 한꺼번에 기다리는 일이 없도록 출근 및 퇴근 시각에 시차를 두기 시작했다.

"무슨 사고였습니까?" 내가 모르는 다른 연구실의 기술자가 물었지만, 관리자는 대답하지 않았고, 대답을 기대한 사람은 아무도 없었다.

내 직장은 라슨 센터로, 2030년대에 지어진 건물인데 여기에는 주 캠퍼스와 이스트 강 인공섬에 만든 훨씬 작은 규모의 보조 캠퍼스를 연결하는 교량도 있다. 라슨에는 9개의 연구실이 있고 모두 다양한 종류의 독감을 연구하고 있다. 한 곳은 2046년 독감에서 파생된 바이러스를 연구하는데, 그것은 공격적으로 진화한 종으로 증명되었다. 또 다른 곳에서는 2056년 독감에서 파생된 바이러스를 연구하는데, 모건 박사의 말에 따르면 사실 독감이 아니었다고 했다. 웨슬리 박사가 지휘하는 우리 연구실에서는 예측 가능한 독감을 연구하는데, 그건 다음에 등장할 새로운 독감을 예측하려 한다는 뜻이고, 그 독감은 다른 둘과는 전혀 다를 수도 있다. 우리 연구실은 이 기관에서 규모가 가장 큰 편에 속한다. 연구 책임자 웨슬리 박사를 제외하면, 모건 박사와 같은 박사 후 과정생—박사 학위를 받고 중요한 발견을 해서 언젠가 자기 연구실을 가지려는 사람이라는 뜻이다—24명, 박사 과정생이라고 부르는 대학원생 9명, 기술 및 지원 직원 10명이 있는데, 나도 그 직원 중 하나다.

나는 생쥐를 가지고 작업한다. 우리는 항상 최소 400마리의 생쥐를 보유하는데, 이건 다른 두 연구실보다 훨씬 많은 수다. 가끔 다른 연구실 직원들이 웨슬리 박사는 돈이 많고, "예비 조사"에 돈을 많이 쓴다고 자기 연구실 책임자들이 불평한다는 소리를 우연히 들을 때도 있다. 예비 조사라는 용어는 할아버지가 가르쳐줬는데, 그건 그 사람들이 웨슬리 박사가 진짜 증거나 정보도 없이, 자기도 정체를 모르는 무엇인가를 찾고 있다고 생각한다는 뜻이다. 한 번은 이 말을 모건 박사에게 했더니, 박사는 이맛살을 찌푸리며 그런 말을 하는 건 부적절하다고, 어쨌든 그 사람들은 연구실 기술자일 뿐이라고 했다. 그리고 내게 그들의 이름을 물었지만, 난 그 사람들은 임시직이라서 모르는 척했다. 모건 박사는 나를 한참 보더니 그런 소리를 다시 들으면 알리겠다고 약속하라고 했고, 난 그러겠다고 했지만 알린 적은 없다.

나는 생쥐 배아를 받고 있다. 그 과정은 이렇다. (이미 임신 1주차인) 생쥐들이 공급 회사에서 상자에 담겨 배달된다. 나는 과학자들로부터 원하는 배아 주수를 적은 목록을 받는다. 보통 10일째를 원하지만, 그보다 더 된 것을 원할 때도 있다. 그러면 나는 생쥐를 죽이고 태아를 꺼내 경우에 따라 시험관이나 실험 접시에 준비한 뒤 임신 기간에 따라 냉장고에 보관한다. 내가 맡은 일은 과학자들이 필요로 할 때 항상 쥐가 준비되어 있도록 하는 것이다.

이 일에는 시간이 많이 들어가고, 세심한 사람인 경우 더 많은 시간이 들지만, 그래도 할 일이 없을 때가 있다. 그러면 나는 두 번 쓸 수 있는 20분 휴식 시간 중 하나를 요청한다. 때로는 산책을 하면서 휴식 시간을 보낸다. 록펠러 대학교 건물은 모두 지하 터널로 연결되어 있어서 밖에 나가지 않아도 된다. 56년 전염병이 돌 때 창고와 금고를 여럿 지었지만, 그곳들은 본 적 없다. 그 터널 밑에 두 층의 공간이 더 있다고들 한다. 수술실, 실험실, 냉장 보관실이다. 하지만 할아버지는 증명할 수 없는 것은 믿지 말라고 늘 말했다. "과학자에게는 증명하기 전까지는 그 무엇도 진리가 아니다." 할아버지는 늘 말했다. 난 과학자는 아니지만 터널을 다니다가 문득 겁이 날 때면, 공기가 분명 차가워졌다는 느낌이 들면, 아주 먼 곳에서 들리는 소리처럼 저 아래에서 생쥐들이 할퀴는 소리나 신음소리, 소근대는 소리가 들리면, 그 말이 생각난다. 처음 그런 일이 있었을 때는 움직일 수가 없었고, 다시 움직일 수 있게 되었을 때는 복도 구석, 계단 문 근처에서 깨어나 할아버지를 소리쳐 부르고 있었나. 나는 기억이 없지만, 모건 박사에게 들으니 사람들이 나를 발견했고 내가 오줌을 쌌다고 했다. 그리고는 남편이 데리러 올 때까지 다른 연구실의 모르는 기술자와 함께 응접실에 앉아 있어야만 했다.

그건 결혼한 직후, 할아버지가 돌아가신 직후의 일이었고, 깨어나 보니 밤이었고, 어리둥절하다가 우리 아파트 내 침대라는 것을 깨달았다. 그리고 고개를 들어 보니 옆 침대에 누가 앉아 나를 빤히 보고 있었다. 남편이었다.

"괜찮아?" 남편이 물었다.

기분이 이상하고 졸렸고, 필요한 말이 나오지 않았다. 불은 켜지 않았지만, 창문으로 조사등이 스쳐 지나가 남편의 얼굴이 보였다.

뭐라고 말하려고 했지만, 입이 너무 말라서 말이 나오지 않았다. 남편이 컵을 건네기에 난 마시고 또 마셨고, 물을 너무 빨리 다 마셔버리자 컵을 받아 방을 나간 남편이 부엌의 사기 물통 뚜껑을 여는 소리, 나무 마개가 물통 안쪽에 닿는 소리, 그가 컵을 다시 채우는 동안 물이 떨어지는 소리가 들렸다.

"무슨 일이 있었는지 기억이 안 나." 나는 물을 좀 더 마신 뒤에 말했다.

"기절했어." 남편이 말했다. "직장에서. 사람들이 전화를 해서 내가 가서 당신을 집에 데리고 왔어."

"아." 내가 말했다. 그리고 기억이 났지만, 조금밖에 나지 않았다. 마치 할아버지가 오래 전 들려준 이야기 같았다. "미안해." 내가 말했다.

"걱정 마." 남편이 말했다. "나아져서 다행이야."

그리고 남편이 일어나더니 내게 다가왔고, 한 순간 나는 그가 나를 안아주고, 심지어 키스도 할 것이라고 생각하고는 어떻게 받아들여야 할지 몰랐는데, 남편은 내 얼굴을 내려다보기만 하더니 이마에 손을 잠시 얹었다. 남편의 손은 차갑고 건조했고 문득 그의 손가락을 잡고 싶었지만 그러지 않았다. 우리는 서로를 그런 식으로 만지지 않으니까.

그리고 남편은 방을 나가더니 문을 닫았다. 나는 오랫동안 깨어서 그의 발자국 소리나 거실 불 켜는 소리가 들리는지 귀를 기울였다. 하지만 아무것도 들리지 않았다. 남편은 어두운 거실에서 아무것도 하지 않고 아무 데도 가지 않으면서 그날 밤을 보냈지만, 내가 있는 방에 들어오지 않았다.

그날 밤 나는 할아버지를 생각했다. 할아버지 생각을 자주 하지만 그날 밤에는 특히 열심히 생각했다. 할아버지가 해준 온갖 상냥한 말 중에서 기억나는 것을 되뇌었고, 내가 좋은 일을 했을 때 할아버지가 나를 꼭 끌어안아줬던 것, 싫으면서도 좋았던 그 느낌을 생각했다. 할아버지가 나를 작은 고양이라고 불렀던 것, 겁이 나서 찾아가면 할아버지가 나를 침대에 도로 눕히고 잠들 때까지 손을 잡아줬던 일을 생각했다. 할아버지를 마지막으로 봤을 때 일은 생각하지 않으려고 했다. 할아버지가 끌려가면서 고개를 돌리고 군중 사이에서 나를 찾던 것, 할아버지를 소리쳐 부르려고 했지만 그럴 수 없었던 것, 너무 겁이 나서 얼마 전 결혼한 남편 옆에서 그냥 선 채 여기저기로, 여기저기로, 자꾸만 두리번거리던 할아버지의 눈을 보고만 있나가 마침내 할아버지가 계단을 올라 단 위에 서서 "사랑한다, 아기 고양아"라고 불렀는데도 여전히 아무 말도 하지 못했던 것.

"내 말 듣고 있니, 아기 고양아?" 할아버지가 외쳤고, 할아버지는 여전히 나를 찾고 있었지만 엉뚱한 방향을 보면서 모인 사람들을 향해 소리쳤고, 사람들은 할아버지를 향해 야유했고, 단 위의 남자가 손에 검은 천을 들고 앞으로 나섰다. "사랑한다, 아기 고양아. 그걸 잊지 마라. 무슨 일이 있어도."

나는 침대에 누워 몸을 흔들며 할아버지에게 말했다. "잊지 않을게요." 소리 내어 말했다. "잊지 않을게요." 그러나 잊지 않았어도 사랑받는 느낌이 어떤지는 잊고 말았다. 예전에는 알았는데,

이젠 더 이상 알 수 없다.

기습 수색 몇 주 뒤, 아침 방송을 듣다가 록펠러 대학교 에어컨이 고장 나서 그날은 전원 출근할 필요 없게 되었다는 것을 알게됐다.

매일 아침 네 번의 공지가—5시에 한 번, 6시에 한 번, 7시에 한 번, 8시에 한 번—나오는데, 필요한 정보가 있을지 모르니 그중 하나는 들어야 했다. 가령, 사고 때문에 셔틀 노선이 바뀌는 경우 어느 지역이 영향을 받으며 어디서 기다려야 하는지 남자 혹은 여자가 알려줬다. 대기질에 대한 공지가 나오면 마스크를 써야 한다는 것을, 자외선 지수를 알려주면 덮개를 써야 한다는 것을, 열지수를 알려주면 냉각복을 입어야 한다는 것을 알 수 있다. 의식이나 재판 뉴스도 있어서 그에 따라 일정을 조정할 수 있다. 남편이나 나처럼 대형 국가 과제나 기관에서 일하는 경우, 기관 폐쇄 혹은 그밖에 영향을 주는 특이한 상황에 관한 정보도 나온다. 예를 들어 작년에 또 허리케인이 있었는데 록펠러 대학교는 완전히 폐쇄됐지만, 남편과 다른 기술직원은 여전히 공장에 가서 동물 먹이를 주고 치워주고 기밀 수조의 염도를 확인하는 등 컴퓨터가 할 수 없는 온갖 일을 해야 했다. 특정 구역만이 아니라 모든 구역을 도는 특별 셔틀이 와서 남편을 태워 간 뒤, 하늘이 어둑어둑해졌을 때 우리 건물 바로 앞에 내려줬다.

6년 전 록펠러 대학교에서 일하기 시작했을 때는 에어컨 고장이 없었다. 하지만 지난해에는 네 번 있었다. 물론 건물이 완전히 정전되는 경우는 없다. 전기 손실을 거의 즉각 보충하도록 설정된 대형 발전기가 다섯 대 있기 때문이다. 하지만 5월의 마지막 정전 이후 또 정전이 있으면 출근하지 말라는 지시를 받았다. 냉장고를 적정 온도로 유지하는 데만도 발전기가 최대치로 가동되어야 하는데 우리 모두의 체온 때문에 부담이 더 커지기 때문이다.

그날은 출근은 안 했지만 보통 때 하는 일은 전부 했다. 오트밀을 먹고, 이를 닦고, 소독 물티슈로 몸을 닦고, 침대를 정리했다. 그러자 할 수 있는 일은 끝났다. 식료품점에는 할당된 시간에만 갈 수 있었고, 세탁을 하고 싶어도 추가로 물을 쓰는 날에만 할 수 있었는데, 그건 그 다음 주였다. 결국 옷장에서 빗자루를 꺼내 아파트를 쓸었는데, 보통은 수요일과 일요일에 하는 일이다. 별로 시간이 걸리지 않았다. 그날은 목요일이었고 전날 청소를 해서 바닥이 여전히 깨끗했기 때문이다. 그리고 우리 지역 도로 공사 일정, 5번가와 6번가 나무 심기 소식, 식료품점에 재고가 들어올 수 있는 신상품과 상품이 도착할 경우 하나를 사는 데 쿠폰이 얼마나 필요한지 등을 적은, 전 가구에 배포되는 월간 8구역 소식지를 다시 읽었다. 그 소식지에는 8구역 주민을 위한 조리법도 늘 실려 있었는데, 나는 보통 그 조리법을 시도해봤다. 이번에 실린 조리법은 미나리와 옥수수 가루를 곁들여 너구리를 굽는 요리였는데, 나는 너구리 요리를 싫어해서 더 나은 맛을 낼 방법을 늘 찾고 있었기 때문에 특히 흥미로웠다. 조리법을 잘라내 부엌 서랍에 붙였다. 서너 달에 한 번씩 내가 만들어낸 조리법을 보냈지만, 한 번도 소식지에 실리지는 않았다.

그리고 나서는 소파에 앉아서 라디오를 들었다. 8시 30분부터 17시 사이에는 음악이 나왔고, 세 차례 저녁 공지가 있은 뒤 18시 30분부터 23시 59분까지 또 음악이 나왔다. 그리고 4시까지 방송이 중단되었다. 우리에게는 길고 낮게 웅웅거리는 소리로만 들리는 암호 메시지를 군인에게 보내기 위해서이기도 하고, 모두 잠을 자도록 독려하기 위해서이기도 했다. 국가는 우리가 건강하게 살기를 바랐고, 그래서 그 시간에는 또한 전기 용량이 절반으로 떨어진다. 그 음악의 제목은 몰라도 듣기 좋았고 마음이 차분해졌다. 음악을 듣고 있으니 발이 완전히 만들어지지 않아 아주 작은 사람 손처럼 생긴 생쥐 배아가 식염수 속에 떠다니는 게 생각났다. 아직 꼬리도 없이 척추가 조금 늘어난 것뿐이었고, 모르고 보면 생쥐 배아라는 사실을 전혀 알 수 없을 것이다. 고양이, 개, 원숭이, 인간의 배아와 비슷했다. 과학자들은 그걸 분홍이라고 불렀다.

배아가 염려됐지만, 어리석은 생각이었다. 발전기가 냉장을 유지할 것이고, 어쨌든 죽은 배아였으니까. 그들은 그 상태 그대로 유지됐다─다른 것으로 변하지도, 자라지도, 눈을 뜨지도, 흰털이 나지도 않았다. 그런데도 그 배아 때문에 에어컨이 고장 났다. 록펠러 대학교를 좋아하지 않는 여러 단체가 있다. 과학자들이 열심히 일하지 않는다고 생각하는 사람들이 있다─그들은 과학자들이 더 빨리 일하면 질병을 고치고 상황이 나아질 거라고, 할아버지가 내 나이였던 시절로 돌아갈 수 있을지도 모른다고 생각했다. 과학자들이 잘못된 해결책을 찾으려고 한다고 생각하는 사람들도 있었다. 그리고 과학자들이 특정한 사람들을 제거하고 싶어서 혹은 정부가 국가 통제를 유지하도록 돕고 싶어서 연구실에서 질병을 만들어낸다고 생각하는 사람들도 있었는데, 그들이 가장 위험했다.

두 번째 두 단체가 가진 주된 목표는 과학자들에게서 분홍이들을 빼앗는 것이었다. 분홍이들이 없으면 바이러스를 주입할 수도 없고, 그러면 일을 할 수 없거나 일하는 방식을 바꿀 거라는 생각이었다. 그 단체들 생각은 그랬다. 정전뿐만 아니라, 저 바깥 롱아일랜드에 위치한 건물에서 키워진 실험동물들이 장갑 트럭에 실려 이동할 때 반란 단체에게 공격받는다는 설도 있었다. 88년 사건 이후로 모든 트럭 기사는 무장을 했고, 모든 트럭에는 세 명의 군인이 탔다. 그런데도 2년 전에 일이 터졌다. 반란 단체가 트럭을 세우는 데 성공해서 탑승자들을 다 죽이는 바람에 대학 역사상 처음으로 표본이 노착하지 않았다. 그 당시에는 록펠러 내학교에 발전기가 두 대뿐이었고 그게 부족해서 들라크루아 동 전체에 정전이 되었고 표본 수백 개를 망쳐 몇 달간의 작업이 허사가 되었다. 그 후로 대학교 총장이 정부에 가서 보안을 강화하고 발전기를 더 설치하고 반란 행위를 더 가혹하게 처벌해달라고 요구했고, 모두 허가됐다.

물론 이런 이야기를 해준 사람은 아무도 없었다. 배아를 전달하고 다른 것을 치울 때, 연구실 구석에 모여 숙덕거리는 과학자들 주위에서 눈에 띄지 않을 만큼만 어정거리다가 엿들은 내용으로 짐작해야 했다. 내가 드나들어도 신경 쓰는 과학자는 아무도 없었다. 할아버지 때문에 모두 내가 누군지 아는데도 말이다. 새로운 박사 후 과정생이나 박사 과정생이 내가 어떤 사람인지 알게 되면 나도 늘 느낄 수 있었다. 내가 들어가면 나를 빤히 보고, 새로 들어온 생쥐를 가져다주면 고맙다고 하고, 사용한 생쥐를 치울 때도 고맙다고 하기 때문이다. 하지만 결국에는 다들 내게 익숙해졌고, 그러면 고맙다는 인사를 멈추고 내가 있다는 사실조차 잊어버렸고, 그건 괜찮았다.

한참 동안 음악을 들었던 것 같았는데도, 시계를 보니 20분밖에 안 지나 아직도 9시 20분이었다. 즉, 17시 30분 장 보기 시간이 시작될 때까지 할 일이 없다는 뜻인데, 그때는 아직 멀었다. 그래서 스퀘어를 돌아 산책을 하기로 결심했다.

남편과 내 아파트는 워싱턴 스퀘어 북쪽, 5번가의 동쪽 모퉁이에 있다. 어릴 적 그 건물은 주택이었고 할아버지와 나만 요리사 하나, 가사도우미 둘과 함께 살았다. 그러나 83년 반란 중 정부는 그 건물을 층당 아파트 2채씩, 총 8채로 나눴고 우리더러 원하는 집을 고르게 했다. 그리고 나서 내가 결혼하자 남편과 내가 아파트에 남고 할아버지는 집을 옮겼다. 층마다 유닛 하나는 스퀘어를, 나머지 유닛은 북쪽을 향하고 있다. 우리 아파트는 북향이라 더 조용해서 더 좋은 유닛이고, 3층에 있다. 이쪽 유닛들은 200여 년 전 이 집을 지은 가족이 말을 두던 곳을 내려다보고 있다. 식용이 아니라 도시 여기저기를 끌고 다니려고 키운 말이었다.

나는 사실 스퀘어 주위를 걷고 싶지 않았는데, 우선 날씨가 보통 때 10월 말보다 더 더웠고, 둘째로는 스퀘어 주위를 걷는 것이 무섭기도 했기 때문이었다. 그렇지만 할 일도, 볼 사람도 없는 아파트에 더 앉아 있을 수 없어서 결국 자외선 차단제를 바르고 모자를 쓰고 긴 팔 셔츠를 입고 아래층으로 내려가 밖으로 나가서 길을 건너 스퀘어에 들어섰다.

스퀘어에서는 필요한 것은 무엇이든 구할 수 있다. 북서쪽 모퉁이에는 자물쇠부터 냄비까지 무엇이든지 만들어줄 수 있고 고철은 뭐든 사들이는 금속공이 있었다. 그들은 고철 무게를 달고, 알루미늄과 합금한 코발트인지, 니켈과 합금한 철인지, 어떤 금속인지 알려준 뒤, 금이나 식량이나 물 쿠폰 등 원하는 것을 준 뒤 그 고철을 녹여 다른 것으로 만들었다. 그 아래는 의류상이 있었는데, 단순히 상인일 뿐 아니라 재단과 재봉도 했고 필요 없는 옷이나 옷감을 사들여 새 옷으로 다시 만들었다. 북동쪽 모퉁이에는 대출업자가 있었고, 그 옆에는 약초상, 그 아래쪽에는 목재로 된 것은 뭐든지 만들거나 고칠 수 있는 목수가 있었다. 고무 수리하는 사람, 밧줄 만드는 사람, 플라스틱 상인도 있었는데, 그들은 플라스틱으로 된 것은 뭐든지 사들이거나 교환했고 새로운 것도 만들어줬다.

그들 모두에게 스퀘어에서 일할 허가가 있는 것은 아니었고, 서너 달에 한 번씩 불시 단속이 있고 나면 허가증이 있는 상인까지 모두 일주일 동안 사라졌다가 돌아오곤 했다. 사람들—과학자나 정부 각료 같은 사람들은 필요 없겠지만, 대부분의 사람들—에겐 상인이 꼭 필요했다. 14구역으로 올라가면 뭔지 몰라도 물건을 살 수 있는 상점이 있었지만, 8구역에는 식료품점 이외에는 상점이 없었기 때문에 대신 스퀘어가 있었다. 어쨌든 관리들은 의류상이나 목수, 금속공에게는 사실 관심이 없었다. 그들이 신경 쓰는 건 상인 사이를 돌아다니는 사람들이었다. 볕이나 비를 가리려고 방수포를 위에 치고 나무 테이블을 펼쳐놓은 상인과 달리, 이들에겐 스퀘어 안에 정해진 자리가 없었다. 그들은 기껏해야 의자 하나와 우산만 가지고 날마다 다른 자리에 앉았다. 그조차도 없이, 가판대 사이를 돌아다니는 사람들도 있었다. 하지만 아무도 실명을 쓰지 않는데도 다른 상인들과 단골손님 모두 그들이 누군지, 어디서 만날 수 있는지 알고 있었다. 그들은 골절된 뼈를 다시 맞추거나 봉합을 해주거나 자기 도에서 나오게 해주거나 불법 서적에서부터 설탕, 특정한 사람까지 원하는 것을 무엇이든 손에 넣게 도와주는 사람이었다. 아이를 찾아주는 사람도, 아이를 데려가주는 사람도 있었다. 누군가를 좋은 수용 센터에 넣어주는 사람, 누군가를 거기서 빼내어주는 사람도 있었다. 질병을 고쳐줄 수 있다고 주장하는 사람도 있었는데, 당국에서 가장 열심히 찾는 것이 그들이었지만, 그들은 원하는 대로 사라질 수 있어 절대 잡히지 않는다고 했다. 물론 말이 안 되는 소리였다. 사람은 사라질 수 없다. 그렇지만 그 사람들은 계속해서 당국을 피할 수 있다는 소문이 나돌았다.

스퀘어 중앙에는 반지 모양의 크고 얕은 시멘트 구덩이가 있고, 그 구덩이 가운데 높은 받침대 위에는 불시 단속을 제외하면 아무리 더운 날씨에도 절대 꺼지지 않는 불이 지펴져 있었다. 그 불 주위에는 상인이 더 많았다. 요일에 따라 스물에서 서른 명이 모여 있었는데, 반지 모양 구덩이 안과 구덩이를 둘러싼 가장자리 위에 저마다 비닐 방수포를 펼치고, 그 방수포 위에 각기 다른 고기를 진열했다. 무슨 동물 고기인지 알 수 있을 때도, 알 수 없을 때도 있었다. 각 상인은 저마다 예리한 칼과 긴 금속 부젓가락, 긴 금속 꼬챙이, 플라스틱을 엮어 만든 부채를 갖고 있었고, 그 부채로 고기에 몰려드는 파리를 쫓았다. 이 상인들은 금이나 쿠폰을 받았고 고기를 집에 가져가도록 잘라서 종이에 싸주거나 꼬챙이를 찔러 그 자리에서 불에 구워줬다. 불 주위에는 금속 쟁반을 두어 고기에서 떨어지는 기름을 모았고, 고기 살 형편이 안 되면 그 기름만 사서 집에 가져가 요리에 쓸 수도 있었다. 이상한 점은 그 구덩이에서 일하는 상인들이 전부 깡말랐고, 그들이 먹는 모습은 보지 못한다는 것이었다. 사람들은 늘 그건 그들이 자기들이 파는 고기를 감히 먹지 못하기 때문이라고 했고, 몇 달마다 한 번씩 그 고기가 실은 사람 고기이며 수용소에서 가져온 것이라는 소문이 나돌았다. 그래도 사람들은 여전히 그 고기를 샀고, 꼬챙이의 고기를 뜯고, 꼬챙이가 깨끗이 반짝이도록 핥아먹은 뒤 상인에게 도로 건넸다.

스퀘어는 우리 건물 바로 앞에 있지만, 나는 그곳을 거의 찾지 않았다. 남편은 아마 갔을지도 모른다. 하지만 나는 가지 않았다. 그곳은 너무 시끄럽고 너무 정신없었고, 사람들과 냄새와 호객 소리—금소-옥 팔아요! 금소-옥 팔아요!—와 목재를 계속 두드리는 망치 소리에 마음이 불안해졌다. 그리고 불 때문에 숨을 쉴 수 없을 정도로 더워서 기절할 것 같았다.

스퀘어가 불편한 사람이 나만은 아니었지만, 사실 그것은 어리석은 반응이었다. 최소 20대의 플라이(Fly)가 이 지역 전체를 웅웅거리며 감시했고, 정말 나쁜 일이 생기면 즉시 경찰이 들이닥치기 때문이다. 그래도 스퀘어를 에워싼 인도를 걸어 다니면서 울타리를 통해 안에서 일어나는 일을 보기만 하고 들어가지 않는 나 같은 사람들이 있었다. 대개 나이가 많고 퇴직한 사람들이 많았지만, 내가 아는 사람은 없었다—8구역 주민이 아니라 다른 구역 사람일 수도 있었다. 엄밀히 그것은 불법이었지만, 단속은 드물었다. 남쪽과 동쪽 구역들에도 스퀘어 같은 곳들이 있었지만, 8구역 스퀘어가 최고로 여겨졌다. 8구역은 살기에 안정되고 건강하며 차분한 곳이기 때문이다.

스퀘어 주위를 서너 번 돌고 나니 견딜 수 없이 더웠다. 스퀘어의 남쪽 끝에는 냉방실이 줄지어 있었지만, 줄이 길기도 했고, 아파트로 돌아가기만 하면 되는데 돈을 쓰는 것은 어리석은 짓이었다. 할아버지가 내 나이 때는 냉방실도, 상인도 없었다. 그 시절 스퀘어는 나무가 자라는 풀밭이었고, 가운데 구덩이는 물이 튀어나와 구덩이로 다시 떨어지는 분수대였다. 물이 터져 나와 떨어지고 터져 나와 떨어지기를 계속 반복했는데, 사람들이 좋아하는 것 이외에 다른 이유는 없었다. 이상한 소리지만, 사실이다. 할아버지가 그 분수 사진을 보여준 적이 있었다. 그 시절 사람들은 개를 자녀처럼, 반려로 키우며 함께 살았고, 개들만 먹는 특별 사료도 있었고, 개들은 사람처럼 다들 이름도 가지고 있었다. 주인이 개를 스퀘어에 데리고 나오면 개는 풀밭 주위를 뛰어다니고, 주인은 그런 개들을 지켜보라고 만들어놓은 벤치에 앉아서 개를 지켜봤다. 할아버지가 그렇게 말했다. 그 시절 할아버지는 스퀘어에 와서 벤치에 앉아 책을 읽거나 스퀘어를 가로질러 7구역으로, 당시에는 7구역이라 불리지 않고 역시 사람처럼 이름이 있던 곳으로 걸어가곤 했다. 그 시절에는 많은 것에 이름이 있었다.

스퀘어의 남쪽 면을 걸으며 그런 생각을 하는데, 입구 가까이 한 상인 주위에 모여 있던 사람들이 다른 곳으로 가면서 상인이 보였다. 그 상인은 거대한 금속 죔쇠 같은 도구 옆에 서 있었는데, 그 죔쇠에 큰 얼음덩어리를 끼워 넣고 있었다. 그렇게 큰 얼음덩어리를 보기는 오랜만이었고, 그다지 깨끗한 얼음은 아니었지만—연한 갈색이었고, 각다귀들이 점점이 갇혀 있는 게 보였다—꽤 깨끗해 보여서 거기 서서 지켜보고 있는데 상인이 돌아서 나를 봤다.

"찬 거 줄까요?" 그가 물었다. 그는 웨슬리 박사보다 나이가 많은, 거의 할아버지 정도 되는 노인이었고, 더위에도 긴 소매 스웨터를 입고 손에는 비닐장갑을 끼고 있었다.

낯선 사람이 말을 거는 것에 익숙하지 않아서 당황했지만, 눈을 감고 할아버지가 가르친 대로 심호흡을 하다가 눈을 뜨니 그는 여전히 거기 서서 나를 보고 있었다. 그래도 긴장하게 되는 눈빛은 아니었다.

"얼마예요?" 한참 뒤 나는 겨우 말했다.

"유제품 하나나 곡물 둘." 그가 말했다.

한 달에 유제품 쿠폰 스물네 장과 곡물 쿠폰 마흔 장밖에 받지 못하니 비싼 값이었고, 그가 파는 것이 무엇인지조차 모르니 더했다. 물어볼 수도 있었지만, 묻지 않았다. 이유는 모르겠다. 언제든지 물어보면 돼. 할아버지가 내게 일깨워주곤 했고, 그건 사실이 아니었지만, 그 상인에게는 물어볼 수도 있었다. 아무도 내게 화내지 않았을 것이다. 아무런 말썽에도 휘말려 들지 않았을 것이다.

"더워 보이네요." 그가 말했고, 내가 아무 대답도 하지 않자 이렇게 말했다. "값어치는 할 거라고 장담해요." 착한 노인이라고 판단했다. 목소리가 할아버지와 좀 비슷하기도 했다.

"좋아요." 나는 대답하고 주머니에 손을 넣어 유제품 쿠폰 한 장을 찢어 그에게 건넸고, 그는 쿠폰을 앞치마 주머니에 넣었다. 그리고 종이컵을 얼음 바로 아래 기계 구멍에 놓고 크랭크를 아주 빨리 돌리기 시작하자 깎은 얼음이 컵에 떨어졌다. 얼음이 컵을 채우자, 그는 컵을 재빨리 쥠새에 탁탁 두드려 다져 넣더니 다시 그 자리에 놓고 크랭크를 다시 돌리기 시작해서 얼음 봉우리가 생길 때까지 컵을 돌렸다. 드디어 그는 얼음을 두드리더니 희고 탁한 액체가 든 유리병을 발치에서 들어 얼음 위에 한참을 뿌리고는 내게 건넸다.

"감사합니다." 내 말에 그는 고개를 끄덕이고 "맛있게 들어요"라고 말했다. 그는 팔을 들어 이마를 닦았는데, 그때 스웨터 소매가 처지면서 팔 안쪽 흉터가 보이는 바람에, 70년 유행병에서 살아남은 사람이라는 걸 알 수 있었다. 대체로 아이들이 걸렸던 병이다.

그러자 몹시 이상한 기분이 들어서 돌아서서 가능한 한 빠른 걸음으로 걸어갔고, 냉방실을 기다리는 사람들이 줄을 서 있는 서

47

쪽 모퉁이에 다다른 다음에야 얼음이 손에 녹아내리는 것을 느끼고 그 간식을 들고 있다는 사실을 기억했다. 핥아보니 얼음에 시럽을 뿌린 것이었고, 시럽은 달았다. 설탕은 아니지만—설탕은 너무 귀했으니까—설탕과 맛도 느낌도 비슷한 것이었다. 얼음은 정말 차가웠지만, 그쯤 되자 나는 당황한 나머지 몇 번 더 핥은 뒤 컵을 쓰레기통에 버리고 집을 향해 최대한 빨리 걸어갔다. 혀가 얼얼하면서도 따끔거렸다.

안전한 아파트 안에 돌아오니 마음이 놓였고, 소파에 앉아 기분이 나아질 때까지 심호흡을 했다. 몇 분 뒤 진정이 됐고 라디오를 켜고 다시 앉아 좀 더 심호흡을 했다.

하지만 좀 지나자 후회가 되기 시작했다. 이유 없이 겁에 질리고 유제품 쿠폰을 한 상 써버렸는데, 아직 이번 달 중순밖에 되지 않았기 때문에 우유나 응유 없이 이틀을 더 보내야 했다. 그뿐만 아니라 비위생적인 얼음에 그 쿠폰을 썼고, 심지어 먹지도 않았다. *게다가 밖에 나간 바람에 땀을 뻘뻘 흘렸는데 시간이 겨우 11시 7분밖에 안 됐으니 샤워를 하려면 9시간 가까이 기다려야 한다.*

문득 남편이 곁에 없는 것이 아쉬웠다. 내가 한 일을 말하고 싶어서가 아니라, 그는 내게 어떤 나쁜 일도 일어나지 않을 테고, 난 안전하며, 그가 약속대로 늘 나를 돌봐줄 것이라는 증거이기 때문이다.

그러다 그날이 목요일 밤, 남편이 자유 시간을 갖는 날이라 저녁 식사 시간이 지나서, 아마 내가 잠든 뒤에야 귀가하리란 것이 기억났다.

그 생각이 나자 가끔 나를 덮치는 야릇하고 조마조마한 느낌, 가끔 찾아오는 초조함과는 다른, 무슨 일이 일어날 것처럼 이따금 흥분되기까지 하는 느낌이 들었다. 하지만 물론 아무 일도 일어나지는 않았다, 나는 우리 아파트에 있고, 우리 집은 8구역이고, 할아버지가 단단히 챙겨두었으므로 나는 언제나 안전할 것이다.

그래도 가만히 앉아 있을 수 없어서 일어나 아파트 안을 뱅글뱅글 돌기 시작했다. 그리고 어릴 적에도 그랬듯이 문을 열기 시작해 딱히 설명할 수 없는 것을 찾았다. "뭘 찾는 거니, 아기 고양아?" 할아버지가 묻곤 했지만, 나는 대답할 수 없었다. 어릴 적 할아버지는 나를 무릎에 앉히고 손목을 붙잡고서 귀에 이렇게 속삭이며 말리려고 했다. "괜찮다, 아기 고양아." 할아버지가 말했다. "괜찮아." 그러면 나는 붙잡히는 것이 싫어서, 자유가 좋아서, 돌아다니고 싶어서 소리를 지르며 팔다리를 휘저어댔다. 그리고 조금 더 나이가 들자, 할아버지는 하던 일을 그만두고 일어나 나와 함께 찾기 시작했다. 내가 싱크대 아래 찬장을 열었다 닫으면 할아버지도 아주 진지하게 그렇게 했고, 내가 집 안의 모든 층의 문을 전부 열었다 닫을 때까지 할아버지도 따라 했다. 다 마치고 나면 나는 지쳤지만 필요한 것을 찾지 못했고, 할아버지는 나를 안아다 침대에 눕혔다. "다음에는 찾을 거다, 아기 고양아." 할아버지가 내게 말했다. "걱정 마라. 찾을 거야."

하지만 이제는 모든 것이 제자리에 있다. 부엌에는 콩과 생선 통조림, 오이피클과 무피클 병, 귀리와 말린 두부껍질 통, 인공 꿀

49

이 든 유리 앰풀이 있었다. 현관 장에는 우산과 우비, 냉각복과 햇빛 가리개, 마스크, 4리터짜리 물병과 항생제, 손전등, 배터리, 자외선 차단제, 냉각 젤, 양말, 운동화, 속옷, 단백질 덩어리, 과일과 견과를 넣은 비상용 가방이 있었다. 복도 옷장에는 상의와 바지, 속옷, 여분의 신발, 배급받은 14일치 물이 있었고 바닥에는 출생 증명서와 시민증, 거주 증명서, 보안 승인서, 가장 최근의 건강 기록부, 가까스로 몇 장 챙긴 할아버지 사진들이 든 상자가 있었다. 욕실 장에는 비타민, 여분의 항생제, 여분의 자외선 차단제와 화상 연고, 샴푸, 비누, 항균 물티슈, 화장지가 있었다. 내 침대 밑 서랍에는 금화와 전표가 있었다. 우리 급의 공무원은 충분한 수당을 받기 때문에 일주일에 아이스 밀크나 음식 쿠폰 세 장에서 여섯 장에 상당하는 다양한 조합의 특식을 더 살 수 있었다. 하지만 우리 둘 다 추가로 뭘 사는 법이 없어서 쿠폰을 많이 모아두었고, 그걸로 새 옷이나 새 라디오 같은 더 큰 걸 살 수도 있었다. 그러나 우리에게는 더 필요한 것이 없었다. 정부에서는 한 사람당 유니폼 외에도 1년에 새 옷 2벌을 주었고, 5년마다 새 라디오 1대를 지급했기 때문에 동전과 전표를 그런 데 쓰는 것은 어리석은 짓이었다. 우리는 전표로 그 무엇도, 심지어 유제품 추가 쿠폰처럼 필요한 품목도 사지 않았다—이유는 모르겠다.

　나는 복도로 다시 나가 상자를 꺼냈다. 할아버지 사진을 보고 싶었기 때문이다. 그러나 출생증명서가 든 봉투를 꺼내자 그 안의 서류가 바닥으로 떨어지면서 처음 보는 봉투 하나가 떨어졌다. 오래된 봉투는 아니었지만 분명 사용한 흔적이 있었고, 열어 보니 안에 6장의 종이가 들어 있었다. 그건 종이라기보다 종잇조각이었고, 각기 다른 곳에서 찢어낸 조각들이었다. 줄이 쳐진 조각도 있고, 분명히 책에서 찢은 듯한 조각도 있었다. 날짜가 적히거나 받는 사람이 적히거나 서명이 있는 것은 없었고, 내용은 검은 잉크로 급히 비뚤비뚤 적은 몇 글자뿐이었다. "보고 싶다." 하나는 그렇게 적혀 있었다. 또 하나에는 "22:00, 평소 장소," 세 번째에는 "20:00"라고 적혀 있었다. 네 번째와 다섯 번째에는 같은 내용이 적혀 있었다. "널 생각하고 있어." 그리고 여섯 번째에는 한 마디만 적혀 있었다. "언젠가."

한동안 나는 거기 앉아 그 종이를 보면서 어디서 나온 것일까 생각했다. 하지만 남편의 물건은 분명했다. 내 것은 아니고, 아파트에는 우리 말고는 아무도 들어오지 않았으니까. 누군가가 그 쪽지를 남편에게 보냈고, 남편이 그것을 간직해둔 것이다. 우리 서류와 함께 있는 것을 보니 내가 보면 안 되는 쪽지였다. 우리 서류를 관리하고 해마다 시민증을 갱신받은 사람은 남편이니까.

남편이 돌아오려면 몇 시간 더 있어야 했지만 나는 쪽지를 다 읽은 다음 언제라도 남편이 문 두드리는 소리가 들리기라도 할 것처럼 황급히 봉투에 밀어 넣고 보고 싶었던 사진조차 보지 않은 채 상자를 제자리에 되돌려 놓았다. 그리고 우리 침실로 가서 옷을 다 입은 채 침대에 누워 천장을 멍하니 쳐다봤다.

"할아버지." 나는 말했다.

하지만 당연히 아무도 대답하지 않았다.

나는 거기 누워 진술과 지시가 적힌, 너무 단순해서 오히려 너무 복잡한 그 종이쪽지들 말고 다른 생각을 하려고 노력했다. 분홍이를, 할아버지를, 스퀘어에서 본 것을 생각했다. 하지만 내내 들리는 것은 마지막 쪽지, 누군가가 내 남편에게 썼고 남편이 간직한 쪽지에 적힌 말뿐이었다. *언젠가.* 누군가가 그렇게 적었고, 남편은 그것을 모아두었으며, 그 쪽지의 왼쪽 가장자리는 누군가가 손가락 사이에 넣고 만지작거린 것처럼 더 부드러웠다. 누군가가 여러 번 들고서 다시, 또다시, 또다시 읽었던 것처럼. *언젠가, 언젠가, 언젠가.*

#2

50년 전 가을

피터에게

2043년 9월 1일

꽃 정말 고맙다. 어제 받았어. 정말 이럴 필요 없었는데. 그래도 정말
근사한 꽃이야. 우리 둘 다 너무 마음에 들어—고맙다.

꽃 이야기가 나왔으니 말인데, 플로리스트가 엉망진창 실수를 했어.
우리가 원하는 건 흰색 아니면 보라색 밀토니아라고 했는데, 그 사
람들이 뭘 주문했는지 알아? 난초인 차트루스 캐틀야를 몇 다발이
나 주문했더라고. 꽃 가게는 분노를 뒤집어쓰고 있어. 어떻게 이런
일이 일어날 수 있지? 알겠지만, 난 별로 상관하지 않아. 하지만 너대
니얼이 노발대발 난리를 치고 있기 때문에, 집안을 조용히 유지하고

이 혼돈에 평화를 가져오기 위해서는 나도 공감의 분노를 보일 수밖에 없어.

그날까지 이제 48시간도 안 남았다. 내가 이 일에 동의했다는 게 아직도 안 믿겨. 네가 이 자리를 함께할 수 없다는 것도 믿을 수 없고. 물론 널 용서하지만, 너 없이는 모든 게 같지 않을 거야.

너대니얼이랑 아가가 사랑한다고 전해달래. 나도 그렇고.

P에게

2043년 9월 5일

음, 난 여전히 살아 있어. 겨우. 하지만 살아 있지.

어디서부터 시작해야 할까? 어젯밤에 비가 내렸어. 섬 북쪽에는 절대 비가 안 오는데. 밤새도록 너대니얼은 안달복달하며 어쩔 줄 몰라 했어—진흙은 어쩌지? 비가 안 그치면 어쩌지? (만약의 사태를 대비한 계획은 없는데.) 돼지 요리를 위해 파둔 구덩이는 어쩌고? 너무 습해서 키아베 가지들이 안 마르면 어쩌지? 존이랑 매튜한테 안으로 옮겨놓으라고 해야 할까?—결국 난 그만 좀 하라고 말할 수밖에 없었어. 그래도 소용이 없어서 결국 약을 줘서 겨우 잠재웠지.

당연하게도 너대니얼이 잠들고 나니 이제 내 잠이 달아나버렸어. 새벽 3시쯤 밖에 나가보니 비가 그치고 커다란 은빛 달이 떠 있고 얼마 안 남은 구름은 북쪽 바다 쪽으로 흘러가고 있더군. 존이랑 매튜가 장작 묶음은 포치 밑으로 옮기고 구덩이는 몬스테라 잎으로 덮어뒀고, 사방에서 달콤하고 싱그러운 냄새가 났어. 오로지 경이로움이라고 할 수밖에 없는—처음도 아니지만 마지막도 아닌—느낌이 날 감쌌어. 내가 이 아름다운 곳에서, 적어도 조금 더, 살게 되다니. 내가 결혼식을 하다니.

그리고 열세 시간 후, 너대니얼과 난 결혼했어. 널 위해 (대부분의) 자세한 사항은 다 생략하고, 이것만 이야기할게. 난 또다시 예상치 않게 감동했고 너대니얼은 (대놓고) 울었고 나도 울었어. 결혼식은 존과 매튜의 집 뒤 잔디밭에서 했는데, 매튜가 무슨 이유에서인지 대나무로 제단 같은 구조물도 만들어놨더라고. 서약을 마친 후 너대니얼이 울타리를 넘어 달려가 바다에 뛰어들자고 제안했고, 우린 그렇게 했어.

자, 그렇게 됐고, 이제 우리는 평소 일과로 돌아왔어—집은 아직 엉망진창으로 어질러져 있고, 이삿짐 인부들은 2주 안에 온다는데, 난 아직 연구실 정리도 시작 안 한 데다가 내 박사 후 과정 마지막 논문 리뷰도 마쳐야 하고. (아기도 데리고 가야 하는 여행이긴 하지만) 신혼여행은 일단 미룰 수밖에 없어. 그건 그렇고, 네가 보내준 선물들 아기가 정말 좋아했어. 보내줘서 고맙대—독창적인 선물이었어. 비록 우리 아기의 짧은 인생에서 자기가 주인공이 아닌 유일한 날이 그날뿐만은 아니겠지만, 그날이 사실은 정말 자기를 위한 날이라는 걸 확인시켜주는 완벽한 방법이었어.(결혼식 전에 아기가 심하게 심통을 부렸거든. 너대니얼과 내가 걱정스러워 어쩔 줄 모르는 어미 까마귀들처럼 주위에서 푸드덕거리며 제발 좀 진정하라고 애원하자, 이렇게 소리지르지 뭐야. "나한테 '아가'라고 하지 마! 이제 거의 네 살이라고!" 우린 웃음을 터뜨렸고, 그래서 애 화만 더 북돋웠지.

이제 애가 P 아저씨한테 감사 이메일 쓰는 거 봐주러 가야겠다.

사랑을 담아,

내가

추신. 깜박할 뻔했네. 메이페어 사건 말이야. 끔찍하다. 뉴스에서 그 영상을 계속 반복해서 보여주고 있어. 저 카페 우리가 몇 년 전에 갔던 바에서 조금만 더 내려가면 되는 곳 아니야? 이 사건 때문에 넌 정신없이 바쁘겠지. 그게 이 사건에서 제일 나쁜 점이라는 말은 물론 아니야. 그래도.

피터에게,

2043 9월 17일

우린 해냈어. 휴. 너대니얼은 눈물바다고, 아가도 그래. 나도 곧 따라갈 거야. 곧 또 쓸게. 사랑해, 내가.

피터에게,

2043년 10월 1일

편지 자주 안 보내서 미안해. 지난 3주 정도 매일 오늘은 피터에게 오늘 무슨 일이 있었는지 낱낱이 길게 편지를 써야지 생각했어. 그런데 밤이 되면 그냥 평범하게 잘 지내, 보고 싶어, 이런저런 논문 읽었어, 이런 소리밖에 쓸 수 없더라고. 미안.

이 이메일은 두 부분으로 나눠져 있어. 일에 관한 내용과 사적인 내용. 하나가 다른 하나보다 조금 더 흥미로울 거야. 어느 쪽일지 맞춰봐.

우린 이제 플로렌스 하우스 이스트에 정착했어. FDR 드라이브 바로 서쪽에 있는 오래된 건물이야. 거의 80년 된 건물이지만, 60년대 중반 지어진 건물들 다수가 그렇듯이 더 최근 것 같기도 하고 더 오래된 것 같은 느낌도 들어. 그 시기 건물은 아닌 것 같지만 그렇다고 딱히 어느 시간대에도 속하지 않는 것 같은 느낌. 많은 박사 후 과정생들과 거의 모든 연구 책임자들(다른 말로 연구 실장)이 캠퍼스 내 이런 유닛에 살고 있어. 우리가 여기 올 때 약간의 논란이 있었던 것 같아. 왜냐하면 우리 유닛은 (1) 고층(20층)에 있고, (2) 코너 아파트고, (3) 남동향에다가 (해가 제일 잘 드는 등의 장점), (4) 진짜 침실이 세 개 있으니까 (다른 침실 세 개짜리 유닛 대부분은 침실 두 개짜리 넓은 유닛을 개조한 거라서 세 번째 침실에는 창문이 없거든). 한 이웃의 말에 의하면, 가족 숫자와 종신 재직권, 그리고 (다른 모든 것과 마찬가지로) 논문 개수에 따라 뽑기로 정하기로 했었는데, 그러지 않고 우리한테 배정되었다는 거야. 그러니 모두에게 미리 날 미워할 이유가 하나 더 생긴 거지. 아 뭐. 요새 내 인생이 그렇다고.

아파트는 크고 위치가 좋아서 (나라도 화났을 거야) 루스벨트 섬에 있는 옛 천연두 병원이 보여. 지금은 새 난민 캠프로 사용하려고 준비 중이지. 날이 맑을 때면 저 멀리 섬 능선까지 보이고, 햇살이 좋은 날이면 보통 때는 뿌연 진흙탕이던 강물이 반짝거리며 거의 예뻐 보이기까지 해. 어제는 조그만 경찰 보트가 칙칙거리며 북쪽으로 달려가는 걸 봤는데, 나중에 그 이웃에게 들으니 자주 있는 일이라더군. 사람들이 다리에서 뛰어내리거나 강물에 들어가 자살하는 모양이야. 그래서 경찰들이 시신을 끌어내야 하고. 난 날씨가 흐려서 하늘색이 철제 색깔로 변하는 게 좋아—어제는 폭풍이 불었고, 우린 번개가 강물 위에 번쩍이는 걸 봤어. 아기는 깡충깡충 뛰며 환호성을 질렀지.

아기 이야기가 나왔으니 말인데, 우리 아기는 벌써 캠퍼스 내 학교에 등록했어 (보조금이 있기는 하지만, 그래도 싸지는 않아). 여기서 8학년까지 다닐 수 있고, 그 후—무슨 재난이나 퇴학, 낙제만 없다면—고등학교는 바로 헌터로 갈 거야 (공짜야!). 학교는 부모님이 록펠러 대학교 교수거나 박사 후 과정생 혹은 여기서 서쪽으로 한 블록, 남쪽으로 한 블록 떨어진 곳에 있는 메모리얼 슬로언 케터링에서 펠로우거나 포스트펠로우면 들어갈 수 있어. 그건 학생들이 인디언에서 일본인까지, 그리고 그 사이 모든 민족을 아우르는 인종적 다양성을 보여주는 집단이라는 뜻이지. 소비에트풍 시멘트 다리 하나가 아파트 건물과 캠퍼스의 옛 병원 건물을 연결하고 있고, 거기서 캠퍼스 전체와 연결되는 일련의 터널들로 들어가면 어린이와 가족 센터 지하로 나와. 사람들은 야외로 다니는 것보다 그걸 더 선호하는 것 같아. 지금까지는 진짜 교육을 하는 듯한 증거는 거의 없는 것 같지만—내가 아는 한, 아이들은 보통 동물원에 가거나 읽어주는 이야기를 들으며 하루를 보내—너대니얼은 요즘 학교는 이렇다고 주장하고, 난 이 문제는 너대니얼에게 맡기고 있어. 어쨌거나 아기는 행복해 보이고, 네 살짜리에게 뭘 더 합당하게 기대해야 하는지 난 모르니까.

너대니엘에게도 같은 말을 할 수 있다면 좋을 텐데. 너대니얼은 분명히 행복하지 않은데, 아무 말도 안 하기로 작정한 모양이야. 너대니얼의 그런 점을 사랑하지만, 그 때문에 난 좀 마음이 아파. 내가 이 일을 맡는 데는 아무런 불안도 없었지만, 19세기 하와이 직물과 직물 예술 전문가를 위한 큐레이터 자리가 뉴욕에 없을 수도 있다는 것은 우리 둘 다 알고 있었고, 그 짐작은 불행하게도 사실이 됐어. 너한테 이야기했던 것 같은데, 너대니얼이 연락하고 지내는 대학원 시절 친구 하나가 메트로폴리탄 미술관 오세아니아 분과에서 연구원으로 있어서 메트에 들어갈 방법이 있을지도 모른다는 생각을 했었거든. 시간제로라도 말이야. 하지만 그럴 가능성은 없어 보여. 사실 그게 최고 해결책이었는데. 너대니얼이 그 외에 뭘 할 수 있을지, 어떻게 재훈련을 받을 수 있을지, 이런 문제에 대해 작년에 간간이 이야기는 했었어. 하지만 우리 둘 다 그런 대화를 마땅히 해야 하는 만큼 깊게 나누지 못했지. 내가 보기에 너대니얼의 입장에서는 두려워서였던 것 같고, 내 입장에서는, 어떻게 논의를 하더라도 결국에는 이 결정이 이기적이라는 것, 우리가 여기로 이사하면 너대니얼이 생계와 직업 정체성을 잃어버리게 된다는 게 강조될 수밖에 없다는 걸 알고 있어서였어. 그래서 매일 아침, 난 일찍 연구실에 가고, 너대니얼은 아기를 학교에 데려다준 다음 아파트를 꾸미면서 남은 시간을 보내. 너대니얼을 우울하게 만드는 아파트지. 낮은 천장에, 속이 빈 합판 문짝에, 담자색 화장실 타일까지.

가장 나쁜 점은, 너대니얼이 행복하지 않으니까 내가 연구실 이야기를 많이 하기가 눈치 보인다는 거야. 내겐 있고 너대니얼에겐 없는 것을 굳이 상기시키고 싶지 않거든. 우린 처음으로 서로에게 비밀을 숨기고 있고, 그게 너무 일상적인 이야기, 아기를 재운 뒤 설거지를 하거나 아침에 너대니얼이 아기 점심거리를 만들며 나누던 그런 이야기라서 더 힘들어. 너무 할 이야기가 많거든! 예를 들어 이런 것들. 도착한 다음 날 처음으로 직원을 고용했는데, 하버드에 있다가 남편이 재즈 음악가여서 뉴욕에 더 기회가 많을 것 같아서 여기로 왔다는 연구실 기술자였어. 40대 초반 정도 되어 보였고 쥐 면역학 분야에서 10년 근무했다더라고. 이번 주에는 두 번째 박사 후 과정생을 뽑았어. 스탠퍼드에서 온 웨슬리라는 굉장히 똑똑한 친구야. 그래서 내겐 아직 박사 후 과정생 셋, 12주 간격으로 연구실을 순환하며 도는 대학원생 네다섯 정도를 더 뽑을 예산이 있어. 대학원생들은 보통 연구실들이 제대로 굴러갈 때까지 기다리다가 들어갈지 말지 결성하지만—미안하지만, 사교 클럽 들어가는 과정과 얼핏 비슷해—듣자 하니 내 "명성" 덕분에 몇 명 좀 더 일찍 받을 수도 있대. 약속하는데, 여기서 내 자랑하려는 거 아니야. 그냥 들은 이야기를 하는 것뿐이라고.

내 연구실(내 연구실이라니!)은 라슨이라고, 새 건물 중 하나에 있는데, 그 일부가 문자 그대로 맨해튼과 루스벨트 섬 근처 인공 육지를 잇는 다리를 형성하고 있어. 내 사무실에서 보이는 전망은 집에서 보는 것과는 조금 달라서 강물과 도로, 시멘트 다리, 플로렌스 하우스 이스트와 웨스트가 보여. 여기 연구실들에는 다 공식적인 이름이 있어. 내 연구실 이름은 신종 초기 감염 연구실이야. 하지만 오늘 아침 일찍 내 연구실 몫 삼각플라스크를 배달해주러 온 남자는 "당신 신

종 질병 분과죠?"라고 묻더라고. 내가 웃자, 그 사람이 "왜요? 제가

뭘 잘못 알았나요?"하기에 정확히 알고 있다고 이야기해줬어.

너무 내 이야기만 해서 미안해. 하지만 네가 바랐던 거잖아. 다음 주

에 우린 이민국 최종 면접을 앞두고 있고, 그 후에는 공식적이고 합

법적이며 영구적인 전임 미국 거주민이 될 거야 (어이쿠!). 넌 어떻게

지내는지 이야기해줘. 일이랑 지금 만나는 괴짜랑 몽땅 다. 그동안

신종 질병 분과에서 사랑을 보내며.

사랑하는 오랜 친구 C.

피터에게,

2045년 4월 11일

가장 최근 소식 고맙다. 덕분에 약간 기분이 좋아졌어. 그건 요즘은

거의 불가능한 과업이거든.

네가 (그쪽 세상에서 벌어지고 있는 일들은 말할 것도 없고) 이런 일들에 대

해 이미 얼마나 많은 걸 알고 있는지 생각하면, 예산 삭감 이야기도

벌써 듣지 않았을까 싶어. 삭감은 여름 끝까지 계속 진행될 테고 이

나라 연방 과학 기관 전체에 영향을 미치게 될 거라고 하더군. 공식

정보에 의하면 그 돈은 전쟁 쪽으로 갈 거라고 하고, 어느 정도는 그

렇지만, 이 업계에 있는 사람들은 그 돈이 사실은 콜로라도로 간다

는 걸 다 알고 있어. 모종의 생화학 신무기를 만들고 있다는 소문이

있는 곳 말이야. 록펠러 대학교가 정부 보조금에 완전히 의존하고 있지 않은 한은 다행이지만, 그래도 여전히 많은 부분 보조금에 의존하고 있거든. 내 연구에 영향이 올까 봐 걱정돼.

그리고 사실 전쟁 자체로 인해 다른 식으로 곤란한 점도 있어. 너도 알다시피, 중국인들이 전 세계에서 가장 앞서 있고 가장 다양한 전염병 연구를 책임지고 있잖아. 그런데 새로 제재가 가해지면 우린 그쪽과 더 이상 연락할 수가 없어—적어도 공식적으로는. 우리와 국립위생연구소, 질병관리센터 사이에 몇 달 동안 비공식 루트로 논의가 오갔지만, 별 성과가 없었던 것 같아. 다시 말하지만, 내 연구는 다른 동료들 연구만큼 영향을 받지는 않았지만, 그건 언젠가는 영향을 받을 거라는 뜻이고, 지금까지는 아무것도 할 수 있는 게 없어.

사우스캐롤라이나 사건을 생각하면 이런 일을 한다는 게 특히 말도 안 되는 것 같아—너한테까지 소식이 들어갔는지 모르겠지만, 2월 초 사우스캐롤라이나주 남동쪽에 있는 몽크스 코너라는 도시 바로 외곽에서 미지의 바이러스가 발견됐거든. 사이프러스 가든이라고, 조경 공사가 된 흑수 습지대가 있는 곳이야. 지역민 하나—건강했던 40대 여성—가 습지에서 카약을 타다가 모기에게 물린 후 독감 비슷한 증상을 보였는데, 진단받고 48시간 후 발작 증상을 보이기 시작했고 72시간 후에는 마비가 시작되어 96시간 후 사망했어. 하지만 그때쯤에는 그 여성의 아들과 이웃 노인도 비슷한 증상을 보이고 있었지. 알아, 동부 말뇌염 비슷하게 들리지만, 그게 아니야. 신종 알파 바이러스였어. 기이하고도 희귀한 행운으로, 그곳 시장이 37년 동아프리카에서 치쿤구니야 병이 창궐했을 때 바로 거기서 선교사로 있었던 사람이라 뭔가 잘못된 걸 감지하고 질병관리센터에 연락을 했고, 센터에서 와서 마을을 격리시켰지. 노인은 사망했지만, 아들은 목숨을 건졌어. 물론 질병관리센터는 이걸 대단한 승리로 다루고 있지. 병이 확산되지 않았을 뿐 아니라 전국 뉴스에 나오지 않도록 막았거든. 사실 어떤 뉴스에도 못 나오게 했어—그들은 그 시장에게 시민은 물론 어떤 언론에도 이 이야기를 하지 못하도록 하는 명령을 내려달라고 대통령에게 촉구했고, 대통령이 그렇게 했거든. 이렇게 되면 미리 승인받지 않은 질병 발생 정보는 국민의 안전을 위해 언론 보도를 막는 행정 명령이 나올 거라는 소문이 돌아. 공포가 확산되면 사람들이 지역에서 탈출하려고 할 테고, 적극적인 초기 봉쇄만이 질병의 빠른 확산을 막을 수 있는 방법이라는 생각이지. 물론 그 생각에도 일리는 있지만, 난 그게 위험한 해결책이기도 하다고 생각해. 정보는 금지를 우회해 가게 되어 있고, 일단 사람들이 그동안 들었던 게 거짓말이었다거나, 적어도 정보에서 차단되었다는 것을 알게 되면, 더 큰 불신과 의혹, 따라서 더 큰 공포로 이어지게 될 거야. 하지만 정부는 진짜 문제, 즉 미국인들의 과학적 무지를 대면하거나 바로 잡는 것을 미룰 수만 있다면 뭐든 하겠지.

어쨌거나, 본론으로 돌아가자면—이게 바로 우리 예산 삭감이 일어나고 있는 문맥이야. 그 사람들은 정말로 이게 마지막 감염병이라고 생각할 정도로 앞을 못 보는 걸까? 질병은 저 멀리서 벌어지는 일이고, 우리에겐 돈과 자원과 앞서가는 연구 기반이 있으니까 훗날 어떤 감염병이 나타나더라도 상황이 "너무 안 좋아지기" 전에 길목을 막을 수 있을 거라는 암묵적이고 완고한 믿음이 있는 것 같아. 하지만 "너무 안 좋아진다"는 게 무엇이며, 어떻게 우리더러 더 적은 정보와 재원을 가지고 이 일을 하라고 제안하는 걸까? 난 사방에서 묵시록을 보는 과학자, "큰 놈"이 곧 닥쳐온다는 예언을 거의 환희에 차서 하는 그런 과학자가 아니야—쫄보 웨슬리 같은 사람이 아니라고. 하지만 이 생각은 확실해. 예산 삭감으로 질병에 대응한다는 건 소름 끼칠 정도로 바보 같은 짓이야. 그건 마치 해결책을 고사시키면 문제가 아예 시작되지도 않도록 고사시킬 수 있을 거라는 식의 생각이지. 우린 이런 질병들에 너무 익숙해진 나머지 사소한 바이러스 같은 건 없다는 걸 잊고 있어. 다만 초기에 확산을 막은 바이러스와 막지 못한 바이러스가 있을 뿐이야. 지금까지는 운이 좋았지. 하지만 영원히 행운이 함께하지는 않을 거야.

자, 여기까지는 일 이야기고. 집 상황도 별로 좋지 않아. 너대니얼이 드디어 직장을 구했어. 적시에—우리 둘 사이 긴장이 터지기 일보 직전이었거든. 혐오스러운 아파트에 온종일 있는 건 새 친구들을 사귀는 데 도움이 되지 않았어. 너도 알다시피, 너대니얼은 바쁘게 지내려고 계속 노력했어. 아기 학교에서 자원봉사를 하고 노숙자 쉼터에도 매주 목요일 아침마다 가서 식사 준비를 했지만, (나한테 말했는데) "쓸모없고 무의미"하게 느껴진대. 자기 분야에서 직장을 구할 수 없다는 건 너대니얼도 알고 있었지만, 그냥 말로 그 상황을 받아들인다고 하는 게 아니라 실제로 받아들이는 데는 거의 2년이 걸렸어. 그래서 이제 너대니얼은 브루클린에 있는 비싸고 저평가된 조그만 학교, 돈은 많지만 둔한 아이를 둔 부모들이 주로 아이를 보내는 학교에서 4학년, 5학년 학생들에게 미술을 가르치고 있어. 너대니얼은 한 번도 실제로 가르쳐본 적이 없고 통근도 성가시기는 하지만, 전보다 훨씬 행복해 보여. 자궁암 3기 진단을 받고 학기 도중에 그만둔 여자 선생님을 급히 대체하는 자리를 얻은 거야.

이곳으로 이사와서 생긴 예상치 못한 결과—나는 직장에서 만족하며 일하고, 너대니얼은 집에서 불만스럽게 지내는 상황—중 하나는 너대니얼과 아기가 나와 내 생활과 분리된 생활을 만들어나갔다는 거야. 어쨌거나 너대니얼이 늘 아기의 주 양육자이긴 했지만, 지난 1년 남짓 사이에 뭔가 변한 것 같았어. 그래서 두 사람이 어떤 면에서 날 배제한 관계를 만들어나갔다는 것을, 어떤 면에서 내가 두 사람의 매일 일상을 모르고 있다는 것을 자주 상기하게 돼. 그런 깨달음은 아주 작은 순간들에서 와. 저녁 식탁에서 두 사람이 내가 알아들을 수 없는 농담을 자기들끼리만 나누고 때로는 굳이 나한테 설명해주지도 않을 때라거나 (그러면 나도 화가 나서 묻지도 않고, 나중에는 그랬던 걸 부끄러워하지), 죄의식을 덜려고 아기 선물로 보라색 전자 깡통로봇을 사서 줬더니 이젠 가장 좋아하는 색이 보라색이 아니라 빨간색이라는 정보를 짜증스럽고 실망한 어조로 알려줘서 크게 상처받을 때처럼.

그리고 어젯밤 일도 있어. 밤에 재워주고 있는데 갑자기 아기가 그러는 거야. "엄마는 천국에 있어."

천국? 난 생각했지. 어디서 저 사실을 안 거지? 그리고 "엄마"라니? 우린 너대니얼의 사촌을 아기 엄마라고 부른 적이 한 번도 없었어—아기에겐 늘 진실을 말해줬어. 너대니얼의 먼 사촌이 아기를 품었지만, 아기는 우리 선택에 의해 우리만의 아기가 된 거라고. 그 사촌이 죽었을 때, 우린 언어를 엄밀하게 골랐어. 널 만드는 걸 도와줬던 아빠의 사촌이 어젯밤 돌아가셨단다. 하지만 아기는 내 침묵을 뭔가 이해하지 못한 것이라고 생각했는지 명확히 설명하려는 것처럼 덧붙였어. "죽었어. 그래서 천국에 있어."

난 잠시 어찌할 바를 몰랐어. "어, 그래, 돌아가셨지." 난 너대니얼에게 이 천국 이야기가 도대체 어디서 나온 건지 (분명 학교는 아니겠지?) 알아보라고 해야겠다고 생각하며 힘없이 대답했지만, 그러고 나자 이 대화를 길게, 훨씬 길게 끌고 가지 않을 다른 이야깃거리를 생각해낼 수가 없었어.

아기는 한동안 말이 없었고, 수없이 그랬듯이 난 아이의 머릿속에서는 어떤 일이 벌어지는지, 아이들은 어떻게 완전히 모순되거나 완전히 다른 두세 개의 개념을 의식 속에 동시에 품을 수 있는 것인지, 어떻게 그것들을 그저 관련 있는 정도가 아니라 서로 의존하고 뒤엉킨 개념으로 받아들일 수 있는 것인지 궁금해했어. 우린 언제부터 그런 식으로 생각하지 못하게 된 걸까?

그때 아기가 말했어. "아빠랑 엄마가 날 만들었어."

"그래." 내가 결국 대답했지. "아빠랑 네 엄마가 널 만들었어."

아기는 다시 입을 다물었어. "하지만 이제 난 혼자야." 아기가 부드럽게 말하자, 내 속에서 뭔가가 흔들렸어.

"넌 혼자가 아니야." 난 말했어. "너한텐 아빠가 있고, 나도 있어. 우린 널 엄청 사랑하고."

아기는 잠시 생각에 잠겼어. "아빠, 아빠도 죽을 거야?"

"응." 난 말했지. "하지만 난 엄청 오래 있다가 죽을 거야."

"얼마나 오래?" 아기가 물었어.

66

"너무 오래." 내가 대답했지. "너무 오래여서 내가 숫자로 세지도 못할 정도로."

아기가 드디어 미소를 지었어. "잘 자." 아기가 인사했어.

"잘 자." 나도 인사하고 입을 맞췄지. "아침에 보자."

난 일어나서 불을 껐고 (나오다가 보라색 로봇이 고개를 숙인 채 구석에 처박혀 있는 것을 보자, 슬퍼서 목이 메이더라. 마치 그 멍청한 로봇이 내가 장난감 가게 문 닫기 10분 전 고른 물건이 아니라 감정이 있기라도 한 것처럼 말이야), 이제 우리 침실로 진격해 너대니얼을 취조할 생각이었는데, 갑자기 피로가 몰려오더라고. 날 봐, 난 자기 연구실에다 가족에다 선망하는 아파트도 있고 모든 게 좋아. 그런데도 그때 난 커다란 하얀 비닐 튜브 위에 서 있는 기분이었어. 튜브가 흙길을 굴러 내려가는데 똑바로 서 있기 위해 다리를 쉴 새 없이 움직이며 거의 서핑을 하는 기분. 내 인생이 그런 느낌이었어. 그래서 난 우리 방으로 갔지만, 아기랑 했던 대화에 대해서는 아무 말도 하지 않고 대신 너대니얼과 아주 오랜만에 섹스를 했고, 너대니얼이 잠들고 나서 마침내 나도 잠이 들었지.

자. 이게 내 소식이야. 너무 자기 연민에 빠져서 내 이야기만 해서 미안하다. 네가 얼마나 열심히 일하고 있는지 잘 알아. 네가 어떤 문제들을 처리하고 있는지는 알 수조차 없지. 이 말이 큰 힘이 되지는 않겠지만, 동료들이 관료들에 대해 불평할 때마다 난 네 생각을 해. 내가 네 일부 동포들의 결론과 의견을 달리 할 수도 있겠지만, 최선의 결정, 옳은 결정을 내리기 위해 노력하는 사람들이 거기 있다는 것도 알아. 그리고 네가 그런 사람이라는 것도. 네가 여기 미국에서 그런

옳은 관료가 될 수 있으면 얼마나 좋을까—그렇다면 우리 모두에게 훨씬 더 좋을 텐데.

사랑을 담아, C

2045년 11월 22일

음, 일이 터졌어. 뉴스 계속 보고 있다는 거 알아. 우리 연방 예산이 크게 삭감될 위험에 처해 있었다는 소식도 알고 있다는 거 알아. 그런데 너도 알겠지만, 난 이런 일이 *진짜* 생기리라고는 예상치 못했어. 너대니얼은 내가 세상 물정을 몰랐다는데, 내가 정말 그랬어? 어디 보자고. 이 나라는 이제야 35년 독감의 여파에서 안정됐어. 지난 5년간 북미에서만 소규모 전염병이 적어도 여섯 번이나 발생했지. 이런 상황을 생각할 때, 가장 바보 같은 짓이 뭘까? 아, 난 알아. 이 나라 최고 생명과학 센터의 예산을 감축하는 거지! 다른 연구실장 하나가 말하는데, 문제는 우리야 지금이 35년 사태와 얼마나 비슷한 상황인지 알지만, 다른 국민들은 모른다는 거야. 이제 와서 사람들에게 말해줄 수도 없어. 아무도 관심 없을 테니까. (그 당시에도 말할 수 없었을 거야. 그랬으면 전국이 공포에 휩싸였겠지. 안타깝게도 우리 일에서 점점 더 큰 부분을 차지하고 있는 것은 수년의 세월과 수백만 달러의 돈이 드는 발견을 어떻게, 언제 밝힐 것이며, 과연 밝혀야 하는가, 이런 문제들을 둘러싼 논쟁이라는 생각이 들어.) 문제는 우리가 불평해봤자 아무도 우리를 믿지 않으리라는 거지. 다시 말해서, 우린 일을 잘하고 있기 때문에 오히려 벌을 받고 있는 거야.

그런 이야기를 대학 외부인에게 해서는 안 돼. 그건 뉴스 보도 직전에 학교 홍보 팀장이 우리를 강당에 다 모아놓고 한 말이기도 하고, 특히 어젯밤 저녁 식사하러 가던 길에 너대니얼이 한 말이기도 해. 그게 이 편지에서 진짜 하고자 하는 이야기야.

이건 나중에―아마도 우리가 만나게 될 다음 주―분명히 설명하려는 이유로 아직 말하지 않았지만, 너대니얼에게 새 친구들이 생겼어. 노리스와 오브리(오브리라니!)라는 나이 많고 엄청난 부자에다 여자 같은 게이 커플인데, 몇 달 전 너대니얼이 경매소에서 의뢰를 받고 갔다가 만난 사람들이야. 18세기 것으로 추정되며 분명 모처에서 훔친 것으로 추정되는 개인 소장품 하와이 카파 침대보의 진품 여부를 입증해달라는 의뢰가 들어왔었거든. 어쨌거나 너대니얼은 그 소장품을 검사하고 출처와 날짜를 인증해줬어―너대니얼이 보기에 그 물건은 1700년대 초반 것이고, 그러면 식민지 이전이기 때문에 극히 진귀한 물건이라는군.

그 경매소에서는 식민지 이전 폴리네시아와 마이크로네시아 공예품들을 수집하는 오브리 쿡이라는 사람이 이미 구매에 관심을 보이고 있었어. 그래서 경매소에서 그 사람과 너대니얼의 만남을 주선해줬고, 두 사람은 보자마자 반했고, 이제 너대니얼은 그의 표현에 의하면 "다양하고 어마어마하게 놀라운" 오브리 쿡의 소장품을 목록화하는 프리랜서 컨설팅 일을 맡았어.

난 이 일에 대해 여러 가지 감정이 들어. 첫 번째는 안도감이야. 여기로 이사 온 이래로 난 내가 너대니얼과 심지어 아기한테 저지른 일에 대해 공허함과 아픔을 느껴왔어. 두 사람은 호놀룰루에서 정말 행복했고, 내 야심만 아니었으면 나도 행복했거든. 하지만 그런 좌절감에도 불구하고 우린 거기 속해 있었어. 우린 다 일이 있었는데—난 조그맣지만 평판 좋은 연구소의 과학자였고, 너대니얼은 조그맣지만 평판 좋은 박물관의 큐레이터였고, 아기는 조그맣지만 평판 좋은 유치원에 다니는 아기였지—내가 록펠러에 있고 싶었기 때문에 모두 떠나게 됐어. 난 여기로 온 이유가 사람들의 목숨을 구하고 싶었다거나 여기서 더 많은 좋은 일을 할 수 있다고 생각했기 때문이라고 거짓말할 수가 없어. 물론 가끔은 그럴 때도 있긴 하지. 하지만 그 이유는 내가 유명한 연구소에 있고 싶었기 때문이야, 내가 사냥을 좋아하기 때문이야. 난 매일매일 새 전염병 발생을 두려워하며 시간을 보내지만, 한편으로는 그걸 갈망하고 있어. 다음에 큰 팬데믹이 벌어졌을 때 난 여기 있고 싶어. 그걸 발견하는 사람이 나였으면 좋겠어. 내가 그걸 해결하고 싶어. 책상에서 고개를 들고 바깥의 시커먼 하늘을 보고서야 연구에 너무 빠져들어 집중한 나머지 연구실에서 얼마나 오래 있었는지도 몰랐다는 걸 깨닫는, 하루 시간이 더 이상 아무 의미도 가지지 않게 된 그런 사람이 되고 싶어. 나도 다 알고 있어. 그래서 죄책감이 들지만 그렇다고 이런 욕심을 버릴 수도 없어. 그래서 너대니얼이 그 경매소에서 첫 번째 회의를 하고 너무나 행복해하며—너무나 행복해하며—집에 왔을 때, 난 면죄부를 받은 기분이었어. 너대니얼이 그렇게 흥분한 모습을 본 게 얼마만인지, 너대니얼에게 계속 한 말이지만, 너대니얼이 자기 자리를 찾기를, 그가 조용히 증오하는 이 도시와 나라에서 의미를 찾기를 늘 얼마나 바라고 있었는지 깨달았지. 그래서 너대니얼이 오브리 쿡을 만나고 환희에 차서 돌아왔던 그때 나도 행복했어. 너대니얼도 여기서 친구들을 몇 명 사귀긴 했지만, 많지도 않은 데다 대부분 아기 학교 친구들 부모들이었거든.

하지만 그 기쁨은 곧 뭔가 다른 것으로 변해갔어. 인정하기 부끄럽지만 그건 물론 질투야. 지난 두 달 남짓 사이 너대니얼은 토요일마다 오브리의 집이 있는 워싱턴 스퀘어로 지하철을 타고 가고, 난 아기랑 집에 있었어 (지난 2년 동안 내가 매 주말을 연구실에서 보내는 동안 너대니얼이 아기를 봤으니 이번에는 내가 아기를 데리고 집에 있을 차례라는 암묵적인 메시지지). 늦은 오후 집에 돌아오는 너대니얼은 흥분으로 얼굴이 달아올라 있어. 그러고는 아기를 받아 안아 빙빙 돌리며 놀아준 다음 저녁 준비를 시작하고, 음식을 하는 동안 오브리와 그 남편 노리스 이야기를 해. 18세기와 19세기 오세아니아에 대한 오브리의 지식이 얼마나 놀랄 만큼 깊고 풍부한지. 오브리의 집이 얼마나 근사한지. 오브리가 어떻게 모래펀드 매니저로 돈을 벌었는지. 오브리와 노리스가 어떻게 만났는지. 오브리와 노리스가 어디서 어떻게 휴가를 보내는지. 오브리와 노리스가 "시외 동쪽" 워터 밑에 있는 자기들 "사유지"인 프록스 폰드 웨이에 우리를 초대했다는 이야기. 노리스가 이런 책, 저런 연극에 대해 뭐라고 했는지. 오브리가 정부에 대해 어떻게 생각하는지. 오브리와 노리스가 난민 캠프에 대해 내놓은 굉장한 아이디어. 오브리와 노리스에 의하면, 우리가 꼭 보고/하고/가고/먹고/시도해봐야 하는 것들에 대해.

그 모든 이야기에 나는 "와아" 혹은 "와아, 자기, 대단한데" 같은 추임새를 넣어. 진심처럼 보이려고 애쓰지만, 솔직히 말해서 그렇게 못해도 상관없을 거야. 너대니얼은 내 말은 거의 듣지도 않거든. 연구실 바깥의 내 삶은 늘 두 개의 고정된 지주로 이루어져 있어—너대니얼과 아기. 하지만 이제 그의 삶은 (중요도 순서는 아니지만) 나, 아기, 그리고 오브리와 노리스로 이루어져 있어. 토요일만 되면 그는 침대에서 뛰쳐나가 체육관에 가기 위해 옷을 입고 (오브리와 노리스를 만난 후로 더 열심히 가고 있어) 운동을 한 다음 집에 와서 샤워를 하고 아기에게 밥을 먹이고 우리 둘 다에게 입맞춤을 해준 다음 시내로 떠나. 분명히 말하는데, 너대니얼이 그 사람들과 연애를 하고 있다거나 같이 잔다고—너도 알다시피 우리 둘 다 그런 걸 이상하게 여기진 않아—생각하지는 않아. 문제는 너대니얼이 그 사람들에게 홀딱 빠져 있는 게 나에 대한 거부처럼 늘린다는 거야. 우리, 나와 아기가 아니라 그냥 나.

난 늘 너대니얼이 우리 삶에 만족하고 있다고 생각했어. 그는 돈이나 안락, 화려함에 유혹을 느끼는 사람이 절대 아니었지. 하지만 어느 날 밤 오브리와 노리스의 아름다운 집과 그 집에 있는 아름다운 물건들에 대한 상세한 묘사를 듣고 나서부터 난 누워서 우리 집 나지막한 천장과 탁탁거리는 플라스틱 블라인드, 지난 6개월 동안 갈아주겠다고 너대니얼에게 약속했던 시커매진 전구가 든 트랙 조명을 물끄러미 바라보며 생각해. 내 성취, 내 지위가 정말로 너대니얼에게 그가 원하고 받아 마땅한 것을 줬나? 그는 늘 내가 행복하기를 바래주고 날 자랑스럽게 여겨주는데, 난 너대니얼이 행복하게 살 수 있도록 도와줬나? 너대니얼이 날 떠나 다른 사람에게 가지 않을까?

그래서 어젯밤 이야기. 예상하고 있었던 저녁 식사 초대가 왔을 때, 나는 처음에는 아기 핑계를 댔어. 아기가 가을 내내 호흡기에 약간 문제가 있었거든. 날씨가 더웠다가 서늘해졌다가 다시 더워지는 바람에 작년엔 10월에 피었던 크로커스가 9월에 피기 시작했고 한 달 뒤에는 자두꽃이 피기 시작했고, 그래서 아기가 몇 주 동안이나 기침과 재채기에 시달렸어. 하지만 그러다가 나아지기 시작해서 덜 힘들어졌고, 게다가 너대니얼도 마음에 드는 보모를 구해서 이젠 핑곗거리가 없었지. 그래서 어젯밤 우린 택시를 나고 오브리와 노리스의 집을 향해 다운타운으로 갔어.

오브리와 노리스를 어떤 사람들로 상상하고 있었는지 확실히는 모르겠지만, 이건 분명해. 그들은 의심해봐야 할 사람들이고 이미 좋아할 마음이 없는 사람들이었어. 아, 그리고 백인이고—난 그 사람들이 백인일 거라고 예상했거든. 그런데 아니었어. 양복을 입은 50대 초반의 굉장히 잘생긴 금발 남자가 문을 열기에 나는 무심결에 말했어. "당신이 오브리군요." 너대니얼의 당황한 웃음소리가 옆에서 들리더군. 남자가 미소 짓더라고. "제가 그렇게 운이 좋다면 좋겠네요!" 그가 말했지. "아뇨, 저는 애덤스, 집사입니다. 들어오시죠. 두 분이 이층 거실에서 기다리고 계십니다."

우리는 은은한 빛이 나는 검은 계단을 올라갔고, 난 나 때문에 당황해하던, 나를 부끄러워하던 너대니얼에게 화가 치밀었지. 애덤스를 따라 동일한 매끄러운 나무로 만들어진, 반쯤 열린 양개문을 두 개 지나자 안에 있던 두 남자가 일어났어.

너대니얼을 통해 오브리가 예순다섯이고 노리스가 몇 살 더 젊다는 이야기는 들었지만, 두 사람 다 굉장한 부자들의 특징인, 나이를 가늠할 수 없는 매끈한 얼굴을 하고 있었어. 나이를 드러내는 것은 잇몸뿐이었지. 오브리의 잇몸은 진보라색이었고, 노리스는 오래 쓴 지우개 같은 회색빛 도는 분홍색이었어. 하지만 한 가지 더 놀라운 것은 두 사람의 피부였어. 오브리는 흑인이고 노리스는 아시아인에다…… 뭔가 더 있는 것 같았어. 그는 사실 약간 우리 할아버지처럼 생겨서, 나는 나도 모르게 또다시 불쑥 말했어. "하와이에서 오셨어요?" 또다시 너대니얼이 불편하게 킥킥 웃었고, 이번에는 거기에 노리스와 오브리의 웃음소리가 더해졌어. "우리가 만났을 때 너대니얼도 똑같은 질문을 했죠." 노리스가 불쾌해하지 않고 말했어. "하지만 아뇨, 아니에요. 실망시켜드리고 싶지 않지만, 전 그냥 피부색이 좀 짙은 아시아인입니다."

"그것만은 아니지." 오브리가 말했어.

"음, 조금은 인디언이죠." 노리스가 말했어. "하지만 그것도 아시안이지, 오브." 그러더니 내게 말했어. "아버지 쪽은 인도와 영국이 섞였고, 어머니는 중국인이죠."

"저도 그렇습니다." 내가 멍청하게 말했어. "중국계 하와이인이죠."

그가 미소 지었어. "압니다." 그러고는 덧붙였어. "너대니얼이 말해줬어요."

"앉으시죠?" 오브리가 말했어.

우리는 권하는 대로 고분고분 앉았어. 애덤스가 마실 것을 가지고 왔고, 우린 잠시 아기 이야기를 나눴고, 다시 애덤스가 나타나 저녁 식사 준비가 다 되었다고 알리자, 모두 다시 일어나 식당으로 갔어. 거기에는 조그만 원형 식탁이 있었는데, 처음에는 그 위에 덮인 식탁보가 카파 천인 줄 알고 심장이 멈추는 줄 알았어. 오브리를 쳐다보자 그는 내게 미소 지으며 말했어. "진짜에 영감을 받아서 요즘 짠 천이에요. 아름답지요?" 나는 놀란 마음을 억누르고 뭐라고 중얼거렸어.

다들 자리에 앉자, 저녁 식사—속을 파낸 커다란 흰 호박에 담은 소시지와 호박 수프, 버터에 볶은 껍질콩을 곁들인 송아지 스테이크, 토마토 갈레트—가 나왔어. 식사를 하다가 어느 순간 오브리와 너대니얼 둘이 대화를 하기 시작해서, 난 옆자리에 앉은 오브리와 남겨졌지. 이야기를 하지 않을 수 없는 상황이 됐어. "그래서"라고 입은 뗐는데, 할 말이 하나도 생각 안 나는 거야. 아니, 오히려 엄청나게 많은 것들을 생각할 수는 있었지만, 그중 어느 것도 적절해 보이지 않았어. 예를 들어, 난 오브리한테 남의 문화를 무단 전용하고 있다고 은근히 비난해서 싸움을 걸어볼 계획을 가지고 있었거든. 하지만 내가 걱정했던 소장품 감상 시간도 없었고, 더구나 그가 흑인이라는 사실을 생각하자 (나중에 너대니얼과 나는 흑인이 과연 문화 전용자일 수 있는가를 두고 논쟁을 벌이겠지), 그 계획은 생각과 달리 흥미진진하다거나 도발적일 것 같지 않았어.

내가 너무 오래 말을 잇지 못하고 있자 오브리가 마침내 웃음을 터뜨리더라고. "제가 먼저 말할까요?" 그가 말했고, 그 말투는 상냥했지만, 그래도 난 얼굴이 화끈 달아올랐어. "너대니얼한테 당신이 하는 일에 대해 조금 들었어요."

"어쨌거나 노력은 했어." 너대니얼이 느닷없이 식탁 건너편에서 불쑥 끼어들어 한마디 하더니 다시 노리스와 대화를 계속했어.

"너대니얼은 노력했고, 저도 이해하려고 노력했어요." 오브리가 말했어. "하지만 본인에게 직접 들을 수 있다면 영광이겠군요."

그래서 나는 감염병에 대해 간단하게 설명한 다음 내가 날마다 최신 감염병을 미리 예상하기 위해 어떤 일을 하는지 일반인들이 듣기 좋아하는 통계치를 강조해가며 이야기했지. 일반인들은 공포에 떠는 걸 좋아하니까. 1918년 독감 사망자가 5천만 명이었고, 그 정도로 심하지는 않았지만 그 후속으로 1957년, 1968년, 2009년 팬데믹이 있었다는 이야기. 1970년대 이후 우리는 5년에 한 번꼴로 새로운 팬데믹이 등장하는 복수 팬데믹의 시대를 살고 있다는 이야기. 바이러스는 절대 제거되지 않으며 통제될 뿐이라는 이야기. 수십 년 동안 항생제를 과도하고 무분별하게 쓰는 바람에 인류 역사상 가장 강력하고 튼튼한 새로운 미생물 과가 나타났다는 이야기. 생물 서식지 파괴와 거대 도시 성장으로 인해 인간과 동물은 그 어느 때보다 더 가까이 살게 되었고, 따라서 인수공통감염병이 횡행하고 있다는 이야기. 어느 모로 보나 또 한 번의 엄청난 팬데믹이 발생할 때가 됐고, 이번 팬데믹은 세계인구 사분의 일을 없애버릴 가능성, 또 7백 년 전 흑사병과 맞먹는 위력을 보일 거라는 이야기. 2030년 발생한 전염병에서부터 작년 보츠와나 경우에 이르기까지 지난 세기에 있었던 모든 일들은 결국 실패한 일련의 시험이었다는 이야기, 왜냐하면 각각의 경우를 개별적으로 처리할 게 아니라 전지구적 통합 계획을 발전시켜야 진정한 승리라고 할 수 있을 텐데, 그런 점에서 우리의 운명은 결국 정해진 거나 다름없다는 이야기.

"하지만 왜죠?" 오브리가 물었어. "약품과 위생은 말할 것도 없고 지금 공공보건체제는 1918년과는 비교도 안 되게 월등하잖아요. 겨우 20년 전보다도 훨씬 더 좋아졌는데요."

"그건 사실입니다." 내가 말했어. "하지만 1918년 독감 결과가 그 잠재력에 비해 그나마 덜 파괴적일 수 있었던 유일한 이유는 감염 전파 속도 때문이었어요. 미생물은 대륙들 사이를 배로 이동했고, 당시에는 아무리 서둘러도 유럽에서 미국까지 오는 데 일주일이 걸렸죠. 여행 도중 사망률이 너무 높았기 때문에 다른 대륙에 병을 퍼뜨릴 수 있는 보균자가 훨씬 적었던 겁니다. 하지만 이젠 그렇지 않아요. 그런 상황은 한 세기도 전에 끝났습니다. 이제 광포하게 날뛸 감염병—우린 모든 감염병은 광포하게 날뛸 잠재력을 가지고 있다고 봅니다—을 억제할 유일한 방법은 기술이 아니라 감염 지역의 신속한 격리와 고립뿐이고, 그건 지역 당국자들이 그 지역 혹은 국가 역학 센터에 보고하고 센터 쪽에서 즉시 그 지역을 봉쇄하느냐에 달려 있어요. 물론 문제는 자치 시들이 새 질병 보고를 주저한다는 거죠. 즉각적인 과잉 대응과 경제적 손실 때문만이 아니라 그 지역에 붙을 낙인, 많은 경우 질병이 성공적으로 억제된 뒤에도 한참 동안 따라다닐 오명 때문에요. 예를 들어, 오브리 씨는 지금 서울에 가시겠습니까?"

"음—아뇨."

"그겁니다. 하지만 이어스(EARS)의 위협이 모든 면에서 사라진 지 4년이 지났습니다. 서울의 경우는 행운이었죠. 세 번째 사망자가 나온 후 시장이 지방의회의원에게 보고를 받았고, 다섯 번째 사망자 발생 후 시장이 국민보건서비스에 연락했으며, 12시간 내에 삼청동 전체에 텐트를 쳐서 참사의 범위를 오로지 그 지역으로 억제할 수 있었으니까요."

"하지만 너무 많은 사람이 죽었어요."

"네. 그건 불행한 일이었죠. 하지만 그 사람들이 그렇게 하지 않았다면 훨씬 더 많은 사망자가 나왔을 겁니다."

"하지만 그들이 그 사람들을 죽였어요!"

"아니요. 그렇지 않아요. 그냥 그 사람들이 그 지역을 나가지 못하게한 겁니다."

"하지만 그 결과는 마찬가지잖아요!"

"아뇨—결과는 그렇게 하지 않았을 경우보다 훨씬 더 적은 사망자였어요. 1400만이 되었을 수도 있었을 사망자를 9천 명으로 끝낸 겁니다. 그뿐만 아니라 특히 밀병성 강산 미생물을 억세한 것도요."

"하지만 그 사람들을 돕는 게 아니라 그 지역을 고립시킴으로써 그 사람들에게 사형 선고를 내렸다는 주장은 어쩌고요? 그 지역에 국제 원조를 허락했다면 그 사람들을 살릴 수도 있지 않았을까요?"

"세계주의적 주장이군요. 많은 경우 맞는 말입니다." 내가 말했어. "국가주의적으로 접근하면 과학자들 간에 정보 교환이 적어지고, 그건 굉장히 위험한 일입니다. 하지만 여기서는 그렇지 않아요. 한국 정부는 적대적이지 않아요. 아무것도 숨기려 하지 않았어요. 알게 된 것들을 다른 정부들은 물론이거니와 국제과학공동체와 아낌없이, 정직하게 공유했어요. 한 국가가 어떻게 행동해야 하는지 정확하게 보여준 완벽한 대응이었습니다. 그 지역을 고립시킨다는 일견 일방적 선택은 사실 어떤 사심도 없는 헌신적 선택이었어요—상대적으로 적은 수의 자기 국민을 희생시킴으로써 팬데믹이 될 수도 있었던 상황을 막은 겁니다. 그게 바로 바이러스를 억제하기 위해서는, *진짜*로 억제하기 위해서는 어떤 공동체라도 해야 하는 계산입니다."

오브리는 고개를 저었다. "아무래도 전 9천 명의 죽음을 다행스러운 결과로 받아들이기에는 너무 구식인가봐요. 또한 바로 그런 이유로 서울에 다시 가지 않았던 것 같아요. 전 그 사진들—그 지역 전체를 뒤덮고 있는 검은 비닐 텐트들, 그리고 그 밑에서 그저 죽음을 기다리고 있었을 사람들—이 아직도 눈앞에 선해요. 그 사람들을 직접 보지는 않았지만, 그 사람들이 거기 있었다는 걸 알잖아요."

거기 대고 무슨 말을 해봤자 냉혈한처럼 들리리라는 것을 알기 때문에 난 그냥 와인만 마시며 아무 말도 하지 않았어.

침묵이 이어졌고, 오브리는 마치 정신을 차리려는 듯이 다시 한 번 고개를 재빨리 휘휘 젓더군. "어쩌다 하와이 유물에 관심을 갖게 된 거죠?" 난 물었어. 그래야만 할 것 같았지.

그러자 오브리는 미소를 지었어. "수십 년 동안 그곳에 갔었어요." 그가 말했어. "전 하와이가 좋아요. 사실 가족사도 좀 있고. 카호올라웨가 미군 기지였을 때 제 고조할아버지가 거기 배치받아 계셨거든요. 분리 직전에요." 그는 갑자기 말을 멈췄어. "왕정복고 말이에요." 이렇게 덧붙이더군.

"괜찮아요." 내가 말했어. "너대니얼한테 들으니 수집품이 굉장하다던데요."

그 말에 그는 얼굴이 환해지며 자기가 가진 다양한 소장품과 그 출처에 대해 한참 동안 떠들어댔지. 일부 소장품을 위해 지하실에 실내온도 조절이 가능한 특별실을 만들었는데, 지하실은 늘 습기 차게 마련이라 다시 만든다면 4층에 만들었을 거라는 이야기도 했어. 그와 에어컨 담당이 온도는 어찌어찌 70도로 유지하고 있지만, 습도는 유지가 안 돼서 40퍼센트여야 하는데 아무리 애를 써도 늘 슬금슬금 50퍼센트까지 올라간다고 하더군. 오브리의 이야기를 들으면서 나는 두 가지를 깨달았어. 첫째, 내가 18세기, 19세기 하와이 무기와 직물, 물건들에 대해 들은 풍월로 생각보다 더 많은 것을 알고 있었다는 것. 둘째, 난 수집의 즐거움을 절대 이해하지 못하리라는 것—그렇게 힘들게 찾아다니고, 먼지와 싸우고, 귀찮은 일들을 하고, 유지하느라 고생하다니. 뭐 때문에 그런 걸 하는 거지?

오브리의—수줍게 자랑하면서 비밀을 터놓는 듯한—어조 때문에 나는 다시 고개를 들고 그를 쳐다봤어. "하지만 제 최고의 보물은," 그는 말을 계속했어. "최고의 보물은 늘 제 손에 있죠." 그는 오른손을 내밀자, 새끼손가락에 낀 두드려 만든 두꺼운 금반지가 보이더군. 그가 반지를 돌리자 손바닥 쪽으로 계속 돌려놓고 있던 보석이 보였어. 투박하게 깎은 뿌옇고 광택 없는 진주였지. 다음에 오브리가 무엇을 할지 난 이미 알고 있었지만, 그래도 그가 하는 대로 지켜봤어. 반지 양쪽에 달린 조그만 걸쇠를 누르자 진주가 열리면서 칸막이가 쳐진 조그만 공간이 나타났지. 그가 내가 볼 수 있도록 반지를 내밀자 나는 그 안을 들여다봤어. 비어 있더라고. 그건 옛날 우리 고조할머니가 끼던 반지와 완전히 똑같았어. 수많은 여자들이 주권을 되찾기 위해 보물 사냥꾼들에게 팔았던 그런 반지. 그 반지 안에는 여왕이

왕권을 되찾지 못하면 자살을 불사하겠다는 상징적 다짐을 담은 약간의 비소가 들어 있었어. 그런데 이제 그 반지를 이 남자가 끼고 있는 거야. 난 잠시 동안 아무 말도 할 수 없었어.

"너대니얼이 그러는데, 당신은 아무것도 수집하지 않는다면서요." 오브리의 말이 들렸어.

"우린 하와이 자료를 모을 필요가 없어요." 내가 말했지. "우리 *자신*이 하와이 자료니까요." 내 말은 생각보다 더 사납게 나왔고, 잠시 또 침묵이 이어졌어. (주의: 그 순간에는 여기 쓴 것만큼 허세 부리듯이 말하지는 않았어.)

하지만 내 실언(하지만 그게 실언이었나, 정말로?)의 불편한 여파는 요리사의 등장으로 중단됐고, 그는 내게 블랙베리 케이크 접시를 내밀었어. "파머스 마켓에서 방금 온 겁니다." 그는 마치 파머스 마켓이라는 개념을 자기가 만들어내기라도 한 것처럼 말했고, 난 고맙다고 하고 케이크를 한 조각 잘라냈어. 거기서부터 대화는 서로 마음이 맞는 친구들끼리 필연적으로 하게 되는 화제들로 돌아갔지. 날씨 (안 좋음), 텍사스 해안에서 침몰한 필리핀 난민선 (이것도 안타까운 일), 경제 (안 좋지만, 최악은 아님. 대부분 금융인들처럼 오브리는 이 상황을 살짝 즐기고 있었어. 공정을 기하자면, 다음에 올 커다란 팬데믹 이야기를 할 때의 나처럼 말이야), 임박한 중국과의 전쟁 (매우 안 좋음. 하지만 알고 보니 "군사 장비를 파는," 다시 말해 무기상 의뢰인이 있는 소송 변호사 노리스 말에 의하면 "1년 내"에 끝날 거라고 했음), 환경 관련 최신 뉴스와 환경 난민들에 대한 예보된 맹습 (극히 안 좋음). 난 "내 절친 피터가 영국 정부 고위직인데, 피터는 중국과의 전쟁이 최소 3년은 계속될 테고 수백만에 달하는

전 지구적 이주 위기가 벌어질 거라고 했어요"라고 말하고 싶었지만,
안 했어. 난 그냥 거기 앉아서 아무 말도 하지 않았고, 너대니얼은 날
쳐다보지 않았고 나도 너대니얼을 쳐다보지 않았지.

"집이 굉장하네요." 그러다가 내가 난 말했어. 그건 딱히 칭찬이 아
니었고 칭찬으로 한 말도 아니었지만 (너대니얼이 나를 매섭게 노려보는
게 느껴졌지), 오브리는 미소를 지었어. "고마워요." 그는 말했어. 그러
고는 나는 한 번도 들어본 적 없는 이름이지만 소문난 은행가 집안
상속인에게서 이 집을 샀을 때의 사연을 길게 들려줬어. 거의 한 푼
없는 신세가 된 그 상속인이 이제는 사라진 과거 재산 이야기를 얼
마나 끝도 없이 했는지, 이 집이 영원토록 자기 것이리라 생각했던
백인에게서 이런 집을 사는 게 흑인으로서 얼마나 짜릿한 일이었는
지 그런 이야기. "네 모습을 좀 봐라." 할아버지 말이 들리는 것 같
았어. "가무잡잡한 녀석들이 백인 노릇을 하려고 하다니." 비록 할아
버지는 "백인"이 아니라 "하울리"라고 했겠지만. 내가 하는 일들
중 할아버지 보기에 낯선 것들은 모두 하울리였지. 책을 읽고 대학원
에 가고 뉴욕으로 이사 가는 것. 할아버지는 내 삶이 다르다는 이유
만으로 당신에 대한 비난이라고 생각했어.

그때쯤 되자, 무례하지 않게 탈출할 수 있을 정도의 시간은 됐고, 난
커피를 마시며 20분 정도 앉아 있다가 크게 기지개를 켜며 이제 아
기에게 돌아가봐야겠다고 말했어. 누구랑 15년을 살게 되면 생기는
감이란 게 있잖아. 그쯤 되면 너대니얼이 오브리의 소장품을 보러 가
자고 제안할 것 같았고, 난 거기엔 조금도 관심이 없었거든. 너대니얼
이 반대할 것도 같았지만, 이만하면 날 충분히 고생시켰다고 (아니면

조금 더 있다가는 내 입에서 정말로 부적절한 말이 터져 나올 수 있다고) 생각한 것 같았어. 그래서 우린 다 일어나서 작별 인사를 했고, 오브리는 내가 소장품 구경을 할 수 있도록 언제 다시 모이자고 했고, 나는 그럴 생각은 눈곱만큼도 없었지만 그러면 영광이겠다고 대답했지.

업타운으로 돌아가는 길에 나는 너대니얼에게 아무 말도 하지 않았고 그도 내게 아무 말도 하지 않았어. 집에 들어가서 보모에게 돈을 주고 아기가 잘 있는지 살핀 다음 잘 준비를 할 때도 아무 말도 하지 않았어. 어둠 속에서 나란히 누운 후에야 너대니얼이 마침내 말했지. "말하는 게 좋을 걸."

"뭘?" 내가 말했어.

"뭐든 지금 하려는 말." 그가 말했어.

"말하려던 것 없는데." 내가 말했지. (당연히 거짓말이야. 난 지난 30분 동안 할 말을 다듬고 있었거든. 그러고는 어떻게 하면 그 말을 그 순간에 나온 말처럼 자연스럽게 할 수 있을까 생각하고 있었어.) 그가 한숨을 내쉬더군. "그냥 좀 이상하다고 생각했어." 난 말했어. "네이트, 넌 그런 사람들 싫어했잖아! 네가 늘 그랬잖아, 토산품을 모으는 건 일종의 물질적 식민지화라고? 그 물건들이 하와이 국가로, 적어도 박물관으로 반환되어야 한다고 늘 주장하지 않았어? 그런데 지금 넌 뭐야, 이 부자 자식이랑 그 무기상 남편이랑 절친이 돼서는 그 자식들의 전리품 수집을 참을 뿐만 아니라 거들고 있잖아? 그 자식이 왕국을 하찮게 보는 건 차치하고라도 말이야."

그는 가만히 있었어. "난 그런 인상 안 받았어."

"그 자식은 분리라고 했다고, 네이트. 금방 정정했지만, 생각해봐—

우린 그런 유형 알잖아."

그는 한참 동안 아무 말도 하지 않았어. "난 방어하지 않겠다고 다짐했어." 그가 마침내 말했지. 그러고는 또 한참 가만히 있더라. "넌 노리스가 마치 무기상이라도 되는 것처럼 말하네."

"어, 아니야?"

"노리스는 그 사람들을 변호하는 거야. 같은 게 아니잖아."

"아, 제발, 네이티."

그는 어깨를 으쓱했어. 우린 서로를 쳐다보지 않았지만, 너대니얼의 가슴 위에서 담요가 들썩이는 소리가 들렸어.

"게다가," 나는 계속 내달렸어. "그 사람들이 백인이 아니라는 이야기 한 번도 안 했잖아."

그는 나를 쳐다봤어. "아냐, 했어."

"아니, 안 했어."

"물론 했어. 네가 안 들은 거지. 늘 그렇듯이. 어쨌거나, 그게 무슨 차이가 있어?"

"아, 제발 좀, 네이티. 왜 그런지 알잖아."

그는 투덜댔어. 반박할 말이 별로 없었거든. 그리고는—또 침묵이 흘렀어. 마침내 그가 말했지. "이상해 보인다는 거 알아. 하지만—난 그 두 사람이 좋아. 그리고 난 외로워. 그 사람들과는 고향 이야기를 할 수 있거든."

고향 이야기는 나랑 할 수도 있잖아, 그렇게 말했어야 했어. 하지만 난 안 했어. 왜냐하면 우리를 고향에서 데려고 나온 사람이 나라는 걸, 나 때문에 너대니얼이 자부심을 느끼던 직장과 생활을 그만뒀다는 걸 나도 알고 너대니얼도 아니까. 그래서 이제 너대니얼은 자기 스스로조차 알아볼 수 없고 좋아할 수 없는 사람이 되어버렸고, 날 비난하지 않기 위해 할 수 있는 뭐든 하고 있어, 자신이 무엇이며 누구인지를 부정하는 지경에 이를 정도로. 나도 이걸 알고 있고, 너대니얼도 알고 있어.

그래서 난 아무 말도 하지 않았고, 할 말이 생각났을 때에는 그는 이미 잠들어 있었어, 아니면 잠든 척 하고 있었거나. 난 또다시 그를 실망시키고 말았지.

이제 우리 인생은 이렇게 되겠구나, 난 깨달았어. 너대니얼은 오브리와 노리스랑 점점 더 가까워질 테고, 난 그걸 권장할 수밖에 없겠지. 그러지 않으면 나를 향한 원망이 너무 커지고 주체할 수 없어져서 더 이상 아닌 척 할 수조차 없을 테니까. 그럼 너대니얼은, 너대니얼과 아기는 나를 떠날 테고, 난 가족을 잃고 홀로 남게 될 거야.

자, 이게 다야. 너한텐 오랜 친구의 문제보다 훨씬 더 큰 문제들이 산적해 있다는 걸 잘 알지만, 어떤 위로의 말이라도 해주면 정말 고맙겠어. 너무 보고 싶다. 그쪽 상황은 어떤지 몽땅 다, 아니 할 수 있는 만큼 최대한 이야기해줘. 난 묘처럼, 무덤처럼, 뭐든 간에 그렇게 조용히 있을게.

사랑해. C.

사랑하는 피터에게,

2046년 3월 29일

편지 끝에 내 이야기만 해서 미안하다고 사과하는 대신, 내 이야기만 해서 미안하다는 사과부터 하고 *시작할게*.

하지만 한편으로는 내가 이 정도로 미안해해야 해야 하나 싶어. 지난주는 온통 네 것이었잖아. 그것도 아주 영광스럽게. 정말 아름다운 결혼식이었어, 피터. 우릴 초대해줘서 정말 고맙다. 잊어버리고 말 못 했는데, 사원을 나오면서 아기가 날 쳐다보며 엄숙하게 말하더라. "피터 아저씨 굉장히 행복해 보여." 물론 그 말이 맞아. 넌 정말 행복했으니까—지금도 그렇고. 너무 너무 잘됐어.

지금 너와 올리비에는 인도 어디쯤 있겠지. 알다시피, 너대니얼과 나는 신혼여행을 가지 않았어. 그러려고 했는데, 언구실 준비를 하고 아기를 새 장소에 적응시키고 하다보니, 모르겠어, 그냥 못 갔어. 그러고는 계속 못 갔지. (기억하나 모르겠는데, 우린 몰디브에 가고 싶었어. 내가 장소 고르는 안목이 좀 있잖아, 알지?)

난 워싱턴 D.C.에서 이 편지를 쓰고 있어. 동물원성 감염증 학회에 참석 중이거든—너대니얼과 아기는 집에 있고. 사실 집에 있는 건 아니야. 오브리랑 노리스와 함께 프록스 폰드 웨이에 가 있어. 이번 주말이 처음으로 수영할 정도로 날이 따뜻해진 주말이고, 너대니얼은 아기한테 서핑을 가르치려 하고 있거든. 우리가 호놀룰루에 돌아가 있던 1월에 가르칠 계획이었지만, 해파리가 너무 많아서 결국 바다에는 들어가지도 못했어. 하지만 우리 사이는 조금 나아지고 있어.

물어봐줘서 고맙다. 두 사람과 조금 더 연결된 느낌이 들고 있어—그래도 음, 그건 너와 올리비에의 넘치는 사랑을 받아줄 그릇이 필요했기 때문이었을지도 몰라. 우리 셋은 딱 그걸 하기 위해 거기 있었던 거고. 그러니 두고 봐야겠지. 우리 사이가 새로 조금 가까워진 이유는, 너도 봤다시피, 내가 오브리와 노리스에게 익숙해지려고 노력하고 있기 때문이기도 해. 그 두 사람은 이제 영원히 우리 삶에 들어왔거나, 그 비슷한 상태 같아. 난 몇 달 동안 거기 저항했어. 그리고는 포기했지. 지금은 어떠냐고? 음, 괜찮은 사람들 같아. 우리한테 굉장히 후해, 그건 확실해. 너대니얼의 공식 자문 작업은 끝난 지 오래지만, 한 달에 적어도 두 번은 그 집에 가. 아기도 두 사람을 많이 좋아하고, 특히 오브리를.

여기 분위기는 심각해. 우선, 뉴욕보다 배급량이 훨씬 박해—어젯밤에는 호텔에 물이 전혀 나오지 않았어. 딱 한 시간 동안이었지만, 그래도 말이야. 두 번째이자 더 걱정되는 점은, 모두의 예산이 삭감되었다는 거야—또. 우리 쪽 세 번째 삭감은 아마 다음 주에 발표될 거야. 내 연구실은 다른 일부 연구실들보다는 덜 위험한 상황이긴 하지만—우린 예산의 30퍼센트만 정부에서 받고, 하워드 휴즈 연구소가 부족액 일부를 보충해주고 있거든—그래도 걱정돼. 미국 사람들은 발표 중간중간마다 온통 그 이야기뿐이야. 그쪽은 얼마나 잃었나? 그 차액은 누가 보충해주나? 위험해진, 아니면 위험해질 분야가 어딘가?

하지만 분위기가 이렇게 심각한 데는 미국인들의 행정상 고충과 집단적 불만을 훨씬 넘어서는 다른, 더 놀라운 이유가 있어. 로테르담

87

에라스무스 대학에서 온 과학자 두 사람이 기조연설을 했는데, 39년 베니스 전염병에 대해 초기 연구를 했던 사람들이거든. 너도 알겠지만, 니파 바이러스 변이가 원인이었던 그 사건. 그 연설은 여러 가지 이유에서 색달랐는데, 기본적으로는 보통 기조연설들보다 추정적이었기 때문이야. 다른 한편으로는 이런 일이 점점 더 자주 일어나고 있어―내가 박사 과정이었을 때는 이런 식의 발표들은 대개 연구 결과였고 보통 이런저런 바이러스의 제2―혹은 제3―세대 변이를 다루었거든. 하지만 이젠 새 바이러스가 너무 많아서 이런 학회들은 인정받은 대학 과학자라면 누구든 발견이나 질문을 업로드할 수 있는 우리 연구소 비공식 네트워크에서 이미 다 읽은 내용을 해설하는 자리가 되었어. 이 네트워크(와 학회 전반)에 중국이 없다는 것이 국제 공동체에서 가장 긴급한 문제인데, 이 학회에서―이 과학자에서 저 과학자로 몰래 전해져―밝혀진 사실 중 하나는 중국 본토에서 일군의 연구자들이 비밀 포털을 만들었고, 거기에 연구 결과를 업로드하고 있다는 거야. 만약 우리가 그 사실을 안다면 중국 정부에서도 분명히 알고 있을 테니, 거기 올라온 정보를 완전히 신뢰할 수 있을까 하는 의문이 들어―그래도 그 보고들을 심각하게 받아들이지 않으면 재난으로 이어질 수도 있지.

어쨌거나. 에라스무스 팀은 새 바이러스를 발견했다고 주장하고, 이번에도 박쥐에서 기원했다는 주장이야. 이것 또한 헤니파 바이러스로 분류되고 있는데, 그건 변이율이 높은 RNA 바이러스라는 뜻이지. 20세기에는 이런 바이러스 과는 아프리카와 아시아에 한정되어 있다고 생각했어―하지만 39년 전염병이 증명하고 있듯이, 특히 니파는 종종 재출현할 수 있다는 게 증명되었고, 니파가 환경 변화에 견디는 능력뿐만 아니라 전에 감염시킨 적 없던 숙주—이탈리아의 경우는 개—내부에서 동물원성으로 적응해나가는 능력에 대해서는 지난 7년 동안 많은 연구가 이루어졌어. 니파로 인해 가축과 다른 애완동물들이 큰 피해를 입었지만, 전에는 인간에게는 심각한 위협을 끼치지 않았어. 받아줄 숙주 없이는 며칠 이상 생존하지 못하는데, 인간들 사이에서는 전파력이 없는 게 뚜렷했거든. 바이러스가 실제로 인간에게 전파될 때쯤이 되면 빨리 힘을 잃어버렸지. 전파율은 낮았고, 이 바이러스는 계속 전파시키며 나아갈 능력이 없는 것으로 증명됐어. 예를 들어, 베니스 지역 내 개들을 모두 없앤 후에는 병도 같이 사라졌거든.

하지만 이제 에라스무스 팀은 자기들이 니파-45라고 부르는 이 새로운 변종이 인간에게 감염될 뿐 아니라 매우 전염성이 높고 극히 치명적이라는 주장을 넌지시 펴는 거야. 이 바이러스는 원래 바이러스와 마찬가지로 공기는 물론 오염된 음식을 통해서도 전파될 수 있고, 진화상의 조상과는 달리 숙주 안에서 어쩌면 몇 달 동안도 살 수도 있어. 그들의 연구는 중국에서 넘어온 무슬림 소수민을 정부에서 재이주시킨 루앙프라방 북부의 조그만 마을들을 대상으로 하고 있어. 그 팀의 연구에 의하면, 6개월 전 바이러스에 의해 이 지역 주민들이 대거 사망했고, 그 수는 8주 내에 거의 7천 명에 달했다고 해. 바이러스는 박쥐에서 물소로, 거기서 음식으로 옮겨갔어. 병은 인간에게서는 기침으로 나타났고, 기침이 급속히 완전한 호흡기 부전으로 이어지고 장기부전이 그 뒤를 따라서—환자는 진단 후 평균 11일이내에 사망해. 충격적인 사망률에도 불구하고, 그 마을이 고립된 데다 국내 이동이 불가능했기 때문에(그 집단은 이동이 법적으로 금지됐거든) 광범위한 확산을 막을 수 있었다고 에라스무스 팀에서는 말하고 있어.

반년 후인 지금도 이 마을들은 여전히 고립되어 있어. 미국 정부에 선동된 라오스 정부에서는 이 소식이 뉴스에 보도되는 것을 여전히 필사적으로 막고 있는데, 왜냐하면 병의 확산과 함께 가장 우려되는 점이 (1)이 가엾은 사람들에게 거의 필연적으로 찍히게 될 낙인, 그리고 우리가 40년 말레이시아의 경우에서 봤듯이 그런 낙인이 쉽게 집단학살로 이어질 수 있다는 점과 (2)또 다른 난민 위기이기 때문이야. 홍콩 국경은 보호되고 있어. 싱가폴과 인도, 중국, 일본, 한국, 태국도 마찬가지고. 그래서, 만약 또다시 대규모의 인구 이동이 생긴다면, 난민들은 어쩔 수 없이 태평양을 건너려는 시도를 하게 될 거야. 필리핀이나 호주, 뉴질랜드, 하와이 해안에서 발견되어 사살되지 않은 사람들은 오리건이나 워싱턴, 텍사스로 가려고 할 테고, 그 나라들에서 미국 국경을 건너려고 하겠지.

놀랍지 않지만, 그 보고로 대소동이 벌어졌어. 그 팀의 발견 때문이 아니라—그건 논쟁의 여지가 없었지—그 발견이 암시하는 바 때문에. 결코 실제로 말하지는 않았지만 그들은 이 바이러스가 우리 모두 기다려왔고 대비해왔던 바이러스라는 것을 강하게 암시했거든. 그 두려움에는 약간의 직업적 질투와 더불어 원망(우리에게도 네덜란드처럼 연구 예산 지원에 헌신적인 정부가 있었다면, 우리가 이걸 발견했을 텐데), 그뿐만 아니라 약간의 흥분도 뒤섞여 있었어. 게시판에서 누군

90

가가 추정적 바이러스학을 장기 공연 중인 브로드웨이 쇼의 임시 대역 배우에 비유한 적 있어. 무대에 나갈 기회를 기다리고 또 기다려도 대부분 그런 일은 절대 일어나지 않지만, 그래도 언젠가 자기 차례가 올 수도 있으니 바짝 긴장하고 기다려야 하는 임시 대역 배우 같다고.

자, 네가 당연히 질문할 테니까 미리 대답하는데, 나도 몰라. 이게 바로 그것일까? 나도 말할 수 없어. 내 느낌은 아닐 것 같아. 니파-45가 진짜 파괴적인 잠재력을 가지고 있다면 우리가 훨씬 전에 알았을 거야. 넌 훨씬훨씬 전에 알았을 테고. 그 마을들 너머 훨씬 멀리까지 퍼져나갔을 거야. 그러지 않았다는 건 안심되는 일이지만, 생각해보면 요즘은 별별 것들이 다 안심되는 일이지.

계속 소식 알려줄게. 너도 알려줘. 갈수록 내무부 차관이 나보다 국제 전염병 발생 정보를 더 많이 알고 있다는 게 놀랍지만, 우리 상황이 그러네. 그동안, 언제나 사랑을 보낸다. 올리비에에게도. 문제에 휘말리지 말고 박쥐는 멀리하고 살아라.

사랑을 담아, 나

소중한 피터에게

2048년 1월 6일

거기서 벌어지고 있는 일에 우린 공포에 질렸어. 다들 뉴스를 보느라 오늘 연구실들은 대개 다 운영을 멈췄고, 다리가 폭발했을 때는 놀라서 헉 하는 소리가 들릴 정도였어. 우리 연구실뿐만 아니라 전 층이 다. 런던 다리가 붕괴되고 사람들과 차들이 떨어지는 그 놀라운 광경—우리가 보고 있던 뉴스에서는 진행자가 비명을 질렀어. 아무 말도 없이 그냥 비명만. 그러다가 침묵만 흘렀지. 들리는 소리라고는 머리 위에서 선회하는 헬리콥터 소리뿐이었어. 그러고 나서 다들 둘러앉아 누가 한 짓일지 추측하고 있는데, 박사 과정생 하나가 누구냐가 아니라 누가 *아니기*를 바라는지 생각해봐야 하는 것 아니냐고 하는 거야. 가능한 용의자가 너무 많으니까. 넌 그게 난민 캠프 공격이었다고 생각해? 아니면 다른 것?

하지만 피터, 사망자 중에 앨리스가 있다는 소식 너무너무 가슴이 아프다. 두 사람이 얼마나 가까웠는지, 얼마나 오래 함께 일했는지 잘 알고 있어. 지금 너와 동료들의 심정이 어떨지 짐작조차 할 수 없어. 너대니얼과 아기가 사랑한다고 전해달래. 올리비에가 널 잘 챙기고 있다는 거 알아. 그래도 이야기하고 싶으면 문자든 전화든 해.

사랑해. C.

소중한 피터에게,

2049년 3월 14일

지금 난 우리 새 아파트에서 이 편지를 쓰고 있어. 그래, 소문이 사실이야. 우리 이사했어. 멀지도 않고, 딱히 더 좋은 곳도 아니야—침실이 두 개인 새 집은 70번과 2번가 교차점에 있고, 1980년대 지은 건물 4층이야—그래도 너대니얼의 행복, 그에 따른 내 정신 건강을 위해 이사해야 했어. 하지만 여긴 꽤 싼데, 그 이유는 내년과 영원 사이 언젠가 이스트 강이 마침내 댐을 침수시킬 거라는 소문 때문이지. (물론, 그건 또한 우리가 록펠러 대학 아파트에 있어야 했던 이유이기도 해. 그곳은 이 새집보다 물에 잠길 가능성이 훨씬 더 크고, 그러니 훨씬 더 싸겠지만, 너대니얼이 승리했어. 너대니얼과는 논쟁해봤자 소용없거든.) 새 동네에 대해서는 별로 할 말이 없어. 옛날 동네랑 대충 똑같아. 차이점은 여기서는 거실 창문에서 길 건너 위생 센터가 내려다보인다는 거야. 거긴 아직 이런 거 없지? 앞으로 생길 거야. 위생 센터는 정부가 버려진 가게들(이곳은—정말 아이러니하게도—아이스크림 가게였어)을 인수해서 산업용 에어컨을 달고 보통 열 개에서 스무 개 정도의 에어샤워실을 설치한 시설이야. 시험 중인 새 기술이지. 옷을 벗고 똑바로 세운 관처럼 생긴 칸막이 안에 들어가서 버튼을 누르면 공기가 강력하게 분사되어 나와 사람을 강타해. 공기의 힘이 먼지를 날려줄 테니 물을 쓸 필요가 없다는 아이디어지. 나름 효과가 있는 것 같아. 어쨌거나 아무것도 안 하는 것보단 낫잖아. 여하튼, 이런 센터들을 도시 전역에 열고 있고, 한 달 요금을 내면 어디서든 이용할 수 있어. 연방 규제를 받긴 하지만 개인 소유의 정말 비싼 센터들은 에어컨을 쐬며 하루 종일 있어도 되고 에어샤워 시간도 무제한 제공되는 데다가, 사는 건물에 정전이 생겨서 밤을 보내야 하는 사람들을 위한 작업 공간과 침대도 있어. 하지만 우리 집 건너편에 있는 센터는 응급 센터야. 그건 거주지에 단수나 정전이 장기간(96시간 이상) 계속되고 있는 사람들이나 동네에 충분한 발전기가 없는 사람들을 위한 센터라는 뜻이야. 그래서 하루 종일 이런 비참한 처지의 사람들이 모여 있어. 수백 명의 사람들—아이들과 노인들이 수두룩하지만, 그중 백인은 하나도 없어—이 찌는 듯한 열기 속에서 거기 들어가려고 그야말로 몇 시간씩 기다리고 있는 거야. 게다가 지난달 경보 상황 때문에 기침하는 사람들은 들어갈 수 없고, 기침을 안 하더라도 체온 확인을 해야 해. 그건 말도 안 되는 게, 거기까지 올 즈음에는 무더위 속에서 너무 오래 서 있어서 체온이 자연히 올라가게 되어 있거든. 시 공무원들은 감염으로 인한 열과 단순 더위로 인한 열을 경비들이 구분할 수 있다고 주장하지만, 난 그렇지 않다고 봐. 게다가 상황을 더 복잡하게 만드는 것은, 이젠 입구에서 신분증도 보여줘야 한다는 거야. 미국 시민과 영주권자들만 들어갈 수 있는 거지. 지난달 언젠가 너대니얼이랑 아기 헌옷들이랑 장난감을 챙겨서 기부하러 가서 별개의 훨씬 짧은 줄에 몇 분 정도 서본 적 있어. 이 빌어먹을 도시에서는 이젠 더 이상 놀랄 일도 별로 없지만, 그런데도 난 그 센터를 보고 충격 받았어. 육십 명 정도밖에 수용할 수 없을 것 같은 공간에 어른들 백 명과 아이들 오십 명 정도가 있더라고. 그 악취—토사물, 배설물, 씻지 않은 머리와 피부—가 어찌나 압도적인지 거의 눈에 보이는 것 같았어. 그 악취가 방안을 누리끼리하게 물들이고 있는 것 같았어. 하지만 *진짜*로 충격적이었던 것은 그곳의 고요함이었어. 낑낑거리며 무력하게 계속 울고 있는 아기 하나를 제외하고는 아무 소리도 안 들리는 거야. 모든 사람들이 샤워실 일곱 개 앞에 묵묵히 줄지어 서 있었고, 한 사람이 나오면 다음 사람이 샤워실에 들어가 커튼을 내렸어.

우리가 모여 있는 사람들을 헤치고 걸어가자 다들 우리가 지나갈 수 있게 말없이 비켜줬고, 뒤쪽으로 가니 플라스틱 탁자가 놓여 있고 중년 여자 하나가 앉아 있었어. 탁자 위에는 거대한 쇠 냄비가 놓여 있었고, 탁자 앞에도 사람들이 도자기컵을 들고 줄지어 서 있었어. 그들은 줄 맨 앞에 오면 컵을 내밀었고, 그러면 여자가 국자를 냄비에 담가 찬물 한 국자를 떠주는 거야. 그 옆에는 겉면에 물방울이 송글송글 맺힌 냄비가 두 개 더 있었고, 그 냄비 뒤에는 경비 팔짱을 끼고 허리춤에 권총 케이스를 찬 채 서 있었어. 우리가 여자에게 옷을 기부하러 왔다고 하자, 그녀는 창문 옆에 있는 통 중 하나에 넣으면 된다고 알려줬고, 우리는 그렇게 했어. 우리가 나가려는데, 여자가 고맙다고 인사를 하더니 혹시 집에 액상 항생제나 기저귀 크림, 영양 음료가 있는지 묻더라고. 아들이 커서 이제 그런 것들은 없다고 우리가 대답하자, 여자는 기운 없이 다시 고개를 끄덕이며 "그래도 감사합니다"라고 했어.

우린 길을 건너 걸어서—열기가 너무 강해서 공기가 울로 짠 것만 같았어—말없이 우리 아파트로 올라왔고, 집 안에 들어서자 너대니얼이 내 쪽으로 돌아섰고 우린 서로를 껴안았어. 우리가 그렇게 안아 본 건 굉장히 오랜만의 일이었고, 너대니얼이 내게 안기는 이유가 애정보다는 슬픔과 두려움 때문이라는 것을 알지만 그래도 기분이 좋더라.

"저 가엾은 사람들." 너대니얼이 내 어깨에 대고 말했고, 나도 한숨을 쉬었어. 그러더니 화를 내며 몸을 떼는 거야. "여긴 뉴욕이야." 그

95

가 말했어. "2049년이라고! 맙소사!" 그래, 난 말하고 싶었어. 여긴 뉴욕이야. 2049년이고. 그게 바로 문제야. 하지만 그러지 않았어.

그러고 나서 우린 길게 샤워를 했어. 방금 우리가 본 상황을 생각하면 괴상한 짓이지만, 거기엔 뭔가 감미로운, 게다가 도전적이기도 한 느낌이 있었어—원하면 우린 언제든 씻을 수 있다고, 우린 저런 사람들이 아니라고, 절대 저렇게는 되지 않겠다고 다짐하는 방편이었지. 나중에 우리가 침대에 누워 있을 때 적어도 난 그렇게 말했어. "우리에겐 저런 일 안 생긴다고 말해줘." 너대니얼이 말했어. "절대 안 생겨." 내가 말했어. "약속해줘." 그가 말했어. "약속해." 난 너대니얼에게 말했어. 비록 약속할 수 없었지만. 하지만 내가 달리 뭐라고 할 수 있겠어? 그리고 우린 에어컨이 웅웅 돌아가는 소리를 들으며 잠시 누워 있었고, 너대니얼은 수영 수업에 간 아기를 데리러 갔어.

지난번 공식 발표에서 이 이야기를 간략하게 했지만, 우리가 이 동네에 있어야 하는 건 재정적 문제 말고도 아기 때문이야. 아기에게 최대한 정상적인 환경을 만들어주려고 하고 있거든. 작년에 농구장에서 있었던 일 이야기해줬었지? 그런데 이틀 전 또 다른 일이 있었어. 학교에서 내 연구실로 전화를 해서 (너대니얼은 현장학습차 학생들을 데리고 북쪽에 갔거든), 부랴부랴 학교에 갔더니 아기가 교장실에 앉아 있더라고. 울었던 흔적이 역력했지만, 아닌 척하고 있었어. 감정—분노와 두려움과 무력감—이 어찌나 북받치는지 잠시 멍하니 애를 쳐다보기만 하면서 거기 서 있었던 것 같아. 정신을 차리고 아기한테 나가라고 명령하자, 나가면서 문틀을 발로 차는 시늉을 하더군.

하지만 그럴 게 아니라 아기를 안고 다 괜찮을 거라고 말했어야 했어. 내가 사람들과 상호작용하는 방식은 점점 더 이런 패턴을 따라가는 것 같아—난 문제를 보면 거기 압도된 나머지 그 순간에 공감을 보여주지 못하고, 그러면 상대방은 뛰쳐나가버리는 거지.

교장은 일라이저라는 중년의 강인한 레즈비언인데, 마음에 드는 사람이야—어른들에게는 꿈쩍도 하지 않고 애들은 누구든 다 좋아하는 사람이지—하지만 교장이 우리 사이에 자리한 책상 위에 주사기를 내려놓았을 때, 난 그녀를 후려치지 않으려고 의자 손잡이를 꼭 움켜쥐어야만 했어. 그렇게 극적으로, 연극하듯이 상황을 제시하는 게 너무 싫었거든.

"전 이 학교에서 오랫동안 일했어요, 그리피스 박사님." 교장이 말을 시작했어. "우리 아버지도 과학자셨어요. 그래서 아드님이 어디서 이걸 얻었는지는 물을 필요도 없어요. 하지만 아이가 주사 바늘을 무기로 사용하려고 하는 건 한 번도 본 적 없습니다." 그 말에 나는 생각했어. 정말? 한 번도? 요즘 애들 상상력은 뭐가 잘못된 거야? 하지만 그 말은 하지 않았어—그냥 아기를 대신해서 죄송하다고 사과하면서 애가 상상력이 과하다고, 미국에 적응하느라 어려움이 있다고 말했지. 그건 다 사실이야. 내가 얼마나 충격을 받았는지는 말하지 않았어. 그것도 사실이긴 하지만.

"하지만 박사님 가족은 미국에서 사신 지, 그러니까"—교장은 컴퓨터 화면을 슬쩍 봤어—"거의 6년이 되었잖아요, 맞죠?"

"그래도 애한테는 여전히 힘듭니다." 내가 말했어. "언어도 다르고, 환경도 다르고, 관습도 다르고—"

"말을 끊어서 죄송하지만, 그리피스 박사님." 교장이 내 말을 자르고 말했어. "데이비드가 굉장히, 굉장히 명석하다는 말은 하지 않겠어요." 교장은 마치 아기의 명석함이 어쩐지 내 잘못인 것처럼 엄한 눈길로 나를 바라보더라고. "하지만 충동 조절에 계속 문제가 있어요—이런 대화를 한 게 이번이 처음이 아닙니다. 그리고 데이비드는 약간…… 사회화에 문제가 있어요. 사회적 신호를 잘 이해하지 못해요."

"저 나이 때 저도 그랬습니다." 내가 말했어. "제 남편은 지금도 제가 여전히 그렇다고 할걸요." 나는 미소 지었지만, 교장은 미소로 화답하지 않았어.

그러더니 한숨을 쉬며 상체를 숙였고, 그 얼굴에서 뭔가가—얼굴을 가리고 있던 직업적 표정이—사라졌어. "그리피스 박사님" 교장이 말했어. "전 데이비드가 걱정돼요. 그 아이는 10월이면 열 살이에요. 자기 행동의 결과를 아는 나이라고요. 이 학교에 다닐 날도 4년밖에 남지 않았고, 그러고 나면 고등학교에 가요. 지금, 올해, 또래 아이들과 함께 지내는 법을 제대로 배우지 않으면……" 교장이 말을 멈췄어. "담임 선생님께 무슨 일인지 들으셨어요?"

"아니요." 나는 인정했어.

그래서 이야기를 들었어. 핵심만 말하자면, 무리 지어 노는 사내 아이들—운동을 잘하지도 않고 잘생기지도 않은 아이들. 결국 과학자들의 아이들이니까—이 있는데, 로봇을 만들기 때문에 "인기 있는" 아이들이었어. 아기는 그 무리에 끼고 싶어 했고 점심시간에 같이 어울리려고 노력했어. 하지만 그 애들은 여러 번 아기에게 퇴짜를 놓았고 ("삼가 분명히 말씀드립니다. 여기선 왕따나 무례한 행동은 용인되지 않아요"), 그래서 아기가 주사기를 가져가서 그 무리 대장에게 자기를 끼워주지 않으면 바이러스를 주겠다고 한 것 같아. 이런 대화가 오가는 것을 반 전체가 다 봤고.

그 말을 듣고 나니 두 가지 상반되는 느낌이 들었어. 첫째, 내 아이가 다른 아이를 위협했다니, 그냥 협박도 아니고 질병을 내세우며 협박을 했다니 정말 끔찍한 일이야. 그리고 두 번째로 난 아기가 너무 불쌍했어. 아기가 외로워하는 것을 계속해서, 지금도 향수병 탓이라고 해왔지만, 사실은 하와이에서조차 아기에겐 친구들이 별로 없었어. 이 이야기는 너한테 한 번도 안 한 것 같은데, 예전에 세 살 정도였을 때 아기가 놀이터 모래 놀이 통에서 놀고 있던 아이들에게 다가가서 같이 놀아도 되냐고 묻는 것을 본 적 있어. 그 애들은 그러라고 해놓고는, 막상 애가 거기 들어가자 다 같이 일어나더니 아기만 혼자 남겨두고 정글짐으로 달려가버렸어. 그 애들이 무슨 말을 한 것도 아니고, 놀린 것도 아니지만, 그렇게 다 가버리는 걸 보고 아기가 할 수 있는 생각이 하나밖에 더 있겠어? 그건 거부잖아.

하지만 최악은 그 후에 벌어진 일이야. 아기는 그 애들을 바라보며 그 모래 놀이 통에 그대로 앉아 있다가 천천히 혼자서 놀기 시작했어. 몇 초마다 한 번씩 그 애들 쪽을 보고 그 애들이 돌아와주기를 기다리면서 말이야. 하지만 애들은 절대 돌아오지 않았지. 5분 정도가 지나자, 난 더 이상 지켜보고 있을 수가 없었어. 거기 가서 아기를 안아 들고 아이스크림 먹으러 가자면서 아빠한테는 절대 비밀로 하자고 했어.

하지만 그날 밤, 난 너대니얼에게 그날 모래 놀이 통에서 있었던 일에 대해 이야기하지 않았어. 어쩐지 아기의 슬픔에 휩쓸려 나도 부끄러웠거든. 아기는 실패했고, 나도 아기를 돕지 못했어. 아기는 거부당했고, 나도 여하튼 거기에 책임이 있었어. 그 광경을 목격해놓고 상황을 바로잡지 못한 것뿐이라 하더라도 말이야. 다음 날 다시 그 놀이터로 함께 걸어가는데 아기가 내 손을 잡아당기더니 꼭 가야 하냐고 묻더라고. 난 그럴 필요 없다고 했지, 그 대신 우린 또 몰래 금지된 아이스크림을 먹으러 갔어. 그 놀이터에는 다시는 가지 않았지. 하지만 지금 생각해보면 갔어야 했어. 아기에게 그 아이들이 무례한 거라고, 그건 아기와는 아무 상관없는 일이라고, 아기를 정말 사랑하고 진가를 알아봐주는 다른 친구들이 생길 거라고, 그러지 않는 사람들은 신경 쓸 가치가 없다고 말해줬어야 했어.

하지만 난 그러지 않았어. 그러는 대신, 우린 다시는 그 이야기를 하지 않았지. 세월이 흐르면서 아기는 점점 더 내성적이 되어갔어. 너대니얼이랑 있을 때는 딱히 안 그랬을지 몰라도, 그래도—음, 어쩌면 너대니얼과 있을 때조차 그랬을 거야. 너대니얼이 그런 면을 파악하고 있는지는 잘 모르겠어. 하지만 점점 더 아기가 늘 자기만의 세계에 빠져 있다는 느낌이 들어, 심지어 같이 있을 때조차. 마치 벌써 우리와 거리를 두고 있는 것만 같아. 여기 조용하고 진지한 친구들이 몇 명 있긴 하지만, 그 애들이 우리 집에 놀러 오는 일도, 아기가 그 집에 초대받아 가는 일도 거의 없어. 너대니얼은 아기가 나이에 비해 성숙한 거라고 늘 말하지만, 그건 이해할 수 없는 아이들을 둬서 걱정하는 부모가 하는 전형적인 소리이고, 난 아기에게 성숙한 점이 있다면 그건 외로움이라고 생각해. 아이가 혼자 있을 수야 있지. 하지만 외로워서는 안 돼. 그런데 우리 아이는 그래.

일라이저 교장은 직접 쓴 사과 편지와 2주 정학, 매주 상담과 더불어 —"애한테 도전 거리를 주고, 쌓인 분노를 털 기회를 줄 수 있도록" —규칙이 잘 잡힌 운동 한두 가지를 시키고, "부모 모두가 더 많이 참여"하기를 제안했어. 그건 나를 겨냥한 말이야. 너대니얼은 학교 모임과 게임, 행사, 연극에 빠지지 않고 다 참석하니까. "힘드신 것 압니다, 그리피스 박사님." 교장은 이렇게 말하더니, 내가 항의하거나 뭐라고 변명하기 전에 더 상냥한 어조로 계속해서 말했어. "힘드시다는 것 정말로 알고 있어요. 비아냥거리려고 한 말 아니에요. 우리 모두 박사님이 하고 계신 일을 자랑스럽게 여기고 있어요, 찰스." 갑자기 바보같이 눈시울이 뜨끈해졌고 난 중얼거렸어. "모든 바이러스학자에게 다 그렇게 말씀하시겠죠." 그리고는 교장실에서 나와 아기 어깨를 움켜쥐고 밖으로 데리고 나왔어.

아기와 나는 아무 말 없이 아파트로 걸어 돌아왔지만, 일단 집에 들어서자 난 아기를 돌아봤어. "도대체 무슨 생각을 한 거야, 데이비드?" 고함을 질렀지. "학교에서 널 퇴학시킬 수도, 체포당하게 할 수도 있었던 거 알고 있어? 우린 이 나라에 손님으로 온 거라고—널 우리에게서 데려가 보호소에 보낼 수도 있었다는 거 몰라? 그보다 별것 아닌 이유로도 애들을 데려가는 거 아느냐고?" 계속 말하려는데 아기가 우는 게 보여서 입을 다물었어. 아기는 우는 일이 거의 없거든. "미안해." 아기가 말했어. "미안해."

"데이비드." 난 괴로워하며 아기 옆에 앉아 아기가 정말로 아기였을 때처럼 내 무릎에 앉히고 그때 그랬듯이 흔들흔들 얼러줬어. 우린 잠시 아무 말도 하지 않았지.

"아무도 날 안 좋아해." 아기가 조용히 말하자, 난 할 수 있는 유일한 말을 했어. "물론 좋아해, 데이비드." 하지만 사실 난 이렇게 말했어야 했어. "내가 네 나이였을 때도 아무도 날 좋아하지 않았어, 데이비드. 그래도 난 어른이 됐고, 사람들은 진짜 날 좋아해. 난 네 아빠를 만났고, 우린 널 가졌고, 이제 난 세상에서 제일 운 좋은 사람이야." 우린 한참 동안 그렇게 앉아 있었어. 아기를 이렇게 안고 있어본 것은 오래, 오래전, 수년 전 일이었지. 마침내 아기가 말했어. "말하지 마."

"아빠한테?" 내가 물었어. "난 말해야 해, 데이비드. 너도 알잖아."

아기는 체념한 기색으로 일어나서 나가려고 했어. 하지만 계속 마음에 걸리는 게 하나 있었어. "데이비드." 내가 말했어. "그 주사기 어디서 났어?"

난 "어떤 애들한테"라거나 "몰라"라거나 "어디서 발견했어" 같은 모호한 대답이 나올 거라고 생각했거든. 하지만 그게 아니라 이렇게 대답하는 거야. "주문했어."

"보여줘." 내가 말했지.

그래서 우리는 내 서재에 갔고, 난 아기가 내 컴퓨터에 로그인해서—내 비밀번호를 능숙하게 쳐서 안구 스캔을 우회하더라. 이런 짓이 처음이 아니라는 거지—엄청나게 불법적인 사이트로 들어가는 것을 지켜봤어. 무슨 일이 있었는지 설명하는 보고서를 제출하고 새 노트북을 요청하지 않을 수 없을 정도로 불법적인 사이트더라고. 아기가 의자에서 다시 일어나 팔을 축 늘어뜨리고 섰고, 우리는 잠시 원자 그림이 휙휙 돌고 있는 모니터만 물끄러미 바라보고 있었어. 원자는 몇 바퀴 돌 때마다 잠깐 멈춰 섰고, 그러면 그 위에 새로운 종류의 매물이 뜨는 거야. "바이러스 병원체." "바늘과 주사기." "항체." "독소와 항독소."

내 심정이 어땠는지 짐작이 가지. 하지만 난 먼저 실제적인 질문들부터 했어. 저런 사이트들을 어떻게 알았나? 저 사이트에 들어가기 위해 보안벽은 어떻게 뚫었나? 뭘 주문할지 어떻게 알았나? 누가 이런 아이디어를 줬나?

그 또래의 아이가 이러는 게 정상인가?

애가 뭔가 잘못된 것일까?

내 아이는 도대체 누구일까?

난 아기를 봤어. "데이비드." 입은 뗐지만, 다음에 무슨 말을 해야 할지 도무지 생각이 나지 않더라.

아기는 고개를 들지 않았어. 내가 연달아 이름을 부르는데도. "데이비드." 세 번째로 불렀어. "난 화난 게 아냐"—딱히 사실은 아니었지만, 내 감정이 어떤지 나도 알 수가 없었어—"그냥 날 좀 보라는 거야." 아기는 마침내 고개를 들었고, 겁에 질려 있는 게 보였어.

그 순간—왜인지 나도 모르겠어—난 아기 얼굴을 손바닥으로 후려쳤어. 아기는 외마디 소리를 지르며 뒤로 넘어졌고, 나는 애를 잡아 똑바로 일으켜 세우고 다시 한 대, 이번에는 왼쪽 뺨을 때렸고, 애는 울음을 터뜨렸지. 그러니까 왠지 마음이 놓이더라. 애가 여전히 겁낼 수 있다는 게, 날 무서워할 수 있다는 게 안심됐어. 그러니까 결국 애가 아직은 아이에 불과하고, 아직은 희망이 있고, 잘못되거나 나쁘거나 사악하지 않다는 생각이 드는 거야. 하지만 그런 생각을 분명히 할 수 있게 되는 건 나중 일이었고—그 순간에는 그저 두려웠어. 아기를 위해서 두려웠고, 아기가 두려웠어. 다시 한 대 더 치려는 순간, 갑자기 너대니얼이 나타나서 나를 떼놓으며 외쳤어. "이게 무슨 미친 짓거리야, 찰스?" 내게 고함을 질러댔지. "이 빌어먹을 놈, 미친 놈, 빌어먹을, 무슨 짓을 하는 거야?" 그가 나를 세게 밀치는 바람에 난 넘어져서 얼굴을 바닥에 부딪혔고, 그는 아기를 데려가 흐느껴 우는 아기를 안고 달랬어. "쉿." 그는 중얼거렸어. "괜찮아, 데이비드. 괜찮아, 아가. 나 여기 있어, 나 여기 있어, 나 여기 있어."

"애가 사람들을 다치게 했어." 난 조용히 말했지만, 코피가 너무 심하게 나서 말이 잘못 나왔어.

"애가 사람들을 다치게 하려고 했다고."

하지만 너대니얼은 내 말에 대꾸도 하지 않았어. 셔츠를 벗어 코피 흘리는 아기의 코에 대고 누르더니, 일어나서 우리 아들 어깨를 감싸고 나가버렸어. 나를 돌아보지조차 않고.

이 긴 이야기는 다 이 말을 하기 위해서야. 난 지금 우리 새 아파트에 있어. 앞으로도 당분간 계속 추방당해 있을 서재에서 이 편지를 쓰고 있지. 너대니얼은 여전히 내겐 한마디도 하지 않고, 아기도 마찬가지야. 어제는 기술보안팀장에게 내 노트북을 보내고 무슨 일이 있었는지 설명했어—팀장은 내가 예상만큼은 충격받지 않은 듯해서 두려워했던 것보다는 덜 걱정하지 않아도 될 것 같아. 하지만 새 컴퓨터를 주면서 묻더군. "아드님이 몇 살이라고 했죠?"

"열 살이 다 됐습니다." 내가 답했지.

그는 고개를 절레 저었어. "그리고 박사님은 외국 국적이시죠, 맞죠?"

"네." 내가 답했어.

"그리피스 박사님, 알고 계신다는 거 압니다. 하지만—조심하셔야 해
요." 그가 말했어. "아드님이 저 사이트에 접속했는데 박사님이 비밀
정보 취급 인가를 받지 않았다면—"

"압니다." 내가 말했어.

"아뇨," 그는 나를 바라보며 말했어. "모르세요. 조심하세요, 그리피
스 박사님. 이런 일이 또 일어날 경우 아드님을 보호하기 위해 연구소
에서 해줄 수 있는 일에도 한계가 있습니다."

갑자기 나는 그에게서 멀리 떨어지고 싶었어. 그 팀장뿐만 아니라,
모든 것으로부터. 록펠러, 내 연구실, 뉴욕, 미국, 심지어 너대니얼
과 데이비드까지. 집에, 할아버지 농장에 돌아가 있고 싶었어. 거기
서 아무리 비참했다 해도, 이런 일들—이 모든 일—이 일어나기 한
참 전으로 돌아가고 싶었어. 하지만 난 다시는 집에 돌아갈 수 없어.
할아버지와 나는 말도 하지 않고, 농장은 물에 잠겼고, 이제 이게 내
인생이야. 최대한 극복해보는 수밖에. 그리고 난 그렇게 할 거야.

하지만 때로는 못할 것 같아서 걱정돼.

사랑해, 찰스

#3

2093년 겨울

　내가 간직하고 있는 좋은 기억 하나는 할아버지가 머리를 빗겨 주던 기억이다. 나는 할아버지 서재 구석에 앉아 할아버지가 작업하는 모습 지켜보기를 좋아했다. 거기 몇 시간씩 앉아 그림을 그리거나 놀면서 소리도 잘 내지 않았다. 한 번은 할아버지의 연구 조수 하나가 들어왔다가 나를 보고 깜짝 놀란 적 있다. "방해되시면 제가 데려갈게요." 연구 조수가 조용히 말했다. 그러자 할아버지가 놀란 표정을 지었다. "내 손녀를?" 할아버지가 물었다. "저 아이는 아무에게도 방해가 되지 않아요, 특히 내게는." 그 말을 들은 나는 올바른 일을 한 것처럼 자랑스러웠다.

　할아버지가 책을 읽거나 타자를 치거나 글을 쓸 때 나는 방석을 깔고 앉아 있었고, 할아버지를 보고 있지 않을 때는 나무 블록을 가지고 놀았다. 그 나무 블록은 모두 하얀 칠이 되어 있어서 나는 너무 높이 쌓지 않도록 주의했다. 그러면 무너져 소리를 내니까.

하지만 할아버지는 가끔 하던 일을 멈추고 의자에서 몸을 돌리곤 했다. "이리 오렴, 아가." 할아버지 말에 나는 방석을 들고 할아버지 무릎 사이 바닥에 놓았고, 할아버지는 서랍에서 등이 납작한 커다란 브러시를 꺼내 내 머리를 빗기 시작했다. "참 아름다운 머리칼이구나." 할아버지가 말하곤 했다. "누가 이렇게 아름다운 머리칼을 줬니?" 그러나 그건 소위 수사적 의문문이어서 대답할 필요가 없는 질문이었기 때문에 나는 대답하지 않았다. 사실 나는 아무 말도 하지 않아도 괜찮았다. 나는 할아버지가 머리 빗겨주는 시간을 늘 기다렸다. 기분이 너무 좋고 편안했다. 길고 시원한 터널 아래로 서서히 떨어지는 느낌이었다.

그러나 병이 들고 나서 아름다운 머리칼을 잃었다. 살아남은 우리는 다 마찬가지였다. 치료제 때문이었다. 처음에는 머리칼이 전부 빠졌고, 다시 자란 머리칼은 숱이 없고 가늘고 칙칙한 색이었고 턱선을 넘으면 더 이상 자라지 못하고 끊어졌다. 대부분의 사람들은 두피를 겨우 가릴 정도로 머리를 짧게 잘랐다. 50년과 56년 질병에서 살아남은 이들에게도 같은 일이 많이 일어났지만, 70년 생존자인 우리 경우는 더 심했다. 한동안은 그것을 보고 질병 생존자임을 알 수 있었지만, 같은 약을 변형시킨 약을 72년 질병에도 처방하자 구별하기가 더 어려워졌고 머리를 짧게 자르는 것이 실용적이 되기도 했다. 그러면 덜 덥고 머리 감는 데 물과 비누도 적게 들었으니까. 그래서 많은 사람들이 짧은 머리를 했다—긴 머리를 유지하려면 돈이 든다. 그것이 14구역에 사는 사람을 알아보는 한 가지 방법이다. 그들은 모두 머리가 길다. 14구역은 두 번째로 많은 물을 할당받는 구역인 우리 8구역보다 3배는 많은 물을 받기 때문이다.

이런 생각을 하게 된 까닭은 지난 주 셔틀을 기다리는데 처음 보는 남자가 줄을 섰기 때문이다. 나는 줄 끝 쪽에 있었기 때문에 그 남자가 잘 보였다. 그는 남편이 입는 것과 같은 회색 점프수트를 입었고, 그렇다면 팜 혹은 폰드의 정비 기술자란 뜻이다. 그는 점프수트 위에 역시 회색 경량 나일론 재킷을 입고 챙이 넓은 모자를 쓰고 있었다.

지난 몇 주 동안 기분이 이상했다. 한 편으로는 곧 12월이 될 것이고, 12월은 한 해 중 최고의 시기라서 기분이 좋았다. 비록 비는 오지 않지만 밤이면 방수 파카를 입을 정도로 시원해지는 데다가, 도시에 내려앉은 스모그가 걷히고 상점에는 사과나 배 등 추운 계절에만 자라는 농작물이 들어오기 시작한다. 1월에는 폭풍우가 오고 2월이 되면 음력 설날이 있어 정부 부지나 정부 기관에서 일하는 사람은 곡물 쿠폰 4장과 유제품 쿠폰 2장 혹은 농작물 쿠폰 2장을 추가로 받을 수 있었다. 남편과 나는 보통 추가 쿠폰을 나누므로, 두 사람 쿠폰을 합치면 농작물 쿠폰 8장, 유제품 쿠폰 2장, 농작물 쿠폰 2장을 추가로 더 받게 된다. 결혼한 다음 해이자 남편이 팜에서 일한 첫해에 우리는 남은 쿠폰으로 경질 치즈 한 조각을 샀다. 남편은 그 치즈를 종이에 싸서 복도 장의 안쪽 구석에 넣어두면서 그곳이 아파트 안에서 가장 시원한 곳이라고 했고, 치즈는 오래 보관됐다. 올해는 설날이 있는 주에 목욕과 세탁 일을 하루 더 받을 수 있을지 모른다는 설이 있었다. 2년 전에도 그런 날이 있었지만, 그전 해에는 가뭄이 와서 없었다.

하지만 다른 한 편, 온갖 기대 거리에도 불구하고 자꾸 그 쪽지가 떠올랐다. 매주 남편이 자유 시간을 보내는 밤이면 나는 그 상자 내용물을 다 꺼내 쪽지가 여전히 있는지 확인했고, 그것들은 늘 있었다. 쪽지를 전부 다시 읽고 들고 뒤집어 보고 전등에 비춰 본 뒤 봉투에 전부 도로 넣고 상자를 장 안에 넣어두곤 했다.

회색 점프수트를 입은 남자를 줄에서 본 날 아침에도 그 쪽지에 대해 생각하고 있었다. 남자가 거기 있다는 것은 구역에서 누군가가 죽거나 잡혀갔다는 뜻이었다. 8구역에 주택을 배정받는 방법은 누군가가 떠나기를 기다리는 것뿐인데, 8구역을 자발적으로 떠나는 사람은 아무도 없다. 그때 이상한 일이 벌어졌다. 그 남자가 모자를 고쳐 쓰는데, 긴 머리카락이 흘러나와 뺨을 스친 것이다. 남자는 재빨리 머리카락을 모자 속으로 밀어 넣고 아무도 보지 않았는지 주위를 둘러봤지만, 모두 예의 바르게 앞만 보고 있었다. 나만 돌아서서 그를 봤지만, 그는 내가 본 것을 보지 못했다. 머리가 긴 남자는 한 번도 본 적 없었다. 그러나 무엇보다 흥미로웠던 점은 그가 남편과 매우 비슷했다는 것이다—두 사람은 피부색도 같고, 눈 색도 같았으며, 남편 머리도 나처럼 짧긴 했지만, 머리칼 색도 같았다.

나는 새로운 일이 생기는 것을 절대 좋아하지 않았다. 어릴 적에도 마찬가지였고, 상황이 예상과 달라질 때 좋아해본 적이 없었다. 어릴 때 할아버지는 추리 소설을 읽어주곤 했는데, 그 이야기를 듣고 있으면 불안하기만 했다—나는 무슨 일이 벌어지고 있는지 알고 싶었다. 모든 것이 똑같은 것이 좋았다. 그렇지만 할아버지가 좋아하는 게 분명했기 때문에 그런 이야기를 하지 않았다. 할아버지가 좋아하는 것을 나도 즐기려고 노력하고 싶었다. 그러다가 추리 소설을 더 이상 읽지 못하게 됐고, 나는 좋아하는 척하는 연기를 그만둘 수 있었다.

그렇지만 그때, 내게는 두 가지 추리할 거리가 있었다. 우선 쪽지였다. 그리고 8구역에 사는 긴 머리 남자가 두 번째였다. 무슨 일이 생겼는데 아무도 내게 알려주지 않았고, 다른 사람들은 다 알고 있지만 나 혼자서는 알아낼 수 없는 비밀이 있는 기분이 들었다. 직장에서는 매일 그런 일이 생기지만, 그건 괜찮았다. 나는 과학자가 아니고 무슨 일이 벌어지고 있는지 아는 것은 내 권리가 아니기 때문이다—나는 충분히 교육받지 않았기 때문에 어쨌거나 이해하지도 못했을 것이다. 하지만 내가 사는 곳은 이해하고 있다고 늘 생각했는데, 결국 그것도 착각이 아닌가 염려되기 시작했다.

자유 시간을 설명해준 사람은 할아버지였다.
할아버지께 내가 결혼하게 됐다는 말을 들었을 때, 나는 들뜨기도 했지만 두렵기도 해서 뱅글뱅글 돌면서 걷기 시작했다. 아주 기쁘거나 아주 초조할 때만 하는 행동이다. 내가 그러면 다른 사람들은 불편해하지만, 할아버지는 "네 기분이 어떨지 안다, 아기 고양아"라고만 말했다.

나중에 할아버지가 나를 재우러 와서 남편 사진을 줬는데, 사진을 보여 달라고 할 생각은 하지도 못했었다. 나는 그 사진을 보고 또 보고, 얼굴을 느낄 수 있기라도 한 것처럼 쓰다듬었다. 사진을 돌려주려고 하자, 할아버지는 고개를 저었다. "네가 가지렴." 할아버지는 말했다.

"언제 해요?" 내가 물었다.

"1년 후에." 할아버지가 말했다. "그러니, 앞으로 1년 동안 결혼 생활에 대해 알아야 하는 걸 다 이야기해주마."

그 말에 마음이 몹시 진정됐다—내가 모를 때도 할아버지는 무슨 말을 해야 하는지 늘 알았으니까. "내일부터 시작하자." 할아버지는 약속하고 내 이마에 입 맞춘 뒤, 할아버지가 자는 거실로 나갔다.

이튿날 할아버지는 수업을 시작했다. 종이 한 장에 긴 목록을 작성한 뒤, 매달 세 가지 주제를 골라 나와 이야기를 나눴다. 우리는 대화하는 법, 도움 되는 법을 연습했고 할아버지는 도움을 청해야 하는 여러 가지 상황, 도와달라고 말하는 방법, 응급 상황에서 할 일을 가르쳤다. 우리는 내가 남편을 신뢰하는 법, 좋은 배우자가 되기 위해 할 수 있는 일, 타인과 함께 사는 법, 혹시라도 남편이 내가 두려워할 일을 하는 경우 대처법에 대해서도 이야기했다.

이상한 일이기는 하지만, 처음 느낀 불안 이후 나는 할아버지가 걱정했던 것보다 결혼에 대해 긴장하지 않았다. 따지고 보면,

나는 할아버지 이외의 타인과 함께 살아본 적이 없었다. 음, 그렇지는 않다―다른 할아버지와 아버지와 산 적이 있기는 했지만, 그건 내가 아기 때 일이다. 그들의 모습도 사실 기억나지 않았다. 남편과 사는 것은 할아버지와 사는 것과 비슷할 것이라고 여겼던 것 같다.

6개월째 훈련이 끝나갈 무렵 할아버지는 자유 시간에 대해 이야기했다. 매주 내 남편은 집을 나갈 것이고, 나는 하룻밤을 온전히 나 혼자 지내게 될 거라고 했다. 그리고 또 다른 날 밤에는 내가 집을 나가 혼자서 무엇이든지 원하는 일을 할 수 있다고 했다. 할아버지는 이 이야기를 하면서 나를 가만히 지켜보고는 내게 생각할 시간을 줬다.

"자유 시간은 무슨 요일 밤이에요?" 내가 물었다.

"너와 네 남편이 정하는 요일로 한다." 할아버지가 말했다.

나는 조금 더 생각했다. "제 자유 시간에는 뭘 해야 해요?" 나는 물었다.

"원하는 건 뭐든지 해도 돼." 할아버지가 말했다. "예를 들면 산책을 하고 싶을 수도 있고, 스퀘어에 가고 싶을 수도 있겠지. 아니면 레크리에이션 센터에 가서 누군가와 탁구를 치고 싶을 수도 있고."

"할아버지를 만나러 올까 봐요." 내가 말했다. 내가 알게 된 것 중 가장 놀라운 일은 할아버지가 우리와 함께 살지 않는다는 점이었다. 결혼하면 나는 우리 아파트에서 남편과 함께 살고 할아버지는 다른 곳으로 이사를 가게 된다는 것이다.

"너랑 같이 있는 거야 언제든 좋지, 아기 고양아." 할아버지가 천천히 말했다. "하지만 남편과 함께 지내는 것에 익숙해져야지. 나랑 얼마나 자주 만날지 생각하며 새 생활을 시작해서는 안 돼." 그때 나는 아무 말도 하지 않았다. 할아버지가 딱히 말로 하지 않고도 다른 가르침을 주려고 하는 것을 느꼈기 때문이다. 그게 무슨 내용인지는 몰라도 듣고 싶은 내용이 아니란 것은 알 수 있었다. "자, 아기 고양아." 할아버지가 한참 만에 입을 열었고, 미소를 지으며 내 손을 토닥였다. "염려 마라. 지금은 신나는 때란다—네가 결혼을 하다니, 네가 참 자랑스럽구나. 내 작은 고양이가 다 자라 자기 가정을 꾸리다니."

남편과 결혼한 이후, 할아버지의 가르침 중 활용한 것은 얼마 없었다. 예를 들어, 남편이 때려서 경찰서에 가야 한 적도 없었고, 집안일에 남편의 도움을 청해야 한 적도 없었으며, 남편이 식량 쿠폰을 내놓지 않을까 염려할 일도 없었고, 남편이 고함을 질러 이웃의 문을 두드려야 할 필요도 없었다. 그렇지만 할아버지에게 자유 시간에 대해, 그 시간에 대해 내가 느낄 감정에 대해 좀 더 질문하지 않았던 것이 아쉽다.

결혼한 뒤 곧 남편과 나는 목요일은 남편의 자유 시간으로, 화요일은 내 자유 시간으로 정했다. 아니, 남편이 그렇게 정했고 나는 동의했다. "화요일이 정말 괜찮겠어?" 남편은 이렇게 물었고, 정말 관심 어린 목소리였다. 마치 내가 "아니, 생각해보니 목요일이 좋겠어"라고 말하면 바꿔주기라도 할 것처럼. 하지만 나는 괜찮았다. 어느 요일이든 상관없었으니까.

처음에는 다른 곳에서 자유 시간의 밤을 보내려고 했다. 남편과 달리 나는 우선 퇴근 후 남편과 저녁 식사를 하고 편안한 옷으로 갈아입고 나갔다. 할아버지는 내가 혼자서 집을 나가면 안 된다고, 특히 밤에는 절대 안 된다고 늘 가르쳤는데, 밤중에 아파트 밖에 나가다니 기분이 이상했다. 하지만 그건 2차 반란 이전, 상황이 나쁘고 위험할 때였다.

처음 몇 달 동안은 할아버지가 제안한 대로 레크리에이션 센터에 갔다. 센터는 6번가 서쪽 14번 스트리트에 있었고 그때는 이미 6월이었으므로 과열을 막기 위해 냉각복을 입어야 했다. 나는 5번가를 따라 올라가다가 12번 스트리트에서 서쪽으로 걸어갔다. 그 블록의 오래 된 건물들이 남편과 내가 사는 건물과 비슷해서 좋았기 때문이다. 건물 창문 중에는 불이 켜진 곳도 있었지만 대부분은 불이 꺼져 있었고, 거리에는 나처럼 센터 쪽으로 걸어가고 있는 행인 몇 명밖에 없었다.

센터는 6시부터 22시까지 열었고 8구역 주민만 입장할 수 있다. 주민들은 매달 센터에서 20시간을 무료로 보낼 수 있었고, 출입할 때는 엄지 지문을 찍어야 한다. 센터에서는 요리나 바느질, 태극권이나 요가 수업을 받을 수 있고, 클럽에 참가할 수도 있다. 체스, 배드민턴, 탁구, 체커 게임 클럽이 있다. 또는 재배치 센터 사람들을 위한 위생 용품을 만드는 등, 자원봉사 작업을 할 수도 있다. 센터의 최고 장점 중 하나는 대형 발전기가 있어서 늘 시원하다는 점이다. 그래서 사람들은 긴 여름날 아파트가 아닌 냉방이 되는 센터에서 더 있을 수 있도록 기온이 온화한 달에는 집에서 지내며 시간을 적립해두곤 한다. 그곳에서는 에어샤워도 할 수 있기 때문에, 물 쓰는 날이 아니지만 꼭 썻고 싶은 날이면 센터 시간을 써서 에어샤워를 할 수도 있다. 센터에서는 매년 접종을 받고, 2주에 한 번 혈액검사와 점액검사를 받고 매달 식량 쿠폰과 수당을 받을 수도 있으며, 5월에서 9월까지는 모든 주민이 보조금이 적용된 가격으로 매달 3킬로그램의 얼음을 살 수도 있다.

그러나 나는 첫 자유 시간 이전에는 레크리에이션을 즐기러 센터에 간 적이 없었다. 센터의 목적 중 하나가 레크리에이션인데도 말이다. 센터가 문을 연 뒤 할아버지가 한 번 나를 데리고 간 적 있고, 우리는 서서 탁구 경기를 구경했다. 센터에는 탁구대가 두 개 있었고, 사람들이 탁구를 치는 동안 다른 사람들은 주위에 놓인 의자에 앉아서 구경하다가 누군가가 득점하면 박수를 쳤다. 경기는 재미있어 보였고 공이 탁구대를 칠 때 나는 경쾌하고 날카로운 소리도 재미있다고 생각하며 오래 서 있었던 기억이 난다.

"너도 해볼래?" 할아버지가 내게 속삭였다.

"아, 아뇨." 내가 말했다. "칠 줄 몰라요."

"배울 수 있어." 할아버지가 말했다. 하지만 나는 할 수 없다는 것을 알고 있었다.

그날 오후 그 건물을 나설 때 할아버지가 말했다. "또 오면 돼, 아기 고양아. 탁구팀에 등록하고 함께 치자고 하면 돼." 그때 나는 아무 말도 하지 않았다. 가끔 할아버지는 이런 일들을 내가 쉽게 할 수 있는 일인 것처럼 말했고, 그러면 나는 할아버지가 이해하지 못하는 게 짜증이 났다. 할아버지는 할 수 있다고 생각하지만 난 못 하는데, 그걸 할아버지가 이해하지 못하니 점점 안절부절 못하고 화가 났다. 그때 할아버지가 알아차리고 걸음을 멈추고 내게 돌아서서 어깨에 손을 얹었다. "너는 할 줄 알아, 아기 고양아." 할아버지가 조용히 말했다. "다른 사람들에게 말하는 법 연습한 것 기억하니? 대화하는 법 연습한 것 기억하지?"

"네." 내가 말했다.

"네게 쉽지 않은 일이란 거 안다." 할아버지가 말했다. "쉽지 않은 거 알아. 하지만 네가 할 수 있다고 내 온 마음을 다해 믿지 않는다면, 네게 해보라고 권하지 않을 거야."

그래서 나는 레크리에이션 센터에 갔다. 그때는 살아계셨던 할아버지에게 거기 갔다고 말하고 싶었기 때문에라도 갔다. 하지만 센터에 막상 도착하자, 안에 들어갈 수조차 없었다. 대신 나는 건물 벽에 툭 튀어나온 테두리에 앉아 사람들이 둘씩 혹은 혼자 들어가는 모습을 지켜봤다. 그러다가 현관문 반대편에서 창문을 발견하고 각도를 잘 맞추어 서면 안에서 탁구 하는 사람들을 볼 수 있다는 것을 알게 됐고, 그건 좋았다. 나도 그들과 함께인 것 같지만 실제로 그들과 대화할 필요는 없었으니까.

그렇게 첫 한 달 정도 자유 시간을 보냈다―센터 밖에 서서 창문을 통해 탁구를 구경하면서. 경기가 특히 신났을 때는 구경한 경기 이야기를 남편에게 할 수 있겠다고 생각하면서 집으로 빠르게 걸어가곤 했다. 비록 남편은 내게 자유 시간에 무엇을 했는지 한 번도 묻지 않았고, 자신이 자유 시간에 무엇을 했는지 한 번도 이야기하지 않았지만. 새 친구를 사귀는 것을 상상하기도 했다.

탁구공을 탁구대 너머로 내리치며 왼발 발꿈치를 내리찍는, 짧은 곱슬머리에 보조개가 있는 여자라든지. 흰 구름이 찍힌 붉은 운동복을 입은 남자라든지. 경기가 끝나고 그 친구들과 수분 바에서 함께 대화하는 것을 상상했고, 남편에게 보너스 액체 쿠폰을 써서 친구들과 음료를 마시고 싶다고 말하면 어떨까 생각했다. 남편이 당연히 된다고, 언젠가 자신도 와서 내가 경기하는 모습을 보겠다고 하는 것을 상상했다.

하지만 이렇게 몇 달을 보낸 뒤 나는 더 이상 센터에 가지 않았다. 우선, 할아버지가 돌아가시자 더 이상 애쓰고 싶지 않았다. 또하나, 날씨가 더워져서 기분이 좋지 않았다. 그래서 다음 화요일, 다음 번 자유 시간에 나는 피곤하다고, 대신 집 안에 있겠다고 남편에게 말했다.

"어디 아파?" 남편이 물었다. 남편은 설거지 중이었다.

"아니." 내가 말했다. "그냥 나가고 싶지 않아."

"그럼 대신 수요일에 나가고 싶어?" 남편이 물었다.

"아니." 내가 말했다. "이게 내 자유 시간이야. 그냥 안 나갈래."

"아." 남편은 마지막 접시를 건조대에 올렸다. 그리고 물었다. "어느 쪽이 좋아, 거실 아니면 침실?"

"무슨 말인지 모르겠어." 내가 말했다.

"음." 남편이 말했다. "혼자 있을 공간을 주고 싶어. 그러니까 어느 쪽이 좋아, 거실 아니면 침실 중에?"

"아." 내가 말했다. "침실 쪽." 나는 생각해봤다. 그것이 옳은 대답인가? "괜찮아?"

"물론이지." 남편이 말했다. "당신 자유 시간인데."

그래서 나는 침실로 가서 잠옷으로 갈아입고 침대에 누웠다. 몇 분 뒤 문을 가만히 두드리는 소리가 들렸고 남편이 라디오를 들고 들어왔다. "음악을 듣고 싶을 것 같아서." 남편이 말하고 라디오 플러그를 끼우고 켠 뒤 방을 나가 문을 닫았다.

나는 한참 동안 음악을 들으며 누워 있었다. 한참 뒤 화장실에 가서 이를 닦고 소독 티슈로 얼굴과 몸을 닦았고, 그러면서 거실을 들여다보니 남편이 소파에 앉아서 책을 읽고 있었다. 남편은 나보다 보안 등급이 높아서 자기 분야에 관한 특정 책들을 읽을 수 있었고, 책들은 직장에서 빌려 왔다가 반납한다. 그 책은 열대 수경 재배 식용 식물의 관리와 재배에 관한 책이었고, 나는 열대 수경 재배 식용 식물에는 관심이 없었지만 문득 질투심이 들었다. 남편은 몇 시간이고 앉아서 책을 읽을 수 있었고, 그런 남편을 보고 있으면 할아버지가 보고 싶었다. 할아버지라면 나를 달래려면 무슨 말을 하면 되는지 알 텐데. 하지만 대신 나는 잘 준비를 하고 방으로 돌아왔고, 몇 시간이나 지났을까, 드디어 남편이 한숨을 쉬더니 거실 전등을 끄고 욕실에 갔다가 마침내 방으로 조용히 들어와서 역시 옷을 갈아입고 자기 침대에 눕는 소리가 들렸다.

그 후로 나는 자유 시간을 집에서 보냈다. 아주 가끔, 가만히 있기 몹시 힘들 때는 산책을 나간다. 스퀘어 주위나 센터까지. 하지만 보통은 남편이 늘 라디오를 가져다두는 우리 침실로 간다. 옷을 갈아입고, 전등을 끄고, 침대에 누워 기다린다. 남편이 소파에 앉는 소리를, 책을 읽으면서 손가락 관절을 딱딱 꺾는 소리를,

그리고 드디어 책을 덮고 스탠드를 끄는 소리를. 지난 6년 반 동안 목요일마다 나는 남편이 퇴근 후부터 곧장 시작하는 자유 시간의 밤을 보낸 뒤 귀가하기를 기다렸다. 매주 화요일에는 우리 침실 내 침대에 누워 내 자유 시간의 밤이 끝나기를 기다리며, 남편이 내게로 돌아오기를 기다린다. 그가 한 마디도 하지 않는다 해도.

자유 시간을 갖는 남편을 실험실부터 뒤를 밟아 보면 어떨까 하는 생각을 하게 됐다. 어느 금요일에 일어난 일이다. 2094년 1월 1일, 서구 역사에 관심이 있어서 전통 달력에 따라서만 신년을 기념하는 웨슬리 박사가 연구실 직원을 모두 모아 포도 주스를 한잔 했다. 모두가, 나까지도 포도 주스를 받았다.

"22세기까지 이제 6년!" 그의 선언에 우리 모두 박수를 쳤다. 주스는 짙고 탁한 자주색이었고, 너무 달아서 목이 탔다. 하지만 주스를 마신 것이 오랜만이었고 이 경험이 남편에게 이야기할 만큼 흥미로운 일인지 궁금했다. 적어도 직장에서 평소에 일어나는 일과는 달랐고, 비밀 정보도 아니었기 때문이다.

내 자리로 돌아오는 길에 쉬는 시간을 내어 화장실에 가서, 변기에 앉아 있는데 두 사람이 들어와 손을 씻기 시작하는 소리가 들렸다. 둘 다 여자였는데 내가 아는 목소리는 아니었고 둘 다 박사 과정생 같았다. 목소리가 어리고 둘 다 읽은 저널 논문에 대해 이야기했기 때문이다.

그들은 그 논문—유전자를 변형한 진짜 바이러스에서 조작해 낸 어떤 새로운 항생제에 관한 논문—에 관해 이야기하더니 둘 중 하나가 아주 빠르게 말했다. "그래서 말인데, 퍼시가 바람을 피우는 것 같았어."

"정말?" 두 번째 사람이 물었다. "왜?"

"음." 첫 번째 사람이 말했다. "정말 이상하게 행동하고 있었거든? 늦게 퇴근하고, 정말 잘 잊어버려—심지어 6개월 검사하러 함께 가는 것도 잊었다니까. 그리고 아침에 아주 일찍 집을 나가면서 일이 많아서 마쳐야 한다고 하고, 토요일 점심 식사를 하러 우리 부모님 집에 갔을 때는 아버지 주위에서 이상하게 행동하기 시작했고. 아버지 시선을 피하는 것처럼 말이야. 그래서 어느 날, 퍼시가 출근한 뒤에 몇 분 기다렸다가 뒤를 밟았어."

"벨! 설마!"

"진짜 뒤따라갔어! 퍼시에게 뭐라고 할지, 부모님께 뭐라고 할지, 나는 어떻게 할지 머릿속으로 계획을 세우고 있었는데, 퍼시가 주택 개발과로 들어가는 것을 깨달았어. 그래서 이름을 불렀더니 깜짝 놀라는 거야. 아기가 태어날 때를 위해 우리 구역에서 살기 더 좋은 곳, 더 좋은 유닛을 구하려던 중이었다고, 아버지랑 함께 나를 깜짝 놀라게 하려고 함께 알아보던 중이었다고 했어."

"어머, 벨—굉장하다!"

"그러게 말이야. 겨우 몇 주이긴 했지만, 그이를 미워한 게 굉장히 미안했어."

그 여자가 웃었고, 그 여자 친구도 웃었다.

"뭐, 퍼시는 네게서라면 조금 미움받는 것도 참을 수 있을 걸." 두 번째 여자가 말했다. "그러게." 첫 번째 여자가 말하더니 다시 웃었다. "퍼시는 누가 대장인지 아니까."

그들이 화장실에서 나가자, 나도 물을 내리고 손을 씻고 나왔다가 복도에서 여전히 대화 중인 그 여자들을 지나쳤다. 둘 다 아주 예쁘게 생겼고 반짝이는 검은 머리칼을 뒤통수 아래 단정히 말아 올리고 행성처럼 생긴 작은 금귀고리를 달고 있었다. 물론 둘 다 실험복을 입고 있었지만, 옷자락 밑에 화려한 실크 스커트와 굽이 낮은 가죽 구두가 보였다. 그중 더 예쁜 사람이 임신 중이었다. 친구와 대화하며 그녀는 천천히 둥글게 배를 문질렀다.

나는 내 자리로 돌아왔다. 새로운 분홍이를 따로 페트리접시에 옮기고 식염수로 채워야 했다. 작업하면서 남편이 간직한 쪽지를 떠올렸다. 그러다가 화장실에 왔던 여자 생각을 했다. 남편이 자신이 아닌 다른 사람을 만나고 있다고 생각했던 여자를 생각했다. 그렇지만 그 여자 남편은 알고 보니 잘못한 것이 없었다. 그는 그 여자가 살 더 큰 유닛을 찾고 있었던 것뿐이었다. 그 여자는 예쁘고 교육도 잘 받았고 임신 중이어서, 다른 사람, 더 나은 사람을 만날 이유가 없으니까. 더 나은 사람이 없을 테니까. 그 여자 머리칼을 보니 14구역에 사는 것이 틀림없었고, 그렇다면 그 여자 부모도 14구역에 살고 있을 테고, 그 여자 학비를 대주고, 그 여자가 근처에 살도록 더 큰돈을 지불했다는 뜻이다. 그런 생각을 하다 보니 어느덧 그 사람들이 토요일 점심때 무엇을 먹었을까 생각하고 있었다—14구역에서는 원하는 고기는 뭐든 얼마지 살 수 있는 가게가 있다는 이야기를 들은 적 있다. 거기서는 날마다 아이스크림이나 초콜릿이나 주스나 심지어 와인도 먹을 수 있다. 캔디

나 과일이나 우유도 살 수 있다. 날마다 집에 가서 샤워를 할 수 있다. 그런 생각을 하면서 점점 더 안절부절못하다가 그만 분홍이 하나를 떨어뜨리고 말았다. 분홍이는 너무 말랑말랑해서 바닥에 부딪히자 젤리처럼 터졌고, 나는 비명을 질렀다. 나는 굉장히 조심했다. 분홍이를 떨어뜨리는 법이 없었다. 그런데 이제 그러고 말았다.

주말과 월요일 내내 14구역에 사는 그 여자를 생각했고, 화요일 즉 내 자유 시간이 되어서도 여전히 그 여자 생각을 했다. 저녁 식사 뒤 나는 평소에 단지 시간을 좀 더 쓰기 위해 남편의 설거지를 도왔지만, 그날은 곧장 침실로 갔다. 거기서 침대에 누워 몸을 앞뒤로 흔들면서 할아버지에게 어떻게 해야 할지 물었다. 할아버지가 이렇게 말하는 상상을 했다. "괜찮아, 아기 고양아." "사랑한다, 아기 고양아." 하지만 그것 이외에는 할아버지가 뭐라고 할지 떠오르지 않았다. 할아버지가 살아 있다면, 내가 뭐 때문에 속이 상하는지, 어떻게 해결할지 알아내도록 도와주었을 것이다. 하지만 할아버지는 살아계시지 않으니 나 스스로 알아내야 했다.

그러다가 화장실에서 그 여자가 한 말, 남편의 뒤를 밟았다는 말이 기억났다. 그 여자 남편과 달리, 내 남편은 아침에 특별히 일찍 출근하지 않았다. 밤에 늦게 오지도 않았다. 나는 그 사람이 어디 있는지 늘 알고 있었다—목요일만 빼고.

그래서 그때 결심했다. 남편의 다음 자유 시간에 나도 그의 뒤를 밟아야겠다고.

다음날 나는 계획에 결함이 있다는 것을 깨달았다. 남편은 자유 시간에 퇴근 후 집에 오지 않기 때문에 그를 팜에서부터 뒤쫓거나 그가 먼저 집에 오게 만들 방법을 찾아야 했다. 두 번째 방법이 더 가능성 있을 것 같았다. 어떻게 할지 생각하고 또 생각하다가 방법을 구했다.

그날 밤 저녁 식사 때 나는 말했다. "샤워기가 새는 것 같아."

남편은 접시에서 고개를 들지 않았다. "아무 소리도 못 들었는데." 남편이 말했다.

"하지만 욕조 바닥에 물이 고여 있어." 내가 말했다.

그러자 남편은 고개를 들더니 의자를 뒤로 밀고 욕실로 갔고, 나는 미리 욕조에 물 반 컵을 비워두었다. 주둥이에서 물이 새는 것처럼 보일 만큼만 물이 남아 있을 것이다. 남편이 커튼을 열고 재빨리 수도꼭지를 열었다 잠그는 소리가 들렸다.

그러는 동안 나는 할아버지가 가르친 대로 허리를 꼿꼿이 세우고 자리에 앉아 남편이 돌아오기를 기다렸다. 남편은 이맛살을 찌푸리고 있었다. "언제 알았어?" 남편이 물었다.

"오늘 밤에, 집에 와서." 내가 말했다. 남편이 한숨을 쉬었다. "구역 관리인한테 건물 관리인을 보내서 봐달라고 했어." 내가 말하자 남편이 나를 봤다. "하지만 내일 저녁 19시 전엔 못 온대." 내가 계속 말하자, 남편은 벽을 보고 다시 한숨을 크게 쉬었다. 어깨가 들썩일 정도의 한숨이었다. "내일은 당신 자유 시간이잖아." 내가 말했다. 겁먹은 목소리였을 것이다. 남편이 나를 보더니 작은 미소를 지었으니까.

"걱정 마." 남편이 말했다. "먼저 집에 와서 당신이랑 있다가 그

다음에 자유 시간을 가질게."

"좋아." 내가 말했다. "고마워." 나중에 나는 남편이 그 대신 금요일에 자유 시간을 갖겠다고 해도 되었다는 사실을 깨달았다. 그리고 더 나중에, 남편이 평소와 똑같이 자유 시간을 갖고 싶어 한다는 것은 누군가—그 쪽지를 보낸 누군가—가 아마 목요일마다 남편을 기다리고 있으며, 그 사람에게 늦을 거라고 알릴 방법을 찾아야 할 것이라는 사실도 깨달았다. 하지만 남편은 조사원이 올 때까지 기다릴 것이다—수도 사용량은 매달 체크됐고, 할당량을 넘게 쓰면 벌금을 내고 민간 기록부에 적히게 되어 있었다.

그 목요일, 나는 모건 박사에게 샤워기에 물이 새서 일찍 퇴근할 허가가 필요하다고 했고, 허가를 받았다. 그래서 17시 셔틀을 타고 집으로 갔고 남편이 퇴근했을 때는—평소와 같은 18시 57분—저녁 식사를 준비하고 있었다. "너무 늦었나?" 남편이 물었다.

"아니." 내가 말했다. "안 왔어."

나는 혹시 몰라서 뉴트리아 패티를 더 만들었고, 얌과 시금치도 더 만들었지만, 기다리는 동안 뭘 좀 먹겠냐고 물었더니 남편은 고개를 저었다. "하지만 당신은 지금 뜨거울 때 먹어야지." 뉴트리아 고기는 스토브에서 내리자마자 먹지 않으면 굳어버렸다.

그래서 나는 식탁에 앉아 포크로 고기 조각을 이리저리 돌리면서 먹었다. 남편도 식탁에 앉아서 책을 펼쳤다. "정말로 배 안 고파?" 내가 물었지만 남편은 다시 고개를 저었다. "아냐, 괜찮아." 남편이 말했다.

우리는 한동안 말없이 앉아 있었다. 남편이 앉은 채 자세를 바꿨다. 어차피 저녁 식사를 하면서 많은 이야기를 나눈 적은 없었지만, 같이 앉아 식사를 할 때는 적어도 한 가지 활동은 함께했다. 하지만 이젠 나란히 놓아둔 유리 상자 두 개에 들어가 있는 것 같았고, 다른 사람은 우리를 볼 수 있어도 우리는 상자 밖에 있는 것을 보지도, 듣지도 못하고, 우리가 얼마나 가까이 있는지도 알 수 없는 것 같았다.

남편이 다시 자세를 바꿨다. 남편은 책을 넘기더니 돌아가서 이미 본 곳을 다시 읽었다. 그리고 시계를 올려다봤고, 나도 따라 했다. 19시 14분이었다. "젠장." 남편이 말했다. "도대체 어디 있는 거지?" 남편이 나를 봤다. "쪽지 같은 거 없었지?"

"응." 내 말에 남편은 고개를 젓더니 다시 책을 내려다봤다.

5분 뒤 남편이 고개를 들었다.

"몇 시에 온댔지?" 남편이 물었다.

"19시 정각." 내 말에 남편은 다시 고개를 저었다.

몇 분 뒤 남편은 책을 완전히 덮었고, 우리는 둘 다 거기 앉아 아무 장식 없는 동그란 시계만 보고 있었다.

남편이 벌떡 일어났다. "난 가야 해." 남편이 말했다. "이제 나가야 해." 19시 33분이었다. "가─가야 할 곳이 있어. 벌써 늦었어." 남편이 나를 봤다. "코브라─사람이 오면 혼자 처리할 수 있겠어?"

나는 남편이 내가 혼자서 이런저런 일을 처리할 수 있기를 바라는 것을 알고 있었고, 갑자기 겁이 났다. 정말로 남편 없이 나 혼자 건물 관리인과 이야기를 나눠야 하는 상황에 맞닥뜨린 것 같았다. 관리인은 오지 않을 것이며, 이 모든 사건이 이보다 훨씬 더 겁나는 일, 남편의 자유 시간에 뒤를 밟기 위해 지어낸 것임을 잊어버린 것 같았다.

"응." 내가 말했다. "할 수 있어."

그러자 남편은 미소를 지었다. 드문 일이었다. "괜찮을 거야." 남편이 말했다. "전에도 관리인 본 적 있잖아. 좋은 사람이야. 오늘 밤에는 당신 잠들기 전에 일찍 올게, 괜찮지?"

"괜찮아." 내가 동의했다.

"긴장하지 마." 남편이 말했다. "할 줄 알잖아." 할아버지도 내게 하던 말이었다. *할 줄 알잖니, 아기 고양아. 두려워할 것 없어.* 그리고 남편은 옷걸이에서 바람막이를 들었다. "다녀올게." 남편이 문을 닫으며 말했다.

"다녀와." 나는 닫힌 문을 향해 말했다.

남편이 문을 닫은 뒤 딱 20초를 기다린 다음 나도 아파트에서 나왔다. 작은 손전등, 공책과 연필, 목마를 경우를 대비해 물을 담은 보온병, 그럴 일은 없겠지만 쌀쌀할 경우에 대비해 바람막이 등, 필요할지 모르는 물건을 넣어 가방을 미리 싸뒀다.

밖으로 나오니 어둡고 따뜻했지만 덥지는 않았고, 평소보다 많은 사람들이 스퀘어 주위를 걷고 상점에서 집으로 걸어가고 있었다. 곧바로 남편을 찾았다. 그는 5번가를 따라 북쪽으로 빠르게 걷고 있었고, 그가 9번 스트리트에서 서쪽으로 돌 때 나도 뒤따랐다. 우리 둘 다 매일 아침, 각자 다른 시각에 셔틀 정류장으로 가는 그 경로였다. 순간 남편이 다시 셔틀을 기다려 직장으로 돌아가는 걸까 싶었다. 하지만 그는 계속 걸어 6번가를 건너고, 고층 아파트들이 모여 있어 8구역 내에서도 별개의 구역처럼 느껴져서 리틀 에이트라고 불리는 지역을 가로지른 다음 7번가도 건너 계속해서 걸어갔다.

그곳은 내가 보통 다니는 곳에서 훨씬 더 서쪽 지역이었다. 8구역은 가장 남쪽인 새 1번 스트리트에서 북쪽 23번 스트리트까지, 동쪽 브로드웨이부터 서쪽으로는 8번가와 강까지 걸치는 지역을 차지하고 있다. 엄밀히 따지면 8구역은 그보다 멀리 뻗어 있었는데, 10년 전 지난번 대폭우로 8번가 너머 땅 대부분이 잠기는 바람에 강 저지대에 남기로 했던 사람들도 8번가 주민이 되었다. 그렇지만 매년 그들 중 점점 더 많은 사람들이 재배치되었다. 강에서 이상한 것들이 발견되었고 거기서 사는 게 얼마나 안전한지 불확실했기 때문이다.

8구역은 8구역이었고, 그 안에서는 더 좋은 지역도, 차이도 없어야 했다. 정부에서는 그렇게 말했다. 하지만 8구역에 산다면, 사실—남편과 내가 사는 곳처럼—다른 곳보다 바람직한 곳이 존재한다는 것을 알 수 있다. 예를 들면, 6번가 서쪽에는 식료품점이나 세탁 센터, 위생 센터가 없다. 단, 리틀 에이트 사람들만 갈 수 있는 식료품점과 센터는 있고, 그곳에는 곡식이나 분말 식품처럼 상하지 않는 물건은 살 수 있지만 부패하는 것은 살 수 없는 팬트리라는 곳도 있다.

앞에서 말했듯이 8구역은 자치체 전체에서는 아니더라도 섬에서는 가장 안전한 곳 중 하나였다. 그런데도 8구역 북쪽과 남쪽 축을 따라 시작해 동쪽 강변의 1번가 강둑까지 이어지는 17구역에서 벌어진 일들에 대해 소문이 떠돌았던 것처럼, 강가에서 무슨 일이 벌어졌다는 소문이 나돌았다. 그중 하나는 8구역 서쪽 끝 지역에 유령이 나타난다는 소문이다. 예전에 할아버지에게 그 소문에 대해 물어봤더니, 할아버지는 나를 데리고 8번가로 가서 귀신이 없다는 것을 보여줬다. 할아버지는 그 이야기가 내가 태어나기 전, 거리 아래에 일련의 지하 터널들이 저 멀리 재배치 센터까지 이어져 있던 시절 시작됐지만, 그때는 재배치 센터가 센터가 아니라 8구역처럼 사람들이 살고 일하는 지구들이었다고 했다. 그러다가 70년 유행병 이후 그 지구들이 폐쇄되고, 나라에서 터널들을 당시 수십만에 달한 감염자를 수용하는 격리 수용소로 사용했다가 나중에 시멘트로 봉해 그 안에 있던 사람들이 다 죽었다는 이야기가 돌기 시작했다는 것이다.

"그게 사실이에요?" 나는 할아버지에게 물었다. 우리는 그때 강가에 서서 소리 죽여 이야기하고 있었다. 그런 이야기를 하는 것만으로도 반역죄였기 때문이다. 할아버지와 불법적인 주제로 이야기할 때면 늘 겁이 났지만 기분이 좋기도 했다. 할아버지는 내가 비밀을 지킬 것이며, 할아버지를 절대 배신하지 않으리라는 것을 알고 있었으니까.

"아니야." 할아버지가 말했다. "그런 이야기는 출처가 불분명해."

"그게 무슨 뜻이에요?" 내가 물었다.

"사실이 아니란 뜻이지." 할아버지가 말했다.

나는 거기 대해 생각했다. "사실이 아니라면 사람들은 왜 이야기하는 거예요?" 내 질문에 할아버지는 시선을 돌려 멀리, 강 건너편 공장을 봤다.

"사람들이 그런 이야기를 할 때는, 정말로 표현하고 싶은 것은 두려움, 분노일 수도 있어. 정부가 그 시절에 끔찍한 짓을 많이 했거든." 할아버지는 천천히 말했고 나는 누군가가 정부에 대해 그런 식으로 말하는 것을 듣는데, 그 사람이 바로 할아버지라는 사실에 전율을 느꼈다. "여러 가지 끔찍한 짓을 했어." 할아버지가 잠시 입을 다물었다가 다시 말했다. "하지만 그 끔찍한 짓 중에 그런 건 없었어." 할아버지가 나를 봤다. "나를 믿니?"

"네." 내가 말했다. "할아버지 말은 다 믿어요."

할아버지는 다시 내게서 시선을 돌렸고, 나는 말을 잘못한 건가 싶어 걱정했지만 할아버지는 내 뒤통수에 가만히 손을 댄 채 아무 말도 하지 않았다.

여전히 남은 진실은 그 터널이 오래전 봉쇄되었다는 것이고, 소문은 밤늦게 강 가까이 가면 그 안에 버려져 죽은 사람들의 흐느낌과 신음소리가 들린다는 것이다.

8구역 서쪽 끝에 대해 사람들이 떠드는 또 하나의 소문은 건물처럼 *생겼지만* 아무도 살지 않는 건물이 있다는 것이다. 박사 과정생들의 이야기를 몇 년간 엿듣고 나서야 그게 무슨 뜻인지 알게 됐다.

8구역 대부분은 몇백 년 전, 1800년대와 1900년대 초에 지어졌지만 내가 태어나기 직전 대다수 건물이 철거되고 진료소 역할을 겸한 고층 건물로 교체됐다. 그전까지는 인구가 매우 많았고, 전 세계에서 사람들이 이 자치체로 왔다. 하지만 50년 전염병으로 거의 모든 이민이 중단됐고, 56년과 70년 전염병으로 인구 과잉 문제가 해결됐다. 즉, 8구역은 여전히 인구 고밀도 지역이었지만, 그때부터는 불법 거주자는 없었다. 그러나 8구역 원래 건물의 일부는 남았다. 특히 5번가와 스퀘어 주위, 8번가 주위 건물들이 남았다. 그곳 건물은 남편과 내가 사는 건물과 비슷했다. 붉은 벽돌로 짓고 높이도 4층 정도였다. 그보다 더 작아 유닛이 4개만 있는 건물도 있었다.

내가 들은 박사 과정생들의 대화에 따르면, 강 근처에도 그런 건물들이 몇 채 있어서 한때는 우리 건물처럼 아파트로 나뉘었지만, 세월이 지나면서 아무도 살지 않게 됐다. 대신, 그런 건물에 가는 건—음, 그런 건물에 뭘 하러 가는지는 모르지만 그건 불법이라는 것밖에 알지 못했다. 박사 과정생들이 그 이야기를 할 때 웃으면서 "너는 그런 거 다 알지, 안 그래, 폭슬리?"라고 말했다. 그래서 박사 과정생들이 아는 척은 하지만 찾아갈 만큼 대담하지는 못한, 위험하고도 자극적인 장소일 거라고 짐작했다.

그즈음 나는 강 가까이에 있는 베튠이라는 거리에 있었다. 어렸을 때 정부에서 거리 이름을 전부 번호로 바꾸려고 했고, 주로 7구역, 8구역, 17구역, 18구역, 21구역이 영향을 받았다. 하지만 효과는 없었고, 사람들은 그 거리들을 계속해서 20세기 시절 이름으로 불렀다. 거기까지 가는 내내 남편은 한 번도 뒤돌아보지 않았다. 이제 사방이 아주 어두워졌지만, 다행히 남편이 연회색 바람막이를 입고 있어서 쉽게 뒤따를 수 있었다. 남편은 이 길을 여러 번 다닌 게 분명했다—한 지점에서는 갑자기 보도에서 거리로 내려섰는데, 보도를 보니 커다란 구멍이 있었고, 남편은 알고 그곳을 피한 것이었다.

베튠은 예전 지하 터널 입구 근처가 아닌데도 유령이 나타난다는 소문이 있는 거리 중 하나였다. 하지만 그곳에는 가지만 앙상하기는 해도 예전 가로수들이 다 있었고, 그래서 그곳이 그토록 구식에다 우울해 보이는 것 같다. 또 그곳은 홍수로 범람하지 않아 서쪽으로 워싱턴 스트리트까지 뻗어 있는 거리이기도 했다. 그곳에서 남편은 그 블록의 중간까지 걸어가더니 걸음을 멈추고 주위를 둘러봤다.

거리에는 나밖에 아무도 없어서 나는 재빨리 나무 뒤로 숨었다. 남편이 나를 볼 걱정은 없었다. 나는 검은 옷을 입고 검은 신발을 신고 있었고, 피부도 꽤 검으니까—보이지 않을 것이 분명했다. 사실, 남편의 색도 나와 비슷했고, 그때쯤에는 사방이 너무 캄캄해서 바람막이를 찾아야 한다는 것을 몰랐다면 나도 남편을 보지 못했을 것이다.

"저기요?" 남편이 외쳤다. "거기 누구 있어요?"

바보 같은 소리이지만, 그 순간 나는 대답하고 싶었다. "나야." 이렇게 말하고 보도로 나서는 것이다. "당신이 어디 가는지 알고 싶어서." 이렇게 말했을 것이다. "당신이랑 함께 있고 싶어." 하지만 남편이 뭐라고 대답할지는 생각나지 않았다.

그래서 나는 아무 말 없이 나무 뒤에 숨어 있었다. 하지만 남편 목소리가 얼마나 차분한지, 얼마나 차분하고 단호한지 생각했다.

그리고 남편은 다시 움직였고 나는 나무 뒤에서 나가 뒤를 따랐다. 그때는 좀 더 거리를 두고 따랐다. 마침내 남편은 그 블록 가장 끝에 속하는 27번지에 다다랐다. 우리가 사는 건물과 비슷하게 생긴 구식 건물이었다. 남편은 다시 주위를 둘러보고 돌계단을 오른 뒤 문을 복잡하게 두드렸다. 똑-톡-똑똑-똑-똑-똑-톡-똑-똑똑. 그러자 문에 난 작은 창문이 열렸고, 남편의 얼굴에 네모난 불빛이 비쳤다. 누군가가 남편에게 질문을 한 모양이었다. 남편이 뭐라고, 내게는 들리지 않는 대답을 했고, 그러자 창문이 닫히더니 남편이 겨우 들어갈 정도만 문이 열렸다. "오늘 밤은 늦었네." 문이 다시 닫히기 전 어떤 남자 목소리가 들렸다.

그리고 남편은 사라졌다. 나는 건물 앞에 서서 그곳을 올려다봤다. 거리에서 보면 아무도 안 사는 건물 같았다. 불빛도 없었고, 소리도 없었다. 5분간 기다린 뒤 나는 직접 계단을 올라가서 검은 페인트가 벗겨지고 있는 문에 귀를 갖다댔다. 열심히 귀를 기울였다. 하지만 아무런 소리도 없었다. 마치 남편이 사라져버린 것만 같았다―집이 아니라 완전히 다른 세계 속으로.

이튿날, 연구실에 안전한 내 자리로 돌아와서야 지난밤에 한 행동이 얼마나 위험했는지 완전히 이해할 수 있었다. 혹시 남편이 날 봤다면? 내가 남편을 미행하는 것을 누군가 보고 내가 불법적인 행동을 하고 있다고 의심했다면?

하지만 다음 순간 나는 남편이 나를 보지 못했다고 되새겼다.

나를 본 사람은 아무도 없었다. 혹여나 그 지역을 순찰하며 돌아다니는 플라이가 우연히 나를 녹화했다 하더라도, 남편이 밤 산책을 나가면서 안경을 두고 가는 바람에 갖다주러 가는 길이었다고 말하면 된다.

아파트로 돌아온 뒤 나는 일찍 잠자리에 누워 남편이 귀가하면 이미 잠든 척하려고 했다. 누수 문제는 수리됐다고 쪽지를 써서 욕실에 두었고, 남편이 샤워기를 살펴려고 커튼을 걷는 소리가 들렸다. 침실에 시계가 없어서 남편이 정말로 평소보다 일찍 돌아온 것인지 알 수 없었다. 소리 없이 어둠 속에서 옷을 갈아입는 것을 보니 남편은 내가 잠들었다고 생각하는 것 같았다.

그런 딴생각에 깊이 빠져 있느라 난 연구실 분위기가 뭔가 이상하다는 것을 한참 만에 깨달았고, 박사 과정생에게 새로 만든 분홍이 표본군을 가져다주고서야 다들 그렇게 조용한 이유가 모두 헤드셋을 쓰고 라디오를 듣고 있기 때문이라는 것을 깨달았다.

연구실에는 라디오가 두 대 있었다. 하나는 모두가 가지고 있는 보통 라디오였다. 두 번째는 여러 과학자들이 관련 연구 결과를 발표하고 강의를 하고 새로운 소식을 전할 수 있도록 전 세계 허가받은 연구 시설에만 방송을 하는 라디오였다. 물론, 보통 그런 연구는 보안이 철저한 컴퓨터로 정해진 과학자들만 접근할 수 있는 논문을 통해 공유되었다. 그러나 긴급한 사항이 있으면 이 특수 라디오로 공유하는데, 말하는 사람 목소리 위에 소음막을 씌워 송출하기 때문에 그 소음막을 없애는 헤드폰 없이는 귀뚜라미 울음소리나 불타는 소리 같은 의미 없는 무작위 소리밖에 들지 못한다. 이 라디오를 듣는 허가를 받은 사람은 일련번호를 가지고 있어서 먼저 그 번호를 입력해야 하는데, 등록된 번호가 사람들마다 다 다르기 때문에 정부는 언제든 누가 방송을 듣고 있는지 확인할 수 있다. 헤드폰 역시 암호를 입력해야만 작동되었는데, 그 헤드폰은 과학자들이 연구실에서 퇴근하기 전 작은 상자들로 이뤄진 금고에 보관했고, 그 상자 문을 열기 위해서는 또 다른 암호를 입력해야 했다.

모두 말없이 인상을 쓰면서 라디오를 듣고 있었다. 새 분홍이가 든 페트리접시를 담은 쟁반을 작업대 옆에 놓았더니, 박사 과정생 하나가 다급하게 손을 휘휘 저으며 나가라고 했다. 나머지는 공책에서 고개도 들지 않았다. 모두 단어를 휘갈겨 쓰다가 멈추고 방송을 듣다가 다시 더 쓰곤 했다.

나는 쥐들이 있는 방으로 돌아와 창문으로 과학자들을 지켜봤다. 연구실 전체가 조용했다. 웨슬리 박사도 자기 방에 틀어박혀 인상을 쓴 채 컴퓨터를 바라보며 방송을 듣고 있었다.

20분쯤 지나자 방송이 끝난 모양이었다. 모두 헤드셋을 벗더니 웨슬리 박사의 사무실로 달려갔다—보통은 그런 회의에서 제외되는 박사 과정생까지 갔다. 그들이 라디오 끄는 것을 보고 나는 박사 과정생 자리로 가서 빈 페트리접시를 쟁반에 쌓기 시작했는데, 그것은 내 일이 아니었다. 하지만 그러면서 그중 한 사람이 다른 사람에게 하는 말을 들었다. "사실일까?" 그러자 다른 학생이 말했다. "젠장, 아니면 좋겠어."

그러고 나서 그들은 사무실로 들어갔고 아무 소리도 들리지 않았다. 하지만 웨슬리 박사가 뭐라고 하자 모두가 심각한 표정으로 고개를 끄덕거리는 것은 보였다. 그러자 겁이 났다. 보통 나쁜 일이 일어나면—가령, 새로운 바이러스를 발견한 때에는—과학자들이 겁을 내지 않고 흥분했기 때문이다.

하지만 이제 그들은 겁에 질렸고 심각했다. 쉬는 시간에 화장실에 가면서 같은 층 다른 연구실을 지나갔는데, 거기서도 기술자와 지원 직원만 돌아다니며 평소처럼 청소와 정리를 하고 있었다. 과학자들은 전부 각 연구 책임자 사무실에 모여서 문을 닫고 자기들끼리 이야기하고 있었다.

나는 기다리고 또 기다렸지만 모두 웨슬리 박사의 사무실에서 계속 이야기를 하고 있었다. 유리창은 방음이 되어서 말소리가 들리지 않았다. 결국 셔틀을 놓칠 것 같아 나는 퇴근해야 했지만, 혹시 모건 박사가 찾을까 봐 퇴근한다는 쪽지를 적어 책상에 두고 왔다.

과학자들이 라디오에서 무슨 말을 들었는지 아는 데까지 일주일이 더 걸렸고, 그 사이는 매우 낯선 하루하루였다. 보통 나는 정보를 꽤 빨리 알아낼 수 있다. 과학자들은 소리 내어 소문이나 추측을 나누지 말라는 말을 듣지만, 모두 낮은 소리로 그런 이야기를 주고받는다. 그러나 그런 경솔함 외에도 도움이 되는 것은 그 사람들은 내가 주위에 얼쩡거려도 나를 알아차리지도 못하는 것 같다는 점이다. 가끔은 그것이 신경 쓰이기도 한다. 하지만 대부분의 경우 나는 그 점을 이용한다.

듣는 것만으로도 나는 많은 것을 알게 됐다. 예를 들어, 이스트 강에 있는 루스벨트 섬이 50년 팬데믹 시기 최초의 재배치 센터였는데, 후에는 교도소가 되었다가 전염병을 옮기는 설치류가 창궐하자 나라에서 수용소를 난민 수용소였던 남쪽 거버너스 섬으로 옮기고 독을 넣은 음식 조각 수천 개를 흩어놓아 설치류를 다 죽였고, 그 후로는 화장장 작업자 이외에는 아무도 루스벨트 섬을 찾지 않는다는 것을 알게 됐다. 웨슬리 박사가 정기적으로 웨스턴 콜로니스를 찾는데, 나라에서 그곳에다 세계에서 알려진 모든 미생물 표본을 저장하는 지하 저장고를 갖춘 대형 연구 시설을 지었다는 것도 알게 됐다. 정부가 이후 5년 동안 극심한 가뭄이 오는 것을 예측하고 대량으로 비를 만들어낼 방법을 찾는 과학자팀이 다른 지역에 있다는 것도 알게 됐다.

그런 정보들 말고도 박사 과정생의 대화를 엿들어 알게 된 다른 것도 있다. 그들은 대부분 결혼했고, 부부 사이의 일, 로맨스에 대해 이야기하기도 했다. 하지만 그런 일은 세세히 말하지 않고 침묵으로 전하곤 했다. "다음에 어떻게 됐는지 알지"라고 말하면 상대는 "알지"라고 말했고, 나는 가끔 "다음에 어떻게 됐어요? 무슨 말이에요?"라고 묻고 싶었다. 나는 알지 못했고 알고 싶었기 때문이다. 물론 질문해서는 안 되는 것은 알고 있다.

하지만 라디오 회의 이후 한 주 동안 그들은 모두 평소와 달리 조용하고 심각했으며, 무슨 일을 하는지는 알 수도 없고, 이해할 수도 없지만 모두 훨씬 더 열심히 일했다. 그들의 행동에 변화가 생겼고 연구실 분위기가 뭔가 바뀐 것만 알 수 있었다.

그러나 그게 뭔지 알게 되기 전, 나는 다시 남편의 뒤를 밟았다. 이유는 모르겠다. 남편이 목요일마다 같은 곳에 가는지 알고 싶었던 것 같다. 그러면 적어도 남편에 대해 한 가지는 더 알게 되는 것이니까.

두 번째 뒤를 밟았을 때는 셔틀 정류장에서 곧바로 베튠 스트리트의 서쪽 끝으로 가서 기다렸다. 남편이 들어간 건물 맞은편에 주택이 하나 있는데, 그 시절 지은 주택이 다 그렇듯이 계단 위에 중앙 현관이 있고, 계단 아래 두 번째 입구가 감춰져 있다. 할아버지는 예전에는 그 문을 철문으로 보호했다고 했지만, 오래전 그 문을 떼어내 녹여서 군사용으로 썼기 때문에 계단 바로 아래 서면 거리 반대편이 잘 보였다.

그날은 길이 별로 막히지 않아서 나는 18시 42분에 그곳에 도착해 숨어 있었다. 그 전주 목요일과 마찬가지로 빈 건물처럼 보이는 그 집을 봤다. 1월이라서 사방이 이미 어두웠지만, 그 전주만큼은 어둡지 않아서 창문을 검은 종이나 검은 페인트로 덮어 안팎의 시야를 가려둔 게 보였다. 건물이 허름하기는 해도 구조 보수가 잘 되어 있다는 것도 알 수 있었다. 계단은 낡았지만 두 번째 계단에 돌 하나가 빠진 것 말고는 온전했다. 퇴비 압축기는 깔끔하고 깨끗했고 그 위에 날아다니는 벌레도 없었다.

3분 정도 지났을 때 거리를 따라 서쪽으로 다가오는 사람이 보였고, 나는 남편이라고 생각하고 계단 밑으로 숨었다. 하지만 아니었다. 남편과 내 나이 정도 되는 남자였는데, 백인이었고 셔츠와 경량 바지를 입고 있었다. 남편처럼 그 사람도 빠른 걸음으로 걸었고, 맞은편 집에 도착하자 번지를 확인하지도 않고 계단을 올라 그 전주 남편과 같은 박자로 문을 두드렸다. 그러자 같은 일이 일어났다. 창문이 열리고, 네모난 빛이 비추고, 질문과 대답이 오가고, 그 남자가 들어갈 만큼만 문이 열렸다.

한동안 나는 내 눈을 믿지 못했다. 마치 내가 그 장면을 만들어낸 것 같았다. 그 남자가 도착하는 걸 정신없이 보느라 유용한 정보를 제대로 파악하지도 못했다. "사람을 볼 때마다 다섯 가지를 눈여겨봐야 한다." 내가 사람을 묘사하기 어려워하면 할아버지가 말했다. "어떤 인종인가? 키가 큰가, 작은가? 뚱뚱한가, 날씬한가? 빠르게 움직이는가, 느리게 움직이는가? 아래를 보는가, 앞을 보는가? 이런 것이 상대에 대한 정보를 많이 알려준단다."

"어떻게요?" 내가 물었다. 이해할 수 없었다.

"음, 예를 들어 그 사람이 거리나 복도를 헐레벌떡 걸어간다고 치자." 할아버지가 말했다. "그 사람이 뒤를 돌아보는가? 그러면 어떤 것이나 어떤 사람으로부터 달아나는 중일 테니. 그들이 두려워한다는 것을 알 수 있지. 그게 아니라 혼잣말을 중얼거리거나 시계를 보면, 어딘가에 늦었다는 것을 알 수 있고. 천천히 걸으면서 바닥만 보는 사람이 있다 치자. 그렇다면 생각에 잠겨 있거나 딴생각을 한다는 것을 알 수 있겠지. 하지만 어떤 경우든, 그들의 관심이 딴 데 가 있으니—상황에 따라서—건드려서는 안 된다는 것을 알 수 있을게다. 혹은 누가 건드려줘야 할 수도 있어. 무슨 일이 생길 거라고 일깨워줘야 할 때도 있으니까."

할아버지의 말을 떠올리며 나는 그 남자의 모습을 묘사해보려고 했다. 앞에서 말했듯이 그는 백인이었고 빠르게 움직이고 있었지만 뒤를 돌아보지는 않았다. 박사 후 과정생들이 연구실 복도를 걸어 다닐 때와 같은 걸음걸이였다. 오른쪽도 왼쪽도, 뒤도 돌아보지 않는 걸음걸이. 그것 말고는 분석하기 어려운 사람이었다. 뚱뚱하지도 마르지도 않았고, 키가 크지도 작지도 않았다. 그저 베튠 스트리트에서 그 전주 남편이 들어간 집에 들어간 남자일 뿐이었다.

그런 생각을 하고 있는데, 또 발걸음 소리가 들렸고, 고개를 들어 보니 남편이었다. 그 또한 내가 남편을 상상해서 불러낸 것처럼 현실감이 들지 않았다. 그는 나일론 가방을 들고 외출복을 입고 있었다. 즉, 팜에서 점프수트를 갈아입었다는 뜻이다. 그때는 주위를 둘러보지 않았고, 누가 지켜보는지 의심하지도 않았다. 그는 계단을 오르고 문을 두드리더니 들어갔다.

그러고 나자 사방이 조용했다. 나는 또 누가 오는지 20분 더 기다렸지만, 아무도 오지 않아서 결국 돌아서서 집으로 걸어갔다. 가는 길에 서너 명의 사람―혼자서 걸어가는 여자 한 명과 학교에서 전기 수리한 일을 의논하는 남자 둘, 검고 뻣뻣한 눈썹을 가진 남자 한 명―을 지나쳤는데, 그럴 때마다 매번 궁금해졌다. 그들도 베튠 스트리트의 그 집에 가는 것일까? 그들도 그 계단을 올라 문을 두드리고 암호를 말하고 들어갈까? 그리고 들어간 다음에는 무엇을 할까? 무슨 이야기를 할까? 남편을 알까? 그중 한 사람이 남편에게 그 쪽지를 보낸 사람일까?

남편은 얼마나 오랫동안 그 집에 간 것일까?

아파트에 돌아온 뒤, 다시 상자를 열고 쪽지를 봤다. 새 쪽지가 있을지도 모른다고 생각했지만 그렇지는 않았다. 쪽지를 읽으면서 그렇게 흥미로운 말은 없다는 것을 깨달았다—그저 일상적인 말뿐이었다. 그런데도 남편이 내게 쓰거나 내가 남편에게 쓸 만한 내용은 아니라는 것은 알 수 있었다. 그건 알지만, 그 차이는 설명할 수 없었다. 나는 쪽지들을 다시 본 뒤 모두 치우고 침대에 누웠다. 남편의 뒤를 밟지 말 걸 하는 생각이 들었다. 알게 된 사실이 아무런 도움이 안 됐기 때문이다. 사실, 알게 된 것이라곤 남편이 아마도 자유 시간마다 같은 곳에 가고 있다는 것뿐인데, 이 또한 그저 가정일 뿐이어서 지금부터 매주 자유 시간마다 뒤를 밟지 않고서는 사실인지 증명할 수 없었다. 그러나 가장 마음에 걸리는 점은 남편이 문 안쪽에 있는 사람에게 대답한 뒤 웃었다는 사실이었다. 남편이 웃는 소리를 마지막으로 들은 것이 언제인지, 실은 들은 적이 있긴 한 것인지 기억이 나지 않았다—남편의 웃음소리는 듣기 좋았다. 그는 다른 집에서 웃고 있는데 나는 집에서 그가 돌아오기를 기다리고 있었다.

이튿날 나는 평소처럼 록펠러 대학교에 갔고, 연구실 분위기는 여전히 이상했고 박사 후 과정생들은 여전히 조용하고 바빴으며, 박사 과정생들은 여전히 초조해하고 흥분 상태였다. 나는 그들 사이를 돌아다니며 새 분홍이를 나눠주고 예전 분홍이를 치우며 본래 말이 많고 수다 떨기 좋아하는 박사 과정생 주위를 맴돌았다. 그렇지만 그때는 침묵뿐이었다.

그러나 나는 참을성이 많았다. 할아버지가 늘 과소평가되는 덕

목이라고 했던 자질이다. 난 박사 과정생들이 15시에서 15시 30분 사이에는 보통 대부분 휴식을 취하고 차를 마시며 긴장을 푼다는 것을 알고 있었다. 물론 작업 공간 주위에서는 차를 마시면 안 되지만, 특히 그 시간에는 박사 후 과정생들이 다른 방에서 매일 회의를 하기 때문에 대부분의 박사 과정생들은 차를 마셨다. 그래서 나는 15시 몇 분까지 기다리다가 박사 과정생들의 자리에서 이전 배아를 치우러 갔다.

몇 분 동안은 다들 그냥 차만 마셨다. 사실 그건 차가 아니라 차 맛이 나도록 팜에서 개발한 영양가 높은 파우더다. 그것을 보면 늘 할아버지가 생각났다. 내가 열 살 때 차가 제한 자산으로 분류되었는데, 할아버지는 아껴둔 훈연 홍차를 조금 갖고 있어서 1년 동안 우리는 그 홍차를 마셨다. 할아버지는 차를 정말 세심하게—한 주전자에 몇 가닥만—세어 넣었지만, 찻잎 향이 굉장히 강해서 그것으로 충분했다. 결국 차가 떨어지자 할아버지는 가루를 구했지만, 그 가루는 마시지 않았다.

그런데 그때, 박사 과정생 하나가 말했다. "사실일 것 같아?"

"그런 것처럼 굴잖아." 다른 학생이 말했다.

"그러게, 하지만 또 허위 양성이 아니란 걸 어떻게 알지?" 세 번째 학생이 물었다.

"이번에는 게놈 서열이 달라." 네 번째 학생이 말했고, 그다음부터는 너무 전문적인 내용이라 따라갈 수가 없었지만 그래도 계속 들었다. 많은 내용을 이해하지는 못했지만, 또 새로운 질병이 진단되었고, 증상이 매우 심해 위험 가능성이 있다는 것은 알아들었다.

　록펠러 대학교에서는 새로운 질병이 자주 발견되었지만, 록펠러뿐 아니라 전 세계 다른 실험실에서도 마찬가지였다. 매주 월요일에는 베이징에서 모든 공인 연구 조직의 책임연구원에게 상황 보고서를 보내는데, 거기에는 관찰 중인 새로운 진전 상황 외에도 현재 진행 중인 팬데믹 중 가장 심각한 병 3∼5개에서 지난주에 발생한 건수와 치사율이 정리되어 있다. 발생 건수 기록은 대륙별로, 그리고 국가별로 나눴고, 필요하면 도 및 자치체 별로 나눴다. 그리고 매주 금요일에는 베이징에서 회원 국가가 보고한—임상이든 역학이든—최신 연구 결과를 취합해서 보내곤 했다. 목표는 질병을 근절시키는 것이 아니라고 웨슬리 박사가 말한 적 있다. 그것은 불가능하니까. 대신, 질병을 가급적이면 발견된 지역 내로 억제하는 게 목표였다. "팬데믹이 아니라 지역 전염병으로." 웨슬리 박사가 말했다. "우리 목표는 확산하기 전 발견하는 겁니다."

　나는 록펠러 대학교 웨슬리 박사 연구실에서 7년간 일했고, 적어도 1년에 한 번은 적어도 한 번의 경보 상황이 있었다. 그럴 때마다 지난주처럼 긴급 라디오 방송이 있었고, 기관 내 모든 사람이 두려워하며 흥분했다. 웨슬리 박사가 "세계 판도를 바꿨다"고 하는 56년과 70년 질병처럼 엄청난 팬데믹을 또 겪게 될 위험이 닥친 것만 같았다. 하지만 결국 그 위협은 전부 통제됐다. 사실 그중 어떤 것도 섬에조차 영향을 주지 못했다. 검역도, 격리 가동도, 특별 공지도, 국립 약물학부와의 협업도 없었다. 그래도 새로운 질병이 발견된 뒤 30일간은 경계가 유지됐다. 이 질병은 대부분

30일이 잠복기이기 때문이다—하지만, 모두가 내심 인정하듯이, 그 질병의 패턴이 그랬다고 해서 이후 질병도 똑같이 행동할 거라는 뜻은 아니다. 그래서 우리 연구실 과학자들이 하는 일이 그렇게 중요한 것이다—그들은 다음 변이, 우리 모두를 위험에 빠뜨릴 다음 질병을 예측하려고 노력하고 있으니까.

이런 말을 들으면 놀라겠지만, 과학자 중에는 미신을 신봉하는 사람들이 많다. 이 이야기를 하는 이유는 지난 몇 년 동안 이런 보고가 나올 때마다 사람들이 점점 더 많이 놀랐기 때문이다. 모두가—무엇이 되었든—다음 역병이 곧 닥칠 것이라고 믿는 것 같다. 56년 질병과 70년 질병 사이 14년의 기간이 있었다. 그리고 94년이 됐지만, 큰 재앙은 벌어지지 않았다. 물론 모건 박사가 곧잘 말하듯이, 우리 상황은 70년보다 훨씬 나아졌고 그것은 사실이다. 우리 연구실들은 훨씬 발전했다. 과학적 협력도 더 활발해졌다. 가짜 정보를 퍼뜨려 공포를 일으키기도 훨씬 어렵다. 비행기에 올라타 자기도 모르게 다른 나라 사람들을 감염시킬 수도 없다. 현 상황에 대한 자신만의 가설을 세워 아무 때나 누구와든 인터넷으로 공유할 수도 없다. 감염자를 분리하고 인도적으로 치료할 체계가 서 있다. 그러니 상황은 나아졌다.

나는 미신을 믿지 않는다. 나는 과학자는 아닐지 모르지만, 그런 일들이 패턴에 따라 일어나지 않는다는 것은 알고 있다. 아무리 겉으로는 그렇게 보일지 몰라도 말이다. 그래서 나는 이 또한 다른 경우와 마찬가지로 사소한 사건일 뿐, 몇 주 더 사람들을 흥분시키다가 사라질 것이라고, 이름 붙일 가치조차 없는 질병일 뿐이라고 확신했다.

매년 음력 새해에는 식료품점에 제한된 양의 돼지고기가 들어
왔다. 보통 국립영양학부에서는 12월까지는 선택된 구역당 공급
할 수 있는 돼지의 양을 알 수 있고, 그달 말이 되면 식료품점에서
돼지고기 반 킬로그램짜리 묶음이 얼마나 들어올 것이며, 그것을
구입하기 위해서는 추가 단백질 쿠폰이 몇 개나 필요한지 공지를
올린다. 그러면 복권에 등록을 하고, 1월 마지막 일요일에 추첨을
한다. 음력 새해가 그보다 먼저 올 때는 명절 열흘 전에 추첨을 해
서 당첨되지 않을 경우 계획을 변경할 시간을 충분히 준다.

나는 남편과 결혼한 지 2년째 되던 해에 딱 한 번 돼지 복권에
당첨됐다. 그 후로는 돼지를 키우는 지방 행정 구역과 식민지의 날
씨가 나빠서 고기가 매우 적었다. 하지만 2093년은 심각한 기후
사건이 없이 피해를 잘 통제해낸 좋은 해였기 때문에 명절에 돼지
고기를 먹을 수 있을 거라는 희망이 있다.

당첨자 중 내 번호를 보고 나는 뛸 듯이 기뻤다. 돼지고기를 먹
은 지 오래된 데다가, 난 돼지고기 맛이 좋았다—남편도 좋아했
다. 새해 기념일이 2년 전처럼 목요일이라서 혼자 지내게 될까 걱
정했는데, 그날은 월요일이었고 남편과 나는 요리를 하며 하루
를 보냈다. 우리는 결혼한 이후로 늘 음력 명절마다—2년 전만 빼
면—그렇게 지냈고, 그래서 나는 그날을 가장 기다렸다.

정말 성대한 식사를 할 수 있도록 지난 넉 달 동안 나는 아주
영리하게 쿠폰을 모았고, 돼지고기와 함께 반죽을 할 수 있을 정

도로 쿠폰을 비축했다. 반죽 절반은 만두를 빚기 위해 떼어뒀고, 나머지는 오렌지 맛 빵을 만들 계획이었다. 하지만 대체로 돼지고기 때문에 들떴다. 거의 해마다 정부는 돼지고기와 그 밖의 동물성 고기 대체품을 새로 내놓으려고 하지만, 굉장히 성공적인 것들도 있는 반면, 돼지고기와 소고기 단백질 대체품은 한 번도 성공한 적 없다. 아무리 갖은 애를 써도 맛이 뭔가 이상했다. 하지만 결국 그들은 시도를 멈추게 될 것이다. 소고기와 돼지고기 맛을 아직 기억하는 사람들도 맛을 잊어버릴 테고, 언젠가는 그 맛을 아예 모르는 아이들이 태어날 테니까.

우리는 요리를 하며 오전을 보낸 뒤 16시에 이른 저녁을 먹었다. 먹을 것이 충분해서 우리는 각자 만두 8개씩과 아껴 모은 쿠폰으로 산 참기름으로 요리한 쌀과 겨잣잎을 먹었고, 케이크도 한 조각씩 먹었다. 매년 이날 하루는 음식 이야기를 할 수 있으니까 남편과의 대화가 쉬웠다. 어릴 적, 극심한 배급 기간 사이사이에 먹었던 음식 이야기를 하기도 했지만, 그건 늘 위험했다. 그러면 어릴 때 다른 기억들도 떠오르기 시작하기 때문이다.

남편이 말했다. "우리 아버지는 간 돼지고기로 최고의 음식을 만드셨어." 의문문이 아니라 평서문이니 내가 대답할 필요가 없을 것 같았고, 남편은 계속 이야기했다. "배급이 시작된 후로도 1년에 최소한 두 번은 먹었어. 몇 시간 동안 뭉근히 끓인 요리라서 포크만 대면 접시에서 고기가 부서졌지. 깍지콩이랑 마카로니랑 같이 먹었는데, 남은 게 있으면 어머니가 샌드위치로 만들어주셨어. 누나랑 나는—" 그러다가 남편은 말을 뚝 멈추고 젓가락을 내려놓고는 잠시 벽을 보다가 다시 젓가락을 집었다. "어쨌든, 오늘 밤 이 걸 먹을 수 있으니 좋네."

"나도." 내가 말했다.

그날 밤, 침대에 누워 있다가 우리가 만나기 전 남편은 어떤 사람이었을까 궁금해졌다. 결혼하고 세월이 지날수록 그 생각이 더 자주 들었다. 특히 남편에 대해 아는 것이 별로 없었으니까. 남편은 1도 출신이었고 양친은 모두 큰 대학교의 교수였는데, 어느 시점에 두 분 다 체포되어 재활 수용소로 끌려갔고, 하나 있던 누나도 수용소로 끌려갔다. 직계 가족이 정부의 적이 되었으니 대학원생이었던 그는 다니던 대학교에서 퇴학당했다. 우리는 둘 다 2087년 사면법으로 공식 사면을 받고 좋은 직장을 얻었지만, 대학교에 재입학할 수는 없을 것이다. 남편과 달리 나는 돌아갈 생각도 없었다—연구실 기술자로 만족했다. 그러나 남편은 과학자가 되고 싶어 했지만 그럴 수 없을 것이다. 할아버지는 이렇게 말했다. "내가 할 수 있는 건 그 정도밖에 없구나, 아기 고양아." 하지만 그 말이 무슨 뜻인지는 설명해주지 않았다.

음력 새해 다음에는 추모일이 오는데, 그날은 늘 금요일이다. 나라에서 71년에 제정한 날이다. 그날은 모든 사업체와 기관이 문을 닫았고, 70년뿐 아니라 모든 질병으로 죽은 사람들을 생각하며 조용히 보내야 했다. 추모일의 모토는 "죽은 이들이 모두 무고하지는 않지만 죽은 이들은 모두 용서받는다"였다.

부부는 보통 추모일을 함께 보냈지만, 남편과 나는 그렇지 않았다. 남편은 정부가 오케스트라 음악 연주회와 애도에 관한 강연을

146

후원하는 센터에 갔고, 나는 스퀘어 주위를 산책했다. 하지만 이젠 남편이 실은 베튠 스트리트에 간 게 아닐까 하는 생각이 든다.

하지만 나는 질병 때문은 아니지만 어쨌든 죽은 할아버지 생각을 대개 했다. 우리는 매년 추모일을 함께 보냈고, 할아버지는 내가 두 살 때이던 66년에 죽은 아버지 사진을 보여주곤 했다. 아버지도 질병으로 죽은 게 아니지만, 그건 나중에야 알게 됐다. 그때 다른 할아버지도 죽었다—두 사람은 같은 시각, 같은 곳에서 사망했다. 유전적으로 나와 관계가 있는 사람은 그 할아버지였지만, 전혀 기억하지 못하기 때문에 그분이 그립다고 말할 수는 없다. 하지만 할아버지는 늘 그분이 나를 매우 사랑했다고 말했고, 그분이 기억은 안 났지만 그 말을 듣는 것은 좋았다.

아버지에 대해서도 거의 기억나는 것이 없다. 병에 걸리기 이전 생활에 대한 기억은 몇 가지밖에 없다. 때로는 내가 전혀 다른 사람이었다는 느낌, 다른 사람을 이해하고 그들이 실제로 하는 말 저변에서 실제로 무슨 말을 하려는 것인지 이해하는 데 그렇게 어려움을 느끼지 않는 사람이었다는 느낌이 들기도 한다. 한 번은 할아버지에게 병들기 전 나를 더 좋아하지 않았냐고 물었더니 할아버지는 잠시 고개를 돌리고 있다가 내가 포옹을 싫어하는 걸 알면서도 날 붙잡아 꼭 끌어안았다. "아니." 할아버지는 이상한, 목멘 목소리로 말했다. "네가 태어난 날부터 늘 똑같이 사랑했어. 난 내 작은 고양이가 다르기를 바라지 않는단다." 긴소매를 입을 정도로 밖이 시원해서 걷고 또 걸어도 과열되지 않을 때처럼 그 말은 듣기 좋았고 기분이 좋아졌다.

하지만 내가 달랐을지도 모른다고 의심하는 이유 가운데 하나는 한 가지 기억 때문이다. 아버지에 대한 가장 생생한 기억인 그 기억 속에서 아버지는 웃으며 조그만 여자아이를 빙빙 돌리고 있다. 너무 빨리 돌려 아이 발이 공중을 가로지르며 날아오른다. 그 작은 아이는 연분홍색 원피스를 입고 하나로 묶은 검은 머리를 휘날리며 함께 웃는다. 아팠을 때 기억나는 몇 안 되는 일들 중 하나가 이 광경인데, 몸이 좀 회복되고 나서 할아버지에게 그 아이가 누군지 묻자 할아버지는 이상한 표정을 지었다. "너였어, 아기 고양아." 할아버지가 말했다. "너랑 네 아빠야. 네 아빠가 둘 다 어지러워지도록 너를 빙빙 돌리곤 했거든." 그때는 그럴 리 없다고 생각했다. 나는 대머리였고 그렇게 머리숱이 많은 모습은 상상할 수 없었으니까. 하지만 나이가 들면서 생각했다. 그 아이, 머리숱이 많은 그 아이가 나였다면? 또 기억나지 않는 게 뭐가 있을까? 그 작은 여자아이가 입을 벌리고 웃고, 아버지도 함께 웃는 모습을 떠올렸다. 나는 그 누구도, 할아버지조차 웃게 할 수 없었고, 누구도 나를 웃기지 못했다. 하지만 전에는 그랬다. 마치 예전에는 내가 날 수 있었다는 말을 듣는 것만 같았다.

할아버지는 추모일은 나를 기념하는 날이라고 늘 말했다. 나는 살아남았으니까. "너는 한 해에 생일이 두 번 있단다, 아기 고양아." 할아버지가 말했다. "태어난 날이랑 내게 돌아온 날이지." 그래서 난 늘 추모일이 나의 날이라고 생각했다. 그래도 그건 죽은 사람들을 전부 무시하는 생각이어서 이기적인 데다가 무례하기까지 하다는 건 알기 때문에 입 밖에 내어 말하지는 않았다. 또 하나 절대 입 밖에 내어 말하지 않을 일은 내가 아팠을 때 일을 할 아버지에게서 듣는 게 참 좋았다는 것이다. 내가 몇 달 동안이나 병원 침대에 누워 있었고, 몇 주간 열이 너무 높아서 말도 못 했던 것. 병동에 같이 있던 환자들이 거의 모두 죽었던 것. 내가 어느 날 눈을 뜨고 할아버지를 찾았던 것. 그런 이야기들을 들으면 아늑한 느낌이 들었다. 할아버지가 날 얼마나 걱정했으며, 매일 밤 내 침대 곁에 앉아 날마다 책을 읽어줬으며, 내가 나으면 진짜 딸기를 반죽에 함께 넣거나, 초콜릿을 덮고 나무껍질 문양을 찍거나, 참깨를 얹은 케이크를 구해주겠다고 했던 이야기들을 듣는 게 좋았다. 할아버지는 내가 어릴 적에는 온갖 단 것, 특히 케이크를 좋아했지만, 앓고 난 뒤에는 그런 것들을 더 이상 좋아하지 않게 됐다고 했다. 그 무렵 설탕이 제한 자산으로 선언되었기 때문에, 오히려 다행이었다.

그러나 할아버지가 돌아가신 후로 내가 아팠던 것이나 누군가가 내가 낫기를 너무나 간절히 원해 날마다 찾아왔다는 것을 기억하는 사람은 아무도 없었다.

그해 추모일은 유난히 외로웠다. 건물은 조용했다. 음력 명절 다음 날, 옆집 이웃들이 불시 단속으로 잡혀갔고, 그들이 시끄러웠던 적은 없었지만 내 생각보다는 많은 소음을 내고 있었던 것 같다. 그 이웃들이 옆에 없으니 우리 아파트가 너무나 조용했다. 그 전날, 나는 남편의 쪽지가 든 봉투를 확인했고, 다른 종이쪽지에 같은 글씨체로 쓴 새로운 것을 발견했다. "기다릴게." 그 말밖에 없었다.

자주 하는 생각이지만, 그때도 할아버지가 살아 계시지 않은 것이 아쉬웠다. 적어도 할아버지의 최근 사진이라든가, 보면서 말을 걸 수 있는 것이 있었으면 싶었다. 하지만 그런 것은 없었고, 영영 갖지 못할 것이다. 그런 생각을 하자 너무 속이 상해서 난 일어나서 서성대기 시작했고 문득 아파트가 너무 작게 느껴져 숨을 쉴 수가 없어 열쇠를 들고 아래층으로 달려 내려가 거리로 나섰다.

밖에 나가 보니 스퀘어는 마치 그날이 추모일이 아닌 것처럼, 여느 때처럼 붐볐다. 그 주위를 빙빙 돌며 걷는 사람들 무리에 껴서 걷고 있으니 마음이 좀 차분해졌다. 우리가 모두 함께 있는 것은 모두 혼자였기 때문이지만, 그래도 사람들과 함께 있으니 덜 외로웠다.

할아버지가 살아 계실 때는 함께 스퀘어에 오곤 했다. 그 시절에는 스퀘어 북동쪽 구석에 이야기꾼들이 모여 있었는데, 거기가 할아버지가 젊었던 시절 밖에서 책을 읽을 때 가장 좋아하던 자리였다. 한 번은 할아버지가 스퀘어 전체를 따라 놓인 나무 벤치에 앉아 돼지고기와 달걀 샌드위치를 먹고 있는데 다람쥐 한 마리가 어깨에 올라와 할아버지가 들고 있던 샌드위치를 집어 달아났다는 이야기를 해준 적 있다.

할아버지 표정을 보고 그게 웃기는 이야기라는 것을 알 수 있었지만, 나는 그 이야기가 웃기지 않았다. 할아버지는 나를 보더니 재빨리 덧붙였다. "예전이었어." 52년 전염병이 돌기 이전이라는 뜻이었다. 그때의 전염병은 다람쥐에게서 시작해 인간에게 옮겨왔고, 결국 북미 다람쥐 박멸로 이어졌다.

어쨌거나 할아버지와 스퀘어에 간 것은 주로 이야기꾼의 이야기를 듣기 위해서였다. 그들은 보통 주말에, 사람들이 퇴근 후에 들으러 올 수 있도록 이따금 주중 저녁에 모였고, 할아버지가 길드라고 부른 것을 이루어 일했는데, 번 돈을 자기들끼리 나누고 함께 일정을 조정해서 동시에 3명 이상 모이지 않도록 했다는 뜻이다. 사람들은 정해진 시각—가령, 주중 19시와 주말 16시—에 가서 전표나 동전으로 돈을 냈다. 30분 기준으로 돈을 냈으므로 30분마다 이야기꾼 도우미가 통을 들고 청중 사이를 한 바퀴 돌았고, 좀 더 있고 싶으면 돈을 더 내고 떠나고 싶으면 떠났다.

이야기꾼마다 다른 이야기를 했다. 로맨스를 좋아하면 이 사람에게 가고, 우화를 좋아하면 저 사람에게 갔고, 동물 이야기를 좋아하면 또 다른 사람, 역사를 좋아하면 또 다른 사람에게 가면 됐다. 이야기꾼들은 회색 상인으로 간주됐다. 즉, 목수나 플라스틱 제작자처럼 국가에서 허가를 내주지만 그들보다 훨씬 더 엄중한 감시를 받았다. 이야기는 모두 정보부에 제출해 승인을 받아야 했지만, 그들이 이야기를 할 때는 늘 플라이가 감시했고, 특히 위험하다고 알려진 이야기꾼들도 있었다. 한번은 할아버지와 이야기를 들으러 갔는데, 할아버지가 이야기꾼이 누군지 보고 깜짝 놀란 적이 있었다. "왜요?" 내가 물었다. "저 이야기꾼 말이다." 할아버지가 내 귀에 대고 속삭였다. "내가 젊었을 때, 아주 유명한 작가였어. 아직 살아 있다니 믿을 수가 없구나." 할아버지는 늙고 다리를 저는 남자가 의자에 앉는 모습을 올려다봤다. 우리는 그 주위 바닥에 집에서 가져간 천이나 비닐봉지를 깔고 앉았다. "몰라보겠구나." 할아버지가 중얼거렸고, 정말로 그 이야기꾼 얼굴에는 이상한 점이 있었다. 턱의 왼쪽 면 전체가 없어진 것 같았다. 몇 문장을 말할 때마다, 그는 손수건을 입에 대어 턱에 흐르는 타액을 닦았다. 하지만 그의 말에 적응하자, 그가 하는 이야기에—이곳, 바로 이 섬, 바로 이 스퀘어에 200년 전 살았고, 가족이 물려준 큰 재산을 버리고 사랑하는 사람, 가족들이 배신할 게 분명하다고 말리는 상대를 따라 캘리포니아까지 간 남자 이야기였다—어찌나 정신없이 빠져들었는지 공중에 날아다니는 플라이 소리조차 들리지 않았다. 다들 너무 몰입해서 돈 걷는 사람들마저 돌아다니기를 잊어버렸다. 한 시간이 지나서야 그 이야기꾼이 뒤로 기대앉더니 "다음 주에 그 남자에게 어떤 일이 생겼는지 이야기하겠습니다"라고 하자, 모두가, 할아버지까지 아쉬움에 끙끙거리며 탄식했다.

그다음 주, 많은 사람들이 그 이야기꾼이 다시 나오기를 기다렸다. 기다리고 또 기다렸지만 결국 다른 이야기꾼이 오더니 동료가 심한 편두통에 시달려서 그날 스퀘어에 오지 못한다고 알렸다.

"다음 주에는 옵니까?" 누군가가 외쳤다.

"글쎄요." 그 여자가 말했는데, 겁을 먹고 염려하고 있다는 것을 나마저 느낄 수 있었다. "하지만 오늘 세 명의 훌륭한 이야기꾼이 함께하니, 그 분들의 이야기를 들어주세요."

모인 사람 중 절반 정도는 다른 이야기꾼들에게 갔지만, 할아버지와 나를 포함한 나머지는 그러지 않았다. 그러는 대신 우리는 거기서 나왔고, 할아버지는 땅만 보고 걷더니 집에 도착하자 침실로 가서 벽을 보고 누웠다. 할아버지는 혼자 있고 싶을 때 그렇게 했기 때문에 나는 다른 방에서 라디오를 들었다.

그 후 몇 주 동안 할아버지와 나는 스퀘어에 계속 다시 갔지만, 유명한 작가였다는 그 이야기꾼은 다시는 나타나지 않았다. 이상한 일은 할아버지가 몹시 속상해한 것이었다. 스퀘어에 다녀올 때마다 할아버지는 평소보다 더 느린 걸음으로 집으로 돌아왔다.

결국 한 달 정도 그 이야기꾼을 찾고 기다린 뒤, 나는 그 사람에게 무슨 일이 생긴 것 같냐고 할아버지에게 물었다. 할아버지는 나를 오랫동안 보더니 대답했다. "그 사람은 재활됐단다." 한참 만에 할아버지가 말했다. "하지만 재활이 일시적일 때도 있거든."

할아버지 말을 사실 이해하지 못했지만, 더 이상 질문하지 말아야 한다는 것은 알 수 있었다. 그 직후, 이야기꾼들은 완전히 사라졌고, 8년 전쯤 드디어 다시 나타났을 때는 할아버지가 이야기 들으러 가기를 원하지 않았고 나는 할아버지 없이 가고 싶지 않았다. 그리고 할아버지가 돌아가셨고, 나는 1년에 서너 번 정도만 이야기를 들으러 가기 시작했다. 하지만 그렇게 세월이 흘렀는데도 나는 캘리포니아에 간다던 그 남자가 어떻게 됐는지 여전히 궁금했다. 결국 갔을까? 그의 연인이 그를 기다렸을까? 실은 배신당했을까? 아니면 우리 생각이 모두 틀렸을까? 그들은 다시 만나 행복해졌을까? 어쩌면 그들은 캘리포니아에서 만나 행복해졌을 것이다. 진짜 사람도 아닌데, 그런 생각을 하는 게 어리석다는 것은 알고 있다. 하지만 나는 그들 생각을 자주 했다. 그들이 어떻게 됐는지 알고 싶었다.

할아버지와 함께했던 그 시절 이후 본 이야기꾼들 중 그 노인만큼 잘하는 사람은 없었지만, 대부분은 괜찮았다. 그리고 대부분 더 행복한 이야기였다. 특히 어리석은 짓을 하고, 장난을 치고, 말썽을 부리지만 결국에는 사과하고 모두 잘된다는 동물 이야기를 하는 이야기꾼이 하나 있었다.

그 이야기꾼은 그날 나오지 않았지만 늘 말썽을 겪는 부부가 나오는 우스운 이야기를 하는, 내가 좋아하는 다른 이야기꾼이 보였다. 그 사람의 이야기 중에는 이런 이야기가 있었다. 남편이 자기가 장을 볼 차례인지, 아내 차례인지 기억이 안 났지만 결혼기념일이라 아내에게 물어봐서 실망시키고 싶지 않은 마음에 가게에 가서 두부를 산다. 한편, 아내 역시 자기 차례인지 남편 차례인지 기억이 나지 않고, 결혼기념일이라 남편에게 묻고 싶지 않아서 가게에 가서 두부를 산다. 그 이야기는 두 부부가 두부를 너무 많이 산 것을 보고 웃어대며 온갖 맛있는 스튜를 만들어 함께 먹는 것으로 끝났다. 물론, 그 이야기는 비현실적이었다. 그 단백질 쿠폰을 다 어디서 구한단 말인가? 그렇게 많은 쿠폰을 써버리고도 부부는 다투지 않았을까? 가게 갈 차례를 잊은 건 누구일까? 하지만 그런 건 이야기에 나오지 않았다. 이야기꾼은 그들의 음성—남자의 염려스러운 고음과 여자의 머뭇거리는 저음—을 흉내 냈고 청중은 웃었지만, 그게 사실이라서가 아니라 사실은 문제가 아닌 것을 문제인 것처럼 다뤘기 때문이었다.

뒷줄에 쪼그리고 앉아 있는데, 옆에 누가 앉는 기척이 느껴졌다. 너무 가까이는 아니지만, 존재를 느낄 만큼 가까운 거리였다.

하지만 나는 고개를 들지 않았고, 그 사람도 내 쪽을 보지 않았다. 그날 이야기도 역시 그 부부의 이야기였는데, 두 사람 모두 유제품 쿠폰을 엉뚱한 곳에 뒀다고 생각했다. 두부 이야기만큼 재미있지는 않았지만, 나름 재미있어서 나는 돈 거는 사람들이 오자 30분 더 듣기 위해 쿠폰을 넣었다.

이야기꾼은 잠깐 휴식 시간을 갖겠다고 했고, 작은 간식 깡통을 꺼내 먹기 시작하는 사람도 있었다. 나도 간식을 가져올 걸 싶었지만, 가져오지 않았다. 하지만 그런 생각을 하는데 옆 사람이 말했다.

"하나 먹을래요?" 남자가 물었다.

고개를 돌려보니 그가 작은 봉지에 든 깐 호두를 내밀었고 나는 고개를 저었다. 낯선 사람에게 먹을 것을 받는 것은 어리석은 일이다―모르는 사람에게 건넬 만큼 먹을 것이 충분한 사람은 없기 때문에 그러는 사람은 어딘가 수상쩍은 사람일 수 있다는 뜻이다. "하지만 고마워요." 말하면서 그 사람을 봤다가 셔틀 정류장에서 본 긴 곱슬머리 남자라는 것을 깨달았다. 너무 놀라서 남자를 빤히 바라봤지만, 남자는 기분이 상하지 않은 듯 미소까지 지었다. "전에 본 적 있어요." 남자가 말했고, 내가 그래도 아무말 하지 않자 남자는 미소를 지은 채 고개를 갸우뚱했다. "아침에요." 그가 말했다. "셔틀 정류장에서."

"아." 난 그를 곧바로 알아보지 못한 것처럼 말했다. "아, 네, 그러네요."

남자는 호두를 하나 더 집어 엄지로 반을 쪼개서 남은 껍질을 깔끔하게 떼어냈다. 그러는 동안 나는 그를 살펴볼 수 있었다. 또 모자를 쓰고 있었지만, 그 아래 머리카락은 보이지 않았고 밑에는 회색 나일론 셔츠와 회색 바지를 입고 있었다. 남편의 옷과 같은 종류였다. "이야기 들으러 자주 오나요?" 남자가 물었다.

그가 내게 말하고 있다는 것을 깨닫는 데 잠시 시간이 걸렸고, 깨닫고도 뭐라고 해야 할지 알 수 없었다. 반드시 필요한 경우가 아니면 아무도 내게 말을 걸지 않았다. 식료품점 직원이 뉴트리아 고기나 개고기, 템페를 원하는지 물을 때, 박사 과정생이 분홍이가 더 필요하다고 할 때, 쿠폰 나눠주는 센터 직원이 그달치 쿠폰 개수를 정확히 받았다는 확인용으로 지문을 찍으라고 기계를 내밀 때 말고는. 하지만 여기 이 낯선 사람이 내게 질문을 하고 있었고, 질문만 하는 것이 아니라 정말로 대답이 궁금한 듯 미소를 짓고 있었다. 내게 미소 지으며 질문을 한 마지막 사람은 물론 할아버지였고, 그 생각이 나자 너무 속이 상해서 나는 그 자리에서 몸을 아주 조금 흔들기 시작했다. 하지만 진정하고 다시 고개를 들었을 때, 그는 여전히 미소를 지으며 내가 그저 여느 사람이라는 듯이 여전히 나를 보고 있었다.

"네." 내가 말했지만, 그것은 사실이 아니었다. "아뇨." 다시 말했다. "그러니까, 가끔요. 가끔 와요."

"저도요." 남자는 나도 다른 사람과 다를 바 없다는 듯, 내가 늘 대화를 하는 사람이라는 듯, 같은 목소리로 대답했다.

그러자 내가 말할 차례였지만, 아무것도 떠오르지 않았고, 그때도 남자가 나를 구해줬다. "8구역에 산 지 오래됐나요?" 남자가 물었다.

쉬운 질문이었지만 나는 머뭇거렸다. 사실 나는 평생 8구역에 살았다. 그러나 태어났을 때는 구역이 없었다. 그곳은 단순히 한 지역이었고, 원하는 대로 섬 곳곳으로 이사할 수 있었고, 돈만 있으면 원하는 어떤 지역에서도 살 수 있었다. 그러다가 내가 7살 때 구역이 생겨났고, 할아버지와 나는 현재 8구역이라고 부르는 곳에 이미 살고 있었으므로, 이사를 하거나 재배치될 필요가 없었다.

하지만 그 모든 내용을 말하기는 너무 긴 것 같아서 나는 그냥 그렇다고 대답했다.

"전 얼마 전에 여기로 왔어요." 내가 그에게 8구역에 아주 오래 살았는지 묻는 것을 잊고 있자, 남자가 말했다. ("대화에서 기억하면 좋은 것은 상호성이란다." 할아버지가 말했다. "상대가 방금 물어본 것을 물어야 한다는 뜻이야. 그러니까, 상대가 네게 '잘 지냈어요?'라고 물으면, 너도 대답한 뒤 '잘 지냈어요?'라고 물어야 하는 거지.") "17구역에 살았는데, 여기가 훨씬 좋네요." 남자는 다시 미소 지었다. "저는 리틀 에이트에 살아요." 남자가 덧붙였다.

"아." 내가 말했다. "리틀 에이트 좋죠." 내가 말했다.

"맞아요." 남자가 말했다. "빌딩 식스에 살아요."

"아." 내가 다시 말했다. 빌딩 식스는 리틀 에이트에서 가장 큰 건물인데, 정부 프로젝트에서 최소 3년간 일한 35세 미만 미혼들만 살 수 있었다. 빌딩 식스에서 살기 위해서는 특별 추첨을 해야 했고, 기껏해야 2년밖에 살지 못했다. 그곳에 살면 좋은 점 중 하나가 정부에서 결혼을 주선해주는 것이기 때문이다. 과거에는 그 일을 부모가 맡았지만, 요즘은 부모를 가진 성인들이 줄어들었다. 사람들은 그곳을 "빌딩 섹스"라고 불렀다.

17구역에서 8구역, 특히 빌딩 식스로 이전되는 것은 드물지만 전례 없는 일은 아니었다. 과학자나 통계학자, 엔지니어 등 배운 사람인 경우 더 흔했지만, 나는 그가 셔틀 정류장에서 입고 있던 점프수트를 봤기 때문에 이 남자가 기술자, 아마 나보다는 고급 기술자겠지만 그래도 최고 보안 등급을 가진 사람은 아닐 거라는 사실을 이미 알고 있었다. 그래도 아마 특별한 공을 세웠을지도 모른다. 예를 들어, 연구실 발전기가 망가졌을 때 팜의 식물 기술자 하나가 담당하는 모든 묘목을 다른 연구실로 빠르게 옮겼다는 보고가 가끔 나오기도 했다. 혹은, 좀 더 극단적 경우이지만, 수송대가 반란자들에게 잡혔을 때, 동물 기술자가 배아 실험관 앞에 몸을 던져 충격을 막은 일도 있었다. (그 사람은 죽었지만 사후 진급과 훈장을 받았다.)

그가 무슨 일을 해서 이사를 했을까 생각하고 있는데, 이야기꾼이 돌아와 이야기를 시작했다. 새로운 이야기는 서로를 위해 기념일 선물을 준비하는 남녀 이야기였다. 남자는 상사에게 휴가를 요청하고 오케스트라 표를 구하려고 추첨을 했다. 한편 여자도 상사에게 휴가를 요청하고 민속 음악 연주회 표를 구하려고 추첨을 했다. 하지만 그들은 각자의 계획으로 상대를 놀라게 하려는 마음에 일정 조정하는 것을 잊었고 같은 날 밤의 티켓을 구해버렸다. 하지만 결국 모든 문제는 해결됐다. 남자의 동료가 나중 데이트용으로 가지고 있던 자기의 오케스트라 티켓과 바꿔주겠다고 해서,

부부는 두 번의 축하를 하게 됐으며 둘 다 자기 배우자가 그렇게 사려 깊은 사람이라는 사실에 기뻐했다.

모두 손뼉을 치고 물건을 챙기기 시작했지만, 나는 계속 앉아 있었다. 그 이야기 속 남자가 자유 시간에 무엇을 할지, 여자는 자유 시간에 무엇을 할지 궁금했다.

그런데 누가 내게 말하는 소리가 들렸다. "저기요." 그 사람이 말했고 고개를 들고보니 긴 머리 남자가 내 옆에 서서 손을 내밀었다. 한순간 나는 어리둥절하다가 그가 내가 일어나는 것을 돕겠다고 하는 것을 깨달았다. 하지만 나는 혼자 일어나 바지에서 먼지를 털었다.

그를 거절한 것이 무례한 행동이었는지 염려됐지만, 다시 보니 그는 여전히 미소 짓고 있었다. "재미있었어요." 남자가 말했다.

"네." 내가 말했다.

"다음 주에도 올 거예요?" 남자가 물었다.

"모르겠어요." 내가 말했다.

"음." 남자가 가방을 어깨에서 고쳐 매며 말했다. "저는 올 거예요." 그가 잠시 말을 멈췄다. "다시 만나요."

"좋아요." 내가 말했다.

남자는 다시 미소를 짓고 떠나려고 돌아섰다. 하지만 몇 발자국 걸어가더니 멈추고 돌아섰다. "이름을 안 물어봤네요." 남자가 말했다.

그는 이런 상황이 특이한 일인 것처럼, 내가 만나거나 함께 일하는 사람들이 모두 내 이름을 아는 것처럼, 모르는 게 무례하거나 특이한 것처럼 말했다. 다른 사람들은 이름이 뭐냐는 질문을 받지 않는다고는 말할 수 없다. 누군가에게 이름을 말하는 것이 안전하지 못하다고는 말할 수 없다. 나는 직장의 두 젊은 여자 과학자들을, 그리고 사람들이 늘 이름을 물어야 한다는 것을 떠올렸다. 베튠 스트리트의 집에 간 남편 생각을 했다. 문간에 서 있던 남자가 "오늘 밤은 늦었네"라고 익숙한 어조로 말하던 것을 생각했다. 그 집에서는 모두가 남편의 이름을 알 것 같았다. 나는 남편에게 쪽지를 보내는 사람을, 그 사람 역시 남편의 이름을 알고 있을 거라는 생각을 했다. 직장의 박사 후 과정생과 과학자와 박사과정생들을 생각했다. 난 그 사람들 이름을 다 알고 있었다―그들도 내 이름을 알지만, 그게 내 이름이기 때문은 아니다. 그들은 내이름이 무엇을 대표하는지 알고 있고, 내가 거기 있는 이유를 설명해주고 있기 때문에 내 이름을 알고 있었다.

하지만 마지막으로 누군가가 단지 궁금하다는 이유로 내 이름을 물어본 게 언제였지? 문서나 표본이나 기록 확인용으로 필요해서가 아니라―나를 부를 때 필요해서. 궁금해서, 누군가가 내게 이름을 붙이고 싶어서, 알고 싶어서 질문한 게.

몇 년 만이었다. 7년 전 9구역 결혼 중개인 사무소에서 남편을 만난 이후 처음이었다. 나는 남편에게 내 이름을 말했고, 남편은 자기 이름을 말했고, 우리는 이야기를 나눴다. 1년 뒤, 우리는 결혼했다. 그리고 3개월 뒤, 할아버지가 돌아가셨다. 그 후로 아무도 내게 이름을 묻지 않은 것 같다.

그래서 나는 여전히 거기 서서 내 대답을 기다리는 회색 옷의 남자를 향해 돌아섰다.

"찰리예요." 내가 말했다. "제 이름은 찰리예요."

"만나서 반가워요, 찰리." 그가 말했다.

#4

40년 전 겨울

소중한 P에게,

2054년 2월 3일

오늘 내게 기이한 일이 있었어.

오후 2시쯤 난 96번 스트리트에서 동쪽행 횡단 버스를 타려다가 마지막 순간에 집에 걸어가기로 결정했어. 지난 몇 주 동안 비가 내렸는데, 너무 많이 와서 이스트 강이 또 범람하는 바람에 캠퍼스 동쪽 전체에 모래주머니를 쌓아야 했어. 오늘 처음으로 날이 갠 거야. 해가 나진 않지만 비는 안 오고 날씨도 따스해, 거의 더울 정도로.

센트럴 파크를 가로질러 걸어가는 것은 정말 오랜만의 일이었는데, 몇 분 걷고 나서 나도 모르게 북쪽으로 빠지게 됐어. 걷다 보니 대학생 때 뉴욕에 잠깐 왔을 때 이후로는 공원 이쪽—보통 계곡이라고 부르는, 자연을 본떠 공원에서 가장 야생적인 경관을 가진 넓은 지역—에 가본 적 없다는 생각이 들었거든. 그때 그곳이 얼마나 이국적이고 아름다워 보였는지 생각나더라고. 그때는 12월이었고, 그 시절 12월은 아직 추웠어. 그때쯤엔 동부 해안과 뉴잉글랜드의 잎사귀들을 볼 만큼 봤는데도, 난 여전히 그 갈색 잎들에, 차갑고 거무죽죽한 갈색이면서도 눈부신 그 황량함에 여전히 매혹됐지. 겨울의 시끄러운 소리에도 감동했던 기억이 나. 떨어진 잎사귀들, 떨어진 잔가지들, 길 위에 덮인 살얼음. 그런 것들을 밟으면 발밑에서 바사삭, 우두둑 부서졌고, 머리 위에서는 나뭇가지들이 바람에 흔들리며 와사삭거렸고, 사방에서는 녹은 눈이 돌 위에 똑똑똑 떨어졌어. 난 정글에 익숙했어. 그곳 식물들은 수분을 잃는 일이 없으니 소리를 내지 않아. 거기 식물들은 시드는 대신 축 늘어지고, 땅에 떨어지면 빈껍데기가 아니라 곤죽이 돼. 정글은 고요하지.

물론 이제 계곡 모습은 많이 달라. 소리도 다르고. 그 나무들—느릅나무, 포플러나무, 단풍나무—은 사라진 지 오래야. 그 나무들은 열기에 말라 죽었고, 내가 자라면서 보던 나무와 양치류, 여기에는 여전히 어울리지 않는 식물들이 그 자리를 차지했어. 하지만 그 식물들은 뉴욕에서 잘 지내고 있어—아마 틀림없이 나보다 더 잘 지내고 있을 거야. 98번 스트리트 즈음에서부터 나는 북쪽으로 최소 다섯 블록은 이어지는 커다란 대나무 숲 사이로 걸어갔어. 시원한 녹색 향을 내는 대나무들이 만드는 마법 같고 사랑스러운 공기 터널 속에서 나는 잠시 서서 심호흡을 한 다음 마침내 102번 스트리트 즈음에서 숲 밖으로 나왔어. 106번 스트리트에서 102번 스트리트까지 흐르는 인공강 로크 근처였지. 몇 년 전 너한테 보내준 사진, 데이비드랑 너대니얼이 네가 보내준 목도리 두르고 있는 사진 말이야. 그게 여기서 찍은 거야. 학교 소풍 때 찍은 건데, 난 가지 않았어.

어쨌든, 산소 때문에 약간 어지럼증을 느끼며 대나무 터널에서 나오는데, 오른편 로크에서 첨벙 하고 물 튀는 소리가 들리는 거야. 난 새일 거라고 생각하고 돌아봤어. 작년에 북쪽으로 날아왔다가 돌아가지 않은 홍학일 거라고 생각했는데, 그 순간 봤어. 곰이더라고. 생긴 걸로 봐서 다 자란 검은 곰. 곰이 강바닥의 편평한 커다란 돌 위에 거의 사람 같은 자세로 앉아서 앞으로 기울인 상체 무게를 왼쪽 앞발로 지탱하고 오른쪽 앞발로는 물을 떠서 발톱 사이로 주르르 흘리면서 나지막이 으르렁거리고 있는 거야. 화가 난 게 아니라 필사적인 느낌이었어─굉장히 진지하게 집중해서 뭔가를 찾고 있었어. 거의 옛날 서부영화에서 본 사금 찾는 투기꾼처럼.

나는 꼼짝도 못하고 거기 서서 곰을 만나면 어떻게 해야 하는지 기억해내려고 애썼지만 (커 보여야 하나? 작아 보여야 하나? 소리를 내야 하나? 아니면 도망가야 하나?), 곰은 내 쪽을 돌아보지도 않았어. 하지만 그 순간 바람 방향이 분명 바뀌었고 곰이 내 냄새를 맡은 게 분명했어. 녀석이 갑자기 고개를 들었고, 내가 주저하며 먼저 한 발짝 뒷걸음질하는데 녀석이 뒷다리로 일어서서 울부짖었거든.

나한테 달려올 기세였지. 난 그 사실을 알기도 전에 알았고, 비명을 지르기 위해 입을 벌렸지만, 그러기도 전에 탕하는 신속한 소리가 나더니 곰이 뒤로 고꾸라졌어. 7피트나 되는 녀석이 통째로 요란한 첨벙 소리와 함께 강에 빠지더니, 물이 붉게 물들기 시작했어.

그러더니 옆에 한 남자가 와서 섰고, 다른 하나는 곰 쪽으로 달려가더군. "큰일 날 뻔했어요." 옆에 선 남자가 말했어. "선생님? 괜찮으세요? 선생님?"

그는 순찰 대원이지만, 나는 말을 할 수가 없었어. 그러자 남자가 조끼 주머니 지퍼를 열더니 액체가 든 납작한 비닐봉지를 건네주더군. "쇼크 상태에요." 그가 말했어. "마셔요—설탕이 들어 있어요." 하지만 손가락도 움직이지 않아서 그가 대신 봉지를 열고 내 마스크도 벗겨줘서 겨우 마실 수 있었어. 옆에서 두 번째 총성이 들려서 난 움찔했어. 남자가 무전기에 대고 말했어. "잡았어요. 네. 로크요. 아뇨—통행인 하나요. 사망자는 없는 것 같습니다."

마침내 겨우 말이 나왔어. "곰이었어요." 나는 멍청하게 말했어.

"네, 선생님." 순찰 대원이 참을성 있게 말했어 (보니까 굉장히 젊은 청년이더라고). "이 놈을 한참 동안 찾고 있었어요."

"이 놈이라고요?" 내가 물었어. "다른 놈들도 있단 말인가요?"

"지난 열두 달 남짓 사이 여섯 마리요." 그가 말하더니, 내 얼굴을 보고, "조용히 수행했습니다. 사상자도 없고, 공격도 없었어요. 이 놈이 우리가 쫓고 있던 무리의 마지막 녀석입니다. 대장이에요."

그들은 나를 데리고 대나무 숲을 거쳐 자기들 차에 데려와 곰과 어떻게 마주치게 된 건지 질문한 다음 보내줬어. "공원 이쪽에는 더 이상 안 오시는 게 좋을 겁니다." 상급 순찰 대원이 말했어. "소문에 의하면, 어쨌거나 시에서 두어 달 후에 여기를 폐쇄할 거래요. 주에서 징발했답니다. 무슨 시설로 쓸 거라네요."

"센트럴 파크 전체를요?" 내가 물었어.

"아직은 아니에요." 그가 말했어. "하지만 96번 스트리트 북쪽은 그렇게 될 것 같습니다. 조심해서 가세요."

그들은 차를 몰고 떠났고, 나는 그 길에 몇 분 더 서 있었어. 옆에 벤치가 있어서 장갑을 벗고 마스크를 푼 다음 거기 앉아서 심호흡을 하며 공기 냄새를 맡고 손으로 나무를 쓸어봤어. 오랜 시간 사람들이 앉고 만져서 반질반질하고 윤이 흘렀어. 운이 좋다는 생각이 들더라. 목숨을 건진 건 물론이고, 날 구해준 사람들이 군인들이 아니라 시 순찰 대원들이었던 것도. 군인들이라면 분명 나를 심문 센터로 데려가서 취조를 했을 테니까. 군인들이 하는 일이 취조잖아. 그리고 나서 난 일어나서 재빨리 5번가로 걸어갔고, 거기서 동쪽까지 남은 거리는 버스를 타고 갔어.

집에 왔을 때 아파트에는 아무도 없었어. 그때는 겨우 세 시 반밖에 되지 않았지만, 너무 놀란 상태라 연구실에 돌아갈 수가 없었어. 난 너대니얼과 데이비드에게 문자를 보내고 마스크와 장갑을 소독기에 넣은 다음 얼굴과 손을 씻고 진정제를 먹고 누웠어. 그 곰 생각을 했지. 무리 중 마지막이었다는 그 곰이 일어섰을 때 봤는데, 녀석은 덩치는 컸지만 마르고 심지어 수척한 데다 털도 여기저기 빠져 있더라고. 이제야, 그 곰에게서 멀리 떨어진 곳에 있으니 이제야 그 곰이 왜 그렇게 무서웠는지 이해가 됐어. 그 곰의 거대한 덩치나 난폭한 성질 때문이 아니었어. 그건 내가 그 곰의 공포를, 극한의 허기, 돌아버리게 만드는 허기에서만 오는 공포를 직감적으로 느꼈기 때문이야. 그래서 녀석은 도로를 따라 걷고 거리를 지나 남쪽으로 간 거야. 본능

166

적으로라면 절대 가지 않을 곳, 자신을 해칠 게 분명한 존재들에게 에워싸일 곳, 결국 죽음을 맞게 될 곳으로 말이지. 그걸 알면서도 녀석은 배가 고파서 간 거야. 그 허기를 멈추는 게 자신을 보호하는 것보다 더 중요하니까. 생명보다 더 중요하니까. 커다랗게 열린 녀석의 거대한 빨간 입과 썩어 들어가는 앞니가, 공포에 질려 번득이는 까만 눈이 눈앞에서 계속 아른거렸어.

그러다 잠이 들었어. 다시 깼을 때는 밖이 어두웠고—난 여전히 혼자였어. 아기는 치료사를 만나고 있었고, 너대니얼은 늦게까지 일하거든. 뭔가 유용한 일, 일어나서 저녁을 만든다거나 로비에 내려가서 관리인에게 방염실 필터를 가는 데 도움이 필요하냐고 묻는 것 같은 일을 해야 한다는 것은 알았지만, 하지 않았어. 그냥 어둠 속에서 계속 누운 채 하늘을 쳐다보며 밤이 다가오는 것을 보고 있었지.

이제부터가 내가 피하고 있던 이야기야.

여기까지 읽었으면, 내가 애초에 왜 센트럴 파크를 가로질러 걷고 있었는지 궁금할 거야. 아마도 아기와 관련된 일이라고 추측도 했을 테고. 내가 잘못한 모든 일은 어떤 식으로든 아기와 연관된 일들일 테니까.

너도 알다시피, 여긴 아기가 3년 사이에 세 번째로 온 학교고, 교장 선생님은 이게 마지막 기회라고 분명히 말했어. 겨우 열다섯 살밖에 안 됐는데, 어떻게 마지막 기회일 수가 있어요? 내가 물었더니, 부루퉁한 얼굴에 조그만 체구의 교장 선생님은 눈살을 찌푸리더군. "이제 좋은 곳으로 골라 갈 수는 없다는 뜻입니다." 그렇게 말하길래, 한 대 치고 싶었지만 참았어. 사실 선생님 말이 맞기도 하니까. 이건 데이비드의 마지막 기회야. 이번에는 제대로 해야 해.

학교는 공원을 가로질러 콜럼버스 바로 서쪽 94번 스트리트에 있어. 한때는 대저택이었는데, 차터 스쿨 붐이 한창이던 20년대에 학교 창립자가 사들인 건물에 있어. 그러다가 "행동 문제"가 있는 남자아이들을 위한 사립학교로 바뀌었지. 여긴 학급당 학생 수가 적고, 본인이나 부모가 요청할 경우 모든 학생들이 방과 후 치료를 받아. 학교에서는 데이비드가 입학한 건 매우, 매우 행운이라고 나와 너대니얼에게 여러 번 강조했어. 학교에서 받을 수 있는 학생보다 지원자 수가 아주, 아주 더 많았기 때문에, 사실 학교 역사상 가장 많았기 때문에 데이비드가 들어올 수 있었던 건 오로지 우리가 가진 특별한 연줄—록펠러 대학 총장이 학교 이사 하나와 아는 사이여서 편지를 써줬거든. 내 생각에는 데이비드가 록펠러 대학 학교에서 퇴학당해서 이렇게 3년 동안 학교를 옮겨 다니게 된 게 약간 미안해서 써준 것 같아—때문이었다고 말이야. (나중에 난 이 말이 앞뒤가 맞지 않다는 생각이 들었어. 통계적으로 볼 때, 18세 이하 남아의 숫자는 지난 4년 동안 현저하게 줄어들었어. 그런데 어떻게 입학이 그 어느 때보다 어려워질 수가 있어? 인구 수에 따라 학생 수를 조절한 건가? 그날 밤 너대니얼에게 이런 내 생각을 말했더니, 그는 끙 하고 괴로워하면서 내가 교장 선생님한테 그런 질문을 하지 않을 정도의 분별력은 있어서 다행이라고 하더군.)

10월에 학기가 시작된 이래—전에 말했듯이, 8월 말에 국지성 바이러스가 발생하는 바람에 학기 시작이 한 달 늦춰졌어—아기는 두 번 문제를 일으켰어. 처음은 수학 선생님에게 말대꾸를 한 일이고. 두 번째는 행동치료 시간을 두 번 빼먹었기 때문이야 (자발적으로 하는 일

대일 방과 후 치료와는 달리, 소규모로 하는 이 치료에 참석하는 것은 의무거든). 그런데 어제 또 연락을 받은 거지. 이번에는 데이비드가 영어 시간에 쓴 페이퍼 때문이었어.

"네가 가야 할 거야." 어젯밤에 교장 선생님에게 온 이메일을 같이 읽으면서 너대니얼이 피곤한 기색으로 말했어. 그건 말할 필요도 없는 일이야—지난 두 번도 내가 가야 했거든. 말하지 않은 게 하나 더 있는데, 이 학교는 극악무도하게 비싸. 다니던 학교가 작년에 문을 닫은 후로 너대니얼은 드디어 일을 구했는데, 코블힐에 사는 여섯 살짜리 쌍둥이의 가정교사야. 그 애들 부모님은 50년 후로 애들을 집 밖에 내보내지 않았고, 너대니얼과 다른 가정교사 하나가 그 애들이랑 하루 종일 함께 있어—그러니 저녁 전에 시내로 돌아온다는 건 불가능한 일이지.

학교에 도착하자 나는 교장실로 안내되어 갔고, 영어 선생님인 젊은 여자 하나도 같이 기다리고 있었어. 안절부절못하고 긴장해 있더라고. 내가 쳐다보자, 시선을 돌리면서 손을 뺨으로 휙 가져가는 거야. 나중에야 턱선에 생긴 마맛자국을 화장으로 가리려고 한 게 보이고, 가발이 싸구려여서 아무래도 간지러운 것 같다는 생각도 들었어. 내 아들을 고발한 사람이지만 안됐다는 생각이 들었어. 그 선생님은 생존자였어.

"그리피스 박사님." 교장 선생님이 말했어. "와주셔서 감사합니다. 데이비드가 영어 시간에 써낸 페이퍼 문제로 이야기를 좀 하고 싶었습니다. 이 페이퍼 아세요?"

"네." 나는 말했어. 그 글은 지난주 데이비드의 숙제였지. *자신의 인*

생에서 중요한 기념일을 주제로 글을 쓰시오. 처음으로 어디에 가거나 뭔가 경험하거나 지금 자신에게 중요한 사람을 만난 날 등의 주제를 생각해보시오. 창의력을 발휘할 것! 생일은 너무 쉬우니까 생일은 주제로 하지 말 것. 500자. 제목을 꼭 붙일 것. 마감 시한은 다음 주 월요일.

"쓴 글을 읽으셨습니까?"

"네?" 나는 답했어. 하지만 읽지 않았지. 데이비드에게 도움이 필요하냐고 물었더니 아니라고 했고, 나중에 어떤 글을 썼느냐고 물어보는 걸 잊어버렸거든.

교장 선생님이 나를 쳐다봤어.

"아뇨." 나는 인정했지. "읽었어야 하는 거 압니다. 전 너무 바빴고, 남편은 새 일을 시작했고, 그리고 또—"

교장 선생님이 손을 들었어. "여기 그 페이퍼가 있습니다." 그가 내게 스크린을 건네줬어. "지금 읽어보시죠." 그건 요구가 아니었어. (제가 글에 오타와 문법 실수는 고쳤습니다.)

"4년." 기념일.

데이비드 빙엄-그리피스

올해는 니비드-50이 발견된 지 4주년이 되는 해다. 흔히 롬복 신드롬으로 알려졌으며 지난 세기 에이즈 이후로 역사상 가장 무서운 팬데믹을 일으킨 니비드-50으로 인해 뉴욕에서만 88,895명이 사망했다. 올해는 또한 민권이 사망하고 정부가 하는 말이라면 무엇이든 믿고 싶어 하는 사람들에게 파시즘 국가가 가짜 정보를 퍼뜨리기 시작한 지 4주년이 되는 해이기도 하다.

인도네시아 섬인 롬복에서 시작되었다는 일반적인 병명을 예로 들어 보자. 그 병은 동물원성 감염증인데, 이는 병이 동물에서 시작되어 인간 집단으로 옮겨졌다는 뜻이다. 동물원성 감염증의 발생률은 지난 80년간 매해 증가했는데, 그 이유는 야생의 땅이 점점 더 많이 개발되면서 동물들이 서식지를 잃고 자연의 섭리와는 달리 인간 가까이에서 살 수밖에 없게 되었기 때문이다. 이 병은 박쥐에게 있었고, 그 박쥐가 후에 사향고양이에게 잡아먹히고, 그 후 사향고양이가 가축에게 옮기고, 가축이 인간을 감염시켰다. 문제는 롬복에는 가축을 키울 땅이 없으며, 무슬림인 주민들은 돼지고기를 먹지 않는다. 그런데 어떻게 그 병이 정말 거기서 발생할 수 있을까? 이것이 전지구적 질병을 아시아 국가의 탓으로 돌리는 또 하나의 경우가 아니란 말인가? 우리는 30년도에도, 35년도에도, 47년도에도 그랬고, 이제 또 그런 짓을 하고 있다.

많은 정부들이 인도네시아를 정직하지 못하다고 비난하며 바이러스를 억제하기 위해 신속히 일했지만, 미국 정부야말로 정직하지 않다. 모두가 여기는 다 좋다고 하지만, 미국 이민은 중지되었고, 가족들은 생이별을 했고, 수천 명의 사람들이 바다에 빠져 죽거나 거부당한 채 보트 위에서 죽었다. 내 고향인 하와이 왕국은 완전한 고립을 택했지만, 그렇다고 상황은 달라지지 않았고, 이제 나는 영원히 내가 태어난 곳으로 돌아갈 수 없다. 이곳 미국에는 계엄령이 선포되었고, 환자들과 필사적인 난민들을 위한 대규모 수용소들이 뉴욕 루즈벨트 섬과 거버너스 섬, 그 외 다른 많은 곳들에 만들어졌다. 미국 정부는 타도해야 한다.

내 아버지는 이 병을 초기에 연구한 과학자이다. 발견자는 아버지가 아니라 다른 사람이지만, 아버지는 이 병이 예전에 규명된 바 있는 니파 바이러스의 변종이라는 것을 밝혀냈다. 아버지는 록펠러 대학에서 일하고 있고 매우 중요한 인물이다. 아버지는 캠프뿐만 아니라 검역을 지지한다. 때로는 코를 틀어막고 이런 일들을 그냥 해야만 한다고 말한다. 질병의 가장 좋은 친구는 민주주의라고 말한다. 다른 아버지는 말한다, 아버지가

페이퍼는 거기서, "말한다, 아버지가"에서 딱 끝났어. 난 2페이지가 있나 하고 스크린을 휙휙 넘겨봤지만 없었어. 고개를 들고 교장 선생님과 선생님을 보자, 두 사람 다 심각한 표정으로 나를 지켜보고 있더라고.

"음." 교장 선생님이 말했지. "문제를 아시겠죠. 아니, 문제들이라고 해야겠죠."

하지만 난 알 수가 없었어. "어떤 거요?" 난 물었어.

두 사람은 자세를 더 꼿꼿이 하고 앉았어. "음, 우선 데이비드는 다른 사람의 도움을 받아서 이 글을 썼어요." 교장 선생님이 말했어.

"그건 범죄가 아닙니다." 내가 말했어. "어쨌거나, 그걸 어떻게 아시죠? 심지어 그렇게 잘 쓴 글도 아닌데요."

"아니죠." 교장 선생님도 인정했어. "하지만 데이비드가 글쓰기를 힘들어하는 걸 생각하면, 많은 도움을 받은 게 분명합니다. 교정이나

172

편집을 넘는 차원의 도움을요." 그는 잠시 입을 다물었다가 다소 의기양양하게 말했어. "본인도 이미 자백했습니다, 그리피스 박사님. 온라인에서 만난 대학생에게 돈을 주고 이 페이퍼를 쓰게 했대요."

"그럼 돈을 낭비하고 있었군요." 내가 말했지만, 아무도 대답하지 않았어. "심지어 완성된 글도 아니잖아요."

"그리피스 박사님." 영어 선생님이 놀랄 만큼 부드럽고 노래하는 듯한 목소리로 말했어. "저희는 표절을 심각하게 여깁니다. 하지만 박사님도, 저희도 그게 가장 심각한 문제가 아니라는 걸 알잖아요. 문제는—데이비드가 이런 글을 쓰는 건 안전하지 않다는 거예요."

"그럴 수도 있죠. 데이비드가 공무원이라면요." 내가 말했어. "하지만 아니잖아요. 걘 열네 살이고, 작별 인사를 할 기회조차 없이 친척들을 다 잃었고, 애를 보호하고 가르치라고 제 남편과 제가 거금을 들여보내는 사립학교 학생이라구요."

두 사람의 자세가 다시 꼿꼿해졌어. "불쾌하군요. 혹시 암시하시는 게—" 교장 선생님이 다시 입을 열었지만, 영어 선생님이 그의 팔을 잡으며 말렸어. "그리피스 씨, 저흰 절대 데이비드를 고발하지 않을 거예요." 그녀가 말했어. "하지만 데이비드는 조심할 필요가 있어요. 데이비드 친구들이 누구인지, 누구와 이야기하는지, 집에서 어떤 이야기를 하는지, 온라인에서는 무엇을 하는지 체크하시나요?"

"물론이죠." 나는 말했어. 하고 있으니까. 하지만 대답을 하면서도 얼굴이 달아오르는 게 느껴졌어. 내가 면밀하게 지켜보지 않았던 걸 그 사람들이 다 알고 있는 것처럼, 그리고 그 이유도 알고 있는 것처럼 말이야—난 데이비드가 우리에게서 점점 더 멀리 표류해가는 것을 알아내고 싶지 않았어. 더 많은 비행을 마주해야 하는 게 싫었어. 내 아들을 이해하지 못하고 있다는 증거, 내 아들이 지난 몇 년 동안 점점 더 알 수 없는 사람이 되었다는 증거, 지난 몇 년 동안 그게 내 잘못이라고 느꼈던 증거를 더 보고 싶지 않았어.

데이비드에게 정부에 대해 말하고 쓰는 것을 조심시키겠다고, 폭동 직후부터 시행된 반정부 언어 법규를 상기시키겠다고, 우리가 여전히 계엄령 하에서 살고 있다는 사실을 상기시키겠다고 약속을 하고 나는 곧 거기서 나왔어.

하지만 난 데이비드에게 말하지 않았어. 공원을 통과해서 걷다가 곰을 보고 집에 와서 낮잠을 잤지. 그러고 나서는 너대니얼이나 데이비드가 집에 오기 전에 허둥지둥 연구실로 가서 자정에 여기 앉아 너한테 이 편지를 쓰고 있어.

우리가 여기서 거의 11년을 살 거라고는 난 생각지도 못했어, 피터. 데이비드가 어린 시절을 이 도시, 이 나라에서 보내게 할 생각은 없었어. "집에 돌아가면," 우린 늘 데이비드에게 그렇게 말했지. 그러다 그 말도 안 하게 됐고, 이젠 돌아갈 집도 없어. 여기가 우리 집이야. 한 번도 그렇게 느껴본 적 없고, 지금도 여전히 그렇다는 것만 빼면. 내 사무실 창문에서는 루즈벨트 섬에 지은 화장장이 정면으로 보여. 록펠러 대학 총장은—재구름이 서쪽 대학 쪽으로 흘러올 거라며— 맹렬하게 반대했지만, 시에서는 모든 게 계획대로만 되면 화장장은 몇 년 동안만 사용하게 될 거라고 주장하며 어쨌거나 지었어. 그 말은 사실이 됐지. 3년 동안 하루에 세 번씩 그 건물 굴뚝에서 시커먼 연기가 피어올라 하늘로 사라지는 것을 지켜봤지만, 이제 화장은 한 달에 한 번으로 줄어들었고 하늘은 다시 맑아졌으니까.

너대니얼한테 문자가 와. 난 답하지 않을 거야.

하지만 머릿속에서 떨칠 수 없는 것은 데이비드 에세이의 마지막 줄이야. 그건 데이비드가 직접 쓴 글이 맞아—난 알 수 있어. 그 글을 타이핑하는 데이비드의 얼굴이 보여. 좌절감과 경멸을 담고 가끔 날 쳐다보던 그 표정을 하고 그 글을 쓰고 있는 게. 데이비드는 내가 왜 그런 결정들을 내려야 했는지 이해하지 못하지만, 이해할 필요 없어—갠 어린애니까. 그런데 왜 이렇게 무시무시한 죄책감이, 이렇게 미안한 마음이 드는 걸까? 내가 한 일은 다 병 확산을 막기 위해 필요했던 일들인데도? "다른 아버지는 말한다" 뭘까? 너대니얼이 나에 대해 뭐라고 했을까? 정부와 함께 봉쇄 조처 관련 일을 하겠다는 결심을 너대니얼에게 말했던 날, 우리는 심하게, 요란하게 싸웠어. 아기는 거기 없었지만—다운타운의 오브리와 노리스 집에 가 있었거든—너대니얼이 뭐라 말했는지 궁금해. 내가 없을 때 무슨 이야기를 했을까. 그 마지막 문장은 어떻게 끝났을까? "다른 아버지는 말한다, 아버지가 우리를 보호하기 위해 옳은 일을 하려고 애쓰고 있다고"? "다른 아버지는 말한다, 아버지가 최선을 다하고 있다고"? 아니면 내가 두려워하는 것처럼 완전히 다른 문장일까? "다른 아버지는 말한다, 아버지가 나쁜 사람이라고"? "다른 아버지는 말한다, 우리가 여기에 홀로, 구해줄 사람 없이 있는 건 아버지 탓이라고"? 뭘까, 피터? 그 문장은 어떻게 끝났을까?

찰스

175

소중한 피터에게,

2054년 10월 22일

지난주에 데이비드에 대해 이야기해줘서 고맙다는 말부터 하고 싶
다—덕분에 기분이 좀 나아졌어. 더 하고 싶은 말이 있지만, 그건 다
른 이메일에 할게. 올리비에 이야기도 하고—몇 가지 생각이 있어.

아르헨티나에서 나오는 보고서들에 대해서는 너나 나나 모르기는
마찬가지라는 생각이 든다. 다만 상황이 안 좋아 보인다는 것만 알
겠어. 국립 알레르기 감염병 연구소에 있는 친구와 이야기해봤는데,
그 친구 말로는 다음 3주가 결정적이 될 거라는군. 그때까지 퍼지지
않는다면 우린 괜찮을 거야. 내가 보기에 아르헨티나 정부는 놀랄 정
도로 협조적이야—심지어 온순하기까지 해. 그들은 바릴로체 출입
을 전면 일시 정지시켰는데, 넌 이미 알고 있겠지. 네가 나한테 최신
소식을 알려줘야 할 것 같아—그 조치의 역학적 측면에 대해서 나도
조금은 알지만, 내 지식은 주로 바이러스학에 제한되어 있고 네가 이
미 알고 있는 것을 생각하면 별로 도움 될 일은 없을 것 같아.

이제 내 소식 몇 가지. 전에 말했던 차량 요청이 마침내 승인이 떨어
져서 일요일에 차를 받았어. 남색에 아주 기본적인 흔한 정부 모델이
야. 하지만 지하철 운행이 아직도 문제가 많은 상황이라 먹혔어—너
대니얼이 아침에 코블힐까지 가는데 거의 두 시간이 걸리거든. *그리
고 나도 거버너스 섬과 베데스다에 정기적으로 가야 하니 차가 있는
게 2주에 한 번씩 비행기나 기차를 타는 것보다 궁극적으로는 더 쌀
거라고* 설득했지.

우리 계획은 차는 대부분 너대니얼이 쓴다는 거였는데, 월요일에 국립 알레르기 감염병 연구소에서 나를 부르는 바람에 (바릴로체와 무관한, 새로 시작된 기관공조작업에 필요한 행정적 확인 절차야) 내가 차를 가지고 가서 거기서 하룻밤을 보낸 다음 화요일에 매릴랜드에서 몰고 오기로 했어. 하지만 다리를 건너고 있는데 너대니얼이 가정교사로 있는 홀슨 씨네 집에서 문자가 온 거야. 너대니얼이 기절했다고. 전화를 하려고 했지만, 요즘 자주 그러듯이 신호가 안 잡히는 통에 차를 돌려서 브루클린으로 돌아갔어.

너대니얼이 이 집에서 일한 지는 1년이 넘지만, 그 가족 이야기는 거의 한 적이 없구나. 홀슨 씨는 기업 합병 브로커인데 거의 대부분 걸프에 있고, 홀슨 부인은 기업 변호사였지만, 아이들이 병에 걸리고는 직장을 그만두고 집에 있어.

홀슨 가족은 200년도 더 됐지만 재력과 세련된 취향으로 잘 고친 아름다운 사암 저택에 살고 있었어. 앞문으로 올라가는 계단을 새로 만들어서 계단참을 더 넓힌 다음 조그만 석실을 만들어서 그 안에 방염실을 마치 늘 거기 있었던 시설처럼 밀폐해서 넣어뒀더라고—방염실이 쉬익 하고 열리면 번들번들한 검정색으로 칠한 앞문도 같이 열리는 거지. 안으로 들어가니, 집은 어두침침했어. 블라인드가 다 내려져 있었고, 바닥도 문과 똑같이 광택 있는 검정색으로 칠해져 있었어. 한 여자—검정 머리에 조그만 체구의 백인—가 다가오더군. 그녀는 내 마스크를 받아 하녀에게 넘겨줬고, 우린 고개 숙여 인사했어. 비닐장갑을 끼라고 주더라. "그리피스 박사님." 그녀가 말했어. "프랜시스 홀슨입니다. 너대니얼이 정신을 차리긴 했지만, 그래도 전화 드려서 집에 데리고 가라고 해야 할 것 같았어요."

"고맙습니다." 계단을 따라 올라가자 홀슨 부인이 여분의 침실로 보이는 방으로 안내했고, 너대니얼은 거기 침대에 누워 있었어. 날 보더니 미소를 지었어.

"일어나지 마." 내가 말했지만, 그는 이미 일어나 앉았어. "무슨 일이야, 내이티?"

갑자기 머리가 핑 돌았대. 오늘 식사를 안 해서 그런 것 같다고 했지만, 난 너무 지쳤기 때문이라는 것을 알고 있었어. 그래도 열을 재는 척하며 손으로 이마도 짚어보고 입안과 눈도 들여다보며 반점이 있는지 살펴봤지.

"집에 가자." 내가 말했어. "차를 가져왔어."

너대니얼이 반대할 거라고 생각했지만, 그러지 않더라. "좋아." 그는 말했지. "먼저 애들한테 인사 좀 하고."

우린 계단참을 가로질러 복도 반대편 방으로 걸어갔어. 문이 조금 열려 있었지만, 너대니얼이 살짝 노크를 한 다음에 같이 들어갔어.

방 안에는 남자아이 둘이 어린아이용 탁자에 앉아서 퍼즐을 맞추고 있었어. 일곱 살이라고 들었지만, 보기에는 네 살 같았어. 아동 생존자들에 관한 연구를 읽어본 적 있는데, 이 아이들은 어떤 면에서 즉시 알아볼 수 있었어. 조명을 어둡게 하고 있는데도 둘 다 눈 보호용 색안경을 쓰고, 둘 다 안색이 굉장히 창백하고, 팔다리는 보드랍고 가늘고, 흉곽은 뭉툭하고 넓었고, 뺨과 손은 얽은 자국투성이였어. 머리는 다시 났지만 숱이 없고 가늘어서 갓난아기 머리카락 같았고, 발모제 부작용으로 턱과 이마, 목 양쪽과 뒤에도 솜털이 복슬복슬하

178

게 나 있었어. 둘 다 기관절개용 튜브를 부착하고 있었고, 튜브는 허리에 차고 있는 조그만 통풍기에 연결되어 있었어.

너대니얼이 에즈라와 히럼이라고 소개하자, 아이들은 조그맣고 흐느적거리는 도롱뇽 같은 손을 흔들어 인사했어. "내일 다시 올게." 그가 아이들에게 말했고, 이미 알고 있던 일이지만 너대니얼의 어조에서 그가 이 아이들을 좋아하고 있다는 게, 걱정하고 있다는 게 느껴졌어.

"무슨 일이에요, 너대니얼?" 에즈라인지 히럼인지 모를 한 아이가 쌕쌕거리는 숨소리가 섞인 조그만 목소리로 묻자, 너대니얼은 아이의 머리를 쓰다듬었어. 너대니얼이 낀 장갑 때문에 머리카락에 정전기가 생겨 부스스 떠올라 흐느적거렸지. "조금 피곤한 것뿐이야." 그가 말했어.

"병 걸린 거예요?" 다른 아이가 묻자, 너대니얼은 약간 눈살을 찌푸리더니 다시 미소를 지었어. "아냐." 그가 말했어. "그런 거 아니야. 내일 다시 올게. 약속해."

아래층에 내려오자 프랜시스가 기다리고 있다가 마스크를 내밀었고, 나한테 너대니얼을 잘 보살펴주라고 부탁했어. "그럴게요." 내가 대답하자, 그녀는 고개를 끄덕였어. 예쁜 여자였지만, 눈 사이에 깊은 주름이 두 개 패어 있더라고. 늘 저랬던 것일까, 지난 4년 사이에 생긴 것일까 궁금했어.

우리 아파트로 돌아와서 나는 너대니얼을 침대에 눕히고 데이비드에게 아빠가 잘 수 있게 조용히 하라고 문자를 보낸 다음 연구실에 갔어. 가는 길에 데이비드 생각을, 데이비드가 안전해서, 안전하고 건강

179

해서 얼마나 다행인지 생각했어. *애를 지켜줘요*, 나는 걸어서 출근하거나 설거지를 할 때, 샤워 도중에 누구에게 하는 말인지도 모르면서 혼자 중얼거리곤 했어. *애를 지켜줘요, 애를 지켜줘요. 내 아들을 지켜줘요.* 말도 안 되는 생각이지. 지금까지는 효과가 있었어.

나중에 책상에 앉아 저녁을 먹으며 그 두 아이, 에즈라와 히럼 생각을 했어. 마치 동화의 한 장면 같았어. 부드러운 조명이 켜진 고요한 집, 아이들의 부모인 프랜시스 홀슨과 너대니얼, 몰래 들어온 손님인 나, 그리고 그 왕국의 주인인—반은 인간이고 반은 의약품으로 이루어진—그 꼬마 요정들. 내가 임상의가 되지 않은 이유 중 하나는 생명—생명을 구하고 연장하고 되살리고 하는 과정—이 단연코 최고의 결과라는 것을 절대 확신하지 못했기 때문이야. 좋은 의사가 되려면 사는 게 죽는 것보다 낫다는 것을 근본적으로 믿어야 해, 생명의 핵심은 더 오래 사는 거라고 믿어야만 해. 난 니비드-50에 걸린 사람들에게 치료법을 제공하지도, 약 개발에 참여하지도 않았어. 생존자들의 삶이 어떨지 생각해보지도 않았고—그건 내 일이 아니었어. 하지만 이제 병이 억제되고 나니 지난 몇 년 동안 거의 매일 생존자들의 삶과 마주치게 돼. 데이비드 학교의 선생님처럼 이미 어른이고 아마도 건강한 상태에서 병에 걸렸던 사람들은 발병 이전의 삶으로 돌아갈 수 있었지.

하지만 그 아이들은 결코 정상적인 생활을 할 수 없을 거야. 절대 바깥에 나가지도 못해. 어머니를 제외한 그 누구와도 절대 맨손으로 접촉할 수 없어. 그게 인생이야. 그게 그 아이들의 인생이라고. 그 아이들은 너무 어려서 다른 삶에 대한 기억도 없어. 하지만 내가 가엾어하는 사람들은 어쩌면 그 아이들이 아니라 그 아이들의 부모일지도 몰라—근심에 잠긴 어머니, 부재하는 아버지. 아이들이 죽음의 문턱까지 가는 것을 봤다가 겨우 살렸는데, 살리고 보니 자기는 떠날 수 있지만 아이들은 절대 떠날 수 없는 곳으로 아이들을 보내버렸다는 것을 알게 되는 심정은 어떤 것일까? 죽은 것도 아니고 사는 것도 아니고 그저 존재하는 삶. 아이들이 되고 보고 경험하길 바랐던 모든 것들을 뒷마당에 묻은 채 절대 파보지 못하고 평생을 한 집에서 보내야 하는 삶. 어떻게 아이들에게 다른 꿈을 꾸라는 말을 할 수 있을까? 모든 즐거움—움직임, 접촉, 얼굴에 비치는 햇살—을 빼앗긴 인생을 선고했다는 죄의식과 슬픔을 안고 어떻게 살 수 있을까? 사는 게 가능하기나 할까?

사랑을 담아, 찰스

2055년 8월 7일

P에게, 이 급한 답장을 용서해줘. (명백한 이유로) 여긴 바빠서 정신이 없거든. 확실한 것 같다는 말밖에 못하겠다. 네가 읽은 보고서는 나도 읽어봤고, 다른 보고서도 하나 읽었어. 동료가 준 건데, 그 결과는 다른 식으로는 해석할 수 없을 것 같아. 내일 연구소 연합팀이 마닐라로 가고, 거기서 다시 보라카이로 갈 거야. 나한테도 가자고 했지. 이 새 바이러스가 50년도 변종과 굉장히 비슷해 보이니까. 하지만

난 못 가―지금 데이비드 상황이 너무 안 좋아서 갈 수가 없어. 안 가면 의무를 방기하는 것 같지만, 가도 마찬가지야.

지금 유일하게 할 수 있는 질문이 있다면 어떤 봉쇄 조치를 취할 수 있느냐겠지. 별로 할 수 있는 일이 없을 것 같아. 뭐든 듣는 대로 알려줄게. 그리고―별것 아니지만―이 정보의 출처는 밝히지 말아 줘.

사랑해, C

안녕 P,

2055년 10월 11일

오늘 아침 첫 다감대 모임을 가졌어. 다감대가 뭐냐고? 물어봐줘서 고맙다. 그건 말이야, 다분야 감염병 대응팀의 약자야. 그렇게 써놓고 보니 무슨 빅토리아시대 여성 성기 모조품이나 공상과학소설에 나오는 악당 소굴 이름 같네. 공무원들이 모여서 생각해낼 수 있는 최선의 약자였겠지. (악의는 없어.)

목적은 역학자, 감염병 전문가, 경제학자, 교통부, 교육부, 법무부, 보건복지부, 정보부, 안보부, 이민국뿐만 아니라 연방준비은행에서 온 각종 공무원, 모든 주요 제약회사 대표들, 우울증과 자살 생각 전문가인 심리학자 두 명(하나는 어린이 전문, 하나는 성인 전문)이 모여서 앞으로 올 사태에 대비할 전지구적이고 학제통합적인 대응책을 만들어내는 (음, 다시 만들어내는) 거야.

너도 적어도 이 비슷한 집단과 회의를 하고 있겠지. 그쪽 회의는 우리보다 더 조직적이고 차분하고 사려 깊고 덜 논쟁적일 거야. 회의 끝에 우리는 하지 않기로 합의한 사항 목록뿐만 아니라 각자 분야의 전문 지식에 따라 결과를 좀 더 고려해볼 사항들 목록을 만들었어. 우리 계획은 회원국 모두가 균등한 조약을 생각해내도록 하는 거야. 또 말하는데, 그쪽 모임은 내가 모르지만, 우리 쪽에서 가장 큰 논쟁거리는, 의도적인 오기가 분명하지만 다들 암묵적으로 검역 수용소라고 부르는 격리 수용소 문제야. 난 의견이 이데올로기에 따라 갈릴 거라고 생각했는데, 놀랍게도 그렇지 않았어. 사실 과학적 지식이 조금이라도 있는 사람들은—심지어 내키지 않아 하기는 했지만 심리학자마저도—격리 수용소를 지지했고, 그렇지 않은 사람들은 다 반대하고 있어. 하지만 50년도 상황과는 달리, 이번에는 우리가 이걸 어떻게 피할 수 있을지 모르겠다. 예측한 모델이 맞다면, 이 병은 이전 것보다 훨씬 더 병원성이 크고 전염력이 강하고 속도가 빠르고 치명적일 거야. 희망이 있다면 대규모 피난밖에 없어. 한 역학자는 심지어 위험 집단을 선제적으로 이주시켜야 한다는 제안까지 내놨지만, 다른 사람들은 다 그런 조치를 취했다가는 큰 소란이 일어날 거라며 반대했어. "이 일을 정치적으로 만들 수는 없습니다." 법무부에서 온 양복쟁이 하나가 말했지만, 너무나 아둔한—멍청할 정도로 명백하고 불가능한—발언이라 모두 그냥 무시했어.

회의는 국경 폐쇄 시점에 대한 논의와 함께 끝났어. 너무 일찍 닫으면 공포만 불러일으키고, 너무 늦게 닫으면 소용없는 조치가 되지. 내 추측으로는 늦어도 11월 말에는 발표할 것 같아.

말이 나왔으니 말인데, 지금 우리 둘 다 알고 있는 바를 감안하면, 우리가 너와 올리비에를 찾아가는 것은 무책임한 일이라는 생각이 들어. 이런 말을 해야 하다니 정말 슬프고 안타깝다. 데이비드가 기대가 컸거든. 너대니얼도 기대하고 있었고. 무엇보다 내가 가장 기대하고 있었어. 우리 만난 지 너무 오래 됐잖아. 정말 보고 싶다. 이 말은 어쩌면 너한테만 할 수 있다는 거 알지만, 난 또 한 번의 팬데믹을 겪을 준비가 되어 있지 않아. 물론 그건 선택의 문제가 아니지. 역학자 하나가 오늘 그러더라. "이번이 바로잡을 기회입니다." 50년보다 더 잘 할 수 있다는 뜻으로 한 말인 거 알아. 우린 더 잘 준비되어 있고, 소통도 더 많이 하고, 더 현실적이고, 공포도 덜해. 하지만 더 지쳐 있기도 해. 뭔가를 두 번째로 할 때의 문제점은 무엇을 바로잡을 수 있을지 알기도 하지만 한편으로는 무엇이 자신의 능력 밖의 일인지도 안다는 거야—지금보다 더 무지를 바라본 적이 없어.

그쪽은 다 괜찮기를 바란다. 네가 걱정돼. 올리비에는 언제 돌아올 건지 힌트를 줬어?

사랑해, 내가

소중한 피터에게,

2056년 7월 13일

여긴 아주 밤늦은 시간이야. 거의 새벽 3시인데, 난 지금 연구실 내 사무실에 있어.

오늘 우린 오브리와 노리스의 집에 갔어. 난 가고 싶지 않았어. 난 피곤했고, 우리 모두 피곤했고, 그 집에 가느라 방염복을 완전히 차려입고 싶지 않았거든. 하지만 너대니얼이 고집했어. 몇 달 동안 보지 못해서 걱정이 된다는 거야. 오브리는 다음 달에 일흔여섯이 되고, 노리스는 일흔둘이 되거든. 뉴욕에 첫 환자가 나온 이후로 두 사람은 집 밖에 나온 적이 없고, 완전한 보호복이 있는 사람들이 거의 없기 때문에 고립되다시피 살고 있어. 두 사람 안부를 확인하는 것 외에도 다른 방문 목적이 하나 더 있는데, 그건 데이비드와 관련된 일이야. 그래서 우린 그 집에 갔어.

주차를 한 다음, 데이비드가 구부정한 자세로 먼저 차에서 내렸고 나는 걸음을 멈추고 집을 쳐다봤어. 처음 이 집에 왔을 때 보도에 서서 황금색 불이 켜진 창문들을 올려다봤던 기억이 생생해. 길에서만 봐도 그들의 재력이 명백히 보였지. 그 자체가 보호막이 되는 그런 종류의 재력 말이야—이런 집은 아무도 침입할 엄두도 안 내. 밤이면 모든 미술품과 물건들이 다 가져가라는 듯이 훤히 보이는데도 말이야.

하지만 이제 응접실층 창문들은 벽돌로 완전히 막혀 있었어. 첫 번째 계엄 이후 많이 벌어진 일이야. 흉흉한 이야기들이 많았는데, 그 중 상당수가 사실이었기 때문에—밤중에 잠에서 깼는데 낯선 사람이 집에 들어와 있었다는 이야기 같은 거. 물건을 훔치기 위해서가 아니라 음식이나 약, 있을 곳을 달라고 도움을 청하는 그런 사람들 말이야—4층 이하에 사는 사람들 대부분은 집 창문을 다 막아버리

185

기로 한 거지. 그 위층 창문들은 쇠창살로 덮여 있었는데, 보지 않아도 그 창문들도 다 납땜으로 막았다는 것을 알 수 있었어.

다른 변화도 있었어. 집 안에 들어가보니 전에 한 번도 본 적 없는 낡은 느낌이 들더라. 오래 일하던 하녀 둘 다 첫 번째 사망자들이 쏟아져나왔던 1월에 사망했고, 애덤스는 50년에 사망해서 에드먼드라는 창백한 남자가 새 집사로 들어왔는데 늘 감기에서 회복 중인 사람 같은 모양새를 하고 있어. 그가 대부분의 집 안 관리를 맡아 하고 있지만, 썩 잘하지는 못해. 예컨대, 방염실 안을 제대로 청소하지 않아서 우리가 현관홀로 들어가니까 빨아 당기는 공기 힘 때문에 조그만 먼지 덩어리들이 바닥 위를 날아다니더라고. 현관홀에 걸려 있는 하와이 퀼트도 이음새 부분이 거무스름했고, 애덤스가 늘 예의주시하다가 5개월에 한 번씩 돌려놓던 카펫도 오가는 발걸음에 한쪽 가장자리만 닳아서 반들반들해져 있었어. 서랍에 보관해뒀다가 오랜만에 꺼낸 스웨터에서 나는 것 같은 곰팡내가 사방에서 났어.

하지만 또 다른 변화는 오브리와 노리스 본인들이었지. 두 사람은 환한 미소를 띠고 양팔을 활짝 벌린 채 우리에게 다가왔어. 우리 셋은 다 보호복을 입고 있으니까 포옹을 할 수 있거든. 포옹하며 보니 둘 다 체중도 줄어들고 쇠약해진 게 느껴지더라고. 너대니얼도 눈치챘어—오브리와 노리스가 돌아서자 걱정스러운 표정으로 나를 쳐다보더군.

저녁 식사는 소박했어. 양배추와 판체타, 빵을 곁들인 흰콩 수프. 이 새 마스크를 낀 상태로 제일 먹기 힘든 음식이 수프이지만, 우린, 심지어 데이비드도 아무 말도 하지 않았고, 오브리와 노리스는 우리가

186

힘들어 하는 것을 눈치채지 못하는 것 같았어. 여기서 식사를 할 때는 늘 촛불을 켰는데, 이번에는 식탁 위에 매달린 커다란 구 조명이 위잉 하고 조그만 소리를 내며 환한 흰 빛을 던지고 있더라고. 집안에만 갇혀 있는 사람들에게 비타민 D를 공급해주기 위해 새로 만들어진 태양 램프야. 물론 전에도 본 적 있었지만, 이렇게 큰 건 처음 봤어. 그 효과가 나쁘지는 않았지만, 덕분에 희미하지만 무시할 수 없는 쇠락의 증거, 공간을 쉼 없이 사용하고 있을 때 필연적으로 쌓이는 *더러움*이 더 잘 보이더군. 자가격리하고 있던 50년에 난 종종 그런 생각을 했어. 아파트도 사람이 거기 하루 종일, 매일 있도록 만들어지지 않았다고―아파트도 우리에게서 휴식이 필요해. 대기를 향해 창문을 활짝 열고, 우리의 비듬과 피부 세포에서 휴식을 취해야 해. 우리 주위에서는 에어컨―그건 적어도 예전 기억과 마찬가지로 강력하더라―이 설정해둔 대로 반복해서 돌면서 깊은 한숨을 내쉬었고, 보이지 않는 어딘가에서 제습기가 웅웅대는 소리가 들렸어.

오브리와 노리스를 직접 본 건 몇 달만의 일이었어. 3년 전 너대니얼과 두 사람 문제로 크게 싸운 적이 있거든. 가장 큰 싸움 중 하나였어. 하와이가 회복될 수 없다는 게 명백해지고 11개월 후쯤 지났을 때 약탈꾼들에 대한 비밀 보고가 처음으로 들어오기 시작했어. 이런 일들은 사망자가 많은 다른 지역들, 남태평양 전역에 걸쳐 일어나고 있었어. 약탈꾼들이 개인 보트를 타고 거기 가서 항구에 내리는 거야. 여러 팀이―보호 장비를 완벽하게 착용하고―상륙해서 섬을 돌아다니며 박물관과 가정집들에 있는 유물들을 남김없이 털어가는 거지. 자기들을 알렉산드리아 프로젝트라고 칭하는 억만장자 집단이 그런 약탈에 자금을 댔어. "우리 문명 최고의 예술적 성취를 보호해야 할 관리인들을 안타깝게도 잃어버린" 곳들로부터 그 예술품들을 "구출"함으로써 "그 예술적 성취를 보존하고 보호"하는 것이 목적이라고 하면서 말이야. 그 작자들은 이 작품들을 보호하기 위해 디지털 기록 보관서를 갖춘 (위치를 지정하지 않은) 박물관을 짓고 있다고 했어. 하지만 실제 벌어진 일은 이거야. 그 작자들이 그 모든 걸 다시는 누구도 볼 수 없을 거대한 창고에 보관해서 자기들 사유물로 챙긴 거지.

어쨌거나 난 오브리와 노리스가 그 프로젝트의 일원은 아니었다 하더라도 적어도 그렇게 약탈한 물건들을 분명 몇 점 샀을 거라는 확신이 들었어. 오브리가 우리 할머니 퀼트를 펴서 흔드는 환영이 보였어. 나를 위해 만들어 준 퀼트, 할아버지, 할머니가 돌아가신 후 그분들이 가지고 있던 모든 부드러운 물건들과 함께 소각당한 그 퀼트를. (아니, 난 조부모님을 좋아하지 않았고, 그분들도 날 좋아하지 않았어. 아니, 그게 핵심이 아니야.) 수십 년 전 내 학비를 마련하느라 할아버지가 수집가에게 팔아야 했던 18세기 깃털 망토를 노리스가 입고 있는 환영도 봤고.

그걸 증명할 실제 증거는 하나도 없었어. 그런데 어느 날 밤 난 그런 비난을 무심코 던졌다가 갑자기 수년간 쌓인 분노를 다 쏟아냈고, 우리는 서로에게 독설을 퍼부으며 싸웠어—난 한 번도 오브리와 노리스를 믿은 적 없었다, 심지어 그 두 사람이 내 직장 때문에 뉴욕에서 꼼짝 못 하는 신세가 된 너대니얼에게 목적의식과 지적 자극을 준 후에도 믿지 못했다. 내가 그 사람들을 미워하는 건 단순히 그들

188

이 부자라서 그렇다, 그들의 재력을 미워하는 게 너무 유치하고 멍청하다. 너대니얼은 속으로는 부자가 되고 싶어 한다, 내가 그렇게 해주지 못하고 실망시켜서 참으로 미안하다. 그는 내가 직업상 하고 싶어 하는 일을 반대한 적이 한 번도 없고, 심지어 자기 경력과 관심까지 희생했다, 노리스와 오브리가 그의 인생에 관심을 가져줘서, 그뿐만 아니라 데이비드의 인생에도 관심을 가져줘서 얼마나 고마웠는지 모른다, 특히 내가 몇 달, 몇 년 동안 우리 아들, 맨해튼에서 받아줄 수 있는 마지막 학교에서도 "극단적 반항"으로 퇴학당할 처지가 된 우리 아들 옆에 있어 주지도 않았던 시기에 말이다.

우린 아기가 바로 옆 자기 방에서 자고 있는데도, 침실 맞은편에 서서 서로에게 씩씩대며 싸웠어. 하지만 아무리 심각하게 싸워도, 아무리 그 분노가 진짜여도, 우리 대화 밑에는 또 다른, 더 진정한 분노와 비난, 감히 서로에게 말해버리는 순간 우리 관계를 영원히 끝장내게 될 것들이 흐르고 있었어. 내가 그 두 사람 인생을 망쳤다는 것. 데이비드의 징계 문제, 불행, 반항, 친구 부족이 모두 내 잘못이라는 것. 너대니얼과 데이비드와 노리스와 오브리가 자기들끼리 가족을 이루어 나를 배척했다는 것. 너대니얼이 자기 고향을, 우리 고향을 그 사람들에게 팔았다는 것. 내가 우리를 그 고향 땅에서 영원히 데려왔다는 것. 너대니얼이 데이비드로 하여금 내게 등 돌리도록 만들었다는 것.

다른 아버지는 말한다.

우리 둘 다 이런 말은 입 밖에 내지 않았지만, 그럴 필요 없었어. 난 계속 기다리고 있었거든—너대니얼도 그랬다는 거 알아—둘 중 하나가 해서는 안 될 말을 하기를, 그래서 우리 둘 다 고꾸라지고 자빠져 이 지긋지긋한 아파트 바닥을 뚫고 길바닥까지 떨어질 말을 하기를 말이야.

하지만 아무도 그러지 않았어. 싸움은 늘 그렇듯이 어찌어찌 끝났고, 그 후 일주일 남짓 우린 서로에게 조심하고 예의를 지켰지. 마치 우리가 할 수도 있었을 말들의 유령이 우리 사이를 비집고 들어와 있고, 그 유령이 악령이 될까 봐 반감을 사지 않으려고 조심하는 것처럼 말이야. 이후 몇 달 동안 난 우리 둘 다 하고 싶어 했던 그 말들을 조금이라도 해버렸더라면 좋았을 텐데 하고 바랄 지경이었지. 그랬으면 그냥 계속 생각만 하는 대신 말이라도 해봤을 테니까. 하지만 그랬더라면—계속 그 사실을 스스로에게 되뇌어야 했어—그 후에 할 수 있는 일이라고는 헤어지는 것밖에 없었을 거야.

이 폭발의 결과 너대니얼과 데이비드가 오브리와 노리스의 집에서 더 많은 시간을 보내게 된 것은 필연적이자 옳은 일 같았어. 처음에 너대니얼은 내가 너무 늦게까지 일하니까 그러는 거라고 주장했지만, 나중에는 오브리가 데이비드에게 좋은 영향을 주기 때문이라고 했고 (사실이 그래. 난 절대 이해할 수 없었지만, 오브리는 어쩐지 데이비드를 진정시켜줬거든—데이비드는 점점 더 마르크스주의자가 되어가는 와중에도 오브리와 노리스는 계속 예외 취급을 했어), 그러더니 오브리와 노리스(특히 오브리)가 집 밖에 나가면 병에 걸릴까 봐 두려워하면서 점점 더 집에만 있기 때문이라고, 오브리와 노리스 또래의 친구들이 너무 많이 죽어서 너대니얼이 두 사람의 평안을 책임져야 할 것 같다고, 특히 이렇게 우리한테 잘해줬으니 그런 책임감이 든다고 하는 거야. 결국 나도 직접 거기 갈 수밖에 없었고, 우린 평범한 저녁 시간을 보냈어. 아기는 저녁 식사 후 심지어 오브리와 체스 게임을 하겠다고 했고, 난 최근 들어온 물건의 증거를 찾지 않으려고 애를 썼지만, 어쨌거나 발견하고야 말았어. 저기 계단 위에 액자에 넣어 걸어놓은 카파 직물이 항상 저기 있었던 건가? 저기 기계로 깎은 나무 사발은 새로 산 걸까, 창고에 있었던 걸까? 액자에 넣어둔 저 상어 이빨 장식품을 보는 날 보고 오드리와 너대니얼이 순간적으로 시선을 교환하지 않았나, 아니면 내가 상상한 건가? 그날 밤 내내 난 다른 사람의 연극에 난입한 침입자 같은 기분이었고, 그 이후로는 거기 가지 않았어.

오늘 밤 거기 간 이유는 너대니얼과 내가 데이비드 일에 오브리의 도움이 필요하다고 의견을 같이했기 때문이야. 데이비드는 아직 고등학교를 2년 더 다녀야 하는데 학업을 마칠 수 있는 학교가 하나도 없었고, 오브리는 웨스트빌리지에 새로 문을 연 영리 목적 학교 설립자와 친한 사이였거든. 우리 셋—너대니얼과 데이비드와 나—은 고래고래 소리 질러가며 싸웠는데, 데이비드는 학교에 돌아갈 생각이 추호도 없다고 단언했고, 너대니얼과 나는 (몇 년 만에 처음으로 한 팀이 되어) 데이비드에게 그래야만 한다고 말했어. 지난 세기였다면 데이비드에게 학교에 가지 않을 거면 집에서 나가라고 했겠지만, 데이비드가 그 말을 고스란히 받아들여 버릴까 봐 두려웠어. 그러면 우린 교장 선생님을 만나러 가는 대신 밤새 길거리를 헤매며 애를 찾아다녀야 할 거야.

그래서 식사를 끝낸 후, 노리스와 너대니얼과 나는 응접실로 가고 오브리와 데이비드는 식당에 남아 체스를 했어. 30분쯤 후 두 사람이 응접실로 왔고, 난 오브리가 어찌어찌 데이비드에게 학교에 가도록 설득했고 데이비드가 속내를 터놓았다는 것을 알 수 있었어. 두 사람의 친밀한 관계가 부러우면서도 난 안심이 됐고 슬프기도 했어—누군가 내 아들 마음에 가닿았다는 게, 그 누군가가 내가 아니라는 게 말이야. 그는 마음이 더 편해 보였어, 데이비드 말이야, 가벼워 보였어. 데이비드는 오브리에게서 뭘 본 걸까. 어떻게 오브리는 나와는 달리 데이비드를 달래줄 수 있었던 것일까? 그냥 오브리는 데이비드의 부모가 아니기 때문일까? 하지만 그렇게는 생각할 수 없었어. 그렇게 생각하면 데이비드가 증오하는 사람이 부모가 아니라는 사실을 깨닫게 되거든—그냥 부모 한 사람이 미운 거야. 그건 나고.

오브리가 소파 내 옆자리에 앉아 차를 따르는데, 보니까 손이 아주 약간 떨리고 손톱이 조금 긴 게 눈에 들어오더라고. 애덤스 생각이 나더라. 애덤스라면 고용주가 직접 차를 따른다거나 아무리 우리라 해도 그런 상태로 손님들과 저녁 식사를 하도록 내버려두지 않았을 텐데. 내가 아무리 이 집에 갇힌 기분을 느낀다 하더라도, 오브리와 노리스는 실제로 여기 갇혀 있어. 오브리는 내가 아는 그 누구보다 부자인데, 여든을 겨우 몇 년 앞둔 지금 이 집에 갇혀서 절대 떠나지 못하고 있잖아. 그는 일련의 오산을 했어. 북쪽으로 세 시간 떨어진 곳에 있는 뉴포트 저택은 방치되어 있다가 이제는 분명 불법 거주자들에게 장악당했을 테고, 동쪽의 워터 밀, 프록스 폰드 웨이는 보건 위험 지역으로 선포되어 철거당했어. 4년 전에는 투스카니 집으로 도망갈 기회가 있었지만—너대니얼에게 들은 이야기야—그러지 않았고, 이제 투스카니는 어쨌거나 살 수 없는 곳이 되어버렸지. 결국에는 우리 누구도 어디로도 여행가지 못하게 될 가능성이 점점 커지고 있어. 그 많은 돈을 가지고 아무 데도 못 가다니.

차를 마시면서, 대화는 늘 그러듯이 검역 수용소 이야기, 특히 지난 주말 사건으로 흘러갔어. 난 오브리나 노리스가 평범한 사람들의 곤경에 특별한 관심이 있다고는 한 번도 생각하지 않았는데, 두 사람은 수용소 폐쇄를 주장하는 집단의 일원인 것 같았어. 말할 필요도 없지만, 너대니얼과 데이비드도 마찬가지고. 그들은 수용소에서 벌어지는 일들에 대해 (일부는 사실이고 일부는 아닌) 불법 행위를 비교하고 통계를 인용해가며 끝도 없이 떠들어댔어. 물론 네 사람 중 이런 수용소 안을 실제로 본 사람은 아무도 없어. 아무도.

"오늘 나온 그 이야기 봤어요?" 아기가 근래 보지 못한 활발한 모습으로 물었어. "엄마와 아이 이야기요?"

"아니, 무슨 일인데?"

"퀸즈에 사는 여자인데 아기가 양성 확진을 받은 거예요. 엄마는 병원 당국이 아기를 수용소로 보낼 거라는 걸 알고 있어요. 그래서 화장실에 가야겠다고 하고는 자기 집으로 도망쳤어요. 거기서 이틀을 있었는데, 문을 쾅쾅 두드리는 소리가 나면서 군인들이 문을 부수고 들이닥친 거예요. 엄마는 비명을 지르고 아기도 비명을 지르고 난리가 났는데, 군인들이 아기를 내놓던지 같이 가든지 선택하라고 한 거죠. 그래서 그 엄마는 아기와 같이 가기로 했어요.

군인들은 그 엄마를 환자들을 가득 실은 트럭에 태웠어요. 입추의 여지도 없어요. 다들 기침을 하고 울어댔어요. 애들은 오줌을 쌌고요. 트럭은 달리고 또 달려서 아칸서스 주 어느 수용소 앞에 섰고,

사람들을 트럭에서 내몰았어요. 그들은 환자들을 세 집단으로 나누었어요. 병의 초기 단계, 중간 단계, 마지막 단계로. 중간 단계 환자들에게는 약을 주지 않아요. 초기 단계 환자들에게만 주죠. 상태가 더 안 좋아지는지 이틀을 지켜보는데, 다들 안 좋아져요. 약을 안 주니까. 일단 상태가 더 안 좋아지면, 마지막 단계 건물로 옮겨요. 그래서 이젠 본인도 환자가 된 그 엄마도 아기와 함께 옮겨가고, 둘 다 상태가 더 안 좋아져요. 약도, 음식도, 물도 없으니까. 그래서 48시간 후에 죽는 거예요. 그러면 밤마다 누군가 들어와서 시신들을 모두 밖으로 옮기고 불태우는 거죠."

그 이야기를 하면서 데이비드는 점점 흥분했고, 나는 아들을 보면서 정말 아름답다고 생각했어. 얼마나 아름답고 얼마나 남의 말을 쉽게 믿는 아이인가. 걔 때문에 겁이 났어. 저 아이의 열정, 저 아이의 분노, 내가 동일시할 수 없고 줄 수 없는 것들을 필요로 하는 저 아이의 마음, 저 아이가 다른 학생들, 선생님들과 하는 싸움, 저 아이가 사방에 끌고 다니는 분노. 우리가 하와이에 있었다면, 저 아이가 이렇게 됐을까? 내가 저 아이를 이렇게 만든 걸까?

하지만—이런 생각을 하면서도 나는 나도 모르게 입을 열었고, 통제할 수 없는 것처럼 말들이 쏟아져나왔어. 난 그들이 외치는 공포와 공정의 고함 소리, 국가가 어떤 괴물이 되었으며, 그 여자의 공민적 자유가 어떻게 유린당했으며, 이런 병을 통제하기 위해 치러야 할 대가야 있겠지만, 그 대가가 우리의 집단 인간성이어서는 안 된다는 그들의 선언 위로 목소리를 드높였어. 곧 그들은 이런 대화에서 이런 사람들끼리 늘 나누던 똑같은 이야기들을 나누게 되겠지. 다른 인종들을 다른 수용소, 즉 흑인이 하나, 백인이 하나, 나머지는 아마도 몽땅 하나에 같이 보낸다는 사실. 건강한 아기를 실험용으로 기부하는 여자들은 5백만 달러까지 받고 있다는 사실. 정부가 나중에 사람들을 제거하기 위해 (배관을 통해, 분유를 통해, 아스피린을 통해) 병을 주고 있다는 사실. 병은 전혀 우연이 아니고 연구실에서 만들어진 것이라는 사실에 대해.

"그건 사실이 아니야." 내가 말했어. "그건 수용소에서 벌어지고 있는 일이 아니야."

"어떻게 알아?"

"왜냐하면. 정부에서 그럴 능력이 있다 하더라도, 그런 일을 오랫동안 비밀로 할 수는 없을 테니까."

"존나 순진하시네!"

"데이비드!" 너대니얼이었어. "아빠한테 그런 식으로 말하지 마라!" 찰나의 순간, 나는 행복했어. 너대니얼이 그렇게 반사적으로, 그렇게 열정적으로 나를 옹호해준 게 얼마만의 일이었는지! 마치 사랑 선언 같았어. 하지만 아니, 나는 계속 내달렸어. "생각해봐라, 데이비드." 그런 말을 하는 나 자신이 미우면서도 나는 멈추지 못했어. "왜 사람들에게 약을 안 주겠어? 지금 상황은 6년 전과 달라―약이 충분하다고. 왜 심지어 잠정적인―아까 뭐라고 불렀지, '중간 단계' 건물 같은 걸 두겠어? 그냥 모든 사람을 곧장 마지막 단계 건물로 보내버리지 않고?"

"하지만……"

"네가 묘사하는 건 죽음의 수용소고, 여긴 그런 수용소는 없어."

"이 나라에 대한 당신 믿음이 감동적이군요." 오브리가 조용히 말했고, 순간 난 분노로 거의 머리가 어찔했어. 그가, 내 나라에서 훔쳐 온 물건들로 자기 집을 가득 채워놓고 있는 사람이 나한테 선심 쓰듯 이야기하고 있다니? "찰스." 너대니얼이 갑자기 자리에서 일어나며 "우리 가자"라고 말했고, 동시에 노리스가 오브리를 손으로 잡았어. "오브리." 그가 말했어. "그건 온당하지 않아."

하지만 난 오브리를 공격하지 않았어. 아니. 대신 난 데이비드에게만 이야기했어. "그리고 데이비드, 만약 그 이야기가 사실이*라*면, 넌 잘못된 악당에게 감정이입하고 있어. 여기서 적은 행정부나 군대, 보건부가 아니야—그 여자 본인이야. 그래. 자기 아기가 아프다는 걸 알고 있던 여자. 그런데도 굳이 병원에 데려갔고, 그리고는 치료를 받게 하는 대신 아기를 훔쳐 달아났어. 그리고 어디로 갔지? 다시 지하철이나 버스를 타고 자기 아파트 건물로 돌아왔어. 그러는 동안 얼마나 많은 거리를 걸었을까? 얼마나 많은 사람들을 밀치고 지나갔을까? 그 아기가 얼마나 많은 사람들에게 숨을 쉬었을까, 얼마나 많은 균을 퍼뜨렸을까? 그 건물에는 몇 채의 집이 있을까? 거기 얼마나 많은 사람들이 살까? 그중 얼마나 많은 사람들이 동반 질환을 가지고 있을까? 아이가 있거나 아프거나 장애가 있는 사람들은 얼마나 될까?

몇 명에게나 이런 말을 했을까? '우리 아기가 아파요. 감염된 것 같아요. 가까이 오지 마세요'라고. 보건과에 전화해서 집에 환자가 있다고 알렸을까? 다른 사람 생각은 했을까? 아니면 오로지 자기 생각, 오로지 자기 가족 생각만 했을까? 물론 넌 부모니까 그러는 거라고 하겠지. 하지만 바로 그것 때문에, 그 이해할 수 있는 이기심 *때문에* 정부가 개입해야 하는 거야, 모르겠어? 그 여자 주변의 모든 사람들을 안전하게 지키기 위해서, 그 여자가 조금도 신경 쓰지 않았던 그 모든 사람들, 그 여자 때문에 자기 아이들을 잃게 될 그 모든 사람들 때문에 그들이 개입해야 했던 거라고."

아기는 내가 말하는 내내 꼼짝도 하지 않고 조용히 듣고 있었지만, 순간 내가 한 대 치기라도 한 것처럼 움찔했어. "'우리'라고 했어." 그가 말하자, 뭔가, 방 안의 어떤 분위기가 바뀌었어.

"뭐라고?"

"방금 '우리가 개입해야 했다'고 했잖아."

"아니, 안 그랬어. '그들이 개입해야 했다'고 했어."

"아니. '우리'라고 했어. 젠장. 젠장. 당신도 한패야, 그렇지? 젠장. 당신이 그 수용소 계획을 도왔어, 맞지?" 그러더니 너대니얼에게 말했어. "아빠. *아빠.* 들었어? 들었냐고? 저 사람이 개입되어 있어. 저 사람이 배후라고!"

우린 둘 다 너대니얼을 쳐다봤고, 그는 입을 멍하니 벌린 채 우리를 번갈아 보며 앉아 있었어. 그는 눈을 껌벅거리더니, "데이비드"하고 입을 열었어.

하지만 이제 데이비드는 자리에서 일어났어. 너대니얼처럼 키가 크고 마른 데이비드가 서서 나를 손가락으로 가리켰어. "당신이 거기 일원이야." 그는 높고 흥분된 목소리로 말했어. "그럴 줄 알았어. 부역자라는 거 늘 알고 있었어. 당신이 그 수용소들 뒤에 있다는 거 늘 알고 있었다고. 그럴 줄 알았어."

"데이비드!" 너대니얼이 고통스러워하며 외쳤어.

"꺼져." 아기가 흥분해서 나를 쳐다보며 분명하게 말했어. "꺼져버려." 그러더니 너대니얼 쪽으로 휙 돌아섰어. "아빠도 꺼져." 그가 말했어. "내 말 맞는 거 알잖아. 우리 이 이야기 했잖아. 저 사람이 국가를 위해 일한다는 거. 그런데 지금 내 편을 들어주지도 않아." 그리고 누가 대응할 틈도 없이 달려가 문을 열고는 방염실의 요란한 공기 흡입 소리와 함께 뛰쳐나가버렸어.

"데이비드!" 너대니얼이 소리 지르며 문을 향해 달려가자—노리스와 손을 잡고 소파에 앉아 마치 우리가 긴장감 팽팽한 극 속의 배우들이고 자신들은 그 극을 관람하는 관객들처럼 시선을 왔다 갔다 하며 우리를 지켜보고 있던—오브리가 일어섰어. "너대니얼." 그가 말했어. "걱정하지 마. 멀리 가지 않을 거야. 우리 보안팀이 지켜볼 거니까." (이건 이곳에서 벌어지는 또 다른 현상이야. 사람들이 보호 장구를 완전히 착용한 보안팀을 고용해서 낮이고 밤이고 자기 집을 순찰하게 하는 것.)

"서류를 가져왔는지 모르겠어요." 너대니얼이 걱정하며 말했어—아파트를 나갈 때는 꼭 신분증과 건강 증명서를 가지고 나가야 한다고 거듭 당부하는데도 데이비드는 늘 잊어버리거든.

"괜찮아." 오브리가 말했어. "약속할게. 데이비드는 멀리 안 갈 거고, 보안팀이 지켜볼 거야. 지금 전화할게." 오브리는 서재로 갔어.

그러자 우리 셋만 남았지. "가자." 내가 말했어. "데이비드 찾아서 데리고 가자." 하지만 노리스가 내 팔을 잡았어. "기다리지 않는 게 좋을 것 같아요." 그가 상냥하게 말했어. "오늘 밤은 여기 있게 해줘요, 찰스. 보안팀이 데리고 오면 우리가 잘 돌봤다가 내일 보안팀을 시켜서 집에 데려다줄게요." 너대니얼을 쳐다보니까 살짝 고개를 끄덕이더군. 그래서 나도 고개를 끄덕였어.

오브리가 돌아왔고, 다들 미안하다고, 고맙다고 인사했지만, 기운 없이 말했어. 나오다가 돌아서서 노리스를 봤는데, 이해할 수 없는 표정으로 나를 보고 있더군. 그러고는 문이 닫혔고 우린 밤거리로 나왔어. 공기는 뜨겁고 습하고 고요했어. 마스크 제습기를 켰지.

"데이비드!" 우린 소리쳐 불렀어. "데이비드!"

하지만 아무 대답도 없었지.

"우리 가는 거야?" 난 데이비드가 보안팀용으로 집 뒤편에 덧붙여지은 조그만 석조집에 안전하게 있다는 오브리의 전화를 받고 나서야 너대니얼에게 물었어.

그는 한숨을 쉬며 어깨를 으쓱했어. "그래야겠지." 그는 지친 목소리로 말했어. "어쨌거나 우리랑 같이 집에 안 갈 거야. 오늘 밤은."

우린 남쪽 스퀘어 쪽을 바라봤어. 잠시 동안 둘 다 아무 말도 하지 않았지. 불도저 한 대가 앞길을 밝혀주는 환한 조명 하나에 의지한 채 최근 생겨난 판자촌 잔해를 밀어 플라스틱과 합판 더미를 쌓고 있었어. "우리가 처음 뉴욕에 왔을 때 생각나?" 내가 물었어. "링컨 센터 근처 형편없는 호텔에 묵으면서 트라이베카까지 걸어 내려왔었잖아. 이 공원에서 쉬면서 아이스크림을 먹었는데. 누가 저기 아치 밑에 피아노를 갖다둬서 네가 앉아서 연주를……."

"찰스." 너대니얼이 한결같은 부드러운 목소리로 말했어. "지금은 이야기하고 싶지 않아. 그냥 집에 가고 싶어."

왠지 모르게 그날 밤 일어난 모든 일 중에 그게 가장 속상했어. 오브리나 노리스의 쇠약한 모습도 아니고, 나에 대한 데이비드의 명백한 미움도 아니야. 너대니얼이 나한테 화를 내고 비난하고 대들었다면 좋았을 텐데. 그럼 맞서 싸울 수라도 있잖아. 우린 늘 제대로 싸웠거든. 하지만 이런 체념, 이런 지친 모습—그건 어째야 좋을지 알 수가 없더라.

대학 근처에 차를 주차해뒀기 때문에 이제 우린 그쪽으로 걷기 시작했어. 물론 거리에는 아무도 없었어. 한 10년 전쯤 어느 날 밤이 생각나더군. 오브리와 노리스가 너대니얼 삶의 일부가 되었으니까 우리 삶의 일부가 될 거라고 받아들이려 하던 시절 일이야. 저녁 모임이 있어서—겨우 일곱 살, 진짜 그냥 아기였던—데이비드를 보모에게 맡기고 지하철을 타고 남쪽으로 갔어. 파티 손님은 다 오브리와 노리스의 부자 친구들이었지만, 몇 명은 우리 또래의 남자친구나 남편들이었고, 나까지 즐거운 시간을 보냈어. 파티가 끝난 후에 우린 집까지 걸어가기로 결정했어. 먼 거리였지만 3월이었고 날씨도 너무 덥지 않아서 완벽했거든. 둘 다 약간 취한 상태여서 23번 스트리트 매디슨 파크에서 걸음을 멈추고 벤치에 앉아 키스했지. 주위 다른 벤치에도 그런 사람들이 수두룩했고. 그날 밤 너대니얼은 새 친구들을 많이 사귀었다고 행복해했어. 아직 우리가 뉴욕에 몇 년만 살 계획인 것처럼 행세하던 시절 일이야.

이제 우리는 아무 말 없이 걸어갔고, 차문을 열려는데 너대니얼이 날 제지하더니 나를 자기 쪽으로 돌려세웠어. 지난 몇 달 동안 너대니얼이 그날 밤처럼 날 많이, 의도적으로 건드린 적은 처음이었어. "찰스." 그가 말했어. "그랬어?"

200

"뭐가?" 내가 물었어.

그가 길게 숨을 쉬었어. 헬멧 제습기 필터 청소 시기가 되어서 숨을 쉬니까 스크린에 김이 서렸다가 사라졌다 하는 바람에 얼굴이 사라졌다 나타났다 했어. "그 수용소 차리는 데 참여한 거야?" 그가 물었어. 딴 곳을 바라봤다가 다시 내게로 시선을 돌리더군. "여전히 관여하고 있는 거야?"

난 뭐라고 말해야 할지 알 수가 없었어. 물론 보고서들을 봤어—신문에 보도되고 텔레비전에 나온 보고서들뿐만 아니라 다른 보고서들, 네가 본 것들도. 제2차 세계대전 당시 격리 수용소가 있었던 로워에서 나온 영상을 틀어주던 날 위원회 모임에도 갔고, 그때 방 안에 있던 누군가, 법무부에서 온 여성 변호사 하나가 아기들 구역에서 벌어진 일들을 보고 헉 하고 놀랐고, 그 직후 난 그 방에서 나왔어. 그날 밤 나도 잠을 이루지 못했어. 물론 수용소가 필요 없다면 얼마나 좋을까 생각해. 하지만 수용소는 필요하고, 난 그걸 바꿀 수 없어. 내가 할 수 있었던 일은 우릴 보호하려고 노력하는 거야. 그랬다고 사과할 수는 없어. 설명할 수도 없어. 이건 내가 자원했던 일이야. 일이 내가 바라지 않는 방향으로 흘러갔다고 해서 이제 와서 부정할 수는 없어.

하지만 이걸 너대니얼에게 어떻게 설명해야 하지? 너대니얼은 이해 못 할 거야. 절대 이해 못 해. 그래서 난 말과 침묵 사이, 사과와 거짓말 사이 어딘가에 어중간하게 정지된 상태로 그냥 입만 벌린 채 거기 서 있었어.

"오늘 밤에는 연구실에 가." 그가 마침내 여전히 예의 그 상냥한 목소리로 말했어.

"아." 내가 말했어. "그래." 그렇게 말하는데, 너대니얼이 마치 내가 가슴을 한 대 치기라도 한 것처럼 한 발 뒤로 물러나는 거야. 모르겠어. 어쩌면 너대니얼은 내가 싸우기를, 애원하기를, 모든 것을 부정하기를, 거짓말하기를 기대했을지도 몰라. 하지만 마치 그 말에 동의함으로써 나는 너대니얼이 믿고 싶지 않았던 모든 것도 다 확인시켜줘 버린 것만 같았어. 그는 다시 나를 쳐다봤지만, 스크린에 점점 더 김이 서렸고, 마침내 그는 차에 타고 북쪽으로 가버렸어.

난 걸었어. 14번 스트리트에서 멈춰서서 탱크를, 그리고는 보호 장비를 장착한 보병 여단을 먼저 통과시켰어. 보병들은 군에서 새로 지급된 제복을 입고 있었는데, 안면 스크린이 반투명 거울이어서 그걸 쓰고 이야기하면 상대방은 스크린에 비친 자기 얼굴만 쳐다보게 되는, 그런 헬멧을 쓰고 있었어. 난 23번 스트리트 바리케이드를 지나 계속 걸었지. 거기 있던 군인이 나더러 매디슨 파크는 에어컨이 설치된 다면체 돔으로 덮여 있고 거기엔 시신들이 화장장에 갈 때까지 보관되어 있으니 피해서 동쪽으로 돌아가라고 알려주더라고. 공원 모퉁이마다 드론 카메라가 빙빙 돌면서 4층으로 정확하게 줄 맞춰 쌓은 판지 관들의 윤곽을 잠깐씩 스트로브 조명으로 비추고 있더군. 파크 가를 건너자 맞은편에서 한 남자가 내 쪽으로 걸어오고 있었는데, 가까이 오자 눈을 내리깔았어. 너도 이런 거 겪어봤어? 사람들 대부분이 눈 맞추기를 기피하는 현상 말이야. 마치 병이 호흡이 아니라 서로 얼굴을 마주볼 때 옮기라도 하는 것처럼.

마침내 나는 록펠러로 돌아와서 샤워를 하고 소파에 침대를 만들었어. 하지만 잠이 오지 않아서 몇 시간 있다 일어나서 등화관제용 블라인드를 올리고 시체보관소 헬리콥터들이 아크등 불빛에 날개를 번쩍거리며 루스벨트 섬으로 시신을 운반하는 광경을 지켜봤어. 여기 화장장은 멈추는 일이 없지만, 물길이 폐쇄됐기 때문에 바지선 수송은 중지됐어—물길을 폐쇄해서 환경 피난민들이 탄 뗏목을 막을 수 있을 거라는 희망에서지. 난민들이 한밤중에 허드슨이나 이스트 강 입구에서 내려서 해변으로 헤엄쳐오거든.

이제 너무 피곤하다. 이렇게 피곤한 적이 있었나 싶어. 오늘 밤은 우리 모두 다른 곳에서 자는구나. 너는 런던에서. 올리비에는 마르세유에서. 내 남편은 북쪽으로 네 블록 떨어진 곳에서. 내 아들은 남쪽으로 3마일 떨어진 곳에서. 난 여기 내 연구실에서. 누구 하나, 그중 누구든 같이 있으면 얼마나 좋을까. 블라인드 하나를 계속 열어뒀는데, 반대쪽 벽에서 네모 빛이 깜박거리다 사라지고, 깜박거리다 사라지고, 깜박거리다 사라지고 있어. 마치 나만 보라고 보내는 신호처럼.

사랑해, 내가.

피터에게,

2058년 9월 20일

오늘은 노리스의 장례식이야. 너대니얼과 데이비드를 러더포드 플레이스의 프렌즈 회관에서 만났어. 데이비드는 3개월 만에, 너대니얼은 1주일 만에 만나는 거야. 노리스에게 예를 다하기 위해 우린 서로 극도로 예의를 지켰어. 너대니얼은 나한테 미리 데이비드를 껴안고 인사하지 말라고 언질을 줬고 난 그 말을 따랐지만, 데이비드가 살짝 투덜거리며 내 등을 톡톡 두드리기에 우리 둘 다 오히려 놀랐어.

소규모의 소박한 장례식이 진행되는 동안, 나는 데이비드의 얼굴을 물끄러미 바라봤지. 데이비드는 내 앞줄, 왼쪽으로 한 자리 옆에 앉아 있어서 아이의 옆모습, 길고 마른 코, 가시가 삐죽삐죽 솟아난 것 같은 새 헤어스타일을 자세히 볼 수 있었어. 데이비드는 새 학교에 다니고 있어. 2년 전 오브리가 설득해서 다녔던 학교에서 자퇴한 다음 또다시 오브리의 설득으로 다니게 된 학교야. 내가 아는 한, 아직까지는 학교 측도 데이비드도 불평이 없어. 그렇지만 아직 학기가 시작된 지는 3주밖에 안 됐으니까.

장례식에 온 사람들 대부분은 모르는 사람이지만—몇 년 전 저녁 모임이나 파티에서 봐서 안면이 있는 사람들도 조금은 있었어—텅 빈 느낌이 들었어. 두 사람은 56년도에 내 생각보다 더 많은 친구들을 잃었고, 식장은 반이 차긴 했지만 뭔가, 누군가 빠졌다는 심란한 생각을 떨칠 수가 없더라.

너대니얼과 아기와 나는 오브리의 집으로 돌아갔고, 다른 사람들도 몇 명 모였어. 오브리는 손님들이 방염복을 벗을 수 있도록 자기가 방염복을 입었어. 지난 1년여 동안 노리스는 천천히 죽어갔고, 그들은 방에 촛불을 켜고 어둡게 지내기 시작했어. 약간은 도움이 됐지만—그 희미한 빛 속에서는 오브리와 집 모두 근심 걱정이 덜해 보였거든—촛불 때문에 그 집에 들어서면 다른 시대, 전기가 발명되기 전 시대로 들어가는 느낌이 들었어. 아니, 어쩌면 이제 그 집에 사람이 아니라 다른 동물이 살고 있는 듯한 느낌 같은 게 들기도 해. 두더지라거나, 햇살 가득한 현실을 견디지 못하는 침침하고 구슬 같은 조그만 눈을 가진 생물 말이야. 이젠 열한 살이 된, 아직도 그 어둑어둑한 세상에서 살고 있는 너대니얼의 학생들, 히럼과 에즈라 생각도 나고.

결국 우리 넷만 남았지. 너대니얼과 데이비드는 그 집에서 자겠다고 했고, 오브리도 그 제안에 동의했어. 난 아파트가 빈틈을 타서 내 물건을 좀 챙겨서 지금 살고 있는 록펠러 대학 기숙사로 가기로 했어.

잠시 동안 우린 모두 말없이 있었어. 오브리가 소파에 머리를 기대고 앉아 있다가 마침내 눈을 감더군. "데이비드." 너대니얼이 데이비드에게 오브리를 소파에 똑바로 눕히라고 손짓하며 속삭여서, 아기가 일어나는데 오브리가 이야기하기 시작했어.

"50년에 뉴욕에서 첫 환자가 나온 직후 우리가 했던 대화 기억해?" 그가 여전히 눈을 감은 채 물었어. 아무도 대답하지 않았지. "찰스— 내가 이게 우리가 기다리고 있던 그것, 우리 모두를 말살할 그 병 맞냐고 당신한테 물었잖아요. 당신은 그랬죠, '아뇨, 이건 괜찮을 겁니다.' 기억해요?"

그의 목소리는 상냥했지만, 난 왠지 움츠러들었어. "네." 난 말했어. "기억해요." 너대니얼의 한숨 소리가 들렸어. 조그맣지만 슬픈 소리였어.

"음." 그러더니 또다시 침묵이 이어졌어. "알고 보니 당신 말이 맞았죠. 그러고 나서 56년도가 왔으니까."

"이 이야기는 한 번도 한 적 없는데," 그가 말했어. "50년 11월, 오랜 친구의 연락을 받았어. 음, 내 친구라기보다는 노리스 친구이긴 하지. 노리스가 대학 시절부터 알던 친구인데, 그 시절 잠깐 데이트도 했고. 울프라는 친구야."

"그때쯤 우리는 프록스 폰드 웨이에서 3개월째 살고 있었어. 다른 많은 사람들—심지어 당신 동료들 같은 사람들도요, 찰스—과 마찬가지로 우리는 거기가 더 안전하다고 생각했거든. 사람들과 쓰레기가 넘치는 도시를 벗어나 있는 게 더 낫다고. 그땐 약탈이 시작된 후였어. 모두 집을 떠나기 두려워했지. 그래도 56년도만큼 나쁘진 않았어—그땐 사람들이 다른 사람도 똑같이 아프게 만들겠다고 길거리에서 달려들어 기침을 해대며 감염시키려 하지는 않았으니까. 하지만 안 좋았어. 다들 기억할 거야.

하여간 어느 날 밤 노리스가 울프한테 연락이 왔다는 거야. 근방에 있는데 와서 봐도 되냐고 묻더라고. 음. 우린 모든 권고 사항을 심각하게 받아들이고 있었거든. 노리스는 천식이 있었고, 우리가 애초에 롱아일랜드에 나온 이유가 다른 사람들과 마주치지 않기 위해서였으니까. 그래서 우린 울프에게 정말 보고 싶기는 하지만 우리뿐만 아니라 그를 위해서도 만나는 건 안전하지 않고 나중에 상황이 진정되면 보는 게 좋겠다고 말하자고 했지.

그래서 노리스가 울프에게 그렇게 문자를 보냈는데, 울프한테 곧장 다시 답장이 왔어. 우릴 보러 오고 싶은 게 아니라 우릴 보러 올 필요가 있다고. 우리 도움이 필요한 거야. 노리스가 영상 통화를 하면 안 되겠냐고 물었는데도 계속 고집했어. 우리를 만나야 한다고.

어쩌겠어? 다음 날, 정오에 문자가 왔어. '나 바깥에 있어.' 밖으로 나갔지. 잠시 동안 아무것도 안 보였어. 그러더니 노리스의 이름을 부르는 울프 목소리가 들려서 길을 걸어 내려갔는데, 그래도 여전히 아무것도 안 보이는 거야. 그런데 또 목소리가 들려서 조금 더 내려갔지. 그렇게 몇 번을 더 하니까, 울프가 '멈춰'라고 말하더군.

우린 멈췄어. 아무 일도 일어나지 않았지. 그러더니 경비실 옆 커다란 포플러 나무 뒤에서 잔가지 부러지는 소리가 나면서 울프가 바깥으로 걸어 나왔어.

딱 봐도 울프는 중환자였어. 얼굴은 종기로 뒤덮여 있었고 피골이 상접했어. 목련 가지를 지팡이로 쓰고 있었지만, 그걸 들 힘조차 없어서 빗자루처럼 질질 끌고 걸어오더군. 조그만 배낭을 가지고 있고, 바지춤을 한 손으로 잡고 있었어. 벨트를 하고 있는데도 도움이 안 되는 거야.

노리스와 나는 즉시 뒤로 물러섰어. 울프는 명백히 말기에 가까웠고, 그러니 전염성이 아주 클 시기였지.

울프는 말했어. '다른 갈 곳이 있었다면 여기 안 왔을 거야. 나 그런 사람인 거 알잖아. 하지만 도움이 필요해. 난 이제 얼마 못 살아. 이게 얼마나 부담스러운 요구인지 알아. 하지만 부탁인데-부탁인데 나 여기서 죽게 해주면 안 될까.'

수용소에서 도망쳐 나온 거야. 나중에 우린 울프가 몇몇 다른 사람들에게도 찾아갔고 다들 그를 돌려보냈다는 걸 알았어. 우리한테 사정하더라고. '안에 들여보내달라고는 부탁 안 해. 하지만 내 생각에—내 생각인데, 수영장 옆 오두막에 있을 수도 있지 않을까? 다른 건 아무것도 안 바래. 하지만 실내에서, 집에서 죽고 싶어.'

무슨 말을 해야 할지 몰랐어. 바로 뒤에서 노리스가 내 팔을 잡았어. 마침내 내가 말했지. '노리스랑 이야기 좀 해보고.' 그러자 울프는 고개를 끄덕이더니 마치 우리가 이야기하도록 비켜주려는 것처럼 다시 포플러나무 뒤로 갔고, 노리스와 나는 다시 길을 걸어 올라갔어. 그는 나를 봤고, 나도 그를 보고. 둘 다 아무 말도 하지 않았어. 그럴 필요도 없었지—어떻게 할지 알고 있었으니까. 난 가진 지갑 안의 돈을 다 꺼냈어—500달러가 조금 넘더라고. 그리고 우린 다시 나무 쪽으로 갔고, 울프가 다시 나타났어.

'울프.' 내가 말했어. '미안해. 정말 미안해. 하지만 안 되겠어. 노리스는 약한 상태고 너도 알잖아. 못 하겠어. 우린 그냥 못 하겠어. 정말 미안해.' 당신 이야기를 했어요, 찰스. 이렇게 말했죠. '친구 하나가 행정부에 연줄이 좀 있어. 그 사람이 도와줄 수 있을 거야. 더 나은 수용소로 보내줄 수 있을 거야.' 심지어 '더 나은 수용소' 같은 게 정말 있는지조차 모르면서, 그런 약속을 했어. 그리고는 돈을 1피트 정도 떨어진 곳 바닥에 내려놓았지. '필요하면 더 가져올 수 있어.' 내가 그랬어.

울프는 아무 말도 하지 않았어. 그냥 살짝 휘청거리고 가쁜 숨을 몰아쉬며 돈을 내려다보고만 있었어. 다음 순간 난 노리스의 손을 잡고 황급히 집으로 돌아왔어—마지막 100피트는 뛰어갔어. 마치 울프에게 그럴 힘이 있어서 우리를 쫓아오기라도 할 것처럼, 갑자기 마녀처럼 하늘로 날아올라 문 앞을 막기라도 할 것처럼 말이야. 집 안에 들어오자 우린 문을 잠그고 온 집 안을 돌아다니며 창문과 자물쇠를 다 확인했어. 울프가 갑자기 창문으로 돌진해 들어와 온 집 안에 병을 퍼뜨리기라도 할 것처럼.

하지만 최악이 뭔 줄 알아? 노리스와 난 너무 화가 났어. 울프가 아픈 것, 우리를 찾아온 것, 우리 도움을 요청한 것, 우릴 이런 입장에 처하게 한 게 다 화가 났어. 그날 밤 우린 온 집안 블라인드를 다 내리고 모든 보안 장치를 다 켜놓고 수영장 옆 오두막에는 자물쇠를 단단히 걸어놓은 채 음식을 와구와구 먹으면서 그런 이야기를 했어. 어떻게 감히 그럴 수가 있냐고. 어떻게 감히 우리한테 그런 기분을 느끼게 할 수 있냐고. 어떻게 감히 우리한테 안 된다는 말을 하게 만들 수 있냐고. 그게 우리가 한 생각이었어. 친구가 속절없이 두려움에 떨고 있는데, 그런 반응을 보인 거야.

그 후로 우리 사이는 예전 같지 않았어. 아, 겉으로야 늘 좋아 보였지. 하지만 뭔가 달라졌어. 마치 우리 관계가 더 이상 사랑이 아니라 수치심에, 그 끔찍한 비밀, 우리가 함께 저지른 그 끔찍하고 비인간적인 짓 위에 지어진 것 같았지. 물론 난 그것조차 울프 탓을 했어. 매일 우리는 쌍안경으로 집 주위를 살펴보며 집 안에 있었어. 보안팀에 두 배의 급료를 제시하며 와달라고 했는데 거절하는 바람에, 우린 직접 포위 공격, 일인 포위 공격에 대비했어. 모든 블라인드를 내리고 모든 덧창을 닫았어. 마치 공포영화 주인공처럼 살았지. 언제라도 창문에서 쿵 하는 소리가 들려서 블라인드를 걷어보면 울프가 창문에 찰싹 달라붙어 있을 것 같았어. 지역 경찰을 설득해서 그 지역 사망자 수도 주시하게 했어. 두 주 후 울프가 고속도로 옆에서 사망한 지 족히 며칠은 된 상태로 발견되었다는 소식을 듣고도 우린 경계를 늦출 수 없었어. 전화도 받지 않고, 문자도 확인하지 않고, 아무와도 연락하지 않았어. 바깥세상과 연락을 끊으면, 우리한테 어떤 부탁도 들어오지 않을 테고 그러면 안전할 것 같았어.

경보가 해제되고 나서 우린 워싱턴 스퀘어로 돌아왔어. 하지만 다시는 워터 밀에 돌아가지 않았지. 너대니얼, 언젠가 우리한테 왜 프록스 폰드 웨이에 안 가냐고 물어본 적 있지. 이게 그 이유야. 또 울프 이야기는 절대 안 했어. 합의해서 한 게 아니야. 우리 둘 다 그 이야기는 하면 안 된다는 걸 그냥 알았어. 그 후로 우린 그 죄책감을 보상하려고 애썼어. 환자들을 돕는 자선 단체에 기부하고, 병원에 기부하고, 수용소에 반대하는 활동 단체에도 기부했어. 하지만 노리스가 백혈병에 걸렸을 때, 의사가 방에서 나가자마자 처음으로 한 말이 뭔 줄 알아? '울프 일로 벌 받는 거야.' 노리스가 그걸 믿었다는 걸 난 알아. 약 때문에 정신이 흐려져서 헛소리를 하던 마지막 며칠 동안 노리스가 계속 부르던 이름은 내가 아니라 울프였어. 난 아니라는 듯이 이 이야기를 하고 있지만, 나도 믿어. 언젠가―언젠가 울프가 나한테도 찾아올 거라고."

우린 모두 아무 말 없이 조용히 있었어. 도덕적 절대주의를 일관성 있게 휘두르던 아기마저 우울한 얼굴로 침묵을 지키고 있었지. 너대니얼이 한숨을 쉬었어. "오브리." 그가 입을 열었지만, 오브리가 막았어.

"누구에겐가 고백해야만 했어." 그가 말했어. "그래서 이 이야기를 하는 거야. 하지만 너한테 이 이야기를 하는 이유는―데이비드, 네가 아버지를 많이 원망하고 있다는 거 안다. 이해해. 하지만 겁에 질리면 많은 사람들이 후회할 일들을 해, 우리가 할 수 있다고 한 번도 생각해보지 않은 일들을. 넌 너무 어려. 넌 거의 평생을 죽음과, 죽음의 가능성과 함께 살았지—넌 거기 단련됐고, 그건 슬픈 일이야. 그래서 내 뜻을 잘 이해하지 못하겠지.

하지만 나이가 들면, 살아남기 위해 할 수 있는 일은 뭐든 해. 때로는 자기가 하고 있는 일을 의식조차 못 해. 뭔가가, 어떤 본능이, 추악한 자아가 주도권을 잡아서—자기가 누군지 잊어버리는 거야. 누구나 다 그런다는 건 아니야. 하지만 많은 사람들이 그래.

내가 하려는 말은—넌 아버지를 용서해야 한다는 거야." 그가 나를 봤어. "난 당신 용서해요, 찰스. 당신이 무슨 일을 했건 간에—수용소 관련 일 용서해요. 그 말을 하고 싶었어요. 노리스는 절대 나처럼 당신을 비난하지 않았으니, 용서할 것도 없고, 용서를 청할 일도 없어요. 하지만 난 그래요."

난 내가 뭐라고 해야 한다는 것을 깨달았어. "고마워요, 오브리." 난 내 나라에서 가장 귀중하고 성스러운 물건들을 대학교 기숙사 벽 포스터처럼 벽에 걸어놓고 있는 사람, 불과 2년 전만 해도 나를 미국 정부의 꼭두각시라고 비난했던 사람에게 말했어. "고마워요."

그는 한숨을 쉬었고, 너대니얼도 한숨을 쉬었어. 마치 내가 내 역할을 제대로 연기하지 못한 것처럼 말이야. 방 저쪽에 있는 데이비드는 얼굴을 우리 반대쪽으로 돌리고 있어서 표정이 보이지 않았어. 데이비드는 오브리를 사랑하고 존경해. 무슨 생각을 하고 있었을지 상상이 갔고, 애가 가엾었어.

그 자리에서 당장 아들에게 용서를 바랄 정도로 난 이기적인 사람이 아니야. 하지만 나올 뻔했던 말을 삼키기 전 난 우리의 재결합을 꿈꿨어. 내가 다시 집에 들어가고, 너대니얼은 다시 날 사랑하고, 아기는 더 이상 내게 화내지 않고, 우리가 다시 가족이 되는 꿈을.

그래도 난 아무 말도 하지 않았어. 그냥 자리에서 일어나 모두에게 작별 인사를 하고 계획대로 우리 아파트에 왔다가 다시 기숙사로 돌아갔지.

난—우리 둘 다—지난 2년 동안 인간이 다른 인간에게 어떤 끔찍한 짓들을 할 수 있는지 수도 없는 이야기들을 들었어. 오브리는 최악이 아니야. 최악 근처에도 못 가. 그 몇 달 동안 지하철에 자기 아이들을 버린 부모들, 마당에 앉아 있는 부모의 뒤통수를 총으로 쏜 남자, 40년을 함께 산 남편이 죽어가자 수레에 싣고 링컨 터널 근처 쓰레기장에 버려두고 간 여자에 대한 보고서들을 읽었어. 하지만 오브리 이야기에서 가장 놀라운 점은 심지어 이야기 자체가 아니라 그와 노리스의 작아진 삶이었어. 그게 똑똑히 보였어. 내가 그렇게 분개하고 부러워했던 그 집에서 모든 덧문을 닫고 빛을 차단한 채 구석에 한껏 조그맣게 웅크리고 있는 모습이. 그렇게 하면 전염병의 커다란 눈이 그들을 보지 못하고 지나가서 감염을 완전히 피할 수 있을 거라고 희망하면서.

사랑해, C

212

피터에게,

2059년 10월 30일

늦은 생일 축하 메시지 고맙다. 완전히 잊고 있었어. 쉰다섯. 별거 중. (딱히 나는 아니라도 내가 한 일로) 아들과 서구세계 대부분에게 미움받고 있는 존재. 한때는 유망한 과학자였지만 어쩌다 음지에서 일하는 정부 정보원으로 완전히 변해버린 사람. 뭐가 더 있을까? 별로 없는 것 같아.

오브리의 집에서 미약한 축하 파티를 했어. 이제 너대니얼과 아기는 계속 거기서 살고 있어. 이 이야기는 하지 않았는데, 그건 네이트와 내가 딱히 의식도 못 하는 사이에 그냥 스르르 이렇게 되어버렸기 때문이야. 노리스가 죽고 나서 몇 주 동안 처음에는 너대니얼과 데이비드가 오브리와 같이 있어 주려고 다운타운에서 더 오래 있기 시작했지. 그 집에 있는 날이면 너대니얼이 문자를 했고, 그러면 난 아파트에 돌아가서 하룻밤 있곤 했어. 방들을 돌아다니며 아기의 책상 서랍을 열어보며 탐색하고, 너대니얼의 양말 서랍을 열어보고 그랬지. 뭘 특별히 찾는 건 아니었어—너대니얼에게는 비밀이 없고, 데이비드는 있다면 가져갔을 테니까. 그냥 보는 거였어. 데이비드의 셔츠들을 다시 개고, 너대니얼의 속옷을 보고 서서 그 냄새를 맡기도 했어.

결국 난 물건들이 사라지기 시작하는 걸 눈치챘어—데이비드의 운동화, 너대니얼의 침대 협탁 위에 있던 책들 같은 거. 어느 날 밤 집에 갔더니 고무나무가 사라졌더라고. 거의 만화 속 장면 같았어. 내가 낮에 나가서 안 보는 사이 물건들을 다 허둥지둥 빼내는 것처럼. 하

213

지만 물론 그 물건들은 다 워싱턴 스퀘어로 옮겨지고 있었지. 이렇게 찔끔찔끔 이사를 몇 달쯤 하고 나자 너대니얼이 문자를 보내더니 원하면 다시 집에, 우리 집에 들어와서 살아도 된다고 하더군. 원칙적으로 거절할 계획을 하고 있었는데—몇 주에 한 번씩 우린 너대니얼이 아파트에서 내 몫의 돈을 빼줘서 내가 따로 집을 구할 가능성을 잠깐씩 논의해봤지만, 너대니얼에게는 그럴 돈이 없고 나도 없다는 것을 둘 다 너무 잘 알고 있었어—그때쯤 되니 너무 피곤해서 난 그냥 집에 다시 들어왔어. 그래도 오브리 집으로 모든 걸 다 가져간 건 아니어서, 자기 연민에 시달리는 순간이면 이 상황이 상징하는 바가 보였어. 아기가 옛날에 보던 그림책들, 이젠 너무 더워서 못 입게 된 너대니얼의 재킷 몇 벌, 수년 동안 음식을 태우는 바람에 영구히 타버린 냄비—그리고 나. 너대니얼과 데이비드 인생의 파편들, 그 두 사람이 원하지 않는 물건들.

너대니얼과 난 일주일에 한 번은 이야기하려고 노력해왔어. 때로는 잘 될 때도 있고, 때로는 잘 안 될 때도 있어. 딱히 싸우지는 않지만, 아무리 즐거운 대화를 해도 마치 아슬아슬한 살얼음판 같아서 그 바로 아래에는 얼음장 같은 시커먼 물이 흐르고 있었지. 수십 년에 걸친 원망과 비난이. 그 비난의 대부분은 데이비드와 연관된 일이지만, 우리가 통하는 점 대부분도 데이비드 일이야. 우린 둘 다 데이비드를 걱정하니까. 비록 너대니얼은 나보다 데이비드에게 더 공감하기는 하지만. 데이비드는 다음 달이면 스무 살이 되는데, 우린 그 아이를 어째야 할지, 그 아일 위해서 뭘 해줘야 할지 모르겠어—데이비드는 고등학교 졸업장도 없고, 대학에 갈 생각도 없고, 직장을 구할 생각도 없어. 너대니얼 말로는, 매일 몇 시간씩 사라졌다가 저녁 시간에야 돌아와서 오브리와 체스 게임을 한 다음 다시 사라진대. 적어도 오브리와는 여전히 다정하게 지낸다는군. 우리가 직장을 구하라거나 졸업장을 따라는 소리를 하면 눈만 굴리지만, 오브리가 이따금 온화하게 설교를 하면 참을성 있게 듣고, 밤에 나가기 전에는 오브리를 부축해서 위층 침실로 데려다준대.

오늘 밤 우리가 케이크를 먹고 있는데 방염실이 탁 하고 닫히더니 데이비드가 나타났어. 날 보면 아기가 어떤 기분일지 난 전혀 모르겠어. 내가 무슨 말을 하든 눈을 굴리며 경멸할까? 이번 주에는 사람을 얼마나 죽였냐고 물으며 비아냥거릴까? 내가 칭찬을 하거나 보고 싶었다고 하면 예상치 않게, 거의 강아지처럼 수줍어하며 어깨를 으쓱거릴까? 볼 때마다 나는 보고 싶었다고 말하고, 볼 때마다 사랑한다고 말해. 하지만 용서를 구하지는 않아. 데이비드가 바라는 게 그것이라는 걸 알지만, 데이비드가 용서해줘야 할 일은 아무것도 없으니까.

"안녕, 데이비드." 난 인사를 하고 알 수 없는 표정이 아이의 얼굴을 스치는 것을 지켜봤지. 나만큼이나 데이비드도 날 봤을 때 어떤 반응을 보여야 할지 예상하지 못했다는 생각이 문득 들더라.

데이비드는 냉소로 결정했어. "오늘 밤 국제 전범이 식사하러 오는 줄은 몰랐네요." 그가 말했어.

"데이비드." 너대니얼이 지친 어조로 말했어. "그만해라. 말했잖아— 오늘은 네 아빠 생신이야."

그 순간, 데이비드가 뭐라고 더 말하기 전에 오브리가 상냥하게 덧붙였어. "와서 앉아라, 데이비드. 같이 있자." 그리고는 데이비드가 아직도 망설이자 이렇게 덧붙였어. "남은 음식이 많아."

그가 앉자 에드먼드가 접시를 가져왔고, 우리 셋이 지켜보고 있는 가운데 데이비드는 음식을 먹어 치우더니 뒤로 기대고 앉아 꺼억 트림을 했어.

"데이비드." 너대니얼과 내가 동시에 말하자, 아기는 갑자기 우리를 차례로 보며 싱긋 웃었어. 그 바람에 너대니얼과 나도 서로를 쳐다봤고, 한순간 우리 셋 다 서로를 바라보며 미소를 지었어.

"도저히 못 참겠지, 안 그래?" 데이비드가 너대니얼과 나를 하나 취급하며 거의 다정하게 묻기에 우린 또다시 미소 지었어. 그에게, 서로에게. 식탁 맞은편에서 아기가 당근 케이크에 포크를 찔러 넣었어.

"몇 살이야, 아저씨?" 그가 물었어.

"쉰다섯." 난 "아저씨"라고 시비 거는 소리를 무시하고 대답했어. 내가 싫어하는 말이고, 데이비드도 내가 싫어한다는 걸 알아. 하지만 데이비드가 날 "아빠"라고 부르지 않은 지 수년이 지났고, 그러고도 또 한참 동안은 호칭 자체를 쓰지 않았거든.

"세상에." 아기가 진짜 굉장하다는 듯이 말했어. "쉰다섯! 완전 늙었네!"

"고색창연하지." 내가 미소 지으며 동의하자, 데이비드 옆에 앉은 오브리도 웃었어. "유아지." 오브리가 정정했어. "아기야."

늘 하는 폭언—수용소에 끌려가는 아이들의 평균 나이, 유색인종 아이들의 사망률, 정부가 이 병을 기회 삼아 흑인과 미국 원주민들을 죽이고 있으며, 바로 그렇기 때문에 최근 전염병들이 애초에 어떤 제지도 받지 않고 확산되고 있다는 이야기—을 늘어놓기 완벽한 타이

216

밍이었을 텐데, 데이비드는 아무 말 없이 순하게 눈만 굴리더니 케이크를 한 조각 더 잘랐어. 하지만 케이크를 먹기 전에 목에 두르고 있던 반다나를 풀었고, 그러자 목 오른쪽 전체가 커다란 문신으로 덮여 있는 게 보였어.

"세상에!" 내가 소리치자, 너대니얼이 내가 본 것을 알고 경고하듯 내 이름을 불렀어. 난 이미 데이비드에게 말하거나 물으면 안 되는 일들의 목록을 받았어. 학위, 앞으로의 계획, 미래, 뭘 하며 하루를 보내는지, 정치관, 야심, 친구들 같은 것들. 하지만 커다랗고 흉한 문신 이야기는 하지 않았거든.

난 5초 이내에 문신을 자세히 살펴보면 그게 없어지기라도 할 것처럼 식탁 반대편으로 황급히 달려갔어. 티셔츠를 잡아 내리고 들여다봤어. 6인치 정도 크기의 커다랗고 무섭게 생긴 눈인데, 거기서 빛줄기가 뿜어져나오고 있고, 그 아래에는 고딕체로 "엑스 옵스큐리스 룩스"라고 새겨져 있었어.

난 셔츠를 놓고 뒤로 물러섰어. 데이비드는 능글맞게 웃고 있었고.

"미국 안과학회에 가입한 거냐?" 내가 물었어.

미소를 거두고 모르겠다는 표정을 짓더라. "허?" 그가 물었어.

"엑스 옵스큐리스 룩스." 내가 말했어. "'어둠에서 빛으로.' 그게 그 학회 좌우명이야."

데이비드는 잠시 다시 혼란스러운 표정을 짓다가 정신을 차렸어. "아니." 그는 무뚝뚝하게 말했고, 나는 데이비드가 당황했고 당황했기 때문에 화가 났다는 걸 알았어.

"음, 그럼 그건 뭐야?" 내가 물었어.

"찰스." 너대니얼이 한숨 쉬며 말했어. "지금은 하지 마."

"'지금은 하지 마라'는 게 무슨 뜻이야? 왜 내 아들 목에 저렇게 거대한"—"흉측한"이라는 말이 거의 나올 뻔했어—"문신이 있냐고 묻지도 못해?"

"그건 내가 더라이트의 일원이라 그래." 데이비드가 자랑스럽게 말했고, 내가 대답하지 않자 다시 눈을 굴렸어. "세상에, 아저씨." 그가 말했어. "*더라이트.* 집단이야."

"무슨 집단?" 내가 물었어.

"찰스." 너대니얼이 말했어.

"아, 네이트. 찰스, 찰스, 그만 좀 불러—앤 내 아들이기도 하잖아. 나도 물어보고 싶은 걸 물을 수 있다고." 난 다시 데이비드를 봤어. "어떤 집단?"

그는 다시 능글맞게 웃고 있었고, 난 녀석을 한 대 때려주고 싶었어. "정치 집단." 그가 말했어.

"어떤 정치 집단?" 내가 물었지.

"아저씨가 하고 있는 일을 망치려는 집단." 그가 말했어.

그 순간, 피터, 넌 날 자랑스러워했을 거야. 그 순간 난 이 대화가 어디로 갈지 완벽하고 선명하게 보는 드문 경험을 했어. 아기는 날 도발하려고 하고. 난 도발당할 테고. 그러면 경솔한 소리를 할 테고. 그도 같은 식으로 맞받아칠 테고. 너대니얼은 옆에 서서 손만 쥐어뜯을 테고. 오브리는 의자에 축 늘어진 채—우리를 자기 인생에 받아들인 게, 우리 셋이 그렇게 불행한 지경에 다다른 게—슬프고 딱하고 약간은 지긋지긋한 표정으로 우리를 지켜보겠지.

하지만 난 그중 아무것도 하지 않았어. 대신—나 스스로조차 놀라운 평정심을 보이며—데이비드에게 인생의 사명을 찾아서 다행이라고, 그와 동지들의 투쟁에 행운을 빈다고만 말했어. 그러고는 오브리와 너대니얼에게 저녁 식사 고맙다고 한 다음 거기서 나왔어. "아, 찰스." 너대니얼은 문까지 따라 나오며 말했어. "찰스, 가지 마."

난 그를 응접실로 끌고 나왔어. "너대니얼." 난 말했어. "쟤가 날 미워해?"

"누가?" 그는 내가 누구를 말하는지 너무 잘 알면서 물었어. 그러더니 한숨을 쉬었어. "아냐, 물론 아니야, 찰스." 그는 말했어. "그냥 지나가는 과정일 뿐이야. 그리고—그리고 쟨 자기가 믿는 것에 열정을 쏟잖아. 너도 알잖아. 널 미워하는 거 아니야."

"하지만 넌 날 미워하잖아." 내가 말했어.

"아냐, 아니야." 그는 말했어. "네가 하는 일이 싫은 거야, 찰스. 널 미워하지는 않아."

"난 해야 하는 일을 한 거야, 네이터." 난 말했어.

"찰스." 너대니얼이 말했어. "지금 너와 이런 이야기할 생각 없어. 요점은, 넌 쟤 아빠야. 언제나 그럴 테고."

왠지 그 말은 그다지 위안이 되지 않았고, 난 그 집을 나와 (너대니얼이 더 강력하게 날 붙잡길 바랐지만 그러지 않더군) 워싱턴 스퀘어 동쪽 입구에 서서 가장 최근에 생긴 판자촌 주민들이 돌아다니는 모습을 지켜봤어. 몇몇 사람들은 분수대에서 목욕을 하고 있었고, 아치 옆에 조그만 모닥불을 피워놓은 가족—부모와 어린 여자아이—도 하나 있었는데, 그 모닥불에다 뭔지 모를 동물을 굽고 있었어. "다 됐

어?" 아이는 신이 나서 계속 물었어. "다 됐어, 아빠? 이제 다 됐
어?"

"거의 다 됐어, 아가." 아빠가 말했어. "거의, 거의 다 됐어." 그가 그
동물의 꼬리를 뜯어 아이에게 건네자, 아이는 좋아서 꺅꺅거리며 당
장 고기를 뜯기 시작했고, 난 돌아섰어. 스퀘어에서는 이백여 명의
사람들이 살고 있었는데, 그 사람들은 어느 날 밤 불도저에 집이 헐
릴 걸 알면서도 계속 몰려와. 여기 있는 게 다리 밑이나 터널 안에 있
는 것보단 안전하거든. 투광 조명등이 저렇게 내리치듯 쏟아지는 와
중에 도대체 어떻게 잠을 자는지 알 수 없지만, 그래도 사람은 어디
에든 익숙해지는 것 같아. 많은 주민들이 밤에도 선글라스를 끼고 있
거나 눈 주위를 검은 거즈로 묶어 가리고 있었어. 대다수가 보호 헬
멧이 없어서 온 얼굴을 면으로 감싸고 있으니, 멀리서 보면 유령군단
같았지.

아파트로 돌아와서 더라이트를 검색해봤더니, 대충 의심한 그대로였
어. "국가 조작의 진실을 밝히고 역병의 시대를 종식"하려는 반정부,
반과학 집단. 이런 집단 기준으로 생각해도 규모는 작아 보였어. 자
기들 이름을 건 큰 공격도, 큰 사건도 없더라고. 하지만 어쨌거나 워
싱턴 연락원에게 이메일을 보내 관련 사건 기록을 다 보내달라고 부
탁했지—왜 묻는지는 말하지 않고.

피터, 너한테 이런 부탁 한 번도 한 적 없지만 네가 찾을 수 있는 것
들을 좀 찾아줄래, 뭐든?

이런 부탁해서 미안하다. 정말이야. 피치 못할 상황이 아니었다면 안
했을 거야.

데이비드를 말릴 수 없다는 거 알아. 하지만 어쩌면 도울 수는 있잖아. 노력은 해봐야지. 안 그래?

모든 사랑을 담아, 찰스

피터에게,

2062년 7월 7일

이 편지는 짧게 쓸게. 6시간 뒤에 워싱턴에 내려가봐야 하거든. 하지만 몇 분은 있으니까 편지를 쓰고 싶었어.

여긴 참을 수 없이 더워.

오늘 동부 시간으로 오후 4시에 새 국가가 선포될 거야. 원래 계획은 7월 3일 선포 예정이었지만, 사람들에게 마지막 독립기념일을 축하할 기회를 줘야 한다는 데 다들 동의했거든. 하루가 끝나는 지금 선포하면 주말이 시작되기 전 일부 지역을 봉쇄하기가 더 쉬울 테고, 그러고 나서 충격이 가라앉을 시간을 이틀 준 다음 월요일에 시장을 다시 여는 거지. 네가 이 편지를 읽을 때면 이미 다 끝나 있을 거야.

지난 몇 달 동안 조언해줘서 고맙다, 피터. 결국 난 네 충고를 받아들여서 장관직은 고사했어. 결국 난 뒤에 남기로 했어. 영향력 면에서는 손해 보더라도 더 안전하니까. 어쨌거나 그거랑 상관없이도 영향력은 충분하고—정보부에 부탁해서 데이비드에게 추적을 붙였어. 이제 더라이트는 너무 문제 집단이 됐고, 걱정하는 만큼 폭동이 심해질 경우 오브리와 너대니얼을 보호하기 위해 오브리 집 밖에 사복 경비들을 배치했어. 오브리는 상태가 별로 안 좋아—암이 간으로 전이됐어. 너대니얼이 그러는데, 오브리 담당의는 6개월에서 9개월밖에 안 남았다고 보고 있대.

여기 시간으로 오늘 밤, 그쪽 시간으로 내일 아침 일찍 보안 회선으로 전화할게. 행운을 빌어줘. 너와 올리비에에게 사랑을 보내며.

찰스

#5

2094년 봄

처음 만난 이후 몇 주 동안 우리는 점점 더 많이 만났다. 처음에는 그냥 우연이었다. 이야기판에서 만나고 나서 다음 일요일에 스퀘어 주위를 걷고 있는데 누가 뒤에 있는 게 느껴졌다. 물론 내 뒤에도, 내 앞에도 사람들이 많이 있었지만—나는 사람들 무리 중간에서 걷고 있었다—느낌이 뭔가 달라서 뒤를 돌아보니 또 그 사람이 나를 보고 미소 짓고 있었다.

"안녕하세요, 찰리." 그는 미소 지으며 말했다.

그 미소에 난 불안해졌다. 할아버지가 내 나이였을 때는 사람들이 다 늘 미소 짓고 다녔다. 할아버지는 미국인들은 미소로 유명했다고 했다. 할아버지는 미국인이 아니었지만, 미국인이 됐다. 하지만 난 미소 짓는 일이 별로 없고, 내가 아는 사람들도 다 마찬가지였다.

"안녕하세요." 나도 말했다.

그는 내 옆에서 같이 걷기 시작했다. 그가 말을 걸까 봐 걱정했지만 그러지 않았고, 우린 광장 주위를 세 바퀴 돌았다. 그러자 그는 만나서 반가웠다고, 다음 이야기판에서 또 볼 수도 있겠다고 하더니, 내가 뭐라고 답할지 생각조차 하기 전에 또 미소를 지으며 서쪽으로 걸어가버렸다.

다음 토요일, 나는 또 이야기꾼을 보러 갔다. 그 사람을 만나고 싶다는 생각은 안 했는데, 그가 지난번 만났을 때 앉았던 뒷줄에 같은 자리에 앉아 있는 것을 보자 갑자기 이상한 기분이 들었고, 나는 다른 사람이 그 자리에 앉을까 봐 걸음을 재촉해 그쪽으로 갔다. 그러다 갑자기 발걸음을 멈추었다. 저 사람이 나를 보고 싶어 하지 않았으면 어쩌지? 하지만 그 순간 그가 고개를 돌려 나를 보고 미소를 짓더니 그쪽으로 오라고 손을 흔들며 옆자리 바닥을 손으로 톡톡 쳤다.

"안녕하세요, 찰리." 내가 다가가자 그가 말했다.

"안녕하세요." 내가 말했다.

그의 이름은 데이비드다. 처음 만났던 날 말해줬다. "아." 내가 그랬다. "우리 아버지 이름도 데이비드에요."

"아, 정말요?" 그가 물었다. "저도 그래요."

"아." 내가 말했다. 뭐라고 말을 더 해야만 할 것 같았고, 결국 한 마디 했다. "데이비드가 참 많네요." 그러자 그가 활짝 미소를 지었고 심지어 조금 웃기까지 했다. "맞아요." 그가 말했다. "정말 데이비드가 많군요. 당신 참 재밌네요, 맞죠, 찰리?"—그건 사실 질문이 아닌 그런 질문이었고, 게다가 심지어 사실도 아니었다. 이제껏 나한테 재미있다고 한 사람은 아무도 없었다.

이번에 나는 직접 벗겨서 말리고 삼각형으로 자른 두부껍질과 그걸 찍어 먹을 영양 이스트를 조금 용기에 담아 가져왔다. 이야기꾼이 접이의자를 펴고 앉는 것을 보며 난 봉지를 데이비드에게 내밀었다. "드세요." 그렇게 말했다가 너무 퉁명스럽고 너무 살갑지 않은 것 같아 걱정됐다. 사실 난 긴장한 것뿐인데. "원하시면요." 난 이렇게 덧붙였다.

그가 봉지 안을 봤고, 난 그가 나와 내 간식을 비웃을까 봐 두려웠다. 하지만 그는 칩을 하나 꺼내 이스트에 찍어 바삭 깨물었다. "고마워요." 이야기꾼이 이야기를 시작하는 순간, 그가 속삭였다. "맛있네요."

그날 이야기에서는 남편과 아내와 두 아이들이 어느 날 아침 일어나 보니 아파트 안에 새가 들어와 있었다. 새는 희귀한 존재라 이것도 별로 현실적이지 않지만, 이야기꾼은 새가 자기를 잡으려는 사람들을 어떻게 요리조리 피해 다니는지, 아버지와 아들과 어머니와 딸이 베갯잇을 들고 서로 부딪쳐가며 집 안을 뛰어다니는 상황을 맛깔나게 묘사했다. 마침내 새가 잡히고, 아들은 새를 잡아 먹자고 제안하지만 딸은 그보다 현명해서 결국 온 가족은 지역 동물센터에 새를 가져다주는 올바른 선택을 하고 나중에 보상으로 받은 단백질 쿠폰 세 장으로 어머니는 단백질 패티를 구입한다.

이야기가 끝나자, 우리는 스퀘어 북쪽 끝으로 걸어갔다. "어땠어요?" 데이비드가 물었고, 난 아무 말도 하지 않았다. 그 이야기에 배신감이 들었다고 인정하기가 부끄러웠기 때문이다. 난 그 남편과 부인이 남편과 나처럼 그냥 부부라고 생각했는데, 갑자기 애가 둘, 사내아이와 여자아이가 있다는 것이다. 그건 그 부부가 결국 남편과 나와는 다르다는 뜻이다. 그 부부는 그냥 남자와 여자가 아니었다. 그들은 아버지와 어머니였다.

하지만 그런 말을 하는 게 바보 같아서 난 대신 그냥 이렇게 말했다. "괜찮았어요."

"전 바보 같았어요." 데이비드가 그렇게 말해서 난 그를 쳐다봤다. "집 안에서 막 뛰어다닐 정도로 큰 아파트가 어디 있어요? 새를 정말로 센터에 가져갈 정도로 착해빠진 사람은 또 어딨고요?"

흥미진진한 이야기였지만, 놀랍기도 했다. 나는 신발만 내려다봤다. "하지만 법이 그렇잖아요."

"물론 그게 법이지만, 저 사람은 이야기꾼이잖아요." 데이비드가 말했다. "우리가 정말 저 이야기를 믿을 거라고 생각하는 걸까요? 맛있게 생긴 통통한 비둘기가 아파트에 날아들어 왔는데, 녀석을 당장 죽여서 깃털을 뽑고 곧장 오븐에 안 넣을 거라고?" 그래서 고개를 들어 그를 봤더니, 그는 나를 쳐다보며 사악한 미소를 짓고 있었다.

난 뭐라고 말해야 좋을지 몰랐다. "어, 그냥 이야기잖아요." 내가 말했다.

"제 말이 그거예요." 그는 내가 동의하기라도 한 것처럼 말하더니, 살짝 경례를 했다. "잘 가요, 찰리. 같이 있어줘서 고마워요, 간식도요." 그러더니 그는 서쪽, 리틀 에이트 쪽으로 걸어갔다.

그는 다음 주에 보자는 말은 하지 않았지만, 다음 주 토요일에 갔더니 그가 또 와서 이야기꾼 텐트 바깥에 서 있었고, 난 또 뱃속이 간질간질한 이상한 느낌이 들었다.

"괜찮으면 우리 이거 말고 걷는 거 어때요?" 날씨가 너무 더운데도, 너무 더워서 냉각복을 입어야 했는데도 불구하고 그가 말했다. 하지만 그는 여전히 똑같은 회색 셔츠와 바지 차림에 똑같은 회색 모자를 쓰고 있었고 전혀 더워 보이지 않았다. 마치 우리가 여기서 만날 약속이라도 한 것처럼, 미리 정한 계획이 있는데 지금 바꾸고 있는 것 같은 어조였다.

함께 걷다가 난 한 주 내내 궁금해서 물어보고 싶었던 질문이 생각났다. "셔틀버스 정류장에서 안 보이던데요." 내가 말했다.

"맞아요." 그가 말했다. "교대 근무시간이 바뀌었어요. 이젠 7시 반 셔틀을 타요."

"아." 내가 말했다. 그러고는 덧붙였다. "남편도 7시 반 셔틀을 타요."

"정말요." 데이비드가 말했다. "어디서 일하는데요?"

"폰드에서요." 내가 말했다.

"아." 데이비드가 말했다. "전 팜에서 일해요."

혹시 아는 사이냐고 물을 필요도 없었다. 팜은 과학자가 수십 명, 기술자가 수백 명은 되는 도내 최대 규모 국가 프로젝트이고, 폰드 직원들은 폰드 안에만 고립되어 있어서 더 큰 곳에서 하는 사람과 만날 일이 거의 없으니까.

"전 브로멜리아드 전문가예요." 내가 묻지도 않았는데 데이비드가 말했다. 무슨 일을 하냐는 질문은 하지 않는 법이다. "그렇게 부르기는 하지만, 사실은 그냥 정원사예요." 이것도 흔한 일은 아니었다. 자기 일을 묘사하는 것도, 그 일을 실제보다 별것 아니라는 듯이 말하는 것도. "전 거기 있는 표본들 교잡을 돕는데, 대부분은 그냥 거기서 식물 관리를 해요." 그는 자기 일을 사실적으로, 쾌활하게 설명했지만, 갑자기 나는 그의 일을 옹호해줘야 할 것 같았다.

"그건 중요한 일이에요." 내가 말했다. "우리에겐 팜에서 얻을 수 있는 모든 연구가 필요해요."

"그렇겠죠." 그가 말했다. "제가 직접 실제 연구를 하는 건 아니지만. 그래도 전 식물을 좋아해요. 바보같이 들리겠지만."

"저도 분홍이들이 좋아요." 나는 말했고, 말을 하면서 그게 사실이라는 것을 깨달았다. 난 분홍이들이 진짜 좋다. 분홍이들은 너무 연약하고 그 생은 너무 짧다. 형태도 갖춰지지 않은 가엾은 것들. 죽고 찢기고 검사당하기 위해 만들어지고, 그러고 나면 소각당하고 잊히는 존재들.

"분홍이들요?" 그가 물었다. "그게 뭔데요?"

그래서 내가 하는 일을 조금 설명하고 분홍이들을 어떻게 준비하는지, 제 시각에 분홍이들을 가져다주지 않으면 과학자들이 얼마나 짜증을 내는지 말해줬더니, 그는 웃음을 터뜨렸고 그러자 나는 당황했다. 과학자들은 아주 중요한 일을 하는데, 내가 과학자들에 대해 불평한다거나 조롱하고 있다고 생각할까 봐 걱정돼서 그렇게 말했다. "아뇨, 당신이 과학자들을 헐뜯는다고 생각하는 거 아니에요." 그가 말했다. "그냥—그 사람들은 굉장히 중요한 사람들이지만, 사실 그 사람들도 사람이잖아요, 안 그래요? 그 사람들도 짜증도 내고 기분 나쁠 수도 있는 거죠. 우리와 마찬가지로." 난 한 번도 과학자들에 대해 그런 식으로, 같은 사람이라고 생각해본 적이 없었고, 그래서 아무 말도 하지 않았다.

"결혼한 지는 얼마나 됐어요?" 데이비드가 물었다.

그건 굉장히 주제넘은 질문이었고, 나는 잠시 뭐라고 해야 할지 몰랐다. "묻지 말 걸 그랬나봐요." 그가 나를 쳐다보며 말했다. "용서해줘요. 우리 고향에서는 사람들이 더 스스럼없이 이야기하거든요."

"아." 내가 말했다. "고향이 어딘데요?"

그는 남쪽에 있는 5도 출신이지만, 그곳 억양은 쓰지 않았다. 다른 도로 이동하는 사람들이 때로 있기는 하지만, 보통 특별하거나 수요가 있는 기술을 가진 사람들이었다. 그러자 데이비드가 사실은 말하는 것보다 더 중요한 사람이 아닐까 하는 생각이 들었다. 그렇다면 2도만이 아니라 여기 8구역에 있는 게 설명이 될 것이다.

"거의 6년 됐어요." 나는 대답했고, 다음에 무슨 질문이 나올 것인지 알기 때문에 이렇게 덧붙였다. "우린 불임이에요."

"안타까운 일이네요, 찰리." 그가 말했다. 그의 목소리는 상냥했지만 동정하지 않았고, 일부 사람들처럼 불임이 전염이라도 되는 것처럼 내게서 돌아서지도 않았다. "병이었어요?" 그가 물었다.

이것도 굉장히 주제넘은 질문이었지만, 난 그런 그에게 익숙해지고 있었던 데다가, 다른 사람이 그렇게 물었다면 충격받았겠지만 그다지 놀라지 않았다. "네, 70년에요." 내가 말했다.

"남편분은…… 같은 이유에요?"

"네." 사실이 아니었지만, 난 그렇게 대답했다. 그것으로 그 화제는 완전히 끝났다. 그건 사실 모르는 사람이나 그냥 지인, 아니 사실 누구와도 할 이야기가 아니었다. 국가는 불임에 붙는 낙인을 지우기 위해 노력했다. 불임 부부에게 집 임대를 거부하는 일은 이제 불법이지만, 우리 같은 사람들 대부분은 어쨌거나 모여 살았다. 그게 더 편하기 때문이다. 그러면 이상하게 보는 사람도 없고, 더욱이 다른 사람들의 아기와 아이들과 마주치면서 매일 자신의 부족함과 대면할 일도 없다. 예를 들어, 우리 건물에는 거의 불임 부부들만 살고 있다. 지난해 국가에서는 불임이 불임 아닌 사람과 결혼하는 것을 불법화했지만, 내가 아는 한 사실 그런 결혼을 하는 사람은 아무도 없었다. 아이를 가질 수 있다면 그런 식으로 인생을 망칠 이유가 없기 때문이다.

내가 뭔가 이상해 보였던 게 분명했다. 데이비드가 어깨를 건드리는 바람에 난 움찔하며 물러났지만, 그는 기분 나빠하는 것 같지 않았다. "제가 당황스런 소리를 했네요, 찰리." 그가 말했다. "미안해요. 꼬치꼬치 캐려던 건 아니었어요." 그가 한숨을 쉬었다. "그렇다고 당신이 나쁜 사람인 게 아니잖아요."

그러더니 내가 뭐라고 대답하기도 전에 그는 또 경례를 하면서 돌아섰다. "다음 주에 봐요." 그가 말했다.

"좋아요." 나는 그렇게 말한 다음, 그가 서쪽으로 걸어가서 시야에서 완전히 사라질 때까지 지켜봤다.

그 후 나는 토요일마다 데이비드를 만났고, 곧 4월이 왔고 심지어 더워지기까지 했다. 사실 너무 더워서 더 이상 산책을 할 수 없었다. 나는 이제부턴 어떻게 되는 건지 생각하지 않으려고 애썼다.

데이비드를 만나기 시작한 지 한 달쯤 된 어느 날 밤, 남편이 저녁 식사 도중 나를 보더니 말했다. "당신 좀 달라 보여."

"내가?" 나는 물었다. 전에 데이비드가 5도에서 보낸 어린 시절 이야기, 친구들과 피칸 나무에 올라가서 피칸을 너무 많이 따먹어서 배가 아팠다는 이야기를 해줬다. 법적으로 모든 과실 나무는 국가 소유였기 때문에, 견과를 따먹는 게 무섭지 않았냐고 내가 물었더니 그는 5도는 규제가 느슨하다고 말했다. "다들 2도만 신경 쓰거든요. 모든 돈과 힘이 다 거기서 나오니까." 그가 말했다. 그는 이런 이야기들을 아무나 들으라는 듯이 편안하게 했고, 내가 목소리를 낮추라고 하자 어리둥절한 표정을 지었다. "왜요?" 그가 물었다. "반역적인 이야기를 하는 것도 아닌데." 그래서 난 생각을 해봐야 했다. 아닌 게 맞다. 하지만 그런 이야기를 하는 그의 어투에서 왠지 그런 느낌이 들었다. "미안해." 나는 말했다.

"아냐." 남편이 말했다. "사과할 일 아니야. 그냥 당신이"— 여기서 남편은 나를 자세히, 아마 이제껏 그 언제보다 더 오래 바라봤고, 나는 불안해지기 시작했다—"건강해 보여서. 편안하고. 보

231

기 좋아."

"고마워." 마침내 내가 말하자, 다시 두부 패티를 향해 고개를 숙인 남편이 고개를 끄덕였다.

그날 밤, 침대에 누워 있다가 나는 남편이 자유 시간을 어떻게 보내는지 궁금해했던 게 몇 주 전이었다는 것을 깨달았다. 심지어 쪽지가 더 생겼는지 상자를 들여다볼 생각조차 하지 않았다. 그 생각이 들자 갑자기 베튠 스트리트의 그 집과 반쯤 열린 문 사이로 살짝 들어가던 남편, "오늘 밤은 늦었네"라고 말하던 남자 목소리가 생각났고, 난 그 생각을 떨치려고 대신 데이비드를, 미소 지으며 나더러 재미있는 사람이라고 말하던 데이비드 생각을 했다.

그날 밤늦게 나는 꿈을 꾸다 잠이 깼다. 꿈을 꾸는 일은 거의 없는데, 이번 꿈은 너무 생생해서 눈을 떴을 때 순간적으로 꿈과 현실을 구분하지 못하고 혼란스러울 정도였다. 데이비드와 함께 스퀘어를 가로질러 걸어가 스퀘어와 5번가가 만나는 북쪽 입구에 섰는데, 그가 내 어깨를 잡더니 키스했다. 안타깝게도 그게 어떤 감각이었는지 기억은 안 나지만, 기분이 좋았고 키스하는 게 좋았다는 것은 알고 있었다. 그 순간 잠에서 깼다.

다음 며칠 동안 나는 데이비드가 키스하는 꿈을 밤마다 계속 꿨다. 꿈속에서 나는 여러 가지 다른 감정을 느꼈다. 무서웠지만, 대체로 즐거웠고, 마음도 놓였다—난 한 번도 키스해본 적이 없었고, 앞으로도 그럴 것이라는 사실을 받아들이게 됐다. 하지만 이제 여기서 난 결국 키스받고 있었다.

키스하는 꿈이 시작되고 두 번째 토요일, 난 또다시 스퀘어에서 데이비드를 만났다. 이제 4월 셋째 주여서 참을 수 없을 정도로 날씨가 무더웠고, 데이비드마저 냉각복을 입기 시작했다. 냉각복은 효과가 있었지만, 너무 부풀려져 있어서 뒤뚱뒤뚱 걷게 되기 때문에 천천히 걸을 수밖에 없었다. 옷 부피가 커서이기도 하지만, 너무 무리하고 싶지 않기 때문이다.

스퀘어 주위를 두 바퀴째 돌면서 데이비드에게 5도에서 보낸 어린 시절 이야기를 더 듣고 있는데, 갑자기 남편이 우리쪽으로 오고 있는 게 보였다.

나는 걸음을 멈췄다. "찰리?" 데이비드가 나를 쳐다보며 물었다. 하지만 나는 대답하지 않았다.

그때쯤엔 남편도 나를 보고 우리 쪽으로 다가왔다. 그는 혼자 있었고, 마찬가지로 냉각복을 입고 있었다. 남편이 우리 쪽으로 걸어오며 손을 들어 인사했다.

"안녕하세요." 그가 가까이 와서 말했다.

"안녕하세요." 데이비드도 말했다.

내가 두 사람을 서로에게 소개하자, 둘 다 고개 숙여 인사했다. 그들은 날씨 이야기를 몇 마디 나눴다—많은 사람들이 그러듯이 전혀 힘들이지 않고 그렇게 했다. 그러고는 남편은 계속해서 가던 대로 북쪽으로 갔고, 데이비드와 나는 서쪽으로 갔다.

"남편분이 좋은 사람 같네요." 내가 아무 말도 하지 않았기 때문에, 결국 데이비드가 말했다.

"네." 내가 말했다. "좋은 사람이에요."

"중매결혼이었어요?"

"네, 할아버지가 만나게 해줬어요." 내가 말했다.

할아버지가 처음 결혼 이야기를 꺼냈던 때가 기억났다. 나는 스물한 살이었고, 아버지가 반역자로 선포되었기 때문에 그 전해에 대학을 그만둬야 했다. 아버지는 오래전에 사망했는데도 말이다. 그 무렵은 참 이상한 시기였다. 한 주는 폭도들이 우세하고 있다는 소문이 돌았다가, 그다음 주에는 국가가 반란자들을 진압했다는 보고가 나오곤 했다. 공식 뉴스는 국가의 승리를 장담했고, 할아버지는 그게 사실일 거라고 나를 안심시켜줬다. 하지만 할아버지는 또한 내 안전을 위해 나를 보살펴줄 사람이 있기를 바랐다. "하지만 할아버지가 있잖아요." 내가 말하자, 할아버지는 미소를 지었다. "그래." 할아버지가 말했다. "난 언제나 네 편이지, 아기 고양아. 하지만 난 영원히 살지는 못해. 그러니 내가 가고 없어도 오랫동안 언제나 너를 보호해줄 사람을 네게 주고 싶다."

할아버지가 죽는다는 이야기를 하는 게 싫었기 때문에 나는 아무 대답도 하지 않았지만, 다음 주 할아버지와 나는 결혼 중개인을 찾아갔다. 그땐 할아버지에게 아직 약간의 영향력이 남아 있어서, 할아버지가 선택한 결혼 중개인은 도내 최고 엘리트 중 하나였다. 그는 주로 14구역 주민의 결혼만 중매했지만, 특별히 할아버지를 만나주기로 했다.

결혼 중개인 사무소에서 할아버지와 내가 대기실에 앉아 있는데, 다른 문이 열리더니 키 크고 마르고 창백한 남자가 들어왔다. "박사님?" 그가 할아버지에게 물었다.

"네." 할아버지가 일어서며 말했다. "시간 내줘서 고마워요."

"당연하죠." 들어올 때부터 계속 나를 빤히 보고 있던 남자가 말했다. "이쪽이 손녀분이시군요?"

"네." 할아버지가 자랑스럽게 대답하며 나를 옆으로 끌어당겼다. "찰리에요."

"그렇군요." 남자가 말했다. "안녕하세요, 찰리."

"안녕하세요." 나는 속삭였다.

침묵이 흘렀다. "애가 수줍음을 좀 타요." 할아버지가 내 머리를 쓰다듬으며 말했다.

"그렇군요." 남자가 또 말했다. 그러더니 할아버지에게 말했다. "혼자 들어오셔서 이야기를 좀 할까요, 박사님?" 그는 나를 쳐다봤다. "여기서 기다리면 돼요, 아가씨."

나는 거기서 15분 정도 발뒤꿈치로 의자 다리를 툭툭 치며 앉아 있었다. 그건 내가 가진 나쁜 버릇이다. 그 방에는 볼 게 아무것도 없었다. 수수한 의자 네 개와 수수한 회색 카펫 하나뿐이었다. 하지만 그때 문 뒤에서 언성을 높이며 싸우는 소리가 들려서 나는 그쪽으로 가서 나무 문에 귀를 대고 들었다.

첫 번째 목소리는 그 남자 목소리였다. "대단히 죄송하지만, 박사님—대단히 *죄송하지만*—현실적이 되셔야 할 것 같습니다." 그가 말했다.

"그게 무슨 말입니까?" 할아버지가 물었고, 난 할아버지가 화내는 소리를 듣고 깜짝 놀랐다.

침묵이 흐르더니, 남자가 다시 말했다. 이번에는 좀 더 소리 낮춰 말해서 남자의 말을 듣기 위해서는 굉장히 집중해야 했다.

"박사님, 용서하십시오." 남자가 말했다. "하지만 손녀분은……."

"내 손녀가 뭐요?" 할아버지가 덥석 말을 잘랐고, 다시 침묵이 흘렀다.

"특별하죠." 남자가 말했다.

"맞습니다." 할아버지가 말했다. "그 아이는 특별해요, 굉장히 특별하기 때문에, 그 아이에게는 그 특별함을 이해하는 남편이 필요합니다."

그만하면 충분히 들었기 때문에 나는 다시 자리로 돌아가 앉았다. 몇 분 후 할아버지가 기운차게 걸어 나와 내가 나가도록 사무소 문을 열어줬고 우리는 밖으로 나갔다. 거리에 나와서는 둘 다 아무 말도 하지 않았다. 마침내 내가 물었다. "사람을 찾았어요?"

할아버지가 콧방귀를 뀌었다. "저 작자는 바보야." 할아버지가 말했다. "자기가 하는 일에 대해 아는 게 하나도 없어. 우린 딴 사람, 뭔가 다른 사람에게 갈 거다. 시간 낭비해서 미안하구나, 아기 고양아."

그 후 우리는 중개인을 둘 더 만났고, 그때마다 할아버지는 방에서 뛰쳐나와 나를 데리고 나갔고, 거리에 나오고 나면 중개인이 바보 천치라고 선언했다. 그러더니 둘 다 시간을 낭비할 필요는 없으니 나는 같이 오지 않아도 된다고 했다. 마침내 할아버지는 마음에 드는 중개인, 불임 중매를 전문으로 하는 사람을 찾았고, 어느 날 내게 결혼할 사람, 언제나 나를 돌봐줄 사람을 찾았다고 했다.

할아버지가 내 남편이 될 사람의 사진을 보여줬다. 사진 뒤에는 이름과 생년월일, 키, 몸무게, 인종 구성, 직업이 적혀 있었다. 카드는 불임들이 다 서류에 찍게 되어 있는 특수 도장으로 음각이 되어 있었고, 최소 한 명의 직계 가족이 반역자라는 사실을 알리는 도장도 찍혀 있었다. 보통 이런 카드에는 지원자 부모의 이름과 직업도 적혀 있지만, 여기는 빈칸으로 남아 있었다. 하지만 부모님이 반역자로 선포되었기는 해도, 그 남자는 영향력이나 힘이 있는 사람을 알거나 그런 사람이 친척인 것 같았다. 나처럼 강제 노동 수용소나 감옥, 유치장에 있지 않고 자유롭게 살고 있으니까.

사진 카드를 뒤집어 사람을 봤다. 그는 진지한 얼굴을 한 미남이었고, 머리는 짧고 단정하고 깔끔한 스타일이었다. 턱을 살짝 치켜들고 있어서 당찬 느낌이 들었다. 불임이거나 반역자와 연관된 사람들은 본인이 부끄럽거나 미안하다는 듯이 종종 시선을 깔고 있는데, 그는 그렇지 않았다.

"어떻게 생각하니?" 할아버지가 물었다.

"좋아요." 내가 대답하자, 할아버지는 만남을 주선하겠다고 말했다.

만남 후 우리 결혼 날짜는 1년 뒤로 잡혔다. 말했듯이, 블랙리스트에 올라가던 당시 남편은 대학원생이었는데 자기 사건을 항소해보려고 하고 있었다. 그 또한 누군가 남편을 돕고 있다는 뜻이다. 그래서 남편은 재판이 끝난 후로 결혼을 미루기를 요청했고, 할아버지도 동의했다.

결혼 약속 계약에 둘 다 서명하고 몇 달이 지난 어느 날, 같이

5번가를 걸어 내려가던 중 할아버지가 말했다. "세상에는 다양한 종류의 결혼들이 있단다, 아기 고양아."

나는 할아버지가 이야기를 계속하기를 기다렸고, 마침내 다시 입을 열었을 때 할아버지는 몇 마디 할 때마다 말을 끊으며 평소보다 굉장히 천천히 이야기했다.

"어떤 부부는," 할아버지가 시작했다. "서로에게 굉장히 매력을 느낀단다. 그들은 어…… 어…… 육체적으로 잘 맞아서 서로를 갈망하지. 무슨 말인지 알겠니?"

"섹스요." 내가 말했다. 몇 년 전 바로 할아버지가 내게 섹스에 대해 설명해줬었다.

"맞아." 할아버지가 말했다. "섹스야. 하지만 어떤 부부들 사이에는 그런 끌림이 없어. 네가 결혼할 남자는 말이다, 아기 고양아, 관심이…… 그러니까…… 음. 그냥 그 남자는 관심이 없다고 하자.

하지만 그렇다고 해서 네 결혼의 유효성이 조금이라도 떨어지는 건 아니야. 네 남편이 좋은 사람이 아니라거나, 네가 좋은 사람이 아닌 것도 아니고. 이걸 알았으면 한다, 아기 고양이야, 섹스는 결혼의 일부이긴 하지만 가끔일 뿐이야. 그게 결혼의 다는 아니야, 전혀. 네 남편은 늘 네게 잘해줄 거다, 그건 내가 약속하마. 내가 무슨 말 하려는지 알겠지?"

알 것 같았지만, 한편으로는 내가 생각하는 뜻이 할아버지가 결국 뜻하는 바는 아닐지도 모른다는 생각도 들었다.

"그런 거 같아요." 내가 말하자, 할아버지는 나를 보고 고개를 끄덕였다.

나중에, 내가 잠들기 전 와서 입맞춤을 해주면서 할아버지가 말했다. "네 남편은 늘 너한테 자상하게 대해줄 거다, 아기 고양아. 난 전혀 걱정 안 한다." 나는 고개를 끄덕였지만, 할아버지는 사실 걱정했던 것 같다. 결국에는 남편이 내게 자상하지 않게 대할 경우 취할 조치들에 대해 알려줬기 때문이다—그래도 앞서 말했다 시피 남편은 한 번도 그런 적 없다.

스퀘어에서 데이비드와 헤어진 후 나는 이런 생각들을 하며 집에 돌아왔다. 저녁 준비를 막 마쳤을 때, 남편이 돌아와 냉각복을 갈아입고 식탁을 차리고 물잔 두 개에 물을 따랐다.

아까 만난 후 남편을 보기가 좀 긴장됐지만, 저녁 식사는 평소와 다를 바 없어 보였다. 난 남편이 토요일에 어디 가는지 모르고, 그냥 보통 하루 종일 나가 있지는 않는다는 정도밖에 모른다. 남편은 아침에는 식료품점에 가고, 일요일에는 함께 집안일을 한다. 세탁일에는 세탁을 하고 청소를 한 다음 둘 다 공동 정원에 가서 할당된 일을 하는데, 같은 시간에 하지는 않는다.

그날 저녁은 남은 두부로 만든 차가운 수프였는데, 식사 도중 남편이 고개도 들지 않고 말했다. "오늘 데이비드 만나서 반가웠어."

"아." 내가 말했다. "응, 좋았어."

"어떻게 만난 사람이야?"

"이야기판에서. 그 사람이 옆자리에 앉았거든."

"언제?"

"7주 전쯤."

그는 고개를 끄덕였다. "어디서 일해?"

"팜에서." 내가 말했다. "식물 기술자야."

그가 나를 쳐다봤다. "어디 산대?" 그가 물었다.

"리틀 에이트." 내가 말했다. "그전에는 5도에서."

남편은 냅킨을 입에 갖다 댔다가 의자에 기대앉아 천장을 올려다봤다. 할 말을 생각하고 있는 것 같았다. 그러더니 말했다. "같이 뭘 해?"

나는 어깨를 으쓱했다. "이야기꾼한테 가." 그렇게 시작했지만, 이야기꾼에게 가지 않은 지 적어도 한 달은 됐다. "스퀘어 주위를 걷기도 하고. 5도에서 자라던 시절 이야기를 해줘."

"그러면 당신은 그 사람한테 무슨 이야기를 해?"

"아무것도." 그 말을 하면서 나는 그게 사실이라는 것을 깨달았다. 나는 이야기할 거리가 없었다―데이비드에게도, 남편에게도.

남편은 한숨을 쉬더니 손으로 눈을 가렸다. 피곤할 때 하는 행동이다. "코브라." 그가 말했다. "당신이 조심했으면 좋겠어. 당신한테 친구가 있어서 좋아, 정말이야. 하지만 당신은―당신은 이 사람을 거의 알지도 못하잖아. 난 그냥 당신이 좀 경계했으면 좋겠어." 남편의 목소리는 언제나처럼 똑같이 상냥했지만, 나를 똑바로 쳐다보고 있어서 결국 내가 눈을 피했다. "그 사람이 국가에서 보낸 사람일 수도 있다는 생각 안 해봤어?"

나는 아무 말도 하지 않았다. 속에서 뭔가가 치밀어오르고 있었다. "코브라?" 남편이 부드럽게 물었다.

"왜냐하면 아무도 나랑은 친구가 되고 싶지 않을 테니까. 그런 뜻이야?" 내가 물었다. 이제껏 나는 한 번도 남편에게 목소리를 높여본 적도, 화낸 적도 없었기 때문에, 그는 놀란 얼굴로 입을 살짝 벌렸다.

"아냐." 그가 말했다. "내 말은 그게 아니야. 난 그냥." 그는 이렇게 시작했다. 그러더니 다시 시작했다. "당신 할아버지께 당신을 늘 잘 보살피겠다고 약속했어." 그가 말했다.

잠시 나는 그대로 앉아 있었다. 그리고는 자리에서 일어나 식탁을 떠나 우리 방에 가서 문을 닫고 내 침대에 누웠다. 침묵이 흘렀고, 남편이 의자를 뒤로 미는 소리, 설거지하는 소리, 라디오 소리가 들리더니, 내가 자는 척하고 있는 우리 방에 들어오는 소리가 들렸다. 침대에 앉는 소리가 나서 나한테 말을 걸지도 모른다고 생각했지만, 그는 그러지 않았고 곧 잠든 숨소리가 들려왔다.

당연히 사실 나도 데이비드가 국가 정보원일지도 모른다는 생각을 했다. 하지만 만약 그렇다면 아주 형편없는 정보원이 분명하다. 정보원들은 조용하고 눈에 띄지 않는데, 그는 조용하지도, 눈에 안 띄지도 않기 때문이다. 그것 또한 의도가 아닐까 하는 생각도 했었다. 정보원으로서 적합하지 않기 때문에 오히려 그럴 가능성이 높을 수도 있다고. 정보원들의 이상한 점은 너무 조용하고 눈에 띄지 않기 때문에 그 사람들이 누군지 보통 알아볼 수 있다는 것이다. 아무래도 즉시는 아니겠지만, 결국에는 알아보게 된다. 그 사람들에게는 할아버지가 냉혹함이라고 불렀던, 티 나는 어떤 느낌이 있다. 하지만 결국 데이비드가 정보원이 아니라고 확신하게 된 이유는 바로 나였다. 누가 나한테 관심을 가지겠나? 나한테 무슨 비밀이 있다고? 우리 할아버지와 아버지가 누군지는 모르는 사람이 없다. 어떻게 죽었는지도 다 알고 있다. 두 사람의 죄명이 무엇이며, 할아버지 경우 비록 너무 늦긴 했지만 그 판결이 어떻게 뒤집혔는지도 다 안다. 내가 저지른 잘못이라고는 며칠 밤 남편을 미행했던 일밖에 없는데, 그건 결코 정보원이 붙을 만한 범죄 행위라고는 볼 수 없다.

하지만 데이비드가 정보원일 리가 없다면, 왜 나와 함께 시간을 보내는 걸까? 난 절대 사람들이 함께 있고 싶어 하는 사람이 아니었다. 병에서 회복된 후, 할아버지는 나를 데리고 내 또래 아이들이 다니는 활동, 수업에 갔었다. 교실을 빙 둘러싸고 놓은 의자에 부모들이 앉아 있고, 아이들이 놀고 있었다. 하지만 몇 번 다닌 후 우리는 그만뒀다. 난 그래도 괜찮았다. 난 늘 할아버지랑 같이 놀고 이야기하고 함께 있을 수 있었으니까—그렇게 못하게 될 때까지는.

그날 밤 남편의 숨소리를 듣고 남편이 했던 이야기에 대해 생각하며 누워 있다보니, 사실 내가 내 생각과 다른 사람일 수도 있지 않을까 하는 의문이 들었다. 내가 둔하고 재미없고 종종 사람들을 이해하지도 못하는 사람이라는 것은 알고 있다. 하지만 어쩌면 나도 모르는 새 내가 어찌어찌 변했을 수도 있지 않나. 어쩌면 난 내가 생각하는 사람이 아닐지도 모른다.

나는 일어나서 화장실로 갔다. 세면대 위에 조그만 거울이 있는데, 각도를 잘 맞추면 전신을 볼 수 있었다. 나는 옷을 벗고 내 몸을 봤고, 그러자 내가 전혀 변하지 않았다는 것을 깨달았다. 난 여전히 땅딸한 다리, 숱 없는 머리, 조그만 눈을 가진 똑같은 사람이었다. 달라진 것은 아무것도 없었다. 나는 익히 알던 나 자신이었다.

나는 옷을 입고 불을 끈 다음 우리 침실로 돌아왔다. 그러자 굉장히 기분이 안 좋았다. 남편 말이 맞았기 때문이다―데이비드가 나랑 이야기하는 것은 뭔가 수상한 일이었다. 난 아무것도 아닌 사람이고, 그는 아니니까.

넌 아무것도 아닌 사람이 아니야, 아기 고양아, 할아버지라면 이렇게 말했을 것이다. *넌 내 손녀야.*

하지만 이상한 건 이것이다. 데이비드가 무슨 이유로 나와 친구가 되고 싶어 하건 난 상관없었다. 난 그저 데이비드가 계속 내 친구로 있었으면 했다. 데이비드가 무슨 이유로 그러건 간에 상관없다고 난 결정했다. 또, 더 빨리 잠들수록 더 빨리 일요일이, 그다음에는 월요일이, 화요일이 오고, 그렇게 하루하루가 갈수록, 데이비드를 다시 만날 시간이 가까워진다는 것도 깨달았다. 그렇게 생각하자 난 눈을 감았고 마침내 잠이 들었다.

연구실에서 일어나는 일에 대해 한동안 이야기하지 않았다.

사실 데이비드와의 우정에 너무 정신이 팔린 나머지 박사 과정생들의 이야기를 엿들을 시간도, 흥미도 예전 같지 않았다. 한편으로는 예전처럼 몰래 엿들어야 할 필요도 없었다. 무슨 일이 벌어지고 있다는 게 분명했고, 그래서는 안 되지만 과학자들도 공공연히 이야기하기 시작했기 때문이다. 물론 자세한 사항을 알기 힘들었지만—사실 들어도 이해할 수 없었을 것이다—새로운 병이 등장했으며 굉장히 치명적일 것으로 추정되는 듯했다. 하지만 내가 아는 것은 이게 다다. 바이러스가 남미 어딘가에서 발견되었다는 것, 과학자들 대부분이 그 바이러스가 공기로 전파되고, 아마도 출혈성이며, 분비액을 통해서도 전파된다고 의심하고 있다는 것. 그건 최악이며 싸울 준비도 덜 갖춰진 병이다. 수많은 연구와 돈과 예방책이 호흡기 질병 쪽에 들어갔기 때문이다. 하지만 그밖에는 아는 게 없다. 과학자들도 그 이상은 모른다는 생각이 든다. 과학자들도 그 바이러스의 전염성이 얼마나 강한지, 잠복기가 얼마나 되는지, 사망률이 어느 정도인지 몰랐다. 사망자가 몇 명이나 되는지조차 아직은 모르는 것 같다. 남미에서 시작되었다는 것도 좋지 않은 소식이다. 왜냐하면 역사적으로 남미는 자기들이 하는 연구와 감염병에 대해 가장 비협조적인 지역이어서, 지난번에 병이 발생했을 때는 협조하지 않을 경우 심한 제재 조치를 취하겠다고 베이징에서 위협까지 해야 했다.

이렇게 말하면 놀랍겠지만, 그럼에도 불구하고 연구실 분위기는 좋았다. 과학자들은 집중할 일이 생기면 좋아했고, 초반의 걱정은 흥분으로 바뀌었다. 이 바이러스는 젊은 과학자 대부분이 접하는 최초의 주요 감염병이었다. 박사 과정생 다수는 내 또래여서 나와 마찬가지로 70년 사태를 거의 기억하지 못했고, 여행 금지 조치 이후로 사실 감염병 횟수는 전반적으로 줄어들었다. 겉으로는 다들 이게 고립된 경우이고 그 지역에서만 빨리 종식되기를 바란다고 말했지만, 나중에는 자기들끼리 속닥거리고 때로는 살짝 미소를 짓기도 했다. 그건 나이 든 과학자들이 늘 젊은이들은 직업적 차원에서 팬데믹을 실제로 겪어본 적이 없어서 무능하다는 소리를 늘어놓기 때문이라는 것을 나는 알고 있다. 그런데 이제 그들에게도 그럴 가능성이 생긴 것이다.

나도 겁먹지 않았다. 내 일상은 전과 다를 바 없었다. 연구실이야 병이 심각한 것으로 결론이 나건 아니건 늘 분홍이들이 필요하니까.

하지만 내가 이렇게 차분한 또 다른 이유는 친구가 있기 때문이다. 10여 년 전 국가에서 주민들에게 친구들 이름을 지역 센터에 등록하게 하는 법을 제정했지만, 그 법은 금세 철회됐다. 할아버지마저 말도 안 되는 생각이라고 했다. "왜 그러려는지는 안다." 할아버지는 말했다. "사람들은 친구가 있으면 덜 한가하고, 따라서 골치도 덜 썩이거든." 이제 나까지도 그게 사실이라는 것을 알게 됐다. 난 어느새 데이비드에게 이야기해줄 거리를 관찰하고 모으고 있었다. 물론 연구실에서 벌어지는 일들은 절대 말하지 않겠지만, 가끔은 그런 이야기를 한다면 어떤 대화를 나눌까 상상해보려고 애썼다. 처음에는 데이비드가 어떻게 생각할지 알 수 없었기 때문에 힘들었다. 그러다 데이비드는 보통 평범한 사람들과는 정반대로 말한다는 것을 깨닫게 됐다. 자, 만약 내가 "연구실 사람들이 새 질병 때문에 걱정하고 있어요"라고 말하면, 평범한 사람은 "상황이 안 좋아요?"라고 물을 것이다. 하지만 데이비드는, 예를 들어, "그 사람들이 걱정하는지 어떻게 알아요?" 같이 뭔가 다른 말, 굉장히 다른 말을 할 테고, 그러면 나는 그 대답에 대해

245

열심히 생각을 해봐야 하는 것이다. 사람들이 걱정하는지 내가 어떻게 알았지? 이런 생각을 하고 있으면, 데이비드를 만나지 않는 날에도 그와 이야기하고 있는 것 같았다.

하지만 어떤 관찰들은 이야기할 수 있고, 실제로 이야기했다. 예를 들어, 퇴근길 셔틀에서 본 경찰견. 경찰견들은 보통 조용하고 훈련이 잘되어 있는데, 그 경찰견은 펄쩍펄쩍 뛰면서 짖고 앞에 나비라도 날아다니는 것처럼 꼬리를 흔들어댔다. 아니면 박사 과정생 벨이 딸을 낳고 우리 층 모든 연구실에 진짜 레몬과 진짜 설탕으로 만든 쿠키 상자를 수십 개 돌려서 심지어 나까지 하나 받았던 것. 아니면 머리 두 개에 다리 여섯 개가 달린 분홍이를 봤던 것. 예전 같으면 이런 이야기들을 모아뒀다가 저녁 먹으면서 남편에게 했을 것이다. 하지만 이제 내 머릿속은 온통 데이비드의 반응에 대한 생각뿐이어서, 뭔가를 보고 있는 순간부터 이 이야기를 들을 때 데이비드가 어떤 표정을 지을까 하는 생각부터 미리 하곤 했다.

다음 토요일에 만났을 때는 냉각복을 입었는데도 너무 더워서 거의 걸을 수가 없었다. "이제부터 뭘 할지 알아요?" 데이비드가 천천히 서쪽으로 걸어가면서 물었다. "대신 센터에서 만나요—연주회에 가면 되죠."

나는 생각해봤다. "그럼 이야기를 못 하잖아요." 내가 말했다.

"음, 그건 맞아요." 그가 말했다. "연주회 중에는 못해요. 하지만 그러고 나서 트랙을 돌면서 하면 되잖아요." 센터에는 실내 트랙이 있어서 에어컨이 켜진 실내에서 빙빙 돌며 걸을 수 있었다.

내가 아무 말도 하지 않자, 그가 나를 쳐다봤다. "센터에 자주 가요?"

"네." 난 거짓말을 했다. 하지만―너무 무서워서 안에 들어갈 수 없다는―진실은 말하고 싶지 않았다. "할아버지가 더 자주 가면," 나는 말했다. "좋아질 거라고 늘 말했어요."

"전에도 할아버지 이야기한 적 있죠." 데이비드가 말했다. "어떤 분이셨어요?"

"좋은 분이세요." 나는 조금 있다가 말했지만, 이게 할아버지를 적절히 묘사할 방법은 아닌 것 같았다. "절 사랑해줬어요." 나는 마침내 말했다. "절 보살펴줬어요. 같이 놀이를 했어요."

"어떤 거요?"

대답하려는 순간, 할아버지와 내가 하던 놀이들―가상으로 대화를 하거나, 내가 길에서 스쳐 지나간 사람을 묘사하는 것―은 우리 말고 다른 사람들에게는 놀이처럼 보이지 않을 것이라는 생각이, 그런 것들을 놀이라고 부르면 내가 이상한 사람처럼 보일 것이라는 생각이 문득 들었다. 그런 걸 놀이라고 생각했다는 게, 그런 놀이가 필요했다는 게 이상하게 보일 것이다. 그래서 대신 이렇게 대답했다. "공놀이, 카드놀이, 뭐 그런 거요." 난 그런 게 흔한 놀이라는 것을 알고 있었고, 그런 대답을 생각해낸 나 자신이 기특했다.

"좋은 이야기네요." 데이비드가 말했고, 우리는 조금 더 걸었다. "할아버지도 연구실 기술자였어요, 당신처럼?" 그가 물었다.

그건 사실 보기보다 이상한 질문이 아니었다. 내게 아이가 있다면, 탁월하게 머리가 좋아서 어린 나이부터, 예컨대, 과학자가 될 진로를 밟는다면 모를까, 그 아이도 연구실 기술자나 그 비슷한 급이 되었을 것이다. 하지만 할아버지 시절에는 되고 싶은 것을 선택하고, 그 길을 따라가서 그런 사람이 될 수 있었다.

또한 그때 나는 데이비드가 할아버지가 누군지 모른다는 것을 깨달았다. 할아버지가 누군지 다들 알던 시절도 있었지만, 이제는 정부와 과학계에서 일하는 사람들만 할아버지의 이름을 알았다. 하지만 데이비드에게는 내 성을 말하지 않았다. 그에게 할아버지는 그냥 내 할아버지에 불과했다.

"네." 내가 말했다. "할아버지도 연구실 기술자였어요."

"그분도 록펠러에서 일하셨어요?"

"네." 내가 말했다. 그건 사실이니까.

"어떻게 생기셨어요?" 그가 물었다.

이상한 말이지만, 할아버지 생각을 굉장히 많이 하는데도 할아버지 모습은 점점 더 희미해진다. 더 생생히 기억나는 것은 할아버지의 목소리, 냄새, 날 안아줄 때의 느낌이다. 내 마음속에서 가장 자주 보는 할아버지의 모습은 연단으로 끌려갈 때의 모습, 군중 속에서 나를 찾던 모습, 야유하며 구경하는 수백 명의 군중들을 눈으로 훑으며 내 이름을 부르던 할아버지 머리에 사형집행인이 검정색 두건을 씌우던 모습이다.

하지만 물론 그런 이야기는 할 수 없었다. "할아버지는 키가 컸어요." 그렇게 시작했다. "말랐고요. 피부색은 저보다 검었어요. 머리는 하얗게 새고 짧고—" 여기서 나는 머뭇거렸다. 더 이상 무슨 말을 더해야 할지 정말 생각이 나지 않았다.

"멋진 옷을 입으셨어요?" 데이비드가 물었다. "우리 외할아버지는 멋진 옷 입는 걸 좋아하셨어요."

"아뇨." 나는 대답했지만, 그 순간 내가 어렸을 때 할아버지가 끼던 반지가 생각났다. 굉장히 고색창연한 금반지였는데 한쪽에는 진주가 달려 있었고 그 거미발 옆에 달린 조그만 걸쇠를 누르면 진주가 딸깍 열리면서 조그만 칸막이 공간이 나타났다. 할아버지는 그 반지를 왼손 새끼손가락에 꼈는데, 진주를 늘 손바닥을 향해 안쪽으로 돌려놓고 있었다. 그러다가 어느 날부터 할아버지 손에서 반지가 없어졌고, 내가 왜 안 끼냐고 묻자 할아버지는 관찰력이 예리하다고 칭찬해줬다. "그런데 반지는 어디 있어요?" 내가 대답을 요구하자 할아버지는 미소 지었다. "요정에게 값을 치러야 했단다." 할아버지가 말했다. "무슨 요정요?" 내가 물었다. "네가 아팠을 때 널 돌봐줬던 요정이지." 할아버지가 말했다. "널 돌봐주면 원하는 건 뭐든 주겠다고 했더니 요정이 그러겠다고 했거든. 하지만 그 대가로 내 반지를 줘야 했어." 그때는 병이 나은지 몇 년이 지났을 때였고 요정 같은 것은 존재하지 않는다는 것도 알고 있었지만, 반지에 대해 물을 때마다 할아버지가 그냥 미소를 지으며 똑같은 이야기만 되풀이하기에 나도 더 이상 묻지 않았다.

하지만 이 또한 데이비드에게 할 수 있는 이야기는 아니었고, 어쨌거나 그도 친할아버지, 5도라고 불리기 이전 5도에서 농사를 지었던 친할아버지 이야기를 하기 시작했다. 데이비드의 친할아버지는 돼지와 소, 염소를 키우고 복숭아나무 100그루를 가지고 있어서, 어린 시절 할아버지 집에 가면 복숭아를 원도 없이 먹었다고 했다. "이런 말하기 부끄럽지만, 어렸을 때는 복숭아를 싫어했어요." 그가 말했다. "너무 많았거든요. 할머니는 복숭아로 파이와 케이크, 빵을 굽고, 또 잼과 과일 가죽—아, 그건 복숭아를 얇게 썰어서 햇빛에 말리면 육포처럼 질겨지는 거예요—과 아이스크림을 만들었죠. 그런데 그건 우리랑 이웃들이 그해 말까지 먹을 만큼 수도 없는 병조림을 만들고 나서 하는 일이거든요." 하지만 그 후 농장은 국유재산이 되었고, 할아버지는 농장주인에서 농장 일꾼이 되었고, 복숭아나무들을 자르고 그 자리에 더 영양가 높고 따라서 더 효율적인 작물인 콩을 재배했다. 과거 이야기, 하물며 정부의 소유권 주장에 대해 데이비드처럼 거리낌 없이 이야기하는 것은 현명하지 못한 처사였지만, 데이비드는 복숭아 이야기를 할 때와 다를 바 없는 가볍고 편안하고 사실적인 어조로 이야기했다. 과거 이야기를 하면 사람들이 화가 나거나 슬퍼지기 때문에 억누르는 거라고 예전에 할아버지가 말한 적 있다. 하지만 데이비드의 목소리에서는 분노도, 슬픔도 느껴지지 않았다. 마치 자기가 아니라 다른 사람, 거의 알지도 못하는 사람에게 일어난 일을 묘사하고 있는 것 같았다.

"물론 이제는 복숭아가 먹고 싶어 죽을 지경이에요." 그는 쾌활하게 말했다. 우리가 매주 만나고 헤어지는 스퀘어 북쪽에 거의 다왔다. "다음 주에 봐요, 찰리." 그가 떠나며 말했다. "센터에서 뭐 하고 싶은지 생각해봐요."

집에 돌아오자 나는 옷장 안 상자를 꺼내 내가 가진 할아버지 사진들을 봤다. 첫 번째 사진은 의대 재학 시절 찍은 사진이다. 할아버지는 웃고 있고, 머리는 길고 검은 곱슬머리다. 두 번째 사진 속에서 할아버지는 아장아장 걷는 아기 때 아버지와 나와 유전적으로 연결된 다른 할아버지와 함께 서 있다. 내 머릿속에서 아버지는 할아버지와 닮았는데, 이 사진을 보니 아버지는 사실 다른 할아버지를 닮았다. 둘 다 할아버지보다 피부색이 옅고, 예전의 나처럼 머리카락이 검은 직모다. 세 번째, 내가 가장 좋아하는 사진 속 할아버지는 내가 기억하는 할아버지다. 할아버지는 아주 환하게 미소를 지으며 조그맣고 마른 아기를 안고 있다. 그 아기가 나다. "찰스와 찰리." 누가 사진 뒤에 이렇게 써뒀다. "2064년 9월 12일."

데이비드를 만난 이후로 어쩐지 할아버지를 더 많이, 또 더 적게 생각하게 됐다. 예전만큼 머릿속에서 할아버지에게 많은 이야기는 하지 않아도 됐지만, 한편으로는 할아버지와 더 많이 이야기하고 싶었다. 대부분 데이비드에 대한 이야기, 그리고 친구를 가진 기분에 대해서도 이야기하고 싶다. 할아버지가 데이비드를 어떻게 생각했을지 궁금했다. 할아버지도 남편 생각에 동의할지 궁금했다.

데이비드가 할아버지를 어떻게 생각했을지도 궁금하다. 데이비드는 할아버지가 누군지 모르며 그에게 할아버지는 그저 내가 사랑했지만 이제는 죽은 친척일 뿐이라고 생각하니 이상했다. 말했듯이, 직장 사람들은 할아버지가 누군지 다 알고 있다. 록펠러 대학 건물 옥상에는 할아버지의 이름을 딴 온실이 있고, 할아버지 이름을 딴 법까지 있다. 과거에는 검역 수용소라고 불렸던 재배치 센터의 적법성을 확립한 그리피스 조례다.

하지만 얼마 전만 해도 많은 사람들이 할아버지를 미워했다. 지금도 미워하는 사람들이 있겠지만, 그런 사람들 이야기는 이제 더 이상 들리지 않는다. 그런 증오심을 처음 알게 된 것은 내가 열한 살 때, 공민학 수업시간이었다. 우리는 50년도 병의 여파로 새로운 정부의 형태가 잡히기 시작했고, 그리하여 56년도 병이 발생했을 무렵에는 대비가 더 잘 되어 있었고, 62년도에는 새 정부가 설립되었다는 사실을 배우고 있었다. 70년도 병을 막는 데 도움이 된 고안품 중 하나가 재배치 센터였는데, 원래는 서부와 중서부에만 있었지만 69년에는 모든 자치체마다 다 있었다. "이 수용소들은 우리 과학자와 의사들에게 매우 중요해졌어요." 선생님이 말했다. "수용소들의 초기, 원래 이름을 아는 사람?"

아이들이 대답을 외치기 시작했다. 하트 마운틴. 로워. 미니도카. 제롬. 포스톤. 길라 리버.

"네, 네." 선생님은 이름이 나올 때마다 말했다. "네, 맞아요. 이 수용소들을 누가 만들었는지 아는 사람?"

아무도 몰랐다. 그러자 베테스다 선생님은 나를 쳐다봤다. "찰리 할아버지였어요." 선생님이 말했다. "찰스 그리피스 박사. 그분이 수용소 고안자 중 하나였죠."

모두 고개를 돌려 나를 쳐다봤고, 나는 당황해서 얼굴이 달아올랐다. 나는 선생님을 좋아했다—선생님은 늘 내게 친절했다. 놀이터에서 다른 아이들이 웃으면서 내게서 달아나면, 선생님은 늘 내게 와서 교실에 가서 오후 수업 미술 준비물 나눠주는 걸 도와주겠냐고 물었다. 나는 고개를 들었고 선생님도 평소와 다름없이 나를 마주봤지만, 뭔가 이상했다. 선생님이 내게 화가 난 듯한 느낌이 들었지만, 이유는 알 수 없었다.

그날 밤 저녁을 먹으면서 할아버지에게 할아버지가 수용소를 고안한 사람이냐고 물었다. 할아버지는 나를 쳐다보더니 손을 흔들었고, 그러자 내게 우유를 따라주고 있던 하인이 우유병을 내려놓고 방에서 나갔다. "왜 그런 질문을 하니, 아기 고양아?" 할아버지는 하인이 문을 닫고 나간 후에 물었다.

"공민학 수업시간에 배웠어요." 내가 말했다. "선생님께서 할아버지가 수용소를 고안한 사람 중 하나라고 말했어요."

"그랬구나." 할아버지가 말했다. 할아버지 목소리는 평소와 똑같았지만, 나는 할아버지의 왼손이 주먹을 쥐고 있는 것을 봤다. 어찌나 꽉 쥐었는지 손이 부들부들 떨리고 있었다. 그 순간 할아버지는 내가 보고 있는 것을 눈치채고 손을 펴서 손바닥을 식탁 위에 반듯하게 올려놓았다. "그 외에는 뭐라고 하셨니?"

나는 할아버지에게 베데스다 선생님이 센터들이 더 많은 죽음을 막았다고 말했다고 설명했고, 할아버지는 천천히 고개를 끄떡였다. 할아버지는 잠시 말이 없었고, 나는 벽난로 위 선반에 놓인 시계가 똑딱거리는 소리를 들었다.

마침내 할아버지가 말했다. "수년 전, 수용소에 반대하는 사람들이 있었지. 그 사람들은 수용소가 지어지는 것을 싫어했고, 내가 수용소를 지지했기 때문에 날 나쁜 사람이라고 생각했단다." 내가 놀란 표정을 지었는지, 할아버지가 고개를 끄떡였다. "맞아."

할아버지가 말했다. "그 사람들은 수용소를 짓는 게 우리를—우리 모두를—건강하고 안전하게 지키기 위해서라는 것을 이해하지 못했어. 결국 사람들은 수용소가 필요하다는 걸, 수용소를 지어야 한다는 것을 이해하게 됐지. 왜인지 아니?"

"네." 내가 말했다. 그것도 공민학 시간에 배웠다. "그건 환자들이 한 곳에 있어야 한다는 뜻이니까요. 그래야 건강한 사람들도 병에 안 걸리거든요."

"맞다." 할아버지가 말했다.

"그렇다면 왜 사람들이 싫어했던 거죠?" 내가 물었다.

할아버지는 천장을 올려다봤다. 내 질문에 대답할 방법을 생각할 때 할아버지가 하는 행동이었다. "설명하기 어렵지만," 할아버지가 천천히 말했다. "한 가지 이유는, 그 당시에는 가족 전체가 아니라 감염된 사람만 데려갔거든. 일부 사람들은 가족들을 떼어 놓는 게 잔인하다고 생각했어."

"아." 내가 말했다. 나는 생각해봤다. "저도 할아버지와 떨어져 있고 싶지 않을 것 같아요, 할아버지." 그렇게 말하자, 할아버지는 미소 지었다.

"나도 너랑 절대 떨어지지 않을 거야, 아기 고양아." 할아버지가 말했다. "그래서 정책이 바뀐 거지. 그래서 이젠 가족 전체가 센터에 함께 간단다."

센터에서 어떤 일이 벌어지는지는 이미 알고 있었기 때문에 물을 필요가 없었다. 죽는 거다. 하지만 적어도 깨끗하고 안전하고 시설이 잘 갖춰져 있는 곳에서 죽었다—거기에는 아이들이 다니는 학교도 있고 어른들이 하는 스포츠도 있고, 병이 심해지면 반짝반짝하고 하얀 센터 병원으로 보내지고 거기서 죽을 때까지 의사와 간호사들의 보살핌을 받았다. 나는 텔레비전에서 센터 사진들을 봤고, 교과서에도 사진들이 실려 있었다. 하트 마운틴 센터 사진을 본 적 있는데, 웃고 있는 젊은 여자가 역시 웃고 있는 어린 여자아이를 안고 있고 그 뒤로는 그들의 오두막집과 집 앞에 심은 사과나무가 보였다. 여자와 여자아이 옆에는 의사가 서 있었는데, 보호복을 완전히 차려입고 있긴 해도 의사 역시 웃고 있는 게 보였고, 의사는 여자의 어깨에 손을 올리고 있었다. 본인의 안전을 위해 센터에 있는 사람들을 방문할 수는 없었지만, 환자는 원하는 사람을 다 데려갈 수 있어서, 때로는 어머니와 아버지, 아이들, 조부모, 숙모와 삼촌, 사촌 들까지 대가족 전체가 다 함께 가기도 했다. 처음에는 센터에 가는 게 자발적이었다. 그러다 의무가 되면서 논쟁이 벌어졌다. 할아버지는 그게 아무리 다른 시민들을 위한 일이라고 해도 사람들은 이래라저래라 지시받는 것을 좋아하지 않기 때문이라고 했다.

물론 그때쯤—2075년의 일이었다—에는 팬데믹이 거의 종식되었기 때문에 센터에 있는 사람들도 줄었다. 나는 가끔 교과서에 실린 그 사진을 보면서 나도 저런 센터에서 살면 좋겠다고 생각했다. 내가 병에 걸리거나 할아버지가 병에 걸리기를 바란 게 아니라, 사과나무와 넓은 초록 들판이 있는 그곳이 너무 좋아 보였기 때문이었다. 하지만 우리가 그곳에 갈 일은 절대 없었다. 허가를 못 받아서가 아니라 여기서 할아버지를 필요로 했기 때문이었다.

그래서 내가 아팠을 때도 센터에 가지 않았다—할아버지는 연구실 가까이 있어야 했는데, 가장 가까운 센터마저 맨해튼에서 북쪽으로 수마일 떨어진 데이비즈 섬이어서 너무 불편했기 때문이다.

"또 질문 있니?" 할아버지가 미소 지으며 물었다.

"아뇨." 내가 대답했다.

그날은 금요일이었다. 다음 주 월요일 학교에 갔더니, 선생님이 교실 앞에 서 있는 게 아니라 다른 사람, 콧수염이 있는 작고 새카만 남자가 있었다. "베데스다 선생님은 어디 계세요?" 누군가 물었다.

"베데스다 선생님은 이제 이 학교에 없어요." 그 남자가 말했다. "제가 여러분의 새 선생님입니다."

"선생님 아파요?" 다른 학생이 물었다.

"아뇨." 새 선생님이 말했다. "하지만 이젠 여기 안 계십니다."

왜인지는 모르겠지만, 난 베데스다 선생님이 사라진 사실을 할아버지에게 말하지 않았다. 그 후로 베데스다 선생님을 다시는 보지 못했는데도 절대 말하지 않았다. 나중에 나는 센터들이 교과서 속 사진과는 다를 수도 있다는 것을 알게 됐다. 두 번째 반란이 시작되던 2088년의 일이었다. 그다음 해, 반란자들은 완전히 진압됐고, 할아버지의 이름은 오명을 벗고 지위도 회복됐다. 하지만 그때는 이미 너무 늦었다. 할아버지는 죽었고, 나는 남편과 홀로 남겨졌다.

지난 몇 년 동안 나는 가끔 재배치 센터에 대해 생각했다. 어느 이야기가 맞는 걸까? 할아버지가 사형당하기 전 몇 달 동안 사람들은 센터에서 찍었다는 사진들을 확대해서 들고 우리 집앞에서 항의 행진을 했다. "보지 마라." 드물게 집에서 나가는 날이면 할아버지는 내게 말했다. "보지 마, 아기 고양아." 하지만 난 가끔 봤고, 그 사진 속 사람들은 너무 엉망진창이어서 심지어 더 이상 인간처럼 보이지도 않았다.

하지만 난 할아버지가 나쁜 사람이라는 생각은 한 번도 하지 않았다. 할아버지는 필요한 일을 한 것이다. 그리고 내 평생 나를 돌봐주었다. 할아버지보다 내게 더 자상하게 대해준 사람, 나를 더 사랑해준 사람은 아무도 없었다. 아버지가 할아버지와 의견이 달랐다는 것을 나는 알고 있었다. 그 사실을 어떻게 알게 되었는지는 기억나지 않지만, 어쨌거나 알았다. 아버지는 할아버지가 처벌받기를 바랐다. 내 아버지가 자기 아버지의 감옥행을 바랐다는 것을 알게 되는 것은 이상한 일이었다. 하지만 그렇다고 해서 내 감정이 바뀌지는 않았다. 아버지는 내가 어릴 때 날 떠났다—할아버지는 절대 그러지 않았다. 자기 아이를 버리는 사람이 최대한 많은 사람들을 살리기 위해 노력했던 사람보다 어떻게 조금이라도 더 나은 사람일 수 있는지 나는 모르겠다. 비록 그 과정에서 실수를 저질렀다 하더라도 말이다.

그다음 토요일, 나는 여느 때처럼 스퀘어에서 데이비드를 만났고, 그는 또다시 센터에 가자고 제안했다. 이제는 너무 더웠기 때문에 이번에는 나도 동의했다. 우리는 냉각복에 무리가 가지 않도록 북쪽으로 여덟 블록 반을 천천히 걷기 시작했다.

데이비드는 우리가 연주회에 간다고 했지만, 표를 사고 나서 보니 방 앞에는 단 한 명의 연주자밖에 없었다. 첼로를 든 검은 피부의 젊은 남자였다. 사람들이 다 자리에 앉자, 그는 고개 숙여 인사한 다음 연주하기 시작했다.

한 번도 첼로 음악을 굉장히 좋아한다고 생각해본 적 없었는데, 연주회가 끝나자 연주회 후에 실내 트랙을 걷기로 약속하지 않았더라면 좋았을 거라는 생각이 들었다. 그냥 집에 가고 싶었다. 그 음악을 듣자 왠지 어린 시절 할아버지 서재 라디오에서 나왔던 음악이 생각났고, 할아버지가 너무 보고 싶어서 목이 메었다.

"찰리?" 데이비드가 걱정스러운 표정으로 물었다. "괜찮아요?"

"네." 나는 대답하고, 겨우 자리에서 일어나 방에서 나왔다. 다른 사람들, 심지어 첼로 연주자도 이미 다 나가고 없었다.

실내 트랙 끝에서 한 남자가 시원한 과일 음료를 팔고 있었다. 우리 둘 다 그 남자를 봤다가 서로를 쳐다봤다. 상대방이 음료를 살 수 있는 상황인지 몰랐기 때문이다.

"괜찮아요." 내가 마침내 말했다. "전 살 수 있어요."

그가 미소 지었다. "저도요." 그가 말했다.

우리는 음료를 사서 트랙을 돌며 조금씩 마셨다. 트랙에는 열두어 명밖에 없었다. 우리는 여전히 냉각복을 입고 있었지만—일단 냉각복을 입으면 계속 입고 있는 게 더 편하다—공기는 뺀 상태였고, 평소처럼 움직이니 기분이 좋았다.

한동안 우리는 아무 말 없이 걸었다. 그러다 데이비드가 말했다. "다른 나라에 갈 수 있으면 좋겠다는 생각해본 적 있어요?"

"그건 허가되지 않는 일이에요." 내가 말했다.

"금지라는 거 알아요." 그가 말했다. "하지만 그런 소망 가져본 적 없어요?"

데이비드의 이상한 질문들, 불법까지는 아니지만 최소 무례한 질문들, 논의는 고사하고 생각해본 적도 없는 주제들에 대해 늘 물어보는 데이비드의 버릇이 갑자기 피곤하게 느껴졌다. 허가되지 않는 일을 바라는 게 무슨 소용인가? 아무것도 바꾸지 않을 일을 바라는 게? 몇 달 동안 나는 매일매일 할아버지가 돌아오기를 바랐다—솔직히 말해서 아직도 여전히 바란다. 하지만 할아버지는 절대 돌아오지 않을 것이다. 그런 건 바라지 않는 게 더 낫다. 바라봤자 불행해질 뿐이고, 난 불행하지 않았다.

옛날에 대학에 다니던 시절, 우리 과 여학생 하나가 인터넷에 접속하는 방법을 알아냈다. 굉장히 힘든 일이었지만 그 친구는 굉장히 똑똑했고, 다른 여학생 몇 명도 그게 어떤 것인지 보고 싶어 했지만 나는 보고 싶지 않았다. 너무 어렸을 때라 기억은 안 났지만, 물론 나도 인터넷이 무엇인지는 알고 있었다. 인터넷이 불법이 되었을 때 난 고작 세 살이었다. 인터넷이 하는 일이 정확히 뭔지 이해도 못 했다. 십대 시절 언젠가 할아버지에게 인터넷에 대해 설명해달라고 했더니, 할아버지는 한참 동안 아무 말이 없다가 마침 내 인터넷은 아주 먼 곳에 있는 사람들끼리 연락할 수 있는 방법 이라고 했다. "문제는," 할아버지는 말했다. "사람들이 종종 인터 넷으로 나쁜 정보—사실이 아닌 것들, 무서운 것들—를 교환할 수 있었다는 거야. 그런 일이 벌어졌을 때, 그 결과는 심각했지." 인터넷이 금지된 후 세상이 더 안전해졌다고 할아버지는 말했다. 모두가 동시에 같은 정보를 받았고, 그것은 혼란이 벌어질 가능성이 적어졌다는 것을 뜻했기 때문이다. 내가 보기에 괜찮은 이유 같았다. 나중에 인터넷을 본 여학생 넷이 사라졌을 때, 사람들은 대부분 국가에서 그 학생들을 잡아갔을 거라고 생각했다. 하지만 나는 할아버지가 한 말을 떠올렸고, 인터넷에서 위험한 정보를 가진 사람들이 그 애들에게 접근했고 그래서 뭔가 나쁜 일이 벌어진 게 아닐까 생각했다. 핵심은, 내가 절대 갈 수 없을 곳에 가거나 절대 할 수 없을 일들을 하면 어떨까 하고 궁금해 하는 게 아무 소용없다는 것이다. 나는 인터넷을 찾아보려는 생각을 하지 않았고, 다른 나라에 가볼 생각도 하지 않았다. 어떤 사람들은 그렇지만, 난 아니었다.

"별로요." 나는 말했다.

"하지만 다른 나라는 어떤지 보고 싶지 않아요?" 데이비드가 물었고, 이젠 심지어 그도 목소리를 낮추었다. "어쩌면 다른 곳에서는 상황이 나을 수도 있잖아요."

"어떻게 나아요?" 나는 나도 모르게 물었다.

"뭐, 많은 면에서 나은 거죠." 그가 말했다. "어쩌면 다른 곳에서는 우리가, 예를 들어, 다른 직업을 가질 수도 있잖아요."

"전 제 일이 좋아요." 내가 말했다.

"알아요." 그가 말했다. "저도 제 일이 좋아요. 그냥 생각나는 대로 말해본 것뿐이에요."

하지만 나는 다른 나라에서는 뭐가 어떻게 다를 수 있다는 것인지 알 수가 없었다. 모든 곳이 병으로 파괴되었다. 모든 곳이 마찬가지다.

하지만 내 나이였을 때 할아버지는 여러 나라를 여행했다. 그 시절에는 돈만 있으면 원하는 나라는 어디든 갈 수 있었다. 그래서 할아버지는 대학을 졸업한 후 비행기를 탔고 일본에 내렸다. 그리고 일본에서부터 서쪽으로 여행했다. 한국을 거치고 중화인민공화국을 지나 인도로 내려왔다가 터키와 그리스, 이탈리아, 독일, 저지대 국가들, 벨기에, 네덜란드, 룩셈부르크로 넘어갔다. 몇 달 동안 영국에서 대학 시절 친구의 친구들 집에 머물다가 다시 길을 떠났다. 아프리카 한쪽 해안을 따라 내려갔다가 반대쪽 해안을 따라 올라와서, 남미 한쪽 해안을 따라 내려왔다가 반대쪽 해안을 따라 올라왔다. 호주와 뉴질랜드에 갔고, 캐나다와 러시아에 갔다. 인도에서는 낙타를 타고 사막을 건넜고, 일본에서는 산꼭대기에 올랐고, 그리스에서는 하늘보다 더 푸른색 바다에서 헤엄쳤다. 할아버지에게 왜 그냥 고향에 있지 않았냐고 물었더니, 할아버지는 고향은 너무 작았다고 했다—할아버지는 다른 사람들이 어떻게 사는지, 무엇을 먹는지, 무엇을 입는지, 인생을 어떻게 살고 싶어 하는지 알고 싶었다.

"난 아주 조그만 섬 출신이었어." 할아버지는 말했다. "난 사방에 다른 사람들이 있다는 것을 알고 있었어. 그냥 섬에 있으면 절대 볼 수 없을 일들을 하면서 말이야. 그래서 난 떠나야만 했단다."

"그 사람들이 하는 일들이 더 좋았어요?" 나는 물었다.

"더 좋지는 않았어." 할아버지가 대답했다. "하지만 달랐지. 더 많은 것을 볼수록, 떠나왔던 곳으로 돌아갈 수 없다는 생각이 점점 더 많이 들었어." 집 안 곳곳에 설치된 도청 장치가 우리 대화를 분명히 듣지 못하도록 할아버지가 라디오를 켜둬서 음악이 나오고 있었지만, 그래도 우리는 속삭이며 이야기했다.

하지만 결국 나머지 세상이 더 나았던 게 틀림없다. 왜냐하면 호주에서 할아버지는 하와이에서 온 다른 사람을 만났고, 두 사람은 사랑에 빠져 하와이로 돌아왔고, 아들, 내 아버지가 생겼기 때문이다. 그리고 두 사람은 미국으로 갔고, 다시는 고향에 돌아와 살지 않았다. 50년도 병 이전에조차. 그러고 나서는 모든 게 너무 늦어버렸다. 하와이에 있는 사람들은 다 죽어버렸고, 그 시점에는 세 사람 모두 미국 시민이었다. 그러고 나서 67년 법이 제정된 후에는 어쨌거나 누구도 이 나라를 떠날 수 없게 됐다. 다른 곳들을 기억하는 사람들은 나이 많은 사람들뿐이었고, 그들은 그 시절 이야기를 하지 않았다.

트랙을 열 바퀴 돌고 나서 우리는 나가기로 했다. 하지만 바깥으로 나가는데, 둔탁한 쿵 하는 소리가 들리더니 곧 트럭 한 대가 서서히 모습을 드러냈다. 트럭 적재함에 세 사람이 무릎을 꿇고 있었다. 세 사람은 긴 흰 가운을 입고 머리를 완전히 가리는, 엄청나게 더울 것 같은 검정 두건을 쓰고 있어서 남자인지 여자인지 알 수 없었다. 그들의 손은 앞쪽으로 묶여 있었고, 냉각복 차림에 반사경 헬멧을 쓴 경비 두 명이 뒤에 서 있었다. 드럼 소리를 배경으로 같은 말을 반복하는 목소리가 스피커에서 나왔다. "목요일 18시. 목요일 18시." 이런 식의 의식은 죄수가 반역죄를 지었을 때만, 또한 보통 죄수가 높은 지위의 인물이며 아마도 심지어 공무원일 때만 공지된다. 보통 공무원들이 이런 식의 벌을 받을 때는 다음 이유에서다. 국외로 떠나려다가 발각되는 경우—이는 불법이다—혹은 누군가를 국내로 밀입국시키려고 하는 경우다—이는 안전하지 않으며 불법인데, 왜냐하면 그랬다가는 외국의 미생물이 들어올 수도 있고, 아니면 사용이나 소지가 금지된 기술을 이용하여 승인되지 않은 정보를 퍼뜨리려고 하기 때문이다. 그들은 트럭에 실린 채 모든 구역을 다 돌았고, 사람들은 그 광경을 구경하고 원하면 야유를 퍼부어도 된다. 하지만 난 그러지 않았고 데이비드도 그러지 않았다. 그래도 트럭이 우리 앞을 지나갈 때까지 둘 다 그 자리에 서서 지켜보다가 7번가에서 남쪽으로 꺾어서 걸어갔다.

하지만 트럭이 사라진 후, 뭔가 이상한 일이 있었다. 데이비드를 쳐다봤는데, 그가 입을 살짝 벌린 채 트럭 뒤를 물끄러미 바라보고 있었다. 눈에 눈물이 고여 있었다.

그건 놀랍고도 굉장히 위험한 일이었다—죄인에게 일말의 동정심이라도 보였다가는 인간 표정을 해석하도록 프로그램된 플라이에게 들킬 수 있다. 내가 소리 죽여 재빨리 그의 이름을 부르자, 그는 눈을 껌벅거리더니 나를 돌아봤다. 나는 주위를 둘러봤다. 아무도 우리를 본 것 같지 않았다. 하지만 만약의 경우를 생각해서 계속 움직이는 게, 정상처럼 보이는 게 최고였기 때문에 나는 다시 6번가를 향해 동쪽으로 걷기 시작했고 잠시 후 그도 나를 따라왔다. 데이비드에게 무슨 말이라도 하고 싶었지만, 뭐라고 해야 할지 몰랐다. 나는 겁에 질렸지만 이유를 몰랐고, 그렇게 이상하게 행동한 데이비드에게 화도 났다.

13번 스트리트를 건너는데, 그가 나지막이 내게 말했다. "끔찍해요."

맞는 말이지만—그건 끔찍하다—그런 일은 늘 일어난다. 나도 트럭들이 지나가는 것을 보는 게 싫다. 의식을 보는 것도, 라디오에서 듣는 것도 싫다. 하지만 그게 세상이 돌아가는 방식이다—잘못을 저지르면 처벌을 받으며, 그것을 바꿀 수 있는 방도는 없다. 잘못도, 처벌도.

하지만 데이비드는 그런 트럭을 한 번도 본 적 없는 사람처럼 굴고 있었다. 정면을 똑바로 응시하기는 했지만, 말없이 입술을 씹었다. 우리가 같이 산책할 때는 보통 헬멧을 쓰지 않았는데, 지금 그는 가방에서 헬멧을 꺼내어 썼고, 나는 다행이라고 생각했다. 공공장소에서 감정을 드러내는 것은 일반적이지 않은 일이어서, 그런 모습을 보였다가는 사람들의 관심이 쏠릴 수 있기 때문이다.

스퀘어 북쪽 끝에서 우리는 걸음을 멈췄다. 그곳은 우리가 보통 헤어지는 장소였고, 그는 거기서 왼쪽으로 돌아서 리틀 에이트로, 나는 오른쪽으로 돌아 집으로 갔다. 우리는 한동안 말없이 거기 서 있었다. 헤어지는 것은 전혀 어색하지 않았다. 데이비드가 늘 뭐라고 말한 다음 손을 흔들어 인사하고 갔기 때문이다. 하지만 지금 그는 아무 말도 하지 않았고, 헬멧 스크린 너머로 아직 그의 기분이 좋지 않다는 것을 알 수 있었다.

그러자 아무리 데이비드가 무분별한 행동을 했다 해도 내가 너무 짜증을 낸 것 같아서 기분이 좋지 않았다. 그는 내 친구이고, 친구란 당황스러운 상황에서도 서로를 이해하는 법이다. 난 데이비드를 이해해주지 않았고, 그런 죄책감 때문에 난 이상한 짓을 했다. 팔을 뻗어 데이비드를 껴안은 것이다.

쉽지 않은 일이었다. 우리 냉각복은 최대한으로 부풀려진 상태여서, 사실 나는 데이비드를 포옹했다기보다 등을 가볍게 두드리는 정도밖에 할 수 없었다. 그러면서 나는 나도 모르게 이상한 상상을 하고 있었다. 우리가 부부고, 데이비드가 내 남편이라고. 사람들은 보통 누군가에게, 심지어 배우자라고 해도, 공공장소에서 애정을 표현하지 않았지만, 그렇다고 그게 눈살을 찌푸릴 일은 아니었다. 그냥 흔하지 않은 일일 뿐이다. 하지만 한 번은 작별하며 키스하는 부부를 본 적 있다. 여자는 자기 집 건물 문간에 서 있었고, 기술자인 남자는 출근하는 길이었다. 여자는 임신 중이었고, 키스한 뒤 남자가 여자의 배에 손바닥을 갖다 댔고, 두 사람은 서로를 바라보며 미소 지었다. 나는 셔틀에 타고 있었는데, 두 사람을 계속 보기 위해 앉은 자리에서 고개를 돌렸고, 남자가 모자를 쓰고 여전히 미소를 띤 채 걸어가는 것을 봤다. 나는 데이비드가 내 남편이고, 우리는 그런 부부, 참을 수 없기 때문에 공공장소에서 포옹하는 그런 부부, 애정이 넘친 나머지 말로는 다 할 수 없어서 몸짓으로 표현해야만 하는 그런 부부라고 상상했다.

그런 생각에 빠져 있다가 문득 나는 데이비드가 내 포옹에 화답하고 있지 않다는 것을 깨달았다. 내 팔 아래에서 그는 뻣뻣하게 가만히 있었고, 난 갑자기 팔을 빼며 뒤로 물러났다.

이제는 내가 굉장히 당황했다. 얼굴이 화끈 달아올라서 나는 허둥지둥 헬멧을 썼다. 너무 바보 같은 짓을 저질렀다. 날 바보로 만들었다. 이 자리를 벗어나야 했다.

"잘 가요." 나는 그렇게 말하고 걷기 시작했다.

"기다려요." 그가 조금 있다 말했다. "기다려요, 찰리. 기다려요."

하지만 난 못 들은 척하며 계속 걸어갔다. 뒤도 돌아보지 않았다. 위험을 무릅쓰고 스퀘어 안으로 들어가 약초상들 구역에 서서 데이비드가 떠났다는 것을 확신할 수 있을 때까지 기다렸다. 그러고는 돌아서서 집으로 걸어갔다. 안전한 아파트 안에 들어오자 나는 헬멧과 냉각복을 벗었다. 남편은 집에 없었고, 나는 혼자였다.

갑자기 몹시 화가 났다. 나는 화내는 사람이 아니다—심지어 어릴 때도 성질을 부리거나, 소리를 지르거나, 뭔가를 요구한 적이 한 번도 없었다. 난 할아버지를 위해 최대한 착하게 굴려고 노력했다. 하지만 지금은 뭔가 때리고 싶었다, 뭔가 해치고 싶었다, 뭔가 부수고 싶었다. 하지만 집에는 때리거나 해치거나 부술 물건도, 사람도 없었다. 접시는 플라스틱이었고, 믹싱볼은 실리콘이고, 냄비는 철제였다. 그러자 어린 시절 생각이 났다. 난 화를 내는 아이는 아니었지만 가끔 좌절하고 실망할 때면 끙끙대고 날뛰며 스스로를 할퀴곤 해서 할아버지가 진정시키려고 꼭 안아주곤 했다. 그래서 이제 나는 내 침대에 가서 모든 게 너무 압도적이고 버거울 때 하라고 할아버지가 가르쳐준 방법을 썼다. 침대에 엎드린 채 얼굴을 베개에 묻고 머리가 어지러울 정도로 심호흡을 하는 것이다.

그러고 나서 나는 다시 일어났다. 아파트에 있을 수가 없었다—참을 수가 없었다. 그래서 나는 다시 냉각복을 입고 바깥으로 나갔다.

이제 늦은 오후여서 더위가 아주 살짝 덜해지고 있었다. 나는 스퀘어 주위를 걷기 시작했다. 몇 주를 데이비드와 함께 걷다가 혼자 걸으니 기분이 이상했고, 어쩌면 그런 기분 때문에 나는 스퀘어 주변을 걷는 대신 서쪽 편에서 스퀘어 안으로 들어갔다. 스퀘어에 있는 물건들 중 필요하거나 원하는 것은 아무것도 없었지만, 나는 아무 목적도 없으면서 어느새 남쪽 구역을 향해 걸어가고 있었다.

이유는 알 수 없지만, 스퀘어 이쪽 사분면은 부적절한 곳으로 명성을 떨치고 있었다. 어쩌다 그렇게 되었는지는 아무도 몰랐다. 말했듯이, 남동쪽은 대체로 목수들이 차지하고 있는데, 시끄러운 톱과 망치 소리가 너무 신경 쓰이지만 않는다면 사실 있기 괜찮은 곳이었다—상쾌하고 톡 쏘는 나무 냄새를 맡으며 서서 목수들이 의자나 식탁, 두레박 같은 것을 만들거나 고치는 모습을 지켜볼 수 있고, 목수들도 다른 일부 상인들과는 달리 쉬잇 하며 구경꾼들을 쫓아내지 않았다. 그렇지만 어떤 이유에서인지 내가 전에 말한 사람들, 허가증도, 노점도 없으면서 스퀘어를 차지하고 있는 사람들, 어떻게 물어봐야 할지조차 모르는 문제들을 해결해줄 수도 있을 사람들을 찾는 사람들은 이곳으로 왔다. 어쩌다 이렇게 되었는지 들은 가설이 하나 있지만, 말은 되지 않았다. 스퀘어의 남동쪽 부분은 과거에 대학도서관이었던 근처 높은 벽돌 건물 가장 가까이에 위치하고 있다. 대학이 폐쇄된 후, 그 건물은 한동안 감옥으로 사용되었고, 이제는 8구역이 포함된 섬 남쪽 구역들 중 네 구역의 기록을 보관하는 장소다. 이 지역에 사는 모든 주민들의 출생과 사망기록뿐만 아니라 모든 서류와 문서가 이곳에 보관되어 있다. 건물 전면은 모두 유리여서 안을 들여다보면 층층이 쌓인 서류상자들이 보이고, 거리와 같은 층에 자리한 로비에는 창문 없는 가로세로 10피트 크기의 검정 입방체가 있는데 그 안에 필요한 서류를 다 찾아주는 기록 보관인이 앉아 있다. 물론 기록 보관실에는 공무원들만 들어갈 수 있고, 최고 보안 등급을 가진 공무원만 접근이 가능하다. 검정 입방체 안에는 늘 누군가 앉아 있고, 기록 보관소는 언제나 불이 켜져 있는 몇 안 되는 건물 중 하나로, 전기 낭비를 막기 위해 불을 켜는 게 금지된 시간에도 불을 끄지 않는다. 스퀘어의 남동쪽 구석이 기록 보관소와 가장 가까운 거리에 있다는 사실이 거기서 벌어지는 불법적인 일들과 무슨 상관이 있는지 전혀 이해가 되지 않았지만, 사람들은 다 그렇게 이야기했다. 공공건물 코앞에서 불법 행위를 할 거라고는 국가에서 절대 생각하지 않을 테니 그 근처에서 위험한 일들을 하는 게 더 쉽다고 말이다.

앞서 말했듯이, 내가 말한 이 사람들에게는 영구적인 자리나 노점이 없기 때문에, 당신이 이런저런 위치에 간다고 해서 그 사람들을 찾을 수 있는 게 아니다—그 대신 그 사람들이 당신을 찾아야 했다. 당신은 그냥 노점상들 사이를 천천히 돌아다니고 있으면 된다. 고개를 들지도, 주위를 둘러보지도 않는다. 그냥 고개를 숙이고 바닥에 덮인 대패밥만 바라보며 걷다보면, 마침내 누군가 다가와 질문을 한다. 질문은 보통 그저 두세 마디이고, 그게 옳은 질문이 아니라면 그냥 계속 걸으면 된다. 옳은 질문이면, 고개를 든다. 나는 한 번도 해본 적 없지만, 예전에 목수 근처에 서 있다가 그런 일이 벌어지는 광경을 본 적 있다. 젊고 예쁜 백인 여자 하나가 뒷짐을 진 채 굉장히 천천히 걷고 있었다. 머리에는 녹색 스카프를 두르고 있었는데, 숱 많은 턱선 길이의 빨간 머리 일부가 스카프 아래로 살짝 빠져나와 있었다. 여자가 3분 정도 원을 그리며 걷고 있는데, 첫 번째 사람, 키 작고 마른 중년 남자가 다가오더니 내게는 들리지 않게 뭐라고 말했다. 하지만 여자는 아무 소리도 안 들은 것처럼 계속 걸었고, 그도 다른 곳으로 걸어갔다. 1분 후 또 한 사람이 여자에게 접근했지만, 그래도 그녀는 계속 걸었다. 다섯 번째로 한 여자가 그 젊은 여자에게 다가가자, 이번에는 젊은 여자가 고개를 들더니 그 여자를 따라갔고, 여자는 스퀘어 동쪽 끄트머리에 쳐진 조그만 방수포 텐트로 젊은 여자를 데려가서 텐트 한쪽 구석을 젖히고 플라이가 있는지 주위를 둘러본 다음 젊은 여자를 들여보내고 자기도 살짝 들어갔다.

그날 왜 남동쪽 사분면을 걷기 시작했는지 모르겠다. 나는 내 발에만 시선을 고정시킨 채 톱밥을 헤치고 걸었다. 몇 분이 지나자 역시나 누군가 나를 따라왔다. 그러더니 "누구 찾아요?"라고 묻는 굉장히 낮은 남자 목소리가 들렸다. 하지만 나는 계속해서 걸었고, 곧 그 남자도 다른 쪽으로 걸어갔다.

얼마 지나지 않아 다른 남자의 발이 내게 다가오는 게 보였다. "병?" 남자가 물었다. "약?" 하지만 나는 계속 걸었다.

한동안 아무 일도 일어나지 않았다. 나는 더 천천히 걸었다. 그러자 어떤 여자의 발이 내 쪽으로 다가왔다. 발 크기가 작았기 때문에 여자발이라는 것을 알 수 있었다. 그 발이 내 바로 앞까지 오더니 속삭이는 목소리가 들렸다. "사랑?"

고개를 들어보니 전에 봤던 그 여자, 동쪽 끄트머리에 텐트를 가진 여자였다. "같이 가요." 그녀가 말했고, 나는 그녀를 따라 그쪽으로 갔다. 난 내가 무슨 짓을 하고 있는지 생각하지 않았다. 아무 생각도 하지 않았다. 지금 벌어지고 있는 일은 내가 하는 일이 아니라 내가 보고 있는 일 같았다. 텐트 앞에서 여자는—그 젊은 여자를 위해 했던 것처럼—플라이가 있는지 하늘을 쓱 살펴본 다음 들어오라고 내게 손짓했다.

텐트 안은 숨 막히게 더웠다. 안에는 자물쇠를 채워둔 거친 나무 상자 하나와 지저분한 면 방석 두 개가 있었는데, 여자가 방석 하나를 깔고 앉았고, 내가 나머지 하나에 앉았다.

"헬멧 벗어요." 여자의 말에 나는 헬멧을 벗었다. 그녀는 헬멧을 쓰지 않고 스카프를 입과 코에 두르고 있었는데, 스카프를 벗자 뺨 왼쪽 아래쪽이 병에 먹힌 게 보였다. 생각했던 것보다 젊은 여자였다.

"당신 전에 본 적 있어요." 여자의 말에 나는 그녀를 빤히 바라봤다. "맞아요." 여자가 말했다. "남편이랑 스퀘어 주위를 걷고 있었죠. 잘생긴 남자요. 그런데 남편이 당신을 사랑하지 않아요?"

"아뇨." 나는 정신을 차리고 말했다. "그 사람은 내 남편이 아니에요. 그 사람은 제―그 사람은 제 친구예요."

"아." 그녀가 말했고, 얼굴에서 긴장이 풀렸다. "이해해요. 그 남자가 당신을 사랑하게 만들고 싶은 거군요."

잠시 나는 말을 할 수 없었다. 그게 내가 바라던 걸까? 그래서 여기 온 것일까? 하지만 그건 불가능한 일이다―난 내가 절대 사랑받을 수 없다는 것을, 사람들이 이야기하는 식의 사랑은 받을 수 없다는 것을 알고 있었다. 내가 절대 사랑할 수 없으리라는 것도 알고 있었다. 그건 내 몫이 아니었다. 내 감정을 아는 것은 너무 어려운 일이었다. 다른 사람들은 "난 행복해"라거나 "난 슬퍼"라거나 "당신이 보고 싶어"라거나 "당신을 사랑해"라고 말할 수 있지만, 난 그런 말을 어떻게 해야 하는지 결코 알지 못했다. "사랑해, 아기 고양아." 할아버지는 말하곤 했지만, 내가 할아버지에게 그렇게 답하는 일은 극히 드물었다. 그게 무슨 뜻인지 몰랐기 때문이다. 내가 느낀 감정들―무슨 말로 그 감정들을 표현할 수 있을까? 남편에게 온 쪽지들을 읽었을 때 감정, 남편이 베튠 스트리트 집에 들어가는 것을 지켜볼 때의 감정, 남편이 목요일 밤늦게 돌아오는 소리를 들을 때의 감정, 침대에 누운 채 언젠가는 남편이 나를 만지거나 키스할까 생각하다가 그런 일은 절대 없으리라는 것을 알 때의 감정―그건 무슨 감정들일까? 그 이름은 무엇일까? 그리고 데이비드. 스퀘어 북쪽에 서서 그가 내 쪽으로 오며 손을 흔드는 것을 볼 때의 감정은? 함께 시간을 보내고 헤어진 후 그가 걸어가는 것을 볼 때의 감정은? 다음 날이면 데이비드를 만나게 될 금요일 밤의 감정은? 데이비드를 포옹하려고 했다가 그의 얼굴을 봤을 때, 그 혼란스러운 표정과 내게서 몸을 빼던 그를 봤을 때의 감정은? 그건 무슨 감정들이었을까? 그건 다 같은 감정이었을까? 그게 다 사랑이었을까? 결국 나도 사랑을 느낄 수 있었던 걸까? 늘 내겐 불가능한 감정이라고 생각했던 게 사실은 늘 알고 있었던 감정이었던 것일까?

갑자기 덜컥 겁이 났다. 여기 온 것은 경솔하고 위험한 행동이었다. 상식을 잊어버린 행동이었다. "가야겠어요." 나는 일어서며 말했다. "미안해요. 안녕히 계세요."

"기다려요." 여자가 나를 불렀다. "줄 게 있어요. 가루에요. 음료수에 몰래 타면, 닷새 뒤에……."

하지만 난 여자의 말을 더 이상 듣지 않기 위해, 괜히 들었다가 혹하는 마음이 들까 봐 재빨리 하지만 플라이의 주목을 끌 정도로 빠르지는 않게 이미 방수포 텐트 밖으로 나가고 있었다.

나는 동쪽 입구를 통해 스퀘어 밖으로 나왔다. 몇백 야드만 더 가면 안전한 내 아파트에 돌아갈 테고, 집에 가면 이 모든 일이 없었던 척 할 수 있다. 데이비드를 아예 만나지 않은 척 할 수 있다. 다시 예전의 나로 돌아갈 것이다. 유부녀, 연구실 기술자, 지금 그대로의 세상을 받아들이는 사람, 그 외의 뭔가를 바라는 것은 소용없는 일이라는 것을 아는 사람으로. 내가 할 수 있는 일은 아무것도 없기 때문이다. 그러니 시도조차 하지 않는 게 최고다.

#6

30년 전 봄

피터에게

2064년 3월 2일

이야기하기 전에 먼저, 축하해! 너무나 마땅한 승진이야. 하지만 더 높이 올라갈수록 직함이 덜 거창하고 더 알 수 없어지는 게 의미심장하다. 그리고 대중적으로는 덜 알려지고. 물론 그건 중요하지 않아. 전에 같이 이런 이야기한 적 있는데, 너도 요즘 나처럼 유령 같은 기분이 들어? 대부분의 사람들에게 닫힌 (벽은 아니라도) 문을 통과할 수 있지만, 절대 보이지 않는 존재. 마주칠 일은 거의 없지만 존재는 알려진 두려움과 공포의 대상. 실제 사람이라기보다 추상 개념 같은 존재. 이렇게 유령처럼 존재하는 것을 좋아하는 사람들도 있다는 것을 알아. 나도 한때는 그랬지.

뭐, 여하튼. 그래, 물어봐줘서 고맙다, 오늘 진짜 마지막 서류 작업을 했고, 오브리의 집은 공식적으로 너대니얼의 집이 됐어. 너대니얼은 언젠가 이 집을 데이비드에게 물려줄 테고, 데이비드도 언젠가는 또 다른 사람에게 이 집을 물려주게 될 거야. 그 이야기를 할게.

이 집에 산 지 이제 몇 년이 됐는데도, 너대니얼은 결코 이 집을 자기 집이라 부르지도 않고, 그렇게 생각하지도 않아. 이 집은 언제나 "오브리와 노리스의 집"이었고, 그 후에는 "오브리의 집"이었지. 오브리 장례식 때조차 너대니얼은 사람들에게 "오브리 집에 와서 다과"를 드시라고 말했고, 결국 내가 그 집은 이제 오브리 집이 아니라 그의 집이라고 알려줘야 했어. 그는 전형적인 표정으로 나를 슬쩍 쳐다봤지만, 나중에는 "그 집"이라고 말하더라. 오브리의 집도, 그의 집도, 누구의 집도 아니라 우리를 받아주기로 한 그냥 집.

나는 지난 1년여 동안 그 집(봐? 나도 그래)에서 훨씬 더 많은 시간을 보내고 있어. 우선, 오브리가 죽었지. 오브리의 죽음에는 뭔가 당당한 품위가 있었어. 늘 그렇게 생각했어. 그는 꽤 괜찮아 보였거든. 그러니까 내 말은, 오브리는 비록 쇠약해지기는 했지만 지난 십 년 동안 죽어간 사람들이 감내한 수많은 치욕을 겪지 않았거든─물이 줄줄 나오는 종기도, 고름도 없었고, 침을 질질 흘리거나 피를 흘리지도 않았지. 그리고는 장례식과 서류 절차가 있었고, 물론 나는 한동안 출장을 가야 했지만, 돌아왔을 무렵에는 직원들은 (오브리가 유언장에 명시한 퇴직금을 받고) 다 나갔고, 너대니얼은 자신을 워싱턴 스퀘어의 거대한 저택의 주인으로 생각하기 위해 애쓰고 있었어.

274

오늘 그 집에 들어갔다가 집의 달라진 모습에 놀랐어. 벽돌로 막은 응접실 층 창문들이나 위층 창문들에 쳐놓은 쇠창살 같은 것들은 너대니얼이 어찌할 수 없었지만, 전반적으로 바람이 더 잘 통하고 환한 느낌이 들더라고. 벽에는 여전히 하와이 주요 예술 작품들이 몇 점 걸려 있었지만—나머지는 메트로폴리탄에 보냈는데, 과거 왕가에서 가지고 있던 주요 작품 대부분도 거기서 보호하고 있어. 미술관에서는 그 작품들을 안전하게 보관했다가 언젠가는 돌려주려고 했었지만, 이제는 영원히 미술관 소장품이 되었지—너대니얼이 조명을 바꾸고 벽도 진회색으로 칠해서 공간이 이상할 정도로 더 밝아 보였어. 그 집은 여전히 오브리와 노리스의 흔적으로 가득했지만, 그래도 그들의 존재감은 사라졌어.

우리는 집 안을 걸으며 작품들을 둘러봤어. 이제 너대니얼이 그 작품들의 주인—하와이 물건들을 가진 하와이 남자—이니까 더 잘 감상할 수 있었어. 이제는 전시하고 있다는 느낌보다 뽐내고 있다는 느낌이 들더라고. 무슨 말인지 알겠어? 너대니얼은 직물 하나하나, 그릇 하나하나, 목걸이 하나하나에 대해 그게 어디서 왔는지, 어떻게 만들어졌는지 설명해줬지. 그 설명을 들으며 나는 너대니얼을 관찰했어. 너대니얼은 오랫동안 아름다운 물건들이 있는 아름다운 집을 원했는데, 드디어 그걸 가진 거야. 오브리의 재산은 우리가 상상했던 것보다 훨씬 적긴 했지만—경비 업체와 유사 과학 예방약에 돈을 탕진하고, 그래, 자선 단체에도 엄청난 금액을 기부했지—그래도 충분히 많아서 너대니얼은 드디어 걱정 없이 살 수 있게 됐어. 새해 언저리에 심통이 심하게 난 아기가 너대니얼에게 만나는 사람이 있다고,

법무부에서 일하는 변호사라고 말했지만—"어, 꽤 근사한 남자야."
난 그 사람이 법무부에서 일한다면 검역 수용소 유지에 공모하고 있는 게 기정사실이라고 말하지 않았어—너대니얼이 아무 말도 하지 않으니 나도 물론 묻지 않았어.

구경을 마치고 응접실에 돌아오자, 너대니얼이 내게 줄 게 있다고, 오브리가 남긴 거라고 말했어. 오브리와의 마지막 만남 몇 번 중 오브리가 정신이 꽤 또렷했을 때가 있었는데, 그때 오브리는 내게 자기 수집품 중 가지고 싶은 게 있냐고 물었어. 하지만 난 없다고 대답했지. 난 오브리를 받아들이게 됐고, 심지어 좋아하기도 했지만, 그런 수용과 애정 밑에는 꽁꽁 맺힌 원망이 자리하고 있었거든. 결국 그 원망은 그가 수집한 물건들이나 그가 나보다 하와이 물건들을 더 많이 가지고 있다는 사실 때문이 아니라 오브리와 내 남편, 내 아들이 한 가족이 되고 나는 추방되었다는 사실 때문이었지. 너대니얼이 오브리와 노리스를 만나면서부터 모든 게 끝나기 시작했어. 그 변화가 너무 서서히 일어나서 처음에는 그런 일이 벌어지고 있다는 것조차 눈치채지 못했고 그러다가 너무 철저하게 끝나버려서 멈출 희망조차 가질 수 없었어.

내가 소파에 앉자, 너대니얼이 협탁 서랍에서 뭔가를 꺼냈어. 골프공 크기 정도의 조그만 검정 벨벳 상자였어.

"뭐야?" 선물을 받을 때 사람들이 보이는 멍청한 모습으로 내가 묻자, 너대니얼은 미소를 지었어. "열어 봐." 그의 말에 나는 상자를 열었어.

그 안에는 오브리의 반지가 들어 있었어. 나는 반지를 꺼내 그 무게를, 금의 온기를 느껴봤지. 진주 뚜껑을 열어봤는데 안에는 아무것도 없었어.

"어?" 너대니얼이 가볍게 물으며 내 옆자리에 앉았어.

"어." 내가 말했어.

"오브리는 네가 이 반지 때문에 자기를 가장 미워한다고 말했어." 너대니얼이 평온하게 말했고, 나는 놀라서 그를 쳐다봤어. "아, 맞아." 그가 말했지. "오브리는 네가 자기를 미워한다는 걸 알고 있었어."

"미워하지 않았어." 나는 기운 없이 말했어.

"아냐, 미워했어." 너대니얼이 말했어. "너 스스로 인정하고 싶지 않을 뿐이야."

"오브리는 아는데 나는 모르는 일이 또 하나 있었군." 나는 비아냥거리는 소리로 들리게 하고 싶지 않았지만 실패했고, 너대니얼은 그냥 어깨만 으쓱했어.

"어쨌거나," 그가 말했어. "그 반지는 이제 네 거야."

난 반지를 왼손 새끼손가락에 끼고 너대니얼이 보라고 손을 들어 보였어. 나는 아직도 결혼반지를 끼고 있었는데, 너대니얼이 그 반지를 살짝 만졌어. 너대니얼은 몇 년 전에 반지를 뺐거든.

그 순간, 너대니얼에게 몸을 기울여 키스하면 거부하지 않을 거라는 느낌이 들었어. 하지만 나는 그러지 않았고, 너대니얼도 그런 가능성을 느끼기라도 한 것처럼 갑자기 일어났어.

"자," 그가 사무적으로 말했어. "데이비드가 오면 친절은 물론이고 격려해줘야 해, 알겠지?"

"나야 늘 격려하지." 내가 말했어.

"찰스, 내 말은," 그가 말했어. "데이비드가 너한테—친구를, 굉장히 중요한 사람을 소개할 거야. 그리고 뭔가—뭔가 알릴 소식이 있어."

"학교로 돌아갈 거래?" 나는 그냥 심술을 부리고 싶어서 물었어. 대답은 이미 알고 있었거든. 데이비드는 결코 학교로 돌아가지 않을 거야.

그는 내 도발을 무시했어. "그냥 약속해줘." 그가 말했어. 그러고는 또다시 갑자기 분위기를 바꿔 내 옆자리에 앉았어. "두 사람 사이가 이렇게 된 게 정말 속상해." 그가 말했어. 나는 아무 말도 하지 않았어. "다른 건 다 차치하고라도 넌 여전히 데이비드의 아버지야." 그는 말했어.

"데이비드한테도 말해봐."

"말했어. 하지만 걔한테는 더라이트가 중요해."

"맙소사." 내가 말했어. 더라이트를 언급하지 않고 대화를 끝낼 수는 없는 걸까.

그 순간 방역실에서 쉿 하는 소리가 나면서 데이비드가 들어왔고, 뒤이어 여자가 하나 들어왔어. 나는 자리에서 일어났고, 우리는 고개를 까딱하고 인사했어. "봐라, 데이비드." 내가 데이비드에게 반지를 보여주자 그는 툴툴대며 동시에 미소를 짓더군. "좋은데, 아저씨." 그가 말했어. "결국 그걸 가지셨구만." 나는 상처 받았지만, 아무 말도 하지 않았어. 어쨌거나 데이비드의 말이 맞으니까. 난 그 반지를 가졌어.

우리 사이는 안정적이었어. 그러니까, 딱히 합의하지는 않았지만 화해 국면에 도달해 있다는 말이야. 나는 더라이트 문제로 그를 자극하지 않았고, 그도 내 일과 관련해 나를 괴롭히지 않았지. 하지만 이

합의는 15분 정도만 유지될 수 있었고, 다른 이야깃거리가 있어야만 했어. 무정하게 들릴 수 있겠지만, 오브리의 죽음은 그 점에서는 굉장히 도움이 됐어. 늘 그가 받는 화학 요법을 검토하고, 기분과 수분 섭취량을 체크하고, 통증관리 문제에 대해 상세히 이야기할 것들이 있었거든. 마지막 몇 달 동안 아기가 오브리를 얼마나 세심하게, 상냥하게 돌보는지 보면서 나는 감동했어—감동했을 뿐만 아니라, 인정하지만 약간 질투까지 느꼈어. 아기는 오브리의 이마를 찬 수건으로 닦아주고, 손을 잡아주고, 사람들이 보통 죽어가는 사람에게 잘하지 못하는 방식으로 이야기했어. 대답을 바라고 하는 말이 아니라는 것을 분명히 하면서도 오브리를 인정해주면서 별로 힘들이지도, 생색내지도 않는 말투로 재잘재잘 이야기를 했지. 데이비드에게는 죽어가는 사람들을 돕는 재능이 있었어. 드물고 귀한 재능, 여러 가지로 좋은 일에 쓸 수도 있었을 그런 재능이 말이야.

다들 잠시 그대로 서 있는데, 늘 협상자, 중개자 역할을 하는 너내니얼이 말했어. "아! 그리고 찰스—여긴 이든이야. 데이비드의 친구."

그녀는 30대 중반, 아기보다 적어도 10살은 많아 보이는 창백한 얼굴의 한국인이었고, 데이비드와 똑같은 우스꽝스런 머리를 하고 있었어. 문신이 소매에서부터 목까지 올라와 있었고, 손등에는, 나중에 안 사실이지만, 별자리를 구성하는 조그만 별들이 점묘로 문신되어 있었어—왼손에는 북반구의 봄 별자리들이, 오른손에는 남반구의 봄 별자리들이 장식되어 있었지. 딱히 매력적인 여자는 아니었지만—머리모양이고, 문신이고, 잉크가 너무 진해서 두'납게 칠한 것처럼 과해 보이는 눈썹 모두 그 사실을 확실하게 보여줬지—뭔가 팽팽한 에너지가 있었어. 깡마르고 야성적이고 관능적인 느낌.

우린 고개 숙여 인사했어. "만나서 반가워요, 이든." 내가 말했어.

그녀가 짓는 게 능글맞은 억지웃음인지, 원래 웃음이 그런 식인지는 알 수 없었어. "저도요, 찰스." 그녀가 말했어. "데이비드에게 이야기 많이 들었어요." 의미심장한 어조로 말했지만, 난 반응하지 않았어. "그렇다니 기쁘군요." 나는 대답했어. "아, 찰스라고 불러요."

"찰스." 너대니얼이 주의를 줬지만, 데이비드와 이든은 자기들끼리 쳐다보며 미소를 지었어. 똑같이 능글맞은 웃음이었지. "말했지." 데이비드가 말했어.

너대니얼이 음식—플랫브레드와 메제—을 주문해둬서 우리는 식당으로 갔어. 내가 가져온 와인 한 병을 데이비드와 너대니얼과 나는 조금씩 마셨지만, 이든은 물만 마시겠다고 했어.

대화가 시작됐지. 모두가 굉장히 조심하는 게 느껴졌고, 그래서 대화는 아주 지루했어. 날씨 이야기밖에 못 할 정도로 나쁘지는 않았지만, 그보다 딱히 더 나을 것도 없었어. 데이비드에게 언급해서는 안 되는 주제 목록은 이제 엄청나게 길어져서, 위험 지대로 가지 않으면서 데이비드와 대화할 수 있는 주제를 기억하는 편이 오히려 쉬웠어. 유기농업, 영화, 로봇공학, 이스트 없이 빵 만들기. 오브리가 그립더라. 그는 우리를 어떻게 인도해야 할지, 길을 잃고 위험한 곳으로 빠지는 사람에게 어떻게 방향을 잡아줘야 할지 정확하게 알고 있었거든.

이런 대화를 할 때면 종종 느끼는 거지만, 데이비드는 아직 어린애야. 그런 모습—자기가 열광하는 소재에 열의를 보이면서 말이 빨라지고 목소리가 높아지는 것—을 볼 때면 데이비드가 대학에 갔으면 얼마나 좋았을까 하는 생각이 들어. 대학에 갔으면 자기와 비슷한 부류를 만났을 텐데. 덜 외로웠을 텐데. 심지어 덜 이상해 보였을 테고, 적어도 같이 있으면 전혀 이상해 보이지 않을 사람들을 만났을 거야. 흥분해서 들뜬 젊은이들이 가득 있는 방에 있는 데이비드의 모습이 상상돼—마침내 자신이 속한 곳을 찾았다고 느끼는 데이비드의 모습이 그려져. 하지만 데이비드가 선택한 곳은 대학이 아니라 더라이트였지. 네 덕분에 이젠 강박적일 정도로 마음껏 감시할 수 있지만, 그러고 싶은 마음이 거의 안 들어. 예전에는 데이비드가 무엇을 하며 무슨 생각을 하는지 다 알고 싶었지—이젠 그냥 알고 싶지 않아. 내 아들의 인생이, 그 아이에게 즐거움을 주는 것들이 존재하지 않는 척 살고 싶어.

하지만 내가 정말 지켜보고 있었던 사람은 이든이었어. 이든은 식탁 끝자리에 앉고 데이비드는 그 왼쪽에 앉았는데, 이든이 데이비드를 보는 시선은 제멋대로지만 재능 있는 아이를 바라보는 어머니처럼 자애로운 애정이 담긴 눈길이었어. 데이비드는 자기의 일장 연설에 이든을 끼워주지 않았지만 가끔 한 번씩 이든을 봤고, 그러면 그녀는 마치 데이비드가 암송 중이고 틀리지 않고 제대로 하고 있다고 확인해주는 것처럼 살짝 고개를 끄덕이곤 했어. 보니까 이든은 음식도 거의 먹지 않더라고—플랫브레드는 손도 대지 않았고, 자기 접시에 덜어간 후무스도 조그맣게 떠낸 자국 하나뿐, 나머지 음식은 손 댄 흔적도 없이 접시 위에서 말라가고 있었어. 물조차 마시지 않아서 동그랗게 자른 레몬 조각이 바닥 쪽으로 서서히 가라앉고 있었지.

마침내 아기가 잠시 말을 멈추자, 너대니얼이 끼어들었어. "디저트 가져오기 전에," 그가 말했어. "데이비드, 아버지에게 소식 말해주지 그래?"

아기가 너무 불편한 표정을 하고 있어서 나는 그 소식이 뭔지 몰라도 내가 듣고 싶지 않은 이야기라는 것을 알 수 있었어. 그래서 데이비드가 뭐라고 말하기 전에 이든에게 말을 걸었지. "두 사람은 어떻게 만났어요?" 내가 물었어.

"모임에서요." 이든이 말했어. 느릿느릿하고 남부 사람에 가까운 나른한 말투였지.

"모임요?"

그녀는 경멸하듯 나를 쳐다봤지. "더라이트요." 그녀가 말했어.

"아." 나는 너대니얼을 보지 않고 말했어. "더라이트. 당신이 하는 일은 뭔가요?"

"전 화가예요." 그녀가 말했어.

"이든은 굉장한 화가예요." 데이비드가 열성적으로 말했어. "우리 웹사이트랑 광고 디자인을 도맡아서 해요―몽땅 다. 재능이 대단해요."

"물론 그렇겠지." 나는 말했어. 비아냥거리는 소리처럼 들리게 하지 않으려고 애썼는데도 이든은 마치 내가 비아냥거린 것처럼, 하지만 자기가 아니라 내가 그 비아냥의 대상인 것처럼 어쨌거나 능글맞게 웃었어. "사귄 지는 얼마나 됐어요?"

그녀는 왼쪽 어깨를 아주 살짝 으쓱했어. "아홉 달 정도요." 그러고는 예의 그 반쪽짜리 미소를 지으며 아기를 바라봤어. "데이비드를 본 순간 그냥 내 사람으로 만들어야만 했어요." 그 말에 아기는 당황하고 기뻐서 얼굴을 붉혔고, 그걸 본 이든은 더 활짝 미소 지었어. 이제 너대니얼이 다시 끼어들었지. "그러니 이제 데이비드의 소식 이야기를 해야지." 그가 말했어. "데이비드?"

"잠깐만 실례." 나는 말한 다음, 날 쏘아보는 너대니얼의 시선을 무시하고 재빨리 일어나 계단 밑에 있는 조그만 화장실로 급히 갔어. 오브리는 늘 자기가 젊었던 시절에는 이곳에서 숱한 손님들이 저녁 모임 후 구강 섹스를 즐겼다는 이야기를 했지만, 이제 그곳은 오래전 고급 검정 장미 무늬 벽지로 장식됐고, 난 그 벽지를 볼 때마다 빅토리아 시대 사창가 생각이 났어. 여기서 나는 손을 씻고 심호흡을 했지. 아기는 이 이상하고 기괴하게 유혹적이고 자기보다 훨씬 나이 많은 여자와 결혼하겠다는 소리를 할 작정이었어. 그런 소리를 들으면서도 가만히 있는 게 내 의무였고. 안 돼, 결혼할 준비가 안 되어 있어. 안 돼, 직업도 없잖아. 안 돼, 부모 집에서 독립하지도 않았어. 안 돼, 교육도 받지 않았잖아. 하지만 난 뭐라고 할 입장이 아니었어. 사실 내 생각은 이 상황에 무관할 뿐만 아니라 다들 바라지도 않아. 나는 결심을 하고 식탁 내 자리로 돌아왔어. "미안해." 모두에게 말했지. 그리고는 데이비드에게 말했어. "소식 말해봐, 데이비드."

"음." 데이비드는 약간 부끄러워 보였지만, 다음 순간 불쑥 말했어. "이든이 임신했어."

"*뭐라고?*" 내가 물었어.

"14주 됐어요." 이든이 말하고 다시 의자에 기대앉았고, 그 이상한 반쪽짜리 미소가 다시 얼굴을 스치고 지나갔어. "9월 4일이 예정일이에요."

"이든은 아기를 원하는지 확신하지 못했는데." 아기가 이제 흥분해서 계속 말하자, 이든이 말을 막았어.

"하지만 이런 생각이 들었죠"—그녀는 어깨를 으쓱했어—"낳는 것도 괜찮겠다고. 전 서른여덟이에요. 시간이 끝도 없이 있는 것도 아니고." 아, 피터, 상상할 수 있겠어, 내가 뭐라고 말할 수 있었을지, 아니 내가 뭐라고 말했어야 했을지. 하지만 말하는 대신 참으려고 애쓰느라 땀이 나기 시작했어. 눈을 감고 고개를 젖히고 손을 깔고 앉은 채 아무 말도 하지 않았어. 눈을 뜨자—얼마나 시간이 흘렀는지도 모르겠어. 한 시간이 지났을지도 몰라—모두 나를 빤히 쳐다보고 있는 거야. 조롱하는 게 아니라 궁금해서, 심지어 내가 실제로 폭발할까 봐 걱정이라도 한 것처럼 약간 겁을 내며 지켜보고 있었어.

"알겠다." 난 최대한 차분하게 말했어. (게다가 서른여덟이라니?! 데이비드는 겨우 스물넷이라고, 게다가 굉장히 어린 스물넷.) "그래서 셋이서 여기 살 거야, 아버지랑?"

"셋?" 데이비드가 물었다가 이해하는 표정이 됐어. "아. 맞아. 아기." 내 질문이 도전인지 그냥 질문인지 확신하지 못하고 턱을 살짝 치켜 올리더군. "어, 아마도. 그러니까, 방이 많잖아."

하지만 여기서 이든이 살짝 투덜거리는 소리를 내서 다들 그녀를 돌아봤어. "전 여기서 안 살아요." 그녀가 말했어.

"아." 아기는 풀이 죽었어.

"기분 나쁘게 듣지 마세요." 그녀는 어쩌면 데이비드에게, 어쩌면 너 대니얼에게, 어쩌면 심지어 내게 말했어. "전 제 공간이 필요하거든요."

침묵이 흘렀어. "음." 내가 말했지. "두 사람 사이에 협의할 일이 많은 것 같은데." 그러자 데이비드가 증오심에 가득한 시선으로 나를 쏘아봤지. 내 말이 맞아서이기도 하고, 굴욕적인 장면을 내가 봐서이기도 해.

그러고 나자 무슨 큰 싸움을 일으키지 않고는 더 이상 이야기할 거리가 없어서, 난 가겠다고 나섰고 아무도 말리지도 않더군. 그래도 마음먹고 데이비드를 포옹했지만 둘 다 너무 어색해서 사실 그냥 갈팡질팡하기만 했고, 이든도 포옹하기는 했어. 마르고 소년 같은 몸으로 뻣뻣하게 가만히 있더라고.

너대니얼이 따라 나왔어. 집 앞 계단에 나오자 너대니얼이 말했지. "찰스, 뭐라고 하기 전에 내가 먼저 말하는데, 난 찬성이야."

"네이트, 이건 미친 짓이야." 내가 말했어. "데이비드는 저 여자를 거의 알지도 못 해! 거의 마흔이라니! 넌 이 여자에 대해 아는 거 있어?"

그는 한숨을 쉬었다. "어―친구한테 물어봤는데, 그 친구 말이―"

"법무부에 있다는 그 친구?"

그는 다시 한숨을 쉬며 고개를 들었어. (너대니얼은 요즘 내 눈을 마주 보는 일이 거의 없어.) "그래, 법무부에 있는 친구. 이든에 대해 알아보더니 걱정할 거리는 하나도 없대―그냥 중간급 단원에다 조직의 중위이고 볼티모어의 중산계급 출신으로 미술학교를 다녔대. 큰 범죄기록은 하나도 없고."

"굉장한 사람 같네." 내 말에 너대니얼은 대답하지 않았어. "네이

285

트," 난 말했어. "이 아기 네가 키워야 한다는 거 알고 있어? 데이비드는 혼자 애 못 키운다는 거 알잖아."

"어, 이든도 있고, 그리고……."

"나라면 저 여자는 기대 안 해."

그는 다시 한숨 쉬었어. "어, 그렇게 될 수 있겠지." 그도 인정했어. 종종 하는 생각인데, 너대니얼은 언제부터 저렇게 소극적으로 변했을까? 아니 소극적이라기보다―체념일지도 몰라. 내가 두 사람을 여기로 데려왔을 때였나? 아기가 말썽을 부리기 시작했을 때였나? 직장을 잃었을 때였나? 노리스가 죽었을 때, 아니면 오브리가 죽었을 때였나? 우리 아들이 별 볼 일 없는 반란 단체에 들어갔을 때였나? 아니면 나랑 수년을 살아서 그런가? 난 "음, 넌 첫 번째 애를 아주 잘 키웠지"라고 말하고 싶었지만, 생각해보니 그 말에 휩쓸릴 사람은 나밖에 없더라.

그래서 아무 말도 하지 않았어. 대신 우린 스퀘어를 바라봤어. 불도저들이 돌아와서 최근 다시 생긴 판자촌을 허물고 있었지―사람들이 다시 들어가서 판자촌을 복구하지 못하도록 군인들이 입구마다 한 명씩 보초를 서고 있었어. 머리 위 하늘은 투광 조명등으로 하얗게 밝혀져 있었고.

"이렇게 조명 천지인데 넌 도대체 어떻게 자는 거야." 내가 말하자, 그는 또 체념적인 태도로 어깨를 으쓱했어.

"어쨌거나 스퀘어 쪽 창문들은 판자로 막혀 있으니까." 그가 말하더니 나를 돌아봤어. "피난민 수용소를 폐쇄한다고 들었어."

이젠 내가 어깨를 으쓱할 차례였지. "그럼 그 사람들은 다 어떻게 되는 거야?" 그가 물었어. "어디로 가는 거야?"

"법무부 친구한테 물어보지 그래?" 난 유치하게 물었어.

그는 한숨을 쉬었어. "찰스." 너대니얼이 지친 기색으로 말했어. "난 그냥 대화를 하려는 거야."

하지만 나도 피난민들이 어디로 가는지 몰랐어. 사람들 이동이 너무 많아서—병원으로, 병원에서, 검역 수용소로, 화장장으로, 무덤으로, 감옥으로—어느 순간 어떤 집단이 어떻게 움직이는지 더 이상 추적할 수도 없어.

하지만 내 생각에 데이비드가 이 세상에 아기를 내놓는다는 상황에서 최악인 부분은 데이비드가 미래의 아버지로서 부적합하다는 게 아니야. 새 생명을 만든다는 사실 자체야. 물론 그건 사람들이 늘 하는 일이지—우리는 사람들이 그렇게 하기를 바라고. 하지만 왜 장난으로 그런 일을 하는 거지? 데이비드는 이 나라를 무너뜨리는 데 인생을 바치고 있어. 그런데 왜 이 나라에 아기를 내놓으려는 거야? 누가 이런 시기에, 이런 곳에서 아이가 자라기를 바라겠어? 아기가 살고 물려받을 세상이 더럽고 병들고 공정하지 않고 힘들 거라는 것을 알면서 지금 아기를 만든다는 것은 특별히 잔인하지 않고는 못할 짓이야. 그런데 왜 그러는 거야? 그게 생명을 존중하는 걸까?

사랑을 담아, 찰스

소중한 피터에게,

2064년 9월 5일

이런 시대에 내가 쓸 거라고는 생각지도 못했던 단어지만—난 할아버지가 됐어. 찰리 케오나오나마일리 빙엄-그리피스, 2064년 9월 3일 오전 5시 58분 출생, 7파운드 13온스.

내가 우쭐해할까 봐 재빨리 설명해주던데, 아기 이름은 내가 아니라 찰리라고 불렸던 이든의 (돌아가신) 어머니 이름을 딴 거라더군. 예쁜 여자아이 이름이지만, 아이는 예쁘지 않아. 턱은 약하고 코에는 얼룩이 있고 눈은 작고 찢어졌어.

그래도 아기가 너무 좋아. 그날 아침 산모는 마지못해 나를 방에 들였고 마지못해 내게 아기를 건네줬어. 데이비드는 "머리를 받쳐, 아저씨. 머리를 받쳐야 해!" 같은 말을 하며 내 주위를 맴돌았고. 내가 자기는 물론, 아기라고는 한 번도 안아보지 못한 사람처럼 말이야. 하지만 난 데이비드의 으름장에는 신경도 쓰지 않았어—사실 데이비드가 다른 사람을 위해 그렇게 안절부절못하며 잔소리를 늘어놓는 게, 그런 연약한 모습을 보이는 게, 딸을 그렇게 소중하게 안고 있는 게 감동적이었어.

이제 아기가 태어났으니, 이든이 브루클린 집에서 계속 살지 않고 마침내 워싱턴 스퀘어 집에 들어올 것인가를 비롯하여 많은 질문들이 남아 있어. 또, 누가 찰리를 키울 것인지도. 이든은 더라이트 "일"을 포기할 수 없다고 이미 공언했는데, 데이비드는 젊은이 특유의 보수적인 태도로 결혼해서 같이 살아야 한다고 생각하고 있고.

하지만 당분간은 우리 넷이 함께 있게 될 거야. (물론 이든도 함께.) 아기는 데이비드가 이제껏 한 일 중 단연코 최고지만, 네가 그 말을 잘못 해석하기 전에 미리 말하는데, 앞으로 할 수 있을 일 중에서도 최고야. 우리 꼬마 찰리.

어쨌거나, 오늘 이야기는 이게 다야. 올리비에랑 다시 관계를 회복했다니 조심스레 기쁜 마음을 전한다. 그리고 아기 이야기를 했으니 말인데, 물론 이 메일에는 백 장의 사진을 첨부했어.

사랑해, C

피터에게.

2065년 2월 21일

너대니얼이 가진 자질 중 내가 높이 평가하게 된 것은 자기가 보기에 능력이 부족한 존재들에 대해 가지는 책임감이야. 예전에는 그것 때문에 기분이 좋지 않았어. 예를 들어, 나는 능력이 있으니까 돕거나 관심을 보이거나 시간을 쓸 필요가 없는 사람으로 간주됐거든. 하지만 아이들, 그리고 학교를 떠난 후에는 노리스와 오브리와 데이비드가 약한 존재로, 따라서 그의 보살핌을 받을 자격이 있는 존재로 분류되었지.

심지어 오브리의 재산 상속분을 물려받은 후에도 너대니얼은 예전 학생들인 히럼과 에즈라를 계속 보러 갔어. 전에 이야기했지? 50년 질병을 이겨냈지만 다시는 집 밖에 나가지 못하게 된 그 아이들 말이야. 어머니는 아이들이 열두 살이 된 후 대수학과 물리학을 가르칠 수 있는 새 가정교사들을 구했지만 너대니얼은 거의 매주 다리를 건너 계속 그 아이들을 보러 갔어. 그러다 찰리가 태어나자 아기를 돌보느라 너무 바빠서 그 대신 규칙적으로 영상 모임을 하기 시작했지. 예상했다시피, 찰리를 돌보는 일 대부분은 너대니얼의 몫이 됐어. 유모가 있긴 하지만, 사실은 너대니얼이야. 데이비드의 시간은 일정하지 않고, 이든은 더하거든. 그래도 데이비드가 집에 있을 때는 아기에게 굉장히 다정하게 잘해준다는 말은 (너대니얼이 늘 그러듯이) 여기 덧붙여야 할 것 같다. 하지만 정말이지 핵심은 옆에 있어주는 것, 시종일관 한결같은 모습을 보여주는 것 아니야? 난 예의 바른 행동이 과연 항구성만큼 미덕인 건지 잘 모르겠어. 이든에 대해서는, 음, 할 말이 없다. 이든과 데이비드가 아직 사귀고 있는 건지조차 모르겠어. 데이비드가 아직 이든을 사랑한다는 것은 알지만. 하지만 이든은 자기 딸한테 놀라울 정도로 관심이 없어 보여. 전에 이든은 자기는 임신을 "경험"하고 싶었다고 말했지만, 그에 수반되는 육아 경험을 원했던 것 같지는 않아. 심지어 생각조차 안해본 것 같아. 예를 들어, 이번 달에는 겨우 두 번 왔고, 데이비드가 있을 때는 한 번도 오지 않았어. 너대니얼은 늘 아기를 이든에게 데려다주겠다고 제안하는데, 이든은 늘 반대해. 너무 바쁘다, 집이 너무 안전하지 않다, 감기에 걸렸다 이런 식이지. 그러면 너대니얼은 집 한 층을 내어주겠다거나 적어도 이든의 아파트를 고칠 돈을 주겠다고 또 제안해보지만, 그런 이야기를 하면 이든은 불안해하고 어떤 제안도 받아들이지 않아.

지난주에 너대니얼이 나한테 홀슨 씨네 집에 가서 애들을 만나봐달라고 부탁했어—아이들이 영상 모임에 두 번 들어오지 않았고, 전화나 문자에도 답을 하지 않는다는 거야. "농담해?" 나는 물었어. "네가 직접 가면 되잖아?"

"난 못 가." 그는 말했어. "찰리가 감기에 걸려서 난 여기 같이 있어야 해."

"음, 그럼 내가 찰리랑 같이 있고 네가 가면 되잖아?" 나는 물었지. 난 아기와 함께 있는 시간이 늘 아쉽거든. 시간이 비는 밤이면 늘 다운타운에 가서 아기와 같이 있어.

"찰스." 너대니얼은 한쪽 어깨에서 다른 쪽 어깨로 고쳐 안으며 말했어. "이번만 좀 해줘, 어? 게다가 혹시 무슨 일이 있다면 네가 도움이 될 수도 있잖아."

"난 임상의가 아니야." 그 사실을 상기시켜봤지만, 사실 논쟁해봤자 소용없어. 갈 수밖에 없었지. 웬일인지 너대니얼과 나는 실제 부부였을 때보다 더 부부 같은 관계로 정착한 상태야. 그건 상당 부분 아기 때문이지—마치 결혼 초기 시절을 다시 사는 기분이야. 우리 둘 다 서로가 상대에게 얼마나 실망했는지 정확히 알고 있고, 그걸 발견하기 위해 기다리고 있지 않다는 점만 빼면 말이지.

그래서 월요일 마지막 회의를 마친 후 난 코블힐로 차를 몰았어. 그 아이들을 마지막으로 본 건 5년 전이었어. 아이들 부모가 (음, 어머니지, 부재하는 홀슨 씨는 늘 그렇듯이 집에 없었거든) 너대니얼에게 뒤늦은 작별파티—선생님으로서 히럼과 에즈라의 삶에서 작별하는 파티—를 열어줬거든. 그때 쌍둥이는 열세 살이었지만 아홉 살이나 열 살

291

정도로 보였어. 아이들은 케이크 조각을 예의 바르게 나와 너대니얼, 가정부, 어머니—아이들은 보호복을 입으면 숨쉬기 힘들기 때문에 우리가 다 보호복을 완전히 차려입고 있었어—에게 나눠준 다음에야 자기들도 한 조각씩 가져갔어. 너대니얼의 말에 의하면 홀슨 부인이 설탕은 (뭔지는 몰라도) 내부 염증을 일으킬지 모른다고 걱정하기 때문에 아이들은 설탕은 먹지 못하지만, 사과 퓌레를 반죽에 섞어 넣어 미약하게나마 단맛을 낸 케이크는 그 애들에게는 분명 특별식이었어. 아이들은 내 질문에 콧소리가 섞인 높은 목소리로 답했고, 홀슨 부인이 너대니얼을 위해 만든 카드를 가져오라고 하자, 등 아래 매단 산소 팩을 덜렁거리며 뻣뻣한 걸음걸이로 함께 달려갔어.

너대니얼에게 홀슨 부인의 자식 교육 계획에 대해 들었을 때, 나는 그 계획이 기묘할 뿐만 아니라 심지어 잔인하다고 생각했어. 맞아, 그 애들은 언젠가는 온라인으로 대학을 다니고 학위도 받을 거라는 거야. 심지어 직업도 가질지도 모른대. 짝을 이룬 스크린 뒤에 나란히 앉아 기술자나 프로그래머로 일하는 거지. 하지만 그게 어떤 삶—평생을 형제, 그리고 어머니하고만 집 안에서 지내는 삶—일지 생각하면 난 늘 심란했어.

그 아이들을 만나서 생각이 바뀌었다고는 말 못 하겠어. 하지만 그 어머니의 교육은 그 아이들이 절대 살 수 없을 세상을 위한 준비— 그 아이들의 조심스런 예의범절, 상대방의 눈을 바라보는 능력, 대화 기술이 잘 보여주고 있었지. 생각해보니 그 모든 건 우리가 데이비드에게 절대 제대로 가르쳐줄 수 없었던 것들이기도 했고—이기는 했지만, 아이들에게 자기 인생의 경계와 한계를 받아들이는 것 또

한 가르쳤다는 것을 알 수 있었어. 히럼인지 에즈라인지 모를 (난 여전히 그 아이들이 구분이 안 가) 아이가 내게 "너대니얼 선생님께 방금 인도에 다녀오셨다는 말을 들었어요"라고 말했을 때, 나는 반사적으로 "아, 그래, 넌 가봤니?" 하고 말할 뻔하다가 멈췄어. 대신 바로 얼마 전에 다녀왔다고 말하자, 다른 아이가 한숨을 쉬며 말하는 거야. "아, 얼마나 멋졌을까요." 그건 (조금 구식이기는 해도) 옳은 대답, 예의 바른 대답이었지만, 그 대답에는 어떤 갈망, 어떤 질투도 보이지 않았어. 이야기를 더 해보니 아이들은 그 나라의 역사와 현재의 정치적, 역학적 재난에 대해 상당히 잘 알고 있었지만, 그러면서도 그건 자신들이 절대 직접 보지 못할 일들이라는 것을 이해하고 있다고 암시하는 것 같았어. 그 아이들은 자기들이 절대 그 세상의 일부가 될 수 없다는 것을 받아들이면서 세상을 알아나가고 있었던 거야. 하지만 우리도 이런 식이긴 하잖아. 우린 인도에 대해 알지만, 절대 인도의 일부는 될 수 없지. 울컥하면서도 심란한 점은 이 아이들에게는 브루클린이 인도라는 거야. 코블힐이 인도야. 놀이방이었다가 교실로 개조된 방에서 보이는 뒷마당이 인도야—배우기는 해도 절대 가볼 수 없는 곳.

하지만 아무리 예의 바르고 아무리 똑똑하다 해도 나는 그 아이들이 가엾었어. 퇴학당해 이 학교, 저 학교를 전전하던 열다섯 살 때 데이비드가 생각났지. 스케이트보드 위에서 도약하려 할 때 데이비드의 몸이 만들던 아름다운 선을, 바닥에 고꾸라지면 거의 용수철처럼 벌떡 일어나던 모습을, 워싱턴 스퀘어 잔디밭에서 한 손으로 재주넘기하던 모습을, 햇볕 속에서 반짝반짝 빛나던 피부를.

그 집 문을 두드리며 난 이제 그 아이들은 거의 열여덟 살이 되었겠구나 하고 생각했고, 종종 그러듯이 찰리 생각을 했어. *아무 일 없이 안전하기를,* 난 생각했어. *이 아이들이 안전하면, 우리 찰리도 안전할 테니까.* 하지만 이런 생각도 했어. *이 아이들에게 무슨 일이 있다 해도, 우리 찰리에게는 아무 일도 없을 거야. 물론 다 말도 안 되는 생각이야.*

아무런 응답이 없어서, 나는 너대니얼이 준 비밀번호를 누르고 안으로 걸어 들어갔어. 방염실이 열리는 순간 뭔가 죽었다는 것을 알았어. 이 새 헬멧은 모든 냄새를 강화하기 때문에, 나는 헬멧을 휙 벗고 스웨터를 끌어올려 코와 입을 가렸어. 집 안은 언제나처럼 어두침침했어. 아무 소리도, 아무 움직임도 없고, 오로지 악취만 풍기고 있었지.

"프랜시스!" 나는 외쳤어. "에즈라! 히럼! 찰스 그리피스에요—너대니얼이 보냈어요. 아무도 없어요?"

하지만 아무 대답도 없었어. 현관홀과 그 응접실 층 나머지 부분을 나누는 문이 있는데, 그 문을 열었다가 거의 구역질을 할 뻔했어. 거실로 들어가서 살피는데, 한동안은 아무것도 보이지 않더라고. 그런데 웅웅거리는 소리가 희미하게 들리는 거야. 소파 위에 조그맣고 빽빽한 구름이 떠 있었어. 가까이 다가가 보니 그 구름은 소용돌이 모양으로 빙빙 돌고 있는 검정 파리떼였어. 회전하는 파리떼 아래에 여자의 형체가, 웅크린 자세의 프랜시스 홀슨이 있었어. 죽은 지 적어도 2주, 어쩌면 더 된 것 같았어.

심장이 쿵쿵 뛰었지. 난 뒷걸음질치며 "얘들아!" 하고 외쳤어. "히럼! 에즈라!" 하지만 여전히 침묵뿐이었어.

거실을 샅샅이 살피고 있는데, 또 다른 소리, 뭔가 바스락거리는 소리가 희미하게 들렸어. 거실 끝 쪽에서 뭔가 움직여서 그쪽으로 다가갔더니, 투명 비닐이었어. 거실과 부엌을 나누는 문틀 전체에 덮은 비닐이 부엌을 완전히 밀폐시켜서 집의 나머지 공간과 분리시키고 있었어. 비닐 오른쪽 아래쪽에 창 두 개가 나 있었어. 하나에는 거실 쪽으로 나오도록 달린 비닐장갑 두 개가 축 늘어져 있었고, 다른 하나는 그냥 사각형 창인데 이 창의 비닐이 떨어져서 어디선가 들어오는 바람에 흔들리면서 소리가 난 거야.

비닐을 통해 부엌을 들여다봤지. 가장 먼저 부엌이 마치 무슨 동물굴 같다는 생각이 들더라. 예를 들어, 들다람쥐라거나 프레리도그 같은 동물. 창문 블라인드는 내려져 있었고, 모든 표면에는 뭔가가 올라가 있었어. 비닐벽 지퍼를 내리고 안으로 들어가자, 여기에도 썩는 냄새가 진동하고 있었지. 다만 이곳 냄새는 동물성이라기보다 식물성이었어. 조리대 위에는 접시와 냄비, 프라이팬, 교과서 더미가 널려 있었어. 싱크대 안에는 기름때 묻은 냄비와 프라이팬들이 담겨 있었고. 누군가 설거지를 하려다가 도중에 포기한 것 같은 모양새였어. 싱크대 옆에는 깨끗하게 씻은 수프 그릇 두 개, 숟가락 두 개, 머그잔 두 개가 놓여 있었어. 구석구석마다 불룩하게 튀어나온 검정 쓰레기봉투가 쑤셔 박혀 있었는데, 그중 하나를 풀어봤더니 토막 낸 시신이 아니라 썩다 못해 끈적끈적하게 문드러진 당근 토막과 빵부스러기, 바싹 마를 때까지 빨아먹은 듯한 티백들이 들어 있었어. 재활용 쓰레기통도 넘쳐나고 있더라고. 그리스 신화에 나오는 풍요의 뿔의 패러디 같았어. 병아리콩 통조림을 들어 안을 봤더니 그냥 빈 정도가 아니라 완벽하게 비어 있었어. 너무 깨끗해서 번쩍거릴 지경으로. 다음 통조림도 똑같았고, 그다음도 마찬가지였어.

바닥 한가운데에는 1피트 정도 간격을 두고 침낭 두 개가 각각 베개와 함께 놓여 있었고, 그 사이에서 경계선을 이루고 있는 책 더미 위에 노트북 두 대가 놓여 있었어. 침낭 이불 면을 열고 그 안에 눕혀둔 곰 인형—그걸 보고 울컥했어—들이 베개를 벤 채 까만 눈으로 천장을 물끄러미 바라보고 있었어. 이 수면 공간 주위로 깨끗한 길이 화장실을 향해 나 있었고, 화장실에는 산소 팩 두 개가 벽 플러그에 꽂혀 있고, 세면대 옆에 유리컵 두 개, 칫솔 두 개, 아직 거의 새것인 치약 하나가 있었어. 화장실은 세탁실로 이어졌고, 여기도 이상한 점은 없었어. 벽장에는 타올과 여분의 화장지, 회중전등, 배터리, 세탁세제가 가득 차 있었고, 건조기 안에는 베개보 한 쌍과 아동용 청바지 두 벌이 아직 들어 있었어.

나는 부엌으로 돌아가서 파편들을 헤치고 방 한가운데로 갔고, 거기서 주위를 둘러보며 뭘 해야 하나 생각했어. 너대니얼에게 전화를 했지만 받지 않더군.

그래서 뭔가 마실 것을 좀 가져오려고 냉장고에 갔는데, 안에—아무것도 없는 거야. 주스 한 병, 머스터드 한 통, 하다못해 서랍 뒤에서 시들고 있는 양상추 쪼가리 하나 없더라고. 냉동실에도 아무것도 없었어. 그 순간 두려움이 엄습했고, 나는 모든 찬장, 모든 서랍을 다 열어 보기 시작했어—아무것도, 아무것도, 아무것도 없었어. 부엌 안에는 먹을 거라고는 단 하나도 없었어. 먹을거리를 만들 수 있는 재료—밀가루, 베이킹소다, 이스트—조차 없었어. 그래서 통조림이 그렇게 깨끗했던 거야. 쌍둥이는 먹을 수 있는 음식을 마지막 한 조각까지 샅샅이 핥아먹었어. 그래서 부엌이 그렇게 엉망이었던 거지. 먹을거리를 찾아 사방을 다 뒤졌으니까.

쌍둥이가 왜 부엌을 밀폐해 스스로 감금한 건지―아니, 그보다는 왜 그 어머니가 부엌을 밀폐해 그들을 가둔 건지―알 수 없었지만, 아무래도 쌍둥이의 안전을 위해서였겠지. 하지만 먹을 게 바닥나자, 음식을 찾아 온 집을 뒤지고 다녔던 것 같아.

나는 부엌에서 뛰쳐나와 계단을 올라갔어. "에즈라!" 소리쳐 불렀어. "히럼!" 부모님 침실은 이층에 있었는데, 그곳도 엉망이었어. 속옷과 양말, 남자 내의가 서랍에서 튀어나와 있고, 신발들이 옷장 밖에 흩어져 있었어.

삼층도 마찬가지였어. 서랍 안 물건은 다 밖에 나와 있고, 옷장도 엉망으로 흐트러져 있고. 아이들의 공부방만 내 기억 속 모습 그대로 깨끗했어―그곳은 아이들이 속속들이 잘 알고 있었을 테니까. 거기 없는 게 확실한 것들을 찾을 필요가 없었을 테니까.

여기서 나는 잠시 진정하려고 수색을 멈췄어. 너대니얼에게 다시 전화와 문자를 했지. 답변이 오기를 기다리면서 문득 창밖을 봤다가, 나는 봤어. 저 아래 뒷마당에 얼굴을 바닥에 처박은 채 누워 있는 두 형체를.

물론 쌍둥이들이었어. 울을 입기에는 너무 더운 날씨인데도 그 아이들은 울코트를 입고 있었어. 너무 앙상했어. 히럼인지 에즈라인지는 모르겠지만, 한 아이는 판석에 머리를 처박고 있고 다른 아이는 그 아이를 향해 고개를 돌리고 있었어. 산소 팩은 여전히 바지에 차고 있었지만, 팩 안의 공기는 고갈된 지 오래였지. 날씨는 더웠지만 판석은 시원해서, 그 덕분에 시신이 어느 정도 보존된 것 같아.

난 법의학 팀이 올 때까지 거기 있다가 내가 아는 바를 말해준 다음 집에 와서 너대니얼에게 상황을 이야기해줬어. 너대니얼은 그 소식에 충격받았고. "왜 좀 더 일찍 가보지 않았을까?" 그는 절규했어. "난 뭔가 잘못됐다는 걸 알았어. 알았다고. 가정부는 어디 있었던 거야? 염병할 아버지는 어디 있었고?"

문의를 좀 해봤어. 이게 공중 보건 사안이 될 수도 있다고 주장하면서 최대한 신속하게 전면 조사를 해야 한다고 요청했지. 그래서 오늘 사건 보고서, 아니 사건 추정 보고서를 받았어. 가설은 이래. 약 5주 전 프랜시스 홀슨은 "알 수 없는 병리학적 질병"에 걸렸고, 그 병이 전염성이라는 것을 알게 된 그녀는 부엌을 밀폐시켜 아이들을 격리하고 가정부에게 규칙적으로 음식을 가져와달라고 부탁했어. 가정부는 적어도 첫 1주일은 그렇게 했지. 하지만 프랜시스의 상태가 악화되면서 가정부는 겁에 질린 나머지 돌아오지 않았어. 프랜시스는 아이들과 더 가까이 있기 위해 힘겹게 아래층으로 내려갔고 본인을 위해 따로 남겨뒀던 음식을 비닐을 잘라 만든 창을 통해 살균 장갑을 끼고 아이들에게 넘겨줬어. 아이들은 어머니가 죽는 것을 지켜봤을 테고, 죽은 어머니의 시신을 보며 적어도 2주를 더 살았어. 추정에 의하면, 아이들은 내가 발견하기 닷새 전 음식을 찾아 바깥으로 모험을 감행했고, 부엌문을 통해 나와 철제 계단을 내려가 정원으로 나갔어. 히럼—머리를 바닥 쪽으로 한 채 누워 있던 아이—이 먼저 죽었고, 히럼을 향해 고개를 돌리고 있던 에즈라는 하루 뒤에 죽었어.

하지만 우리가 모르고 앞으로도 절대 알 수 없을 일들이 너무 많아. 왜 그들―프랜시스, 히럼, 에즈라―은 아무에게도 전화를 하지 않았을까? 왜 선생님들은 영상 수업을 하면서 엉망진창인 부엌 상태를 보고도 도움이 필요하냐고 묻지 않았을까? 전화를 할 가족이 없었나? 친구가 없었나? 가정부는 그렇게 약해빠진 사람들을 어떻게 자기들끼리 내버려둘 수 있었지? 왜 프랜시스는 음식을 더 주문하지 않았을까? 아이들은 왜 안 했을까? 아이들도 프랜시스가 걸린 바이러스에 감염되었던 것일까? 일이 주 사이에 사람이 굶어 죽었을 리 없잖아. 바깥에 나간 충격 때문이었나? 면역 체계가 너무 약해서였나? 아니면 아직 병명이 없는 어떤 병에 걸린 것일까? 절망 때문이었을까? 희망이 없어서였을까? 두려움 때문인가? 아니면 일종의 항복, 삶을 포기한 것일까―왜냐하면 그들은 분명 도움을 구할 수 있었거든, 안 그래? 바깥세상과 연락할 방법이 있었다고. 왜 더 노력해보지 않았던 것일까, 살 만큼 살았다고 생각했던 게 아니라면?

그리고 무엇보다, 그 염병할 아버지는 어디 있었을까? 보건부 팀이 추적 끝에 겨우 1마일 정도 떨어진 브루클린 하이츠에서 그 아버지를 찾아냈는데, 그 작자는 거기서 지난 5년 동안 새로운 가족―7년 전 바람을 피워 만난 새 아내와 새 아이들 둘, 다섯 살, 여섯 살짜리 건강한 아이들―과 함께 살고 있었어. 그 인간은 조사관들에게 자기는 히럼과 에즈라가 보살핌을 잘 받을 수 있도록 늘 확실히 챙겼고, 프랜시스에게 다달이 돈을 보냈다고 했다더군. 하지만 부검 후 아들들을 어느 장례식장에 보내겠냐고 묻자, 그 인간은 고개를 저었어.

"시립 화장장이면 됩니다." 그렇게 말했어. "오래전에 죽었잖아요."
그러고는 문을 닫아버렸지.

너대니얼에게는 이런 이야기는 하나도 하지 않았어. 그러면 너무 괴
로워할 테니까. 나도 괴로워. 어떤 인간이 자기 아이들을 그렇게 철
저하게, 그렇게 깔끔하게 부인할 수 있을까? 마치 그 아이들이 애초
에 존재하지 않았던 것처럼. 어떤 부모가 그렇게 냉정할 수 있을까?
어젯밤 나는 홀슨 부부를 생각하며 잠을 이루지 못했어. 그 아이들
도 너무 안됐지만, 프랜시스가 더 가여워. 그 아이들을 키우고, 그렇
게 정성껏, 그렇게 철저히 경계하며 보호했는데, 결국 그 아이들이
절망으로 죽게 되다니. 막 잠이 들려던 순간, 이런 생각이 드는 거야.
그 아이들이 아무에게도 도움을 요청하지 않은 것은 한 가지 단순
한 이유 때문이 아닐까—세상을 보고 싶어서 말이야. 난 그 아이들
이 손을 맞잡고 문밖으로 나와 계단을 내려가 뒷마당으로 걸어 들어
가는 모습을 상상했어. 두 아이는 서로 손을 꼭 잡고 마당에 서서 공
기 냄새를 맡고 경이로움에 입을 다물지 못하며 주위를 온통 둘러
싼 나무들을 올려다봐. 삶은 끝나가고 있지만—단 한 번—그 아이들
의 인생은 경이로워.

사랑해—내가

피터에게,

2065년 4월 19일

소식 뜸해서 미안하다. 몇 주는 되었지. 하지만 무슨 일이 있었는지 알면 날 이해해줄 거야.

이든이 떠났어. "떠났다"는 건 쪽지 하나만 남기고 하룻밤 사이에 사라졌다는 말이 아니야. 우린 이든이 어디 있는지 정확히 알고 있거든—윈저 테라스의 아파트에서 아마도 짐을 꾸리고 있겠지. "떠났다"는 건 이든이 더 이상 부모 역할을 원치 않는다는 뜻이야. 그렇게 말하더라고. 정확하게는, "그냥 제 안에 부모 자질은 없는 것 같아요."

그밖에는 사실 더 할 말이 없고, 사실 별로 놀랍지도 않아. 찰리가 태어난 이래 내가 이든을 본 건 여섯 번 정도밖에 안 돼. 그래도 내가 그 집에 살지 않는다는 것도 고려해야 하니, 그러면 추수감사절과 크리스마스, 새해 정도보다는 더 자주 왔을 수도 있지. 하지만 이든이 있을 때 너대니얼이 늘 얼마나 조심조심 신경 썼는지를 생각하면, 그 가능성도 별로 없어 보여. 너대니얼은 내게 절대 이든에 대한 불평을 늘어놓지 않거든—내 생각엔, 이든을 좋게 생각해서가 아니라, "이든은 나쁜 엄마야"라고 소리 내어 말해버리면 정말로 나쁜 엄마가 될 것 같아서 그런 것 같아. 이든은 이미 나쁜 엄마였는데. 말도 안 되지만 그게 너대니얼의 사고방식이야. 너와 난 나쁜 어머니가 어떤 건지 알지만, 너대니얼은 모르거든—너대니얼은 늘 어머니를 사랑했고, 어머니라고 해서 다 애정은 고사하고 책임감에서라도 자기 역할을 다 하지는 않는다는 사실을 아직도 잘 이해 못 해.

이든과 너대니얼이 그 이야기를 했던 자리에 나는 없었어. 데이비드도 없었고. 데이비드가 어디 있는지는 점점 더 오리무중이야. 하지만 이든이 어느 날 너대니얼에게 문자를 보내서 이야기 좀 하자며 공원에서 만나자고 했다더군. "찰리를 데려갈게." 너대니얼이 말하자, 이든은 재빨리 그러지 말라면서 감기"나 뭔가"가 걸려서 찰리에게 옮기고 싶지 않다고 했어. (도대체 무슨 생각을 한 걸까? 자기가 찰리에게 더 이상 관심이 없다고 말하면 너대니얼이 아기를 자기 품에 떠안기고 도망이라도 칠 것 같았나?) 그래서 두 사람은 공원에서 만났어. 너대니얼은 이든이 30분 늦었고 (이든은 지하철이 끊겨서 그랬다고 탓했다는데, 지하철은 벌써 6개월째 끊긴 상태거든) 어떤 남자와 같이 왔는데 그 남자가 몇 야드 떨어진 벤치에서 기다리는 사이에 이 나라를 떠난다고 말했대.

"어디로?" 최초의 충격이 가시자 너대니얼이 물었어.

"워싱턴요." 이든이 말했어. "어린 시절에 가족이 올카스 섬에서 휴가를 보내곤 해서 늘 거기서 살아보고 싶었어요."

"하지만 찰리는 어쩌고?" 그가 물었어.

그러자, 너대니얼 말로는, 뭔가—어쩌면 죄의식이, 내 마음 같아서는 수치심이—이든의 얼굴을 수치고 지나갔어. "찰리는 당신이랑 여기 있는 게 더 좋을 것 같아요." 그녀는 그렇게 말했고, 너대니얼이 아무 말도 하지 않자 말했어. "당신은 이 일 잘하잖아요. 그냥 제 안에 부모 자질은 없는 것 같아요."

이제부턴 전과 다르게 간결하게 써볼 작정이라, 둘 사이에 왔다 갔다 한 말들, 애원, 데이비드를 끌어들이려 했던 많은 시도들, 협상 시도

들은 다 생략하고 그냥 이젠 이든은 찰리의 인생과는 상관없는 사람이 되었다고만 말할게. 이든은 자기 권리를 끝내는 서류에 서명했고, 그래서 데이비드가 찰리의 유일한 부모가 됐어. 하지만 말했듯이, 데이비드는 집에 있는 일이 거의 없고, 그러니 법적으로는 아니라도 사실상 너대니얼이 유일한 부모인 거지.

"뭘 해야 할지 모르겠어." 너대니얼이 말했어. 어젯밤 저녁 먹고 나서 일이야. 우린 응접실 소파에 앉아 있었어. 찰리는 너대니얼의 품에 안겨 잠들어 있었고. "애 침대에 눕혀야겠다."

"아니." 내가 말했어. "내가 안고 있을래." 너대니얼은—애정과 짜증이 반반 섞인—그 특유의 표정으로 나를 쳐다보더니 아기를 내 품에 안겨줬어.

우린 그렇게 잠시 앉아 있었어. 나는 찰리를 보고, 너대니얼은 찰리 머리를 쓰다듬으면서. 시간이 우리 발밑에서 꺼져 사라지고—부모로, 부부로—두 번째 기회가 주어진 듯한 이상한 느낌이 들었어. 우린 지금보다 더 젊으면서 더 늙었고, 우리가 잘못할 일들을 다 알고 있지만 앞으로 벌어질 일들에 대해서는 아무것도 모르고, 이 아기는 우리 아기고, 지난 20년 동안 일어난 일들—내 일, 팬데믹, 수용소, 이혼—은 실제로 증발되어 사라져버렸어. 하지만 다음 순간 깨달았지. 그 모든 것을 지워버리면 데이비드도, 그러므로 찰리도 지워진다는 것을.

나는 손을 뻗어 너대니얼의 머리카락을 쓰다듬기 시작했고, 그는 내게 눈썹을 치켜올렸지만 이내 머리를 뒤로 기댔고, 우린 잠시 그렇게 있었어. 난 너대니얼의 머리카락을 쓰다듬고, 너대니얼은 찰리의 머리를 쓰다듬으면서.

"아무래도 내가 여기 들어와서 살아야겠다." 내가 말하자, 그는 나를 쳐다봤고 다른 눈썹을 휙 치켜올렸어.

"네가?" 그가 물었어.

"그래." 난 말했지. "널 도와줄 수도 있고 찰리랑도 더 많이 같이 있을 수 있잖아." 이런 제안을 할 생각은 없었지만, 말을 하고 보니 그게 옳은 일 같았어. 내 아파트—예전 우리 아파트—는 사람이 사는 곳이라기보다 물건 창고가 되었어. 나는 잠은 연구실에서 잤고, 식사는 너대니얼의 집에서 하니까. 그리고는 아파트에는 옷을 갈아입으러 가지. 사실 말이 안 되잖아.

"음." 그가 말하더니 약간 자세를 고쳐 앉았어. "반대는 안 해." 그러더니 잠시 말을 멈췄어. "다시 합치는 건 아니야, 알지?"

"알아." 내가 말했어. 기분도 나쁘지 않았어.

"섹스도 안 해."

"그건 두고 보고." 내가 말했어.

그는 눈을 굴렸어. "정말 안 해, 찰스."

"좋아." 난 말했어. "어쩌면 하고, 어쩌면 안 하고." 하지만 그냥 놀리려고 한 말이야. 나도 어차피 너대니얼과 섹스하는 덴 관심 없거든.

어쨌거나, 그냥 최근 소식이야. 분명 궁금한 것들이 있을 거야. 그냥 물어봐. 어차피 며칠 후에 볼 거니까. 이사를 도와줄 수도 있겠지?

(농담이야.)

사랑해, 찰스

피터에게,

2065년 9월 3일

너랑 올리비에가 보내준 장난감 너무 잘 받았어. 고맙다. 정말 딱 시
간 맞춰서 도착했고, 찰리가 너무 좋아해. 즉, 보자마자 고양이를 입
에 넣고 어적어적 씹기 시작했다는 말인데, 그건 부정할 수 없는 애
정의 표시거든.

난 첫 번째 생일파티 경험은 많지 않지만, 이 파티는 조촐했어. 그냥
나랑 너대니얼, 심지어 데이비드도 있었고, 물론 찰리가 있었지. 너도
최신 음모 이론을 들어봤을 거야. 지난달 발생한 병을 정부에서 만들
었다는 거 말이야 (뭘 하려고 그랬다는 건지, 무슨 목적인지는 절대 말하지 않
지. 그런 이론들에 논리는 방해만 되니까). 하지만 데이비드는 그 말을 믿는
눈치고 오후 내내 나오는 최대한 말을 섞지 않으려고 애를 썼어.

찰리를 안고 있는데, 데이비드가 지저분하고 수염도 안 깎은 모습으
로 들어왔어. 하지만 평소에도 늘 그런 모습이야. 옷을 벗고 손을 씻
고 내 쪽으로 오더니 내가 아기 두는 자리에 불과한 것처럼 다짜고
짜 내 무릎에서 아기를 안고 가서 카펫에 앉더군.

너도 아기 때 데이비드 기억하지—정말 마르고 조용했잖아. 조용하
지 않을 때는 울고 있었고. 내가 여덟 살 때 어머니는 말했어. 자기
아이에 대한 부모의 생각은 아기가 태어나고 나서 첫 6주 (아니면 한
달이었나?) 사이에 결정된다고. 어머니가 떠나기 직전 일이야. 기억하
지 않으려고 애썼지만, 데이비드가 아기였을 때 그 말이 어느 순간
갑자기 불청객처럼 덜컥 들이닥쳤어. 심지어 지금도 그런 생각이 들

305

어. 내 마음 깊은 곳 어디선가 데이비드를 싫어했던 게 아닐까, 그래서 데이비드가 마음속 깊은 곳에서 그걸 아는 게 아닐까 하는.

찰리에게서 얻는 기쁨이 그렇게 큰 이유는 어느 정도는 그 기억 때문인 것 같아—그냥 기쁨이 아니라 안도감이야. 찰리는 사랑하고 안아주고 예뻐해주기 너무 쉬운 아이야. 데이비드는 안아주려고 하면 몸을 뒤로 뻗대면서 품에서 빠져나갔는데 (공정하게 말하자면 너대니얼도 마찬가지지) 찰리는 품 안으로 파고들고, 미소를 지으면 미소로 화답해줘. 찰리와 있으면 다들 더 부드럽고 다정해져. 마치 우리의 실체를 찰리에게는 숨기기로 서로 합의라도 한 것처럼, 찰리가 그걸 알게 되면 우리를 비난하면서 벌떡 일어나 문을 열고 우리를 영영 떠나버리기라도 할 것처럼 말이야. 찰리의 애칭에는 다 고기 이름이 들어가. 우린 찰리를 "돼지 등심," "양고기," "갈비"라고 부르지—배급이 시작된 이후로 몇 달째 먹지 못한 것들이야. 때로는 찰리의 다리를 물어뜯는 척하면서 개처럼 으르렁거리기도 해. "널 잡아먹을 테다." 너대니얼이 찰리의 허벅지에 이를 대고 말하면 찰리는 숨넘어가게 깔깔 웃지. "당장 잡아먹을 테다!" (맞아, 너무 깊이 생각하면 좀 불편한 일이긴 해.)

너대니얼이 통 크게 레몬 케이크를 구웠고, 찰리만 빼고 나눠 먹었어. 너대니얼은 아직 찰리에겐 설탕을 안 주는데, 아마 그게 최선일 거야. 찰리가 우리 나이가 됐을 때 설탕이 얼마나 남아 있을지 누가 알겠어. "제발, 아빠, 조금만." 데이비드가 케이크 부스러기를 개에게 주듯 찰리 앞에 내민 채 말했지만, 너대니얼은 고개를 흔들었어. "절대 안 돼." 그가 말하자, 데이비드는 미소를 지으며 한숨을 지었지만,

거의 뿌듯한 표정이었어. 마치 자기가 할아버지이고 말도 안 되는 때를 쓰는 아들한테 쯧쯧하고 혀를 차는 것처럼 말이야. "내가 어쩌겠니, 찰리?" 데이비드는 딸에게 물었어. "난 노력해봤단다." 그러고는 찰리를 재워야 하는 피치 못할 순간이 왔고, 그러고 나서 데이비드는 다시 응접실에 있는 우리에게 와서 정부와 (아직도 운영 중이라고 확신하는) 난민 수용소, (매장 수용소라고 우기는) 재배치 센터, 방염실과 방염헬멧의 무용성(이건 나도 속으로는 동의해)에 대해, 질병관리센터뿐만 아니라 "국가 예산 지원을 받는 다른 연구소들"(예를 들어, 록펠러)이 병을 치료하는 게 아니라 병을 만들어내고 있다는 음모 이론에 대한 준비된 장광설을 쏟아내기 시작했어. 데이비드는 국가가 거대한 음모라고, 홀로그램과 음향 시설, 방음 설비를 갖춘 벙커에 엄숙한 표정으로 모여 앉은 백발에다 군복 차림의 백인 남자 수십 명에 의해 운영되고 있다고 생각하고 있지—진실이 그 진부함에 짓밟혀 뭉개질 판이야.

약간의 변형은 있지만 지난 6년 동안 들어온 똑같은 연설이야. 하지만 그 연설을 들어도 이젠 괴롭지 않아—아니, 적어도 같은 이유로 괴롭지는 않아. 전에도 그랬지만, 이번에도 나는 데이비드를 그냥 지켜보기만 했어. 너대니얼을 향해 몸을 쑥 내민 채 시끄럽게 속사포처럼 떠들어대느라 침을 닦아가며 일장연설을 하는 여전히 열정 넘치는 데이비드와 지친 기색으로 고개를 끄덕거리는 너대니얼을 보자 삐뚤어진 서글픔이 느껴졌어. 더라이트가 표방하는 바를 데이비드가 믿고 있다는 것을 알지만, 데이비드가 그 조직에 들어간 것은 속할 곳을, 드디어 자기 것이라고 느낄 곳을 찾고 싶은 마음 때문이라는 것도 난 알거든.

하지만 데이비드가 그렇게 충성을 바치는데도 불구하고 더라이트는 데이비드에게 애정이 없어 보여. 너도 알다시피, 더라이트는 군대와 유사한 계급 구조를 가지고 있어서 위원회에서 계급을 올려줄 때마다 오른팔 안쪽에 별을 문신으로 새기잖아. 처음 만났을 때 이든은 별 세 개였고, 너대니얼이 마지막으로 봤을 때 네 번째 별이 더해져 있었다고 했어. 하지만 데이비드의 손목에는 외로운 별 하나뿐이야. 데이비드는 (네 보고서를 보고 안 건데) 허드렛일만 맡는 영원한 보병이야. 기술자들이 폭탄을 만드는 데 사용할 잡다한 재료나 입수해 올 뿐, 성공적 공격을 치하하는 본부의 역겨운 연설 감사 명단에 이름이 거론되는 법은 절대 없지. 데이비드는 이름 없이 잊힌 아무것도 아닌 존재야. 물론 난 그래서 기뻐. 데이비드가 관계없고 무시당하는 게―그래야 안전하고 연루되지 않으니까. 하지만 한편으로는 더라이트를 싫어하게 된 이유가 그 조직이 유포하는 소리들도 싫지만 내 아들의 노력을 알아주지 않아서이기도 하다는 것을 깨달았어. 데이비드는 집 같은 곳을 찾아 더라이트에 들어갔는데, 그곳도 결국 데이비드를 다른 사람들과 똑같이 취급했거든. 하면서도 말도 안 되는 소리라는 거 알아―그 애 팔에 파란 별들이 수두룩했으면 내가 더 행복했을까? 아니, 물론 아니지. 하지만 그랬으면 다른 종류의 괴로움, 아마도 뒤틀린 긍지 같은 괴로움, 너대니얼과 나를 가족으로 보지 않지만 그래도 결국 자기 가족을 찾았구나, 라는 안도감이 뒤섞인 괴로움을 느꼈겠지. 그 새 가족이 아무리 위험하고 잘못됐다 해도 말이야. 데이비드는 이든 외엔 누구도 집에 데려와 소개한 적이 없어. 친구 이야기는 한 번도 한 적 없고, 문자가 너무 많이 와서 저녁 식사 도중 전화기를 잡고는 화면을 보고 씩 웃으며 답 문자를 두드린 적도 없어. 데이비드가 활동하는 모습을 한 번도 본 적은 없지만, 내 머릿속에서 떨칠 수 없는 이미지는 무리 언저리에서 어정대며 이야기를 들을 뿐 함께 대화하자는 권유는 절대 받지 못하는 주변인이야. 물론 그걸 증명할 수야 없지만, 내 생각엔 데이비드가 자기 딸과 더 많은 시간을 보내지 않는 데는 이렇게 친구가 없는 것도 어느 정도 작용하는 것 같아―데이비드는 마치 자기의 외로움을 딸에게 전염시킬까 봐, 딸도 자신을 별 볼 일 없는 사람으로 보게 될까 봐 두려워하는 것 같아.

그래서 정말 가슴이 아프다. 종종 예전 생각이 나―데이비드는 스물다섯 살의 성인에다, 심지어 아버지이기까지 한데도, 걸핏하면 그때가 떠올라. 어린 시절 하와이 놀이터에 있던 데이비드의 모습, 데이비드에게서 달아나던 다른 아이들의 모습, 심지어 그때도 자기에겐 뭔가 잘못된 구석이, 사람들에게 불쾌감을 주는 면모가, 남은 평생 따로 외톨이가 될 수밖에 없는 뭔가가 있다는 것을 알고 있던 데이비드의 모습이.

지금 내가 할 수 있는 일이라고는 데이비드가 잘 되기를 바라는 것, 데이비드의 아이와 더 잘 지내고 더 잘해주는 것밖에 없어. 데이비드에게 해주지 못했던 것을 찰리를 통해 보상할 수 있다고는 말할 수 없지만, 노력하는 게 내 책임이라는 것은 알고 있어. 데이비드가 아기였을 때 이후로 너무 많은 것들이 달라졌어. 너무 많은 것들이 사라졌어. 우리 집, 우리 가족, 우리 희망들. 하지만 아이들에게는 어른이 필요해. 그것만은 달라지지 않았어. 그래서 난 다시 노력해볼 수 있어. 할 수 있을 뿐만 아니라, 해야만 해.

사랑을 담아, 찰스

피터에게,

2067년 1월 7일

정말 힘든 하루, 정말 긴 주였다. 위원회에서 늦게 돌아왔어―유모는 벌써 몇 시간 전에 찰리를 재웠고, 요리사는 밥 한 공기와 두부, 오이절임을 남겨뒀어. 밥공기 옆에는 삐쭉삐쭉하게 굵은 초록색 크레용 선이 그려진 종이 한 장이 놓여 있었어. "찰리가 할비에게." 유모가 종이 오른쪽 아래에 이렇게 써놓았더군. 월요일에 연구실에 가져가려고 그 종이를 서류 가방에 넣어뒀어.

위원회는 선거 후 영국―미안, 뉴브리튼―에서 벌어지고 있는 일들에 대해 논의했어. 다들 네가 생각하는 것보다 훨씬 더 조화롭게 이행이 이루어지고 있다고 생각한다는 것을 들으면 너도 기뻐할 거야. 그리고 모든 것에도 불구하고 네가 잘못된 결정을 했고, 주민들에게 너무 관대하게 굴었고, 항의꾼들에게 졌다고 다들 생각하고 있다는 소리는 들어도 전혀 놀랍지 않겠지. 또, 지하철을 재개시키는 네 결정은 미친 짓이라고 하나같이 말했어. 나도 의견이 완전히 다르지는 않아.

저녁을 먹은 후 나는 집 안을 돌아다녔어. 이건 내가 한 주가 끝날 때마다 하기 시작한 일이야. 그 일이 있고 첫 번째 토요일, 꿈을 꾸다가 깨어난 후부터 하게 됐지. 그 꿈에서 너대니얼과 나는 예전에 우리가 살던 하와이 집에 돌아가 있는데, 나이는 지금 나이였어. 그 꿈에서 데이비드가 있었는지는 모르겠어—자기 집에 있었는지, 우리랑 같이 살지만 심부름을 갔는지, 아예 태어나지도 않은 건지는 모르겠어. 너대니얼은 우리가 만난 직후 찍은 사진을 찾고 있었어. "그 사진에서 웃기는 걸 발견했거든." 그는 말했지. "꼭 보여주고 싶어. 그런데 도대체 어디 뒀는지 모르겠네."

그 순간 잠에서 깼어. 꿈이라는 걸 알았지만, 난 알 수 없는 힘에 끌린 것처럼 일어나서 사진을 찾기 시작했지. 다음 한 시간 동안 이 층 저 층을 돌아다니며—유모와 요리사가 4층으로 옮기기 전의 일이야—서랍을 마구 열어 보고 책장에서 아무 책이나 꺼내 책장을 휘리릭 넘겨봤지. 부엌 조리대 위 잡동사니—철끈, 고무줄, 종이 클립, 안전핀 등 어린 시절 쓰던 작고 별것 아니지만 요긴한 물건들—를 담아둔 그릇 안을 뒤적여봤어.

너대니얼의 옷장, 아직도 너대니얼의 냄새가 나는 셔츠들을 뒤지고, 화장실 수납장을, 소용없다는 게 증명된 지 오래인데도 너대니얼이 계속 먹던 비타민을 샅샅이 뒤졌어.

처음 몇 주 동안은 데이비드 방에는 들어갈 권리도, 마음도 없었지만, 수사가 다 끝난 후조차 난 그 방문은 계속 닫아둔 채 3층에는 아예 갈 일조차 없도록 너대니얼의 방이었던 아래층 방으로 옮겼어.

두 달이 지나고서야 마침내 난 데이비드 방에 발을 들일 수 있었어. 당국에서는 방을 아주 깔끔하게 해놓고 갔더군. 일단은 그냥 짐이 줄어서 그런 것도 있어. 다 없어졌으니까. 데이비드의 컴퓨터들과 전화기들도, 바닥에 쌓여 있던 서류와 책들도, 그 용도를 깊게 생각했다면 오래 전 당국에 직접 신고했어야만 했을 못과 압정과 철사 조각 같은 물건들이 담긴 수십 개의 조그만 서랍 수십 개가 달린 바퀴 달린 플라스틱 수납함도 다 사라졌어. 마치 지난 10년을 완전히 지워버리고 간 것 같아.

그래서 남은 것이라곤—데이비드의 침대, 옷가지 몇 개, 십대 시절 만든 괴물 인형 몇 개, 아기 때부터 자기 방에는 꼭 걸어뒀던 하와이 국기—더라이트에 들어가기 전, 데이비드와 너대니얼과 내가 서로에게서 멀어지기 전, 우리 가족 실험이 실패하기 전인 십 대 시절의 흔적밖에 없어. 시간이 흐르기는 했다는 것을 보여주는 유일한 표시는 침대 옆 탁자 위에 올려둔 찰리의 사진 액자 두 개밖에 없어. 너대니얼이 준 첫 번째 사진은 찰리의 첫 번째 생일날 찍은 사진인데, 간 복숭아를 온 얼굴에 바른 채 환하게 웃고 있는 사진이고. 두 번째는 몇 달 후 너대니얼이 찍은 짧은 영상인데, 데이비드가 찰리의 팔을 잡고 빙빙 돌리고 있어. 카메라는 처음 데이비드의 얼굴에서 출발해서 찰리의 얼굴로 이동하고, 행복해서 입을 활짝 벌리고 웃으며 소리치는 두 사람이 보여.

그날로부터 거의 넉 달이 지난 지금은 두 사람 생각을 전혀 안 하고도 몇 시간이 지나갈 때가 있어. 순간적으로 떠오른 망상—지루한 회의 도중, 예를 들어, 너대니얼이 저녁으로 뭘 만들고 있을까, 라거나 데이비드가 이번 주말에는 찰리를 보러 올까 같은 생각—에 망연자실해지는 일도 이젠 없어. 그래도 멈출 수 없는 것은 내 눈으로 직접 보지 않았지만, 극비자료 사진들을 볼 기회를 제안받았을 때도 거절했지만, 바로 그 순간에 대한 생각이야. 폭발, 산산조각으로 터진 장치 바로 옆에 있었던 사람들, 깨지는 항아리들. 전에 너한테 말했지, 그 파일을 영원히 닫기 전 그날 밤에 찍힌 사진 한 장은 봤었다고. 그 폭발 장치가 터졌던 소스와 수프 코너 근처 바닥을 찍은 사진이야. 바닥은 끈적끈적한 붉은 물질로 덮여 있는데, 피가 아니라 토마토 소스이고, 그 폭탄 열기에 휘어지고 시커멓게 탄 수백 개의 못이 사방에 흩어져 있었어. 사진 오른쪽에는 절단된 남자 손과 팔 일부가 보였는데, 손목에는 여전히 시계를 차고 있었지.

또 하나 본 건 데이비드가 가게 안으로 달려 들어가던 순간이 기록된 짧은 영상이야. 소리는 들리지 않지만, 고개를 이리저리 돌리는 모습으로 봐서 필사적이라는 것을 알 수 있어. 그리고 입을 여는데, 뭐라고 외치고 있어. *아빠! 아빠! 아빠!* 외마디 소리야. 그러고는 가게 더 안쪽으로 달려 들어가고, 그러고는 조용하다가, 닫혀 있던 문이 흔들거리면서 화면이 하얗게 변해.

이 영상을 입수한 후 나는 데이비드가 폭발과 관계 있을 리가 없다, 데이비드는 너대니얼을 사랑했다, 너대니얼을 죽이려 했을 리가 없다는 것을 증명하려고 조사관들과 각료들에게 이 영상을 몇 달 동안이나 계속 보여줬어. 데이비드는 너대니얼이 이 식료품 가게에 간다는 것을 알고 있었다, 더라이트의 계획을 알게 되고 가게에 간다는 너대니얼의 문자를 받았을 때, 너대니얼을 찾으려고, 그를 구하려고 안으로 들어가지 않나?

다른 사람들을 죽일 생각은 없었다는 확언은 할 수 없었지만─그래도 그런 말을 하기는 했어—너대니얼을 죽일 생각은 없었다는 것을 안다, 라고.

하지만 국가는 내 말에 동의하지 않았어. 화요일에 내무부 장관이 직접 와서 설명해줬어. 데이비드는 일흔두 명의 사망자를 낸 반란 단체의 "알려진 주요" 단원이므로 사후 반역 선고를 내릴 수밖에 없다고. 그 말은 데이비드는 묘지에 묻히거나 매장될 수 없고, 데이비드의 재산은 후손이 상속받지 못하며 모두 국가에 몰수된다는 뜻이지.

그러고는 장관이 이상한 표정을 짓더니 말하는 거야. "그래서 전남편분께서 집과 재산은 아들을 건너뛰고 곧바로 손녀에게 상속될 거라고 유언장에 명시해뒀던 것은—이런 끔찍한 상황에서 그런 말을 써도 된다면—다행스러운 일입니다."

데이비드의 죄에 대해 방금 들은 소리 때문에 경황이 하나도 없던 터라 나는 장관이 무슨 말을 하려고 하는 건지 금방 이해하지 못했어. "아뇨," 나는 말했지. "아뇨, 그건 사실이 아닙니다. 모두 데이비드에게 가게 되어 있어요."

"아니요." 장관이 대답하더니, 제복 주머니에서 뭔가 꺼내 내게 건넸어. "뭔가 잘못 알고 계시는 것 같습니다, 그리피스 박사님. 유언장에는 전 재산을 손녀에게 물려준다고 분명히 적혀 있습니다. 박사님이 집행자고요."

그 서류 다발을 펼쳐 봤더니, 정말 그렇게 적혀 있었어. 마치 1년 전이 유언장을 만들고 서명할 때 내가 증인으로 그 자리에 있지 않던 것처럼 말이야.

그 유언장에는 찰리를 위해 신탁을 만들지만, 집은 사망 시 반드시 찰리에게 물려줘야 한다는 조건으로 데이비드가 물려받게 되어 있었어. 하지만 지금 너대니얼과 내가 서명하고, 우리 세 사람 인장—변호사, 너대니얼, 나—을 찍고 수위표를 넣은 이 서류는 장관의 말을 증명하고 있었어. 그리고 또 하나. 서류에 찰리의 공식 이름은 "찰리 빙엄-그리피스"가 아니라 그냥 "찰리 그리피스"로 되어 있었어—애 아버지의 이름과 너대니얼의 이름은 존재가 없어졌어.

내가 고개를 들고 장관을 보자, 그는 알 수 없는 표정으로 오랫동안 나를 물끄러미 보더니 일어섰어. "그 사본은 박사님이 보시도록 두고 가겠습니다, 그리피스 박사님." 그러고 그는 떠났어. 그날 밤 집에 와서야 나는 서류를 불빛에 비춰보며 그 서명이 얼마나 완벽한지, 인장이 얼마나 정확한지 살펴봤어. 그러자 갑자기 덜컥 겁이 나면서 그 서류가 모종의 방법으로 도청당한 게 분명하다는 확신이 들었어. 비록 그 기술은 사라진 지 적어도 10년은 되었지만.

나는 그 후 계속 유언장 원본을 찾는 중이야. 그래봤자 소용없고 심지어 위험할 뿐이겠지만. 난 너대니얼이 금고에 보관했던 서류를 다 옮겨놓고 매일 밤 조금씩 살펴보면서 인생이 거꾸로 가는 과정을 지켜보고 있어. 그 사건 3주 전 너대니얼을 찰리의 공식적, 법적 보호자로 지정하는 서류, 이든이 딸에 대한 모든 법적 권한 상실에 동의한다고 서명한 서류, 찰리 출생증명서, 집문서, 오브리의 유서, 우리 이혼 서류.

그러고 나자 난 길을 잃었어. 나는 유언장을 찾고 있다고 생각했지만, 사실은 아닌 것 같아. 내가 살펴본 곳들은 너대니얼이 애초에 유언장을 넣었을 만한 곳이 아니고, 혹여나 집에 사본을 두었다 하더라도 오래전에 감쪽같이 사라졌을 테니까. 찾아봤자 소용없어. 변호사에게 전화한 게 소용없었던 것처럼. 변호사는 아니다, 내가 착각한 거다, 내가 말하는 유언장은 존재한 적도 없다, 라고 주장했어. "스트레스가 많으시죠, 찰스." 그는 말했어. "슬픔이 크면,"—그는 머뭇거렸어—"기억에 오류가 있기도 합니다." 그러자 난 다시 겁이 나서 그 말이 맞다며 전화를 끊었어.

난 운이 좋아, 나도 알아. 반란자들의 친척도, 데이비드에 비하면 훨씬 피해가 덜한 공격에 연루된 사람들도 그보다 훨씬 더한 일을 당했으니까. 난 여전히 국가에 너무 쓸모 있는 존재야. 그러니 내 걱정 안 해도 돼, 피터. 아직은. 당장 위험할 일은 없어.

하지만 때로는 내가 정말 찾고 있는 건 유언장이 아니라 이 모든 일이 시작되기 전 나 자신의 흔적이라는 생각이 아닐까 하는 생각이 들어. 얼마나 멀리까지 되돌아가야 할까? 국가가 설립되기 이전? "해결책의 설계자"가 될 생각이 없냐는 정부 부처의 전화를 받기 전? 50년 병 이전? 그보다 더 전으로? 록펠러에 들어오기 전? 얼마나 멀리까지 가야만 할까? 얼마나 많은 결정을 후회해야 할까? 때로는 이 집 어딘가에 해답이 적힌 종잇조각이 숨겨져 있을 것 같은 생각이 들어. 그래서 열심히 희망하면 처음 길을 잘못 들기 시작한 달에, 아니면 해에 깨어날 거라고. 그러면 이번에는 내가 했던 일들을 반대로 할 거야. 아무리 아파도. 그게 잘못이라는 생각이 든다 해도.

사랑을 담아, 찰스

피터에게,

2067년 8월 21일

일요일 오후에 연구실에서 인사 보낸다. 난 여기서 밀린 일을 하고 베이징에서 온 보고서를 읽고 있어—넌 금요일 보고서 어떻게 생각해? 우린 아직 논의 안 했지만, 너도 놀라지 않았을 거라고 생각해. 맙소사, 저 바보 같은 방역실뿐만 아니라 헬멧도 완전히 무용지물이라는 것을 확실히 알게 되면 폭동이 일어날걸. 그것들을 설치하고 유지하고 15년마다 한 번씩 교체하느라고 등골이 빠진 사람들한테 이제 와서 아이고, 실수였어요, 다 없애버리세요 하고 말하라고? 그 발표는 월요일부터 일주일 뒤로 정해졌는데, 반응이 좋지 않을 거야.

하지만 앞으로 닷새가 최악이야. 화요일에는 인터넷이 무기한 "정지" 될 거라는 발표가 있고. 목요일에는 캐나다, 멕시코, 서부 연합, 텍사스를 포함한 외국을 오고 가는 모든 해외여행 또한 정지될 거라는 발표가 나갈 거야.

내가 너무 심란해서 찰리도 그걸 느꼈어. 내 무릎에 기어 올라오더니 얼굴을 톡톡 두드리는 거야. "슬퍼?" 묻길래 그렇다고 했지. "왜?" 그래서 이 나라 사람들이 싸우고 있는데 우린 그 싸움을 멈추게 하려고 애써야 한다고 대답했어. "아." 그러더니, "슬퍼하지 마, 할비" 하고 말하는 거야. "너랑 있으면 절대 안 슬프단다." 대답은 그렇게 했지만, 슬펐어—이게 찰리가 살아야 하는 세상이라서 슬퍼. 하지만 결국은 찰리에게도 진실을 말해야 하지 않을까. 난 사실 늘 슬프고, 슬퍼도 괜찮다고. 하지만 찰리는 너무 행복한 아기여서 그런 걸 알려주는 건 부도덕한 짓 같아.

법무부와 내무부에서는 3개월 이내 데모를 진압할 수 있다고 확신하는 것 같아. 군대를 배치할 준비도 되어 있고. 하지만 너도 지난 번 보고서에서 봤겠지만, 군대 내 침투한 반란자들의 숫자가 놀라울 정도로 많아지고 있어. 군에서는 병사들의 "충성심을 시험할" 시간이 필요하다고 말해 (그게 도대체 무슨 뜻이야). 법무부와 내무부에서는 지체할 시간이 없다고 하고.

가장 최근 보고서는 "역사적으로 사회적 약자"에 속한 시민들 다수가 반란 행위를 돕고 있다고 주장하고 있지만, 특별 처벌에 대한 이야기는 아직 없어. 다행이지—난 보호받고 있고, 난 예외라는 걸 알고 있지만, 그래도 늘 불안하거든.

내 걱정은 하지 마, 피터. 걱정하는 거 알지만, 그래도 애써봐. 아직은 날 제거하지 못해.

내 디지털 접근권도 물론 축소되지 않았고—일단 내가 베이징과 연락해야 하잖아—우리 연락은 다 암호화되어 있긴 하지만 그냥 조심하는 차원에서라도 앞으로는 공통의 친구를 통해 편지를 보낼 수도 있어. 그러면 편지가 좀 더 뜸해지겠지만 (너 좋겠다) 동시에 더 길어질 거야 (그건 안 좋을 테고). 상황을 지켜보자. 긴급 상황에서 나한테 어떻게 연락해야 하는지는 알고 있으니까.

너와 올리비에에게 사랑을 담아, C

피터에게,

2070년 9월 6일

이른 아침에 연구실에서 이 편지를 쓴다. 아, 올리비에와 함께 보내
준 책과 선물들 고마워—선물들이 도착한 지난주에 편지를 쓰려고
했지만 잊어버렸어. 찰리가 제때 퇴원해서 생일을 집에서 보낼 수 있
기를 바랐지만, 화요일에 심각한 발작을 일으켜서 병원에서 며칠 더
입원시키기로 결정했어. 주말 동안 경과가 안정되면, 월요일에 퇴원
시켜주겠대.

당연히 난 매일 낮 찰리 옆에 있고 밤도 대부분 거기서 보내. 위원회
는 지나치다 싶을 정도로 인간적으로 편의를 봐줘. 우리 중 누군가
의 아이나 손주가 감염되리라는 것—그런 일이 생기지 않기에는 확
률이 너무 높았지—을 알고 있다가 그게 자기들이 아니라 내 손녀여
서 안도한 것처럼 말이야. 찰리의 병실에는 평생 가지고 놀아도 남을
정도로 장난감들이 쌓여 있어. 장난감들이 일종의 제물이고 찰리는
조그만 신이어서, 찰리의 노여움을 달래면 자기네 자식들을 보호할
수 있기라도 한 것처럼.

우린 여기 프레아에 이제 2개월째 있어. 내일이면 사실 9주야. 오래
전 너대니얼과 내가 처음 이 도시에 왔을 때 이곳은 성인 암환자 병
동이었어. 그러다가 56년도에 감염 병동으로 개조되었고, 그러다 지
난겨울에는 소아 감염 병동으로 바뀌었어. 나머지 환자들은 예전 화
상 센터에 있고, 화상 환자들은 다른 병원으로 이송됐어. 아직 대중
들에게 감염병 사태를 발표하지 않았던 초기에 이 병원 앞을 지나갈

때면 난 고개도 들지 않고 종종걸음을 쳤어. 이곳이 앞으로 나올 어린이 환자들을 돌보기 최적의 장소라는 것을 알고 있었지만, 건물 외부를 절대 보지 않으면 그 내부를 볼 일도 절대 없을 것 같거든.

10층에 있는 병동은 동향이어서 강 쪽을, 따라서 화장장을 바라보고 있는데, 화장장 불은 3월 이후 쉬지 않고 타고 있어. 내가 손님이 아니라 참관인—혹은 병원에서 우리를 부르는 호칭인 "가족"—자격으로 병원을 방문했던 사태 초기에는 바깥을 둘러보고 시신을 가득 실은 밴들이 와서 배에 짐을 내리는 광경을 볼 수 있었어. 시신들이 너무 작아서 들것 하나에 네다섯 개가 쌓여 있었지. 첫 6주가 지나자 국가에서는 강 동쪽 경계선에 울타리를 쳤어. 배가 떠날 때 부모들이 강에 뛰어들어 건너편 해안으로 헤엄쳐 가려고 했거든. 그건 울타리가 막았지만, 그래도 10층에 있는 사람들(아이들은 대부분은 의식이 없으니 대체로 부모들)이 기분 전환이라도 하려고 창밖을 봤다가 그 대신 자기 아이들 대부분이 다음에 갈 장소를 목격하게 되는 잔혹하기 짝이 없는 아이러니는 막지 못했어. 마치 프레아가 마지막 목적지 전에 잠시 멈추는 장소에 불과한 것처럼 말이야. 그래서 병원에서는 10층과 다른 층들의 동향 창문들을 다 막고 미술 전공 학생들을 고용해서 그 위에 그림을 그리게 했지. 하지만 몇 달을 질질 끌며 사태가 길어지자, 학생들이 그려놓은 풍경들—야자수가 늘어서 있고 행복한 아이들이 보도를 걷고 있는 5번가, 행복한 아이들이 공작에게 빵을 먹이고 있는 센트럴 파크—도 잔인하게 보이기 시작했고, 결국 흰 페인트로 다 덮어 버렸어.

병동은 환자 120명을 수용할 수 있지만, 이제는 2백 명가량 입원해 있어. 찰리는 가장 오래된 환자야. 지난 9주 동안 다양한 환자들이 왔다 갔어. 대부분은 96시간 동안만 있지만, 찰리보다 한 살 정도 많은 것 같은 사내아이—일곱 살내지 여덟 살처럼 보였어—하나는 찰리보다 사흘 먼저 입원했다가 지난주에 죽었어. 그 애가 두 번째 장기 환자였지. 여기 있는 사람들은 모두 국가를 위해 일하는 사람이나 재배치 센터에 가지 않아도 될 정도로 국가에 큰 공헌을 한 사람과 관련이 있는 사람들이야. 우린 처음 7주 동안은 일인실에 있었고, 필요하면 언제까지라도 계속 있어도 된다는 보장을 받았지만, 일인실을 차지하고 있는 게 더 이상은 도덕적으로 정당화하기 힘들어. 그래서 이제 찰리에게는 두 명의 방 친구가 있고, 이 방에는 아직도 세 명이 더 잘 수 있어. 다른 부모들과 나는 서로 목례를 하지만—다들 어찌나 보호복을 챙겨 입고 있는지 보이는 건 서로의 눈밖에 없어—그 정도 외에는 다른 사람들이 존재하지 않는 것처럼 행동해. 오로지 우리 아이들만 존재하지.

너희 쪽에서 어떻게 하는지 봤지만, 여기서는 아이들 침대 주위에 투명 비닐로 벽을 둘러쳐, 에즈라와 히럼이 살던 그곳처럼. 부모들은 비닐 장막 바깥에 앉아 있다가 그 벽에 장착된 장갑으로 손을 넣어 적어도 접촉 비슷한 것을 하지. 현재 바이러스에 교차 반응을 일으키는 예전 바이러스에 무슨 이유에서건 한 번도 노출된 적 없는 몇몇 부모들은 프레아에 들어오지도 못 해—그 사람들은 아이들과 똑같이 위험하고 사실은 자기들부터가 격리되어야 해. 하지만 물론 안 그러지. 그 대신 그 부모들은 지난 몇 달 동안 날씨가 거의 참을 수 없을 지경으로 무더웠는데도 병원 밖에 서서 창문을 올려다보고 있어.

오래 전 어린 시절, 파리 호텔 방 발코니 밑에서 거기 묵고 있는 가수가 모습을 보이기를 기다리는 군중들을 찍은 옛날 영상을 본 적 있어. 여기도 그만큼 사람들이 많지만, 그 영상 속 군중들은 흥분해서 히스테리 직전의 상태였던 반면, 여기 모인 사람들은 기괴할 정도로 조용해. 조금이라도 시끄러운 소리가 나면 아이를 보러 들어갈 수 있는 기회가 날아가버리기라도 하는 것처럼. 아직 보균자이거나 병을 전염시킬 수 있는 가능성이 있는 한은 그럴 희망이라고는 전혀 없는데도 말이지. 운 좋은 사람들은 적어도 아이들이 아무 반응 없이 누워 있는 모습을 실시간 영상으로라도 볼 수 있지만, 운 나쁜 사람들은 그조차 못 봐.

그 아이들은 프레아에 들어올 때는 별개의 다른 사람들이지만, 자이코르로 치료받고 나면 2주 내에 비슷비슷한 모습이 돼. 너도 어떤 모습인지 알 거야. 쪼글쪼글하게 시든 얼굴, 약해진 치아, 탈모, 부스럼으로 뒤덮인 말단. 베이징에서 나온 보고서를 읽었지만, 여기서 사망률은 열 살 이하 아이들이 제일 높아. 청소년들은 생존 가능성이 훨씬 크지. 비록—누구의 보고서를 읽느냐에 따라—그 생존율조차 암울하긴 하지만.

우리가 아직 모르고, 적어도 앞으로 10여 년 동안은 알 수 없는 일은 자이코르의 장기적 영향이야. 그건 어린이용으로 만들어진 약이 아니고, 분명 그런 용량으로 아이들에게 줘서는 안 되는 약이야. 지난주 부로 우리가 알게 된 바는 그 약의 독성이—어떻게 그런 일이 생기는지는 모르지만—사춘기 성장 발달에 변화를 일으킨다는 거야. 즉, 찰리가 불임이 될 가능성이 아주 높다는 말이지. 겨우 짬을 내어 참석한 위원회 모임에서 이 이야기를 들은 후, 난 가까스로 화장실까지 와서 참았던 울음을 터뜨렸어. 찰리를 아홉 달만 더 안전하게 지켰더라면 백신이 나왔을 텐데. 하지만 난 그러지 못했어.

보고서를 읽고 찰리가 달라질 거라는 사실은 알고 있었고, 찰리는 정말 달라졌어. 하지만 내가 아직 모르는 많은 것 중 하나는 그게 어느 정도인지야. "손상이 있을 것이다." 최신 보고서에 이런 말이 있고, 그 손상에 대한 개요가 모호한 용어로 적혀 있었어. 인지적 변화. 반사능력 둔화. 발육 저해. 불임. 흉터. 첫 번째가 가장 무서웠어. "인지적 변화"는 너무 무의미한 문구잖아. 예전에는 재잘거렸는데 지금은 조용한 것—그게 인지적 변화일까? 갑자기 감정이 없어진 것—그게 인지적 변화인가? 전과 달리 깍듯하게 예의를 차리는 것—"내가 누구야, 찰리?" 처음 의식을 회복했던 날 난 물었어. "나 알아보겠어?" "네." 찰리는 날 물끄러미 보다가 말했어. "우리 할아버지요." "그래." 난 뺨이 아플 정도로 환한 미소를 지으며 말했지만, 찰리는 아무런 말도, 표정도 없이 멀뚱멀뚱 쳐다보기만 했어. "나야. 널 예뻐하는 할비." "할아버지." 찰리는 따라 말했지만, 그게 다였고, 그러더니 다시 눈을 감았어—그게 인지적 변화인가? 대화가 뚝뚝 끊기고, 유머 감각도 없고, 내 얼굴을 빤히 보기만 하고, 내가 다른 종족이어서 내 말을 해석하려고 애쓰는 것처럼 약간 혼란스러운 표정을 짓는 것—그게 인지적 변화인가? 어젯밤 예전에 좋아했던, 말하는 토끼 한 쌍 이야기를 읽어주었더니, 예전 같으면 꾀꼬리 같은 목소리로 "또!"하고 외쳤을 텐데, 텅 빈 눈으로 그냥 나를 쳐다보기만 했어. "토끼는 말 못 해요." 마침내 그렇게 말하더군. "맞는 말이야, 아가."

내가 말했지. "그래도 이건 이야기잖아." 그랬더니 아무 대답도 안하고 그냥 날 빤히 바라보기만 하는 거야. 표정을 알 수가 없어서 내가 덧붙였지. "이건 그냥 그런 척하는 거야."

또 읽어줘, 할비! 이번에는 흉내 더 잘 내면서!

"아." 겨우 그렇게 말했어.

그게 인지적 변화일까?

아니면 전과 달리 진지한 것—"할아버지"라는 호칭은 살짝 비난조처럼 들려, 마치 난 이런 숭고한 이름으로 불릴 자격이 없다는 것을 알고 쓰는 호칭 같아. 찰리가 목도한 그 많은 죽음의 불가피한 결과랄까? 찰리에게는 병이 굉장히 위중했다거나 이제까지 수십만 명의 아이들이 이 병으로 죽었다는 이야기는 하지 않으려고 조심했지만, 찰리는 어쨌거나 직관적으로 안 게 틀림없어. 어떻게 안 그럴 수 있겠어? 같은 방 친구들이 2주 사이 일곱 번이나 바뀌었고, 마지막 숨을 내쉬며 시신으로 변한 아이들을 옥양목으로 덮어 황급히 데리고 나갔는데. 찰리는 어쨌거나 잠들어 있어서 그 애들이 떠나는 것을 보지는 못했을 거야—이런 시기에도 그 정도의 인정은 있어.

나는 덕지덕지 앉은 딱지들 틈으로 가느다란 새 머리카락이 나기 시작하는 찰리의 두피를 쓰다듬었어. 요즘 하루에도 몇 번씩 속으로 되뇌는 보고서 문장을 또 생각하고 있었지. *이 발견들은 더 많은 생존자를 대상으로 연구하기 전까지는 추정에 불과하며, 그 영향의 지속 기간도 마찬가지이다.* "이제 자야지, 꼬마 찰리." 그렇게 말하자, 예전 같으면 살짝 칭얼거리면서 이야기 하나 더 읽어달라고 졸랐을 찰리가 금세 눈을 감더라고. 그렇게 고분고분한 모습을 보자 으스스 몸이 떨렸어.

지난 금요일에는 밤 11시(아니, 이제 국가에서는 23시라고 부르지)까지 찰리가 자는 모습을 지켜보다가 겨우 자리를 떠났어. 바깥 거리는 텅 비어 있었어. 첫 한 달 동안은 집에서 가져온 담요를 길바닥에 깔고 자면서 기다리는 부모들에게는 예외적으로 통금을 적용하지 않았어. 새벽이 되면 보통—양쪽 부모가 다 있을 경우—나머지 한 사람이 짝에게 음식을 가져다주고 교대해서 그 자리를 지키곤 했지. 하지만 그러다 국가에서 폭동을 두려워하게 되면서 철야 회합을 금지했어. 그 부모들이 원하는 것이라고는 그저 병원 안에 있는 자기 자식뿐이었는데. 물론 나는 단지 역학 차원에서라도 이 해산 조치에 찬성했지만, 사람들이 모두 떠나고 나서야 깨닫게 됐어. 모인 사람들이 내는 조그만 인간적인 소리들, 코 골고 중얼대는 소리, 책장을 휙휙 넘기는 소리, 병에서 물을 따라 꿀꺽꿀꺽 마시는 소리가 부두에서 공회전하고 있는 냉장 트럭 소리, 시트에 싼 시신들을 겹쳐 쌓을 때 툭 하고 면포 부딪히는 소리, 부두에 들락거리는 배 소리 같은 다른 소음들을 중화시켜줬다는 것을. 섬에서 일하는 사람들은 예를 갖추기 위해 말없이 일하도록 훈련받았지만, 때로는 누군가 소리 지르거나 욕하거나 간혹 우는 소리가 들려. 그럴 때면 그 이유가 시신을 떨어뜨려서라거나, 수의가 흘러내려 얼굴이 보여서라거나, 너무 많은 시신, 아이들 시신을 태우는 작업이 그저 너무 견딜 수 없어서라는 것을 모를 수가 없거든.

운전기사는 그날 밤 내가 어디 가는지 알고 있었고, 창문에 머리를 기대고 30분 정도 잠들었는데 기사가 센터에 도착했다고 알려주는 소리가 들렸어.

센터는 반세기 전에는 제비갈매기, 아비, 물수리 같은 멸종위기 새들을 위한 자연보존 구역이었던 섬에 있어. 55년에 제비갈매기가 멸종됐고, 그 다음 해에 남쪽 해안에 화장장이 하나 더 지어졌지. 하지만 그때 폭풍으로 섬이 잠기는 바람에 버려졌다가 68년에 국가에서 조용히 다시 짓기 시작해서 인공 모래사장을 만들고 콘크리트 방벽을 쌓았어.

방벽은 섬을 훗날의 홍수에서 보호하기 위한 용도이지만, 모호하게 감춰야 하기 때문이기도 해. 결코 그럴 의도는 아니었지만, 이 센터에는 결국 대개 아이들이 오게 되었거든. 부모들의 입장을 허용할 것인가 말 것인가를 두고 논쟁이 있었어. 난 허용해야 한다는 쪽이었어—대부분은 면역이 있었으니까. 하지만 위원회의 심리학자들은 안된다고 주장하더라고—그들의 말에 따르면 문제는 부모들이 거기서 본 것들에서 절대 회복하지 못할 테고, 이런 대규모의 트라우마는 사회적 불안으로 이어질 수 있다는 거야. 결국 섬 북쪽에 부모들을 위한 기숙사가 지어졌지만, 3월에 그 사건이 있고 나서 이젠 부모들은 전혀 들어올 수 없게 됐어. 그래서 대신 부모들은 뉴로셀 해변에 판자촌을 지었어—더 부유한 사람들은 조그만 벽돌집을 지었고, 형편이 못한 사람들은 판잣집을 지었지. 그래봤자 거기서 보이는 거라고는 섬을 둘러싸고 있는 방벽과 하늘에서 내려오는 헬리콥터들뿐이지만. 너도 기억하겠지만, 이 센터를 어디에 세울 것인가를 놓고 많은 논쟁이 있었어. 대부분의 위원들은 파이어 섬, 블록 섬, 셸터 섬에 있는 예전 난민 수용소들 중 하나를 쓰자고 주장했어. 하지만 난 이 섬을 밀어붙였어. 맨해튼에서 충분히 먼 북쪽에 위치해서 예상치 못한 방문객들이 오는 일은 거의 없을 테고, 헬리콥터나 배가 다니기에 너무 먼 거리는 아니어서 다시 열린 물길을 따라 화장장까지 쉽게 내려갈 수 있을 테니까.

하지만 이 말은 한 번도 하지 않았는데, 이곳을 선택한 진짜 이유는 이름 때문이야. 데이비즈(Davids) 섬. 단수─데이비드(David's)─가 아니라 복수인 이름. 마치 이 섬에 있는 게 늘 바뀌는 (대부분) 아이들이 아니라 데이비드들인 것 같잖아. 내 아들이 온갖 나이대로 복사되어 인생의 다양한 시기에 좋아했던 일들을 하고 있는 거야. 그래, 폭탄도 만들겠지. 하지만 책도 읽고. 농구도 하고, 미친 강아지처럼 뛰어다녀서 나랑 너대니얼을 웃게 만들고, 딸아이를 빙빙 돌려주고, 천둥이 쳐서 무서운 날에는 침대 내 옆자리로 기어들어 오기도 해. 나이 든 데이비드들은 어린 데이비드들의 부모가 되어줄 테고, 결국 하나가 죽으면─물론 제일 나이 많은 주민들이 지금 데이비드가 살아 있다면 됐을 나이인 서른 살에 불과하니 그런 일은 한참 동안 일어나지 않을 테지만─또 하나의 데이비드가 그 자리를 대신해서 데이비드들의 인구는 결코 늘어나지도, 줄어들지도 않고 언제나 변함없을 거야. 여기서는 어린 데이비드들이 남들과 다를까 봐, 좀 이상할까 봐 오해하거나 걱정하는 일도 없어. 나이 든 데이비드들이 다 이해해주거든. 이 데이비드들은 부모도, 반 친구도, 타인도, 자기들과 놀지 않으려는 사람들도 모를 테니 외로움도 존재하지 않아. 그 애들은 오직 서로만, 그러니까 자기 자신들만 알 테니, 그들의 행복은 완전해. 다른 사람이 되고 싶은 고통을 절대 모를 테니까. 그곳엔 동경

할 다른 사람도, 질시할 다른 사람도 없으니까.

난 가끔 판자촌 주민들조차 다 잠든 밤늦은 시각에 여기에 와서 시커멓고 찝찔한 물가에 앉아 늘 환히 불이 켜져 있는 섬을 바라보며 우리 데이비드들은 지금 뭘 하고 있을까 생각해. 나이 든 데이비드들은 맥주를 마시고 있겠지. 섬 주위 강물을 희미하게 빛나는 기름처럼 보이게 만드는 절대 꺼지지 않는 저 환한 불빛 아래서 십 대 아이들 몇몇은 농구를 하고 있을 테고. 더 어린 애들은 이불 밑에서 회중전등을 비춰가며 만화책을 읽고—아니면, 요즘 애들이 빈둥거릴 때 하는 게 뭔지 몰라도 그것들을 하고—있을지도 몰라. (요즘 애들도 여전히 빈둥거리나? 분명 그렇겠지, 안 그래?) 저녁 식사를 마치고 설거지를 하고 있을 수도 있지. 어린 데이비드들은 도와주라고, 좋은 사람이 되라고, 서로에게 상냥하게 대하라고 배웠거든. 어쩌면 너비가 몇 야드나 되는 침대에 다 같이 누워 막 뒤섞여 잘지도 몰라. 한 아이의 뜨거운 숨결이 다른 아이의 등에 가닿고, 자기 허벅지를 긁으려다가 옆 아이의 허벅지를 긁는 아이도 있겠지. 하지만 그래도 상관없어. 어차피 긁는 건 둘 다 느낄 테니까.

"데이비드." 나는 뒤에서 잠든 부모들을 깨우지 않기 위해 물을 향해 나직이 말해. "들리니?" 그리고 귀를 기울이지.

하지만 아무도 대답하지 않아.

사랑을 담아—찰스

피터에게,

2071년 9월 5일

오늘은 찰리의 일곱 번째 생일파티를 했어. 찰리 상태가 좋지 않아 계획대로 목요일에 하지 못했거든. 너랑 이야기할 때 말 못 했는데, 지난달에 작은 발작들이 몇 번 있었어. 지속시간은 8초에서 11초 정도밖에 안 됐지만, 내가 알았던 것보다 더 자주 겪고 있었더라고. 한 번은 신경과 의사 방에 있을 때 발작이 있었는데, 난 의사가 지적하기 전까지 눈치도 못 챘어—입을 살짝 벌린 채 한참 말없이 빤히 보고만 있었지. "저런 걸 잘 지켜보셔야 합니다." 의사가 말했지만, 난 너무 부끄러워서 저런 모습을 자주 보인다고, 저런 표정을 자주 짓는 걸 봤지만 신경학적 증상이 아니라 그냥 지금 찰리 모습의 일부이거니 생각했다고 차마 자백하지도 못했어. 이것도 자이코르의 후유증이야, 특히 사춘기 전 이 약을 복용한 아이들에게 나타나는 여파. 의사는 약을 먹지 않고도 시간이 지나면 사라질 거라고 했지만—다른 약, 특히 애를 더 무감각하게 만들지도 모를 약을 또 먹일 수는 없어—"발달상 어떤 손상이 있을지는" 확신할 수 없다고 했어.

이렇게 발작을 하고 난 후면 찰리는 축 늘어져서 고분고분해져. 집에 돌아온 이래 찰리는 계속 목석같아. 내가 손을 내밀면 뻣뻣하게 굳은 몸으로 비틀비틀 뒤로 가지. 가슴 아픈 일이 아니라면 웃겨 보일 정도로 뻣뻣하게. 이제 발작을 일으키면 난 그냥 일으켜서 옆에 가만히 안고 있으면 되는 걸 알고 있고, 그러다가 찰리가 꿈틀거리기 시작하면—이젠 안겨 있는 걸 싫어하거든—정신을 차린 걸 알 수 있어.

난 최대한 찰리를 편하게 해주려고 노력하고 있어. 록펠러 어린이와 가족 센터는 학생 부족으로 문을 닫아서 유니온 스퀘어 근처에 있는 조그맣고 비싼 초등학교에 찰리를 등록시켰어. 학생 하나마다 담임이 있는 학교인데, 학교에서는 찰리의 체중이 조금 더 늘고 머리가 조금 더 난 후인 9월 말에 시작해도 좋다고 했어. 물론 나야 찰리에게 머리칼이 있건 없건 상관없지만, 찰리가 외모에서 유일하게 신경 쓰는 기색을 보이는 곳이 머리칼이야. 어쨌거나 난 찰리를 좀 더 집에 데리고 있을 수 있어서 좋아. 교장 선생님이 찰리가 상호 작용할 수 있도록 동물을 주면 어떻겠냐고 제안해서, 월요일에 조그만 회색 고양이 한 마리를 데려와서 찰리가 잠에서 깼을 때 선물했어. 찰리는 딱히 미소를 짓진 않았지만—요즘은 미소 짓는 일이 거의 없어—즉시 관심을 보이며 고양이를 안더니 얼굴을 들여다보더군.

"걔 이름이 뭐야, 찰리?" 내가 물었어. 병들기 전 찰리는 거리에서 본 사람들, 화분에 심긴 식물들, 침대 위에 놓인 인형들, 하마를 닮았다고 주장했던 아래층 소파 두 개 등 온갖 것들에 이름을 붙였거든. 찰리는 예의 그 새로운 표정으로 나를 바라봤어. 보고 있으면 불안해지는 표정, 심원 아니면 무(無) 밖에 보이지 않는 그 표정 말이야.

"고양이." 결국 그렇게 답하더군.

"좀 더—묘사적인 게 어떨까?" 난 물었어. ("사물을 묘사하게 하세요." 심리학자가 그랬어. "계속 이야기하게 하셔야 해요. 상상력을 다시 일깨울 수야 없겠지만, 자기 안에 상상력이 있다는 것을 상기시켜줄 수 있을 테니까요.")

찰리가 너무 오랫동안 새끼고양이 털을 쓰다듬으며 계속 물끄러미 보고만 있어서, 또 발작인가 생각했어. 그 순간 찰리가 다시 입을 열었지. "리틀캣."

"그래." 말하는데, 눈시울이 뜨거워졌어. 찰리를 보고 있을 때면 종종 느끼는 깊은 아픔, 심장에서부터 온몸으로 퍼져나가는 아픔이 느껴졌어. "정말 작구나, 그렇지?"

"네." 찰리가 동의했어.

찰리는 이제 너무 달라. 찰리가 병들기 전, 난 찰리의 놀이를 방해하고 싶지 않아서 말도 걸지 않고 침실 문간에 서서 찰리가 동물 봉제 인형들에게 이야기하는 걸 지켜보곤 했어. 명령할 때와 인형 하나하나의 대사를 할 때 다른 높이의 목소리를 사용하며 노는 걸 보면 마음이 뿌듯하게 벅차올랐지. 의대 다니던 시절 기억나는 다운증후군 아이 엄마가 하나 있는데, 딸이 태어난 후 의사와 유전학자들이 진단 결과를 이야기해주는 태도가 무정한 사람부터 전혀 이해조차 못하는 사람까지 천차만별이었다는 이야기를 와서 해준 적 있어. 그런데 딸과 함께 퇴원하는 날 레지던트가 작별 인사를 하러 왔대. "아이를 즐기세요." 그는 이 여자에게 이렇게 말했어. *아이를 즐기세요.* 누구도 그 여자가 아기에게서 기쁨을 느낄 거라고, 아기가 문제만이 아니라 즐거움도 줄 수 있다고 말해주지 않았던 거야.

그런 식으로 난 늘 찰리를 즐겼어. 늘 알고 있었어—찰리에게서 얻는 즐거움과 기쁨은 찰리에 대한 내 애정과 불가분으로 얽혀 있다는 것을. 하지만 이제 그 즐거움은 사라지고 더 깊고 고통스러운 다른 감각이 그 자리를 차지했지. 마치 찰리를 볼 때마다 세 명의 찰리를 보고 있는 것 같아. 과거 찰리의 그림자, 현재 찰리의 현실, 미래 찰리의 투영. 난 첫 번째 찰리를 애도하고, 두 번째 찰리 때문에 당황스럽고,

세 번째 찰리를 생각하면 두려워. 찰리가 그렇게 변한 모습으로 의식불명에서 깨어나고서야 난 찰리의 미래에 대해 얼마나 많은 것들을 당연시했는지 깨닫게 됐어. 그때 뉴욕과 이 나라, 세상이 어떤 모습일지는 내가 예측할 수 없겠지만—찰리는 자신의 미래를 용감하게 똑바로 대면할 거라고, 침착함과 매력과 직관적 통찰을 가지고 생존할 거라고 늘 믿고 있었지.

하지만 이젠 찰리 생각만 하면 늘 두려워. 애가 이런 세상에서 어떻게 살 수 있을까? 어떤 사람이 될까? 내 머릿속에 있는지조차 몰랐던 장면, 친구 집에 갔다가 늦게 돌아온 십 대의 찰리가 집 문을 두드리고 내가 훈계를 늘어놓는 장면—그런 일이 그래도 일어날 수 있을까? 찰리가 빌리지—아니, 8구역—을 혼자 걸어갈 수는 있을까? 친구는 있을까? 찰리에게 어떤 일이 생길까? 찰리에 대한 내 사랑이 때로는 끔찍하고 거대하고 암울하게 느껴져. 너무 집채같고 고요한 파도여서 싸울 희망도 없이—그저 그 자리에 서서 파도가 덮치기를 기다리는 수밖에 없는 느낌이야.

이 두려운 사랑은 우리가 사는 세상—그래, 내가 도와서 만든 세상—이 약하거나 다르거나 망가진 사람에게 관대하지 않을 세상이라는 깨달음이 커질수록 더 커져만 가. 난 사람들이 어떻게 떠날 때를 아는지 늘 궁금했어. 그게 프놈펜이건 사이공이건 비엔나건 말이야. 어떤 일이 벌어져야 모든 것을 내버리게 될까, 상황이 좋아질 거라는 희망을 잃게 될까? 상상조차 할 수 없는 삶을 향해 달아나게 될까? 난 늘 그런 깨달음이 서서히, 느리지만 꾸준히 일어나서, 각각의 변화는 끔찍할지라도 그 발생빈도 때문에 변화들에 면역이 될 거라고 늘 생각했어. 경고가 너무 많아지면 그게 정상이 되는 것처럼.

그러다 갑자기 이미 너무 늦어버려. 잠자고, 일하고, 저녁을 먹거나 아이들에게 책을 읽어주거나 친구들과 이야기하는 동안에도 내내 문은 닫히고, 길에는 바리케이드가 쳐지고, 철로는 제거되고, 배는 묶이고, 비행기는 새로운 항로로 돌아가고 있었던 거야. 그러다 어느 날 무슨 일이 벌어져. 가게에서 초콜릿이 사라진다거나, 이젠 도시 전체에 장난감 가게가 하나도 없다는 것을 깨닫게 된다거나, 길 건너 놀이터를 없애며 정글짐을 해체해 트럭에 싣는 광경을 보게 된다거나 하는 그냥 별것 아닌 일. 그리고 갑자기 자신이 위험에 처해 있다는 것을 알게 되는 거야. 텔레비전이 결코 돌아오지 않는다는 것을, 인터넷도 결코 돌아오지 않는다는 것을, 최악의 팬데믹이 끝났는데도 여전히 수용소들이 지어지고 있다는 것을 알게 돼. 누군가 지난번 위원회 모임에서 "특정 집단의 고질적 출산이 역사상 처음으로 환영받았군요"라고 말했는데 아무도, 자신조차, 반응을 보이지 않았을 때, 이 나라에 대해 가졌던 의구심―미국은 모두를 위한 나라가 아니다, 나 같은 사람들이나 너 같은 사람들을 위한 나라가 아니다, 미국은 심장에 죄를 가진 나라다―이 진실임을 깨닫게 되지. 반란자 죄수들에게 수용소와 불임시술 중 선택지를 주는 테러 중지 및 방지법이 통과되면 법무부가 결국 반란자 죄수들의 아이들, 그다음에는 형제들에게까지 그 처벌을 확대할 방법을 결국 찾아내는 게 필연적인 귀결임을 알게 돼.

그리고 깨달아. 여기 있을 수 없다. 손녀를 여기서 키울 수는 없다. 그래서 몇몇 사람들과 접촉해. 신중하게 알아봐. 가장 오랜 절친, 과거의 연인에게 연락해서 여기서 나가는 걸 도와달라고 부탁해. 하지만 그는 그럴 수가 없어. 아무도 못 해. 정부에서 내 존재가 꼭 필요하다고 하거든. 정부에서는 나는 기한 한정 여권으로 여행할 수 있지만, 손녀에게는 여권을 발급해줄 수 없다고 해. 알고 있어. 내가 손녀 없이는 절대 떠나지 않으리라는 것을 정부는 알고 있지—난 손녀 때문에 떠나야만 하지만, 손녀 때문에 절대 떠나지 않으리라는 것을 정부는 확신하고 있거든.

밤이면 잠을 이룰 수가 없어. 죽은 남편 생각을 하고, 죽은 아들 생각을 하고, 지금 발의 중인, 예전 가족을 불법으로 만들 법안 생각을 해. 과거엔 내가 얼마나 자긍심이 넘쳤는지, 과거엔 젊은 연구실장이라고 얼마나 자랑했었는지 생각해. 지금은 도망치고 싶어 하는 체제 구축을 자발적으로 도왔던 것을 생각해. 안전을 보장받기 위해서는 오직 계속 참여할 수밖에 없어. 세상 그 무엇보다 시간을 되돌리고 싶어. 그게 내 가장 간절한 꿈이자 소원이야.

하지만 그건 불가능한 일이야. 그저 손녀를 안전하게 지키기 위해 애쓰는 수밖에 없어. 난 용감한 사람이 아니야—그건 잘 알고 있어. 하지만 내가 아무리 겁쟁이라도 손녀는 절대 저버리지 않을 거야. 그 애가 아무리 가닿을 수 없고 이해할 수 없는 사람이 되었다고 해도. 난 매일 밤 용서를 구해. 절대 용서받지 못한다는 것은 알고 있어.

사랑을 담아, 찰스

#7

2094년 여름

남편을 처음 만났던 날 나는 긴장했다. 그때는 2087년 봄이었고, 난 스물두 살이었다. 남편을 만나기로 한 날 아침, 나는 평소보다 일찍 일어나 할아버지가 어딘가에서 구해온 원피스를 입었다―대나무 같은 녹색이었다. 허리춤에 띠가 있어서 리본 모양으로 묶었고, 긴 소매여서 병 때문에 생긴 흉터들이 가려졌다.

9구역에 있는 결혼 중개인 사무소에서 나는 수수한 하얀 방으로 안내되었다. 할아버지에게 만남 자리에 같이 있어 줄 거냐고 물었더니, 할아버지는 나 혼자 후보를 만나야 한다며 할아버지는 바로 바깥 대기실에 있을 거라고 했다.

몇 분 후, 후보가 들어왔다. 그는 사진에서 봤던 모습과 똑같이 잘생겼고, 나는 기분이 안 좋았다. 난 예쁘지 않은데, 그가 매력적이면 내가 더 못나 보이기 때문이다. 난 그 사람이 날 비웃던지, 시선을 돌리던지, 돌아서서 나가버릴지도 모른다고 생각했다.

하지만 그는 그러지 않았다. 그가 내게 깊이 고개 숙여 인사하기에 나도 고개 숙여 인사한 다음 우리는 자기소개를 했다. 그런 다음 그가 자리에 앉았고, 나도 앉았다. 가루차 한 주전자와 컵 두 개, 쿠키 네 개를 담은 조그만 접시가 놓여 있었다. 그는 내게 차를 마시겠냐고 물었고, 내가 좋다고 하자 차를 좀 따라줬다.

나는 불안했지만, 그는 대화를 편안하게 만들어 주려고 노력했다. 서로에 대한 중요한 정보는 둘 다 이미 알고 있었다. 나는 그의 부모님과 누나가 반란자 선고를 받고 강제 노동 수용소에 끌려갔고 나중에 처형되었다는 것을 알고 있었다. 그가 생물학 전공 박사 과정생이었지만 반역자 친척이라는 이유로 제적당했다는 것도 알고 있었다. 그는 우리 할아버지가 누군지, 아버지가 누군지 알고 있었다. 내가 병 때문에 불임이 되었다는 것도 알고 있었다. 난 그가 갱생 수용소 대신 불임시술을 택했다는 것을 알고 있었다. 그가 굉장히 전도양양한 학생이었다는 것도. 굉장히 똑똑하다는 것도 알고 있었다.

그는 내게 어떤 음식, 어떤 음악을 좋아하는지, 록펠러에서 일하는 걸 좋아하는지, 취미는 있는지 물었다. 보통 국가반역자 친척들끼리의 만남은, 심지어 이런 만남조차 녹음되기 때문에 우린 조심해서 말했다. 난 그가 조심하는 게 좋았고, 내가 대답할 수 없는 질문을 하지 않아서 좋았다. 부드럽고 상냥한 목소리도 좋았다.

하지만 이 사람과 결혼하고 싶은지는 여전히 잘 알 수 없었다.

언젠가 결혼해야 한다는 것은 알고 있었다. 하지만 결혼한다는 것은 더 이상 나와 할아버지만 있는 게 아니라는 의미였고, 난 그날을 최대한 미루고 싶었다.

하지만 결국 난 결혼하기로 결정했다. 다음날 할아버지가 중개인을 찾아가서 계약을 마무리했고, 1년이 순식간에 지나고 결혼식 전날 밤이 됐다. 할아버지와 나는 함께 축하 정찬을 했다. 할아버지가 사과주스를 구해 와서 우리가 제일 좋아하는 찻잔으로 마셨고, 마르고 시긴 했지만 오렌지도 인조 꿀에 찍어 먹었다. 다음 날 나는 남편이 될 남자를 다시 만나게 되어 있었다. 그는 제적 결정에 항소했다가 졌지만, 할아버지가 폰드에 일자리를 찾아줘서 다음 주부터 시작할 예정이었다.

식사가 끝나갈 무렵, 할아버지가 말했다. "아기 고양아, 네 남편이 될 사람에 대해 할 이야기가 있다."

할아버지가 저녁 식사 내내 심각하고 조용해서, 나한테 화가 났냐고 물었더니 할아버지는 미소 지으며 고개를 저었다. "아냐, 화 안 났다." 할아버지는 말했다. "하지만 행복하면서도 슬픈 순간이구나. 아기 고양아, 네가 다 커서 결혼을 하다니." 그리고 계속 말을 이어갔다. "너한테 이 이야기를 해야 할지 말아야 할지 고민이 많았다. 하지만 내 생각에―내 생각엔, 꼭 해야 할 것 같아. 이유를 설명하마."

할아버지는 일어나서 라디오를 켜고 다시 앉았다. 할아버지는 한참 동안 아무 말도 하지 않다가 입을 열었다. "아기 고양아, 네 남편이 될 사람은 나랑 같은 사람이야. 무슨 말인지 알겠니?"

"그 사람은 과학자예요." 난 이미 알고 있던 사실이지만 말했다. 아니, 적어도 과학자가 되고 싶어 하던 사람이었다. 그건 좋은 일이었다.

"아니야," 할아버지가 말했다. "음, 맞아. 하지만 내가 하려던 말은 그게 아니야. 내 말은 그 사람은 나처럼―나랑 같고, 네 다른 할아버지와도 같다는 말이야. 살아생전에." 그러고는 말없이 있었고, 마침내 내가 할아버지가 하려는 말을 이해했다는 것을 알았다.

"동성애자예요." 내가 말했다.

"맞아." 할아버지가 말했다.

동성애에 대해서는 조금 알고 있었다. 그게 무엇인지 알고 있었다. 할아버지가 동성애자라는 것, 과거에는 합법이었다는 것도 알고 있었다. 이제는 불법도, 합법도 아니다. 누구든 동성애자일 수는 있다. 권장되지는 않지만, 동성간 성관계도 할 수 있다. 하지만 동성과 결혼은 절대 할 수 없다. 따지고 보면 모든 성인은 인척 관계가 아닌 사람과 함께 거주할 수 있으니, 남자 둘 혹은 여자 둘이서 같이 살 수는 있지만, 그렇게 할 사람은 거의 없을 것이다―부부가 아닌 두 사람이 같이 살 경우, 음식 쿠폰과 물, 전기 토큰은 한 사람 몫만 받으니까. 주택은 세 가지 종류밖에 없다. 미혼자용, (아이 없는) 부부용, 가족용 (아이가 하나인 가족용과 아이가 둘 이상 있는 가족용). 서른다섯 살까지는 미혼용 주택에서 살 수 있다. 하지만 2078년 결혼법에 따라 모든 사람은 결혼을 해야만 한다. 결혼했다가 이혼하거나 사별한 경우는 4년 이내에 재혼해야 하고, 2년 이내에는 국가에서 후원하는 재혼 프로그램에 들어갈 자격이 주어진다. 물론 몇 가지 예외 조항도 만들어졌는데, 할아버지 같은 사람들을 위해서다. 국가는 기존의 합법적 동성결혼을 존중하지만, 그 존중은 법이 통과된 후 20년 동안으로 제한된다. 요점은, 혼인 관계가 아닌 사람과 같이 산다는 것은 비합리적이라는 것, 두 사람이 한 사람 몫의 혜택을 가지고 사는 것은 거의 불가능하다는 것이다. 시민들이 결혼할 때 사회는 더 안정되고 건강해지며, 그런 이유에서 국가에서는 그 외의 형태들을 억제하려는 것이다.

다른 나라들에서는 종교적 이유에서 동성애를 금지했지만, 이곳은 그렇지 않다. 여기서 동성애를 억제하는 이유는 아이를 낳는 것이 성인의 의무이기 때문이다. 출생률이 재난급으로 떨어진 데다가, 70년, 76년 병으로 아이들이 너무 많이 죽었고, 생존한 아이들 상당수도 불임이 되었기 때문이다. 게다가, 아이들이 너무나 끔찍하게 죽는 모습을 지켜본 많은 부모들은 나중에 낳을 아이들도 똑같이 끔찍한 방식으로 죽게 될 거라고 확신하고 다시 아이 가지기를 주저했다. 하지만 동성애자들이 표적이 된 다른 이유는 그중 많은 사람들이 67년 반란에 참여했기 때문이다. 그들이 반란자들 편을 들었기 때문에 국가는 그들을 처벌해야만 했고, 나아가 그들을 통제해야 했다. 예전에 할아버지는 소수인종도 반란에 많이 참여했지만 그 사람들을 같은 식으로 처벌하는 것은 역효과를 낳는다고 말해준 적 있다. 국가 입장에서는 최대한 모든 사람들이 인구를 늘이도록 해야 하기 때문이다.

하지만 동성애는 불법은 아니지만 사람들이 이야기하는 주제는 아니다. 난 할아버지 말고 다른 동성애자를 본 적이 없었다. 난 그 사람들에 대해서는 이런 쪽이건 저런 쪽이건 아무 생각이 없다. 그들은 그냥 내 삶과 무관한 사람들이기 때문이다.

"아." 이제 내가 할아버지에게 말했다.

"아기 고양아." 할아버지가 입을 열었다가 다시 닫았다. 그러더니 다시 말을 시작했다. "언젠가는 너도 왜 내가 이 사람이 너한테 가장 좋은 짝이라고 결정했는지 이해하기 바란다. 난 언제나 너를 돌봐줄 거라고 믿을 수 있는 남편을 네게 찾아주고 싶었어. 언제나 널 보살펴주고, 손찌검도 하지 않고, 너한테 소리를 지른다거나, 널 보잘 것 없게 만들지 않는 남편을 말이다. 난 이 젊은이가 그런 사람이라고 확신한다.

너한테 말하지 않을 수도 있었지. 하지만 말해주고 싶었다. 너와 네 남편이 성관계를 하지 않는 게 네 잘못이라고 생각하게 하고 싶지 않았거든. 네 남편이 널 어떤 식으로 사랑하지 않는 게 네 잘못이라고 생각하게 하고 싶지 않았어. 그 사람은 널 다른 식으로, 아니면 적어도 다른 방식으로 널 사랑한다는 걸 보여줄 거고, 중요한 건 바로 그거야."

난 생각해봤다. 우리 둘 다 오랫동안 아무 말도 하지 않았다.

그리고 내가 말했다. "어쩌면 마음을 바꿀 수도 있잖아요."

할아버지는 나를 바라보다가 시선을 내렸다. 또 침묵이 이어졌다. "아니." 할아버지가 굉장히 상냥하게 말했다. "안 바뀌, 아기 고양아. 이건 그 사람이 바꿀 수 있는 게 아니야."

이렇게 말하면 몹시 바보처럼 들리리라는 걸 안다. 할아버지는 굉장히 똑똑하고, 말했듯이 난 할아버지가 말하는 건 다 믿었다.

하지만 할아버지가 아니라고 했는데도, 나는 늘 할아버지가 남편에 대해 잘못 알았기를 바랐다. 그래서 어느 날 남편이 내게 육체적으로 끌리는 날이 올지도 모른다고. 그런 일이 정확히 어떻게 생기는지는 몰랐지만, 그렇게 되기를 기대했다. 내가 매력적이지 않다는 건 알고 있었다. 내가 매력적이*라고* 해도 그건 남편에게는 상관없었을 거라는 것도 알고 있었다.

하지만 결혼하고 처음 2년여 동안 나는 남편이 나와 사랑에 빠지는 꿈을 꿨다. 그건 전형적인 꿈이 아니라 오히려 백일몽 같은 것이었다. 그런 꿈을 꾸길 바라긴 했지만, 잠든 도중에 그런 꿈을 꾼 적은 한 번도 없었기 때문이다. 그런 백일몽 속에서 나는 침대에 누워 있었는데, 갑자기 남편이 침대로 들어와 내 옆에 누웠다. 남편이 나를 안았고, 다음 순간 우리는 키스했다. 그게 그 꿈의 끝이었지만, 때로는 다른 꿈도 꿨다. 그 꿈에서 남편은 우리가 서 있을 때 키스하기도 했고 함께 센터에 가서 음악을 듣고 손을 잡기도 했다.

할아버지가 결혼 전 남편의 진실을 말해준 것은 남편이 내게 끌리지 않는 게 내 잘못이라고 생각하지 않게 하려는 것임을 알고 있다. 하지만 진실을 안다고 해서 그걸 받아들이는 게 더 쉬워지지는 않았다. 그렇다고 해서 남편은 예외일지도 모른다는 바람, 우리 인생은 할아버지가 말했던 것과는 다른 결말이 될 수도 있을 거라는 바람이 사라지지는 않았다. 그런 일이 생기지는 않았지만, 희망을 버리기는 어려웠다. 난 늘 있는 그대로의 현실을 잘 받아들이는 사람이었지만, 이 일은 생각보다 더 받아들이기 힘들었다.

난 매일 노력했고, 매일 실패했다. 때로는 며칠씩, 심지어 몇 주씩 어쩌면, 어쩌면 할아버지가 남편에 대해 잘못 알고 있었을 거라는—언젠가는 남편도 나를 사랑해줄지 모른다는—희망을 가지지 않은 날들도 있었다. 희망을 가지기보다는 받아들이려고 애쓰는 게 더 현실적이고 덜 비참하다는 건 안다. 하지만 더 비참하더라도 희망을 품고 있는 게 기분은 더 나았다.

남편에게 쪽지를 보내는 사람이 누구든 그 사람이 남자라는 것도 안다—필체를 보고 알 수 있었다. 그걸 알자 기분이 좋지 않았지만, 그 쪽지를 쓴 게 여자라면 기분은 더 안 좋았을 것이다. 할아버지가 옳았다. 남편은 할아버지 말대로였다. 하지만 그래도 비참했다. 할아버지는 그렇게 생각하지 말라고 했지만, 여전히 실패한 기분이 들었다. 어떤 면에서는 그 사람이 누군지 알아야 할 필요가 없었다. 마찬가지로, 베튠 스트리트 그 집에서 무슨 일이 벌어지는지도 알 필요 없었다—무엇이건 더 알아봤자 쓸모없는 추가정보일 뿐이다. 내가 바꿀 수 있는 일은 없다. 내가 바로잡을 수도 없다. 그래도 난 알고 싶었다—알면 힘들어진다 해도 아는 게 모르는 것보다 나은 것 같았다. 할아버지가 남편에 대해 내게 말해준 것도 바로 이런 이유에서였을 것이다.

남편이 나를 사랑할 수 없다는 게 슬펐지만, 데이비드가 날 사랑하지 못하는 것은 더 끔찍했다. 왜냐하면 나조차 데이비드에 대한 내 감정이 뭔지 정확히 이해하지 못했기 때문에 더 끔찍했다. 언젠가부터 데이비드도 나를 좋아할지 모른다고, 남편은 불가능한 방식으로 나를 좋아할지도 모른다고 생각하기 시작했기 때문에 더 끔찍했다. 최악은 그게 오해였다는 것이다—내가 데이비드에게 느낀 감정을 그는 내게 느끼지 않았다.

다음 토요일 16시에 나는 집에서 나가지 않았다. 남편은 침실에서 낮잠을 자고 있었다. 요즘 계속 피곤하다며 누워야겠다고 했다. 하지만 10분 후 나는 아래층으로 내려가 우리 건물 문을 열었다. 햇살이 환하고 더운 날이었고, 스퀘어는 사람으로 북적거렸다. 북쪽 입구에서 가장 가까운 곳에 있는 철물상 앞에는 사람들이 잔뜩 모여 기다리고 있었다. 하지만 그 무리 중 일부가 옆으로 움직이자, 갑자기 데이비드가 보였다. 날씨는 무더웠지만, 대기질이 좋아서 그는 헬멧을 한 손에 들고 있었다. 다른 한 손으로는 손 그늘을 만들어 눈을 가린 채 고개를 이리저리 천천히 돌리며 뭔가를, 누군가를 찾고 있었다.

그 순간 나는 그가 나를 찾고 있다는 것을 깨닫고 문에 바짝 붙었지만, 데이비드에게 내가 어디 사는지 말해준 적 없었다는 게 생각났다—데이비드가 아는 것은 내가 자기와 마찬가지로 8구역에 산다는 것뿐이다. 그 생각을 하고 있는데 그가 내 쪽을 똑바로 바라보는 것 같아서 나는 헉하고 숨을 멈췄다. 마치 그러면 내가 안 보일 것처럼. 하지만 곧 그는 반대쪽으로 고개를 돌렸다.

2분 정도가 더 지나자 마침내 그는 서쪽으로 가면서 마지막으로 어깨 너머로 한 번 더 광장을 쳐다보고는 그 자리를 떠났다.

다음 일요일에도 같은 상황이 벌어졌다. 나는 이번에는 정확하게 15시 55분에 문간에서 기다려서 데이비드가 스퀘어로 걸어와서 북쪽 입구 중간에 서서 11분 동안 나를 찾다가 결국 가는 모습을 지켜봤다. 다음 토요일에도, 그 다음 토요일에도 마찬가지였다.

내가 그렇게 민망한 짓을 저질렀는데도 데이비드가 여전히 나를 보고 싶어 하니 기분이 좋았다. 하지만 데이비드를 더 이상 만날 수 없다는 걸 알기 때문에 슬프기도 했다. 바보 같거나 심지어 유치한 소리라는 건 안다. 데이비드는 나와 같은 감정을 느끼지는 않지만 그래도 여전히 나와 친구로 지내고 싶어 하고, 난 그동안 내내 친구를 원한다고 하지 않았던가?

하지만 그냥 그를 다시 볼 수 없었다. 비논리적이라는 건 안다. 하지만 남편에게 사랑을 기대해서는 안 된다는 것을 잊지 않기 위해 너무 많은 에너지를 쓰고 자제했기 때문에 데이비드에게 사랑을 기대하지 않기 위해 쓸 기운이 남아 있을 것 같지 않았다. 데이비드에 대한 감정은 잊어버리거나 무시해야 하는데, 그를 계속 만나면서 그렇게 할 자신이 없었다. 아예 만난 적도 없는 척하는 게 더 나았다.

직장 건물 옥상에 온실이 하나 있다. 이건 할아버지 이름을 딴 온실이 아니다—그 온실은 다른 건물 옥상에 있다.

라슨 센터의 온실은 실제 사용하는 온실이 아니라 박물관이다. 이 온실에는 2037년 이후 록펠러 대학에서 항바이러스 약 재료로 개발한 모든 식물들의 표본이 보존되어 있다. 식물들은 토분에 각각 따로 심겨 줄지어 정렬되어 있는데, 겉보기에는 대단해 보이지 않을지 몰라도 화분 아래에는 각각의 라틴어 이름과 개발한 연구실 이름, 공헌한 약 이름이 적혀 있다. 식물연구실 대부분은 오래 전 팜으로 이전됐지만, 소수 록펠러 대학 과학자들은 여전히 개발 프로그램에서 공동 연구를 하고 있다.

이 온실은 누구나 방문할 수 있지만, 오는 사람은 거의 없었다. 사실 옥상에 올라오는 사람도 거의 없는데, 나로서는 알 수 없는 일이었다. 이곳은 매우 쾌적하니까. 앞서 말했듯이, 대학 캠퍼스는 전체가 바이오 돔에 덮여 있고, 그 말은 이 내부는 늘 기후 통제가 이루어진다는 뜻이다. 온실 근처에는 탁자와 벤치가 몇 개 있어서 앉아서 이스트 강이나, 직원용 카페테리아 음식 재료로 쓰는 채소와 과일, 허브를 기르는 다른 건물 옥상을 바라볼 수 있다. 록펠러 직원이라면 누구나 카페테리아에서 할인가로 점심을 살 수 있어서, 나는 자의식 없이 혼자 식사할 수 있는 옥상에 종종 점심을 들고 올라오곤 했다.

여름에 옥상에 앉아 있으면 특히 좋다. 마치 진짜 야외에 있는 것 같지만, 실제보다 더 좋다. 왜냐하면 실제로 야외에 있는 것과는 달리 냉각복을 입을 필요가 없기 때문이다. 그냥 점프수트만 입은 채 샌드위치를 먹으며 눈 아래 황토색 강물을 바라볼 수 있다.

점심을 먹으며 나는 종종 그러듯이 데이비드 생각을 했다. 그를 마지막으로 본 지 거의 한 달이 지났다. 데이비드를 잊으려고 기를 썼지만, 아직도 매일 어떤 것들을 보면 그가 재미있어 할 것 같다는 생각이 들었고, 그러면 다시는 그를 만날 일이 없을 테니 주변을 관찰하면서 나중에 같이 이야기하려고 마음에 담아두는 일들은 이제 그만해야 한다고 이를 악물었다. 그래도 그런 순간이면 할아버지의 말이 생각났다. 할아버지는 사물을 관찰하는 것은 오로지 다른 사람에게 말하기 위해서만은 아니라고 했다. 그저 관찰을 위한 관찰도 좋다는 것이다. "왜요?" 내가 물었더니 할아버지는 잠시 생각에 잠겼다. "왜냐하면 할 수 있으니까." 마침내 할아버지는 그렇게 말했다. "그게 인간이 하는 일이니까." 때로는 내가 관찰에 흥미가 없는 게 내가 인간이 아니라는 뜻일까 싶어서 걱정스럽기도 했지만, 할아버지가 그런 뜻으로 한 말이 아니라는 것은 안다.

그런 생각에 빠져 있는데, 엘리베이터 문이 열리더니 세 사람, 여자 하나와 남자 둘이 내렸다. 옷차림을 보자마자 국가 공무원임을 알 수 있었다. 한 사람이 다른 사람 쪽으로 몸을 기울인 채 다들 뭔가 속삭이고 있는 걸 보니 뭔가 논의 중인 듯했다. 순간 여자가 주위를 보다가 나를 발견하고 말했다. "아, 이런—이봐, 다른 곳에 가자." 그러더니 내가 가겠다고 말하기도 전에 다들 다시 엘리베이터에 타고 떠나버렸다.

할아버지는 국가를 위해 일하는 사람들과 아닌 사람들이 가진 공통점은 절대 서로 마주치고 싶어 하지 않는다는 것이라고 말한 적 있다. 국가는 우리를 보고 싶어 하지 않았고, 우리도 그들을 보고 싶어 하지 않았다. 대부분 그런 일은 일어나지 않는다. 정부청사는 한 구역 안에 다 모여 있고, 국가 공무원들이 타는 셔틀과 식료품점과 아파트 단지는 따로 있기 때문이다. 공무원들이 다 한 구역에 사는 건 아니지만, 다수의 상급 공무원들은 록펠러 대학의 상급 과학자들, 팜과 폰드의 상급 기술자와 연구원들과 마찬가지로 14구역에 살고 있다.

전국의 생물학 연구소에는 다 국가 공무원 사무실이 있다는 것은 잘 알려진 사실이다. 우리를 감시하기 위한 조치다. 하지만 록펠러 대학에 사무실이 있다는 것은 다들 알아도, 그게 어디 있는지, 직원이 몇 명이나 되는지는 아무도 몰랐다. 어떤 사람들은 열 명도 안 된다고 했지만, 또 어떤 사람들은 더 많다고, 어쩌면 백 명은 된다고, 이곳 주요 연구자 하나당 두 명은 있다고 말했다. 그들의 사무실은 지하 몇 층 깊이에 있다는 소문도 있었다. 그 사무실들은 가상의 쥐들이 있는 가상의 추가 연구실들과 가상의 운영실보다 심지어 더 아래에 있고, 특별 터널로 연결되어 있어서 거기서 특별 기차를 타면 소속 부처까지, 심지어 제1자치체까지도 갈 수 있다는 것이다.

하지만 또 어떤 사람들은 공무원 사무실은 별로 사용하지 않는 건물에 있는 조그만 방들에 불과하다고 하는데, 그게 아마 맞을 것 같다. 록펠러 대학 캠퍼스는 그다지 크지 않아서 있다보면 언젠가는 모두와 한 번씩 마주치게 되지만, 국가 공무원은 한 번도 본 적이 없었다. 그래도 딱 본 순간 그들이 국가 공무원이라는 것을 알 수 있었다.

이곳에 국가 공무원들이 배치된 것은 상대적으로 최근 일이다. 예를 들어, 할아버지가 록펠러에서 일하기 시작했을 때는 이곳은 그냥 연구 시설이었다. 연구실들은 국가의 재정 지원을 받았고, 때로는 다양한 부처들, 특히 보건부와 내무부와 일하기도 했지만, 국가가 연구에 대한 권한을 가지지는 않았다. 하지만 56년 이후 상황은 달라졌고, 62년에 국가가 설립되면서 국가가 전국 연구 시설 감독권을 가지게 되었다. 그다음 해에 45개 주가 11개의 도로 나눠졌고, 구역들이 만들어진 다음 해인 72년에는 베이징 조약에 서명한 92개국 중 하나로서 국가는 과학 연구소에 재정 및 음식과 물, 의약품, 다른 인도적 공급품 등 자원 지원을 하는 대신 전면적인 접근권을 가지게 되었다. 그 말은, 모든 연방 프로젝트가 국가의 감시를 받기는 하지만, 록펠러 같은 연구소들을 감독하는 공무원들만이 베이징까지 최종 보고를 한다는 뜻이다—베이징은 국내 사업들에는 관심 없고, 오로지 우리처럼 질병과 질병 예방 업무를 하는 곳에만 관심 있으니까.

누가 봐도 국가 공무원인 사람들도 있지만, 과학자와 다른 연구원 중에도 연구소와 국가 양쪽 다를 위해 일하는 사람들이 많다. 그 사람들이 정보원이라는 말은 아니다—그 사람들의 이중 업무는 연구소에도 고지가 되기 때문이다. 할아버지가 그런 사람이었다. 할아버지는 과학자로 시작했지만, 결국에는 국가를 위해서도 일했다. 내가 태어났을 때 할아버지는 굉장히 힘 있는 사람이었다. 하지만 그러다 권력이 차차 줄어들었고, 반란자들이 두 번째로 잠깐 나라를 장악했을 때 국가와 연루되었다는 이유로, 그리고 감염병 전파를 막기 위해 한 일들로 인해 처형당했다.

요점은 이 국가 공무원들이 캠퍼스를 그렇게 버젓하게 돌아다니며 그렇게 이상한 행동을 하는 게 이상해 보였다는 것이다. 그래서 일주일 정도 후에 일어난 일도 그다지 놀랍지 않았다. 옥상에서 점심을 먹고 돌아와 보니 박사 과정생 다섯 명이 보건부에서 방금 내려온, 우리 자치체 내 수용 센터들이 당장 폐쇄된다는 발표를 놓고 휴게실 구석에서 흥분해서 소곤거리며 이야기하고 있었다.

"이게 무슨 소리 같아?" 박사 과정생 하나가 물었다. 그는 늘 이런 질문으로 대화를 시작하고, 나중에 들어보면 남에게 들은 대답을 가끔 고스란히 되풀이하곤 했다.

"뻔하지." 키도 덩치도 큰 다른 박사 과정생이 말했다. 삼촌이 내무부 장관 보좌들 중 하나라는 소문이 도는 사람이다. "이번 게 진짜일 뿐만 아니라 몹시 치명적이고 아주 잘 퍼질 걸로 추정된다는 말이지."

"왜 그렇게 말해?"

"그렇잖아. 쉽게 치료하거나 억제할 수 있으면, 예전 시스템으로도 괜찮을 거 아냐. 아픈 사람이 생기면, 잡아놓고 상태가 나아지는지 일이 주 정도 지켜보다가 만약 나아지지 않으면 재배치 센터로 이송시키는 거. 예전엔 완벽하게 잘 작동한 시스템이었잖아. 그러니까, 25년 동안, 안 그래?"

"사실." 내무부 장관 보좌 조카가 말하는 동안 눈만 굴리고 있던 다른 박사 과정생이 말했다. "난 그 시스템이 효과적이라는 생각 한 번도 해본 적 없어. 실수 가능성이 너무 많아."

"그래, 그 시스템에 문제가 있기는 하지." 내무부 장관 보좌 조카는 반박당하자 언짢아하며 말했다. "하지만 수용 센터의 성취를 잊지는 말자고." 전에도 내무부 장관 보좌 조카가 수용 센터를 옹호하는 것을 들은 적 있다. 그는 늘 사람들에게 센터 덕분에 과학자들이 실시간으로 인간 대상 연구를 했고 수용자 중에서 약 실험 대상을 찾을 수 있었다고 일깨워주곤 했다. "이번 게 뭔진 모르지만, 이번엔 수용 센터 같은 미봉책을 쓸 시간이 없거나 사망률이 너무 높아서, 그래봤자 소용도 없고 전파속도도 너무 빨라서 환자들을 몽땅 다 곧장 재배치 센터로 보냈다가 최대한 빨리 섬으로 보내는 게 가장 효율적이고 최선이라고 생각하는 것 같아."

이번 일에 굉장히 흥분한 기세였다. 모두 다 그랬다. 분명 새로운 큰 병이 오고 있었고, 이제 그들이 그 병을 목격하고 해결하기 위해 노력할 차례였다. 아무도 무서워하는 것 같지 않았다. 아무도 자기들이 병에 걸릴까 봐 걱정하는 것 같지 않았다. 어쩌면 겁내지 않는 게 맞을지도 모른다. 어쩌면 이번 병은 그들에게는 영향을 끼치지 않을지도 모른다—병에 대해서는 나보다 그들이 더 잘 아니까, 그들이 틀렸다는 말은 할 수 없다.

퇴근 셔틀을 타고 오면서 나는 2년 전 봤던 남자, 수용 센터에서 도망치려 했다가 경비들에게 잡혔던 남자 생각을 했다. 그 이후로 나는 센터 앞을 지날 때마다 창밖을 내다봤다. 왜 그랬는지는 모르겠다—이제 센터는 존재하지도 않고, 어쨌거나 건물 앞면이 완전히 유리여서 내부는 전혀 볼 수 없는데도 말이다. 그래도 난 계속 봤다. 마치 언젠가 똑같은 남자가 다시 나타나지만, 병이 다 나았기 때문에 이번에는 사복 차림으로 센터에서 나와 병들기 전 살던 자기 집으로 걸어가기라도 할 것처럼.

다음 몇 주 동안 연구실에서는 나를 포함한 모두가 눈코 뜰 새 없이 바빴다. 그래서 이야기를 엿듣기가 힘들었다. 과학자들이 모이는 회의들이 훨씬 많았고, 그중 많은 회의를 웨슬리 박사가 주관하는 상황이라 박사 과정생들이 모여서 회의에서 들은 이야기를 논의할 시간이 현저하게 적었고, 그러니 내가 그들의 이야기를 들을 시간도 줄어들었다.

나이 많은 과학자들마저 현 상황에 놀라고 있다는 이야기는 며칠이 지나서야 알게 됐다. 그중 많은 사람들은 70년 병 때 박사 과정생이나 박사 후 과정생이었지만, 지금은 그때보다 국가가 훨씬 더 강해져서 국가 공무원들이 늘 주위에 있을 뿐만 아니라 점점 늘어나고 있는 상황이라 당황하고 불안해하고 있었다. 옥상에서 봤던 세 사람뿐만 아니라 수많은 다른 부처에서 온 사람들이 수십 명은 더 있었다. 그들이 병에 대한 반응을 정리하고, 우리 연구실뿐만 아니라 록펠러 대학의 모든 연구실들을 장악하게 될 것이다.

신종병은 아직 이름이 붙지 않았지만, 이 문제에 대해서는 아무와도 이야기해서는 안 된다는 엄격한 함구령이 우리 모두에게 떨어졌다. 이야기할 경우, 반역죄로 기소될 수도 있었다. 처음으로 나는 데이비드와 더 이상 이야기하지 않는 게 기뻤다. 친구에게 비밀을 가져본 적이 한 번도 없어서 내가 잘할 수 있을지 알 수 없었기 때문이다. 하지만 이젠 그게 문제가 아니었다.

데이비드와 만나지 않게 된 후로 나는 목요일 밤 남편을 뒤쫓는 일을 다시 시작했다. 예전에 본 것들 외에 새로운 것은 없었지만—남편은 베튠 스트리트 집 문에 다가가서 특별한 노크를 하고 내게는 들리지 않는 말을 문구멍에다 대고 하고 문안으로 사라졌다—그래도 난 길 건너 집 계단 아래 서서 계속 지켜봤다. 한 번은 문이 보통 때보다 조금 더 활짝 열리면서 안에 있는 남자가 보였다. 그 남자는 남편 또래의 밝은 갈색 머리 백인 남자였는데 머리를 내밀어 재빨리 오른쪽 왼쪽을 살핀 다음 다시 문을 닫았다. 문이 닫힌 다음, 나는 무슨 일이 더 있을까 봐 몇 분 더 그 자리에 서 있었지만, 아무 일도 생기지 않았다. 그리고 나서 나는 집에 돌아갔다.

사실 모든 것은 데이비드를 만나기 전으로 돌아갔지만, 그래도 달랐다. 데이비드를 친구로 됐을 때는 다른 사람이 된 기분이었는데, 이제 그런 기분이 사라지고 나니 내가 실제로 어떤 사람인지 기억하기 힘들었다.

데이비드를 마지막으로 만나고 6주 정도가 지난 어느 날 밤, 함께 저녁을 먹던 도중 남편이 물었다. "코브라, 당신 괜찮아?"

"응." 내가 말했다. "고마워." 난 잊지 않고 덧붙였다.

"데이비드는 잘 지내?" 남편이 잠시 침묵을 지키다 물었고, 나는 고개를 들고 쳐다봤다.

"왜 묻는 거야?" 내가 말했다.

그는 한쪽 어깨를 으쓱했다. "그냥 생각이 나서." 그가 말했다. "이제 날씨가 너무 더운데—두 사람은 아직도 산책해, 아니면 센터에 더 많이 가?"

"우린 이제 친구 아니야." 내가 말하자, 식탁 건너편에 앉은 남편은 아무 말이 없었다.

"미안해, 코브라." 그가 말했고, 이제는 내가 어깨를 으쓱했다. 갑자기 화가 났다. 남편이 데이비드에 대해서도, 우리 우정에 대해서도 질투하지 않아서 화가 났다. 남편이 데이비드와 내가 더 이상 친구가 아니라는 말에 안도하지 않아서 화가 났다. 남편이 전혀 놀라지 않아서 화가 났다.

"당신은 자유 시간에 뭐해?" 난 물었고, 남편이 놀라면서 의자에 기대앉는 걸 보자 기분이 좋아졌다.

"친구들을 만나러 가." 그는 잠시 아무 말이 없다가 대답했다.

"친구들이랑 뭐 해?" 내가 묻자, 그는 또다시 침묵을 지켰다.

"이야기해." 그가 마침내 말했다. "체스도 두고."

그러고 나자 우리 둘 다 입을 다물었다. 난 여전히 화가 났다. 여전히 하고 싶은 질문들이 있었다. 하지만 너무 많아서 어디서부터 시작해야 좋을지 알 수가 없었고, 게다가 두려웠다. 남편이 듣고 싶지 않은 이야기를 하면 어떡하나? 나한테 화를 내며 소리 지르면 어떡하나? 아파트에서 뛰쳐나가버리면 어떡하나? 그러면 난 혼자가 될 테고, 어찌할 바를 모를 것이다.

마침내 남편이 일어나더니 접시를 모으기 시작했다. 그날 밤은 말고기를 먹었는데, 둘 다 음식을 남겼다. 남편은 남은 뼈로 죽에 풍미를 더하기 위해 남은 음식을 종이에 싸둘 것이다.

그날은 화요일, 내 자유 시간이어서 침실로 걸어가고 있는데, 남편이 접시를 내려놓고 라디오를 갖다주려 하기에 남편을 막았다. "라디오 안 듣고 싶어." 나는 말했다. "자고 싶어."

"코브라." 남편이 가까이 다가오며 말했다. "정말 괜찮은 거야?"

"응." 내가 말했다.

"하지만 당신 울고 있잖아." 내가 울고 있는 줄도 몰랐는데, 남편이 말했다. "혹시—혹시 데이비드가 당신을 다치게 한 거야, 코브라?"

"아냐." 내가 말했다. "아냐, 그런 적 없어. 그냥 너무 피곤해서 혼자 있고 싶어, 제발."

남편은 내게서 물러났고, 나는 침실로 들어가 침대로 갔다. 몇 시간 후, 남편이 들어왔다. 평소에는 이렇게 일찍 자러 오지 않지만, 우리 둘 다 요즘 오랜 시간 일했고 남편도 나처럼 굉장히 피곤해했다. 어제는 아침 일찍 불시 단속이 벌어진 바람에 둘 다 일찍 깼다. 하지만 둘 다 피곤했지만, 남편만 금세 잠들었고, 나는 잠을 이루지 못한 채 천장을 가로지르며 움직이는 탐조등을 바라봤다. 남편이 베튠 스트리트에서 누군가와 체스를 하는 상상을 했지만, 아무리 기를 써도 그 집 안 모습은 우리 아파트 모양, 남편과 체스를 두는 사람은 그 집 문을 열어준 사람이 아니라 데이비드로밖에 상상할 수가 없었다.

7월 중순이 되자 마치 두 개의 다른 세계에서 사는 듯한 기분이 들었다. 연구실은 완전히 달라졌다. 라슨 옥상에는 보건부에서 나온 역학자 팀을 위한 사무실이 만들어졌고, 지하실에서 가장 큰 통로 일부는 내무부 직원들을 위한 사무실로 개조되었다. 과학자들은 걱정스런 표정으로 분주히 돌아다녔고, 박사 과정생들마저 조용했다. 내가 아는 것이라고는 뭔진 모르지만 새로 발견된 것이 대단히 위험하며, 너무 위험해서 발견을 둘러싼 흥분마저 다 짓눌러버렸다는 것뿐이다.

하지만 록펠러 대학 바깥세상에서는 모든 것이 예전과 다름없었다. 셔틀은 우리를 태웠고, 우리를 내려줬다. 가게에는 식료품이 있었고, 어느 한 주에는 말고기를 할인해주기까지 했다. 서쪽 공장들에서 고기가 과잉 생산될 때 가끔 있는 일이다. 라디오에서는 늘 나오던 시간에 음악이 나왔고, 늘 나오던 시간에 공지가 나왔다. 학교에서 배웠던, 70년 병 이전에 했던 준비 조치들은 전혀 보이지 않았다. 군사 인력 증가도, 건물 징발도, 통금 재실시도 없었다. 주말이면 스퀘어에는 평소대로 사람들이 가득 찼고, 이제 데이비드는 더 이상 날 기다리지 않았지만, 난 여전히 토요일마다 우리가 만나던 시각에 문간에 서서 창문 밖을 내다보며 데이비드가 나를 찾았던 것처럼 그를 찾았다. 하지만 그는 나타나지 않았다. 몇 번은 그 노점상 말대로 그 가루를 사서 데이비드의 음료에 슬쩍 탔어야 했나 생각도 했지만, 그러면 다음 순간 데이비드가 나를 더 이상 만나지 않겠다고 한 게 아니라는 생각이 났다—그를 더 이상 만나지 않겠다고 선택한 사람은 나였다. 그러고 나면 스퀘어에 가서 그 여자가 다시 나를 찾도록 어정거려야 할까 싶었다—데이비드가 날 사랑하게 만들 가루가 아니라 다른 가루, 누군가 나를 사랑할 수 있다는 믿음을 줄 수 있는 가루가 필요했다.

직장 밖에서 달라진 유일한 점은 남편이 집에 있는 시간이 보통 때보다 많아졌고, 침대에서 자거나 소파에서 낮잠을 자는 일이 잦아졌다는 것이다. 심지어 자유 시간을 갖는 밤에도 평소보다 일찍 돌아왔고, 그럴 때 남편의 발걸음은 느리고, 심지어 무거웠다. 보통 남편의 발걸음은 가벼웠는데 이제는 그렇지 않았고, 침대에 올라올 때는 마치 어디가 아픈 것처럼 조용히 끙끙거렸고 얼굴도 가끔 부어 보였다. 내가 연구실에서 야근을 하는 것처럼 남편도 폰드에서 야근을 했지만, 내가 아는 것을 그도 아는지는 알 수 없었다. 그래봤자 어차피 내가 아는 것도 별로 없지만. 폰드와 팜에서 일하는 사람들은 중요한 일을 했지만, 그 사람들이 사실 어떤 일을 하는지 내가 모르는 것처럼 그들도 종종 자기가 하는 일을 몰랐다. 어쩌면 남편은, 예를 들어, 어떤 연구실—어쩌면 심지어 록펠러 대학의 연구실—에서 모종의 식물에서 모종의 물질을 채취해달라는 긴급한 요청을 받고 늦게까지 일할 수도 있겠지만, 내가 왜 쥐를 준비하는지 모르는 것처럼 남편도 왜 표본을 준비하는지 모를 것이다. 그냥 그런 지시가 내려오면 지시대로 하는 것이다. 차이점은 나는 지시를 받으면 이유를 궁금해하지 않는다는 것이다. 나로서는 내가 하는 일이 필요하고 쓸모 있고 해야 되는 일이라는 것을 아는 것으로 충분했다. 하지만 남편은 박사학위 취득을 2년 앞두고 국가의 적으로 선고받고 대학에서 제적당했다—그는 왜 그런 지시가 내려왔는지 알고 싶을 것이다. 절대 그런 일은 없겠지만, 어쩌면 심지어 의견을 내고 싶을지도 모른다.

예전에 사람들에게 물어도 되는 질문에 대해 할아버지에게 배울 때 한 번은 굉장히 속상해한 적이 있다. 그런 수업을 하고 나면 종종 좌절감이 드는데, 그건 다른 사람들에게는 너무나 쉬워 보이는 일들을 하고 말하고 생각하는 게 내게는 너무 어려웠기 때문이었다. "어떻게 올바른 질문을 하는지 모르겠어요." 나는 할아버지에게 말했지만, 사실 그것도 정확히 내가 말하고자 하는 바는 아니었다. 사실 난 내가 하고 싶은 이야기를 어떻게 하는지조차 잘 몰랐다.

할아버지는 잠시 아무 말이 없었다. "때로는 질문하지 않는 것도 좋은 방법이란다, 아기 고양아." 할아버지가 말했다. "질문하지 않으면 안전할 수 있거든." 그러고는 나를 쳐다봤다. 마치 내 얼굴을 다시는 못 볼지도 모르기 때문에 기억해두려는 것처럼 유심히 쳐다봤다. "하지만 때로는 위험하더라도 질문할 필요가 있어." 그러고는 다시 말을 멈췄다. "기억할 수 있겠니, 아기 고양아?"

"네." 나는 말했다.

다음 주 직장에서 나는 모건 박사를 찾아갔다. 모건 박사는 연구실 최고참 박사 후 과정생이고 모든 기술자를 감독한다. 하지만 가장 상급자임에도 불구하고 박사 과정생들은 모건 박사처럼 되고 싶어 하지 않았다. "모건처럼은 되지 말아야 할 텐데." 박사 과정생들이 자기들끼리 이런 소리를 하는 것을 가끔 들은 적 있다. 왜냐하면 모건 박사는 자기 연구실이 없고, 여기 온 지 7년이 지났는데도 여전히 웨슬리 박사 밑에서 일하고 있기 때문이다. 사실 모건 박사와 나는 같은 해에 웨슬리 박사 연구실에 들어왔다. 할아버지는 모든 연구실에는 절대 안 떠나고 계속 있는 박사 후 과정생이 적어도 하나는 있다고 말해주면서, 그런 사람들에게는 절대 그 사실을 언급하거나 거기 얼마나 오래 있었는지 일깨워준다거나 왜 다른 곳에 가지 않느냐고 물어서는 안 된다고 했다.

그래서 나는 절대 그러지 않았다. 하지만 모건 박사는 늘 내게 잘해줬고, 연구실의 다른 많은 과학자들과는 달리 복도에서 마주치면 늘 내게 인사했다. 그래도 조퇴나 지각 허락을 받으러 갈 때가 아니면 박사에게 찾아가는 일은 거의 없었다. 박사에게 어떻

357

게 접근해야 제일 좋을지 알 수가 없어서, 나는 박사가 일하다가 결국 고개를 들기만 바라면서 다른 사람들 대부분이 점심 먹으러 나가는 동안 그 자리 근처에서 5분 정도 기다렸다.

마침내 박사가 말했다. "누가 나를 보고 있군." 그가 선언하며 고개를 돌렸다. "찰리, 거기 서서 뭘 하고 있어요?"

"죄송해요, 모건 박사님." 내가 말했다.

"무슨 일 있어요?" 그가 물었다.

"아니요." 내가 말했다. 그리고 나니 달리 무슨 말을 해야 할지 생각이 나지 않았다. "모건 박사님." 나는 용기가 사라지기 전에 재빨리 말했다. "무슨 일이 벌어지고 있는지 말씀해주시겠어요?"

모건 박사는 나를 쳐다봤고, 나는 박사를 쳐다봤다. 모건 박사에게는 늘 어딘가 할아버지를 떠올리게 하는 데가 있었는데, 한동안은 그게 뭔지 알 수 없었다. 박사는 할아버지보다 훨씬 젊었다. 나보다 겨우 몇 살 더 많았다. 인종도 달랐다. 그리고 할아버지와는 달리 저명하거나 영향력 있는 사람도 아니었다. 하지만 그러다가 나는 깨달았다. 그건 박사가 내 질문에 늘 대답을 해줬기 때문이다―연구실의 다른 사람들은 내가 질문해도 난 이해하지 못할 거라고 했지만, 모건 박사는 절대 그런 말을 하지 않았다.

"이건 동물원성 감염병이고, 출혈성 열병이 확실해요." 그가 마침내 말했다. "호흡기 비말과 체액 모두를 통해 전파되기 때문에 엄청나게 전염성이 높아요. 잠복 기간, 또는 진단과 사망 사이의 기간이 얼마나 될지에 대해서는 아직 확실히 아는 게 없어요. 발견된 곳은 브라질이구요. 우리나라에서 첫 사례는 한 달 전, 6도

358

에서 나왔어요." 이게 다행이라는 이야기는 할 필요 없었다. 6도
는 가장 인구밀도가 낮은 도이기 때문이다. "하지만 그 이후로 퍼
져나가고 있어요—속도가 얼마나 빠른지는 아직 몰라요. 내가 말
할 수 있는 건 그게 다예요."

난 모건 박사가 아는 게 그게 다여서인지, 아니면 나한테는 더
이상 말해줄 수 없어서인지는 묻지 않았다. 그냥 고맙다고 하고
내 구역으로 돌아와서 들은 이야기에 대해 생각해봤다.

다들 가장 먼저 그 병이 애초에 어떻게 여기까지 왔을까 하는
의문이 생길 것이다. 거의 24여 년 동안 팬데믹이 없었던 이유 중
하나는, 말했듯이, 국가에서 국경을 모두 닫았을 뿐만 아니라 국
가 간 여행을 모두 금지했기 때문이다. 다른 많은 나라들도 같은
조치를 취했다. 사실 시민들 간 상호 이동권을 가진 국가는 세계
에서 총 17개국—뉴브리튼, 올드 유럽의 한 집단, 동남아시아의
한 집단—밖에 없다.

하지만 아무도 들어올 수도 없고 아무도 나갈 수도 없지만, 실
제로 아무도 안 들어오고 아무도 안 나간다는 뜻은 아니다. 예를
들어, 4년 전에는 인도에서 온 밀항자 하나가 3도 어느 항구의 화
물선에서 발견되었다는 소문이 있었다. 그리고 할아버지가 늘 말
했듯이, 세균은 누구의 목으로도 여행할 수 있다. 사람은 물론이
고 박쥐나 뱀이나 벼룩의 목으로도. (이건 비유다. 뱀이나 벼룩은 목이
없으니까.) 웨슬리 박사가 늘 말하듯이, 하나만 걸리면 끝이다.

하지만—다른 사람들은 해도—나는 절대 떠들고 다니지 않을
다른 가설도 있다. 국가에서 병을 만들고 있고, 심지어 록펠러 대

학까지 포함하는 모든 연구기관의 반은 새로운 병을 만들어내고 나머지 반은 그 병의 퇴치법을 연구하고 있으며, 국가에서 필요하다고 생각할 때마다 그 신종병 중 하나를 퍼뜨린다는 가설 말이다. 사람들이 이런 생각을 하고 있다는 것을 내가 어떻게 알고 있는지는 물어봤자 대답할 수 없으니—그냥 할 수 없다—내게 그런 질문은 하지 마라. 다만 우리 아버지가 이런 생각을 가졌고, 그랬기 때문에 반역자 선고를 받았다는 것은 말할 수 있다.

하지만 이런 가설들을 듣기는 해도 난 믿지 않았다. 만약 그게 사실이었다면, 국가에서 왜 83년이나 88년 반란 때 병을 퍼뜨리지 않았겠는가? 그랬으면 할아버지는 아직 살아있을 테고, 난 여전히 할아버지와 이야기할 수 있을 텐데.

이런 말도 입 밖에 내진 않겠지만, 때로 난 먼 곳에서 온 다른 병이 있었으면 했다. 사람들이 죽기를 바래서가 아니라, 그러면 그게 증거가 될 수 있기 때문이다. 나는 다른 장소들, 다른 나라들이 존재하고, 거기서도 사람들이 셔틀을 타고 연구실에서 일하고 저녁으로 뉴트리아 패티를 만들며 살아가고 있다는 것을 확실히 알고 싶었다. 그런 곳들에 절대 가볼 수 없다는 것은 안다—갈 수 있기를 *바라는* 마음조차 없다.

하지만 때로는 그런 곳들이 있는지 알고 싶었다. 할아버지가 가본 그 모든 나라들, 할아버지가 걸었던 그 모든 거리들이 여전히 거기 있는지 알고 싶었다. 때로는 할아버지가 죽지 않았고, 할아버지가 처형당하는 걸 내 눈으로 직접 보지 않았다는 억지 상상을 하고 싶었다. 할아버지가 그 연단 구멍 속으로 떨어졌을 때 사실은 죽은 게 아니라 젊은 시절 여행했던 어느 도시, 시드니나 코펜하겐, 상하이, 라고스 같은 데 떨어진 거라는 상상. 어쩌면 할아버지는 거기서 내 생각을 하고 있을지도 모른다. 할아버지가 너무나 그립지만, 할아버지가 여전히 살아서 나로서는 어떻게 상상해야 할지 감조차 잡히지 않는 곳에 앉아 나를 기억하고 있다는 것을 아는 것만으로도 충분하다.

다음 몇 주 동안 상황이 변하기 시작했다. 당장 명확한 변화가 있는 건 아니지만—화물 트럭들이 줄지어 달린다거나 군 동원령이 내린다거나 하지는 않지만—무슨 일이 벌어지고 있다는 것은 점점 더 분명해졌다.

대부분 일은 밤중에 벌어져서, 아침에 셔틀을 타고 북쪽 록펠러 대학으로 가다 보면 변화가 보이기 시작했다. 예를 들어, 어느 날 아침에는 검문소에서 평소보다 더 오래 꾸물거렸고, 또 어느 날은 셔틀에 타기 전 군인 하나가 한 번도 본 적 없는 새로운 체온계를 들고 우리 이마를 스캔했다. "앞으로 움직여요." 군인은 말했지만, 위압적인 말투는 아니었다. 그러더니 아무도 묻지 않는데도 "그냥 국가에서 시험 중인 새 기구입니다"라고 말했다. 다음날에는 그 군인이 사라지고 다른 군인이 한 손에 무기를 들고 서서 셔틀에 타는 우리를 지켜봤다. 그는 아무 말도 하지 않았고 아무것도 하지 않았지만, 눈으로 우리를 이리저리 훑어보다가 내 앞에 선 남자가 차에 타려는 순간 손을 내밀어 막았다. "멈춰요." 그가 말했다. "그거 뭡니까?" 그러면서 남자 얼굴에 있는 으깨진 포도색 반점을 가리켰다. "모반입니다." 남자가 전혀 겁에 질리지 않은 목소리로 말하자, 군인은 주머니에서 기구를 꺼내 남자의 뺨에 빛을 비춰본 다음 기구에 나온 정보를 읽고 고개를 끄덕이더니 남자에게 셔틀에 타라고 무기 끝을 흔들어 신호했다.

우리 셔틀에 타는 다른 사람들이 무엇을 눈치채고 눈치채지 못했는지는 알 수 없었다. 8구역은 어떻게 보면 너무 작아서 변화를 알아차리지 못하기가 불가능했다. 그런 반면, 사람들 대부분은 변화를 바라지 않았다. 하지만 우리 대부분은 무슨 일이 벌어지고 있는지 알고 있다고, 아니면 의심하고 있다고 생각하지 않을 수가 없다. 이 셔틀에 타는 사람들은 결국 모두 국영 연구기관 직원이니까. 생물 과학을 연구하는 기관에서 일하는 사람들은 어쩌면 폰드나 팜에서 일하는 사람들보다는 좀 더 아는 게 많을지도 모른다. 그래도 우리는 아무 말도 하지 않았다. 노력하면 아무 일도 없다고 믿기 쉬웠다.

하루는 셔틀 안 늘 앉던 자리에 앉아서 창밖을 보는데, 갑자기 데이비드가 보였다. 그가 회색 점프수트 차림으로 6번가를 걸어 내려가고 있었다. 셔틀이 14번 스트리트 검문소에 정차하기 직전이어서 줄 서서 차례를 기다리고 있는 동안, 나는 그가 12번 스트리트에서 오른쪽으로 돌아 서쪽으로 사라지는 것을 지켜봤다.

셔틀이 조금씩 앞으로 나갔고, 나는 앉은 채로 뒤로 돌아 계속 봤다. 그 사람이 데이비드일 리가 없었다. 지금은 그가 셔틀을 타는 시간보다 한 시간이 지난 시각이었다—그는 이미 팜에서 일하고 있을 것이다.

그럴 가능성이 없는데도, 나는 내가 본 사람이 데이비드라고 확신했다. 처음으로 지금 벌어지고 있는 모든 일—병, 내가 아는 게 거의 없다는 사실, 다음에 벌어질 일—이 두려워졌다. 이유는 모르겠지만, 나는 병에 걸리는 것은 두렵지 않았다. 하지만 그날 셔틀에서 세상이 정말로 나눠지고 있다는 이상한 느낌이 들었다. 한쪽 세상에서는 내가 셔틀을 타고 출근해서 분홍이들을 돌보지만, 다른 세상에서는 데이비드가 전혀 다른 어딘가, 내가 본 적도, 들은 적도 없는 어딘가로 가고 있는 것이다. 마치 8구역이 사실은 내가 아는 것보다 훨씬 더 크고, 그 안에는 다른 사람들은 다 알지만 어째서인지 나는 모르는 곳들이 있는 것만 같았다.

할아버지 생각은 늘 하지만, 특히나 사무치게 할아버지가 생각나는 날이 이틀 있다. 첫 번째는 9월 20일, 할아버지가 처형당한 날이다. 두 번째는 8월 14일, 할아버지가 잡혀간 날, 내가 마지막으로 할아버지와 함께 있었던 날이다. 이상하게 들리겠지만, 할아버지가 실제로 돌아가신 날보다 이날이 난 더 힘들었다.

그날 오후 나는 할아버지와 같이 있었다. 토요일이어서 할아버지가 예전엔 우리 아파트였지만 이제는 남편과 내 아파트가 된 우리 집으로 나를 만나러 왔다. 남편과 나는 얼마 전 6월 4일에 결혼했고, 내게 있어 결혼 생활에서 무엇보다 이상하고 힘든 점은 할아버지를 매일 보지 못한다는 것이었다. 할아버지는 8구역 동쪽 경계선 근처 아주 조그만 아파트에 새로 자리를 잡았는데, 나는 결혼하고 처음 두 주 동안 퇴근 후 매일 할아버지가 사는 건물로 찾아가서 할아버지가 올 때까지 때로는 몇 시간을 길거리에서 기다렸다. 그럴 때마다 할아버지는 미소를 지으면서도 고개를 절레절레 흔들었다. "아기 고양아." 할아버지는 내 머리를 쓰다듬으며 말하곤 했다. "밤마다 여기 오면 절대 적응할 수가 없어. 게다가 남편이 걱정할 거야."

"아니에요." 난 말했다. "할아버지 보러 온다고 말했어요."

그러면 할아버지는 한숨을 내쉬었다. "올라가자." 할아버지가 그렇게 말하면, 나는 할아버지와 함께 위층에 올라갔고, 할아버지는 서류 가방을 내려놓고 내게 물 한 잔을 준 다음 집까지 바래다줬다. 오는 길에 할아버지는 직장 일은 괜찮은지, 남편은 괜찮은지, 아파트에서 둘이 편하게 지내는지 묻곤 했다.

"할아버지가 왜 이 집에서 나가야 하는지 여전히 이해가 안 돼요." 나는 말했다.

"말했잖니, 아기 고양아." 할아버지는 그래도 다정하게 말했다. "거긴 네 아파트야. 그리고 이젠 네가 결혼을 했으니—늙은 할애비 옆에 평생 붙어 있고 싶진 않을 거 아니냐."

그래도 할아버지와 난 적어도 주말은 함께 보냈다. 금요일마다 남편과 나는 할아버지를 저녁 식사에 초대했고, 대화가 시작되면 처음 10분 동안은 할아버지와 남편이 내가 이해할 수 없는 복잡한 과학 문제를 이야기했다. 그러고 나면 토요일과 일요일은 할아버지와 나 둘만의 시간이었다. 당시 할아버지 상황은 몹시 안 좋았다—6주 전 수도가 반란자들의 손에 넘어갔고, 반란자들은 대규모 집회를 열면서 모든 시민에게 기술을 다시 돌려주고 정권의 주역들을 처벌하겠다고 공약했다. 그 소리를 듣자 걱정이 됐다. 할아버지가 정권의 일부였기 때문이다. 할아버지가 주역인지는 모르지만, 중요한 사람이라는 것은 알고 있었다. 하지만 새 정부에서 23시 통금을 실시한 것 외에는 그때까지는 아무 일도 벌어지지 않았고, 그 외의 상황은 그 전과 완전히 똑같아 보였다. 나는 사실 아무것도 변한 게 없으니 결국 아무것도 변하지 않을 거라고 믿기 시작했다. 누가 정권을 잡건 내겐 중요하지 않았다. 나는 일개 시민이었고, 어느 쪽이 정권을 잡건 여전히 일개 시민일 터라, 내 위치에서는 그런 일을 걱정할 필요 없었다.

그날, 8월 14일 토요일도 평소와 다름없는 날이었다. 날씨가 몹시 더워서 할아버지와 나는 14시에 센터에서 만나 현악사중주를 들었다. 그러고 나서 할아버지가 냉우유를 사줘서 탁자에 앉아 조그만 숟가락으로 우유를 먹었다. 할아버지는 일은 어떤지, 오래전 할아버지 밑에서 일했던 웨슬리 박사는 마음에 드는지 질문했다. 나는 일도 마음에 들고 웨슬리 박사도 좋은 사람이라고 대답했고, 둘 다 사실이었다. 할아버지는 고개를 끄덕였다. "잘됐네, 아기 고양아." 할아버지가 말했다. "다 좋다니 기쁘구나."

우리는 에어컨이 켜진 실내에서 한참을 머물렀고, 그러다가 할아버지가 최악의 더위는 꺾인 것 같으니 가끔 그랬듯이 집에 가기 전에 노점상들 물건을 구경하러 스퀘어에 가도 되겠다고 했다.

세 블록만 더 걸어가면 북쪽 입구에 도착하는데, 갑자기 밴 한 대가 길가에 서더니 검은 옷차림의 남자 셋이 내렸다. "그리피스 박사님." 그중 하나가 할아버지에게 말하자, 밴이 다가올 때부터 걸음을 멈추고 내 어깨에 손을 올린 채 지켜 있던 할아버지가 내 손을 힘주어 움켜잡더니 나를 돌려세워 얼굴을 마주봤다.

"난 이 사람들과 가야 해, 아기 고양아." 할아버지가 차분하게 말했다.

나는 이해하지 못했다. 기절할 것만 같았다. "안 돼." 나는 말했다. "안 돼요, 할아버지."

할아버지가 내 손을 쓰다듬었다. "걱정 마라, 아기 고양아." 할아버지는 말했다. "난 괜찮을 거야. 약속하마."

"타요." 다른 남자가 말했지만, 할아버지는 무시했다. "집에 가." 할아버지가 속삭였다. "세 블록만 더 가면 돼. 집에 가서 남편에게 내가 잡혀갔다고 말해. 걱정 마라, 알겠지? 금세 돌아올게."

"안 돼요." 나는 말했지만, 할아버지는 눈을 찡긋해 보이고 밴 뒷좌석에 탔다. "안 돼요, 할아버지." 나는 말했다. "안 돼. 안 돼."

할아버지는 나를 내다보고 미소를 지으며 뭐라고 말하려고 했지만, 차에 타라고 했던 남자가 문을 쾅 닫더니 세 사람 다 앞 좌석에 탔고 밴은 떠나버렸다.

나는 소리를 지르고 있었고, 몇몇 사람들은 가던 걸음을 멈추고 나를 쳐다봤지만, 대부분은 그러지도 않았다. 난 뒤늦게 남쪽으로 달리는 밴 뒤를 따라 달리기 시작했지만, 다음 순간 밴이 서쪽으로 방향을 틀었고, 날씨는 너무 덥고 나는 너무 느려서 난 결국 휘청거리다 쓰러져버렸다. 난 한참을 그대로 보도에 쓰러진 채 몸을 흔들어댔다.

마침내 나는 일어났다. 우리 건물로 걸어와 아파트로 올라갔다. 남편이 집에 있다가 나를 보자 입을 벌렸지만, 남편이 뭐라고 하기 전에 무슨 일이 있었는지 내가 먼저 이야기했고, 그러자 그는 즉시 옷장으로 가서 서류 상자를 꺼내 그중 몇 개를 꺼냈다. 그리고는 내 침대 아래 서랍으로 가서 우리 금화 몇 개를 꺼냈다. 그걸 모두 가방에 넣고 나서 머그잔에 물을 담아 내게 줬다. "가서 당신 할아버지를 도울 수 있을지 좀 알아봐야겠어." 그가 말했다. "최대한 빨리 돌아올게, 알겠지?" 나는 고개를 끄덕였다.

나는 냉각복 차림 그대로 소파에 앉아 남편이 돌아오기를 계속 기다렸다. 이마에 까진 상처에서 나온 피가 말라붙어서 피부가 근질거렸다. 밤늦게 통금 직전에야 드디어 남편이 돌아왔지만, 내가 "할아버지는 어디 있어?" 하고 묻자, 그는 고개를 숙였다.

"미안해, 코브라." 그가 말했다. "그 사람들이 할아버지를 안 내보내줘. 내가 계속 애써볼게."

그러자 나는 끙끙대며 몸을 흔들기 시작했고, 결국 남편은 내가 베개에 대고 끙끙거릴 수 있도록 내 침대에서 베개를 갖다주고 내 옆 바닥에 앉았다. "계속 애써볼게, 코브라." 그는 되풀이해서 말했다. "계속 애써볼게." 남편은 노력했지만, 9월 15일 할아버지가 재판에서 져서 처형될 거라는 통지를 받았고, 닷새 후 할아버지는 죽임을 당했다.

오늘은 할아버지가 잡혀간 날로부터 6년이 된 날이었다. 남편과 나는 늘 이날을 가게에서 산 포도향 주스 한 병으로 기념했다. 남편이 주스를 한 잔씩 따르면 우린 할아버지의 이름을 크게 부르고 주스를 마셨다.

난 그날은 늘 홀로 보냈다. 지난 5년 동안 8월 13일마다 남편은 "내일 혼자 있고 싶어?"라고 물었고, 그러면 나는 "응"하고 대답했다. 하지만 작년쯤 그게 사실 진심인지 아니면 그냥 우리 둘 다에게 더 편하니까 그렇게 대답하는 건지 궁금해지기 시작했다. 남편이 대신 "내일 같이 있고 싶어?"하고 물었다면, 내가 "응"이라고 대답했을까? 하지만 그걸 확실히 알 길은 이제 없었다. 어젯밤 남편은 평소처럼 내게 혼자 있고 싶냐고 물었고, 나도 평소처럼 그렇다고 대답했기 때문이다.

난 그날은 늘 최대한 늦게까지 잤다. 그래야 써야 할 시간이 줄어든다. 11시쯤 겨우 일어나 보니 남편은 나가고 없었고, 남편 침대는 언제나처럼 깔끔하게 정리되어 있고, 오븐에는 내 몫으로 남겨둔 죽 한 그릇이 들어 있었다. 죽 표면이 마르지 않도록 죽 그릇 위에 다른 그릇 하나가 거꾸로 덮여 있었다. 모든 것이 평소와 똑같았다.

하지만 그릇을 씻어놓고 욕실로 걸어가는데, 현관문 근처 바닥에 놓인 종잇조각 하나가 눈에 들어왔다. 나는 몇 분 동안 그 조각을 빤히 바라보기만 했다. 왠지 그걸 집기가 두려웠다. 남편이 여기 있어서 도와줬으면 싶었다. 그러다 어쩌면 이게 남편이 사랑하는 사람에게서 온 쪽지일지도 모른다는 생각이 들었고, 그러자 더 두려워졌다―그 쪽지에 손을 대면 그 사람이 실제로 존재한다는 걸, 그 사람이 모종의 방법으로 우리 건물에 들어와서 계단을 올라와 쪽지를 두고 갔다는 걸 증명하게 될 것만 같았다. 그러자 화가 났다. 남편이 나를 사랑하지 않는다는 것은 알지만, 내가 얼마나 안중에도 없었으면 이 사람에게 오늘이 내 인생 최악의 날이라는 말조차 하지 않았을까. 매년 이날만 되면 내 머릿속은 온통 한때는 가지고 있었지만 빼앗겨버린 것에 대한 생각뿐이라는 말조차 하지 않았을까. 결국 그 분노의 힘으로 나는 허리를 굽혀 바닥에서 쪽지를 낚아챘다.

하지만 그 순간 내 분노는 사라졌다. 쪽지는 남편에게 온 게 아니었다. 내게 온 쪽지였다.

찰리―평소 만나던 이야기꾼 자리에서 오늘 좀 만나요.

서명은 없었지만, 데이비드일 수밖에 없었다. 이제 난 혼란스러웠고 앞으로 뭘 어떻게 해야 하는지 소리 내어 생각하면서 방 안을 뱅글뱅글 맴돌며 걷기 시작했다. 너무 민망해서 데이비드를 만날 수 없었다. 나에 대한 데이비드의 감정을 오해해서 멍청한 짓을 했다. 데이비드를 생각하면, 내가 그에게서 물러나기 전 그가 짓던 표정이 떠올랐고, 그 표정에는 아무런 악의가 없었지만, 그래서 더 비참했다―그의 표정은 친절했고, 심지어 슬퍼 보였다. 날 밀치거나 놀리거나 비웃은 것보다 그게 더 수치스러웠다.

하지만 데이비드가 그립기도 했다. 데이비드가 보고 싶었다. 그와 함께 있을 때의 느낌, 오로지 할아버지에게서만 받았던 느낌, 마치 내가 특별하고 흥미로운 사람인 듯한 느낌을 가지고 싶었다.

난 한참 동안 방안을 맴돌았다. 또다시 아파트에 청소할 거리, 정리할 거리, 뭔가 할 일이 있었으면 싶었다. 하지만 아무것도 없

369

었다. 시간은 천천히 흘러갔다. 너무 시간이 안 가서 잡념을 떨치기 위해 센터에 갈까 하는 생각마저 들었지만, 냉각복을 입기 싫었고 아파트에서 나가고 싶지도 않았다―이유는 모르겠다.

마침내 15시 반이 됐고, 집에서 이야기꾼 천막까지는 5분도 안 걸리지만 난 어쨌거나 출발했다. 가는 도중에야 데이비드가 우리 집을 어떻게 알았으며 우리 건물에는 어떻게 들어왔을까 하는 의문이 생겼다. 우리 건물에 들어오려면 열쇠 두 개가 필요하고, 지문 스캔도 해야 한다. 난 갑자기 걸음을 멈췄고 거의 돌아설 뻔했다―남편 말이 맞아서 데이비드가 정말 정보원이라면? 하지만 다시 한번 난 아무것도 모르는 아무것도 아닌 사람이라는 사실을, 감출 것도 말할 것도 없다는 사실을 되새겼다. 어쨌거나 다르게 설명할 방법도 있었다. 언젠가 데이비드가 내가 집에 가는 것을 봤을 수도 있다. 우리 건물에 들어가는 이웃에게 쪽지를 주면서 문 밑으로 밀어 넣어달라고 부탁했을 수도 있다. 특이한 일이긴 했겠지만, 데이비드가 특이한 사람이니까. 그래도 이런 추론을 하다 보니 다른 언짢은 생각이 들었다. 데이비드는 왜 이제 와서 날 보자고 하는 걸까? 내가 어디 사는지 알고 있다면, 왜 진작 내게 연락하려 하지 않았을까?

이런 생각들을 너무 골똘히 하느라 나는 누군가 내게 말을 걸고 있다는 것을 알아차리고야 내가 이야기꾼 천막 앞에서 움직이지 않고 서 있었다는 것을 깨달았다. "들어올 거예요, 아가씨?" 이야기꾼 보조가 물었고, 나는 고개를 끄덕이고 뒤쪽 바닥에 가져온 천 조각을 깔았다.

가방을 옆에 놓고 있는데 가까이 누군가 서 있는 느낌이 들어서 고개를 들어보니 데이비드였다.

"안녕하세요, 찰리." 그가 인사하고 내 옆에 앉았다.

심장이 미친 듯이 뛰었다. "안녕하세요." 나도 말했다.

하지만 우리 둘 다 그 이상 대화는 할 수 없었다. 이야기꾼이 이야기를 시작했기 때문이다.

그날 이야기가 뭐였는지는 말할 수 없다. 나는 이야기에 도저히 집중할 수 없었고—질문과 의심스러운 점들 외에는 아무 생각도 할 수 없었다—그래서 청중들의 박수 소리가 들렸을 때는 깜짝 놀랐다. 그러자 데이비드가 말했다. "벤치에 가요."

벤치는 진짜 벤치가 아니라 수년 전 군중을 통제하려고 일렬로 늘어놓은 시멘트 블록들이다. 반란이 진압된 후, 국가는 스퀘어 동쪽 건물 앞에 블록들을 한 줄 남겨뒀고, 사람들, 특히 나이 많은 사람들이 가끔 거기 앉아 스퀘어 주위를 도는 사람들을 구경했다. 벤치들의 좋은 점은 야외에 있으면서도 사적 공간이어서 거기 앉아서 쉴 수 있다는 것이었다. 단점은 벤치가 굉장히 뜨거워서 여름에는 돌에서 올라오는 열기가 심지어 냉각복을 입고 있어도 느껴졌다.

데이비드는 남쪽 끝 벤치를 골라 앉았고, 몇 분 동안 우리 둘 다 아무 말도 하지 않았다. 둘 다 헬멧을 쓰고 있었지만, 내가 손을 올려 헬멧을 벗으려고 하자 그가 저지했다. "하지 마요." 그가 말했다. "계속 쓰고 있어요. 그대로 쓴 채 앞만 똑바로 보면서 내가 하는 말에 반응하지 말아요." 그래서 나는 그렇게 했다.

"찰리." 그는 말을 시작했다가 다시 멈췄다. "찰리, 할 이야기가 있어요." 그가 말했다.

목소리가 달랐다. 더 진지한 목소리여서, 난 또다시 겁이 났다. "나한테 화났어요?" 나는 그에게 물었다.

"아뇨." 그가 말했다. "아니에요, 전혀. 그냥 내 말 좀 들어줬으면 해요, 괜찮죠?" 그러면서 그는 아주 살짝 고개를 내 쪽으로 돌렸고, 나는 알았다는 것을 보여주기 위해서 아주 살짝 고개를 끄덕였다.

"찰리, 난 여기 사람이 아니에요." 그가 말했다.

"알아요." 내가 말했다. "5도에서 왔잖아요."

"아니에요." 그가 말했다. "아니에요. 난—난 뉴브리튼에서 왔어요." 그는 다시 재빨리 나를 쳐다봤지만, 난 무표정한 얼굴을 유지했고, 그는 계속해서 이야기했다. "이게…… 이상한 소리처럼 들릴 거라는 거 알아요." 그가 말했다. "하지만 난 고용주가 보내서 여기 왔어요."

"왜요?" 내가 속삭였다.

이제 그는 나를 쳐다봤다. "당신을 위해서요." 그가 말했다. "당신을 찾고. 당신을 지켜보기 위해서요. 안전해질 때까지." 그러더니 내가 아무 말도 하지 않자 계속해서 말했다. "새로운 병이 오고 있다는 거 알고 있죠."

순간 나는 너무 충격을 받아서 아무 말도 할 수 없었다.

데이비드가 병에 대해 어떻게 아는 거지? "그거 정말이에요?" 난 물었다.

"네." 그가 말했다. "정말이에요. 그리고 몹시, 몹시 안 좋을 거예요. 70년만큼—그보다 더. 하지만 그것 때문에 당장 떠나야 하는 건 아니에요. 분명 그 때문에 상황이 더 복잡해지기는 하겠지만."

"뭐라구요?" 내가 물었다. "떠난다구요?"

"찰리, 시선은 정면." 그가 재빨리 속삭였고, 나는 자세를 바로잡았다. 분노나 놀라움을 드러내는 것은 현명하지 않았다. "부정적인 감정 보이지 말아요." 그가 다시 상기시켰고, 나는 고개를 끄덕였다. 우린 또다시 아무 말도 하지 않았다.

"난 당신 할아버지와 굉장히 친했던 분을 위해 일하고 있어요." 그는 말했다. "가장 친한 친구였죠. 당신 할아버지는 돌아가시기 전 내 고용주에게 당신을 이 나라에서 빼내는 걸 도와달라고 했고, 우린 6년 동안 그 일을 준비해왔어요. 올해 초, 드디어 가능성이 보였어요. 해결책을 찾았을지도 모른다는 생각이 들었죠. 그리고 이젠 찾았어요. 이제 당신을 여기서 빼내 안전한 곳으로 데려갈 수 있어요."

"하지만 난 여기서 안전해요." 말할 수 있게 되자, 나는 말했다. 다시 한번 그가 머리를 내 쪽으로 살짝 움직였다.

"아뇨, 찰리." 그가 말했다. "당신은 안전하지 않아요. 여기서 당신은 절대 안전할 수 없어요. 게다가," 여기서 그는 앉은 자세를 살짝 바꿨다. "다른 인생을 살고 싶지 않아요, 찰리? 당신이 자유로울 수 있는 어딘가에서?"

"난 여기서 자유로워요." 내가 말했지만, 그는 계속해서 말했다.

"당신이—뭐라고 할까요, 책을 읽거나 원하는 곳에 갈 수 있
는 어떤 곳에서? 당신이—당신이 친구를 사귈 수 있는 어떤 곳에
서?"

나는 말을 할 수가 없었다. "난 여기 친구들이 있어요." 말했지
만, 그가 아무 대답도 하지 않자 나는 덧붙였다. "어디나 다 똑같
아요."

이번에는 그가 정말 내 쪽으로 고개를 돌렸다. 색조가 들어간
안면 스크린 너머로 그의 눈이 보였다. 남편 눈처럼 크고 검은 눈
이 나를 똑바로 보고 있었다. "아니에요, 찰리." 그가 상냥하게 말
했다. "그렇지 않아요."

순간 나는 일어났다. 기분이 이상했다—모든 일이 너무 빠르
게 벌어지고 있었고, 난 그게 싫었다. "가야겠어요." 나는 말했다.
"왜 나한테 이런 이야기들을 하는지 모르겠네요, 데이비드. 이유
는 모르겠지만, 당신이 말하는 건 반역이에요. 이런 이야기들을
지어내는 건 반역이라고요." 눈시울이 뜨거워지고 콧물이 흐르
기 시작했다. "이유를 모르겠군요." 내 목소리는 점점 커지고 겁에
질려 있었다. "이유를 모르겠어요, 이유를 모르겠다구요." 그러자
데이비드가 신속히 일어나더니 의외의 행동을 했다. 그는 나를 끌
어당겨 안고 말없이 그대로 있었다. 잠시 후 나도 그를 마주 안았
다. 처음에는 사람들이 분명 우리를 쳐다볼 거라는 생각에 자의식
이 생겼지만, 조금 더 있자 다른 사람들 생각은 전혀 나지 않았다.

"찰리." 데이비드가 내 머리 위에서 말했다. "굉장한 충격이라
는 거 알아요. 내 말을 안 믿는 것도 알아요. 다 알아요. 미안해

374

요. 당신이 좀 더 쉽게 받아들일 수 있게 할 수 있었으면 좋았을 텐데." 그러더니 그가 내 냉각복 주머니에 뭔가 작고 단단한 것을 슬쩍 넣었다. "집에 가서 혼자 있을 때만 열어봐요." 그가 말했다. "알겠어요? 보는 눈이 없다는 걸 완전히 확신할 수 있을 때만 봐요—남편도 안 돼요." 나는 그의 가슴에 대고 고개를 끄덕였다. "좋아요." 그가 말했다. "이제 우린 헤어질 거예요. 난 서쪽으로 가고 당신은 북쪽으로 가서 아파트로 올라가요. 나중에 다음에 어디서 만날지 쪽지를 보낼게요. 알겠죠?"

"어떻게요?" 나는 물었다.

"그건 걱정 말아요." 그가 말했다. "그냥 내가 할 거라는 것만 알고 있어요. 주머니에 있는 걸 보고도 확신이 들지 않으면, 그냥 안 나오면 돼요. 하지만, 찰리"—여기서 그는 크게 숨을 들이쉬었고, 그의 배가 쑥 들어가는 게 느껴졌다—"당신이 오면 좋겠어요. 당신 없이는 뉴브리튼에 돌아가지 않겠다고 고용주에게 약속했거든요."

그러더니 그는 갑자기 팔을 쓱 내리고 서쪽으로 걸어갔다. 너무 빠르지도, 너무 느리지도 않게, 마치 스퀘어에 쇼핑하러 온 사람처럼.

나는 몇 초쯤 거기 서 있었다. 방금 일어난 일이 꿈이고 아직도 꿈을 꾸는 듯한 이상한 느낌이 들었다. 하지만 꿈이 아니었다. 머리 위에서는 태양이 뜨겁고 눈부시게 내리쬐고 있었고, 옆구리에서 땀이 흘러내리는 게 느껴졌다.

나는 냉각복 기능을 최대치로 올리고 데이비드가 시킨 대로 했다. 하지만 일단 아파트 안에 들어와서 현관문을 안전하게 잠그고 헬멧을 벗고 나자 기절할 것 같았다. 나는 현관문에 등을 댄 채 그대로 바닥에 앉아 괜찮아질 때까지 몇 번이나 크게 숨을 들이마셨다.

마침내 나는 바닥에서 일어났다. 현관문 자물쇠를 다시 한번 확인한 다음 남편이 집에 없는 게 확실한데도 남편의 이름을 불러봤다. 그리고 방도 하나하나 확인했다. 부엌, 거실, 침실, 화장실. 심지어 옷장 안까지 확인했다. 그러고 나서 다시 거실로 돌아왔다. 어차피 창문 하나는 다른 건물 뒷면을 보고 있고, 다른 하나는 통풍 공간 쪽으로 나 있기는 하지만, 창문들 블라인드도 다 내렸다. 그러고 나서야 나는 소파에 앉아 주머니에 손을 넣었다.

그건 호두껍데기 정도 크기의 꾸러미로, 갈색 종이로 싼 뭔가 단단한 물건이었다. 종이는 테이프로 단단히 고정되어 있었고, 테이프를 떼어내자 그 아래 종이 한 겹이 더 있었고, 두 번째 종이를 벗기자 얇은 흰 티슈가 나와서 그것도 찢어 벗겼다. 그러자 부드럽고 촘촘한 검은 천으로 만든 조그만 주머니가 나왔다. 입구가 끈으로 단단히 조여매져 있었다. 나는 끈을 풀고 손바닥을 갖다 대고 주머니를 흔들었다. 그러자 내 손 위에 할아버지의 반지가 떨어졌다.

그때는 무엇을 기대해야 하는지 몰랐지만, 나중에 생각해보니 겁을 냈어야 하는 상황이었다. 뭔 줄 알고 그걸 가져온단 말인가. 폭발물, 바이러스가 든 병, 플라이일 수도 있었다.

하지만 어떤 면에서 그 반지는 그런 것들보다 더 안 좋았다. 이유를 말하기는 힘들지만, 그래도 노력해보겠다. 그건 마치 한 가지 방식이라고 알고 있었던 것이 사실은 다른 것임을 배우는 기분이었다. 물론 그런 일은 이미 벌어졌다. 데이비드가 자기는 자기가 말했던 사람이 아니라고 말했으니까. 하지만 그 반지를 보기 전까지는 그 말을 믿지 않을 수 있었다. 내겐 할아버지가 예전에 말해줬던 "타당한 거부권"이 있었다. 뭔가를 알면서도 모른 척 할 수 있다는 뜻이다. 그렇다면, 데이비드가 자신에 대해 진실을 말하고 있는 거라면 그가 말한 다른 것들도 진실일까? 데이비드는 병에 대해 어떻게 안 것일까? 정말 날 찾으라고 누가 보낸 사람일까?

다른 나라들은 결국 이 나라와는 다른 것일까?

데이비드는 누구일까?

나는 반지를 쳐다봤다. 내 기억 속 반지와 똑같이 묵직했고 진주 뚜껑은 여전히 매끄럽고 반짝거렸다. "이건 자개라는 거야." 할아버지가 설명해줬다. "이건 연체동물이 생산하는 일종의 탄산칼슘으로, 외투막 안에 있는―모래알 같은―자극물을 둘러싸고 계속 겹겹이 만들어나간 거란다. 보다시피 굉장히 단단하지."

"사람들도 자개를 만들 수 있어요?" 내가 묻자 할아버지는 미소를 지었다.

"아니." 할아버지가 말했다. "사람들은 다른 방식으로 스스로를 보호해야 해."

반지를 본 지 거의 20년이 지난 지금 나는 그 반지를 주먹에 쥐고 있었다. 반지는 따뜻하고 단단했다. 요정한테 줘야 했단다, 할아버지는 말했다. 네가 아팠을 때 널 돌봐준 요정. 그건 할아버지가 날 놀리려고 한 말이라는 건 늘 알고 있었고, 요정 같은 건 없다는 것도 알고 있었지만, 무엇보다 슬펐던 건 이거다. 할아버지는 내가 할아버지에게 돌아오도록 하기 위해 대가를 지불할 필요가 없었다. 난 어쨌거나 할아버지에게 돌아왔고, 어느 날 할아버지는 이 반지를 다른 곳, 다른 사람에게 보냈고, 그게 지금 내게 되돌아온 것이다. 이 반지의 의미가 무엇인지, 그동안 어디 있었는지, 과거에는 어떤 의미였는지, 난 이제 도무지 알 수가 없었다.

우린 다음 주 목요일에 다시 만났다. 그날 아침 연구실에서 잠깐 화장실에 갔다가 내 자리에 돌아와보니 한 염수 상자 밑에 접은 조그만 종이쪽지가 끼워져 있었다. 나는 쪽지를 쥐고 혹시 누가 보고 있는지 주위를 둘러봤지만, 물론 아무도 없었다. 나와 분홍이들뿐이었다.

19시에 센터에 도착하자, 데이비드는 벌써 와서 바깥에서 있다가 내게 손을 들어 보였다. "같이 트랙 돌아요." 그가 말했고, 나는 고개를 끄덕였다. 안에 들어가서 그는 과일주스 두 잔을 샀고, 우리는 평소 걷던 속도로 천천히, 하지만 너무 느리지는 않게 걷기 시작했다. "헬멧은 그대로 쓰고 있어요." 그의 말에, 나는 주스를 홀짝거리고 싶을 때만 입가의 조그만 홈을 열었고 헬멧은 쓰고 있었다. 센터 안은 시원했지만, 귀찮아서 그냥 헬멧을 계속 쓰고 있는 사람들이 있었기 때문에 그렇게 해도 의심을 사지는 않았다. "당신이 와서 기뻐요." 데이비드가 나지막한 목소리로 말하더니, 덧붙였다. "남편은 오늘 밤 자유 시간이죠." 그건 질문이 아니라 진술이어서, 내가 그를 쳐다보자 그는 고개를 살짝 흔들었다.

"놀람, 분노, 불안 금지." 그가 다시 상기시켜서 나는 다시 앞을 쳐다봤다.

"우리 자유 시간에 대해 어떻게 알아요?" 내가 침착을 유지하려고 애쓰며 물었다.

"할아버지가 내 고용주에게 말해줬어요." 그가 말했다.

데이비드가 우리 아파트나 자기 아파트에서 만나자고 하지 않은 게 이상하게 보일지도 모르겠다. 하지만 데이비드가 우리 아파트에 오는 것도, 내가 그의 아파트에 가는 것도 원하지 않는다는 점은 차치하고라도, 공공장소에서 만나는 게 그냥 더 안전했기 때문이었다. 반란이 일어났던 해, 국가가 다시 권력을 회복하기 전에는 사적 공간 대부분이 감시당하고 있었다는 게 거의 정설이었고, 심지어 지금도 누군가의 아파트에 방문하려면 깊이 신뢰하는 사람이어야 했다.

한동안 우리는 아무 말도 하지 않았다. "나한테 무슨 질문 없어요?" 그가 똑같이 나직한 목소리, 내가 알던 데이비드와는 너무 다른 목소리로 물었다. 하지만 내가 알던 데이비드는 존재하지 않는다는 사실을 난 다시 상기해야 했다. 그 사람이 존재했을 수도 있지만, 그 사람은 지금 나와 이야기하고 있는 사람은 아니다.

물론 하고 싶은 질문이 많았다. 너무 많아서 어디서부터 시작해야 할지 모를 정도였다. 무슨 말을 할까, 무엇을 물을까.

"뉴브리튼 사람들은 말투가 다르지 않아요?" 내가 물었다.

"맞아요." 그가 말했다. "그래요."

"하지만 당신 말투는 여기 사람 같아요." 내가 말했다.

"그런 척하는 거예요." 그가 말했다. "어디 안전한 곳에 있다면, 난 평소대로 말할 테고 그럼 다르게 들릴 거예요."

"아." 내가 말했다. 한동안 또 침묵이 감돌았다. 그러다 나는 오랫동안 궁금했던 점에 대해 질문했다. "당신 머리요," 내가 말했다. "긴 머리죠." 그가 놀란 표정으로 나를 쳐다봤고, 나는 그를 놀라게 만든 게 뿌듯했다. "셔틀 줄에서 당신을 처음 봤던 날 당신 모자에서 머리카락이 좀 흘러내렸어요." 내가 말하자, 그는 고개를 끄덕였다.

"맞아요. 긴 머리였어요." 그가 말했다. "몇 달 전에 잘랐어요."

"이곳에 맞추려구요?" 내가 묻자, 그가 다시 고개를 끄덕였다.

"네." 그가 말했다. "맞추려구요. 관찰력이 예리하네요, 찰리." 나는 약간 미소를 지었다. 데이비드가 내 관찰력이 예리하다고 생각하는 게 기뻤고, 다른 사람들이 눈치채지 못한 점을 눈치채면 할아버지가 자랑스러워한다는 것을 알기 때문에 기뻤다.

"뉴브리튼 사람들은 머리가 길어요?" 내가 물었다.

"어떤 사람들은요." 그가 말했다. "어떤 사람들은 아니구요. 머리는 각자 하고 싶은 대로 해요."

"남자들까지도요?" 내가 물었다.

"네." 그가 말했다. "남자들까지도요."

나는 원하면 긴 머리를 할 수 있는 곳—그러니까, 머리를 기를 수 있다면 말이다—에 대해 생각해봤다. 그리고 또 물었다. "우리 할아버지 만난 적 있어요?"

"아뇨." 그가 말했다. "그런 행운은 없었어요."

"할아버지가 그리워요." 내가 말했다.

"알아요, 찰리." 그가 말했다. "잘 알고 있어요."

"정말 날 데려가기 위해 여기 보내진 거예요?" 난 물었다.

"네." 그가 말했다. "오로지 그것 때문에 여기 있는 거예요."

그러자 또 무슨 말을 해야 할지 알 수가 없었다. 이렇게 말하면 우쭐대는 것처럼 들리겠지만, 난 우쭐대는 사람은 아니다. 그래도 데이비드가 오로지 나를 위해서, 오로지 나를 찾으려고 왔다는 말을 듣자 기분이 좋았다. 그 말을 듣고 또 듣고 싶었다. 모든 사람에게 말하고 싶었다. 누가 나를 찾으러 여기 왔다고. 내가 유일한 이유라고. 아무도 믿지 않을 것이다—나조차 믿지 않았다.

"그 외에 뭘 물어야 할지 모르겠어요." 마침내 이렇게 말하자, 그가 또 살짝 나를 쳐다보는 게 느껴졌다.

"음." 그가 말했다. "우선 내 계획부터 들어볼래요?" 그러면서 그는 또 나를 쳐다봤고, 나는 고개를 끄덕였고, 그가 이야기를 시작했다. 우리는 때로는 다른 사람들을 제치고, 때로는 다른 사람들에게 추월당하며 트랙을 돌고 또 돌았다. 거기서 우린 가장 빠른 사람도, 가장 느린 사람도, 가장 젊은 사람도, 가장 늙은 사람도 아니었다—만약 우리를 저 위에서 지켜봤다면, 둘 중 누가 안전한 이야기를 하고 있고, 누가 그 순간 너무 위험하고 너무 불가능해서 지금까지 살아 있을 리 없다고 생각했을 일에 대해 이야기하고 있는지 알 수 없었을 것이다.

#8

20년 전 여름

소중한 피터에게,

2074년 6월 17일

상냥하고 친절한 쪽지 고맙고, 답장이 이렇게 늦어서 미안하다. 네가
애타게 기다릴 걸 알고 있으니까 더 빨리 쓰고 싶었지만, 전적으로
믿을 수 있는 새 밀사를 이제야 찾았어.

물론 난 너한테 화 안 났어. 당연히 아니지. 넌 할 수 있는 모든 걸
다 했어. 다 내 잘못이야―내게 (그리고 네게) 기회가 있었을 때 네 도
움을 받아 여기서 나갔어야 했는데. 생각하고, 또 생각해. 네게 5년
전에만 부탁했어도 우린 지금 뉴브리튼에 있을 텐데, 하고. 쉽진 않
았겠지만, 적어도 가능하긴 했겠지. 그러면 어김없이 더 위험하고 더

절망적인 생각들이 이어져. 여길 떠났다면, 그래도 찰리가 병에 걸렸을까? 병에 걸리지 않았더라면 찰리는 지금 더 행복하지 않을까? 나도 그러지 않을까?

그러고 나면 이런 생각이 들어. 어쩌면 지금 이 상태, 이젠 새롭지도 않은 찰리의 사고방식, 존재 방식이 어쩌면 이 나라의 현실에는 결국 더 잘 맞지 않을까 하는 생각. 어쩌면 찰리의 무정함은 일종의 둔감함이어서 이 세상이 어떻게 되든 찰리를 잘 지켜줄 수 있을지도 모른다는 생각. 찰리가 잃어버린 자질들—감정의 복합성, 명확한 표현, 심지어 반항심—은 찰리 대신 나만 애도하고 있지만, 어쩌면 사실 없어져서 다행이라고 생각해야 할 것들일지도 몰라. 더 희망적인 순간에는 찰리가 진화해서 이 시대, 이곳에 더 잘 맞는 인간이 된 게 아닌가 하는 상상까지 해. 찰리는 현재의 자신에 대해 슬퍼하지 않거든.

하지만 그러고 나면 똑같은 주기가 고스란히 되풀이되지. 찰리가 아프지 않았다면. 자이코르 치료를 받지 않았다면. 찰리가 부드러움, 취약성, 로맨스가 고무되지는 않더라도 적어도 용인되는 나라에서 자랐더라면. 찰리는 지금 어떤 사람일까? 이런 죄의식, 이런 슬픔, 그 죄의식에 대한 슬픔이 없으면, 나는 어떤 사람일까?

우리 걱정은 하지 마. 아니, 차라리 걱정해. 그래도 지나치게 하지는 마. 그들은 내가 도망치려 했던 걸 몰라. 우리 둘 다에게 계속 되풀이하는 말이지만, 그 사람들한테는 여전히 내가 필요해. 병이 있는 한, 나도 있을 거야.

감사와 사랑을 담아 (언제나처럼). 찰스

피터에게

이 편지는 급히 쓰고 있어. 밀사가 떠나기 전에 확실하게 주고 싶거든. 보안 회선을 구하기가 점점 더 힘들긴 하지만, 오늘은 너한테 거의 전화를 할 뻔했고, 나중에라도 할지 몰라. 그래도 다음 며칠 사이방법을 찾아내면 전화할게.

여름이 시작될 때 말했던 것 같은데, 찰리 혼자서 잠깐씩 산책을 내보내기 시작했어. 잠깐이라는 말은 진짜 잠깐이야. 뮤스까지 한 블록 북쪽으로 올라갔다가 동쪽으로 대학까지 가서 남쪽 방향으로 워싱턴 스퀘어 노스까지 내려와서 서쪽으로 집에 걸어오는 거지. 난 내키지 않았지만, 가정 교사 하나가 권유했어—9월이면 찰리는 열한 살이 된다고 상기시켰지. 아주 조금이라도 찰리를 세상에 내보내야 한다고.

그래서 그렇게 했어. 첫 3주 동안은 그냥 확실히 하려고 보안 요원을 뒤에 붙였어. 하지만 찰리는 내가 말해준 그대로 했고, 난 찰리가 계단을 올라 집에 오는 모습을 2층 창문에서 지켜봤어.

내가 얼마나 불안했는지 찰리에게 알리고 싶지 않아서, 저녁 식사 때까지 기다렸다가 산책 이야기를 꺼냈어. "산책은 어땠니, 아기 고양아?" 난 물었어.

찰리는 고개를 들고 나를 쳐다봤어. "좋았어요." 찰리가 말했어.

"뭘 봤어?" 내가 물었어.

생각에 잠기더군. "나무들요." 찰리가 말했어.

"근사하네." 내가 말했어. "그리고 또?"

또 말이 없었어. "건물들요." 찰리가 말했어.

"건물들 이야기 좀 해봐." 내가 말했어. "창문에 사람이 있든? 건물들 색깔은 뭐였어? 바깥에 꽃 상자들을 둔 창문이 있었어? 문들은 어떤 색깔이었어?" 이런 연습은 찰리에게 도움이 되지만, 한편으로는 스파이를 지도하고 있는 듯한 느낌이 들기도 해. 의심스러운 사람 봤어? 그 사람들이 뭘 하고 있었지? 무슨 옷을 입고 있었지? 지금 보여주는 사진에서 그 사람들을 알아볼 수 있어?

찰리는 내가 원한다고 생각하는 바를 주려고 너무 노력해. 하지만 내가 원하는 건 그저 찰리가 어느 날 집에 와서 뭔가 웃기거나 아름답거나 신나거나 무서운 걸 봤다고 이야기해주는 거야—내가 바라는 건 그저 스스로에게 이야기를 해줄 수 있는 능력이 찰리에게 있었으면 하는 것뿐이야. 찰리는 이야기하면서 나를 가끔 쳐다보는데, 그러면 나는 잘하고 있다고 알려주기 위해 고개를 끄덕이며 미소를 짓지. 그럴 때마다 가슴이 고통스럽게 조여들어. 오직 찰리만 줄 수 있는 아픔.

6월 하순에 나는 찰리를 혼자 내보내기 시작했어. 내가 집에 없을 때는 유모가 찰리가 돌아오는 걸 기다려. 한 바퀴 도는데 7분밖에 안 걸리는데, 가다가 걸음도 멈추고 이것저것 마음껏 구경해도 그것밖에 안 걸려. 찰리는 그보다 멀리 가보고 싶은 호기심이 전혀 없고, 게다가 날씨도 너무 더워. 하지만 그런데 이번 달 초에 찰리가 스퀘어에 들어가도 되냐고 묻는 거야.

그 말에 난 가슴이 뛰었어. 아무것도 달라고 하지도 않고 아무 데도 가지도 않는 우리 꼬마 찰리, 때로는 취향도, 바람도, 기호도 전혀 없어 보이는 우리 꼬마 찰리가 그런 말을 하다니. 그래도 그건 사실은 아니야—예를 들어, 찰리도 단맛과 짠맛의 차이는 알고 있고 단맛을 더 좋아하니까. 예쁜 셔츠와 못난 셔츠의 차이를 알고 예쁜 걸 더 좋아하니까. 어떤 웃음이 못된 웃음이고 어떤 웃음이 즐거운 웃음인지도 알고 있어. 이유는 분명히 설명 못 해도 차이는 알아. 난 찰리에게 늘 거듭 말해. 원하는 걸 달라고 하는 건 괜찮다. 누군가를, 뭔가를, 어떤 장소를 다른 것보다 더 좋아하는 것도 괜찮다. 싫어하는 것도 괜찮다. "그냥 말만 하면 돼." 나는 찰리에게 말해. "그냥 부탁하기만 해. 알겠지, 아기 고양아?"

찰리는 나를 쳐다보고, 그럴 때면 난 찰리가 무슨 생각을 하는지 모르겠어. "네." 찰리는 대답해. 하지만 찰리가 이해한 건지 모르겠어.

6개월 전이라면 스퀘어에는 발도 못 들이게 했을 거야. 하지만 이젠 국가가 다시 권력을 잡아서, 스퀘어에는 8구역 주민만 들어갈 수 있어—각 입구마다 경비가 배치되어 있어서 사람들의 서류를 확인해. 작년에 센트럴 파크 나머지까지 개조됐을 때, 원래 계획과는 달리 모든 공원을 연구 시설로 변경할까 봐 걱정했어. 하지만 보건부와 법무부가 평소와 달리 연합해서 나머지 위원들을 설득했지. 사람들이 모이는 장소가 부족하면 반역 활동이 늘어나고, 잠재적 반란 집단이 지하로 숨을 수밖에 없어서 감시하기가 더 힘들어진다고. 그래서 이번 싸움은 우리가 간신히 이겼지만, 아무래도 유니언 스퀘어는 결국 매디슨 스퀘어의 선례를 따라서 연구 시설은 아니라도 다목적 국영 공간이 될 것 같아. 한 달은 임시 시체 보관소가 됐다가, 다음 달에는 임시 감옥이 됐다가 하는 식으로.

하지만 워싱턴 스퀘어는 달라. 이곳은 주택가 작은 공원이어서 국가 입장에서 그다지 중요하지 않거든. 지난 세월 동안 이곳에는 판자촌이 생겼다가 철거됐다가 또 만들어졌다가 또 철거되곤 했어. 스퀘어가 잘 내다보이는 위층 창문에서 지켜봐도, 판자촌 철거는 뭔가 기계적으로, 마지못해 한다는 느낌이 들었어. 북쪽 입구에 선 젊은 군인이 지휘봉 손잡이를 잡고 빙빙 돌리는 태도나, 불도저 기사가 한 손으로는 조종 장치를 잡고 다른 손은 창문 밖으로 늘어뜨린 채 고개를 젖히고 하품하는 태도가 다 그래 보였어.

하지만 4개월 전 뭔가 커다란 게 쿵 하고 떨어지는 소리에 잠에서 깨서 바깥을 내다보니 불도저가 돌아왔더라고. 하지만 이번에는 스퀘어 서쪽에 늘어선 나무들을 파내기 위해서였어. 불도저 두 대가 이틀 동안 일했고, 그 작업이 끝나자 식수림이 와서 쓰러진 나무의 뿌리들을 흙덩어리와 삼베포대로 꽁꽁 묶었고, 그러고는 그들도 다 사라졌어. 아마 다 자란 나무들을 옮겨 심고 있는 14구역으로 갔겠지. 이제 스퀘어는 북동쪽 귀퉁이에서 남동쪽 귀퉁이까지 이어지는 좁은 구역을 제외하고는 나무 한 그루 없이 횅해. 아직 벤치들과 오솔길들과 놀이터 몇 개는 남아 있지만, 이 또한 오래 가진 않을 거라고 상상할 수밖에 없어. 예전에 잔디가 덮여 있던 공원 나머지 부분은 인부들이 하루 동안 작업해서 시멘트로 덮었어. 내무부에 있는 동료 말로는 그 공간은 없어진 가게들을 보충할 노점상들이 있는 야외 시장 같은 걸로 개조될 거라는군.

자, 그래서 내가 찰리를 내보낸 곳은 마지막 남은 이 초록 구역이야.

찰리에게는 그 구역 내에만 있고 아무와도 말하지 않고 누가 접근하면 곧장 집으로 오라고 했어. 첫 두 주 동안은 내가 지켜봤지─위층 창문 하나에 카메라를 설치해둬서 연구실에서 앉아서도 찰리를 지켜볼 수 있었거든. 찰리는 한 번도 걸음을 멈추고 주위를 둘러보는 일 없이 곧장 공원 남쪽 끝으로 씩씩하게 걸어가서는 몇 초 멈추었다가 다시 돌아오곤 했어. 찰리가 금세 다시 집에 오면 두 번째 카메라를 통해 찰리가 집으로 들어와서 현관문을 잠그고 부엌에 가서 물을 마시는 걸 봤어.

찰리는 해가 낮아지는 오후 늦게 주로 산책하고, 나는 이야기하거나 글을 쓰면서도 스크린으로 찰리의 움직임을 볼 수 있어. 찰리의 줄무늬 옷이 카메라에서 점점 멀어졌다가 가까워지고, 찰리의 자그마한 동그란 몸과 자그마한 동그란 얼굴이 시야에서 점점 멀어졌다가 다시 돌아오지.

그러다 지난주 목요일이 왔어. 난 위원회와 회의 중이었어. 의제는 내년에 도입될 가능성이 높은 새 냉각복이었는데, 이 냉각복은 너희쪽 냉각복과는 달리 오염 물질 여과기가 달린 딱딱한 헬멧이 달렸어. 이거 입어본 적 있어? 이 냉각복을 입으면 걷는다기보다 어기적거릴 수밖에 없는데, 헬멧이 너무 무거워서 제조사에서는 디자인에 목 지지대를 넣을 거라고 해. 하지만 효과는 정말로 좋아. 단체로 밤에 입고 나가 시험해봤는데, 연구실에 다시 들어오자마자 숨을 헐떡이고 기침을 해대며 땀을 흘리지 않은 건 몇 년 만에 처음이었어. 하지만 가격은 비쌀 거야. 국가에서는 이 천문학적 가격을 놀라운 가격 정도로 내릴 수 있을 방법을 강구 중이야.

하여간, 난 반은 회의를 듣고 반은 찰리가 공원으로 걸어 들어가는 모습을 보고 있었어. 그러다 화장실에 가서 차를 만들어와서 다시 책상에 돌아왔지. 냉각복 대규모 생산이 어려운 이유에 대한 내무부 각료의 발표가 아직도 주절주절 진행 중이이기에, 다시 스크린으로 눈을 돌렸어—그런데 찰리가 보이지 않는 거야.

난 자리에서 벌떡 일어났어. 마치 그러면 도움이라도 될 것처럼. 찰리는 공원 남쪽 끝에 도착하면 보통 거기 벤치에 앉아. 간식을 가지고 가면 거기서 간식을 먹고. 그러고 나서 일어나 다시 북쪽으로 오지. 하지만 그때는 아무것도 보이지 않았어. 보도를 쓸고 있는 국가 공무원 하나와 저 뒤에서 남쪽을 보고 있는 군인 하나뿐이었어.

카메라에 접속해서 오른쪽으로 방향을 틀어봤지만, 남색 제복을 입은 군인들과 스퀘어를 측량하는 중인 듯한 기술자 무리밖에 보이지 않았어. 그래서 카메라를 최대한 왼쪽으로 틀어봤어.

한동안은 아무것도 안 보이더라고. 그 청소부와 군인밖에 없었고, 북동쪽 귀퉁이에는 군인 하나가 발뒤꿈치로 서서 몸을 앞뒤로 흔들거리고 있었어. 저런 무심하고 태평한 동작이 난 무엇보다도 놀라워—모든 게 다 변해도 사람들은 여전히 저렇게 발뒤꿈치로 서서 흔들거리고, 코를 파고, 엉덩이를 긁고, 트림을 한다는 게.

그 순간 남동쪽 귀퉁이 끝에서 뭔가 움직임이 보였어. 이미지를 최대한 확대해봤지. 카메라를 등지고 선 남자아이 둘—십대 초반 소년들 같았어—이 카메라 방향을 바라보고 선 누군가에게 이야기를 하고 있었어. 그 사람은 발밖에, 하얀 운동화밖에 보이지 않았어.

아, 난 생각했어. 아, 제발.

그 순간 소년들이 움직였고, 세 번째 사람이 보였어. 찰리였어. 찰리
는 하얀 운동화와 빨간 티셔츠 원피스를 입고 그 소년들을 따라갔
고, 그 아이들은 주위를 둘러보지조차 않고 워싱턴 스퀘어 사우스
를 따라 동쪽으로 걸어가기 시작했어.

"경비원!" 나는 스크린에 대고 부질없이 고함질렀어. "찰리!"

하지만 물론 아무도 걸음을 멈추지 않았고, 나는 그 자리에 앉은 채
세 사람이 어슬렁어슬렁 스크린에서 사라지는 것을 지켜봤어. 한 소
년은 찰리의 목에 느슨하게 팔을 두르고 있었는데, 찰리는 키가 너
무 작아서 정수리가 그 소년 겨드랑이 바로 밑에 왔어.

난 비서에게 보안대를 보내라고 말하고 아래층으로 달려 내려가 차
에 타고는 남쪽으로 내려가는 내내 유모에게 전화를 걸고 또 걸었어.
마침내 유모가 전화를 받자, 버럭 고함을 질렀지. "하지만 그리피스
박사님." 유모는 벌벌 떨며 말했어. "찰리는 여기 있어요. 방금 산책
에서 돌아왔어요."

"전화 바꿔요." 내가 쏘아붙이자, 평소와 다름없는 무심한 표정의
찰리가 스크린에 나타났고, 난 거의 흐느낄 뻔했어. "찰리." 나는 말
했어. "아기 고양아. 괜찮아?"

"네, 할아버지." 찰리가 말했어.

"나가지 마." 난 찰리에게 말했어. "거기 그대로 있어. 지금 집에 가
는 길이야."

"알았어요." 찰리가 말했어.

집에 가서 나는 (그날 퇴근인지 영원한 해고인지 일부러 명확하게 말해주지
않은 채) 유모를 내보내고 위층 찰리의 방으로 갔어. 찰리는 고양이를

안은 채 침대에 앉아 있었지. 난 찢어진 옷, 멍, 눈물 같은 두려운 상상을 하고 있었지만, 찰리는 평소와 전혀 달라 보이지 않았어—얼굴이 약간 상기된 듯도 했지만, 그건 더위 때문일 수도 있지.

난 마음을 진정하려고 애쓰면서 찰리 옆자리에 앉았어. "아기 고양아." 난 말했어. "오늘 스퀘어에서 널 봤단다." 찰리는 날 피하지 않았어. "카메라로 말이야." 내가 설명해도 찰리는 아무 말이 없었어. "그 남자아이들은 누구였니?" 물어봤지만, 그래도 여전히 아무 말이 없어서 덧붙였어. "화난 거 아니야, 찰리. 그냥 걔들이 누군지 궁금해서 그래."

찰리는 말이 없었어. 4년이 지났으니 나도 찰리의 침묵에 익숙해졌어. 찰리는 말을 안 듣거나 고집을 부리는 게 아니야—그냥 어떻게 대답해야 하는지 애써 생각하는 중이고, 그러자면 시간이 걸려. 마침내 찰리가 말했어. "만났어요."

"그렇구나." 내가 말했어. "언제 만났어? 어디서?"

찰리는 집중하느라 얼굴을 찌푸렸어. "일주일 전에요." 찰리가 말했어. "유니버시티 플레이스에서요."

"뮤스 근처?" 내가 묻자, 찰리는 고개를 끄덕였어. "걔들 이름은 뭐니?" 내가 묻자, 찰리는 고개를 저었고, 찰리가 동요하는 게 보였어—이름을 모르거나 기억 못 하는 거지. 그건 내가 늘 찰리에게 강조하는 것들 중 하나거든—사람들의 이름을 물어라. 잊어버리면 다시 물어라. 언제든 물어도 된다—네겐 그럴 권리가 있다. "괜찮아." 난 말했어. "만난 다음부터 매일 봤어?" 또다시 찰리는 고개를 흔들었어.

마침내 찰리가 조그만 목소리로 말했어. "오늘 공원에서 만나자고 했어요."

"그래서 뭘 했어?" 내가 물었어.

"같이 산책하자고 했어요." 찰리가 말했어. "하지만 그러고는……"
여기서 말을 멈추더니 얼굴을 리틀캣 등에 묻었어. 그러고는 몸을
흔들기 시작했지. 찰리가 기분이 언짢을 때 하는 행동이야. 난 찰리
의 등을 쓰다듬어줬어. "자기들이 내 친구라고 그랬어요." 마침내 찰
리는 이렇게 말했고, 고양이를 너무 꼭 껴안는 바람에 고양이가 깽
하고 비명을 질렀어. "친구가 되고 싶다고 했어요." 찰리는 거의 불
평하듯이 되풀이해서 말했고, 나는 찰리를 가만히 안아줬고 찰리는
거부하지 않았어.

의사는 영구적 상해는 남지 않을 거라고 했어. 약간 찢어진 상처. 약
간의 찰과상. 약간의 출혈. 심리학자를 만나보라고 하기에 동의했어.
이미 심리학자에게도 가고 있고 직업 치료사와 행동 치료사에게도
가고 있다는 말은 하지 않았어. 그러고는 영상을 내무부에 넘겨주고
철저한 수색을 명령했고—세 시간 만에 그 소년들을 찾아냈지. 하나
는 백인, 하나는 아시아인으로, 둘 다 8구역 주민이고 메모리얼의 연
구원 아들들이더군. 그중 한 아이 부모가 웨슬리 친구의 친구여서
아들에 대한 자비를 호소하는 편지를 보냈고, 웨슬리가 무표정한 얼
굴로 어제 집으로 직접 가져왔어. "전 상관없어요, 찰스." 그가 말했
고, 내가 편지를 구겨서 다시 건네주자 그는 그냥 고개를 끄덕이고
편히 쉬라고 인사한 다음 떠났어.

오늘 밤도 난 지난 사흘 밤과 마찬가지로 찰리 침대 옆에 앉아 있을
거야. 목요일에는 잠든 지 30분쯤 지나서 목 깊은 곳에서 나지막이

으르렁대는 듯한 소리를 내기 시작하면서 어깨와 머리를 움찔거렸어. 하지만 그러다가 멈췄고, 나는 한 시간 정도 더 지켜보다가 마침내 내 침대로 돌아갔어. 자주 하는 생각이지만, 너대니얼이 있으면 얼마나 좋을까. 그런 생각 한 적 거의 없었지만, 이든도 있었으면 싶었어. 하지만 내가 정말 원하는 건 내 옆에서 함께 찰리를 책임질 사람인 것 같아.

그날 일이 찰리에게 생길까 봐 두려워하고 있던 최악의 사태라고는 할 수 없지만—최악은 찰리가 죽는 거지—거의 근접한 일이었어. 난 찰리에게 몸에 대해 이야기해주려고 노력했어. 찰리의 몸은 오로지 자기 것이라고, 원하지 않는 일은 뭐든 안 해도 된다고 말이야. 아니, 그건 정확하지 않아—난 이야기하려고 노력한 게 아니야—난 이야기를 했어. 난 찰리가 취약한 아이라는 것을 알고 있었어. 이런 일이 생길 수 있다는 걸 알고 있었어. 그뿐만 아니라—이런 일이 *생기리라*는 걸 알고 있었어. 우린 운이 좋았다는 것도 알고 있었지—안 좋은 일이기는 했지만, 그보다 상황이 더 안 좋을 수도 있었으니까.

학부 시절 한 교수님이 세상에는 두 종류의 사람이 있다는 이야기를 해준 적 있어. 세상을 위해서 우는 사람과 자기를 위해서 우는 사람. 교수님은 가족을 위해 우는 건 자기를 위해서 우는 것과 같다고 했어. "가족을 위해 희생했다고 자화자찬하는 사람들은 사실 희생한 게 아니야." 교수님은 말했지. "가족은 자신의 연장이고, 따라서 자아의 현현이거든." 진정한 헌신은 자기 인생과 전혀 엮일 일이 없는 타인에게 자신을 내어주는 거라고 교수님은 말했어.

하지만 내가 애쓴 게 그런 것 아니야? 난 모르는 사람들의 상황을 개선해주려고 노력했고, 그 대가로 가족을, 따라서 나 자신을 잃었어. 하지만 내가 시도한 개선책들은 이제 논란의 대상이 되어 있지, 이제 난 세상을 돕는 일 같은 건 할 수 없어—그저 찰리를 돕기 위해 노력할 수밖에 없어.

이제 너무 피곤하다. 난 울고 있지만, 물론 이것도 이기적인 눈물이겠지. 하지만 요즘은 자신을 위해 울지 않는 사람이 없어—병은 자신과 타인의 경계를 무너뜨리고, 그렇기 때문에 함께 이 도시를 항해하는 수백만의 사람들 생각을 한다 해도, 사실은 그 사람들의 삶이 언제 자신의 삶과 스칠까 하는 궁금증이야. 만남 하나하나가 감염으로, 접촉 하나하나가 잠재적 죽음으로 이어지니까. 이기적이지만, 다른 길은 없어 보여—적어도 지금은.

너와 올리비에에게 사랑을 보내며—찰스

피터에게
2076년 12월 3일

옛날에 아쉬가바트를 여행하던 중 카페에서 어떤 남자를 만났어. 투르크멘 공화국이 아직 투르크메니스탄이었고 아직 독재 통치하에 있던 20년대 일이야.

그때 난 대학생이었는데, 이 남자가 말을 걸어오는 거야. 어쩌다 아쉬가바트에 왔냐, 어떻게 생각하냐, 하면서. 지금 생각해보면 스파이

같은 사람이었을지도 모르지만, 그때 난 외롭기도 했고 풋내기에다 어리석을 때라 독재 국가의 잔학성에 대한 내 생각을 열심히 나누려 했고, 내가 민주주의를 옹호하는 건 아니지만 내 나라의 입헌군주제와 그가 사는 디스토피아 사이에는 차이점이 있다고 열변을 토했지. 그는 내 열변을 참을성 있게 들었고, 내가 이야기를 끝내자 말했어. "따라와요." 우리는 열린 창문으로 걸어갔어. 그 카페는 러시아 마켓으로 가는 지름길인 좁은 골목의 건물 이 층에 있었어. 다 밀어버리고 유리와 철로 다시 짓지 않은, 얼마 안 남은 거리 중 하나였지. "바깥을 봐요." 그 남자가 말했어. "이게 당신 눈에는 디스토피아처럼 보입니까?"

그래서 봤어. 아쉬가바트에서 가장 불협화음을 일으키는 것은 19세기 옷차림을 한 사람들이 22세기를 위해 지은 도시를 돌아다니는 광경이야. 밝은 패턴의 머리 스카프와 옷차림으로 불룩한 비닐봉지 무게를 달고 있는 여자들, 동력 손수레를 타고 쌩 지나가는 남자들, 서로를 소리쳐 부르는 학생들이 창문 아래 보였어. 화창하고 서늘한 날이었지. 겨울이 어떤 느낌이었는지 기억할 수 없는 시대지만, 난 심지어 지금도 그 풍경을 그리면 여전히 추위를 되살려볼 수 있어. 볼빨간 십대 여자아이들이 재잘거리는 소리, 뜨거운 김이 모락모락 피어오르는 갓 구운 감자를 이 손에서 저 손으로 허겁지겁 던지는 나이 많은 남자, 이마 주위에서 펄럭거리는 여자의 울 스카프.

하지만 그 남자가 내게 보여주고 싶었던 것은 추위가 아니라 그 속에서 살아가는 삶이었어. 식료품이 가득 든 가방을 들고 파란 칠을 한 문간에 서서 소문 이야기를 하는 중년 여자들, 축구하는 남자아이들, 팔짱을 끼고 고기빵을 먹으며 거리를 걸어 내려오는 여자아이 둘—우리 아래를 지나가다가 한 아이가 다른 아이에게 뭐라고 말하자 둘 다 손으로 입을 가리고 깔깔대며 웃기 시작했지. 군인도 하나 있었지만, 그는 머리를 벽돌에 기대고 담배를 아랫입술에 올려놓은 채 눈을 감고 건물 옆에 비스듬히 기대서서 창백한 햇살 속에서 쉬고 있었어.

"보이죠." 그 사람이 말했어.

요즘 나는 그 대화와 그 근저에 자리한 질문에 대해 자주 생각해. 이곳이 디스토피아로 보여요? 종종 그 질문을 이 도시에 던져보곤 해. 가게는 없어도 여전히 거래가 이루어지고, 이제는 스퀘어에서 거래를 하지만 그곳에 북적대는 사람들은 여전히 전과 다름없는 유형들—느릿느릿 걷는 커플들, 과자를 안 사줬다고 울부짖는 아이들, 드센 노점상과 구리 냄비 값을 놓고 거친 목소리로 옥신각신 다툼하는 여자—인 이 도시. 극장은 없지만, 모든 구역마다 만들고 있는 공동 센터에는 여전히 콘서트를 보러 사람들이 모여들어. 마땅히 있어야 할 만큼의 아이들과 젊은이들은 없지만, 대신 남은 아이들에게는 더 많은 보살핌과 더 많은 사랑을 퍼부어주지. 하지만 직접 해봐서 알지만 그런 보살핌은 사랑보다는 독재와 더 비슷할 수도 있어. 그 남자의 질문에 함축된 대답은 디스토피아는 어떤 것과 *비슷해* 보이는 게 아니라는 거야. 사실 디스토피아는 그 어디와도 비슷할 수 있어.

그래도 디스토피아는 사실 뭔가와 비슷해 보이기도 해. 내가 묘사한 것들은 허가된 삶의 요소들이야. 숨김없이 살 수 있는 삶 말이야. 하지만 곁눈질로는 다른 삶이, 홀깃 휙 지나가는 삶이 보여. 예를 들어,

텔레비전도 없고 인터넷도 없지만, 메시지는 여전히 전달되고, 반체제 인사들은 여전히 보고서를 전송해. 난 가끔 일간 요약보고 때 그 보고서들을 읽고, 그런 보고서들을 발견하는 데는 보통 일주일 남짓밖에 걸리지 않지만—놀라운, 어쩌면 놀랍지 않은 수의 보고서들이 국가 공무원들과 연관되어 있어—우리에게 잡히지 않는 것들도 늘 있어. 해외여행은 없지만 매달 탈출 시도 보고들이, 메인이나 사우스캐롤라이나, 매사추세츠, 플로리다 주 해안에서 전복된 구명보트들에 대한 보고들이 들어와. 난민 수용소들은 이제 없지만, 그래도 우리보다 훨씬 더한 나라들에서 탈출했다가 발각된 피난민들—명백히 더 적긴 해—을 조잡한 보트에 빼곡하게 실어 무장경비 감시하에 바다로 되돌려 보냈다는 보고들이 올라와. 이런 곳에서 살다 보면 작은 움찔거림, 모기 소리처럼 작은 윙윙 소리가 상상이 아니라 다른 존재의 증거, 과거에 알았고 아직도 분명히 존재하는 그 나라가 감각 영역 너머에서 여전히 앞으로 나아가고 있다는 증거임을 인식하게 돼.

자료, 수사, 분석, 뉴스, 소문—디스토피아는 그런 용어들을 하나로 때려눕혀 시시하게 만들지. 디스토피아에는 국가가 말하는 것이 있고, 그 외 모든 것들이 있으며, 그 외 모든 것은 하나의 범주—정보—에 들어가. 신생 디스토피아의 주민들은 정보를 갈망해—정보에 굶주려 있고, 정보를 얻기 위해서라면 뭐든 하지. 하지만 세월이 흐르면 그 갈망은 줄어들고, 몇 년이 더 지나면 그 맛조차 잊어버려. 뭔가를 가장 먼저 알고, 다른 사람들과 공유하고, 비밀을 지키고 다른 사람들에게도 그렇게 해달라고 부탁하는 흥분을 잊어버리게 돼. 앎이라는 짐에서 해방돼. 국가를 믿는 법은 아니더라도 국가에 항복하는 법을 알게 되지.

우린 그 망각의 과정, 알던 것들을 버리는 과정을 최대한 쉽게 만들어 주기 위해 노력해. 그래서 모든 디스토피아의 체제와 생김새가 그렇게 비슷비슷한 거야. 정보 매체(언론, 텔레비전, 인터넷, 책―하지만 난 텔레비전은 남겨뒀어야 했다고 봐. 그건 쉽게 쓸모 있게 만들 수 있거든)를 없애고, 그 대신 소박한 기본―손으로 모으거나 만들 수 있는 것들―을 강조하지. 결국 두 개의 세계, 원시적인 세계와 기술적인 세계는 팜 같은 시도 속에서 하나로 합쳐져. 팜은 농업 프로젝트처럼 보이지만, 국가가 제공할 수 있는 최고의 관개 시스템과 기후 시스템에 의해 유지되거든. 결국 거기서 일하는 사람들은 그 기술이 과거에는 어떻게 적용되었고, 무엇을 할 수 있었으며, 얼마나 다양한 방식으로 그 기술에 의존하고 있었는지, 어떤 정보를 제공할 수 있었는지 잊어버리게 돼.

피터, 너를, 그리고 네가 거기서 하고 있는 일들을 보면 우리는 끝났구나 싶어. 당연히 알지. 하지만 이제 내가 뭘 할 수 있겠어? 내가 어디를 갈 수 있겠어? 지난주에 그들은 모든 국가 서류에 내 직업을 "과학자"에서 "상급 행정관"으로 바꾸었어. 내무부 장관은 "진급"이라면서 "축하한다"더군. 그렇기도 하지만, 아니기도 해. 여전히 과학자로 분류된다면, 난 이론상으로는 외국 심포지엄과 학회에도 참석할 수 있겠지. 딱히 초청장이 물밀듯이 쇄도하는 건 아니지만. 하지만 국가 행정관으로서는 이곳을 떠날 이유도, 필요도 없어. 난 내가 떠날 수 없는 나라의 권력자이고, 그러니 사실 죄수나 다름없는 몸이야.

그래서 너한테 이걸 보낸다. 내가 재산을 몰수당하는 일은 없을 거야. 하지만 이건 귀중품이고, 찰리와 내가 떠날 수 있는 날이 온다고 해도 돈이나 물건들을 가지고 가지는 못할 거라는 생각이 들어. 그래서 우릴 위해서 이걸 안전하게 맡아달라고 부탁하고 싶다. 언젠가 이걸 다시 달라고 하거나, 그 돈으로 어딘가에 정착할 수 있도록 팔아달라고 할 수 있는 날이 올지도 모르니까. 이게 얼마나 순진해 빠진 소리인지 알고 있어. 하지만 넌 착하니까 날 비웃지 않을 거야. 내 걱정하고 있는 거 알아. 그러지 말라고 말할 수 있으면 좋을 텐데. 당분간은 나 대신 이걸 지켜줄 거라 믿는다.

사랑을 담아, 찰스

내 소중한 피터에게

2077년 10월 29일

그동안 너무 잠잠해서 미안하고, 그래, 그저 "난 여기 살아 있어" 정도라 해도 정기적으로 소식 보낼게. 소식 듣고 싶어 해줘서 고맙다. 새 밀사도 고맙고—우리 쪽보다는 네 쪽에서 온 사람이 훨씬 안전할 것 같아, 특히 지금은.
네가 우리와 관계를 끊는다는 소식에 모두 여전히 경악하고 있어. 비난조로 하는 말은 아니지만, 뭐 그런다고 해서 차이가 생기는 것도 아니고—그건 그냥 절대 실현되지 않을 그런 협박처럼 들렸어. 하지만 더 두려운 것은 네가 인정해주지 않는다는 것보다 다른 나라들이 너희한테 고무되어 동일한 조치를 취할 가능성이야.

그래도 우린 왜 그런 일이 생겼는지는 전적으로 이해해. 6년 전 결혼법이 처음 거론되었을 때는 그냥 말도 안 될 뿐만 아니라 바보 같아 보였어. 서로 다른 3개국에서 사회적 불안 증가율이 25세 이상 미혼 남성의 비율과 연결되어 있다는 연구가 칸다하르 대학에서 나온 적 있어. 그 연구는 빈곤과 문맹, 질병, 기후재난 같은 다른 사회적 불안 효과들을 감안하지 않았고, 결국 신뢰를 얻지 못했지.

하지만 그 연구는 내가 (그리고 어쩌면 그들이) 실감했던 것보다 위원회 일부 위원들에게 더 큰 영향을 끼쳤던 것 같아. 비록 이번 여름 그 제안이 부활해 다시 제출되었을 때는 틀이 이런 식—결혼은 인구 재증식을 촉진하고, 국가가 지원하는 제도 내에서 촉진할 방법이 될 것이다—으로 달라지긴 했지만. 내무부 대표 각료와 보건부 대표 각료가 공동 작성한 제안은 철저하게, 거의 걱정스러울 정도로 합리적이었어. 마치 결혼의 핵심이 헌신적 애정의 표현이 아니라 사회적 필요에 대한 묵인이라는 듯이. 어쩌면 그럴지도 모르지. 그 각료들은 결혼 보상 체제와 장려금에 대해 설명했고, 이를 국민을 포괄적 복지국가 개념에 익숙하게 만들 방편으로 이용할 수 있을 거라고 주장했어. 주거 보조금, 그리고 자기들 말로 "출생 장려금"이 있을 거라더군. 기본적으로, 아이들을 낳으면 혜택이나 현금으로 보상을 받게 된다는 말이야.

"자유로운 흑인들이 자유로운 흑인들을 더 만든다고 찬양받는 날을 보게 될 줄은 생각지도 못했군요." 법무부 각료 하나가 비꼬며 말하자, 모두 딱딱하게 경직됐어.

"우리 사회는 사회 재건에 공헌할 수 있는 모든 사람, 모든 종류의 사람들을 필요로 합니다." 내무부 대표 각료가 말했어.

"절박한 시기에는 절박한 조치가 필요하겠죠." 그 법무부 각료가 조용히 대답하자, 긴장된 침묵이 흘렀어.

"자, 그럼." 내무부 대표 각료가 마침내 단호하게 말했어.

또 침묵이 감돌았고, 이번에는 똑같이 언짢기는 했지만 기대에 찬 침묵이기도 했어. 마치 우리 모두 연극의 배우들인데 특히 긴장된 순간 배우 하나가 대사를 잊어버린 것만 같았지.

마침내 누군가 입을 열었어. "어, 여기서 결혼의 정의가 뭐죠?" 그는 질문했어.

방 안 사람들은 다 탁자를 내려다보거나 천장만 쳐다봤어. 그 질문을 한 사람은 약물학부 대표인데, 민간 부문에서 새로 들어온 사람이야. 그 사람에 대해서는 백인이고, 나이는 50대 초반 정도인 것 같고, 두 아이와 남편 모두 70년에 죽었다는 정도밖에 몰라,

"음." 마침내 내무부 대표 각료가 입을 열었다가 다시 말을 멈추더니 누가 대신 대답 좀 해달라는 듯이 간절한 눈길로 방안을 둘러봤어. 하지만 아무도 입을 열지 않았지.

"물론 우린 모든 기존 결혼계약을 존중할 겁니다." 그녀는 잠시 후에 말했어.

"하지만," 그러고는 계속 말을 이어갔어. "결혼법은 출생 장려를 위한 법입니다. 따라서"—여기서 도움을 청하며 방 안을 둘러봤지만, 이번에도 아무도 나서지 않았어—"그 혜택은 생물학적 남성과 생물

학적 여성 간의 결합에만 주어질 것입니다. 그렇다고 해서," 그녀는 약물학부 각료가 뭐라고 하기 전에 재빨리 덧붙였어. "우리가 어떤 도덕적……. 처벌을 이 정의에 맞지 않는 사람들에게 줘야 한다고 제안하는 건 아닙니다. 그저 그런 커플들은 국가 장려금을 받을 자격은 없다는 말이죠."

사람들이 한꺼번에 소리 높여 질문하기 시작했어. 그 방에 있던 서른두 명의 참석자들 중—거의 확신하는데, 제안 작성자 중 하나인 토끼 같은 조그만 여자를 포함해서—적어도 아홉 명은 이 법이 통과될 경우 국가 혜택을 받을 자격이 없을 사람들이야. 그런 사람이 두세 명밖에 없었다면, 난 더 걱정했을 거야—그런 상황에서 사람들은 자기를 더 잘 보호할 수 있을 거라는 생각에 자기 이익에 반하는 투표를 하는 경향이 있거든. 하지만 이 경우엔 우리 쪽이 너무 많아서 그 제안은 실현될 수 없어. 대답할 수 없는 요소가 너무 많다는 사실은 차치하고라도 말이야. 이 제안이 의미하는 바가 뭘까? 불임 부부는 국가 혜택을 받을 자격이 있을까? 생물학적 자식들이 있거나 더 가질 방법이 있는 동성 부모는 어쩌고? 어마어마하게 많은 사별자들은 어떻게 되지? 사실상, 정말로, 시민들에게 아이를 낳으면 돈을 준다는 소리를 하는 건가? 아이들을 낳았는데 그 아이들이 죽으면—혜택은 계속 가져도 되나? 이 제안은 가임인이 아이를 가질 것인지 말 것인지 선택할 권리를 사실상 없애는 것 아닌가? 가임인이 육체적으로나 정신적으로 건강하지 않을 경우는 어떡하나—그래도 아이를 낳으라고 권장할 것인가? 이혼은 어쩌고? 이 제안이 여성들에게 폭력적인 결혼을 견디고 살라고 권하는 게 되지 않을까? 불임인이 가임인과 결혼해도 되나? 성전환자의 경우는 어떻게 할 것인가—이 조치로 인해 그 사람들이 해결될 수 없는 법적 회색지대에 놓이게 되지 않을까? 이 계획을 뒷받침할 돈은 어디서 오나, 특히 두 주요 무역상대국이 우리와 관계를 단절할 것으로 예상되는 현 상황에서? 출생이 나라의 생존에 그렇게 중요하다면, 반역자들을 사면해주고 통제된 환경에서라도 아이를 낳으라고 권장하는 게 더 말이 되지 않을까? 그냥 고아가 된 일부 난민 아이들을 입양하거나 기후재난으로 황폐해진 국가들에서 아이들을 수입하면 되지 않나, 그래서 부모자식 관계를 생물학으로부터 완전히 단절시키면? 정말로 법안 저자들은 도덕주의적 안건을 진척시키기 위해 한 세대의 아이들이 사라져버린 국가적, 존재론적 트라우마를 이용해야 한다고 제안하는 건가? 회의가 끝날 즈음에는 두 저자 모두 금방이라도 울 것 같은 얼굴을 하고 있었고, 회의는 모두의 기분을 완전히 잡쳐놓은 채 해산됐어.

차로 걸어가고 있는데 누군가 내 이름을 불러서 돌아보니 그 약물학부 각료더라고.

"그런 일은 없을 겁니다." 그가 너무 단호하게 말하기에 난 거의 미소를 지을 뻔했지. 그는 너무 어리고 너무 확신에 차 있었어. 하지만 다음 순간, 난 그가 가족 전체를 다 잃었다는 사실을, 그것만으로도 내 존중을 받을 자격이 있다는 것을 떠올렸어.

"그 말이 맞았으면 좋겠군요." 내가 말하자, 그는 고개를 끄덕였어.

"추호도 의심하지 않습니다." 그는 이렇게 말하고 고개 숙여 인사하더니 자기 차로 걸어갔어.

두고 보면 알겠지. 지난 수년 동안 나는 대중들이 너무나 고분고분해지고 있다는 증거를 봤고, 그게 놀랍고 당황스럽고 겁이 나. 병에 대한 공포, 건강을 지키려는 인간의 본능 때문에 한때는 중시했던 다른 욕망과 가치들뿐만 아니라 양도할 수 없다고 생각했던 수많은 자유들까지 무색해졌어. 그 공포는 국가에게는 발효효모나 마찬가지야. 그리고 이제 국민의 공포가 시들해지고 있다고 느끼면 국가 스스로 공포를 만들어내지. 월요일에는 결혼법에 대한 연속 3주째 논쟁이 시작되는데, 이건은 우리가 결국 막아낼 수 있을 것 같아—너희 쪽 비난이 확실히 도움이 됐어. 이 일이 우리와 올드 유럽을 완전히 절연시키는 일 없이 어떻게 진행될 수 있을지 모르겠지만, 물론 전에도 난 틀린 적 있으니까.

우리 모두를 위해 행운을 빌어줘. 다음 주에 또 쓸게. 올리비에에게 사랑을 보낸다. 너도 좀 가지고.

찰스

2078년 2월 3일

피터에게—법안이 통과됐어. 내일 발표될 거야. 더 할 말이 없다. 곧 더 쓸게. 찰스

피터에게,

2079년 4월 15일

지금은 이른 새벽 동틀녘인데, 잠을 이루지 못하고 있어. 지난 몇 달 동안 거의 못 잔 것 같아. 난 자정을 넘기는 대신 일찍 11시경에 잠자리에 들려고 애를 쓰고, 그런 다음에는 침대에 누워 있어. 때로는 잠이 든 것도 깬 것도 아닌 어중간한 상태에 스르르 빠져들어 몸 아래 매트리스와 머리 위에서 돌아가는 선풍기 소리를 다 생생하게 느끼면서 누워 있지. 그런 시간에는 그날 있었던 일들을 복기해보지만, 이 다시 보기 장면들 속에서 난 때로는 참여자고 때로는 목격자이고, 언제 카메라가 이동 트랙 위에서 방향을 틀어서 내 시점이 바뀌게 될지 전혀 몰라.

어젯밤에는 또 C를 만났어. C는 딱히 내 타입은 아니고, 나도 C의 타입이 아닐 거야. 하지만 우린 보안 등급과 지위가 같아. 그건 그가 우리 집에 오거나 내가 그의 집에 갈 수 있고, 바깥에 각자 차를 대기시켜뒀다가 나중에 어떤 질문이나 어려움 없이 자기 집에 돌아갈 수 있다는 뜻이지.

가끔은 사람의 손길이 얼마나 필요한지 잊어버려. 그건 음식이나 물이나 빛이나 열이 아니거든—접촉 없이도 몇 년이고 살 수 있어. 몸은 그 감각을 기억하지 않아. 자비롭게도 잊고 살도록 허락해주지. 처음 두 번의 섹스는 마치 다시는 이런 기회가 없을 것처럼 재빨리, 거의 난폭하다시피 했지만, 지난 세 번은 좀 더 느긋했어. 그는 국가에서 지정해준 14구역 타운하우스에 살고 있는데, 필수품 빼고는 거의 아무것도 없어서 방들은 거의 다 비어 있어.

그러고 나면, 우린 도청 장치가 존재하지 않는 것처럼—우리에겐 그런 특권도 있어—이야기를 나눠. 그는 쉰두 살로 나보다 스물세 살이 어리고, 데이비드보다 겨우 열두 살 많아, 살아 있다면 말이지. 가끔은 아들들 이야기를 해주는데, 둘째가 올해 열여섯이 되었을 거래. 올 9월에 찰리가 열다섯이 되는데, 딱 한 살 더 많은 거야. 남편은 C가 다녔던 제약 회사 마케팅 부서에서 일했다고 하고. C는 6개월 사이에 가족들을 다 잃고 나서 자살을 생각했지만 결국 그러지 않았는데, 이제는 그 이유조차 기억 안 난다고 했어.

"나도 왜 안 그랬는지 기억이 안 나요." 나는 말했지만, 그 말을 하기 무섭게 거짓말이라는 것을 깨달았지.

"손녀요." 그가 말했고, 나는 고개를 끄덕였어.

"운이 좋으세요." 그가 말했어.

기억하지? 결혼법이 통과되지 않을 거라고 너무나 확신했던 사람이 C였다는 거. 심지어 그렇게 공연한 비밀 만남을 가지는 그때조차 그는 계속 그 법안이 곧 부결될 거라고 주장했어. "아이를 안 낳을 사람들에게 결혼의 목적은 뭐죠?" 그는 물었어. "목적이 대체로 더 많은 아이를 기르는 거라면, 왜 우리한테 아이를 돌보게 한다거나 다른 보조 역할을 주지 않는 겁니까? 핵심은 모든 시민들에게서 최대한의 이익을 얻어내려는 것 아니에요?" 한번은 내가 불가피한 결말—위원회의 약속에도 불구하고 결혼법은 결국 도덕적 근거를 바탕으로 한 동성애 금지로 귀결될 수밖에 없다—을 넌지시 시사했더니, 그가 어찌나 격앙하며 반박하는지 난 내 물건들을 챙겨서 떠날 수밖에 없었어. "그 목적이 뭡니까?" 그는 묻고 또 물었고, 내가 언제 어디서 동성애가 금지되건 그 목적은 동일하다고 하자—국운이 좋지 않을 때 비난할 수 있는 쓸만한 희생양을 만드는 것—그는 나더러 신랄하고 냉소적이라고 비난했어. "전 이 나라를 믿습니다." 그의 말에 나도 한때는 믿었다고 하자, 그는 나더러 당장 나가라며 우린 철학적으로 너무 안 맞다고 했어. 몇 주 동안 침묵이 이어졌지. 하지만 필요에 의해 우리는 다시 만났고, 그 재결합의 원천은 이젠 우리가 더 이상 논의할 수 없는 바로 그 문제였어.

나중에 그는 나를 문간까지 바래다주고, 우리는 키스보다는 포옹으로 다음 약속을 확인해. 위원회 회의에서 만나면 화기애애하게 지내되, 너무 거리를 두지도, 너무 친하게 굴지도 않아. 아무도 달라진 걸 알아차리지 못할 거야. 지난번 만났을 때는 우리처럼 개인 집에서 만날 수 없는 사람들을 위해 대체로 8구역 서쪽 끝 지역에 안전 가옥들이 생겨나고 있다는 이야기를 들었어. "매음굴은 아니에요." 그는 설명을 덧붙였어. "그보다는 모임 장소 같은 거죠."

"거기서 뭘 하는데요?" 난 물었어.

"우리가 여기서 하는 것들요." 그가 말했어. "하지만 섹스만 하는 건 아니고."

"아니고?" 내가 물었지.

"아니에요." 그가 말했어. "이야기도 해요. 거기서 이야기하는 거죠."

"어떤 이야기를요?" 내가 물었어.

그는 어깨를 으쓱했어. "사람들이 이야기하는 것들요." 그의 말을 들으면서 난 깨달았어. 이제 사람들이 무슨 이야기를 하는지 모른다는 걸. 위원회에서 우리가 하는 이야기를 들으면, 사람들이 다 국가를 전복시킬 방법이나 이 나라에서 탈출할 방법이나 폭동을 일으킬 방법에 대해서만 떠드는 줄 알 거야. 하지만 달리 이야기할 거리가 뭐가 있어? 영화도, 텔레비전도, 인터넷도 없는데. 이젠 예전처럼 신문 기사나 소설에 대해 논쟁을 벌이거나 어느 먼 곳에서 보낸 휴가 자랑을 하면서 저녁 시간을 보낼 수 없어. 방금 섹스한 사람이나 새 직장 입사 인터뷰, 사고 싶은 새 차나 아파트, 선글라스 이야기를 할 수도 없지. 이런 것들은 이제 불가능한 일, 적어도 공공연히 할 수는 없는 일들이고, 이런 일들이 사라지면서 몇 시간, 며칠 분의 대화도 함께 사라졌어. 지금 우리가 사는 세상은 생존이 관건이고, 생존은 늘 현재시제야. 과거는 이제 관계없고, 미래는 실현되지 못했어. 생존은 희망은 허락하지만—실제로 희망에 근거하고 있지—즐거움은 허락하지 않고, 대화 주제로서는 지루해. 이야기, 접촉. C와 내가 계속 다시 만나며 찾는 것들—다운타운 어딘가에서, 강가의 어느 집에서 우리 같은 사람들이 함께 이야기를 나누고 있어. 그저 누군가 자기 말에 대답하는 소리, 그들이 기억하는 자아가 여전히 존재한다는 증거를 듣고 싶어서.

나중에 난 집에 돌아갔어. 외출하는 날 밤에는 아래층에 여자 경비를 둬. 경비를 퇴근시킨 다음, 위층 찰리 방으로 올라가서 침대 옆에 앉아 애를 물끄러미 바라봤지. 찰리는 엄마도 아빠도 닮지 않은, 그런 아이들 중 하나야. 코는 이든의 코를 닮은 것도 같고, 데이비드의 길고 얇은 입술을 가진 것도 같지만, 어쩐지 찰리의 얼굴에서는 두 사람 다 보이지 않고, 난 그게 고마워. 찰리는 과거의 짐을 지지 않은 독자적인 개체야. 찰리가 반팔 잠옷을 입고 있어서 나는 상처가 남

긴 곰보 자국들이 있는 찰리의 팔을 손가락으로 쓸어 봤어. 찰리 옆
에는 리틀캣이 쌔근거리며 자고 있었는데, 오른쪽 앞발에 난 종기에
서 고름이 새어 나오고 있더군. 곧 병원에 데려가서 독극물 주사를
놔주고 찰리에게 들려줄 그럴듯한 거짓말을 생각해내야 해.

침대에 누워서 너대니얼 생각을 했어. 운이 좋을 때면, 수치심을 느
끼거나 스스로에게 채찍질을 하기 위해서가 아니라 중립적인 존재
로 떠올릴 수 있어. C와 함께 있을 때, 때로는 눈을 감고 그가 너대니
얼이라고 상상하지. C는 외모도, 냄새도, 소리도, 맛도 너대니얼과는
전혀 다르지만, 피부는 피부니까. 너 말고는 아무에게도 못할 이야기
지만 (그렇다고 달리 이야기할 사람이 있는 것도 아니야), 요즘 난 너대니얼
과 살던 시절의 장면과 순간들로 되돌아가는 꿈을 점점 더 많이 꾸는
데, 그 꿈에 데이비드—나중에는 이든, 더 나중에는 심지어 찰리—는
마치 처음부터 없었던 것처럼 등장하지 않아. 이 꿈들은 종종 진부
해. 점점 늙어가는 너대니얼과 내가 해바라기를 심는 문제를 두고 다
툴 때도 있고, 다락방에서 너구리를 쫓아낸 적도 있어. 우린 매사추
세츠 주 바다 근처 오두막집에서 사는 것 같은데, 집 외관은 한 번도
본 적 없지만 어쨌거나 그 집이 어떻게 생겼는지는 알고 있어.

낮에는 가끔 너대니얼에게 큰 소리로 이야기하기도 해. 일 이야기
를 하면 너대니얼이 너무 속상해하기 때문에 존중하는 차원에서 일
이야기는 거의 하지 않아. 대신 찰리에 대해 묻지. 처음에 그 소년들
과 사건이 벌어진 후, 난 찰리에게 섹스에 대해, 성적 위협에 대해 전
보다 더 자세하게 설명해줬어. "질문 있니?" 내가 묻자, 찰리는 조금
침묵을 지키다가 고개를 흔들며 말했어. "아뇨." 찰리는 여전히 누

가 만지는 걸 좋아하지 않고, 때로 난 찰리를 가엾게 여기지만 한편으로는 부럽기도 해. (상상력은 말할 것도 없고) 욕망 없이 산다는 것은 예전에는 딱하게 여길 일이었지만, 지금은 생존이 보장될 수도 있거든—적어도 생존 가능성을 높여줄 수도 있을 거야. 그래도 찰리는 그런 게 싫다고 해서 돌아다니기를 그만두지는 않았고, 두 번째로 그런 일이 생기고 나서 나는 또다시 찰리를 데리고 앉았어. "아기 고양아." 입을 열었지만, 더 이상 무슨 이야기를 해야 할지 알 수가 없더군. 내가 어떻게 찰리한테 그 남자아이들이 찰리에게 끌린 게 아니라고, 그저 이용하고 버릴 대상으로만 본 거라고 말할 수 있겠어? 못해, 난 못 해—그런 말을 생각하는 것만으로도 배신자가 된 기분이었어. 그런 순간이면, 차라리 누군가 찰리에게 욕망을 느꼈으면 좋겠어. 잔인함과 뒤섞인 혼탁한 욕망이라 해도, 적어도 그건 열정이거나, 열정의 한 형태일 테니까—그건 누군가 찰리를 사랑스럽고 특별하고 탐나는 존재로 본다는 뜻일 테니까. 그건 언젠가는 누군가 나처럼 찰리를 깊이, 하지만 다르게 사랑할 수도 있다는 뜻일 테니까.

요즘에는 이런 생각이 점점 더 자주 들어. 병이 가져온 수많은 공포들 중 가장 논의되지 않은 건 병이 우리를 다양한 범주로 잔인하게 나눈 게 아닐까 하는 생각. 우선 가장 명백한 분류는 산 사람과 죽은 사람이지. 그러고 나면 병든 사람과 건강한 사람, 가족을 잃은 사람과 안도한 사람, 나은 사람과 나을 수 없는 사람, 보험이 있는 사람과 보험이 없는 사람. 우린 이런 통계를 계속 추적하고 모두 기록했어. 하지만 다른 분류, 정식 기록에는 등장하지 않는 분류들도 있어. 다른 사람들과 같이 사는 사람과 혼자 사는 사람. 돈 있는 사람과 돈

없는 사람. 연줄이 있는 사람과 없는 사람. 달리 갈 곳이 있는 사람과 없는 사람.

결국에는 우리 생각과는 달리 그로 인한 차이는 크지 않았어. 더 천천히 죽었을지는 몰라도 어쨌거나 부자도 죽었고, 가난한 사람 중에도 생존자는 있었으니까. 바이러스는 한바탕 도시를 휩쓸며 가장 만만한 먹이들—가난하고 허약하고 어린 사람들—을 다 데려간 다음, 두 번째, 세 번째, 네 번째로 다시 돌아왔고, 결국엔 가장 운 좋은 사람들만 남았어. 하지만 진짜 운 좋은 사람은 아무도 없어. 찰리가 목숨을 부지한 건 행운일까? 그럴지도 모르지—어쨌거나 찰리는 여기 있고, 말하고 걷고 배울 수 있으니까, 몸이 성하고 정신도 멀쩡하니까, 사랑받고 사랑할 수 있는—난 알아—사람이니까. 하지만 찰리는 찰리가 될 수도 있었던 사람은 아니야. 그런 사람은 아무도 없어—병은 우리 모두에게서 뭔가를 앗아갔고, 그래서 행운의 정의는 상대적 문제야. 행운이 늘 그렇듯이, 그 변수는 다른 것들에 의해 지정되지. 병은 우리가 어떤 사람인지 낱낱이 드러냈고, 모두가 우리 인생에 대해 쌓아 올린 허구를 까발렸어. 진보, 관용이 반드시 더 많은 진보나 관용을 낳지 않는다는 것을 드러냈어. 친절이 더 많은 친절을 낳지 않는다는 것을 드러냈어. 우리 삶의 서정성이 진정 얼마나 연약하고 덧없는지 드러냈고—우정이 얄팍하고 조건부라는 것을, 협력관계가 맥락과 상황에 따른 것임을 폭로했어. 어떤 법도, 어떤 합의도, 아무리 큰 사랑도 살아남으려는 욕구, 아니 그래도 좀 더 관대한 사람들을 대변해보자면, 우리 국민이 살아남기를 바라는 욕구보다 강하지 않았지. 가끔 난 살아남은 사람들이 공통으로 느끼는 희미한 수치심

411

이 느껴져. 자기가 살 수만 있다면 다른 사람, 어쩌면 심지어 지인 혹은 지인 친척의 약이나 입원실이나 음식을 빼앗으려 했던 사람들이 누구였지? 알던 사람, 어쩌면 심지어 좋아했던 사람—이웃, 지인, 동료—을 보건부에 고발하고, 그 사람들이 대기 중인 차량으로 끌려가면서 도와달라고 울부짖는 소리, 오해라고, 딸 팔에 온통 퍼진 발진은 습진일 뿐이라고, 아들 이마에 난 종기는 여드름일 뿐이라고 부르짖는 소리를 듣지 않기 위해 헤드폰 음량을 올린 사람이 누구였지? 이제 병은 통제되고, 우린 다시 삶의 부차적 문제들—식료품점에서 두부 말고 닭고기를 살 수 있을까, 아이들이 저 대학 말고 이 대학에 입학할 수 있을까, 올해 주택 추첨 때는 운이 좋아서 17구역에서 8구역으로, 8구역에서 14구역으로 이사할 수 있을까—을 생각해볼 수 있게 되었어.

하지만 이 모든 걱정과 사소한 불안 뒤에는 더 깊은 뭔가가 있어—우리라는 인간에 대한 진실, 우리의 본질적 자아, 다른 모든 게 불타서 사라졌을 때 드러나는 것. 우린 최대한 그 사람을 수용하는 법을, 우리가 어떤 인간인지 무시하는 법을 배웠어. 대부분 시간은 성공해. 그래야만 해. 그런 척해야 제정신을 유지할 수 있으니까. 하지만 진짜 우리 모습이 어떤지 우린 다 알고 있거든. 우리가 살아남았다면, 그건 우리가 스스로에 대해 가졌던 믿음보다 더 못한 인간이기 때문이야, 더 나아서가 아니라. 정말이지 가끔은 지금 남아 있는 사람들은 다 교활하고 끈질기고 간교한 인간들이어서 생존한 것만 같아. 이런 믿음도 나름의 허구라는 건 알지만, 더 몽상에 잠기는 순간이면 완벽하게 말이 돼—우린 남겨진 것, 찌꺼기, 썩은 음식을 놓고 싸우는 시궁

쥐들, 지상에 남기로 선택한 사람들이고, 더 훌륭하고 똑똑한 사람들
은 우리로서는 꿈밖에 꿀 수 없는 다른 영역으로 떠난 거야. 우린 너
무 무서워서 그 문을 열지도, 살짝 들여다보지조차 못하지.

찰스

피터에게,

2081년 9월 15일

언제나처럼 찰리 생일선물 고맙다. 올해는 특히 더 반가워. 배급이 너
무 모자라서 찰리는 14개월째 원피스는 고사하고 새 옷을 받은 적이
없어. 내가 주는 선물로 해준 것도 고맙다. 종종 찰리에게 네 이야기
를 할 수 있으면 얼마나 좋을까 싶어. 누군가, 저 멀리 있는 누군가도
찰리를 아끼고 있다고 말이야. 하지만 그건 안전하지 않다는 걸 알아.
오늘은 찰리 학교 학생감을 만나러 갔어. 작년에 찰리가 11학년이었
을 때, 선생님들은 다 대학 진학을 격려해줬고, 선생님들이 안 그랬
다고 해도 찰리의 수학과 물리 성적으로는 적어도 기술 대학은 너끈
히 입학할 수 있는데도, 학교에서 찰리의 대학 진학을 말릴 것 같다
는 의심이 들기 시작했거든.
난 수년 동안 찰리의 부족함이 어느 정도인지 스스로 정확히 파악하
려고 애써왔어. 너도 알다시피, 70년도 치료제였던 자이코르가 그 약
을 복용한 아이들에게 끼친 장기적 영향에 대한 연구는 여전히 너무

413

부족해. 물론 생존자가 상대적으로 적었기 때문이기도 하지만, 생존한 아이들의 보호자나 부모들이 자기 아이들을 연구와 실험 대상으로 내놓고 싶어 하지 않았기 때문이기도 하지. (나도 내 아이를 연구 대상으로 허락하지 않아서 더 큰 과학적 이해를 가로막고 있는 이기적인 사람 중 하나고.) 하지만 재정이 더 나은 올드 유럽의 여러 연구소들 논문도, 이곳 논문도 별로 도움은 안 되더라고. 논문에서 읽은 설명 중 찰리를 묘사하는 것은 아직 없어. 하지만 이건 분명히 하고 싶어. 찰리를 더 잘 이해해야 더 사랑할 수 있을 것 같아서 논문을 찾고 있는 건 아니야. 그래도 마음속 한구석에 이런 희망이 늘 있어. 찰리 같은 아이들이 더 있다면, 언젠가 찰리도 알아볼 수 있는 사람, 편안함을 느낄 수 있는 사람을 만날 수 있을 텐데 하는. 찰리는 친구를 가져본 적 없어. 찰리가 얼마나 외로움을 깊이 느끼는지, 혹은—가엾은 제 아버지와는 달리—외로움이 뭔지 알기는 하는지 난 몰라. 하지만 언젠가 누군가 찰리에게서 그 외로움을 가져가줬으면, 기왕이면 찰리가 외로움이 뭔지 알기 전에 가져가줬으면 하는 게 내 간절한 바람이야.

그래도 지금까지 그런 사람은 없었어. 자기가 이해하지 못하는 것에 대해 찰리가 얼마나 이해하고 있는지 난 여전히 모르겠어. 무슨 말인지 알겠어? 때로는 이게 다 자기기만 같아. 찰리에게서 완전히 사라져 버린 인간성을 찾고 있는 게 아닌가 하는 두려움이 들지. 그런데 그러다 보면 찰리가 뭔가 놀랄 만큼 명민한, 너무나 통찰력 있는 소리를 해서, 내가 찰리의 인간성을 의심했던 걸 알아챈 게 아닌가 하고 소스라치게 돼. 한번은 찰리가 병들기 전 자기를 더 좋아했냐고 나더러 물은 적 있어. 난 마치 명치를 세게 한 대 맞은 것처럼 놀랐고, 찰리가 내 표정을 보지 못하도록 찰리를 붙들어 안았어. "아니야." 난 말했지. "네가 태어난 후로 늘 똑같이 사랑했어. 내 아기 고양이는 지금 이대로 좋아." 전보다 지금 찰리를 더 사랑한다고, 전보다 더 지독해서 끔찍한 사랑이라고, 어둡고 소용돌이치는, 꼴사나운 에너지 덩어리 같은 사랑이라는 말은 할 수 없었어. 그러면 찰리가 혼란스럽거나 모욕처럼 받아들일 수도 있으니까.

학교에서 학생감과 함께 찰리에게 적합하다고 생각하는 수학-과학 대학 세 군데를 검토했어. 다 이 도시에서 두 시간 거리 내에 있는 작고 경비가 잘 된 학교들이야. 세 곳 모두 졸업생들에게 3등급 이상 시설에 취업을 보장하고 있었어. 그중 학비가 제일 비싼 곳은 여학교였고, 난 찰리를 그곳에 보내기로 했어.

학생감이 서류를 작성하다가 잠깐 멈추더군. "대부분 1등급 국가 공무원들은 자녀들에게 24시간 경비를 붙여요." 그녀가 말했어. "대학에서 제공하는 경비를 쓰시겠어요, 아니면 개인 경비를 계속 쓰시겠어요?"

"제 걸로 계속하겠습니다." 내가 말했어. 적어도 국가에서 그 비용은 댈 테니까.

몇 가지 더 논의한 다음, 학생감이 자리에서 일어났어. "찰리의 마지막 수업이 곧 끝나요." 그녀가 말했어. "데려올 테니 함께 귀가하시겠어요?" 내가 좋다고 하자, 학생감은 비서에게 지시하러 사무실에서 나갔어.

학생감이 나간 후 나는 일어나서 벽에 걸린 학생들 사진을 둘러봤어. 이제 시내에 남아 있는 사립 여학교는 네 군데인데, 여기는 그중 제일 작고, 학교 말로는 "공부를 좋아하는" 학생들이 오는 곳이라 하지만 그건 완곡어법이지. 여기 학생들이 다 특별히 공부에 재능이 있는 건 아니거든. 그건 그보다는 이곳 학생들의 근본적 수줍음, 자기들 말로는 "지체된 사교성"이라 부르는 특성을 시사하는 표현이야.

학생감이 찰리를 데리고 돌아왔고, 우리는 인사를 하고 밖으로 나왔어. "집?" 차에 타고 나서 내가 물었어. "아니면 간식?"

찰리는 잠시 생각해보고 말했어. "집이요." 찰리는 월요일, 수요일, 금요일에 생활기술 개인교습을 추가로 받는데, 심리학자와 언어적, 비언어적 의사소통을 연습하는 수업이야. 이 수업을 하고 나면 찰리는 늘 지치고, 그래서 좌석에 머리를 기댄 채 눈을 감고 있었어. 진짜 기운이 없어서이기도 하지만, 내가 물어볼 게 뻔한 질문들에 힘들게 답하는 걸 피하고 싶어서이기도 한 것 같아. 오늘 학교에서 뭘 했어? 음악 수업은 어땠어? 뭘 들었어? 음악을 들으니 어떤 느낌이었어? 음악가가 뭘 전달하려고 한 것 같아? 곡에서 어느 부분이 가장 마음에 들었어? 왜?

"할아버지." 찰리는 좌절해서 말하지. "어떻게 대답해야 할지 모르겠어요."

"넌 알고 있어, 아기 고양아." 난 말해. "그리고 아주 잘하고 있단다."

찰리는 어떤 어른이 될까, 점점 더 생각이 많아져. 병이 낫고 처음 3년 동안은 애를 계속 살려놓는 것 외엔 아무 생각이 없었어. 식사량은 어느 정도인지, 수면시간은 얼마나 되는지, 눈 흰자는 깨끗한지, 혀는 분홍색인지 계속 지켜봤어. 그러다 그 소년들과 처음 사고가 있고 나서는 보호해야 한다는 생각을 주로 했지만, 그런 감독은 더 복잡했어.

그건 내 감독뿐만 아니라 찰리가 누구를 신뢰할 수 있고 누구를 신뢰할 수 없는지 이해한다는 희망에 달려 있으니까. 고분고분 복종하면 생존은 보장받을 테지만, 내가 너무 고분고분하게 가르친 것 아닐까?

그러다 두 번째 사고가 있고 나서는 찰리가 평생을 어떻게 살아가야 할지 생각하게 됐어—찰리를 이용하려는 사람들로부터 찰리를 어떻게 지킬 것인가, 내가 죽고 나면 찰리는 어떻게 살까. 난 늘 찰리가 평생 나와 함께 있는 걸 당연하게 생각했어. 그건 찰리의 평생이 아니라 내 평생이라는 걸 늘 알고 있었으면서도 말이야. 이제 난 일흔일곱이 다 됐는데 찰리는 열일곱 살이고, 내가 10년을 더 산다고 해도—내가 죽지 않는다면, 혹은 C처럼 사라지지 않는다면 말이지—찰리가 혼자 감내해야 할 세월이 수십 년도 더 남아.

하지만 한편으로는 앞으로 올 사회는 어떤 면에서는 찰리가 살아가기 더 쉬운 사회야. (국가 자격증을 가진) 결혼 중개인들이 사무소를 열고 누구에게나 배우자를 찾아줄 수 있다고 약속하고 있어. 찰리의 직장은 웨슬리가 보장해줄 테고, 포인트 시스템으로 음식과 집도 늘 보장될 테고. 마음 같아서야 찰리가 중년이 될 때까지 살아서 지켜보고 싶지만, 찰리를 보살펴줄 사람이랑 확실히 짝을 지어줄 때까지는, 제대로 대우받을 수 있는 곳에 찰리를 자리 잡게 해줄 때까지는 살아 있어야 해. 이런 생각을 하면 내 일을 하기가 더 쉬워져. 내가 하는 일이 과학이나 인류, 이 나라, 이 도시에 공헌하고 있다는 생각은 이미 오래전에 버렸지만, 이 일이 찰리를 돕고 보호한다고 생각하면 인생이 견딜 만해지거든.

417

아니, 적어도 그게 내가 믿을 수 있는 거야—어떨 때는.

너와 올리비에에게 사랑을 담아, 찰스

피터에게,

2083년 12월 1일

생일 축하한다! 일흔다섯. 사실상 아직 아기지. 뭔가 보내줄 만한 게 있다면 좋을 텐데. 하지만 오히려 너한테 선물을 받는구나. 너와 올리비에의 휴가 사진을 선물이라고 볼 수 있다면 말이야. 예쁜 솔 고 맙다. 2주 뒤에 찰리가 방학을 보내러 집에 오면 찰리한테 줄게. 그건 그렇고, 새 밀사가 정말 일을 잘해—이전 밀사보다도 훨씬 더 신중하고 속도도 훨씬 빨라.

집은 이제 거의 다 개조됐어. 지금까지 위원회에서 내 관대함에 감사하는 연설을 두 번 했지만, 나한테 뭐 진짜 선택권이 있기는 했나—군에서 민간주택 사용을 의뢰할 때는 사실 부탁이 아니잖아. 명령하는 거지. 어쨌거나, 난 운이 좋아서 여기서 계속 붙어 있을 수 있게 됐어. 전시 상황인 걸 생각하면 특히 운 좋은 거야. 유닛을 선택하게 해달라고 부탁했더니, 그건 허락해줬어. 그들은 이 집을 여덟 개의 아파트로 나눴고, 우리 아파트는 3층 북향 유닛이야. 전에 찰리 침실과 놀이방이었던 곳인데, 이젠 놀이방이 거실이 됐어. 찰리가 집에 오기 전에는 내가 침실에서 자다가, 찰리가 집에 오면 거실로 옮겨. 이 집은 원래 찰리 명의니까 결혼하면 찰리가 이 아파트를 가지고, 난 같은 구역 내 다른 아파트로 옮길 거야. 그것도 원래 협상안의 일부야.

따지고 보면 난 지금 군대 막사에 살고 있지만, 뽐내며 돌아다니는 매력적인 군인은 하나도 없어. 대신 다른 아파트들은 다양한 작전 기술자들, 계단에서 마주치면 시선을 회피하는 딱정벌레 같은 남자들이 가져갔고, 그 아파트들에서는 가끔 왜곡된 날카로운 전파 메시지가 들려.

지난번 편지에서 넌 내가 이 상황 전체를 낙관적으로 보고 있는 것 같다고 그랬지. 더 적합한 단어는 아마도 "체념"일 거야. 내 안의 자존심은 위원회에서 집 사용을 의뢰받은 마지막 세 명 중 하나라는 사실로 달랬고, 내 안의 실용주의는 찰리도 대학에 가고 없으니 어쨌거나 이런 큰 집이 필요 없다는 걸 알고 있었으니까. 게다가 이 집은 절대 진짜 내 집이 아니야. 원래 오브리와 노리스의 집이었고, 그 다음에는 너대니얼의 집이었지. 나야—마지막 남은 것들을 하나하나 메트로폴리탄에 기부하다가 미술관이 문을 닫고 나서는 여러 사립 기관에 기부했던 오브리의 수집품처럼—이곳을 차지하고 있었을 뿐이지, 소유한 적은 한 번도 없었잖아. 세월이 가면서, 한때는 너무나 상징적인 곳—내 원망이 저장되고, 내 두려움이 투사된 곳—이었던 이 집은 드디어 그냥 집이, 은유가 아닌 은신처가 됐어.

찰리가 어떻게 반응할지 걱정된다. 이런 일이 있었다는 건 찰리도 알고 있어. 몇 주 전 학교에 가서 만났거든. 질문이 있냐고 물었더니, 찰리는 고개를 저었어. 난 찰리가 이 상황을 편하게 받아들일 수 있게 해주려고 최대한 노력하고 있어. 예를 들어, 요즈음은 선택할 색깔이 많지 않지만, 무슨 색이든 선택해도 된다고, 어쩌면 침실 벽에 무늬를 그릴 수도 있을 거라고 했지. 우리 둘 다 그림을 잘 못 그리는데도 말이야. "하고 싶은 대로 해." 난 찰리에게 말했어. "이건 네 아파트니까." 때로는 찰리는 고개를 끄덕이며 말해. "알아요." 하지만 어떨 때는 고개를 흔들며 말하지. "내 집 아니에요. 우리 집이에요. 할아버지와 내 집요." 그러면 찰리가 그러고 싶지 않지만 자기 미래를 생각하고 있다는 것을, 그래서 겁이 난 게 느껴져. 그러면 난 화제를 돌리고 다른 이야기를 해.

C는 우리가 아는 것보다 우리 중 국가 고위직에 있는 사람들이 더 많다고 늘 확신했고, 그 때문에 우리가 더 위험해진다고 했어, 그 반대가 아니라. 왜냐하면 그런 사람들은 자기들을 보호하자고 법을 노골적으로 어기는 사람 아무나 본보기로 삼으려 할 테니까. 그런 게 약자들의 비합리적 논리거든. 그는 위원회와 그 윗선에서 우리 과반수가 찬성하지 않았으면 결혼법은 절대 통과될 수 없었을 거라며, 아이를 낳지 못한다는 내면화된 수치와 죄의식이 위험한 보상적 애국주의를 낳고 결국에는 우리 자신을 위험하게 만들 법을 만들도록 밀어붙였다고 했어. "하지만," 그는 말했어. "아무리 상황이 안 좋아도 언제나 빠져나갈 구멍은 있어요. 공개적으로 규칙을 따르는 한은." 이건 그가 사라지기 직전에 한 말이야. 너도 알듯이, 1년 후 난 C가 말해준 안전 가옥에 가기 시작했어. 수많은 것들이 파괴되고 몰수되고 개혁된 와중에도 그 집들은 고스란히 남아 있더군. 찰리도 대학에 가고 없으니 난 점점 더 자주 갔고, 이제 집도 개조됐으니 더 자주

가게 될 것 같아.

집이 이렇게 변하다 보니, 오브리와 노리스 생각도 더 자주 나. 지난 수년 동안 그 두 사람 생각은 한 적 없었는데, 최근에는 문득문득, 특히 오브리에게 소리 내어 이야기하곤 해. 이렇게 오래―이젠 오브리가 살았던 것만큼 오래―이 집에서 살았는데도, 이곳은 여전히 오브리 집처럼 느껴져. 그런 대화 속에서 오브리는 화가 났지만, 화를 감추려고 애쓰지만, 그래도 결국엔 더 이상 감추지 못해. "젠장 도대체 무슨 짓을 한 거야, 찰스?" 오브리는 생전 한 번도 쓴 적 없는 말투로 내게 물어. "내 집에 무슨 짓을 한 거야?" 난 오브리 의견은 전혀 신경 쓴 적 없다고 되뇌면서도, 오브리에게 대답할 말이 없어. "무슨 짓을 한 거야, 찰스?" 그는 묻고, 또 묻고, 또 물어. "무슨 짓을 한 거야?" 하지만 대답하려고 입을 열 때마다 내 입에서는 아무 말도 나오지 않아.

너와 O에게 사랑을 담아―찰스

피터에게,

2084년 7월 12일

어젯밤에는 하와이 꿈을 꿨어. 그 전날 밤 난 단골 안가에 가서 A 옆에서 자고 있었는데, 갑자기 사이렌 소리가 울리기 시작했어.

"세상에, 세상에," A가 옷과 신발을 후다닥 챙기며 말했어. "불시 단속이야."

무표정하거나 겁에 질린 표정의 남자들이 셔츠 단추를 끼우고 벨트를 채우며 문간에 와르르 몰려들었지. 이렇게 불시 단속을 할 때는 잠자코 있는 게 안전한데도, 누군가—법무부에서 일하는 한 청년— "우리가 하는 일은 불법이 아니에요. 우리가 하는 일은 불법이 아니라고요"라고 계속 똑같은 말을 되풀이하는 바람에 미침내 누군가 닥치라고, 우리도 다 안다고 날카롭게 속삭였어.

서른 명가량의 남자들이 4층 집 여기저기서 기다리며 서 있었어. 그들이 누굴 찾으러 왔건 간에 죄목은 동성애는 아니지만—의심 죄목은 밀수나 위조나 절도 같은 거겠지—우리 정체성을 죄로 삼을 수는 없어도, 그걸로 모욕을 줄 수는 있어. 그게 아니고서야 왜 용의자가 조용히 자기 집에 있을 때가 아니라 이곳에 있을 때 체포하러 오겠어? 그건 우릴 범죄자처럼 손을 머리 위에 올리게 한 채 한 줄로 세워서 집 밖으로 끌고 나가 구경거리를 만들기 위해서야. 우리 손을 묶고 보도에 무릎을 꿇려서 굴욕을 주는 재미를 위해서, 이름을 되풀이해서 말하라고 한 다음—더 크게 말해주십시오. 안 들립니다—데이터베이스에 돌려보라고 동료에게 큰소리로 외치는 가학적 재미를 위해서야—찰스 그리피스. 워싱턴 스퀘어 노스 13. 록펠러 대학 과학자라는군. 나이는, 10월이면 여든. (그리고는 능글맞게, 여든? 여든에도 여전히 이런다고? 마치 그렇게 늙어빠진 사람이 여전히 사람의 손길을 바라는 게 말도 안 되는 음탕한 짓인 것처럼 말이야. 사실 사람이 가장 갈망하게 되는 건 그런 감각인데도.) 게다가 용의자가 잡혀가고도 한참 후까지 죄인처럼 고개를 숙인 채 길거리에서 몇 시간씩 쭈그리고 앉아 있어야 하는 불편도 있지. 이 연극이 끝나기를 기다리면서, 군인 하나가 지겨워져서 우리를 풀어주고 동료 군인들과 함께 다시 차에 오르면서 웃는 소리가 들릴 때까지. 그들은 절대 육체적 가해를 가하는 법도 없고 욕도 하지 않지만—그럴 수가 없지. 우리 중엔 큰 권력을 가진 사람이 너무 많거든—경멸을 감추지 않아. 우리가 드디어 일어나서 다시 집 쪽으로 향할 때면, 거리는 다시 어두워지고 있고 창문에서 말없이 우리를 지켜보던 이웃들도 이젠 쇼가 끝났으니 다시 잠자리로 돌아가. "차라리 그냥 우릴 불법화했으면 좋겠어요." 지난번 불시 단속이 끝난 후 어떤 젊은이가 그렇게 투덜거리자 여러 사람이 어쩌면 그렇게 무지하고 멍청할 수 있냐며 그에게 소리를 지르기 시작했지만, 난 그 청년이 하려던 말이 뭔지 알 수 있었어. 우리가 불법이라면, 우리 위치를 알 수 있을 거라는 뜻이야. 사실 우린 아무것도 아니거든—우리는 알려져 있지만 이름은 없고, 용인되지만 인정받지는 못하는 사람들이야. 우린 반역자로 선포당할 날을, 우리가 하는 일이 고작 서명된 서류 한 장에 의해 한 시간 만에 유감스러운 일에서 불법적인 일로 변할 밤을 늘 기다리며 불확정의 상태를 살아가지. 우릴 지칭하는 단어조차 어느 순간 일상어에서 스르르 사라졌어—우리에게 우린 그저 "우리 같은 사람들"이야. "찰스 알아? 그 사람 우리 중 하나야." 우리마저 우리가 어떤 사람인지 대놓고 말하지 못하고 에둘러서 말해.

집 내부를 불시 단속하는 일은 거의 없지만—말했듯이, 우리 중엔 큰 권력을 가진 사람이 너무 많고, 집 안에서 발견할 금지 물품을 제대로 처리하려면 다음 주 내내 다른 일은 거의 못 한다는 걸 자기들도 아는 것 같아—방마다 활강 장치가 있어서 다들 거기다가 자기 소지품들을 던져넣어. 다시 집 안에 들어가면 모두 가장 먼저 지하 금고에 가서 책과 지갑, 장비 그 외 뭐든 던져 넣었던 자기 물건들을 다시 챙긴 다음, 같이 있었던 사람에게 인사조차 하지 않고 그곳을 떠나. 그리고 다음번 만날 때는 아무도 그 이야기는 하지 않아. 아예 그런 일은 일어나지도 않았던 척하지.

이틀 전 밤, 우리는 문 두드리는 소리가 나기를, 확성기가 우리 중 누군가의 이름을 부르기를 3분간 기다리다가 그게 우리를 향한 사이렌 소리가 아니었다는 것을 깨달았어. 다시 한번 우린 말없이 시선을 교환했고—다들 어리둥절했고, 일이 층에 있던 사람들은 삼사 층에 있던 우리를 쳐다봤어—마침내 일 층에 있던 청년 하나가 살며시 문을 열어 보더니 이내 확 열어젖히고 문 한가운데 섰어.

그의 고함 소리에 모두 아래층으로 달려 내려가 보니 뱅크 스트리트가 강으로 변해 물이 동쪽으로 콸콸 흘러가고 있었어. "허드슨 강이 넘쳤어." 누군가 경악한 목소리로 나직이 말하자, 그 직후 누군가 "금고!"하고 소리쳤고, 다들 앞다투어 지하로 내려갔어. 이미 물이 차오르고 있더라고. 우린 인간 사슬을 만들어서 거기 모아둔 책과 장비를 일단 다락방으로 올려놓은 다음 일 층 창문에 서서 물이 차오르는 걸 지켜봤어. A는 한 번도 본 적 없는, 내 것과 다르게 생긴 통신 장비를 가지고 있었고—난 한 번도 A에게 뭐하는 사람인지 물어본 적 없고, 그도 말해준 적 없어—그가 거기에 대고 짧게 몇 마디 하자, 10분 후 소형 구명보트 함대가 나타났어.

"나가요." 수동적이고 약간 투덜대는 사람으로만 알았던 A가 단호하고 엄한 사람으로 돌변해서 지시했어. 일할 때 모습이구나, 생각했지. "전원, 줄 서서 배에 타요." 물은 이제 현관 앞 계단까지 올라와 찰랑거리고 있었어.

"집은 어쩌고요?" 누군가 물었고, 다들 그건 다락방에 있는 책들 이야기라는 걸 알고 있었지.

"제가 처리할게요." 한 번도 개인적으로 만난 적은 없지만, 이 집 주인인지 매니저인지 관리인—그중 뭔지는 분명하지 않았지만, 책임감 있는 젊은이라는 건 알아—으로 알고 있는 젊은이가 말했어. "가세요."

그래서 우린 갔어. 이번에는 A 때문인지, 만물을 동등하게 만드는 재난의 특성 때문인지, 군인들도 전혀 농담이나 조롱을 하지 않았어. 그들은 손을 내밀었고, 우린 그 손을 잡고 구명보트로 내려갔고, 이 모든 게 너무 사무적이고 협력적이어서—우린 구조돼야 했고, 그들은 우릴 구조하려고 와 있었지—우리에 대한 혐오는 연기이고 그들이 우릴 다른 사람들과 똑같이 존중하고 있다고 거의 믿을 정도였어. 우리 뒤로 보트 함대가 또 나타나더니 확성기로 공지했어. "8구역 주민 여러분! 유닛을 비우십시오! 앞문으로 내려와서 도움을 기다리십시오!"

이제 물이 너무 급속도로 차올라서 보트는 진짜 파도라도 타듯이 흔들거렸고, 나뭇잎과 잔가지들이 조그마한 모터에 끼었어. 한 블록 동쪽 그리니치 스트리트에 이르자 제인 스트리트와 웨스트 12번 스트리트에서 온 모터보트들이 합류해서 다 함께 천천히 동쪽으로 움직였고, 허드슨 스트리트에 다다르자 군인들이 강물을 막으려고 모

425

래주머니를 쌓고 있는 게 보였어.

긴급 차량과 구급차들이 와 있었지만, 나는 구명보트에서 내려 뒤도 안 돌아보고 그 자리를 떠나 동쪽으로 걸어갔어. 필요 없는 자리에는 얽히지 않는 게 최고야. 그래봤자 영예도, 소용도 없어. 몸은 많이 젖지 않았지만, 양말이 젖어서 걸을 때마다 철퍽철퍽 소리가 났어. 날씨가 덥긴 해도 냉각복을 안 입고 있어서 다행이다 싶었어. 웨스트 10번 스트리트와 6번가가 만나는 사거리에서 소대 하나가 사인일조로 플라스틱 구명보트를 높이 들고 옆을 달려 지나갔어. 다들 피곤해 보이더군. 왜 아니겠어? 두 달 전에는 화재가, 지난 달에는 폭우가, 이번 달에는 홍수가 났는데. 마침내 집에 돌아와보니 모든 게 조용했어. 밤이어서인지, 주민들이 재난 구호 작업에 동원되어서인지는 모르겠어.

다음 날—어제, 화요일—출근은 했지만 난 일은 하는 둥 마는 둥 라디오에서 나오는 수해 방송만 들었어. 홍수가 8구역 상당 부분을 삼켰고, 7구역과 21구역은 고속도로였던 곳에서부터 동쪽까지 몽땅 다, 일부는 허드슨 스트리트까지 사라졌어. 뱅크 스트리트 그 집은 아마 끝장났을 거야. 누군가 분명 이런저런 방법으로 소식을 알려주겠지. 사망자는 둘이야. 웨스트 11번 스트리트 집에서 보트에 타려다가 계단에서 떨어져서 목이 부러진 할머니와 페리 스트리트의 지하 아파트에서 나가지 않겠다고 버티다가 익사한 남자. 거리 두 개가 어찌어찌 살아남았는데, 그건 순전히 우연이었어. 월요일 아침 일찍 군에서 베튠 스트리트와 워싱턴 스트리트에 있던 거대한 병든 나무 세 그루를 베어 넘어뜨렸는데, 그 덕분에 그쪽으로 물이 덜 범람했어. 갠스부트에서는 노후화된 하수관 방향을 돌리려고 군이 그리니치에 도랑을 파고 있었던 덕분에 피해가 최소화됐고. 몇 년 전이라면 홍수에 분노했겠지만—그건 정부에서 수년 동안 오만하게 아무 조치도 취하지 않아서 생기는 피치 못한 결과거든—이번에는 아무 감정도 불러낼 수가 없었어. 정말이지, 피곤하다는 생각밖에 안 들어. 그조차도 감정이라기보다 감정의 부재로 느껴지고. 연신 하품을 하며 라디오를 듣다가 난 창밖 이스트 강, 데이비드가 늘 초콜릿 우유 같다고 했던 강에서 조그만 배가 조금씩 북쪽으로 올라가는 모습을 바라봤어. 데이비즈 섬에 가고 있을지도 모르지, 아닐 수도 있고.

하지만 나는 홍수에 대해 아무 감정도 못 느낀다 해도, 감정을 느끼는 사람들도 있을 거야. 날마다 스퀘어에 모여서 데모하다가 밤이면 해산하는 사람들 말이야. 집에 돌아가면 그 사람들이 벌떼처럼 몰려와 있을 줄 알았어—그 사람들은 우리 중 누가 위원회에 있는지 이미 오래전에 다 알아냈고, 우리가 매일 밤 언제 집에 오는지 기가 막히게 알아채. 아무리 자주 운전기사를 바꾸고, 아무리 일정을 바꾸려고 애써도 소용이 없어—차가 집에 다가가면, 그들이 표지와 구호를 들고 있어. 이건 허가된 일이야. 관공서 앞 집회는 안 되지만, 우리들 집 앞에서는 할 수 있거든. 그게 내가 생각하기에도 더 적절하고—사람들은 만들어진 체제보다 그 체제를 만든 건축가들을 훨씬 더 증오하니까.

하지만 어젯밤에는 아무도 없었고, 스퀘어에는 노점상들과 물건 사는 사람들밖에 없었어. 그건 국가가 홍수를 빌미로 데모하는 사람들을 일제 소탕했다는 뜻이지. 나는 열기에도 불구하고 잠시 거리에서

427

꾸물거리며 보통 사람들이 보통 일들을 하는 걸 지켜보다가 집에 들어가서 아파트로 올라갔어.

그날 밤, 나는 라이에의 조부모님 농장에서 살던 십대 시절 꿈을 꿨어. 첫 번째 쓰나미가 몰려왔던 해였어. 우리 농장은 (딱) 직격탄을 맞지 않을 정도만큼 안쪽에 있었는데, 조부모님은 늘 직통으로 피해를 봤어야 했다고 한탄했지. 그랬으면 보험금을 받아서 새로 시작하거나 아니거나 했을 거라고. 사실 농장은 버리기에는 너무 멀쩡했고 다시 농사를 지을 만하기에는 너무 망가졌거든. 할머니의 허브 정원에 그늘을 마련해주던 언덕은 무너졌고, 농수로에는 바닷물이 찼어— 펌프로 퍼내도 몇 달 동안 계속 다시 돌아왔어. 염분이 온갖 표면에 다 달라붙었어. 나무, 동물, 채소, 집 벽면, 사방에 온통 소금이 허연 줄무늬를 이루며 말라붙었지. 염분 때문에 공기가 끈적끈적했고, 그해 봄 나무에 열린 열매들은 망고건 여지건 파파야건 모두 짠맛이 났어.

조부모님은 절대 행복한 사람들이 아니었어. 두 분은 흔치 않은 낭만적 순간에 그 농장을 샀지만, 낭만은 금세 사라졌어. 그래도 두 분은 일이 더 이상 즐겁지 않은데도 그 후에도 오랫동안 계속 일했어. 너무 자존심이 세서 실패를 인정할 수 없어서였기도 했지만, 한편으로는 상상력이 부족해서 달리 무엇을 하고 싶은지 알 수가 없었기 때문이야. 두 분은 왕정복고 이전 당신 조부모님들이 꿈꿨던 삶을 살고 싶어 했지만, 조상들이 하고 싶어 했다는 이유로 뭔가를 하다니— 다른 사람의 야심을 성취하다니—그건 바람직한 성취동기가 아냐. 두 분은 어머니가 하와이사람답지 않다고 거세게 비난했고 그러다 어머니가 떠나버리자 나를 키워야만 했어. 그러고는 내게도 하와이 사람답지 않다고 호된 비난을 퍼부었고, 그러면서도 한편으로는 나는 절대 하와이사람이 될 수 없다고 장담했지. 그러다 나도 떠나버리자—내가 절대 속할 수 없다는 곳에 왜 남아 있겠어?—두 분은 그것도 엄청나게 원망했어.

하지만 내가 꾼 꿈은 조부모님에 대한 꿈이 아니라 어린 시절 할머니가 들려준 배고픈 도마뱀 이야기에 관한 꿈이었어. 도마뱀은 하루 종일 대지를 돌아다니며 풀을 뜯어. 과일과 풀, 벌레와 물고기를 먹지. 달이 뜨면, 도마뱀은 잠이 들고 먹는 꿈을 꿔. 그러다가 달이 지면 도마뱀은 잠에서 깨어나 다시 먹기 시작해. 도마뱀은 절대 배부를 수 없는 저주를 받았지만, 도마뱀은 그게 저주인 줄 몰라. 그렇게 똑똑하지 않거든.

수천 년이 흐른 어느 날, 도마뱀은 평소처럼 잠에서 깨서 평소처럼 먹이를 찾아 주위를 둘러보기 시작해. 하지만 뭔가 이상했지. 그리고 도마뱀은 깨달아. 먹을 게 하나도 안 남아 있었던 거야. 식물도, 새도, 풀이나 꽃이나 파리도 이젠 없었어. 도마뱀이 모두 다 먹어치워버렸거든. 돌도, 산도, 모래도, 흙도 다 먹어치워버렸어. (여기서 할머니는 옛날 하와이 저항가를 부르곤 했지—*우아 라와 마코우 이 카포하쿠 / 이카 아이 카마하 오 오 카 아이나*.) 남은 거라곤 얇게 깔린 화산재 층밖에 없었는데, 그 아래에는—도마뱀은 알고 있었어—지구의 중심인 불이 있었어. 도마뱀은 온갖 걸 다 먹을 수 있었지만, 그건 못 먹어.

그래서 도마뱀은 할 수 있는 유일한 일을 했지. 햇빛 아래 누워 졸면서 체력을 비축하며 기다렸어. 그리고 그날 밤 달이 뜨기 시작하자,

도마뱀은 꼬리로 지탱하고 서서 달을 집어삼켰지.

잠깐 동안은 기분이 황홀했어. 하루 종일 물을 못 마셨는데, 뱃속의 달이 너무 시원하고 매끈해서 마치 거대한 달걀을 삼킨 느낌이었거든. 하지만 그 기분을 만끽하고 있는데, 뭔가가 바뀌었어. 달은 여전히 떠오르고 있었고, 도마뱀에게서 벗어나 하늘길을 계속 가려고 몸부림쳤어.

이래서는 안 되지, 도마뱀은 생각했어. 그래서 지구 중심의 불에 닿지 않을 정도까지만 재빨리 좁고 깊은 구멍을 판 다음 주둥이를 몽땅 그 안에 쑤셔 넣었어. 이러면 달이 아무 데도 가지 못할 거야, 도마뱀은 생각했어.

하지만 오산이었지. 도마뱀의 본성이 먹는 일인 것처럼, 달의 본성은 떠오르는 거였거든. 그래서 도마뱀이 아무리 입을 굳게 다물고 있어도 달은 계속 떠올랐어. 하지만 도마뱀이 주둥이를 쑤셔 넣은 흙 구멍이 너무 좁아서 달은 도마뱀 입에서 나갈 수가 없었어.

그래서 도마뱀은 폭발하고 말았고, 달은 땅에서 박차고 나와 자기 갈 길을 계속 갔어.

그 후 수천 년이 지나도록 아무 일도 일어나지 않았어. 음, 아무 일도 일어나지 않았다고 했지만, 그 세월 동안 도마뱀이 먹어 치운 것들이 다 돌아왔어. 돌과 토양이 돌아왔고. 풀과 꽃과 식물과 나무 들이 돌아왔어. 새와 벌레와 물고기와 호수 들도 돌아왔어. 달은 그 모든 것을 지켜보며, 매일 밤 뜨고 졌지.

그게 이야기의 끝이었어. 난 늘 그게 하와이 민담이라고 생각했는데 아니더라고. 할머니에게 누구한테 그 우화를 들었냐고 물었더니,

"우리 할머니"라고 했어. 대학에 다닐 때 민족지학 수업을 들으면서 할머니에게 그 이야기를 좀 써달라고 부탁한 적 있어. 할머니는 코웃음을 치며 물었어. "왜? 다 알고 있잖아." 나는 안다고, 하지만 내가 기억하는 대로가 아니라 할머니가 이야기해준 대로 듣는 게 중요하다고 말했어. 하지만 할머니는 써주지 않았고, 나도 자존심을 세우느라 다시 부탁하지 않았고, 그 수업은 그렇게 끝났어.

그렇게 몇 년이 흐른 뒤에―그때쯤 우린 서로에게 실망하고 관심도 없어서 소원해진 채 거의 연락도 없이 지내고 있었지―할머니가 이메일을 보냈는데, 그 이메일에 그 이야기가 적혀 있었어. 내가 여행하고 다니던 시절에 있었던 일이라, 친구들과 카마쿠라의 어느 카페에 있다가 그 이메일을 받았던 기억이 나. 하지만 이메일을 읽은 건 다음 주 제주도에서였어. 거기에 그 익숙하고 불가해한 옛날이야기가 기억 속 모습 그대로 있었어. 도마뱀은 늘 그랬듯이 죽었고, 땅은 늘 그랬듯이 회복됐고, 달은 늘 그랬듯이 하늘에서 은은히 빛났지. 하지만 이번에는 다른 이야기가 더 있었어. 모든 것이 돌아온 후 도마뱀도 돌아왔다고 할머니는 덧붙였어. 하지만 이번에는 도마뱀이 아니라 헤 메아 헬레쿠―똑바로 선 존재―로 돌아왔지. 이 생물은 오래전 죽은 조상과 완전히 똑같이 행동했어. 그는 먹고 먹고 또 먹다가 어느 날 주위를 돌아보자 아무것도 남지 않았다는 것을 깨달았고, 그 역시 달을 삼킬 수밖에 없었어.

넌 내가 무슨 생각하고 있는지 물론 알 거야. 오랫동안 난 결국 우리 모두를 없애는 건 바이러스가 될 거라고, 인간은 우리보다 더 대단하면서도 훨씬 작은 존재에 의해 고꾸라질 거라고 생각했어. 이제 그게 아니라는 걸 알겠어. 우린 그 도마뱀이고, 하지만 또한 달이기도 해. 어떤 사람들은 죽겠지만, 또 어떤 사람들은 우리가 늘 해왔던 일들, 우리 본성이 강요하는 일, 고요하고 불가해하고 우리 리듬 속에서 멈출 수 없는 일을 무심히 계속해나가겠지.

사랑을 담아, 찰스

P에게,

2085년 4월 2일

편지와 정보 고맙다. 그게 사실이길 바라자. 만약의 경우를 위해 난 모든 준비를 해뒀어. 그 생각을 하면 불안하니까 여기서 이야기하진 않을게. 네가 감사 인사는 하지 말라고 했지만, 그래도 할 거야. 하지만 난 정말 전보다 더 그 일을 바라고 있어. 이유를 설명할게.

찰리는 괜찮아, 아니 적어도 예상할 수 있는 만큼은 괜찮아. 난 반역자법에 대해 설명해줬고, 찰리가 법을 이해한다는 건 알겠는데, 이게 자기 인생에 미칠 영향을 완전히 이해하는지는 잘 모르겠어. 그냥 이 법 때문에 졸업을 석 달 남기고 학교에서 제적되었고, 이 구역 등록원에게 가서 신분 서류에 도장을 찍어야 한다는 것만 알아. 하지만 찰리는 특별히 심란하거나 동요하거나 우울해 보이지 않고, 그래서 안심이 돼. "미안하다, 아기 고양아, 미안해." 내가 계속 그렇게 말하자, 찰리는 고개를 흔들었어. "할아버지 잘못이 아니잖아요." 찰리의 말을 들으니 울고 싶었어. 찰리는 본 적도 없는 부모 때문에 벌 받고 있어―그것만으로도 충분한 벌 아니야? 얼마나 더 견뎌야만 해? 게다가 바보 같은 짓이야―이 법은 반란자들을 멈추지 못해. 그 어떤 것도 그렇게는 못 해. 그러는 사이, 찰리와 법의 영역밖에 놓인 이 새로운 동족들이 생기는 거지. 이미 오래전에 죽었거나 실종된 국가반역자들의 아이들과 형제자매들 말이야. 지난번 위원회 회의에서는 반란자들이 진압되거나 적어도 통제되지 못하면 "더 심한 제한"을 둘 수밖에 없다는 소리를 하더군. 그게 무슨 뜻인지는 아무도 명확하게 설명해주지 않았어.

너도 아마 알겠지만, 난 찰리보다 더한 상황을 겪어봤어. 난 머릿속에서 계속 찰리의 미래를 그려보고, 그러면 때로―말할 필요도 없겠지만―두려움에 휩싸여. 찰리는 학교에서 잘하고 있었어―심지어 좋아했어. 난 찰리가 석사학위를, 어쩌면 심지어 박사학위를 받고 어딘가 조그만 연구실, 멋지거나, 화려하지도 않고, 명성 높은 곳도 아닌 그런 연구실에 자리 잡는 꿈을 꿨지. 더 작은 자치체에 있는 연구 시설에 가서 행복하고 조용하게 살 수도 있을 거라고.

하지만 이젠 영영 학위를 딸 수 없게 됐어. 난 즉시 내무부의 지인에게 가서 예외로 봐달라고 사정했어. "제발, 마크." 난 말했어. 그는 수년 전에 찰리를 한 번 본 적 있는 사람이야. 찰리가 병원에서 퇴원해서 집에 왔을 때 토끼 인형을 사줬었지. 그의 아들은 그때 죽었고. "너무하잖아. 찰리에게 한 번 더 기회를 줘."

그는 한숨을 쉬었어. "분위기가 다르다면, 나도 그래볼 거야, 찰스. 약속해." 그는 말했어. "하지만 내가 할 수 있는 게 없어―아무리 널 위해서라 해도." 그러면서 찰리는 "운이 좋은 아이들 중 하나"라는 거야. 자기가 이미 "연줄을 좀 동원했다"면서. 그게 무슨 말인지 모르지만, 갑자기 알고 싶지 않아졌어. 하지만 확실한 건 내가 밀려나고 있다는 거야. 그걸 안 지 이미 좀 됐지만, 이게 증거였어. 당장 무슨 일이 벌어지지야 않겠지만, 결국엔 일어나. 전에도 본 적 있어. 영향력은 하루아침에 없어지지는 않아―몇 달, 몇 년에 걸쳐서 조금씩 없어지지. 운이 좋으면, 해 끼칠 수 없는 무의미한 일거리를 맡은 시시한 사람이 돼. 운이 나쁘면, 희생양이 되고. 이렇게 말하면 삐뚤어진 자기 자랑 같지만, 내가 시행한 것들, 내가 계획한 것들, 내가 감독한 것들을 생각할 때 내가 공식 부인용 후보자라는 걸 난 알고 있어. 그래서 만일의 경우를 생각해서 빨리 행동해야만 해. 우선 국가기관에 찰리의 일자리를 구해줘야 해. 어렵겠지만, 그러면 찰리는 안전할 테고 평생직장을 가질 수 있을 테니까. 웨슬리에게 갈 거야. 지금도 웨슬리는 내겐 감히 안 된다는 소리는 못 하거든. 그 다음에는, 말도 안 되는 소리같이 들리겠지만, 찰리에게 남편을 찾아줘야 해. 내게 시간이 얼마나 남은 건지 모르겠어―찰리를 확실하게 안전한 환경에 두고 싶어. 그게 아니라면 그런 환경을 만들어줄 수 있으면 좋겠고. 난 적어도 그 정도는 할 수 있어.

소식 기다릴게.

너와 올리비에에게 사랑을 담아, C

피터에게,

2086년 1월 15일

어제는 폭염이 약간 수그러졌어. 더위가 내일 북쪽으로 간다는군. 지난 며칠은 정말 고통스러웠어. 사람들이 더 죽어나가는 바람에, 난 결국 쿠폰을 몇 개 써서 에어컨을 바꿀 수밖에 없었어. 쿠폰을 아껴서 찰리에게 약속 자리에 입고 나갈 만한 괜찮은 옷을 사주려고 했는데. 너한테 이런 부탁하는 거 싫지만, 찰리한테 뭘 좀 보내주면 안 될까? 원피스 아니면 블라우스랑 치마 같은 거? 가뭄이 심하면 도시에 들어오는 직물이 거의 없고, 들어온다고 해도 엄청나게 비싸. 여기 찰리 사진이랑 사이즈를 첨부한다. 물론 보통 때 같으면 돈이 있지만, 지금은 찰리가 결혼하면 주려고 최대한 아끼는 중이거든. 특히 난 아직 금으로 급료를 받으니까.

하지만 어떤 지출은 피할 수가 없어. 이 결혼 중개인을 소개해준 사람은 A인데, 본인이 사별한 레즈비언이랑 결혼할 때 중개해준 업자야. 내 명성이 얼마나 떨어졌는지 증거가 필요하다면, 이 중개인과 곧바로 약속을 잡지 못한 게 바로 그 증거야. 그 사람은 국가 청사 상급에서 일하는 사람이라면 누구라도 돕는 걸로 알려져 있거든. 하지만 지금은 거의 만나지도 않는 A를 통해서야 그 중개인과 약속을 잡을 수 있었어.

난 처음부터 그 사람이 마음에 안 들었어. 키가 크고 마르고 시선을 맞추지 못하는 사람인데, 틈만 나면 자기가 호의로 날 만나주는 거라고 강조하더군.

"어디 사시죠?" 내 기본 정보를 이미 알고 있다는 걸 다 아는데도 그는 물었어.

"8구역이요." 나도 장단을 맞추며 대답했지.

"전 보통 14구역 지원자들만 만납니다." 그가 말했어. 그것도 이미 다 아는 사실이야. 만나기도 전에 편지로 다 이야기했으니까.

"네, 매우 감사드립니다." 난 최대한 부드럽게 말했어. 잠시 침묵이 흘렀지. 난 아무 말도 하지 않았어. 그도 아무 말도 하지 않았어. 그래도 결국 그가 한숨을 쉬더니—사실 뭘 더 할 수 있겠어?—서류 더미를 꺼내 인터뷰를 시작했어. 그 사무실은 에어컨이 있는데도 숨 막히게 더웠어. 물 한 잔 달라고 했더니, 브랜디나 스카치 같은 말도 안 되는 요구라도 한 것처럼 무례한 일을 당한 표정을 짓더니 비서를 불러 물을 갖다주라고 했어.

그런 다음 진짜 굴욕이 시작됐지. 나이는? 직업은? 지위는? 정확히 8구역 어디에 사는가? 재산은? 민족은? 태어난 곳은? 귀화 시점은? 록펠러 대학에서 얼마나 오래 일했나? 결혼은? 결혼한 적은? 누구와? 그는 언제 사망했나? 자녀는 몇 명인가? 그가 내 생물학적 아들인가? 아들 아버지의 민족은? 아들 어머니 민족은? 아들은 살아 있나? 언제 사망했나? 어떻게? 여기는 손녀 일로 온 것이다, 맞나? 손녀 어머니는 누구인가? 저런, 어머니는 어디 있나? 살아 있나? 손녀는 아들의 생물학적 자녀인가? 손녀나 아들에게 건강 문제나 병이 있나? 그 질문들에 대답을 할 때마다 주변 공기가 바뀌고 바뀌고 바뀌면서 점점 희미해지고 희미해지고 희미해졌고 지난 세월들이 서로 부딪히고 충돌하는 것만 같았어.

그리고 찰리에 대한 질문들이 시작됐지. 이미 찰리의 서류를, 또 찰리 얼굴을 가로질러 찍힌 "반역자 친족"이라는 빨간 도장을 다 봤으면서. 나이는 몇 살인가? 공부는 어디까지 했나? 키와 몸무게는? 관심사는 무엇인가? 언제 불임이 되었으며, 어쩌다 그렇게 됐나? 자이코르는 얼마나 오래 복용했나? 마지막으로, 어떤 사람인가?

찰리가 어떤 사람이고 어떤 사람이 아니며, 어떤 걸 할 수 있고 없는지, 어떤 걸 잘하고 어떤 걸 힘들어하는지 그렇게 자세하게 묘사해본 건 정말 오랜만의 일이었어. 마지막으로 이런 일을 해야 했을 때는 고등학교에 넣으려고 애썼던 때 같아. 하지만 기본적인 것들을 최대한 잘 말하고 나서도 난 나도 모르게 계속 이야기했어—찰리가 리틀캣을 얼마나 세심하게 잘 돌봤는지 모른다고, 리틀캣이 죽어갈 때는 이방 저방 계속 따라다니다가 고양이가 혼자 있고 싶어 한다는 걸, 따라오는 걸 원치 않는다는 걸 이해했다고, 잘 때는 화난 게 아니라 탐구적이고 생각에 잠긴 듯이 이마를 찌푸리고 잔다고, 내게 포옹이나 입맞춤은 해주지 않지만 내가 슬퍼하거나 걱정하고 있으면 늘 알아채고 물을, 차가 있을 때면 차를 갖다준다고, 어릴 때 병원에서 퇴원한 직후 발작을 하고 나면 때로는 내게 축 늘어져 기댄 채 오리털처럼 부드러운 가늘고 연한 머리카락을 쓰다듬도록 내맡기고 있었다고, 병들기 전과 다름없는 것은 찰리의 향기, 햇살에 말린 뜨겁고 깨끗한 모피처럼 따뜻하고 동물 같은 느낌의 향기라고, 전혀 예상하지 못한 방식의 꾀가 있는 아이라고—좌절하는 법이 거의 없고 늘 노력하는 아이라고. 잠시 후, 나도 중개인이 메모를 멈췄다는 것을, 조용한 방안에 내 목소리만 들린다는 것을 희미하게 인지했지만, 그래도 난 계속 이야기했어. 문장 하나하나가 내 가슴에서 심장을 뜯어냈다가 다시, 또다시 갖다놓는 것처럼 아팠지만—찰리에 대해 이야기할 때마다 느끼는 그 무시무시하고 끔찍한 아픔, 그 압도적인 기쁨과 슬픔—멈추지 않고 계속 이야기했어.

마침내 내가 이야기를 멈추자, 너무 완전하게 고요해서 파르르 진동하는 것 같은 침묵 속으로 그가 말했어. "손녀 분은 어떤 남편을 원하는 거죠?" 여기서 난 또 그 고통을 느꼈어. 찰리가 아니라 내가 이약속에 나와 있다는 사실이야말로 사실 중개인이 알아야 할 전부니까. 그 외에 찰리에 대해 내가 한 이야기, 그 외에 찰리가 어떤 사람인지는 이 사실 하나에 다 가려져버릴 테니까.

그래도 난 중개인에게 이야기했어. 친절한 사람요, 난 말했어. 보호해줄 사람, 점잖고 참을성 있는 사람. 현명한 사람. 부자나 공부를 많이 했거나 똑똑하거나 잘생길 필요는 없다고. 영원히 찰리를 보호해주겠다는 약속만 해주면 된다고.

"그 대신 뭘 내놓으실 건가요?" 중개인이 물었어. 지참금을 말하는 거야. 찰리의 "상태"를 생각하면 지참금을 내놓아야 할 거라는 이야기는 들었어.

난 최대한 자신 있게 내 제안을 이야기했고, 그러자 그는 메모하던 펜을 멈췄다가 그 제안을 받아 적었어.

"손녀 분을 만나봐야겠습니다." 그가 마침내 말했어. "그래야 어떤 방향으로 후보를 찾아야 할지 알 것 같군요."

그래서 어제 우린 그 사무소에 다시 갔어. 찰리에게 만남에 대비한 지도를 해야 하나 갈등했지만 안 하기로 했어. 그래봤자 소용없고 찰

438

리만 불안하게 만들 테니까. 결국 찰리보다 내가 훨씬 더 불안했지.

찰리는 잘했어, 최대한 잘했어. 난 찰리랑 너무 오래 같이 살았고 찰리를 사랑하기 때문에, 다른 사람들이 찰리와 만나는 모습을 보면 때로 놀라곤 해. 그 사람들이 나와 같은 시선으로 찰리를 보지 않는다는 걸 새삼 깨닫게 되거든. 물론 그건 나도 이미 아는 사실이지만, 모르는 척 호사를 허락하는 거야. 그러다 그 사람들 얼굴을 보면 예의 그 표정이 보여. 그러면 내 심장은 혈관과 동맥 들에서 다 뜯겨 나왔다가 다시 가슴 속 제자리로 삼켜져.

중개인이 찰리에게 나와 이야기할 게 있다며 응접실에서 기다리라고 하기에, 나는 찰리에게 미소를 지으며 고개를 끄덕인 다음 그를 따라 다리를 질질 끌다시피 하며 안으로 들어갔어. 마치 다시 학생이 되어 문제를 일으켰다고 교장 선생님께 소환이라도 받은 기분이었어. 기절하거나 바닥에 쓰러지거나, 뭔가 그 순간을 뒤엎을 일이 일어나서 약간의 동정심을, 약간의 인간미를 얻을 수 있기를 바랐어. 하지만 내 몸은 평소와 다름없이 제대로 작동했고, 난 자리에 앉아 내 아이의 안전을 보장해줄 이 남자를 물끄러미 바라봤지.

잠시 둘 다 서로 쳐다보기만 하면서 아무 말도 안 하다가, 내가 먼저 침묵을 깼어. 이 연극이, 이 남자가 우리 약점을 알고 그걸 즐기는 듯한 태도가 지긋지긋했어. 그 사람 입에서 뻔히 나올 말을 듣고 싶지 않았지만, 한편으로는 듣고 싶었어. 그러면 이 순간이 끝나고, 과거가 될 테니까. "마음에 둔 사람이 있습니까?" 내가 물었지.

또 침묵이 흘렀어. "그리피스 박사님." 그가 말했어. "죄송합니다만, 전 박사님의 중개인은 못 될 것 같습니다."

또 심장을 쥐어뜯기는 것만 같았어. "왜요?" 대답을 듣고 싶지 않았기 때문에 묻고 싶지 않았으면서도 난 물었어. 말해, 난 생각했어. 어디 감히 말해보라고.

"대단히 죄송하지만, 박사님," 그는 말했지만, 그 목소리에는 죄송함이라고는 전혀 느껴지지 않았어. "대단히 *죄송하지만*—현실적이 되셔야 할 것 같습니다."

"그게 무슨 말입니까?" 내가 물었어.

"박사님, 용서하십시오." 그가 말했어. "하지만 손녀분께서는—"

"내 손녀가 뭐요?" 내가 받아치자 또다시 침묵이 내려앉았어.

그는 잠시 아무 말도 없었어. 내가 얼마나 화났는지 인지하는 게 보이더군. 내가 싸울 이유를 찾고 있다는 걸 깨닫는 게 보였어. 조심하려고 준비하는 게 보였어.

"특별하죠." 그가 말했어.

"맞습니다." 내가 말했어. "그 아이는 특별해요. 굉장히 특별하기 때문에, 그 아이에게는 그 특별함을 이해하는 남편이 필요합니다."

내 목소리에서 정말 분노가 느껴졌는지, 그때까지 동정심이라곤 없던 중개인의 목소리가 약간 변하더군. "보여드리고 싶은 게 있습니다." 그가 말하더니, 책상 위에 쌓인 서류 더미 밑에서 얇은 봉투 하나를 꺼냈어. "손녀 분을 위해 찾은 짝들입니다." 그가 말했어.

봉투를 열어봤지. 안에는 중개인에게 주게 되어 있는 그런 카드가 세 장 들어 있었어. 가로세로 7인치 크기 정도 되는 딱딱한 종이로 한쪽에는 지원자의 사진이, 다른 쪽에는 정보가 적혀 있는 카드.

서류를 봤어. 당연히 모두 불임이었고, 이마에 음각으로 "불"자가 찍혀 있었어. 첫 번째 남자는 세 번 상처한 오십 대 남자였는데, 내 안에 자리한 구식 비합리적 부분—남자들이 자기 아내를 죽여서 시신을 처리하고 수십 년 동안 법망을 피하는 고딕 텔레비전 드라마들을 기억하는 부분—이 뒷걸음쳤지. 난 나머지 정보는 읽어보지도 않고 그를 탈락시키고는 사진 쪽을 아래로 해서 카드를 엎어놨어. 십중팔구 그 아내들이 다 그의 손이 아니라 병으로 죽었다고 적혀 있겠지 (하지만 아내 셋이 죽다니, 운이 얼마나 나쁘면 범죄에 가까울 정도로 나쁜 거야?) 두 번째는 이십대 후반으로 보였지만, 표정이 어찌나 험악한지—입은 비열하게 찢어지고 놀라서 튀어나온 것 같은 눈을 하고 있었어—지금도 가끔 사무실에서 밤늦게 보는 그런 텔레비전 드라마에서 본 장면이 또다시 떠올랐어. 마치 그 얼굴에서 잠재적 폭력 성향을 읽기라도 한 것처럼 그 남자가 찰리를 때리고 다치게 하는 장면이 떠오르더라고. 세 번째는 삼십 대 초반의 수수하고 차분한 얼굴의 남자였지만, 정보를 읽어보니 정신 무능으로 분류되어 있었어. 이건 과거 정신병이라고 했던 것부터 정신지체까지 온갖 결함을 다 포함하는 폭넓은 명칭인데, 찰리는 이렇게 명시되지 않아. 난 그런 일을 막기 위해서라면 너한테 돈을 부탁해서 누구에게든 뇌물을 바칠 자세가 되어 있었지만, 결국엔 그럴 필요가 없었어—찰리가 시험에 통과했거든. 찰리가 스스로 구한 거지.

"이게 뭡니까?" 난 물었어. 내 목소리가 고요한 방에서 날카롭게 울려 퍼졌어.

"제가 찾아본 사람들 중 손녀 분을 고려할 의향이 있는 세 후보들입니다." 그가 말했어.

"왜 내 손녀를 만나기도 전에 후보를 찾은 겁니까?" 난 물었고, 물으면서 깨달았어. 중개인은 찰리를 만나기도 전에, 어쩌면 나를 만나기도 전에 찰리의 서류만 보고 판단을 마쳤다는 것을. 찰리와 만나도 그의 마음은 바뀌지 않았어―이미 가지고 있던 생각을 확인시켜줬을 뿐이지.

"다른 중개인에게 가보셔야 할 것 같습니다." 그는 또 그렇게 이야기하며 내게 다른 종이를 내밀었고, 거기에는 다른 중개인 세 명의 이름이 적혀 있었어. 그 중개인은 오늘 만나기 전부터 이미 나를 도울 마음이 없었던 거야. "이 사람들에게는 좀 더…… 박사님 필요와 잘 맞는 후보들이 있을 겁니다."

다행히 그는 미소 짓지 않았고, 그랬다면 난 멍청하고 짐승 같고 사내들이 저지르는 짓을 저질렀겠지. 주먹을 휘두르고, 침을 뱉고, 책상 위 물건들을 다 밀쳐 떨어뜨리고―옛날 텔레비전 드라마에서 사람들이 하던 짓 말이야. 하지만 이제는 그런 공연을 펼칠 관객이 없어, 촬영 카메라는 없고 천장 판벽널 어딘가에 숨겨진 채 아래에서 벌어지는 일, 늙은 남자 하나와 중년 남자 하나가 서로 서류들을 건네는 장면을 냉정하게 기록하는 깜박거리는 조그만 카메라뿐이야.

나는 표정을 가다듬고 찰리를 데리고 나왔어. 찰리가 싫어하지 않을 정도까지 최대한 바싹 안고 나왔어. 사람을 찾아주겠다고 찰리에게 말했지만, 내 속에서는 뭔가 무너져내리고 있었어. 아무도 우리 아기 고양이를 원하지 않으면 어떡하나? 분명 누군가는 찰리가 얼마나 소중한지, 얼마나 사랑받는지, 얼마나 용감한지 볼 수 있겠지? 찰리는 살아남았지만, 살아남았다고 처벌받고 있어. 찰리는 저 후보자들―

나머지, 찌꺼기, 아무도 원치 않는 사람들—과는 달라. 난 누군가에게는 그 후보자들 또한 나머지나 원치 않는 사람들이 아니라는 걸 알면서도, 심지어—심장이 또 찢겨나가는 것 같았어—그 누군가들도 찰리의 카드를 보면서 "*이런 사람이랑 짝을 맺으라는 거야? 분명 더 나은 사람이 있을 거야. 분명 다른 후보들이 더 있을 거야*"하고 생각하고 있을 거라는 걸 알면서도 그런 생각을 했어.

무슨 세상이 이래? 이런 세상을 보자고 찰리가 살아난 거야? 괜찮을 거라고 말해줘, 피터. 말해줘, 그럼 이번 한 번은 네 말을 믿을게.

사랑을 담아, 찰스

오, 피터,

2087년 3월 21일

전화로 이야기할 수 있으면 얼마나 좋을까. 종종 그런 생각을 하지만, 오늘 밤은 정말 간절하다. 너무 간절해서 편지를 쓰러 앉기 전에 30분은 너한테 소리 내어 이야기했어. 다른 방에서 자는 찰리를 깨우지 않도록 속삭여가며 말이야.

찰리의 결혼 가능성에 대해 나답지 않게 별로 이야기하지 않았는데, 뭔가 좋은 소식이 있을 때까지 기다리고 싶어서였어. 하지만 한 달 전 티모시라는 새 중개인을 찾았는데, 동료 말에 의하면 "색다른 경우들" 전문으로 유명한 사람이야. 그 동료 아들이 정신 무능 판정을 받았는데 티모시를 통해 배우자를 찾았거든. 거의 4년이 걸렸지만, 티모시가 짝을 찾아줬대.

새 중개인을 만날 때마다 난 속으론 아니면서도 자신 있는 척 연기하려고 애썼어. 몇몇 동료 중개인들을 만났던 것은 인정했지만, 구체적 숫자는 절대로 말 안 했어. 중개인이 어떤 사람이냐에 따라 찰리를 까다롭거나, 신비롭거나, 명석하거나, 초연한 사람으로 보이게 하려고 애쓰곤 했지. 하지만 어떤 중개인을 만나도 끝은 다 똑같았고, 심지어 찰리를 데려와서 보여주기도 전에 끝났어. 똑같은 종류의 후보자들을 봤고, 때로는 전에 본 적 있는 후보자들도 봤어. 정신 무능이라고 적힌 창백하고 차분한 젊은이의 카드는 처음 본 후로 세 번을 더 봤고, 그 얼굴을 볼 때마다 슬픔과 안도감을 느꼈어. 그 젊은이도 아직 짝을 찾지 못했다는 슬픔과 찰리만 이러는 게 아니라는 안도감. 가장자리가 누렇게 변한 찰리의 카드가 거듭 선보여지는 생각, 고객이나 그 부모들이 그걸 옆으로 탁 치워버리는 생각을 하지. "이 여자는 아니야." 그 사람들이 말하는 걸 상상해. "전에도 봤잖아." 그러고는 밤에 서로 이런 이야기를 하는 거야. "그 불쌍한 여자, 아직도 시장에 나와 있더라. 적어도 우리 아들은 그렇게 절망적이진 않아."

하지만 이번엔 정직하게 행동했어. 어떤 중개인들을 만났는지 자세하게 설명했어. 이제껏 제안받거나 만난 후보자들에 대해서도 다 말했어. 다 메모를 해뒀거든. 울거나 찰리를 배신하지 않고 할 수 있는 만큼 최대한 정직하게 말했어. 그러자 티모시가 말했어, "하지만 미모가 다는 아니죠. 손녀분은 매력적입니까?" 나는 울컥하지 않고 말할 수 있을 거라고 자신할 때까지 기다렸다가 겨우 아니라고 대답했어.

두 번째 만났을 때 다섯 장의 카드를 받았는데, 모두 한 번도 본 적 없는 후보들이었어. 처음 네 사람은 뭔가 마음이 편치 않았어. 하지만 마지막 카드가 있었지. 찰리보다 두 살밖에 안 많은 젊은이였는데, 코가 강인해 보였고 커다란 검은 눈으로 카메라를 똑바로 쳐다보고 있었어. 청년에게는 뭔가 논쟁의 여지가 없는 분위기가 있었어—잘생긴 외모부터가 그렇고, 확고함이 보였어. 마치 누군가 그에게 스스로를 수치스럽게 여기라고 설득했지만 그걸 거부한 듯한 느낌이랄까. 사진 위에는 두 개의 도장이 찍혀 있었어. 하나는 불임을 표시하는 도장, 다른 하나는 반역자 친족임을 표시하는 도장.

고개를 들고 티모시를 쳐다보자, 그도 나를 바라봤어. "이 사람은 뭐가 문제입니까?" 난 물었어.

그는 어깨를 으쓱했어. "없어요." 그는 말했어. 그러고는 잠깐 말을 멈췄어. "그 청년은 불임 시술을 택했어요." 그가 덧붙였고, 그런 이야기를 들을 때면 늘 그러듯이 약간 몸이 떨렸어. 그건 병이나 약 때문에 생식 능력을 잃은 게 아니라는 뜻이야. 재교육 센터에 가지 않기 위해 불임시술을 택했다는 뜻이지. 정신이나 몸 중 하나를 선택하라고 하자, 정신을 선택한 거야.

"음, 만나보고 싶군요." 내가 말하자, 티모시는 고개를 끄덕였어. 하지만 나가는데 그가 다시 나를 불러 세웠어.

"좋은 사람입니다." 그가 말했어. 요즈음은 듣기 이상한 표현이야. 처음 약속을 잡기 전 티모시에 대해 조사를 좀 해봤거든—예전에는 사회 복지사였더라고. "열린 마음을 가지세요, 아시겠죠?" 무슨 소리인지 알 수 없었지만, 난 그러겠다고 했어. 하지만 열린 마음을 갖는 것 또한 시대착오적 개념, 오래전 개념이야.

만남 날이 왔고, 나는 또 불안해졌어. 보통 때보다 훨씬 더 불안했어. 찰리가 아직 젊긴 하지만 남은 선택권이 이제 거의 없어지고 있다는 걸 느끼게 됐거든. 오늘 만남 이후에는 탐색 범위를 우리 자치체 바깥, 우리 도 바깥으로 넓혀야 할 거야. 웨슬리가 찰리가 좋아하는 일을 할 수 있는 일자리를 주는 호의를 베풀어줬는데 한 번 더 그런 호의를 기대해야 하겠지. 찰리를 그 직장에서 빼내어 다른 곳에 다시 정착시키고, 그런 후에는 나도 따라갈 방법을 찾아야 할 테고, 그러면 또 웨슬리의 도움이 필요할 거야. 난 당연히 그렇게 할 거지만, 쉽지는 않을 거야.

내가 도착했을 때, 후보자는 이미 와서 모든 중개인들이 그런 만남용으로 준비해놓은 조그맣고 꾸밈없는 방에 앉아 기다리고 있었어. 내가 들어가자 그는 자리에서 일어났고, 우린 서로 고개 숙여 인사했어. 난 그가 다시 의자에 앉는 걸 본 다음, 자리에 앉았어. 티모시가 간청한 이유가 사진과 상당히 다르고 더 못하기 때문일 거라고 생각했는데, 그건 아니었어. 그는 사진 속 모습 그대로 단정하고 매력적인 젊은이로, 사진과 똑같은 생생한 검은 눈에 똑같이 두려움 없는 시선을 하고 있었어. 아버지는 서아프리카와 남유럽계이고, 어머니는 동남아시아계야—내 아들을 약간 닮아서 나는 딴 곳을 바라봐야만 했어.

그에 관한 사실들은 카드를 봐서 알고 있었지만, 어쨌거나 난 똑같은 질문들을 했어. 어디서 자랐나, 전공은 뭔가, 지금은 뭘 하나. 부모님과 누나가 반역자 선고를 받았다는 건 알고 있었어. 박사 과정 마지막 몇 해를 남기고 제적되었다는 것도 알고 있었지. 사면법이 통과되었기 때문에 그 결정에 항소 중이라는 것도. 저명한 미생물학 교수가 그의 재판을 돕고 있다는 것도. 결혼에 동의할 경우 학위를 마칠 수 있도록 최대 2년까지 결혼을 미루고 싶다는 것도 알고 있었어. 그는 이 모든 정보가 맞다고 했고, 본인의 설명도 내가 알고 있는 사실과 다르지 않았어.

부모님에 대해서도 물어봤어. 그에게는 살아 있는 직계 가족이 없었어. 국가 반역자 친족들 대부분은 친족들에 대한 질문을 받으면 분노하거나 수치스러워해. 뭔가 넘치는 감정을 집어삼키는 게 보이지. 그러면서 알게 된, 감정을 억누르는 법을 실천하고 있는 게 보여.

하지만 그는 분노하지도, 수치스러워하지도 않았어. "아버지는 물리학자고, 어머니는 정치학자셨어요." 그는 말했어. 부모님이 가르쳤던 대학, 국가에 귀속되기 전 과거에는 명망 높은 곳이었던 대학 이름도 말해줬어. 누나는 영문학 교수였다고 하고. 그들은 모두 반란에 가담했지만, 그는 하지 않았어. 이유를 물으니, 처음으로 당황스러운 표정을 짓더군. 천장에 숨은 카메라 생각을 해서인지 가족 생각을 해서인지는 알 수 없었어. "과학자가 되고 싶어서라고 말씀드렸습니다." 그가 잠시 후 말했어. "왜냐하면 전—전 과학자가 되면, 그런 식으로 도우면 더 많은 일을 할 수 있을 거라고 생각했습니다. 하지만 결국엔—" 여기서 그는 다시 말을 멈췄고, 이번에는 카메라와 녹음기 때문이라는 것을 알았지.

"하지만 결국에는 당신이 틀렸군요." 내가 대신 마무리하자, 그는 나를 쳐다보고 재빨리 문을 쳐다봤어. 마치 경찰 부대가 당장에라도 우리를 끌고 가 의식을 치를 준비를 갖춘 채 그 문을 박차고 들어오기라도 할 것처럼. "괜찮아요." 내가 말했어. "난 하고 싶은 말을 해도 될 정도로 늙었거든요." 그게 사실이 아니라는 걸 알면서도 말이야. 그도 알고 있었지만, 그는 내 말을 바로잡지 않았어.

우린 이제 그의 좌절된 논문, 항소해서 그가 가지고 싶어 하는 폰드의 일자리에 대한 이야기를 나눴어. 찰리에 대해, 찰리가 어떤 사람인지, 찰리에게 뭐가 필요한지에 대해서도 이야기했어. 난—그때는 이유를 몰랐지만—정직하게, 심지어 티모시에게 말했던 것보다 더 정직하게 다 말했어. 하지만 그는 어떤 이야기에도 놀라지 않았어. 마치 찰리를 이미 만나봤고 알고 있는 사람 같았어. "그 아이를 꼭 언제나 보살펴줘야 합니다." 난 몇 번이나 거듭해서 말했고, 그는 고개를 끄덕였어. 그가 고개를 끄덕이는 걸 보며 난 그가 이 결혼에 동의하고 있다는 것을, 결국 찰리의 짝을 찾았다는 것을 깨달았어. 그리고 그 순간 어쩐지 또 다른 사실을 깨달았어. 티모시가 그에 대해 말하려던 게 무엇인지, 내가 그에게서 알아본 게 무엇인지—그가 왜 찰리와 결혼하려고 하는지 깨달았어. 일단 알고 나니까 너무나 명백하더군—난 그를 만나기 전부터 그걸 알고 있었어.

난 그의 말을 중간에서 자르고 말했어. "난 당신이 누구인지 압니다." 내 말에 그가 아무 반응도 보이지 않자, 난 다시 말했어. "당신이 어떤 사람인지 안다고요." 그러자 그의 입이 살짝 벌어졌고, 침묵이 흘렀어.

"그렇게 명백합니까?" 그가 조용히 물었어.

"아뇨." 난 말했어. "그냥 나도 같은 사람이라서 아는 겁니다." 그러자 이제 그가 의자에 기대앉았고, 그의 눈빛이 어딘가 달라지더군. 그가 나를 다시, 다르게 보는 걸 알 수 있었어.

"그만두라고 부탁해도 되겠습니까?" 내가 묻자, 그가, 그 단호하고 도전적이고 용감하고 바보 같은 청년이 나를 바라봤어. "아뇨." 그는 부드럽게 말했어. "언제나 손녀 분을 보살피겠다고 약속하겠습니다. 하지만 그만둘 수는 없어요." 침묵이 흘렀어.

"찰리를 곤란하게 만들 일은 절대 하지 않겠다고 약속해요." 내가 말하자, 그는 고개를 끄덕였어. "하지 않겠습니다." 그가 말했어. "신중하게 행동하는 법을 잘 알고 있습니다." 신중―저렇게 젊은 사람이 사용하기에는 너무 우울한 단어 아닌가. 그건 내 할아버지 시절 단어지, 우리 어휘에 다시 등장해서는 안 되었던 단어잖아.

그런 혐오감이 내 얼굴에 드러났는지, 그의 표정이 걱정스럽게 변했어. "박사님?" 그가 물었어.

"아무것도 아닙니다." 난 대답한 후, 물었어. "어디에 가요?"

그는 말이 없었어. "가요?" 내 말만 되풀이했어.

"네." 내 말에서 짜증이 느껴질까 봐 걱정됐어. "어디에 가요?"

"무슨 말인지 모르겠어요." 그가 말했어.

"아니, 알아요." 난 말했어. "제인 스트리트? 호레이쇼? 페리? 베튠? 배로우? 갠스부트? 어딥니까?" 그가 침을 삼켰어. "어쨌거나 내가 알아내겠지만." 난 그에게 상기시켰어.

"베튠입니다." 그가 말했어.

"아." 난 말했어. 말이 되더군. 베튠 스트리트는 학구파가 가는 곳이

449

거든. 그곳 운영자 해리는 보건부에서 상당한 고위직인 까다로운 퀸인데, 그 집 두 층을 구식 응접실 코미디에 나오는 서재처럼 꾸며놨어. 침실들은 그 위층에 있고. 지하 감옥이 있다는 소문도 있지만, 솔직히 말해서 난 그런 소문은 해리 본인이 그곳을 실제보다 더 흥미진진하게 보이게 만들려고 퍼뜨렸다고 생각해. 난 제인 스트리트에 자주 가기 시작했는데, 그곳은 훨씬 더 사무적인 곳이야. 들어와서 재미를 보고 떠나는 거지. 어쨌거나, 안심이 됐어―위를 쳐다봤더니 손녀사위가 내려다보고 있는 건 상상만 해도 재미없거든.

"누구 있어요?" 내가 물었어.

그는 또 침을 꿀꺽했어. "네." 그가 조용히 대답했어.

"사랑해요?"

이번에는 주저하지 않더군. 나를 똑바로 쳐다봤어. "네." 답하는 목소리가 떨림이 없었어.

갑자기 굉장히 슬퍼졌어. 보호는 해주겠지만 절대 사랑해주지는 않을, 적어도 우리 모두 필요로 하는 방식으로는 사랑해주지 않을 남자와 결혼할 가엾은 내 손녀. 마땅히 살아야 할 인생을 절대 살 수 없을 이 가엾은 청년. 그는 겨우 스물네 살이야. 스물네 살의 육체는 즐거움을 위해 있는 거고 끊임없이 사랑에 빠질 나이 아닌가. 갑자기 처음 만났을 때 너대니얼의 얼굴이, 그의 짙은 검은 피부, 벌린 입이 떠올라서 나는 눈물이 나올 것 같아 고개를 돌렸어.

"박사님?" 그가 부드러운 목소리로 물었어. "그리피스 박사님?" 이런 목소리로 찰리에게 말하겠구나 하는 생각을 하자, 나는 마음을 가다듬고 미소를 지으며 다시 그를 바라봤어.

그날 오후 우리는 합의에 도달했어. 그는 지참금에 별로 신경 쓰지 않는 듯했고, 결혼 의사를 표명하는 서류에 서명한 뒤, 그의 결혼 카드를 내 서류 가방에 넣고 우리는 함께 아래층으로 내려갔어.

보도에서 우린 다시 고개 숙여 인사했어. "찰리와의 만남 고대하고 있겠습니다." 그의 말에 나는 찰리도 고대하고 있을 거라고 말했어. 가고 있는데 내가 다시 그의 이름을 부르자, 그가 돌아서서 다시 걸어왔어. 잠시 나는 어떻게 말을 시작해야 몰랐어. "말해봐요." 난 말을 시작했다가 다시 멈췄어. "젊은이는 잘생겼어요. 머리도 좋고." 나는 목소리를 낮췄어. "사랑하는 사람도 있고. 그런데 이렇게 젊은데 왜 지금 이런 일을 하는 겁니까? 오해는 말아요—난 젊은이가 그렇게 해서 좋으니까." 나는 재빨리 덧붙였지만, 그는 표정에 변화가 없었어. "찰리를 위해서요. 하지만 왜 그러는 겁니까?"

그가 가까이 다가왔어. 그는 키가 컸지만, 그래도 내가 더 컸지. 찰나의 순간, 난 말도 안 되게도 그가 키스할지 모른다고, 그의 입술이 내 입술을 스칠 거라는 생각을 했고, 순간 눈을 감았어. 마치 눈을 감으면 그런 일이 생길 것처럼 말이야. "저도 안전해지고 싶습니다, 그리피스 박사님." 그가 속삭임보다 가까스로 큰 목소리로 말했어. 그러고는 뒤로 물러났어. "절 안전하게 지켜야만 해요." 그가 말했어. "그러지 않으면 무슨 짓을 할지 모르겠습니다."

집에 와서야 난 울음을 터뜨렸어. 찰리는 다행히 아직 직장에 있어서, 난 혼자였지. 난 찰리를 위해 울었어. 찰리를 사랑하는 마음이 너무 크기 때문에, 이게 찰리에게 최선이라고 생각하기 때문에 한다는 걸 찰리가 알아주기를 바랐기 때문에, 찰리의 성취보다 안전을 선택했다는 것 때문에 울었어. 찰리의 남편이 될지도 모를 청년을 위해서도 울었어. 그가 자신을 보호해야 하는 게 슬퍼서, 이 나라가 그의 인생을 그렇게 한정지었다는 게 슬퍼서 울었어. 그 청년이 사랑하는 남자, 그와 절대 인생을 함께 할 수 없을 남자를 위해서도 울었어. 내가 보고 찰리를 대신해서 거절했던 카드 속 남자들을 위해서도 울었어. 너대니얼과 데이비드, 심지어 이든을 위해서도, 오래 전 사라졌고 찰리가 전혀 기억하지 못하는 그들을 위해서도 울었어. 내 할아버지, 할머니, 오브리와 노리스, 하와이를 위해서도 울었어. 하지만 대부분은 날 위해 울었어. 내 외로움이 슬퍼서, 내가 도와서 만든 이 세상이 슬퍼서, 이 모든 세월이 슬퍼서 울었어. 그 모든 죽은 사람들, 길을 잃은 사람들, 사라진 그 모든 사람들을 위해서 울었어.

난 자주 울지 않아서 울 때 육체적 불편 아래에 뭔가 상쾌하기도 한 감각이 있다는 것을 잊고 있었어. 몸의 모든 부분이 다 참여하고, 다양한 계의 조직들이 울컥하며 움직이기 시작해서 도관에 액체를 채우고 폐에 공기를 주입하고 눈이 빛나고 피부가 충혈 되는 감각. 생각했지, 이게 내 인생의 끝이구나, 찰리가 이 청년을 받아들이면 내 마지막 의무가 끝나겠구나—난 찰리를 위험에서 지켰고, 어른이 되는 걸 지켜봤어. 직장과 동반자를 구해줬어. 이제 내가 할 일은 없어, 하고 싶은 일도 없어. 이 순간 이후의 삶은 환영이야 하겠지만 필요 없는 삶이야.

몇 년 전만 해도, 피터, 난 널 다시 볼 수 있을 거라고 확신했어. 너와 나, 찰리, 올리비에가 함께 점심을 먹을 거라고. 그러고 나면 두 사람은 어디론가, 박물관이나 연극을 보러 가고 (그곳은 물론 런던이야, 여기

452

가 아니라), 너와 나는 함께 오후를 보내면서 넌 매일 하지만 내겐 색다른 일이 된 것들을 하는 거야—예를 들어, 서점이나 카페, 옷가게에 가는 것. 거기서 난 찰리에게 뭔가 소소한 것, 목걸이나 샌들 같은 걸 사겠지. 늦은 오후가 되면 내 눈으로 절대 보지 못할 너희 집으로 돌아가고, 집에서는 올리비에와 찰리가 저녁을 만들고 있어. 그러면 난 찰리에게 몇몇 재료들을 설명해줘야겠지. *이게 새우란다, 이게 성게란다, 이게 무화과란다.* 디저트로는 초콜릿 케이크를 먹고, 우리 셋은 처음으로 초콜릿 케이크를 먹는 찰리를 보면서, 병들기 전 이후로 처음 보는 표정이 그 얼굴에 피어오르는 것을 보면서, 찰리가 놀라운 일이라도 한 것처럼 웃고 박수를 치지. 우린 각자 방이 있지만, 그날 밤 찰리는 보고 듣고 냄새 맡고 맛본 모든 것들에 너무 압도된 나머지 잠을 이루지 못하고 내 방으로 오고, 난 아기 때처럼 찰리를 안아주고 찰리의 몸이 흥분으로 움찔거리는 것을 느껴. 다음날 잠이 깨면 그런 일들을 또 하고, 그다음 날도, 그다음 날도 그러겠지. 찰리도 결국에는 이 새로운 삶에 대체로 익숙해지겠지만—나는 옛 기억이 살아나면서 며칠 만에 적응할 테고—새로 보인 경이로운 표정은 절대 사라지지 않을 거야. 찰리는 늘 입을 살짝 벌린 채 주위를 둘러보고 고개를 들고 하늘을 보겠지. 우린 그걸 보고 미소를 짓고, 누군가 말해. "찰리!" 찰리가 또 그런 몽환 상태에 빠져들면 찰리를 깨우려고, 찰리가 어디에 있으며 누구인지 알려주기 위해 우린 이름을 부르겠지. "찰리! 이거 다 네 거야."

사랑을 담아, C

소중한 피터에게,

2088년 6월 5일

자, 이제 공식화됐어. 우리 아기 고양이가 결혼했어. 상상할 수 있겠지만, 결혼식 날은 감정적으로 복잡했어. 서서 두 사람을 지켜보고 있는데, 요즘 점점 더 자주 나타나는 시간 여행 현상을 유독 생생하게 경험했거든—난 다시 하와이에서 너대니얼과 손을 맞잡고 있었어. 우린 바다를 바라보고 있었고, 바다 앞에는 매튜와 존이 세워둔 대나무 덮개 지붕이 있었어. 내 표정이 이상했는지, 어느 순간 새 손녀사위가 나를 흘깃 쳐다보며 무슨 문제 있냐고 묻더군. "그냥 늙어서 그래." 그렇게 말하니까, 납득하더라고. 젊은 사람들에게는 안 좋은 건 뭐든 나이 탓으로 돌릴 수 있어. 바깥에서는 군대 행진 소리, 저 멀리서는 반란자들의 함성소리가 들렸어. 두 사람이 서류에 서명한 다음, 우린 이제 두 사람의 집이 된 집으로 돌아와서 내가 특별히 한 턱 내려고 산 진짜 꿀로 만든 케이크를 먹었어. 케이크를 먹어본 게 몇 달 만의 일이어서, 딱딱하고 어색한 대화를 하게 될까 봐 걱정했는데 그럴 필요가 없었어. 다들 먹는 데 정신이 팔려서 이야기할 필요가 전혀 없었거든.

반란자들이 이제 스퀘어를 장악했어. 아파트는 북향이지만, 그래도 반란자들이 구호를 외치는 소리가 들렸고, 그러고 나면 23시 통금을 다시 알리며 불복하는 사람은 즉시 체포한다고 고지하는 확성기 소리가 그 위로 울려퍼졌어. 그건 내가 10번 스트리트와 유니버시티 플레이스 교차점에 있는 오래된 건물에 있는 방 한 칸짜리 내 새 아파트로 돌아가야 한다는 신호야. 난 지난주에 이사했어. 찰리는 내가 일주일만 더 같이 살기를 바랐지만, 난 찰리도 이젠 성인, 결혼한 성인이라는 걸 상기시키고 약속했듯이 다음 날 저녁에 두 사람을 보러 다시 오겠다고 말했어. "아." 찰리는 말했고, 한순간 찰리가, 절대 울지 않는 우리 용감한 찰리가 울 것만 같아서 난 거의 마음을 바꿀 뻔했어.

집에서 혼자 자 보는 건 수년 만의 일이야. 누워서 난 찰리 생각, 찰리가 배우자로서 보내는 첫날 밤 생각을 했어. 지금 그 집엔 원래 찰리가 자던 좁은 일인용 침대와 거실 소파밖에 없어. 두 사람이 어떻게 할지 모르겠어. 이인용 침대를 살까, 아니면 그가 그냥 따로 자고 싶어 할까―차마 물어볼 수가 없어. 대신 내가 계단을 내려올 때 아파트 열린 문간에 서서 내게 손을 흔들어주던 두 사람 모습만 생각하려고 애썼어. 내려가다가 위를 봤더니 그가 찰리 어깨에 아주 살짝, 찰리가 알아채지도 못할 정도로 살짝 손을 올리고 있더라고. 찰리에게는 전에 이야기했어. 뭘 기대해야 할지―아니, 그보다는 뭘 기대하면 안 되는지. 하지만 그게 충분한 설명이 될까? 그래도 남편이 자기를 다른 방식으로 사랑하게 될 거라고 바라지 않을까? 손길을 바라지 않을까? 그러지 않으면 자신을 탓하지 않을까? 내가 잘못된 결정을 내린 걸까? 고통을 겪지 않게 해줬지만, 환희 또한 막아버린 것 아닐까?

하지만―난 되새겨야만 해―적어도 찰리 옆에는 누가 있을 거잖아. 찰리를 돌봐주고, 앞에 서서 세상의 파도를 막아주고, 찰리가 이해할 수 없는 것들을 설명해주는 사람만을 말하는 게 아니야. 찰리가 이제 한 단위를 이루었다는 말을 하는 거야. 예전에 찰리와 내가 그랬던 것처럼, 너대니얼과 데이비드와 내가 그랬던 것처럼. 이곳은 미혼과 소속 없는 사람들을 위한 사회가 아니야—다들 아닌 척해도, 예전 사회도 다를 바 없긴 했지만.

찰리 나이였을 때, 난 결혼을 비웃었어. 억압적인 제도라고 생각했지. 국법으로 규정된 관계를 믿지 않았어. 난 짝없는 삶을 모자란 삶으로 보지 않는 사람이라고 늘 생각했었지.

그러다 어느 날 그게 아니라는 걸 깨달았어. 50년 세 번째 봉쇄 기간 중의 일이었어. 돌이켜 보면 그때가 내 인생에서 가장 행복했던 시기 중 하나야. 맞아, 불안하고 위험한 때였어. 그리고 맞아, 모두 겁에 질려 있었지. 하지만 그때가 우리가 가족으로 다 함께 있었던 마지막 시기였어. 바깥에는 바이러스와 수용 센터, 죽어가는 사람들이 있었지만, 안에는 너대니얼과 데이비드와 내가 있었어. 40일, 그리고 80일, 그리고 120일 동안 우린 아파트 밖으로 한 번도 나가지 않았어. 그 몇 달 동안 데이비드는 순해졌고, 우린 다시 가까워질 수 있었어. 데이비드는 열한 살이었고, 지금 생각해보면, 그때가 앞으로 어떤 사람이 될지 선택하기 위해 애쓰던 시기 같아. 부모가 살았던 삶, 부모가 바라는 삶을 살기 위해 다시 한번 노력하는 사람이 될 것인가? 아니면 어떤 사람이 되고, 어떻게 될 수 있을지, 새로운 틀을 찾는 사람이 될 것인가? 데이비드는 어떤 사람이 될까? 작년의 그 아이, 반 친구들을 주사기로 협박하던 아이가 될까—아니면 언젠가는 주사기를 다른 방식, 그 본래의 목적대로 연구소나 병원에서 사용하는 사람이 될까? 나중에 이런 생각을 하곤 했어. 데이비드를 세상에서 멀리 떼어 우리 옆에 몇 주만 더 끼고 있었으면 얼마나 좋았을까? 안전이 중요하다고, 우리가 데이비드에게 안전을 제공할 수 있는 사람들이라고 데이비드에게 확신시켜줄 수 있었으면 얼마나 좋았을까? 하지만 우린 그 몇 주를 가지지 못했고, 데이비드에게 확신을 줄 수 없었지.

두 번째 40일 봉쇄 기간 중 오래전 의대 재학 시절 친구에게 이메일을 받았어. 로즈메리라는 친군데, 내가 하와이로 돌아갔을 때 박사 후 과정을 하러 캘리포니아에 간 친구야. 로즈메리는 똑똑하고 재미있는 친구였고, 내가 아는 한 내내 미혼이었어. 그렇게 우린 편지를 주고받기 시작했지. 직장 이야기도 하고, 지난 20년 동안 있었던 일들을 한꺼번에 쏟아놓았어. 로즈메리는 팀원 두 명이 병에 걸렸다고 했어. 부모님과 절친이 사망했고. 난 내 생활에 대해, 너대니얼과 데이비드에 대해, 조그만 아파트에서 함께 지내는 생활에 대해 이야기했어. 다른 사람을 안 만난 지 거의 80일이 되었다는 걸 깨달았고, 그게 놀랍기는 하지만, 누군가를 만나고 싶은 갈망 자체가 없다는 게 더 놀랍다고 편지에 썼어. 내가 보고 싶은 사람은 데이비드와 너대니얼뿐이었거든.

로즈메리에게 그다음 날 답장이 왔어. 정말 보고 싶은 사람이 아무도 없냐고 묻더군. 봉쇄조치가 풀리면 당장 보고 싶은 사람이 정말 없냐고? 아니, 없다고 난 답장했어. 진심이었어.

그러고 나서는 편지가 오지 않았어. 2년 후에 공통의 지인에게 로즈메리가 1년 전, 병세가 다시 강해졌을 때 죽었다는 소식을 들었어.

그 후로 가끔 로즈메리 생각을 했어. 그 친구가 외로웠다는 걸 이해하게 됐지. 자기처럼 외로운 사람을 찾기 위해 연락을 취해본 사람이 나뿐일 리는 없지만—우린 너무 띄엄띄엄 연락해서 나한테 연락하기 전에 분명 열두어 명은 더 해봤을 거야—거짓말을 했으면 좋았을 거라는 생각이 들었어. 친구들이 정말 그립다고, 가족만으로는 충분치 않다고 말했으면 좋았을 텐데. 로즈메리가 날 찾도록 내몰리기 전에 내가 먼저 찾을 생각을 했다면 좋았을 텐데. 로즈메리가 죽은 뒤에 내가 그 친구처럼 살아야 하지 않은 걸, 남편과 아들이 있는 걸, 절대 그렇게 외로워지지 않으리라는 걸 그렇게 감사하지 않았다면 좋았을 텐데. 감사합니다, 난 생각했어. 그게 내가 아니라서 감사합니다. 젊은 시절 믿었던 예쁘장한 허구, 친구들이 배우자나 아이들과 마찬가지로 내 가족이라는 허구는 첫 번째 팬데믹 때 거짓으로 밝혀졌어. 자신이 가장 사랑하는 사람들은 사실 같이 살기로 선택한 사람들이야—친구들은 도락이나 사치품이랄까. 친구들을 버려서 가족을 더 잘 보호할 수 있다면, 사람들은 순식간에 친구를 버려. 결국 선택이야. 배우자나 아이가 있다면 절대 친구를 선택하지 않아. 친구들을 잊고 계속 살아가고, 그렇다고 해서 인생은 조금도 불행해지지 않아. 찰리가 커갈수록, 부끄럽지만 로즈메리 생각을 더 많이 했어. 찰리가 그런 운명은 만나는 일은 없게 해주겠다고 다짐했지—내가 로즈메리를 가엾게 여긴 것처럼 동정받는 일은 절대 없게 해주겠다고 말이야.

이젠 그렇게 했어. 다른 사람으로 외로움을 완전히 없애버릴 수 없다는 것은 알아. 하지만 동반자가 방패라는 것도 알아. 다른 사람이 없으면 외로움은 유령처럼 창문 사이로 몰래 살며시 들어와 목구멍을 타고 내려와서 그 무엇도 해결해주지 못할 슬픔을 가득 채워놓지. 내 손녀가 외롭지 않을 거라는 장담은 할 수 없지만, 혼자 있는 일은 없도록 막았어. 찰리의 인생에 확실히 목격자가 있도록 만들어줬어. 어제 법원으로 가기 전에 신분증명서로 가져가야 하는 찰리의 출생 증명서를 봤어. 이건 66년도에 내무부 장관이 찰리의 아버지를 부정하고 새로 발급해준 출생증명서야―그게 한동안은 찰리를 보호해줬지만, 이젠 아니야.

부모가 기록에서 지워졌을 때, 찰리의 이름도 지워졌어. 찰리 케오나 오나마일리 빙엄-그리피스, 사랑으로 주었던 그 아름다운 이름은 국가에 의해 축소되어 찰리 그리피스가 됐어. 그건 찰리라는 존재를 축소시켜. 이 세상, 내가 만드는 데 일조한 이 세상에는 일부러 넘치게 만든 아름다움은 없어. 남아 있는 아름다움은 우연적인 아름다움, 아무도 없앨 수 없는 아름다움이야. 비 내리기 전의 하늘, 사람들이 따가기 전, 5번가 아카시아 나무에 처음 돋아난 녹색 잎들처럼.

그건 너대니얼 어머니의 이름이었어. 케오나오나마일리, 향기로운 마일리라는 뜻이지. 예전에 너한테도 좀 줬잖아―잎사귀에서 후추와 레몬 향기가 나는 하와이 덩굴 식물. 결혼식에서 우린 그걸로 만든 레이를 썼어―그 전날 우린 데이비드를 사이에 끼고 습한 공기를 헤치며 산에 올라 코아 나무 두 그루 사이에 자라고 있던 덩굴을 잘라냈어. 그걸로 레이를 만들어 결혼식 때 쓰지만, 졸업식이나 기념일에도 써. 식물이 너무 많아서 어떤 것들은 특별하고 어떤 것들은 특별하지 않았던 옛 시절, 특별한 날 썼던 식물이지만, 그냥 나무에서 잘라 와서 쓰고 다음 날이면 그냥 버려버렸지.

그날 우린 데이비드의 손을 하나씩 잡고 철퍽철퍽 소리를 내며 진흙탕 길을 걸어 산을 내려왔어. 너대니얼이 마일리를 충분히 잘라 와서 우린 둘 다 목에 기다란 화환을 둘렀지만, 데이비드는 자기 화환을 왕관처럼 머리에 쓰고 싶다고 했어. 너대니얼이 데이비드를 도와 덩굴을 동그랗게 묶어 이마에 올려줬지.

"내가 왕이다!" 데이비드가 말했고, 우린 웃음으로 답했어. "그래, 데이비드." 우린 말했어. "넌 왕이야—데이비드 왕."

"데이비드 왕." 그는 말했어. "그게 이제 내 이름이야." 그러더니 심각한 표정을 지었어. "잊으면 안 돼." 그는 말했어. "이제부턴 날 그렇게 불러야 해, 응? 약속해줄 거지?"

"그럼." 우린 말했어.

"잊지 않을게. 그렇게 부를게." 그건 약속이었어.

하지만 우린 한 번도 그렇게 부르지 않았어.

찰스

460

#9

2094년 가을

다음 몇 주 동안 데이비드와 난 우리 계획을 논의했다. 아니, 그 렇다기보다 그건 그의 계획이었고, 그 계획을 나와 공유했다.

10월 12일에 난 8구역을 떠난다. 그 직전까지 정확한 방법은 알려주지 않을 거라고 했다. 그때까지 난 평소와 전혀 다름없이 행동하면 된다. 매일의 리듬을 고대로 유지해야 한다. 출근하고, 식료품점에 가고, 가끔 산책을 한다. 우린 매주 토요일 이야기꾼 천막에서 계속 만나고, 그 사이 내게 연락할 일이 있으면 방법을 찾아서 전갈을 보낼 것이다. 하지만 연락을 못 받아도 걱정할 필요는 없다. 내가 준비할 건 하나도 없고, 가져갈 물건은 토트백에 들어갈 정도로만 꾸리면 된다. 옷이나 음식, 심지어 내 서류도 가져올 필요 없다. 뉴브리튼에 도착하는 대로 새 서류가 나올 거라고 했다.

"몇 년 동안 모아둔 전표들이 많아요." 난 데이비드에게 말했다. "그걸 쿠폰으로 바꿔서 여분의 물이나 심지어 설탕도 살 수 있어요—전표를 가져올게요."

"그런 건 필요 없어요, 찰리." 데이비드가 말했다. "당신한테 의미 있는 것들만 가져와요."

벤치에서 이야기하고 데이비드를 믿기 시작한 후 처음 만난 날, 마지막에 난 데이비드에게 남편은 어떻게 되냐고 물었다. "물론 남편도 올 수 있어요." 그가 말했다. "남편분을 위한 준비도 해뒀어요. 하지만, 찰리—본인이 원하지 않을 수도 있어요."

"왜요?" 내가 물었지만, 데이비드는 대답하지 않았다. "그 사람은 책 읽는 걸 좋아해요." 나는 말했다. 트랙을 걸으면서 데이비드에게 뉴브리튼에 대해 많은 걸 물어봤지만, 그는 여행하면서 더 설명해주겠다고 말했다—지금 너무 많이 이야기하는 건 너무 위험하다는 것이다. 하지만 한 가지는 말해줬다. 뉴브리튼에서는 원하면 뭐든 읽고 싶은 만큼 읽어도 된다는 것이다. 나는 남편 생각을 했다. 책은 이 주에 한 권밖에 빌리지 못하기 때문에 남편은 오래오래 읽으려고 일부러 천천히 읽곤 했다. 오른손으로 오른뺨을 괴고 식탁에 앉아 미동조차 없이 엷은 미소를 띤 채 책을 읽는 남편의 모습을 떠올렸다. 심지어 열대 식용 식물 관리법에 관한 책을 읽을 때마저 그런 식이었다.

"그래요." 데이비드가 천천히 말했다. "하지만, 찰리—남편이 떠나고 싶어 할 거라고 확신해요?"

"네." 나는 전혀 확신하지 못하면서 말했다. "거기서는 원하는 책은 마음대로 읽을 수 있잖아요. 불법적인 책들까지."

"맞아요." 데이비드가 말했다. "하지만 결국 여기 남고 싶은 다른 이유들이 있을 수도 있죠."

생각해봤지만, 아무것도 떠오르지 않았다. 이곳에 남편 가족이라고는 나밖에 없다. 여기 남고 싶은 다른 이유가 있을 리 없다. 하지만 데이비드와 마찬가지로 나 또한 왠지 남편이 떠나고 싶어 할지 확신할 수가 없었다. "그게 무슨 뜻이에요?" 물어봤지만, 데이비드는 답하지 않았다.

다음에 만났을 때 이야기꾼이 이야기를 시작하기 전, 데이비드가 남편에게 이야기할 때 자기 도움이 필요하냐고 물었다. "아뇨." 나는 말했다. "내가 할 수 있어요."

"남편은 신중하게 행동하는 법을 알아요." 데이비드가 말했고, 난 그걸 어떻게 아는지 물어보지 않았다. "그러니 현명한 판단을 할 겁니다." 그는 뭔가 더 말하고 싶은 게 있는 것 같았지만, 그러지 않았다.

이야기가 끝난 뒤, 우리는 걸었다. 난 우리 모임이 복잡할 거라고, 내가 외워야 할 정보가 가득할 거라고 생각했지만, 그렇지 않았다. 이렇게 만나는 이유는 대체로 데이비드가 내게 차분하게 있으라고, 아무것도 하지 말라고, 자기를 믿으라고 당부하기 위한 것 같았지만, 그래도 그렇게 하고 있는지 물은 적은 한 번도 없었다.

"있잖아요, 찰리." 그가 갑자기 말했다. "동성애는 뉴브리튼에서는 완전히 합법이에요."

"아." 나는 말했다. 달리 할 말이 없었다.

"네." 그가 말했다. 또다시 그는 뭔가 할 말이 있어 보였지만, 이번에도 아무 말도 하지 않았다.

그날 밤, 나는 데이비드가 나에 대해 이미 얼마나 많이 알고 있는지 생각해봤다. 어떤 면에서 그건 불안하고 심지어 두렵기까지 했다. 하지만 한편으로는 편안하고, 심지어 위안이 되기도 했다. 그는 할아버지처럼 나에 대해 알고 있었고, 그가 아는 것들은 물론 할아버지에게서 온 정보였다. 데이비드는 할아버지를 만난 적 없지만, 그의 고용주는 만났고, 그러니 어떤 면에서는 할아버지가 실제로 살아서 여전히 나와 함께 있는 것처럼 느껴졌다.

그래도 데이비드가 몰랐으면 싶은 것들이 있었다. 난 데이비드가 남편이 나를 사랑하지 않으며, 보통 남편이 아내를 사랑하는 방식으로는, 내가 사랑받고 싶었던 방식으로는 절대 사랑하지 않으리라는 걸 알고 있다는 걸 깨닫게 되었다. 수치스러웠다. 남을 사랑하는 것은 수치스러운 일이 아니지만, 전혀 사랑받지 못하는 것은 수치스러운 일이니까.

남편에게 같이 가고 싶은지 의견을 물어봐야 한다는 것은 알고 있었다. 하지만 날짜가 자꾸 가는데도 나는 묻지 않았다. "물어봤어요?" 다음번 만났을 때 데이비드가 묻자, 나는 고개를 저었다. "찰리." 그는 못되지도 않지만 그렇다고 상냥하지도 않은 어조로 물었다. "남편이 올지 알아야 해요. 여러 가지에 영향이 미치거든요. 내가 도와줄까요?"

"고맙지만 괜찮아요." 나는 말했다. 날 사랑하지 않을지는 몰라도, 그래도 그는 여전히 내 남편이었고, 그에게 이야기하는 건 내 책임이었다.

"그럼 오늘 밤 물어보겠다고 약속해줄래요? 이젠 4주밖에 안 남았어요."

"네." 나는 대답했다. "알고 있어요."

하지만 난 묻지 않았다. 그날 밤, 난 침대에 누워 안전한 베개 밑에 둔 할아버지 반지를 꼭 움켜쥐었다. 다른 침대에는 남편이 잠들어 있었다. 그는 또 피곤하고 호흡이 가빴고, 접시를 들고 부엌으로 가던 중 휘청거렸지만, 그래도 식탁을 붙들어서 아무것도 떨어뜨리지 않았다. "아무것도 아니야." 남편이 내게 말했다. "그냥 오늘 좀 피곤했어." 내가 설거지는 내가 하겠다며 들어가서 쉬라고 하자, 그는 잠시 옥신각신하다 결국 들어갔다.

이름만 부르면 남편은 깰 테고, 그럼 물어보면 된다. 하지만 물어봤는데 그가 안 가겠다고 대답하면? 그냥 여기 있고 싶다고 말하면? "그 사람은 늘 널 보살펴줄 거다." 할아버지는 말했다. 하지만 내가 떠나면 '늘'은 끝날 테고, 그러면 난 혼자, 완전히 혼자가 되고 데이비드 말고는 아무도 날 보호해주지 않을 테고, 누구도 나를, 내가 어떤 사람인지, 내가 한때 어디서 살았는지, 내가 어떤 사람이었는지 기억해주지 않을 것이다. 아예 물어보지 않는 게 안전하다—물어보지 않으면, 난 이곳 8구역에 있으면서도 없는 것이다. 10월 12일이 가까워질수록, 그게 가장 안전한 장소 같았다. 어린아이가 된 것 같았다. 그때는 그저 지시를 따르기만 하면 됐고 다음에 무슨 일이 생길지 생각하지 않아도 됐다. 할아버지가 늘

나 대신 모든 것을 다 생각하고 있다는 걸 잘 알고 있었으니까.

수 주 동안 난 두 개의 비밀을 간직하고 있었다. 첫 번째는 새로운 질병에 대한 정보, 두 번째는 내가 이곳을 떠난다는 사실이다. 하지만 두 번째 사실을 아는 사람은 단 하나뿐이지만, 첫 번째 정보를 아는 사람들—우리 연구실 사람들 전원, 록펠러 대학 구성원 상당수, 다양한 국가 공무원들, 장군들과 대령들, 나로서는 얼굴을 상상조차 할 수 없는, 베이징과 제 1자치체의 보이지 않는 사람들—은 많았다.

이제 점점 더 많은 사람들이 그 사실을 알아가고 있었다. 구역 소식지의 공식 발표나 라디오 공지가 나오지 않는데도, 다들 무슨 일이 벌어지고 있다는 것을 알고 있었다. 9월 말 어느 날 바깥에 나가보니 스퀘어가 텅 비어 있었다. 노점상들도, 그들의 천막도, 항상 타고 있던 불까지 없었다. 그냥 텅 빈 게 아니라 깨끗하게 비어 있었다. 바닥에는 톱밥도, 쇳조각도, 바람에 쓸려 다니는 빵 부스러기 하나 없었다. 모두 사라졌지만, 밤사이 소리 하나 들리지 않았다. 불도저나 집진기, 청소차 소리 하나 없었다. 냉방실들도 다 사라졌고, 입구 네 군데에는 오래전 사라졌던 출입문이 다시 생겨서 잠겨 있었다.

그날 아침 셔틀 안에는 팽팽한 긴장이 흘렀다. 조용한 정도가 아니라 아무 소리도 존재하지 않았다. 70년 이후 국가에 너무 큰 변화가 있었기 때문에 질병 대비 규칙이라고 인지할 만한 것은 없었지만, 마치 이미 모두 무슨 일이 일어나는지 알고 있고 의심을 확인하는 소리를 듣고 싶지 않은 눈치였다.

연구실에 가자 한 생쥐 우리 밑에 쪽지가 있었다. 데이비드와 이야기꾼 천막에서 만나기 시작한 후 처음 받는 쪽지였다. "옥상 온실, 13시"라고 적혀 있어서, 13시에 옥상으로 올라갔다. 옥상에 는 녹색 면수트 차림으로 표본에 물을 주고 있는 정원사밖에 없었고, 정원사가 떠나지 않으면 데이비드의 다음 쪽지를 온실 어디 에서 찾아야 하나 생각하고 있는데, 정원사가 돌아섰다. 데이비드 였다.

그는 재빨리 손가락을 입에 갖다 대고 조용히 하라고 신호했지 만, 나는 이미 울고 있었다. "당신 누구예요?" 나는 물었다. "도대 체 누구예요?"

"찰리, 조용히 해요." 그는 내 쪽으로 와서 내가 주저앉아 있는 바닥 옆에 앉아 내 어깨를 팔로 감쌌다. "괜찮아요, 찰리." 그가 말 했다. "괜찮아요." 그가 나를 안고 어르며 달래줘서, 마침내 나는 진정했다. "카메라와 마이크를 작동 못 하게 해뒀어요. 플라이들이 돌아오기 전 13시 30분까지는 시간이 있어요." 그가 말했다. "오늘 상황 봤죠." 그는 계속 이야기했고, 나는 고개를 끄덕였다. "병이 이제 4도 전역에 퍼졌고, 여기도 곧 도달할 거예요. 상황이 안 좋 아질수록 우리가 여길 나가는 것도 힘들어질 거예요." 그가 말했 다. "그래서 날짜를 앞당겼어요. 10월 2일로. 그다음 날 국가에서 공식 발표를 할 거고, 그날 밤부터 재배치 센터들로 피난이 시작될 거예요. 그다음 날에는 통금이 실시되구요. 이렇게 빠듯하게 움직 이는 건 내 취향이 아니긴 하지만, 새로 정리해야 할 일들이 너무 많아서 이게 최선이었어요. 이해해요, 찰리? 10월 2일에 떠날 준비를 해야 해요."

"하지만 그건 이번 주 토요일이잖아요!" 내가 말했다.

"네, 미안해요." 그가 말했다. "계산 착오에요—국가에서 아무리 빨라도 10월 20일까지는 발표하지 않을 거라고 들었거든요. 하지만 내가 틀렸네요." 그는 깊이 숨을 들이마셨다. "찰리." 그가 말했다. "남편한테 말했어요?" 내가 아무 말도 하지 않자, 그는 내 어깨를 잡고 그를 보게 했다. "잘 들어요, 찰리." 그가 엄한 목소리로 말했다. "말해야만 해요. 오늘 밤. 말하지 않으면 남편은 두고 가는 걸로 생각합니다."

"남편 없이는 갈 수 없어요." 나는 말하고, 다시 울기 시작했다. "안 갈 거예요."

"그럼 말해야만 해요." 데이비드가 말했다. 그러더니 시계를 봤다. "가야 해요." 그가 말했다.

"당신 먼저 가요."

"당신은요?" 내가 물었다.

"내 걱정은 말아요." 그가 말했다.

"여긴 어떻게 들어왔어요?" 내가 물었다.

"찰리." 그가 다급하게 말했다. "나중에 이야기해줄게요. 지금 가요. 그리고 남편에게 이야기하고. 약속해요."

"약속할게요." 나는 말했다.

하지만 난 말하지 않았다. 다음 날, 또 쪽지가 나를 기다리고 있었다. 했어요? 하지만 나는 쪽지를 꼬깃꼬깃 뭉쳐서 분젠버너에 태워버렸다.

그게 화요일이었다. 수요일에도 같은 일이 벌어졌다. 그리고 목요일이 왔다. 우리가 떠나기 사흘 전, 남편의 자유 시간이 있는 날.

그리고 그날 밤, 남편은 집에 오지 않았다.

자, 누가 묻는다면 난 왜 데이비드를 믿기로 결심했는지 답할 수 없다. 진실은 사실 내가 그를 믿지 않는다는 것, 적어도 완전히 믿지는 않는다는 것이다. 이 데이비드는 내가 알던 데이비드와 달랐다. 그는 더 진지하고, 덜 놀랍고, 더 무서웠다. 하지만 내가 알던 데이비드도 무섭기는 마찬가지였다. 너무 무모하고 너무 특이한 사람이었으니까. 날이 갈수록 더 알 수 없는 사람 같긴 했지만, 그래도 어떤 면에서는 이 데이비드가 받아들이기는 더 쉬웠다. 때로는 할아버지 반지를 쥐고 데이비드가 나에 대해 알고 있는 것들을 생각하면서 데이비드는 믿을 수 있는 사람이라고, 나를 보호해 줄 사람이라고, 할아버지가 믿는 사람이 보낸 사람이라고 되새기곤 했다. 어떨 때는 남편이 자는 사이 이불 밑에서 손전등을 들고 이게 할아버지 반지가 맞기는 한 건지 자세히 살펴봤다. 그건 더 크지 않았나? 오른쪽 금 부분에 찍힌 자국이 있었던가? 진짜일까, 가짜일까? 할아버지가 애초에 이걸 친구에게 보낸 게 아니라면? 할아버지가 도둑맞은 거라면? 그러면 이런 생각이 들곤 했다. 이런 거짓말을 할 가치가 없어—난 납치할 가치가 없어. 몸값을 받을 수도 없고, 나를 찾을 사람도 없을 테니까. 데이비드가 나를 데려가고 싶어 할 이유가 없었다.

그렇지만 나를 구하고 싶어 할 이유도 없기는 마찬가지였다. 데려갈 가치가 없는 사람이라면, 난 구할 가치도 없는 사람이었다.

그래서 내가 왜 가기로 결심했는지, 아니 정말 결심했는지조차 말할 수가 없다. 지어낸 이야기처럼 너무 아득하고 믿기 어려운 소리 같았다. 내가 아는 것은 단지 내가 어딘가 더 나은 곳, 할아버지가 보내고 싶어 했던 곳으로 간다는 것뿐이었다. 하지만 난 뉴브리튼에 대해 아무것도 몰랐다. 아는 것이라고는 뉴브리튼이 나라라는 것, 예전에는 여왕이, 그리고는 왕이 있었고, 거기서도 영어를 쓰고, 70년대 후반에 국가가 그들과 관계를 단절했다는 것뿐. 이 모든 게 약간 놀이, 할아버지와 대화하는 시늉을 하던 놀이 같았다—이것도 가짜 대화였고, 내가 떠나는 것도 가짜일 것만 같았다. 지난번 만났을 때, 여분의 전표를 두고 가는 문제로 데이비드와 또 다퉜다. 나중에 돌아왔을 때 필요하게 되면 어쩌냐고 했더니, 데이비드가 내 말을 잘랐다. "찰리, 절대 돌아오지 않아요." 그가 말했다. "이곳을 떠나면, 절대 안 돌아와요. 알겠어요?"

"만약 돌아오고 싶으면요?" 내가 말했다.

"그럴 일 없을 겁니다." 그가 천천히 말했다. "하지만 어쨌거나 돌아올 수도 없어요. 그랬다가는 잡혀서 의식에서 처형당할 거예요, 찰리."

난 알겠다고 했고, 알 것 같았다. 하지만 아닐지도 모른다. 어느 토요일에 데이비드에게 분홍이들은 어떻게 되냐고 물었더니, 그는 분홍이들 생각은 하지 말라고, 다들 괜찮을 거라고, 다른 기술자가 돌봐줄 거라고 말했다. 그러자 속이 상했다. 분홍이를 다루는 기술자가 나 말고도 있다는 건 알고 있었지만, 때로는 나밖에 없는 척하고 싶었다. 내가 제일 잘 준비하고, 가장 세심하고, 가장 철저한 척하고 싶었다. 그 누구도 나만큼 잘하지는 못한다고 생각하고 싶었다. "맞아요, 찰리, 맞아요." 그는 말했고, 잠시 후 나는 진정했다.

그 주 목요일, 남편을 기다리면서 나는 분홍이들 생각을 했다. 분홍이들은 이곳 내 삶에서 너무 중요한 일부여서 나는 데이비드가 록펠러 대학에서의 마지막 날이 될 거라고 말했던 내일 출근하면 페트리접시 하나를 훔치기로 결심했다. 식염수 약간에 분홍이들이 딱 몇 개만 들어 있는 접시 하나만. 데이비드는 개인적으로 의미 있는 것만 가져오라고 했고, 분홍이들은 의미 있는 것들이니까.

가방에는 여유 공간이 많았다. 내가 챙긴 건 침대 밑에 보관해 둔 금화들 중 반, 속옷 네 벌, 할아버지 반지와 할아버지 사진 세 장뿐이었다. 데이비드는 옷이나 음식, 심지어 물도 가져오지 말라고—그런 것들은 다 준다고 했다. 짐을 싸다가 갑자기 남편이 간직한 쪽지들도 쌀까 하는 생각이 들었지만, 곧 마음을 바꿨다. 금화를 다 가져갈까 하다가 마음을 바꿨던 것처럼. 남편이 나와 같이 가겠다고 결심하면 그가 나머지 반을 들고 가면 될 것이다. 짐을 다 쌌는데도 가방은 여전히 너무 작고 가벼워서 돌돌 말아서 옷장에 걸려 있는 냉각복 주머니에 쑤셔 넣어도 될 것 같았다.

오늘 밤 남편에게 이야기해야 했기 때문에, 난 잠옷으로 갈아입는 대신 옷을 다 입은 채로 베개를 베고 누웠다. 몸이 덜 편해야 잠이 들지 않을 것 같았다. 하지만 어쨌거나 잠이 들어버렸고, 잠에서 깨어 보니 매우 늦은 시각 같았다. 시계를 보니 23시 20분이었다.

순간 난 겁에 질렸다. 남편은 어디에 있는 거지? 남편이 그렇게 늦게까지 들어오지 않은 적은 한 번도 없었다. 단 한 번도.

뭘 해야 할지 알 수가 없었다. 난 남편이 어디 있지 하고 되풀이해서 계속 말하고 손뼉을 치면서 거실을 뱅글뱅글 돌며 서성거렸다. 그러다 남편이 어디 있는지 알고 있다는 사실을 깨달았다. 그는 베튠 스트리트의 그 집에 있었다.

다시 겁먹기 전에 나는 검문당할 경우를 대비해 내 서류들을 주머니에 넣었다. 손전등도 베개 밑에서 꺼내 챙겼다. 신발을 신었다. 그리고는 아파트에서 나와 계단을 내려갔다.

바깥은 굉장히 조용했고, 스퀘어 불빛도 없어서 굉장히 캄캄했다. 이따금 서서히 원을 그리며 강하하는 스포트라이트만이 건물 옆면과 나무, 주차된 차를 잠깐씩 비추다가 다시 어둠 속으로 사라졌다.

이렇게 늦은 시각에 밖에 나온 건 처음이었다. 이 시각에 나오는 게 불법은 아니지만, 일반적인 일도 아니었다. 목적지를 알고 가는 사람처럼 보이기만 하면 되고, 난 내 목적지를 알고 있었다. 나는 서쪽으로 걸어가서 리틀 에이트를 지났고 데이비드의 아파트는 어디일까 생각하며 아파트를 쳐다보다가 7번가를 건너고 허드슨 스트리트를 건넜다. 허드슨을 건너는데, 군대 병력이 옆을 지나가면서 나를 쳐다봤지만, 내가 작고 평범한 검은 피부의 아시아계 여자라는 것을 보자 나를 세우지 않고 계속 갔다. 그리니치 스트리트에서 난 오른쪽으로 돌아서 북쪽으로 걷기 시작했고, 곧 왼쪽으로 돌아 베튠 스트리트로 들어가서 27번지까지 걸어갔다.

계단을 올라가려는데 갑자기 공포가 밀려오는 바람에 난 한동안 몸을 흔들며 낑낑댔다. 하지만 그러고 나서 계단을 올라갔고 돌이 빠진 두 번째 계단에서 휘청거렸다가 몇 달 전 기억 속 박자대로 똑-톡-똑똑-똑-똑-똑-톡-똑-똑똑 하고 노크했다.

처음에는 아무 소리도 들리지 않았다. 그러다 누군가 계단을 내려오더니 조그만 창을 밀어 열었고 남자의 얼굴이 조금 보였다. 파란 눈에 붉그스레한 얼굴의 남자가 나를 내다보고 있었다. 그는 나를, 나는 그를 바라봤다. 잠깐 침묵이 흘렀다. 다음 순간, 그가 말했다. "지금 있는 것보다 나은 시작은 없었고, 또한 지금 있는 것보다 더 나은 젊음이나 늙음도 없었다." 내가 아무 대답도 하지 않자, 그는 같은 구절을 반복했다.

"뭐라고 대답해야 할지 모르겠어요." 나는 이렇게 말하고, 그가, 창문을 밀어 닫기 전에 덧붙였다. "잠깐만요—잠깐만요. 제 이름은 찰리 그리피스예요. 제 남편이 집에 오지 않았는데, 여기 있는 것 같아요. 남편 이름은 에드워드 비숍이에요."

그러자 남자의 눈이 휘둥그레졌다. "당신이 에드워드의 아내라구요?" 그가 물었다. "이름이 뭐라고 했죠?"

"찰리요." 내가 말했다. "찰리 그리피스."

조그만 창문이 쾅 닫히더니 문이 겨우 몇 인치 열렸고, 맞은편에 서 있던 숱 없는 연한 금발에 키가 큰 중년 백인 남자가 들어오라고 손짓한 다음 문을 잠갔다. "위층으로." 그의 말을 듣고 따라 올라가며 왼쪽을 보니 몇 인치 살짝 열린 문틈으로 은은한 등불 빛이 보였다.

계단에는 진한 빨강과 남색으로 휘몰아치는 모양과 선들이 그려진 카펫이 깔려 있었고, 우리가 올라가자 삐걱거리는 소리가 났다. 두 번째 계단참에 문이 하나 더 있는 것을 보고 나는 깨달았다. 이 집은 한 층당 하나씩 여러 채의 아파트로 개조되었지만, 원래대로 전체를 한 아파트로 쓰고 있었다. 계단 벽에는 장미들이 그려져 있었는데, 그 그림은 2층을 지나 저 위 끝까지 이어져 있었다. 계단 난간에는 빨래─양말과 셔츠, 남자 속옷─가 널려 있었다. 그 남자는 문을 두드리면서 동시에 손잡이를 돌렸고, 나는 안으로 따라 들어갔다.

처음 그 방에 들어가자, 할아버지 서재, 적어도 내가 병에 걸리기 직전 기억 속 서재로 어찌어찌 되돌아간 것만 같았다. 모든 벽은 책장으로 가려져 있었고, 그 책장에는 수천 권은 족히 되어 보이는 책들이 꽂혀 있었다. 바닥에는 계단에 있던 것보다 더 복잡한 무늬에 크기도 더 큰 양탄자가 깔려 있고 폭신한 의자들이 놓여 있었고, 한쪽 구석에는 남자 얼굴이 반쯤 그려진 그림을 올려둔 이젤이 놓여 있었다. 커다란 창문은 진회색 커튼으로 가려져 있었고, 나지막한 탁자 위에는 라디오와 체스판뿐만 아니라 또 책들이 쌓여 있었다. 이젤 맞은편 저쪽 구석에는 어릴 때 이후 본 적 없는 텔레비전이 있었다.

내 바로 앞에는 소파가, 우리 집 소파 같은 게 아니라 뭔가 깊고 편해 보이는 소파가 있었고, 그 위에 남자가 누워 있었다. 남편이었다.

나는 남편에게 달려가서 머리맡에 무릎을 꿇고 앉았다. 그는 눈을 감은 채 식은땀을 흘리고 있었고, 숨을 헐떡이느라 입을 살짝 벌리고 있었다. "몽구스." 나는 속삭이며 가슴 위에 놓인 그의 손을 잡았다. 손이 끈끈하고 차가웠다. "나야." 나는 말했다. "코브라." 그는 희미한 신음 소리를 낼 뿐, 아무 말도 하지 않았다.

그 순간 누군가 내 이름을 불러서 나는 고개를 들고 쳐다봤다. 있는 줄도 몰랐던 남자인데, 짙은 금발 머리에 눈은 초록색, 나이는 내 또래 정도 되어 보였다. 그도 남편 옆에 무릎을 꿇고 앉아 있었고, 이제 보니 남편 머리를 한 손으로 감싸고 다른 손으로 머리카락을 쓰다듬고 있었다. "찰리." 그 남자가 다시 말했고, 나는 그 눈에 눈물이 고여 있는 것을 보고 깜짝 놀랐다. "찰리, 드디어 만나서 반가워요."

"당신 그 사람 여기서 데리고 나가야 해요." 누군가 말해서 고개를 돌려 보니, 나를 들여보내준 그 남자였다.

"세상에, 해리" 다른 누군가가 말해서, 고개를 들어보니 방안에는 남자 셋이 더 있었고, 모두 소파에서 몇 피트 떨어진 곳에 서서 남편을 바라보고 있었다. "그렇게 비정하게 굴지 말아요."

"나한테 설교하지 마." 문을 열어준 남자가 말했다. "이건 내 집이야. 애가 여기 있으면 우리 모두를 위험하게 만든다고. 내보내야 해."

남자들 중 또 다른 사람이 뭐라고 항의하려 했지만, 남편의 머리카락을 쓰다듬고 있던 남자가 막았다. "괜찮아요." 그가 말했다.

"해리 말이 맞아요. 너무 위험해요."

"하지만 어디로 가려고?" 남자 중 하나가 묻자, 금발 남자가 나를 쳐다봤다.

"집으로." 그가 말했다. "찰리, 도와주겠어요?" 난 그러겠다고 고개를 끄덕였다.

해리는 방에서 나갔고, 금발 남자가 신음하는 남편을 일으켜 세우는 것을 다른 두 남자가 도왔다. "괜찮아, 에드워드." 금발 남자가 남편 허리에 팔을 두르며 말했다. "괜찮아, 자기. 괜찮을 거야." 그들은 함께 남편을 천천히 아래층으로 데리고 내려가기 시작했고, 남편은 한 걸음 내디딜 때마다 신음하며 숨을 헐떡였고, 금발 남자는 그를 달래며 얼굴을 쓸어줬다. 계단을 내려와보니, 이제 1층 아파트 문이 활짝 열려 있었다. 금발 남자가 자기와 남편 가방을 가져와야겠다며 안으로 들어갔다.

나는 그를 따라갔고, 방 안에 들어가서야 내가 무심결에 따라왔다는 것을 깨달았다. 방안의 모든 남자들이 나를 빤히 바라보고 있었다. 여섯 명이 있었는데, 얼굴은 하나도 눈에 들어오지 않고 방만 보였다. 그 방도 위층 방처럼 장식되어 있었지만, 더 웅장했고 가구도 더 근사하고 직물도 더 화려했다. 하지만 다음 순간 모든 게 해져 있는 게 보였다. 카펫 가장자리도, 소파 솔기도, 책 등도 나달나달했다. 이 방에도 소리 없는 검정 화면뿐이지만 텔레비전이 있었다. 이 방도 벽을 다 없애서 침실 하나짜리 아파트가 커다란 하나의 공간으로 개조되어 있었다.

다음 순간, 남자들이 문간으로 모여들었고, 그중 하나가 금발 남자를 안아주며 말했다. "프리츠, 도와줄 수 있는 사람을 알아. 내가 말해볼게." 하지만 금발 남자는 고개를 흔들었다. "너한테 그럴 수는 없어." 그가 말했다. "그랬다가는 분명 교수형이나 돌팔매질을 당할 거야. 네 친구도 마찬가지고." 그 남자는 금발 남자가 옳다는 걸 인정한다는 듯이 고개를 끄덕이고 뒤로 물러났다.

두 사람을 지켜보고 있는데, 누군가 나를 쳐다보는 느낌이 들어서 왼쪽을 봤더니 내무부 장관 보좌 조카가 말할 때 늘 눈을 굴리던 박사 과정생이 거기 있었다.

그가 가까이 다가왔다. "찰리, 맞죠?" 그가 나직이 물었고, 나는 고개를 끄덕였다. 그는 두 남자가 여전히 남편을 부축한 채 다른 남자들에게 둘러싸여 있는 현관홀 쪽을 바라봤다. "에드워드가 당신 남편이에요?" 그가 물었다.

나는 고개를 끄덕였다. 말을 할 수가 없었다. 고개도 제대로 끄덕일 수 없었다. 심지어 거의 숨도 쉴 수 없었다. "뭐가 잘못된 거예요?" 내가 물었다.

그는 고개를 저었다. "저도 몰라요." 그가 걱정스러운 얼굴로 말했다. "저도 몰라요. 심부전인 것 같긴 한데. 하지만 저게―저게 그 병은 아니라는 건 알아요."

"어떻게 알아요?" 내가 물었다.

"환자 몇 명을 봤거든요." 그가 말했다. "그건 아니에요―난 알아요. 그랬으면 코와 입에서 피를 흘리고 있을 거예요. 하지만 찰리, 뭘 하든 병원에는 데리고 가지 말아요."

"왜요?" 난 물었다.

"왜냐하면. 그 사람들은 병이라고 생각할 테고—그 사람들은 우리만큼 잘 알지 못해요—그럼 에드워드는 곧장 수용 센터로 보내질 거예요."

"수용 센터는 이제 없잖아요." 내가 상기시켰다.

하지만 그는 또다시 고개를 저었다. "있어요." 그가 말했다. "더 이상 그런 이름으로 부르지 않을 뿐이에요. 하지만 초기에 발견된 환자들을 데려간 곳이 거기예요, 그러니까—연구용으로요." 그는 다시 남편을 봤다가 다시 한번 나를 바라봤다. "집으로 데려가요." 그가 말했다. "집에서 죽게 해줘요."

"죽는다니요?" 내가 물었다. "남편이 죽는다고요?"

하지만 그 순간 금발 남자가 다시 내게 다가왔다. 이번에는 자기와 남편의 가방을 어깨에 메고 있었다. "찰리, 가야 해요." 그의 말에 난 또다시 무심코 그 뒤를 따랐다.

몇몇 남자들은 금발 남자의 뺨에 입을 맞췄고, 몇몇은 남편에게 입을 맞췄다. "잘 가, 에드워드." 누군가 말하자, 다음 순간 모두 말했다. "잘 가, 에드워드—안녕." "사랑해, 에드워드." "잘 가, 에드워드." 그리고 문이 닫혔고, 우리 셋은 밤거리로 나섰다.

우린 동쪽으로 걸어갔다. 금발 남자는 남편 오른쪽에, 나는 왼쪽에 섰다. 남편은 우리 목에 팔을 둘렀고, 우리는 남편 허리를 각자 한 팔로 감았다. 남편은 거의 걸음을 걷지 못해서 대부분 발을 질질 끌며 끌려 왔다. 그는 무겁지는 않았지만, 금발 남자와 난 둘 다 남편보다 키가 작아서 데려오기 힘들었다.

허드슨 스트리트에서 금발 남자가 주위를 둘러봤다. "크리스토퍼를 가로질러 가요. 그리고 리틀 에이트를 지나 9번 스트리트에서 동쪽으로 갔다가 5번가에서 남쪽으로 내려가요." 그가 말했다. "검문을 받게 되면, 에드워드는 당신 남편이고 전 남편 친구라고 해요. 에드워드는—에드워드는 취했다고 하고. 알겠죠?" 공공연히 술에 취하는 것은 불법이지만, 이런 상황에서는 아프다고 하기보다 술에 취했다고 하는 게 낫다는 걸 나도 알고 있었다.

"알았어요." 내가 말했다.

우린 말없이 크리스토퍼 스트리트에서 동쪽으로 걸어갔다. 거리가 너무 텅 비고 캄캄해서 우리가 어딜 가고 있는지 거의 보이지도 않았지만, 금발 남자는 재빨리 확고하게 움직였고 나는 보조를 맞추려고 애썼다. 마침내 리틀 에이트의 서쪽 경계선을 이루는 웨이벌리 플레이스에 도착하자, 그곳에는 스포트라이트 불빛이 환하게 비추고 있어서 우리는 들키지 않으려고 가까운 건물에 바짝 붙어서 걸었다.

금발 남자가 나를 쳐다보고 말했다. "조금만 더 버텨요." 그리고는 기침하며 신음하는 남편에게 다시 상냥하게 말했다. "알아, 에드워드. 거의 다 왔어. 약속해—거의 다 왔어."

우리는 최대한 빨리 움직였다. 왼쪽으로 이젠 창문의 불이 거의 다 꺼진 리틀 에이트의 고층 건물들이 보였다. 몇 시쯤 됐을지 궁금했다. 저 앞에 몇 세기 전 감옥으로 지어졌던 커다란 건물이 보였다. 그랬다가 그 건물은 도서관이 됐고, 다음에는 다시 감옥이 됐다. 이제는 아파트 건물이다. 그 뒤에는 시멘트 놀이터가 있지만, 아이들이 놀기에는 보통 너무 더웠다.

이 건물에 거의 다 도착하려는 순간, 검문을 당했다. "정지." 그 소리를 듣고 둘 다 갑자기 걸음을 멈추는 바람에 남편을 거의 떨 어뜨릴 뻔했다. 온통 검은 옷차림의 경비였다. 그건 군인이 아니라 자치체 경관이라는 뜻이다. 그가 우리 얼굴에 무기를 겨눈 채 우 리 앞으로 걸어왔다. "이 야심한 시각에 어딜 가는 겁니까?"

"경관님, 서류를 가지고 있어요." 금발 남자가 가방으로 손을 뻗으며 말하자, 경비가 딱딱거리며 말했다. "서류를 물은 게 아닙 니다. 어디 가느냐고 물었습니다."

"이 친구 아파트로 돌아가는 길입니다." 금발 남자가 말했다. 그가 겁에 질렸으면서도 겁내지 않으려고 애쓰는 게 보였다. "이 친구 남편—이 친구 남편이 좀 많이 취해서요, 그래서—"

"어디서요?" 경관이 물었다. 열의가 느껴졌다. 경관들은 경범죄 로 사람들을 체포할 경우 추가점수를 받는다.

하지만 우리가 대답하기 전에 다른 목소리가 들렸다. "거기 있 었군!" 마치 콘서트나 산책 약속에 늦게 온 친구에게 인사하는 것 같은 어조였다. 금발 남자와 경관과 내가 돌아보자 데이비드가 오 고 있었다. 그는 서쪽에서 우리를 향해 걸어오고 있었는데, 회색 점프수트가 아니라 금발 남자가 입고 있는 것과 비슷한 파란 면셔 츠와 바지 차림이었다. 빨리 걷긴 했지만 서두르지 않았고, 고개 를 흔들며 미소 짓고 있었다. 한 손에는 보온병을, 다른 손에는 조 그만 가죽 가방을 들고 있었다. "그 자리에 그대로 있으라고 *했잖 아*—너희를 찾느라고 단지를 다 뒤졌어." 그는 여전히 미소 지으며 금발 남자에게 말했고, 금발 남자는 놀라서 입을 벌리고 있다가 입을 다물고 고개를 끄덕였다.

"미안합니다, 경관님." 데이비드가 검은 옷 남자에게 말했다. "여긴 바보 같은 우리 형이랑 형수, 그리고 우리 친구인데요."—그는 금발 남자를 향해 고개를 까딱했다—"형이 오늘 밤 좀 과하게 놀았나봅니다. 형한테 물을 갖다주려고 아파트에 갔는데, 다시 와 보니 이 세 사람이"—그는 우리를 향해 다정하게 미소 지었다—"절 두고 도망가기로 작정했지 뭡니까." 여기서 그는 경관을 향해 미소 짓고는 고개를 살짝 흔들며 눈을 위로 굴렸다. "여기, 우리 세 사람 서류가 다 있습니다." 그가 이렇게 말하며 경관에게 가방을 건네자, 데이비드가 말하는 동안 여전히 무기를 겨눈 채 우리를 차례차례 바라보고 있던 경관이 가방을 받아 지퍼를 열었다. 경관이 카드를 꺼내는데, 은색이 번쩍하는 게 보였다.

경관은 서류를 읽었고, 마지막 서류를 읽더니 갑자기 자세를 바로 잡으며 거수경례를 했다. "죄송합니다." 그가 데이비드에게 말했다. "몰라뵈었습니다, 선생님."

"사과는 필요 없어요, 경관님." 데이비드가 말했다. "자기 일을 정확히 하는 것뿐인데요."

"감사합니다, 선생님." 경관이 말했다. "집에 모셔가는 데 도움이 필요하십니까?"

"굉장히 고맙지만, 괜찮습니다." 데이비드가 말했다. "경관님은 여기서 잘하고 계신 걸요."

경관이 다시 한 번 거수경례를 하자, 데이비드도 거수경례로 답했다. 그러더니 나를 대신해서 남편 왼쪽을 부축했다. "아, 이 바보." 그가 남편에게 말했다. "집에 가자고."

6번가를 건널 때까지 아무도 입을 열지 않았다. "누구—" 금발 남자가 그렇게 시작했다가 그냥 "고맙습니다"라고 말하자, 이젠 얼굴에서 미소를 거둔 데이비드가 고개를 저었다. "또 경관을 만나면, 나한테 맡겨요." 그가 조용히 말했다. "검문에 걸리면, 누구도 걱정스러운 표정 지어서는 안 됩니다. 그러니까—화난 사람처럼 보여야 해요, 알겠어요? 겁에 질린 얼굴은 안 된다고요. 찰리, 알겠어요?" 나는 고개를 끄덕였다. "전 찰리 친구예요." 그가 금발 남자에게 말했다. "데이비드입니다."

금발 남자가 고개를 끄덕였다. "전 프리츠예요." 그가 말했다. "전—" 하지만 그는 더 이상 말을 잇지 못했다.

"누군지 압니다." 데이비드가 말했다.

금발 남자가 나를 쳐다봤다. "프리츠입니다." 그가 말했고, 나는 알겠다는 뜻으로 고개를 끄덕였다.

우리는 다시 검문에 걸리는 일 없이 집에 도착했고, 일단 앞문을 닫고 들어오자, 데이비드는 내게 보온병을 주더니 남편을 팔에 안고 계단을 올라갔다. 두 사람은 체격이 비슷한데 어떻게 그렇게 할 수 있는지 이해되지 않았지만, 그는 그렇게 했다.

집에 들어와서 그는 남편을 우리 침실로 데려갔고, 이런 경황 없는 와중에도 나는 데이비드와 프리츠가 우리가 각자의 침대에서 서로 건드리는 일 없이 자는 걸 다 보게 된다는 생각에 당황해서 얼굴이 화끈거렸다. 하지만 다음 순간 두 사람 다 이미 알고 있다는 게 생각났고, 그러자 심지어 더 당황스러웠다.

하지만 두 사람은 눈치채지도 못하는 것 같았다. 프리츠는 침대 위 남편 옆자리에 앉아 또 머리카락을 쓰다듬었다. 데이비드는 남편의 손목을 쥐고 자기 시계를 들여다보고 있었다. 몇 분 후 그는 남편 팔을 마치 돌려주는 것처럼 살며시 옆에 내려놓았다. "찰리, 물 좀 갖다줄래요?" 그가 물었고, 나는 그렇게 했다.

방에 돌아오자, 데이비드는 침대 옆에 무릎을 꿇고 있다가 내가 준 물을 받아 남편의 입술에 갖다 댔다. "에드워드, 조금이라도 마실 수 있겠어요? 좋아요, 잘하고 있어요. 조금만 더. 잘했어요." 그는 옆의 바닥에 물잔을 내려놓았다.

"이게 끝이라는 거 알고 있죠." 그가 말했지만, 나한테 하는 말인지, 프리츠에게 하는 말인지 알 수가 없었다.

대답한 사람은 프리츠였다. "압니다." 그가 조용히 말했다. "1년 전에 진단을 받았어요. 시간이 조금 더 있을 거라고 생각했는데."

"뭘요?" 내가 멍하게 물었다. "무슨 진단을요?"

두 사람 다 나를 쳐다봤다. "울혈성 심부전이요." 프리츠가 말했다.

"하지만 그건 치료할 수 있잖아요." 내가 말했다. "나을 수 있어요."

하지만 프리츠는 고개를 저었다. "아뇨." 그가 말했다. "에드워드는 안 돼요. 국가 반역자 친족은 안 돼요." 그렇게 말하고 그는 울기 시작했다.

"나한텐 말해주지 않았어." 간신히 다시 입이 떨어지자 내가 말했다. "나한텐 말해주지 않았어." 난 똑같은 말을 되풀이하고

손을 퍼덕대며 방안을 서성이기 시작했고—"나한텐 말해주지 않
았어, 나한텐 말해주지 않았어"—마침내 프리츠가 남편 옆자리를
떠나 내 손을 감싸 쥐었다.

"말하기 적당한 때를 찾으려고 했어요, 찰리." 그가 말했다. "하
지만 에드워드는 당신이 걱정하는 걸 원하지 않았어요. 당신이 속
상해하는 걸 원하지 않았어요."

"하지만 난 속상해요." 난 말했고, 이번에는 데이비드가 나를 데
리고 침대에 앉아 할아버지가 그랬듯이 앞뒤로 흔들며 달래줬다.

"찰리, 찰리, 당신 지금까지 정말 용감했어요." 그는 나를 흔들
어 달래며 말했다. "이제 거의 끝났어요, 찰리, 거의 끝났어요." 나
는 우는 게 부끄러웠고, 남편을 위해 우는 만큼 나 자신을 위해
우는 게 부끄러웠지만, 울고 또 울었다. 내가 아는 게 너무 없어서,
이해하는 게 너무 없어서 울었다. 남편은 나를 사랑하지 않았지만
나는 사랑했기 때문에, 남편도 그걸 알고 있었다고 생각하기 때문
에 울었다. 남편이 누군가를, 나에 대해 다 알고 있지만 나는 아무
것도 모르는 누군가를 진정 사랑했기 때문에 울었고, 이 누군가
도 이제 그를 잃어가고 있기 때문에 울었다. 남편이 아프면서도 내
게 말할 생각을 하지 않았거나 하지 못했기 때문에 울었다—어느
쪽인지는 모르겠지만, 어느 쪽이든 상관없었다. 어쨌거나 난 몰랐
으니까.

하지만 내가 8구역에 남을 유일한 이유는 남편이었는데, 이제
그가 죽어가고 있으니 나도 이곳에 남지 않을 거라서 울기도 했
다. 이제 우리 둘 다 다른 곳으로 떠나기 때문에, 각자 홀로 떠나

기 때문에, 둘 다 다시는, 영원히 이 도, 이 자치체, 이 구역, 이 아파트로 돌아오지 않을 거라서 나는 울었다.

우리는 그날 밤과 금요일 낮 내내 남편이 죽기를 기다렸다. 아침 일찍 데이비드는 센터에 우리 셋의 결근 사실을 등록하러 갔다. 미혼인 프리츠도 데이비드가 산다고 했던 빌딩 식스에 살고 있어서, 프리츠의 배우자가 그를 찾을까 봐 걱정할 필요는 없었다. 그에게는 배우자가 없으니까.

돌아와서 데이비드는 보온병에 든 액체를 남편에게 조금 더 줬고, 그러자 남편의 얼굴이 조금 더 편해지면서 숨을 깊고 길게 쉬었다. "정말 고통스러워하기 시작하면 조금 더 줘도 돼요." 그가 말했지만, 프리츠도 나도 아무 대답을 하지 않았다.

정오에 내가 점심을 만들었지만, 아무도 먹지 않았다. 17시에 데이비드가 점심을 오븐에 데웠고, 이번에는 세 사람 다 남편과 내 침실 바닥에 앉아 그가 잠든 모습을 지켜보며 식사를 했다.

아무도 말을 하지 않았고, 해봤자 별로 하지 않았다. 한번은 프리츠가 데이비드에게 물었다. "내무부에서 왔어요?" 그러자 데이비드는 살짝 미소 지으며 말했다. "그 비슷해요." 그러자 프리츠는 더 이상 질문하지 않았다.

"전 재정부에 있습니다." 그가 말했고, 데이비드는 고개를 끄덕였다. "벌써 알고 계시는 것 같군요." 프리츠가 말하자, 데이비드는 또 고개를 끄덕였다.

프리츠에게 남편과 언제, 어떻게 만났냐고, 얼마나 오래 알고 지냈냐고, 그가 남편에게 저 쪽지를 보냈냐고 묻는 게 자연스러울 것 같았지만, 난 묻지 않았다. 물론 몇 시간이나 생각은 해봤지만, 결국엔 묻지 않았다. 알 필요가 없었다.

그날 밤 나는 내 침대에서, 데이비드는 거실 소파에서 잤다. 프리츠는 마주 안아주지도 못하는 남편을 옆에서 안고 남편 침대에서 잤다. 누군가 내 이름을 불러서 눈을 뜨자 데이비드가 서서 나를 내려다보고 있었다. "시간이 됐어요, 찰리." 그가 말했다.

나는 고개를 돌려 꼼짝도 않고 누워 있는 남편을 봤다. 그는 숨은 쉬고 있었지만, 간신히 쉬고 있었다. 나는 그쪽으로 가서 남편 머리 옆 바닥에 앉았다. 입술이 푸르딩딩한 보라색, 사람에게서 한 번도 본 적 없는 이상한 색깔이었다. 손을 잡았더니, 여전히 따뜻했다. 하지만 다음 순간 난 프리츠가 계속 잡고 있었기 때문에 따뜻하다는 것을 깨달았다.

우린 한참 동안 그렇게 앉아 있었다. 해가 뜨기 시작하자, 남편의 숨소리가 거칠어졌고, 프리츠가 내 침대에 앉아 있던 데이비드를 보고 말했다. "지금, 부탁합니다, 데이비드." 그리고 내가 그의 아내니까 나를 쳐다봤다. 나도 고개를 끄덕였다.

데이비드가 남편의 입을 벌렸다. 그러고는 주머니에서 천 조각을 꺼내 보온병에 담갔다가 짜서 남편 입에 흘려 넣고 천으로 잇몸과 뺨 안쪽, 혀를 닦았다. 그리고 나서 우리는 남편의 숨소리가 점점 더 느려지고 깊어지고 간헐적으로 변하다가 마침내 완전히 멈추는 것을 들었다.

프리츠가 가장 먼저 입을 열었지만, 우리가 아니라 남편에게 말했다. "사랑해." 그가 말했다. "나의 에드워드." 그 순간 나는 남편과 마지막으로 이야기한 사람이 프리츠라는 것을 깨달았다. 목요일 밤 마침내 남편을 만났을 때 그는 이미 의식을 잃은 상태였기 때문이다. 그는 몸을 굽혀 남편의 입술에 키스했고, 데이비드는 고개를 돌렸지만, 나는 그러지 않았다. 누가 남편에게 키스하는 모습은 한 번도 본 적 없었고, 앞으로도 절대 없을 테니까.

그러고 나서 그가 일어났다. "뭘 하죠?" 그가 데이비드에게 물었고, 데이비드가 말했다. "제가 알아서 하겠습니다." 프리츠가 고개를 끄덕였다. "고맙습니다." 그가 말했다. "정말 고마워요, 데이비드. 고마워요." 또 울 거라고 생각했지만, 그는 울지 않았다. "음." 그가 말했다. 그러고는 나를 쳐다봤다. "잘 있어요, 찰리." 그가 말했다. "고마워요―친절하게 대해줘서. 그리고 에드워드에게도요."

"전 한 일이 없어요." 내가 말하자, 그는 고개를 흔들었다.

"아니에요." 그가 말했다. "에드워드는 당신을 아꼈어요." 그는 떨리는 긴 한숨을 쉬더니 가방을 집어 들었다. "에드워드 물건을 뭔가 가지고 싶어요." 그가 말했다. "에드워드를 기억할 뭔가를요."

"가방을 드릴게요." 내가 말했다. 처음에 우린 남편 가방을 샅샅이 뒤졌다. 마치 그 안에 치료제나 여분의 심장 같은 거라도 들어 있을 것처럼 뒤졌지만, 가방에는 직장 유니폼과 서류, 캐슈너트 몇 개를 돌돌 싼 종이, 시계밖에 없었다.

"그래도 돼요?" 프리츠가 물었고, 난 그렇다고 했다. "고마워요." 그는 그렇게 말하고, 남편 가방을 자기 가방 안에 조심조심 넣었다.

데이비드와 난 프리츠를 문간까지 바래줬다. "음." 그는 입을 뗐다가, 그만 울기 시작했다. 그는 데이비드에게 고개 숙여 인사한 다음 나한테도 인사했고, 우리도 그에게 고개 숙여 인사했다. "미안해요." 그는 울어서 미안하다고 했다. "미안해요. 미안합니다. 에드워드를 너무 사랑했어요."

"우린 이해해요." 데이비드가 말했다. "사과할 필요 없어요."

그 순간 그 쪽지 생각이 났다. "기다려요." 나는 프리츠에게 말한 다음, 옷장에 가서 상자를 꺼내고 봉투를 열어 쪽지를 꺼냈다. "이거 당신 거예요." 프리츠에게 쪽지를 주면서 말하자, 그는 쪽지를 보고 다시 울기 시작했다.

"고마워요." 그가 내게 말했다. "고마워요." 한순간 그가 어떤 식으로든 내게 접촉할 거라고 생각했지만, 그는 그러지 않았다. 예의에 맞지 않기 때문이다.

그리고 그는 문을 열고 나갔다. 그가 계단을 내려가고 복도를 지나 앞문을 여는 소리, 문이 그 뒤에서 닫히는 소리가 들렸다. 그는 갔고, 다시 한 번 사방이 고요해졌다.

이제 할 일은 기다리는 것뿐이었다. 23시 정각에 찰스와 허드슨 스트리트가 만나는 제방에서 기다리면 보트가 오게 되어 있었다. 이 보트가 나를 훨씬 더 큰 다른 보트에 데려다주고, 그 보트는 한 번도 들어본 적 없는 아이슬란드라는 나라에 나를 데려다준다. 아이슬란드에서 나는 새 질병을 가지고 있지 않다는 것을 분명히 하기 위해 3주 동안 격리 생활을 한 다음 세 번째 보트를 타고 그 보트가 나를 뉴브리튼으로 데려다줄 것이다.

하지만 데이비드는 해변에서 나와 만나지 않는다. 이건 나 혼자 해야만 한다. 그는 여기서 마무리해야 할 일이 좀 있어서, 내가 아이슬란드에 내린 후에나 다시 만날 수 있다. 그 말을 듣자 나는 또 울기 시작했다. "할 수 있어요, 찰리." 그가 말했다. "할 수 있는 거 알아요. 이제까지 너무 용감했잖아요. 당신은 정말 용감한 사람이에요." 마침내 나는 눈물을 닦고 고개를 끄덕였다.

그때까지 나는 집에 있으면서 잠을 자둬야 하고, 정신을 바짝 차려서 충분히 여유 있게 출발해야 한다고 했다. 그는 책임지고 남편의 시신을 수습해서 화장할 테지만, 내가 떠난 후에 할 거라고 했다. 그는 날씨가 도와줘서 다행이라고 말하면서도, 남편에게 냉각복을 입히고 전원을 켜두었다. 하지만 헬멧은 씌우지 않았다.

"난 이제 가야 해요." 그가 말했다. 우리는 문 앞에 섰다. "계획 기억하죠?" 그가 물었다. 나는 고개를 끄덕였다. "질문 있어요?" 그가 물었다. 나는 고개를 저었다. 그러자 그가 내 어깨에 손을 얹었고, 난 움찔했지만 그는 손을 떼지 않았다. "할아버지가 자랑스러워할 겁니다, 찰리." 그가 말했다. "나도 마찬가지고요." 그가 나를 놓아줬다. "아이슬란드에서 봐요." 그가 말했다. "그때는 자유인이 될 겁니다."

난 그게 무슨 뜻인지 몰랐지만, "나중에 봐요"라고 대답했다. 그는 목요일 밤 경관에게 했듯이 내게 거수경례를 하고 떠났다.

나는 이제는 내 방이 됐고 내일이면 다른 사람의 방이 될 남편과 나의 방으로 다시 돌아왔다. 침대 밑 서랍에서 남은 금화 중 세 개를 꺼냈다. 할아버지가 어떤 문화권에서는 죽은 사람 눈 위에 금화를 올려놓고 어떤 문화권에서는 죽은 사람 혀 아래 금화를 둔다는 이야기를 해준 적 있다. 왜 그랬는지는 기억이 안 났다. 하지만 나도 그렇게 했다. 눈 위에 동전 하나씩, 혀 아래 동전 하나. 나머지 금화들은 내 가방에 넣었다. 남은 전표를 기억해서 프리츠에게 줬다면 좋았을 테지만, 잊어버렸다.

그러고 나서 나는 남편 옆에 누웠다. 팔로 남편을 안았다. 냉각복 때문에 약간 힘들었지만, 그래도 안을 수 있었다. 이렇게 남편 가까이 있어 본 건 처음이었고, 남편을 만져보는 것도 처음이었다. 나는 남편의 돌처럼 차갑고 매끈한 뺨에 입 맞췄다. 입술에도 입 맞췄다. 이마에도 입 맞췄다. 머리카락과 속눈썹, 눈썹, 코를 만져봤다. 오랫동안 입 맞추고 만져봤다. 나는 남편에게 이야기했다. 미안하다고 말했다. 뉴브리튼으로 간다는 말도 했다. 보고 싶을 거라고, 절대 잊지 않겠다고 말했다. 사랑한다고 말했다. 남편이 나를 아꼈다고 한 프리츠의 말을 떠올렸다. 남편에게 그 쪽지를 쓴 사람을 정말로 만날 거라고는 상상도 하지 못했는데, 이젠 만났다.

잠에서 깨어 보니 바깥이 어두웠고, 알람을 맞춰놓지 않았기 때문에 불안해졌다. 하지만 겨우 21시를 조금 넘는 시각이었다. 물 쓰는 날이 아니지만, 난 샤워를 했다. 양치질을 하고 칫솔을 가방에 챙겼다. 다시 누우면 다시 잠이 들 것 같아서, 내 침대에 앉

490

아 남편을 물끄러미 바라봤다. 몇 분 후, 나는 화장하기 전 남편의 머리와 얼굴에 부패가 시작되지 않도록 냉각 헬멧을 씌웠다. 남편에게든, 누구에게든, 이제 그런 건 상관없다는 걸 알지만, 남편 얼굴이 검고 물컹해지는 생각은 하고 싶지 않았다. 죽은 사람 옆에서 이렇게 오래 있어본 적은 처음이었다, 할아버지 때도 그러지 않았다―할아버지 화장을 지켜본 사람은 내가 아니라 남편이었다. 내가 너무 동요해서 제정신이 아니었기 때문이다.

나는 22시에 일어났다. 옷은 데이비드가 지시한 대로 수수한 검정 셔츠와 바지를 입었다. 가방을 어깨에 멨다. 마지막 순간, 나는 내 서류들을 챙겼다. 데이비드는 필요 없을 거라고 했지만, 서쪽 제방까지 가는 도중에 검문을 당하면 필요할 것 같았다. 그랬다가 서류들을 다시 꺼내 베게 밑에 넣었다. 이제 다시는 가져올 수 없을 분홍이 페트리 접시를 생각했다. "안녕, 분홍이들." 나는 소리 내어 말했다. "안녕." 심장이 너무 빨리 뛰어서 숨쉬기가 힘들었다.

나는 마지막으로 아파트 문을 잠갔다. 열쇠들은 문 아래로 밀어 넣었다.

그리고 밖으로 나와서 겨우 이틀 전 밤에 걸었던 것과 거의 다름없이 서쪽으로 걸어갔다. 하늘에 달이 너무 밝게 떠 있어서, 스포트라이트가 호를 그리며 멀어질 때도 어디로 가고 있는지 여전히 보였다. 데이비드가 21시 이후에는 내일 발표에 대비해서 대부분의 플라이들이 방향을 틀어 병원 주위에 모여 인구밀집구역을 감시할 거라고 했는데, 정말로 플라이가 한두 개밖에 보이지 않았다. 평소 플라이들이 웅웅대는 소리 대신 침묵만 감돌았다.

나는 22시 45분에 제방에 도착했다. 서성대지 않으려고 마른 땅을 찾아 앉았다. 여기는 빛이라고는 조금도 없었다. 강 건너 공장들마저 캄캄했다. 들리는 소리라고는 시멘트 방벽에 와서 철썩철썩 부딪히는 물소리밖에 없었다.

그때, 굉장히 희미한 어떤 소리가 들렸다. 속삭임 같기도 하고 바람 소리 같기도 했다. 다음 순간 뭔가 보였다. 희미한 노란 불빛이 강물에 뜬 새처럼 까딱거리고 있었다. 곧 불빛이 점점 더 커지고 분명해지면서 조그만 나무배가 보였다. 폰드가 실제 연못이었던 시절 사람들이 거기서 배를 타고 노를 젓는 사진에서 봤던 그런 배였다.

나는 일어섰고, 배는 강기슭으로 다가왔다. 배에는 두 사람이 타고 있었다. 둘 다 완전히 까만 옷을 입고 있었고, 한 사람은 랜턴을 들고 있다가 강기슭에 다가오자 랜턴을 아래쪽으로 내렸다. 심지어 눈까지 얇은 검정색 거즈로 가리고 있어서, 어둑어둑한 빛 속에서는 보기도 힘들었다.

"코브라?" 둘 중 한 사람이 말했다.

"몽구스." 내가 대답하자, 말했던 사람이 손을 내밀어 나를 보트에 부축해 태웠다. 보트가 발아래서 요동치는 바람에 물에 빠질 것만 같았다.

"여기 아래쪽에 있어요." 그는 자신과 다른 사공 사이 공간 안으로 내가 쭈그리고 들어가도록 도와주고 내가 최대한 몸을 웅크리자 위에 방수포를 덮었다. "소리 내지 말아요." 그의 말에 나는 그래봤자 볼 수도 없을 텐데도 고개를 끄덕였다. 그러자 보트가 움직이기 시작했고, 노가 물을 가르는 소리, 남자들이 숨을 들이쉬고 내쉬는 소리 외엔 아무 소리도 들리지 않았다.

데이비드가 자기는 제방에 나오지 않는다는 말을 했을 때, 나는 나를 데리러 오는 사람들이 맞는 사람들인지 어떻게 알 수 있냐고 물었다. "알 겁니다." 그가 말했다. "그 시각 제방에는 아무도 없거든요. 사실, 언제라도 없죠." 하지만 나는 확실히 하고 싶다고 했다.

남편과 결혼한 지 2주 됐을 때, 우리 건물에 불시 단속이 있었다. 할아버지 없이 처음 겪는 불시 단속이라 나는 너무 겁에 질려서 계속 끙끙대고 허공에 헛손질을 하고 몸을 흔들어댔다. 남편은 어찌할 바를 몰랐고, 내 손을 잡으려 했지만 내가 쳐내는 통에 물러날 수밖에 없었다.

그날 밤 나는 꿈을 꿨다. 퇴근 후 집에서 저녁 준비를 하고 있는데, 자물쇠에 열쇠를 넣고 돌리는 소리가 들렸다. 하지만 문이 열리자, 남편이 아니라 경찰관들이 떼로 들이닥쳐 고함을 지르며 바닥에 엎드리라고 명령했고, 경찰견들도 내게 덤벼들며 컹컹 짖어댔다. 내가 할아버지를 소리쳐 부르며 잠에서 깨자, 남편이 물 한잔을 갖다주고 내가 다시 잠들 때까지 옆에 앉아있어 줬다.

다음 날 저녁, 저녁 준비를 하고 있는데 자물쇠에 열쇠를 넣는 소리가 들렸다. 당연히 남편일 수밖에 없는데도, 그 순간 너무 놀란 나머지 난 감자 요리를 하고 있던 냄비를 통째 바닥에 떨어뜨려 버렸다. 남편의 도움을 받아 엉망이 된 바닥을 치운 다음 저녁

493

을 먹고 있는데, 남편이 말했다. "좋은 생각이 있어. 암호 한 쌍을 만들면 어떨까, 아파트에 들어올 때 말하면 서로 상대방이라는 걸 알 수 있는 암호? 난 내 암호를 말하고 당신은 당신 암호를 말하고, 그러면 둘 다 우리가 맞다는 걸 아는 거지."

나는 생각해봤다. "무슨 말을 쓰지?" 내가 물었다.

"음." 남편이 생각해보더니 말했다. "당신은—어디 보자—코브라 어때?" 내가 놀라거나 기분 나쁜 표정을 지었는지, 남편은 나를 보고 미소 지었다. "코브라는 굉장히 사나워." 그가 말했다. "작지만 재빠르고, 잡히면 치명적이야."

"그럼 당신은 뭘 할 건데?" 내가 물었다.

"어디 보자." 그가 말했고, 나는 남편이 생각하는 것을 지켜봤다. 남편은 동물학을 좋아했고, 동물을 좋아했다. 우리가 만났던 날 라디오에서 마젤란펭귄이 공식적으로 멸종했다는 보도가 나왔는데, 남편은 슬퍼하면서 마젤란펭귄은 강한 회복력을 가진 동물이라고, 인간이 생각하는 것보다 더 잘 회복하고 인간이 아는 것보다 더 인간적인 동물이라고 말했다. 마젤란펭귄은 아프면 혼자 죽기 위해서 동족들이 아무도 자기를 보지 못하도록 뒤뚱뒤뚱 무리에서 떠난다고 말해줬다.

"난 몽구스로 할게." 그가 마침내 말했다. "몽구스는 사실 코브라를 죽일 수 있어, 원한다면 말이지—하지만 그런 일은 아주 드물어." 그는 다시 미소 지었다. "너무 힘든 일이거든. 그래서 그냥 서로를 존중하며 살아. 하지만 우린 존중 그 이상을 하는 코브라와 몽구스가 되는 거야. 힘을 합쳐서 정글의 다른 모든 동물들에게서 서로를 지켜주는 그런 코브라와 몽구스가 되는 거지."

"코브라와 몽구스." 잠시 후 내가 되풀이하자, 그는 고개를 끄덕였다.

"찰리와 에드워드보다는 조금 더 위험하지." 그가 말하며 다시 미소 지었고, 난 남편이 놀리고 있다는 것을 알았지만 다정한 놀림이었다.

"좋아." 내가 말했다.

데이비드와 초반에 산책할 때, 데이비드는 여전히 팜의 기술자이고 남편도 여전히 살아있던 그 시절, 이 이야기를 해준 적 있다. 그래서 데이비드는 나가기 전 문간에 서 있다가 말했다. "암호를 쓰는 거 어때요—코브라와 몽구스라거나? 그럼 당신을 만나러 오는 사람들이 맞는 사람들이라는 걸 알 수 있겠죠."

"좋아요." 나는 동의했다. 좋은 생각이었다.

이제 난 중간 널빤지 좌석 아래 쪼그린 채 앉아 있었다. 보트는 까딱까딱 흔들렸지만, 그래도 앞으로 나아갔고, 노는 한결같이 신속하게 물살을 갈랐다. 그때, 배 바닥을 우르르 울리며 모터보트 소리가 들렸다. 귀를 기울이자 소리가 점점 더 커졌다.

"아, 젠장." 한 남자가 욕을 했다.

"우리 쪽 사람이야?" 다른 남자가 물었다.

"너무 멀어서 안 보여." 첫 번째 남자가 대답하고 또 욕을 했다. "저 배 저기서 무슨 지랄하는 거야?"

"제기랄, 내가 아나." 첫 번째 남자가 말했다. 그러고는 또 욕을 했다. "자, 피할 방법이 없어. 그냥 운에 맡겨보고 우리 쪽이기를 바랄 수밖에." 그가 발로 날 살짝 찔렀다. "아가씨. 찍소리도 하지 말고 꼼짝 말고 있어요. 만약 우리 쪽 사람이 아니면……."

하지만 이젠 모터보트 소리가 너무 커져서 그 다음부터는 들리지 않았다. 잡히면 어떻게 해야 하는지 데이비드에게 물어보지 않았다는 것을, 데이비드도 말해준 적 없다는 것을 깨달았다. 데이비드는 모든 게 설명대로 될 거라고 그렇게 확신했던 걸까? 아니면 이게 사실은 계획이어서, 난 지금 날 아프게 하고 어디론가 끌고 가서 나쁜 짓들을 할 사람들에게 넘겨지고 있는 걸까? 그렇게 많은 걸 알고 있고 그렇게 많은 걸 예상한 데이비드라면 분명 뭔가 잘못될 경우 어떻게 해야 하는지 말해줬을 텐데? 분명 나도 질문할 생각도 안 했을 정도로 무력하진 않았는데? 나는 방수포 조각을 접어 입을 막고 조용히 울기 시작했다. 데이비드를 믿은 게 잘못이었을까? 아니면 그건 옳았지만, 데이비드에게 무슨 일이 생긴 걸까? 체포되거나 총살당하거나 사라진 걸까? 잡히면 어떻게 해야 할까? 공식적으로 나는 아무것도 아닌 사람이었다. 심지어 서류도 가지고 있지 않았다. 물론 서류를 가지고 있다고 해도 내게 무슨 짓이든 할 수 있지만, 서류가 없다면 훨씬 더 쉬울 것이다. 손에 할아버지 반지를 가지고 있어서, 반지를 꼭 쥐고 안전한 척할 수 있다면 좋을 텐데. 여기가 집이고 남편도 살아 있다면 좋을 텐데. 지난 사흘 동안 벌어진 일들을 보지도, 겪지도 않았더라면 좋을 텐데. 데이비드를 만나지 않았다면 좋을 텐데. 지금 데이비드가 같이 있으면 좋을 텐데.

하지만 다음 순간 나는 깨달았다. 무슨 일이 벌어지건, 지금이

내 인생의 끝이었다. 어쩌면 진짜 끝일 테고, 어쩌면 내가 알던 인생의 끝일 수도 있다. 하지만 어느 쪽이건, 내 인생은 이제 별로 중요하지 않았다. 내 인생을 가장 중요하게 여겼던 사람이 이젠 없으니까.

"당신." 누군가 말하는 소리가 들렸지만, 모터 소리 때문에 우리 배에 탄 사람인지, 우리 배 옆에 선체를 붙이고 있는 게 느껴지는 다른 배 사람인지, 누구에게 이야기하고 있는 건지 알 수가 없었다. 다음 순간 방수포가 휙 벗겨지더니, 얼굴에 미풍이 느껴졌다. 나는 누가 내게 말하고 있는지, 이제 어디로 가는 것인지 보기 위해 고개를 들었다.

#10

소중한 피터,

이게 내게 남은 마지막 기회여서 급히 쓴다―이 편지를 네게 전할
방법을 찾을 사람이 지금 내 감방 바로 밖에 서 있는데, 10분 뒤에
떠나야 하거든.

알겠지만, 난 나흘 뒤에 처형당해. 반란은 얼굴이 필요하고 국가는
희생양이 필요한데, 내가 절충안이 된 거지. 그래도 야유하는 군중
앞에서 공개처형 당하는 대가로 양쪽에서 다 양보를 얻어냈어. 찰리
와 남편은 건드리지 않을 테고, 찰리가 나 때문에 처벌당하는 일도
없을 테고, 웨슬리는 늘 찰리를 잘 대우해줄 거야. 어느 쪽이 승리하
건 간에, 찰리는 안전할 거야―적어도 괴롭힘은 당하지 않겠지.

그 사람들을 믿냐고? 아니. 하지만 믿어야만 해. 죽는 건 상관없지만, 찰리를 여기, 이런 곳에 혼자 두고 가려니 가슴이 미어져. 물론 찰리는 혼자 있진 않을 거야. 하지만 그도 여기 있을 수는 없어.

피터, 사랑한다. 내 마음 알지? 늘 사랑했다는 것도. 너도 날 사랑한다는 거 알고 있어. 우리 찰리, 내 손녀를 부탁한다. 제발 방법을 찾아서 이 나라에서 그 아이를 빼내줘. 내가 여기서 일찍 나갔더라면, 내가 찰리를 구할 수 있었더라면, 찰리가 가졌어야 했던 그런 인생을 부디 살 수 있게 해줘. 찰리에겐 도움이 필요해. 제발, 피터. 할 수 있는 일은 다 해줘. 내 아기 고양이를 구해줘.

세상 하고많은 곳 중 뉴브리튼이 어느 날 천국이 되고 이곳이 이렇게 어마어마하게 형편없어질 거라고 누가 생각이나 했겠어? 음, 넌 했지, 알아. 나도 했고. 미안하다. 모두 다 미안해. 난 잘못된 결정들을 했고, 계속, 계속, 계속 잘못된 결정들을 내렸어.

다른 유일한—너한테가 아니라 누군가, 아니면 뭔가에게 하고 싶은—부탁은 이거야. 훗날 독수리나 그리스 신화에 나오는 하피, 거대한 세균덩어리 박쥐, 질긴 날개로 말라죽은 대지 위를 날아다니며 썩은 고기를 찾는, 날카로운 울음소리를 가진 짐승으로 이 세상에 다시 돌아오게 해줬으면 좋겠어. 어디서 깨어나건, 난 가장 먼저 이곳으로 날아올 거야. 그때 이곳이 어떤 이름—뉴욕, 뉴 뉴욕, 2도, 제3 자치체, 뭐든—으로 불리고 있건 간에. 워싱턴 스퀘어 옛집을 지나 날면서 찰리를 찾아보고, 거기에 없으면 북쪽 록펠러로 날아가서 거기서 찾아볼 거야.

거기에도 없으면, 최고의 상황을 가정할게. 사라졌거나 죽었거나 어딘가에 강제수용된 게 아니라 네가 데려갔다고, 결국 네가 찰리를 구해냈다고 생각할게. 데이비즈 섬이나 화장장, 쓰레기 매립지, 감옥, 재교육 센터나 수용 센터 같은 곳 위를 맴돌며 부질없이 찰리의 냄새를 찾아 헤매거나 까악까악 이름을 부르지도 않을 거야. 그 대신 난 기뻐할 거야. 쥐든 고양이든 뭐든 눈에 띄는 걸 잡아먹고 기운을 비축한 다음, 거대한 날개를 활짝 펴고 까악까악 희망과 기대의 포효를 내지를 거야. 그런 다음 동쪽으로 방향을 틀어 바다 건너 긴 비행을 시작할 거야. 날개를 퍼드덕거리며 너를 향해, 찰리를 향해, 어쩌면 심지어 찰리의 남편을 향해, 멀고 먼 런던까지 날아갈 거야. 사랑하는 사람들을 향하여, 자유를 향하여, 안전을 향하여, 존엄을 향하여—낙원을 향하여.

감사의 말

책을 쓰기 위한 조사 초기 단계에서 귀중한 통찰과 자료를 제공한 에코헬스 얼라이언스의 조너선 엡스타인 박사와 록펠러 대학 과학자들—장-로랑 카사노바 박사, 스테파니 엘리스 박사, 이리나 메이토스 박사, 애런 메르츠 박사에게 가장 큰 감사를 표한다. 이분들을 소개해줬을 뿐만 아니라 현실 세계가 팬데믹을 겪는 와중에 본인 시간을 할애해가며 상상의 팬데믹에 관한 이야기를 읽어준 국립보건원과 알러지 및 전염병 연구소의 데이비드 모런스 박사에게 깊은 감사드린다.

딘 배쿼트, 마이클 "비터" 다이크스, 제프리 프렌켈, 미호코 이다, 패트릭 리, 마이크 롬바르도, 테드 말라워, 조 맨텔로, 케이트 맥스웰, 요시 마일로, 민주 백, 애덤 랩, 휘트니 로빈슨, 대니얼 슈라이버, 윌 슈월브, 애덤 셀먼, 이보 반 호브, 샤 화이트, 로널드 야나기하라, 수전 야나기하라, 트로이 채터턴, 미리엄 초티너-가디

너, 토비 콕스, 유코 우치카와, 그리고 뉴욕 쓰리 라이브즈 북스의 모든 분이 직업적, 사적 영역에서 내게 보여준 특별한 지지와 믿음, 너그러움에 깊은 감사를 표한다. 하와이어에 도움을 준 톰 야나기하라와 하알릴리오 솔로몬, 두 분께도 감사드린다. (이야기에 맞추기 위해 오아후 지도를 수정하기로 한 결정뿐만 아니라) 혹시라도 남은 실수가 있다면, 그건 내 탓이다.

한 번도 타협을 청하지 않고 한결같은 인내와 헌신을 보여준 애너 스타인과 질 질레트를 에이전트로 둔 특별한 행운에 감사한다. 열렬하게 이 책을 보호하고 이 책을 위해 싸워준 소피 베이커와 캐롤리나 서튼에게도 진심으로 감사를 표한다. 모든 편집자, 출판사, 해외 번역자들, 특히 캐더린 베크 볼린, 알렉산드라 보리센코, 바리아 고르노스타에바, 케이트 그린, 스티븐 클라이너, 패이비 코비스토-알란코, 라인 밀러, 조애너 매시우크, 샬로트 리, 다니엘 샌드스트룀, 빅터 손카인, 수잰 반 리우웬, 마리아 실로우리, 아나스타시아 자보코바, 그리고 영국 피카도르 직원들에게도 깊이 감사드린다.

게리 하워드와 라비 미르찬다니는 아무도 내게 기회를 주지 않았을 때 나를 믿고 운을 걸어본 분들이다. 그분들의 지지와 열정, 믿음에 늘 감사할 것이다. 옆에 있어주고 한결같이 차분하게 지지해준 빌 토머스에게도 감사한다. 고마워요, 빌, 그리고 더블데이와 앵커의 모든 분들, 특히 렉시 블룸, 카리 도킨스, 토드 도우티, 존 폰타나, 앤디 휴즈, 재커리 루츠, 니콜 페더센, 비미 샌토키, 앤지, 베네지아, 나 킴, 테리 자로프-에반스, 그리고, 언제나, 레오노어머맨너.

이 책은 감히 믿음직한 편집자이자 사랑하는 친구라고 부를 수 있는 카스턴 크레델과 나눈 일련의 대화와 논쟁을 통한 시각 변화가 없었다면 집필은커녕 애초에 착상조차 품지 못했을 것이다. 마이크 미거와 대니얼 로무알디즈와의 우정은 지난 5년간 내가 받은 최고의 선물 중 하나였다. 두 사람의 환대와 충고, 관대함은 형언할 수 없는 위안과 기쁨을 주었다. 10년이 넘는 세월 동안 유머와 훌륭한 조언을 제공한 케리 라우어먼에게도 고마움을 전한다.

마지막으로, 지혜와 공감력, 위트, 상상력, 겸손함을 갖춘 한결같은 대니얼 로즈버리를 만난 축복으로 내 인생은 더 풍부하고 경이로워졌다. 대니얼이 없었다면 지난 2년을 버티지 못했을 것이다. 그리고—편집자이자 작가이자 친구로서—현재의 나는 내 최초이자 가장 좋아하는 독자인 재리드 홀트 없이는 존재할 수 없을 것이다. 재리드의 사랑과 공감은 헤아릴 수 없을 정도로 수없이, 수많은 방식으로 나를 지탱해줬다. 이 책은 물론이거니와 나의 헌신을 그들에게 바친다.

옮긴이의 말

　전작 《리틀 라이프》(2015)로 팬덤에 가까운 독자층과 평단의 호평을 얻고 작가로서의 입지를 굳힌 한야 야나기하라가 7년 만에 내놓은 신작 《투 파라다이스》는 (주로) 뉴욕을 배경으로 한 (주로) 게이 남성들의 이야기라는 점에서는 전작과 일맥상통하기도 하지만, 대체역사소설과 사실주의, 디스토피아를 넘나드는 한층 더 야심만만한 작품이다. 특정 시기와 연결할 수 있는 역사적, 정치적 준거점을 의도적으로 지우고 한 인간의 치유 불가능한 상처와 고통을 들여다보는 데 초점을 맞추었던 전작과 달리 《투 파라다이스》에서 야나기하라는 역사를 전면에 앞세워 3세기에 걸친 미국의 역사를 다시 쓰고 기록하고 상상하며 현실 속에서 낙원을 찾고 만들어나가려는 전형적인 '미국적' 열망의 의미를 재정의한다. 야나기하라다운 어둡고 비관적인 시각으로.

　소설은 흥미로운 삼부작 구조로 이루어져 있다. 1부는 19세기

후반 가상의 미국 내 독립국인 자유주를 배경으로 헨리 제임스의 〈워싱턴 스퀘어〉를 게이 남성 상속자 버전으로 다시 쓴 대체역사 소설, 2부는 그저 "그 병"이라고만 지칭되지만 에이즈(AIDS)가 분명한 신종병의 창궐로 인해 두려움을 안고 살아가는 뉴욕 게이 남성들과 몰락한 하와이 왕조 후손의 비극적 삶을 그린, 20세기 후반 현실 미국 역사를 반영한 소설, 3부는 거듭된 팬데믹과 기후 재난의 여파로 파시스트 국가로 변모한 21세기 후반 미국을 상상한 디스토피아 소설이다 (야나기하라가 3부를 구상하고 쓰기 시작한 것은 현실 팬데믹이 시작되기 훨씬 전의 일이다). 이 세 이야기는 여러 가지 장치들을 통해 연결된다. 삼부작 속 세 개의 세계는 시간 연속선상에 존재하지는 않지만, 모든 이야기에서 뉴욕 워싱턴 스퀘어의 저택이 주된 배경을 이루며, 데이비드 빙엄, 찰스 그리피스, 에드워드 비숍 등 같은 이름을 가진 인물들이 마치 거듭 환생이라도 하듯이 백 년 후 세상에 다시, 또다시 등장한다. 이 등장인물들은 이름만 동일한 게 아니라, 손주에게 헌신적인 애정을 쏟는 권력자 할아버지, 무능하고 무책임한 아버지, 세상에 소속감을 느끼지 못하고 부유하는 젊은이처럼 유형 또한 비슷하게 반복된다. 1부의 이야기가 2, 3부에서 다시 언급되기도 하고, 같은 장면과 대사가 되풀이되기도 한다. 그리고 무엇보다도 세 이야기 모두 소설의 제목이기도 한 동일 구절 "낙원을 향하여"로 마무리된다.

이러한 반복들이 암시하는 의미, 그래서 궁극적으로 "낙원"이 의미하는 바가 무엇일까? 가상의 유토피아 국가 자유주에서 현실의 1990년대를 거쳐 미래의 디스토피아로 불연속적으로 이어지는 삼부작 속 세계들이 그 자체로 역사의 퇴보를 의미하지는 않지만, 100년이라는 시간적 간격과 명백히 다른 사회적 체제에도 불구하고 유사하게 반복되는 상황과 설정들을 통해 야나기하라는 현실은 근본적으로 다르지 않으며 자유는 환영 같은 희망일 뿐이라는 어두운 암시를 던지는 듯하다. 그리고 그 암시 속에서 각 이야기를 끝맺는 "낙원"을 향한 결의는 역사적 진보의 함의를 벗어던지고 미망과 모순, 아이러니로 점철된 소망충족적 바람으로 제시된다. 1부의 주인공 데이비드는 자신을 감출 필요 없이 살 수 있는 안전한 유토피아를 버리고 신뢰할 수 없는 연인과 함께 알 수 없는 위험이 도사리는 "서부/낙원"으로 가서 자유와 독립을 찾겠다고 다짐한다. 2부 후반의 주인공 데이비드는 하와이 왕국을 복원해 '타락/식민주의 이전의 낙원'으로 돌아가겠다는 실체 없는 꿈을 좇아 인생을 허비하느라 인연이 끊긴 아들 데이비드를 찾아 "뉴욕/낙원"에 가서 화해하겠다는 환상에 빠진 채 죽어간다. 3부의 주인공 찰스는 자신이 도와 만들어낸 디스토피아에서 손녀 찰리를 "뉴브리튼/낙원"으로 탈출시키고 죽어서라도 그 낙원에 가서 손녀의 안전을 확인하겠다는 결연한 의지를 다진다. 낙원을 향한 그들의 여정이 아이러니하게도 가상의 유토피아에서 위험한 현실로, 식민지 하와이에서 제국인 미국으로, 신세계 미국에서 구세계 영국으로 향하는 뒤집힌 여정이라는 것 또한 현실 진보의 방향을 거스른다는 점에서 의미심장하다.

이 세 개의 이야기들이 모두 열린 결말로 끝나는 것은 우연이 아니다. 야나기하라는 극적 순간에 이야기를 중지시키고 주인공

506

들의 운명을 전적으로 독자들의 상상에 맡긴다. 데이비드는 정말로 에드워드와 서부로 떠날까? 그는 과연 독립과 자유를 얻을 수 있을까? 두 데이비드 부자는 과연 고통스러운 과거를 넘어서서 화해에 도달할 수 있을까? 찰리는 구출된 것일까, 체포된 것일까? 평생을 자신의 선택이 남긴 후폭풍의 죄책감에 시달리며 살아온 찰스의 마지막 선택은 과연 옳은 결정일까? 뉴브리튼이 과연 찰리에게도 낙원이 될 수 있을까? 독자들이 결말 이후 주인공들의 운명을 어떤 쪽으로 상상하건 간에, 그 대답은 현실 속 낙원과 자유에 대한 각각의 견해와 무관할 수 없을 것이다. 소설이 던지는 질문은 늘 현실과 맞닿아 있기 때문이다.

옮긴이, 권진아

투 파라다이스 2

초판 1쇄 인쇄일 2023년 11월 23일
초판 1쇄 발행일 2023년 12월 14일

지은이 한야 야나기하라
옮긴이 권진아

발행인 윤호권
사업총괄 정유한

편집 구민준 **디자인** 김효정 **마케팅** 정재영, 윤아림
발행처 ㈜시공사 **주소** 서울시 성동구 상원1길 22, 7-8층(우편번호 04779)
대표전화 02-3486-6877 **팩스(주문)** 02-585-1755
홈페이지 www.sigongsa.com / www.sigongjunior.com

글 ⓒ 한야 야나기하라, 2023

ISBN 979-11-6925-752-7 04840

*시공사는 시공간을 넘는 무한한 콘텐츠 세상을 만듭니다.
*시공사는 더 나은 내일을 함께 만들 여러분의 소중한 의견을 기다립니다.
*잘못 만들어진 책은 구입하신 곳에서 바꾸어 드립니다.

WEPUB 원스톱 출판 투고 플랫폼 '위펍' _wepub.kr
위펍은 다양한 콘텐츠 발굴과 확장의 기회를 높여주는
시공사의 출판IP 투고·매칭 플랫폼입니다.